증편 한국구비문학대계

2-12

강원도 홍천군

이 저서는 2009년도 정부(교육과학기술부)의 재원으로 한국학중앙연구원(한국학진흥사업단)의 지원을 받아 수행된 연구임(AKS-2008-AIA-3101)

증편 한국구비문학대계

2-12
강원도 홍천군

황루시·유명희·박현숙·윤준섭

한국학중앙연구원

역락

발간사

　민간의 이야기와 백성들의 노래는 민족의 문화적 자산이다. 삶의 현장에서 이러한 이야기와 노래를 창작하고 음미해 온 것은, 어떠한 권력이나 제도도, 넉넉한 금전적 자원도, 확실한 유통 체계도 가지지 못한 평범한 사람들이었다. 이야기와 노래들은 각각의 삶의 현장에서 공동체의 경험에 부합하였으며, 사람들의 정신과 기억 속에 각인되었다. 문자라는 기록 매체를 사용하지 못하였지만, 그 이야기와 노래가 이처럼 면면히 전승될 수 있었던 것은 그것이 바로 우리 민족의 유전형질의 일부분이 되었기 때문이며, 결국 이러한 이야기와 노래가 우리 민족을 하나의 공동체로 묶어 주고 있는 것이다.

　사회와 매체 환경의 급격한 변화 가운데서 이러한 민족 공동체의 DNA는 날로 희석되어 가고 있다. 사랑방의 이야기들은 대중매체의 내러티브로 대체되어 버렸고, 생활의 현장에서 구가되던 민요들은 기계화에 밀려 버리고 말았다. 기억에만 의존하여 구전되던 이야기와 노래는 점차 잊히고 있다. 한국학중앙연구원이 1970년대 말에 개원함과 동시에, 시급하고도 중요한 연구사업으로 한국구비문학대계의 편찬 사업을 채택한 것은 바로 이러한 시대적 상황에 대한 우려와 잊혀 가는 민족적 자산에 대한 안타까움 때문이었다.

　당시 전국의 거의 모든 구비문학 연구자들이 참여하였는데, 어려운 조사 환경에서도 80여 권의 자료집과 3권의 분류집을 출판한 것은 그들의 헌신적 활동에 기인한다. 당초 10년을 계획하고 추진하였으나 여러 사정으로 5년간만 추진되었으며, 결과적으로 한반도 남쪽의 삼분의 일에 해당하는 부분만 조사하게 되었다. 그럼에도 불구하고 한국구비문학대계는 주관기관인 한국학중앙연구원의 대표 사업으로 각광 받았을 뿐 아니라, 해방 이후 한국의 국가적 문화 사업의 하나로 꼽히게 되었다.

21세기에 들어서면서 한국학중앙연구원에서는 미완성인 채로 남아 있는 구비문학대계의 마무리를 더 이상 미룰 수 없다는 생각으로 이를 증보하고 개정할 계획을 세웠다. 20년 전의 첫 조사 때보다 환경이 더 나빠졌고, 이야기와 노래를 기억하고 있는 제보자들이 점점 줄어들고 있었던 것이다. 때마침 한국학 진흥에 대한 한국 정부의 의지와 맞물려 구비문학대계의 개정·증보사업이 출범하게 되었다.

이번 조사사업에서도 전국의 구비문학 연구자들이 거의 다 참여하여 충분하지 않은 재정적 여건에서도 충실히 조사연구에 임해 주었다. 전국 각지의 제보자들은 우리의 취지에 동의하여 최선으로 조사에 응해 주었다. 그 결과로 조사사업의 결과물은 '구비누리'라는 이름의 데이터베이스에 탑재가 되었고, 또 조사자료의 텍스트와 음성 및 동영상까지 탑재 즉시 온라인으로 접근할 수 있는 시스템을 갖추었다. 특히 조사 단계부터 모든 과정을 디지털화함으로써 외국의 관련 학자와 기관의 선망의 대상이 되고 있다.

이제 조사사업의 결과물을 이처럼 책으로도 출판하게 된다. 당연히 1980년대의 일차 조사사업을 이어받음으로써 한편으로는 선배 연구자들의 업적을 계승하고, 한편으로는 민족문화사적으로 지고 있던 빚을 갚게 된 것이다. 이 사업의 연구책임자로서 현장조사단의 수고와 제보자의 고귀한 뜻에 감사를 표하지 않을 수 없다. 아울러 출판 기획과 편집을 담당한 한국학중앙연구원의 디지털편찬팀과 출판을 기꺼이 맡아준 역락출판사에 감사를 드린다.

2013년 10월 4일
한국구비문학대계 개정·증보사업 연구책임자 김병선

책머리에

구비문학조사는 늦었다고 생각하는 지금이 가장 빠른 때이다. 왜냐하면 자료의 전승 환경이 나날이 달라지고 있기 때문이다. 전승 환경이 훨씬 좋은 시기에 구비문학 자료를 진작 조사하지 못한 것이 안타깝게 여겨질수록, 지금 바로 현지조사에 착수하는 것이 최상의 대안이자 최선의 실천이다. 실제로 30여 년 전 제1차 한국구비문학대계 사업을 하면서 더 이른 시기에 조사를 했더라면 하는 아쉬움이 컸는데, 이번에 개정·증보를 위한 2차 현장조사를 다시 시작하면서 아직도 늦지 않았다는 사실을 실감했다.

구비문학 자료는 구비문학 연구와 함께 간다. 자료의 양과 질이 연구의 수준을 결정하고 연구수준에 따라 자료조사의 과학성이 결정되기 때문이다. 실제로 1차 조사사업 결과로 구비문학 연구가 눈에 띄게 성장했고, 그에 따라 조사방법도 크게 발전되었다. 그러나 연구의 수명과 유용성은 서로 반비례 관계를 이룬다. 구비문학 연구의 수명은 짧고 갈수록 빛이 바래지만, 자료의 수명은 매우 길 뿐 아니라 갈수록 그 가치는 더 빛난다. 그러므로 연구활동 못지않게 자료를 수집하고 보고하는 일이 긴요하다.

교육부에서 구비문학조사 2차 사업을 새로 시작한 것은 구비문학이 문학작품이자 전승지식으로서 귀중한 문화유산일 뿐 아니라, 미래의 문화산업 자원이라는 사실을 실감한 까닭이다. 따라서 학계뿐만 아니라 문화계의 폭넓은 구비문학 자료 활용을 위하여 조사와 보고 방법도 인터넷 체제와 디지털 방식에 맞게 전환하였다. 조사환경은 많이 나빠졌지만 조사보고는 더 바람직하게 체계화함으로써 누구든지 쉽게 접속하여 이용할 수 있는 데이터베이스를 구축했다. 그러느라 조사결과를 보고서로 간행하는 일은 상대적으로 늦어지게 되었다.

2차 조사는 1차 사업에서 조사되지 않은 시군지역과 교포들이 거주하는 외국지역까지 포함하는 중장기 계획(2008~2018년)으로 진행되고 있다. 한국학중앙연구원 어문생활연구소와 안동대학교 민속학연구소가 공동으로 조사사업을 추진하되, 현장조사 및 보고 작업은 민속학연구소에서 담당하고 데이터베이스 구축 작업은 한국학중앙연구원에서 담당한다. 가장 중요한 일은 현장에서 발품 팔며 땀내 나는 조사활동을 벌인 조사자들의 몫이다. 마을에서 주민들과 날밤을 새우면서 자료를 조사하고 채록하여 보고서를 작성한 조사위원들과 조사원 여러분들의 수고를 기리지 않을 수 없다. 조사의 중요성을 알아차리고 적극 협력해 준 이야기꾼과 소리꾼 여러분께도 고마운 말씀을 올린다.

구비문학 조사를 전국적으로 실시하여 체계적으로 갈무리하고 방대한 분량으로 보고서를 간행한 업적은 아시아에서 유일하며 세계적으로도 그 보기를 찾기 힘든 일이다. 특히 2차 사업결과는 '구비누리'로 채록한 자료와 함께 원음도 청취할 수 있는 데이터베이스를 구축해서 세계에서 처음으로 인터넷과 스마트폰으로 이용할 수 있는 디지털 체계를 마련했다. '구슬이 서 말이라도 꿰어야 보배'인 것처럼, 아무리 귀한 자료를 모아두어도 이용하지 않으면 소용이 없다. 그러므로 이 보고서가 새로운 상상력과 문화적 창조력을 발휘하는 문화자산으로 널리 활용되기를 바란다. 한류의 신바람을 부추기는 노래방이자, 문화창조의 발상을 제공하는 이야기 주머니가 바로 한국구비문학대계이다.

2013년 10월 4일
한국구비문학대계 개정·증보사업 현장조사단장 임재해

한국구비문학대계 개정·증보사업 참여자 (참여자 명단은 가나다 순)

연구책임자

김병선

공동연구원

강등학 강진옥 김익두 김헌선 나경수 박경수 박경신 신동흔 이건식
이경업 이인경 이창식 임재해 임철호 임치균 조현설 천혜숙 허남춘
황루시 황인덕

전임연구원

이균옥 장노현

박사급연구원

강정식 권은영 김구한 김기옥 김영희 김월덕 김형근 노영근 서해숙
유명희 이영식 정규식 조정현 최명환 한미옥

연구보조원

강소전 구미진 기미양 김보라 김신효 김영선 김옥숙 김은희 김자현
김혜정 박양리 박은영 박지희 박현숙 박혜영 백계현 백은철 백민정
변남섭 서은경 서정매 송기태 송정희 시지은 오세란 오소현 유진아
육은섭 윤준섭 윤희렬 이미라 이선호 이옥희 이창현 이홍우 이화영
임세경 장호순 정다혜 정아용 정유원 정혜란 진 주 최수정 최은주
편성철 한유진 허정주 황은주 황영태

주관 연구기관 : 한국학중앙연구원 어문생활사연구소
공동 연구기관 : 안동대학교 민속학연구소

일러두기

- 『증편 한국구비문학대계』는 한국학중앙연구원과 안동대학교에서 3단계 10개년 계획으로 진행하는 "한국구비문학대계 개정·증보사업"의 조사 보고서이다.

- 『증편 한국구비문학대계』는 시군별 조사자료를 각각 별권으로 간행하는 것을 원칙으로 한다. 서울 및 경기는 1-, 강원은 2-, 충북은 3-, 충남은 4-, 전북은 5-, 전남은 6-, 경북은 7-, 경남은 8-, 제주는 9-으로 고유번호를 정하고, -선 다음에는 1980년대 출판된 『한국구비문학대계』의 지역 번호를 이어서 일련번호를 붙인다. 이에 따라 『증편 한국구비문학대계』는 서울 및 경기는 1-10, 강원은 2-10, 충북은 3-5, 충남은 4-6, 전북은 5-8, 전남은 6-13, 경북은 7-19, 경남은 8-15, 제주는 9-4권부터 시작한다.

- 각 권 서두에는 시군 개관을 수록해서, 해당 시·군의 역사적 유래, 사회·문화적 상황, 민속 및 구비 문학상의 특징 등을 제시한다.

- 조사마을에 대한 설명은 읍면동 별로 모아서 가나다 순으로 수록한다. 행정상의 위치, 조사일시, 조사자 등을 밝힌 후, 마을의 역사적 유래, 사회·문화적 상황, 민속 및 구비문학상의 특징 등을 중심으로 설명하고, 마을 전경 사진을 첨부한다.

- 제보자에 관한 설명은 읍면동 단위로 모아서 가나다 순으로 수록한다. 각 제보자의 성별, 태어난 해, 주소지, 제보일시, 조사자 등을 밝힌 후, 생애와 직업, 성격, 태도 등을 중심으로 서술하고, 제공 자료 목록과 사진을 함께 제시한다.

■ 조사자료는 읍면동 단위로 모은 후 설화(FOT), 현대 구전설화(MPN), 민요(FOS), 근현대 구전민요(MFS), 무가(SRS), 기타(ETC) 순으로 수록한다. 각 조사자료는 제목, 자료코드, 조사장소, 조사일시, 조사자, 제보자, 구연상황, 줄거리(설화일 경우) 등을 먼저 밝히고, 본문을 제시한다. 자료코드는 대지역 번호, 소지역 번호, 자료 종류, 조사 연월일, 조사자 영문 이니셜, 제보자 영문 이니셜, 일련번호 등을 '_'로 구분하여 순서대로 나열한다.

■ 자료 본문은 방언을 그대로 표기하되, 어려운 어휘나 구절은 ( ) 안에 풀이말을 넣고 복잡한 설명이 필요할 경우는 각주로 처리한다. 한자 병기나 조사자와 청중의 말 등도 ( ) 안에 기록한다.

■ 구연이 시작된 다음에 일어난 상황 변화, 제보자의 동작과 태도, 억양 변화, 웃음 등은 [ ] 안에 기록한다.

■ 잘 알아들을 수 없는 내용이 있을 경우, 청취 불능 음절수만큼 '○○○'와 같이 표시한다. 제보자의 이름 일부를 밝힐 수 없는 경우도 '홍길○'과 같이 표시한다.

■ 『증편 한국구비문학대계』에 수록된 모든 자료는 웹(gubi.aks.ac.kr/web)과 모바일(mgubi.aks.ac.kr)에서 텍스트와 동기화된 실제 구연 음성파일을 들을 수 있다.

차례

홍천군 개관 • 25

1. 남면

2. 내면

● 민요

● 근현대 구전민요

3. 내촌면

▌조사마을

▌제보자

4. 동면

8. 서석면

▌조사마을

▌제보자

설화

민요

9. 화촌면

▌조사마을

▌제보자

● 설화

● 민요

홍천군 개관

　강원도의 중심부에 위치한 홍천군은 교통의 중심지로 광활한 면적에 풍부한 자원을 보유하고 있다. 홍천군의 면적은 1,818.68km²로 전국에서 가장 면적이 넓은 군이다. 홍천군은 면적이 넓은 만큼 여러 시·군과 경계를 이루고 있는데 경기도와 강원도 2개 도의 8개 시·군과 인접하고 있다. 서쪽으로는 경기도 양평군과 가평군, 북쪽으로는 강원도의 춘천시와 인제군, 동쪽으로는 양양군과 강릉시, 남쪽으로는 평창군, 횡성군과 경계한다. 홍천군의 동단은 내면 명개리이고 서단은 서면 동막리, 남단은 남면 시동리, 북단은 두촌면 장남리이다. 홍천군의 동서간 길이는 93.1km, 남북간 길이는 39.4km로 홍천군은 동서가 긴 장방형의 모양이다.

　홍천군은 고구려시대에 벌력천현(伐力川縣)으로 칭하여 오다가 신라 경덕왕(景德王) 때 녹효(綠驍)로 고쳐 삭주(朔州 : 현재의 춘천)의 영현(領縣)이 되었다. 그후 고려 제8대 현종9년(1018년)에 홍천으로 고치고 제17대 인종21년(1043년)에 감무(監務)를 두고 별호를 화산현이라 하였다. 조선시대에 이르러 태종13년(1413년)에 홍천현이 되어 현감을 두었다가 1895. 5.26(고종32년)칙령 제98호로 춘천부 홍천현이 되었으며 1896.8.3 칙령 제35호에 의한 13도제 실시로 강원도 홍천군이 되어 화촌, 두촌, 내촌, 서석, 영귀미, 감물악, 금물산, 현내, 북방의 9개면을 관할하게 되었다. 그후

현내면을 군내면으로 고치고 1914년 행정구역 조정에 따라 화촌면의 태학, 결운 2개리와 금물산면의 하오안, 장전평 2개리를 군내면에 편입하였다. 1917년 금물산면을 남면, 군내면을 홍천면, 영귀미면을 동면, 감물악면을 서면으로 변경하였고, 1935.5.1 경기도 양평군 단월면 분지리를 홍천군 서면 굴업리에 편입하였다. 1945.8.15 해방과 더불어 국토가 분단되면서 38선 이남에 해당되는 인제군 기린면의 진동리와 북리의 일부와 인제면의 원대리, 남면의 부평, 어론, 김부, 신월, 정자, 갑둔, 신충 7개리를 편입하여 신남면을 새로 만들고 인제군 내면을 편입하여 11개 면의 행정구역을 이루다가 1954.10.21 법률 제350호 「수복지구 임시조치법」 시행에 따라 신남면은 인제군에 환원시키고 내면은 그대로 남아 10개면이 되었다. 1963.1.1 법률 제1177호로 홍천면이 읍으로 승격되면서 남면의 삼마치리가 홍천읍으로 편입되었고 1읍 9면으로 행정구역이 개편되었다. 1973.7.1 대통령령 제6542호('73.3.12공포) 행정구역 개편에 따라 춘성군 동산면 북방리와 풍천리가 홍천군 북방면과 화촌면에, 양양군 서면 명개리가 홍천군 내면에 편입되는 한편 홍천군 내면 미산리가 인제군에, 남면 상창봉리가 횡성군에 이양되었다. 1983.2.15 전국 행정구역 조정에 따라 남면 상오안리가 홍천읍에 편입되었으며, 1983.10.1 두촌면 천치리를 천현리로 변경하였다. 1995.7.26 북방면 성동리 일부(도심이)가 화촌면 구성포리로 편입되었고 현재 홍천읍, 화촌면, 두촌면, 내촌면, 서석면, 동면, 남면, 서면, 북방면, 내면의 1읍 9면으로 구성되어 있다.

홍천읍은 홍천군의 군청소재지로 행정리와 인구가 가장 많다. 홍천군의 남서쪽에 치우친 홍천읍은 갈마곡리, 검율리, 결운리, 삼마치리, 상오안리, 신장대리, 연봉리, 와동리, 장전평리, 진리, 태학리, 하오안리, 희망리 등의 행정리 47개로 이루어져 있다. 홍천읍은 영서내륙의 교통요지로 수도권과 1시간대의 생활권을 유지하고 있다. 희망4리를 조사하였다.

화촌면은 홍천읍에서 동해안 속초로 가는 44번국도가 지나고 있으며 홍천군의 정가운데를 차지하고 있다. 홍천군의 젖줄인 화양강이 관통하는 곳으로 공작산, 군업강변, 대진교 강변 등의 주변 관광지가 유명하다. 구성포리, 군업리, 굴운리, 내삼포리, 성산리, 송정리, 야시대리, 외삼포리, 장평리, 주음치리, 풍천리 등 14개 행정리로 이루어져 있다. 외삼포1리를 조사하였다.

두촌면은 서울과 속초를 잇는 국도 44호선의 중간 기착지이며, 홍천강의 발원지로서 가리산(해발 1,051m)과 용소계곡 등의 좋은 관광자원이 있다. 지역특산물로는 철광석, 고랭지채소, 버섯, 산양목장, 찰옥수수 등이 있다. 괘석리, 역내리, 원동리, 자은리, 장남리, 천현리, 철정리 등의 15개 행정리로 이루어져 있다. 원동1리, 장남1리, 천현1리 등을 조사하였다.

내촌면은 기미만세 운동으로 유명한 물걸리 동창 마을이 있는 지역으로 관광지로는 물골안 계곡, 가령폭포 등의 계곡과 백암산 등이 있다. 또한 청정 지역에서 생산되는 산머루즙, 호박, 찰옥수수 등이 지역특산물로 각광받고 있다. 광암리, 답풍리, 도관리, 문현리, 물걸리, 서곡리, 와야리, 화상대리 등의 13개의 행정리로 이루어져 있다. 물걸리와 와야1리를 조사하였다.

서석면은 해발 310m 이상의 준산간 고랭지 지역으로 오대쌀, 오이, 호박, 고추, 느타리버섯, 찰옥수수 등이 생산되어 전국으로 유통되고 있다. 또한 지역 특산물인 찰옥수수를 원료로 빚은 옥선주(명인제24호)도 유명하다. 검산리, 상군두리, 생곡리, 수하리, 어론리, 청량리, 풍암리, 하군두리 등의 14 행정리로 이루어져 있다. 어론2리, 풍암1리, 생곡1·2리 등을 조사하였다.

동면은 공작산(해발 887m)과 수타사로 유명한 고장이다. 수타사는 천년고찰로서 수타사성보박물관은 수타사가 소장한 보물 제745호인 월인석보의 도난 및 훼손을 방지하기 위해 수타사 경내에 만들어져 2005년 5월 10일 개관했다. 개운리, 노천리, 덕치리, 방량리, 삼현리, 성수리, 속초리,

신봉리, 월운리, 좌운리, 후동리 등의 14개 행정리로 이루어져 있다. 월운리와 좌운1·2리, 덕치리 등을 조사하였다.

남면은 홍천군의 관문으로서 경기도 양평과 인접되어 있다. 비교적 평야지대가 널리 펼쳐 있어 일찍이 논농사가 발달하였다. 남노일리, 명동리, 시동리, 신대리, 양덕원리, 용수리, 월천리, 유목정리, 유치리, 제곡리, 화전리 등의 21개 행정리로 이루어져 있다. 유치2리, 시동3리 등을 조사하였다.

서면은 서울, 춘천, 원주 방면의 교통요지로 홍천군의 서쪽 끝에 위치하고 있다. 팔봉산 국민관광지와 대명비발디파크가 유명한 관광지이다. 팔봉산에서는 오래전부터 매년 봄에 팔봉리와 어유포리 주민을 중심으로 당굿을 벌이고 있다. 대명비발디파크는 수영장과 스키장 등을 운영하여 사계절 휴양지로 각광 받고 있다. 개야리, 굴업리, 길곡리, 대곡리, 동막리, 두미리, 마곡리, 모곡리, 반곡리, 어유포리, 중방대리, 팔봉리 등 17개의 행정리로 이루어져 있다. 팔봉리와 어유포리 등을 조사하였다.

북방면은 춘천시와 인접한 지역으로 5번국도로 춘천과 연결된다. 구만리, 굴지리, 노일리, 능평리, 도사곡리, 본궁리, 부사원리, 북방리, 상화계리, 성동리, 소매곡리, 역전평리, 원소리, 장항리, 전치곡리, 중화계리, 하화계리, 화동리 등의 20개의 행정리로 이루어져 있다. 중화계리를 조사하였다.

내면은 전국에서 면적이 가장 넓은 면으로서 광원리, 명개리, 방내리, 율전리, 자운리, 창촌리 등 17개의 행정리로 이루어져 있다. 동쪽으로 양양군과 강릉시와 인접하여 해발 600m 이상의 고지대에 위치하고 있어 아름다운 자연 경관을 가지고 있다.

홍천군의 인구 및 세대 구성을 표로 나타내면 다음과 같다.

[표 1] 홍천군 인구 및 세대 구성(단위 : 명)

행정기관	남	여	인구수	세대수
총계	35,312	33,878	69,190	28,671
홍천읍	17,917	17,514	35,431	13,542
화촌면	2,430	2,352	4,782	2,110
두촌면	1,210	1,225	2,435	1,127
내촌면	1,189	1,119	2,308	1,087
서석면	1,974	2,013	3,987	1,639
동면	1,804	1,755	3,559	1,507
남면	3,020	2,711	5,731	2,577
서면	1,883	1,640	3,523	1,815
북방면	2,069	1,891	3,960	1,786
내면	1,816	1,658	3,474	1,481

　　홍천군은 태백산맥의 크고 작은 지맥에 둘러싸인 중산간 지역으로 지형은 기복이 심하고, 동부와 북부에는 1,000m 이상의 높은 산들이 연이어 있어 산지가 전체 면적의 87%를 차지한다. 특히 내면 지역은 해발 800m 이상의 고원지대로 이루어져 있다. 홍천읍 시가지로 관통하는 북한강의 지류인 홍천강은 태백 분수령으로부터 서쪽으로 흘러 경기도 가평군 설악면에서 북한강과 합류하고 있어 홍천군의 상징적 강으로 간주되고 있다.

　　홍천군의 기후는 지형상 내륙산간지역에 위치하고 있어 기온의 차이가 심한 대륙성 기후를 나타낸다. 특히 여름철의 푀엔(foehn)의 영향으로 한발이 심하다. 강수는 거의 지형성 강우이고, 연평균 기온은 10℃, 연평균 강수량은 1,265.5mm이다. 내면과 서석면은 해발이 높아 강수량이 많은 편이며 고랭지 기후를 보인다.

　　홍천군의 논과 밭의 비율은 비슷하나 밭이 많은 편이다. 특히 요즈음 밭농사 중심으로 바뀌면서 내면 지역은 논이 전혀 없는 마을이 대부분이

다. 밭이 많으므로 주요 농작물도 밭작물이 주를 이루는데 조, 콩, 옥수수, 감자 등이다. 그렇지만 점차 수도권 지역에 납품할 수 있는 브로콜리, 파프리카 등으로 작물을 바꾸는 농가가 늘고 있다.

홍천군의 국가문화재는 홍천군 동면 덕치리에 위치한 수타사 경내에 있는 동종으로 보물 제11-3호이다. 지방문화재로는 제17호 대적광전, 제121호 소조사천왕상, 제122호 영산회상도, 제123호 지장시왕도 등이 수타사 경내에 소장되어 있다.

또한, 내촌면 물걸1리 동창마을에는 강원도 기념물 제47호로 지정되어 있는 물걸리사지는 절에 관한 명확한 기록은 없으나, 통일신라시대 말기 혹은 고려 초까지 이어지는 시기에 상당한 규모의 사찰이 있었을 것으로만 추정하고 있으며, 보물 제541호(석조여래좌상), 보물 제542호(석조비로자나불좌상), 보물 제543호(불대좌), 보물 제544호(불대좌 및 광배), 보물 제545호(물걸리삼층석탑)가 있다.

홍천군의 문화 행사로는 매년 봄에 홍천군 서면 팔봉산의 당산제와 가을에 열리는 한서남궁억축제 등이 있다. 팔봉산의 당산제는 팔봉산 정상에 있는 당집에서 음력 3월 3일, 9월 9일에 인근 마을의 풍년과 안전을 위해 지냈는데 요새는 음력 3월 15일(올해는 4월 28일)을 전후해 하루에 지내는 것으로 축소되었다. 제를 올리는 곳도 산 정상은 생략하고 팔봉산 아래의 홍천강변으로 한정하는 것으로 바뀌었다. 한서남궁억축제는 한서 선생의 행적을 문제 삼아 나라꽃무궁화축제로 명칭을 변경하여 여름에 개최한다. 그밖에 홍천이 낳은 세계적인 무용가 최승희를 기리는 최승희 춤축제가 가을에 홍천문화예술회관에서 개최되고, 홍천군의 지역특산물인 찰옥수수를 널리 알리는 찰옥수수축제가 여름에 개최된다.

다음은 대강의 조사일정과 개요이다. 제보자와 마을개관 조사일정은 생략하였다.

2009. 12. 22~23.	자료수집 및 예비조사
2010. 1. 13.	내촌면 물걸리에서 권오선, 박원식 등의 설화 및 민요 조사
	내촌면 와야1리 김성준, 윤기룡 등의 설화 및 민요 조사
2010. 1. 14.	두촌면 원동1리 남덕영, 엄춘옥 등의 설화 및 민요 조사
	두촌면 장남1리 홍현태, 김금순 등의 설화 및 민요 조사
	두촌면 천현1리 김종우, 김희성 등의 설화 및 민요 조사
2010. 1. 15.	화촌면 외삼포1리 원세문, 이서운 등의 설화 및 민요 조사
	내촌면 와야1리 김성준, 황금예 등의 설화 및 민요 조사
2010. 1. 21.	서석면 생곡1리 이수동, 최천규 등의 설화 및 민요 조사
	서석면 풍암1리 이창영, 황영분 등의 설화 및 민요 조사
2010. 1. 22.	서석면 어론2리 이종순, 김봉국 등의 설화 및 민요 조사
	동면 덕치리 박영교 등의 설화 및 민요 조사
	동면 좌운1리 허명후, 이정자 등의 설화 및 민요 조사
	홍천읍에서 김성준에게 설화 조사
2010. 1. 23.	동면 월운리 박옥순, 오은서 등의 설화 및 민요 조사
	동면 좌운2리 허흥구, 고재선 등의 설화 및 민요 조사
2010. 2. 03.	내면 창촌3리 김진철, 홍영표, 김복순 등의 설화 및 민요 조사
	내면 명개리 김원옥, 이병수, 박찬순 등의 설화 및 민요 조사
2010. 2. 04.	내면 자운1리 박인수, 김문규 등의 설화 및 민요 조사
	내면 자운2리 전영철, 김옥녀 등의 설화 및 민요 조사
2010. 2. 17.	남면 유치2리 신현용, 이해인, 강대만 등의 설화 및 민요 조사
	남면 시동3리 용석종, 용석순, 이규찬 등의 설화 및 민요 조사
	북방면 중화계리 용순녀, 석철순 등의 설화 및 민요 조사
2010. 2. 18.	서면 모곡2리 남종주, 박수영, 박인성 등의 설화 및 민요 조사
	서면 팔봉1리 이돈, 허순자 등의 설화 및 민요 조사
2010. 2. 19.	서석면 생곡2리 김영택, 박복례, 김학준, 지갑부 등의 설화 및 민요 조사
2010. 2. 24.	남면 유치2리 신현용, 이영재, 이정옥, 최지섭 등의 설화 및 민요 조사
2010. 3. 05.	내면 자운2리 전영훈, 차도근 외 등의 민요 조사
2010. 4. 08.	서면 어유포리 제보자 조정순자택 무가 조사
2010. 4. 28.	서면 팔봉리 팔봉산 당굿 현지조사
2010. 6. 24.	남면 유치2리 신현용외 설화 및 민요 조사, 이영재 외 설화 및 민요 조사

남면 시동1리 이규찬 설화 조사
2010. 7. 07.   홍천읍 희망4리 제보자 권계숙 자택 무가 조사

　홍천지역의 구비문학은 민요의 경우 채록 지역과 민요의 편수가 기존의 보고서와는 많은 변동을 보인다. 2001년도에 강원도에서 발간한『강원의 민요Ⅰ』에 실린 홍천군의 민요와 비교할 때 더욱 그러하다. 노동요의 경우 소 모는 소리는 다른 소리보다 많이 채록된 편으로 예나 지금이나 홍천 지역의 거리소에 대한 특징을 잘 나타내고 있다. 소리의 길이가 짧아졌고 마을회관에 모인 제보자들 중 소 모는 소리를 할 줄 아는 제보자의 %는 떨어졌음에도 홍천 지역 대부분의 면에서 다양하고 고르게 채록되었다. 이것으로 보아 소 모는 소리가 홍천군의 특징을 보여주는 소리임에는 분명하다. 노동요에서 문화적 경계의 지표 역할을 하는 논 매는 소리의 경우도 소리의 종류는 기존 조사와 비슷하게 나타났다. 다만 지역적으로 한정되어 논농사가 비교적 발달하였던 남면을 중심으로만 명맥을 유지하고 있다. 이것은 2001년 당시 제보하였던 제보자들이 그대로 남아 있는 경우에만 논 매는 소리가 가능했기 때문에 제보자의 생존 여부가 조사의 관건이 되는 상황이라고 본다. 특히 남면의 유치2리와 시동3리는 홍천군에서 비교적 넓은 들을 보유하고 있는 마을로 논농사에 관한 소리들이 아직 남아 있어 흥미롭다. 특히 남면 유치2리의 신현용 제보자는 20여 년 전의 자료부터 나타나는 소리꾼으로 여전히 소리에 관심이 많으며 연배도 낮은 편이어서 앞으로도 좋은 제보자의 역할을 할 것으로 본다.

　이에 비하여 노동요 중에서도 임산노동요 중 풀 써는 소리, 목도하는 소리, 나무 끄는 소리 등은 거의 조사하지 못하였다. 서석면의 경우 남면과 달리 기존의 제보자들이 많이 돌아가셨기 때문이다. 특히 풀 써는 소리의 경우 예전 조사에 비하여 기억하고 있는 제보자를 만나기 매우 어려웠다.

의식요의 경우는 남면 유치2리를 재방문하여 녹음하였으나 마을회관에 앉아서 녹음하여 완벽하게 상황을 재연했다고 보기 어렵다. 다만 제보자들이 연습을 하였고 특히 선소리를 맡은 제보자의 노력으로 상황 재연에 가깝게 녹음할 수 있었다.

　유희요 중 동작유희요로는 지난 해 평창 조사와 마찬가지로 주로 다리 뽑기하는 소리와 숫자 풀이 하는 소리가 많이 조사되었다. 홍천 지역의 제보자들도 아라리를 즐겨 불렀으며 지역적 영향으로 경기민요도 많이 부르는 편으로 나타났다. 노랫가락, 한오백년, 뱃노래, 어랑타령 등도 선호하는 노래인데 대개는 이 모든 노래들을 아라리와 함께 섞어서 부르기도 하였다. 하나의 노래를 하나의 판에서 오래 부르는 것이 아니라 여러 노래들이 한 판에서 다양하게 섞이는 것은 특이한 상황으로 보인다. 또한 홍천군의 지형적 특성상 동서로 긴 장방형이다 보니 서쪽과 동쪽에서 선호하는 유희요에 차이가 있다. 이것은 앞으로 좀더 연구해야 할 문제이다.

　홍천지역이 예전부터 서울과 가까운 관계로 경기민요를 부르는 일이 많았지만 요새는 각 면 단위의 문화센터에서 경기민요를 가르치는 사람들이 많아졌다. 조사를 다니면 노래책을 꺼내와 옛날 소리라면서 양산도를 부르곤 하신다. 이럴 때 자료선별 문제에 대해 생각하게 된다. 흔히 말하는 중년소리들은 이 보고서에는 거의 제외하였다. 지면 상의 문제도 있거니와 이전소리부터 먼저 실어야 한다는 생각이 앞서기 때문이다. 그러므로 이러한 위의 문제들과 더불어 음원의 불량으로 인하여 제외된 자료들에 대한 고민도 앞으로는 해야 할 것으로 본다.

　홍천지역 민요의 종류는 예전 조사에 비하여 줄지는 않았지만 소리의 길이와 다양성에서는 이전 조사에 못 미친다. 특이한 점은 기존 조사 지역과 이번 조사 지역이 거의 일치하지 않는 점이다. 기존 조사에서 매우 강세를 보였던 몇몇 마을, 예를 들면 서석 풍암리, 어론리, 남면 시동3리는 예전의 조사보다 못하거나 겨우 비슷하였으나 나머지 마을들은 거의 대부분 새로 섭외한 마을이었다. 그렇지만 중요한 소리들은 기존 조사가 우수했던 마을에서 나왔으므로 생업과의 상관관계도 앞으로 연구해야 할 것이다.

설화는 홍천읍 1곳을 제외한 9개 면 모든 지역에서 채록하였다. 44번과 56번 국도에 걸쳐 있는 화촌면에서 가장 적은 3편, 내면·동면·두촌면·북방면·서면·내면에서는 고르게 10편 내외, 남면과 서석면에서 각각 20편 내외, 내촌면에서 가장 많은 48편의 설화를 채록하였다. 지역에 따라 다소 편수에 차이가 있기는 하지만 한 지역을 제외한 모든 지역에서 설화채록이 이루어진 점은 큰 성과라 할 수 있다.

홍천군에서 채록한 자료 가운데 141편의 설화를 선별하였다. 신화 1편, 전설 57편, 민담 83편이다.

홍천군에서 채록한 설화를 유형별로 살펴보면, 신화는 서면 팔봉1리에서 채록한 팔봉산 삼부인 내력담이 1편이다.

전설의 경우에는 마을의 산, 바위, 고개와 관련된 자연전설과 마을 이름에 얽힌 지명·지형전설이 46편으로 주를 이루고 있고, 인물(이인·고승·효자)전설이 11편, 원혼전설이 1편이다. 전국적으로 널리 퍼져 있는 광포전설의 경우, 손님 안 오게 하려고 처방하다가 집안이 망한 이야기인 '며느리단혈' 전설이 가장 많다. 내촌면 1편, 두촌면 2편, 내면 2편, 서석면 1편으로 각 마을의 지명과 결부시켜 고루 전승하고 있다. 또한 향유자들은 '아기장수'·'말 무덤'(3편), '걸어가다가 멈춘 산'과 같은 광포전설의 기본 서사에 마을 자연물의 이름을 붙여 전승함으로써 애향심과 전설에 대한 자긍심을 드러냈다. 그 외 '달래강'(2편), '장자못'(1편)전설이 있으며, 세종대왕, 서산대사, 토정 이지함, 이지항, 이괄장군 등의 인물전설도 11편이 된다.

민담의 경우에는, '방귀쟁이 며느리'(4편), '시어머니 길들인 며느리'(2편), '집안 일으킨 며느리', '복진 며느리'', '대대로 내려온 불씨' 등 다양한 유형의 '며느리' 설화와 '도둑 잡고 장가 가기', '끝없는 이야기로 장가 가기', '처갓집에서 실수한 사위', '바보 사위' 등 다양한 유형의 '사위' 설화가 많이 채록되었다. 지관 일을 했거나 풍수지리에 관심 있는 제보자들의 구연으로 명당에 얽힌 설화도 8편이 채록되었고, '호랑이 잡은 여인'을 비롯한 육담도 5편이 채록되었다.

민담의 유형을 세부적으로 살펴보면, '나무도령'(2편), '구렁덩덩 신선비'(2편), '가짜 주인이 된 쥐'(2편), '개와 고양이의 구슬 찾기', '혼쥐', '새소리 알아듣는 사람', '신기한 보물', '은혜 갚은 두꺼비', '호랑이와 토끼'와 같은 정통민담이라 할 수 있는 환상적 민담이 23편, '소금 장사 작대기'(2편), '시아버지나 친정아버지 실수담'(4편), '봉이 김선달'(2편), '끝없는 이야기로 장가가기', '선비 골린 아이', '스님 골린 아이', '뻐꾹 대가리' 등과 같은 희극적 민담이 26편, '금시발복 명당', '효자·효부', '지혜로운 며느리', '하룻밤에 만리장성', '엎질러진 물', '악행 저지른 계모' 등과 같은 인간만사에 관한 사실적 민담이 34편이다. 이처럼 홍천군에서는 다양한 민담이 고루 전승되고 있음을 확인할 수 있다.

홍천군에서 설화 제보자는 총 45명이다. 성별을 살펴보면, 남성화자가 31명, 여성화자가 14명으로 남성화자가 여성화자보다 두 배 가량 많다. 이는 일반적으로 이야기판에서 나타나는 현상이다. 그러나 서석면 어론 2리, 북방면 중화계리, 화촌면 외삼포1리에서는 여성화자만 설화를 구연하는 특성을 보이기도 한다. 연령대로 보면, 60대 2명, 70대 32명, 80대 8명, 90대 2명으로 70대에 편중되어 있다.

채록된 설화는 각 마을마다 이야기꾼 한 명이 여러 편을 구연하는 특징을 보인다. 전체 설화 중 34%에 해당하는 48편을 내촌면에서 채록한 것이다. 이 중 도관3리에서 12편, 와야1리에서 33편을 채록하였다. 도관3리의 12편은 박경주(남, 78)가 구연한 것이다. 박경주가 구연한 12편은 마을과 관련된 지명전설, 인물전설 그리고 전국적으로 널리 퍼져있는 광포

전설 '며느리단혈', '아기장수와 용마'로, 박경주는 신빙성을 기반으로 한 전설을 선호한다. 와야1리의 33편 가운데 22편을 김성준(남, 76)이 3차례에 걸쳐 구연한 것이다. 2차례는 와야1리 노인회관에서, 마지막 1차례는 홍천읍 한 식당에서 채록이 이루어졌다. 김성준은 본격담, 육담, 소화(笑話), 유래담, 신이담, 아지담 등 특정 장르를 가리지 않고 다양한 설화군을 보유하고 있는 것이 특징이다. 그 외 서석면은 어론2리의 이종순(여, 84)이 7편, 내면은 창촌3리의 김진철(남, 75)이 7편, 명개리의 김명수(남, 74)가 5편, 북방면은 중화계리의 석철순(여, 72)이 6편, 서면은 팔봉1리의 이돈이 7편, 남면은 유치2리의 이정옥(여, 78)이 5편, 시동1리의 이규찬(남, 78)이 5편을 구연하였다.

내촌면 와 1리의 경우, 재조사까지 진행한 덕분에 김성준 외에도 박병찬(남, 75), 유복동(여, 81), 박동식(남, 78)과 같이 민담을 잘 구연하는 이야기꾼들을 확보할 수 있었다.

재조사를 통해 많은 이야기꾼을 확보한 지역은 남면 유치2리도 마찬가지다. 1차 조사에서 완성도 있는 설화를 채록하지 못했지만 상여소리를 다시 녹음하기 위해서 2차 조사가 이루어졌을 때, 이정옥(여, 78)을 비롯해 이영재(남, 75), 원세철(남, 75), 최지섭(남, 73), 권영희(남, 73)와 같은 여러 명의 제보자에게 설화를 채록할 수 있었다.

홍천군 설화 조사에서의 성과는 첫째, 전체 설화에서 40%에 해당하는 많은 양의 전설을 채록할 수 있었다는 점이다. 특히 널리 알려진 광포전설이나 인물전설에 비해 마을과 관련된 자연전설이나 지명전설이 많다. 이는 제보자들 가운데 평생 마을을 지키면서 살고 있는 토박이들이 많은 점과 무관하지 않을 것이다.

둘째, 높은 수준의 서사성을 지닌 정통민담과 다양한 종류의 본격담 채록이 이루어졌다는 점이다. 그 원인을 여러모로 찾을 수 있겠지만, 민담을 어릴 때, 부모님이나 주변 어른들에게서 반복적으로 들어서 오랜 세월이 흘러도 잘 잊히지 않는다는 제보자들의 증언처럼 어릴 때 설화를 자주 듣고 자란 세대이면서 아직 총기가 좋은 70대 화자들이 많은 것이 크게 한 몫 하고 있다.

셋째, 서면 팔봉리에 위치하고 있는 팔봉산 삼부인의 내력담에 얽힌 신화 채록이 이루어졌다는 점이다. 사회 변화에 따라 대부분의 마을에서 수호신이 사라진 지 오래지만 서면 팔봉리에서는 마을 수호신인 '삼부인'의 내력담이 아직까지 전해지고 있다. 또한 삼부인에 대한 마을 주민들의 믿음이 예전만 같지 않다고는 하지만, 아직까지는 마을주민들 가슴 속에 강하게 자리 잡고 있다. 비록 서사가 빈약하긴 하지만 여전히 마을 주민들에게 신성성을 지니게 하는 '신화'라는 점에서 그 가치는 충분할 것이다.

이상의 조사에서 정리한 자료는 다음과 같다.

남　면 : 설화 18편,　민요 16편
내　면 : 설화 13편,　민요　8편
내촌면 : 설화 48편,　민요 14편
동　면 : 설화　8편,　민요　6편
두촌면 : 설화　7편,　민요　2편
북방면 : 설화 10편,　민요　1편
서　면 : 설화 13편,　민요　6편
서석면 : 설화 21편,　민요 16편
화촌면 : 설화　3편,　민요　3편

1. 남면

증편 한국구비문학대계 ● 강원도 홍천군

▌조사마을

강원도 홍천군 남면 시동3리

조사일시 : 2010.2.17

조 사 자 : 황루시, 유명희, 박현숙, 윤준섭

강원도 홍천군 남면 시동3리

5개의 행정리로 된 시동리는 1914년 행정구역 폐합에 따라, 고음실, 도 앗골, 독벼루, 사기점거리, 도출을 병합한 마을이다. 시동리는 동쪽으로 남면 유치리, 서쪽으로 남면 신대리, 북쪽으로 북방면 장전평리와 접해 있고, 남쪽으로는 횡성군 서현면 유현리와 군계를 이룬다.

시동3리는 94가구로 구성되어 있다. 마을에는 남자 116명, 여자 110명 총 226명이 거주하고 있다. 시동3리에는 4개의 반이 있는데, 1반에는 30

명, 2반에는 40명, 3반에는 30명, 4반에는 40명이 거주하고 있다. 마을의 대성인 홍천 용씨가 약 80명 거주하고 있고, 그 외에는 여러 다양한 성이 있다.

시동3리의 주요 생업은 농업이다. 마을 주민 대부분이 벼농사 위주로 경작하며 밭농사도 함께 경작한다. 특산물은 고추이다. 그 외에 1개의 농가가 축산업을 한다.

시동3리에서 홍천읍까지 거리는 약 20km이다. 하루 18회 운행하는 버스를 타고 시동3리에서 홍천읍까지 나가려면 약 20분이 걸린다. 시동3리에서 횡성읍까지 운행하는 버스도 있는데, 하루 18회 운행하고, 시동3리에서 횡성읍까지 약 20분이 걸린다.

시동3리에는 시동제일교회가 있어서 비교적 많은 수인 약 40명이 기독교를 믿고 있다. 그리고 천주교와 불교를 믿는 주민이 각각 약 10명이고, 그 외는 전통 유교를 믿고 있다. 서낭제는 1998년에 군부대가 들어오면서 그 자리에 있던 서낭당이 사라졌고 전승이 끊어졌다.

강원도 홍천군 남면 유치2리

조사일시 : 2010.2.17, 2010.2.24, 2010.6.24
조 사 자 : 황루시, 유명희, 박현숙, 윤준섭

2개의 행정리로 된 유치리는 1916년 행정구역 통폐합에 따라 상화터, 학동, 지산, 산막골을 병합한 마을이다. 유치리는 서쪽으로는 남면 시동리에, 북쪽으로는 홍천읍 삼마치와 접해 있고, 동쪽으로는 횡성군 공근면 상창봉리에, 남쪽으로는 횡성군 공근면 유현리와 군계를 이룬다.

유치2리는 세 개의 자연 마을인 가두둑마을, 느르치마을, 학동마을로 이루어진 마을이다. 마을에는 남자 184명, 여자 163명으로 총 347명이 거주하고 146가구로 구성되어 있다. 마을의 대성은 전주 이씨와, 평산 신씨가 있다. 전주 이씨는 세종대왕 효령대군의 직계손으로 문중과 사당이 유치2리에 있다.

유치2리의 주요 생업은 농업과 축산업이다. 마을 주민 대부분이 벼농사와 밭농사를 함께 하고 있으며 유치2리 인근에는 유치 저수지와 시동 저수지가 있기에 농사를 하기에는 유리한 조건을 갖추고 있다. 특산물로는 고추, 인삼 등이 있다. 또한 유치2리는 홍천에서 한우가 가장 많은 마을이다. 마을 주민의 30%가 평균 50마리의 소를 키우고 있다.

유치2리 학동마을에는 천주교 신자가 많다. 학동마을 20가구 중에서 7가구가 천주교 신자이며, 이들은 병인박해를 피해 풍수원 성당에서 온 천주교 신자들의 후손이다. 유치2리에 유치교회가 있지만 기독교를 믿는 주민은 많지 않고 그 밖의 나머지는 전통 유교를 믿는다.

강원도 홍천군 남면 유치2리

유치2리에서 홍천읍까지 거리는 약 16km이다. 하루에 20회 운행하는 버스를 타고 유치2리에서 홍천읍까지 나가려면 약 20분이 걸린다. 유치2리에서 횡성읍까지 운행하는 버스도 있는데 하루 20회 운행되고, 유치2리에서 횡성읍까지 약 20분이 걸린다.

서낭제는 자연부락 단위로 행해졌으나 현재는 1반인 교동과 4반인 상비동에서 행해지고 있다. 교동은 음력 1월 15일, 상비동은 음력 1월 3일에 행해지고 마을 주민이 자발적으로 상포계를 조직하여 서낭제를 지낸다. 서낭제에는 돼지머리와, 술, 과일, 백설기 등의 제물을 올리고 마을의 안녕과 풍년을 기원한다.

권영희, 남, 1938년생

주 소 지 : 강원도 홍천군 남면 유치2리 284번지
제보일시 : 2010.2.24
조 사 자 : 황루시, 유명희, 박현숙, 윤준섭

　권영희는 강원도 홍천군 남면 유치2리
284번지에서 1남 1녀 가운데 막내로 태어
났다. 20세에 동갑내기 엄연숙과 결혼하여
슬하에 3남 4녀를 두었다. 26세에 농사일을
배워서 평생 농사를 짓고 있다. 논 1500평,
밭 1000평에 고추, 콩, 깨, 옥수수 등을 재
배한다. 매산초등학교를 거쳐 양덕중학교를
졸업했다. 졸업 후에는 서당에서 2년간 소
학, 명심보감, 통감 등을 공부했다.

　마른 체격에 머리숱이 많고, 이마가 넓다. 구연한 설화는 민담 한 편으
로 어릴 때 아버지한테 들은 것이다. 굵고 허스키한 목소리로 비교적 차
분하게 구연했으며, 동작을 곁들일 때는 동작이 크고 거침없다.

제공 자료 목록
03_15_FOT_20100224_HRS_GYH_0001　형제투금(兄弟投金)

박선묵, 남, 1939년생

주 소 지 : 강원도 홍천군 남면 유치2리 127-1
제보일시 : 2010.2.17
조 사 자 : 황루시, 유명희, 박현숙, 윤준섭

토박이로 초등학교 졸업 후 18세에 결혼
하여 농사를 본격적으로 시작하였다. 집안
에서는 외아들이라 30세에 보충역으로 군생
활을 하였으며 자녀는 5남매를 두었다. 소
리는 유치2리에서 계속해서 생활하다 보니
주변 동무들과 어른들로부터 자연스럽게 몸
에 익히게 되었다. 실제적으로 구연할 당시
에는 선소리를 하는 다른 제보자를 방해하

기도 하였다. 선소리를 실제 구연상황에 가깝게 녹음하느라 시간이 많이
걸린 것에 대해 제보자가 불평을 하였기 때문이다.

제공 자료 목록
03_15_FOS_20100217_HRS_SHY_0001 논 매는 소리 / 에헤야 소리

박영묵, 남, 1932년생

주 소 지 : 강원도 홍천군 남면 유치2리 590번지
제보일시 : 2010.2.24
조 사 자 : 황루시, 유명희, 박현숙, 윤준섭

토박이로 초등학교를 다니다가 그만두고
농사일을 시작하였다. 20세에 결혼하여 2남
3녀를 두고 있다. 소리는 오랫동안 동네일
에 참여하다 보니 자연스럽게 익혔다고 한
다. 논 매는 소리 뒷소리를 하였다.

제공 자료 목록
03_15_FOS_20100217_HRS_SHY_0001 논 매는
소리 / 에헤야 소리

변정구, 남, 1935년생

주 소 지 : 강원도 홍천군 남면 시동3리 38-4번지
제보일시 : 2010.2.17.
조 사 자 : 황루시, 유명희, 박현숙, 윤준섭

　　제보자는 토박이로서 초등학교 졸업 후
농사일을 돕다가 25세에 결혼하여 슬하에 5
남1녀의 자식을 두었다. 제보자는 2남 중
장남으로 집안을 꾸리기 위해 건축 일에 뛰
어들었다. 소리는 마을 동무들과 어른들에
게 배운 것이라고 한다.

제공 자료 목록

03_15_FOT_20100217_HRS_BJG_0001 매화산과 배내미 유래
03_15_FOT_20100217_HRS_BJG_0002 쥐 좆도 모르냐
03_15_FOS_20100217_HRS_YSS_0001 단허리

신현용, 남, 1947년생

주 소 지 : 강원도 홍천군 남면 유치2리 956번지
제보일시 : 2010.2.17
조 사 자 : 황루시, 유명희, 박현숙, 윤준섭

　　제보자 신현용은 횡성군 갑천면 화전리
출신으로 9세에 이 마을로 이주하였다. 초
등학교를 졸업하고 서울에 올라가 16세부터
1년 반 정도 공장에서 일했다. 25세에 18세
의 부인과 혼인하여 3남매를 두었다. 현재
각각 논과 밭 3천평 정도 되는 농지를 부치
고 있다. 어릴 때 꼴머슴도 살았으며 어머

니가 고생을 많이 하는 것을 보고 소리를 배웠다. 현재 마을의 소리꾼 역할을 하고 있어 상여소리와 회다지소리의 선소리를 담당하였다. 면에서 운영하는 소리교실에서 경기민요를 배우는 등 소리에 관심이 많다.

제공 자료 목록

03_15_FOS_20100217_HRS_SHY_0001 논 매는 소리 / 에헤야 소리

03_15_FOS_20100217_HRS_SHY_0002 단허리

03_15_FOS_20100217_HRS_SHY_0003 소 모는 소리

03_15_FOS_20100217_HRS_SHY_0004 태질하는 소리

03_15_FOS_20100224_HRS_SHY_0001 상여 소리 회다지 소리

03_15_FOS_20100624_HRS_SHY_0002 강원도 아리랑

03_15_MFS_20100624_HRS_SHY_0001 태평가

03_15_MFS_20100624_HRS_SHY_0002 한오백년

용석순, 남, 1933년생

주 소 지 : 강원도 홍천군 남면 시동3리 71-10번지

제보일시 : 2010.2.17

조 사 자 : 황루시, 유명희, 박현숙, 윤준섭

토박이. 출생신고를 늦게 하여 주민등록상에는 1934년 출생으로 등록되어 있다. 중학교를 중퇴한 후 20살에 결혼하여 아들2 딸 4명을 두었으며 자식들은 전부 출가한 상태이다. 외아들로 집안의 생계를 일찍부터 책임지게 되었다. 논 매는 소리의 선소리를 하였는데 이것은 마을 동무들과 어른들과 일하면서 자연스럽게 익힌 것이라고 한다.

제공 자료 목록

03_15_FOS_20100217_HRS_YSS_0001 단허리

용석종, 남, 1934년생

주 소 지 : 강원도 홍천군 남면 시동3리 313-2
제보일시 : 2010.2.17
조 사 자 : 황루시, 유명희, 박현숙, 윤준섭

　토박이로서 초등학교 졸업 후 줄곧 농사
를 지었다. 밭 가는 소리를 여러 편 구연할
정도로 소 모는 소리를 잘하였는데 어렸을
때부터 마을의 성군으로 일했기 때문이라고
한다. 아라리와 어랑타령은 밤새도록 할 수
있다고 하였으나 조사에는 그리 적극적이지
않았다. 얼굴이 길고 붉은 편인 제보자는 초
성이 대단히 좋으며 목청도 매우 큰 편으로
조사 외에 다른 이야기, 농촌 형편 등에 대해 이야기하기 좋아하였다.

제공 자료 목록

03_15_FOS_20100217_HRS_YSJ_0001 소 모는 소리 / 밭 가는 소리
03_15_FOS_20100217_HRS_YSJ_0002 소 모는 소리 / 화전밭 가는 소리
03_15_FOS_20100217_HRS_YSJ_0003 소 모는 소리 / 논 가는 소리
03_15_FOS_20100217_HRS_YSS_0001 단허리

원세철, 남, 1936년생

주 소 지 : 강원도 홍천군 남면 유치2리 392-18번지
제보일시 : 2010.2.24
조 사 자 : 황루시, 유명희, 박현숙, 윤준섭

　원세철은 강원도 홍천군 남면 유치2리 안말에서 5남매 가운데 막내로
태어났다. 아버지 회갑나이에 원세철은 고작 5세에 불과했다. 11살에 어
머니를 여의고 17세에 당시 18세 박정묵과 결혼하여 슬하에 3남 4녀를

두었다. 강원도 홍천군 남면 유치2리 392-
18번지에는 한국전쟁 이후부터 현재까지 거
주하고 있다. 매산초등학교를 졸업하고 농
사일을 배워 평생 농사를 짓고 있다. 논
1500평, 밭 2500평에 가지, 고추, 고구마,
옥수수, 콩 등을 재배한다.

키가 크고 마른 체형이며, 눈이 둥글고
귀가 큰 편이다. 구연할 때 말투는 비교적
차분했으나 목소리가 가늘고 작다. 동작은 크지 않게 양손을 움직였다.
구연한 설화는 전설 1편과 민담 1편으로 어릴 때 마을 사랑방에 모인 어
른들한테 들은 것이다.

제공 자료 목록

03_15_FOT_20100224_HRS_WSC_0001 삼천갑자 동방삭
03_15_FOT_20100224_HRS_WSC_0002 장구혈과 단지혈

이갑재, 남, 1936년생

주 소 지 : 강원도 홍천군 남면 유치2리 613번지
제보일시 : 2010.2.17
조 사 자 : 황루시, 유명희, 박현숙, 윤준섭

토박이로 초등학교를 1년만 다니고 이후
농사일을 계속하였다. 22살에 결혼하여 슬하
에 8명의 자식을 두었으나 전부 외지에 나가
살고 있다. 소리는 일을 할 때 자연스럽게
익혔다고 한다. 얼굴이 길고 안경을 낀 제보
자는 차분하고 조용한 목소리로 구연하였다.

제공 자료 목록

03_15_FOS_20100217_HRS_SHY_0001 논 매는 소리 / 에헤야 소리

이강만, 남, 1938년생

주 소 지 : 강원도 홍천군 남면 유치2리 558번지
제보일시 : 2010.2.17
조 사 자 : 황루시, 유명희, 박현숙, 윤준섭

  토박이로 학교는 다니지 않았으며 어릴
때 농사일을 시작했다. 21살에 결혼을 하여
아들 3명에 딸 3명을 두었으며 군대는 가지
않았다. 소리는 마을행사에 참여하다가 자
연스럽게 익혔다고 한다. 얼굴이 길고 눈이
가는 제보자는 논 매는 소리의 뒷소리를 하
였다.

제공 자료 목록

03_15_FOS_20100217_HRS_SHY_0001 논 매는 소리 / 에헤야 소리

이규찬, 남, 1933년생

주 소 지 : 강원도 홍천군 남면 시동3리
제보일시 : 2010.2.17
조 사 자 : 황루시, 유명희, 박현숙, 윤준섭

  22세 최재연과 결혼하여 2남 2녀를 낳았으나 맏딸이 암으로 사망하여
현재 슬하에는 2남 1녀가 있다. 매산초등학교와 홍천중학교를 거쳐 홍천
농업고등학교를 졸업했다. 그 후 농촌지도소에서 30년간 근무했다. 30대
부터 벌을 치기 시작해서 퇴임 후에 말벌을 치면서 농사를 지었다. 현재

잡화, 아카시아꿀, 밤꿀을 30근 치며, 논 1500평, 밭 1500평에 고추, 콩, 옥수수, 감자를 경작하고 있다.

마른 체격에 백발이고 얼굴이 긴 편이다. 구연할 때 목소리는 허스키하며 병을 앓은 탓에 자주 더듬거리기는 하지만 말투는 느리고 차분하다. 구연한 설화는 인물전설 2편과 민담 3편으로 훈장이셨던 부친에게 들은 것이다.

제공 자료 목록

03_15_FOT_20100217_HRS_LGC_0001 제비 말을 알아듣는 형제
03_15_FOT_20100217_HRS_LGC_0002 편지를 남겨 오대손 살린 토정
03_15_FOT_20100624_HRS_LGC_0001 이지항의 명판결
03_15_FOT_20100624_HRS_LGC_0002 글을 잘 짓는 아이
03_15_FOT_20100624_HRS_LGC_0003 꾀로 중을 골탕 먹인 아이

이영재, 남, 1936년생

주 소 지 : 강원도 홍천군 남면 유치2리 922번지
제보일시 : 2010.2.24
조 사 자 : 황루시, 유명희, 박현숙, 윤준섭

이영재는 강원도 홍천군 남면 유치2리 922번지에서 4남매 가운데 둘째로 태어났다. 12대째 살고 있는 집에 현재 4대가 함께 거주하고 있다. 23세에 21세 박수익과 결혼하여 슬하에 2남 2녀를 두었다. 매산초등학교를 거쳐 양덕중학교 1년 다니다가 학업을 중단했다. 그리고 17세에 서당에서 일 년 정도 한문을 배웠다. 21세에 돈을 벌기 위해서 지게 품팔이를 하다가 22세에 강릉에서 일 년 간 국민일보 기자생활을 했다. 갑작스런 형님

의 사망으로 기자생활을 접고 고향으로 돌
아와 큰집 살림을 13년간 맡았다. 20대 초
반 축서 쓰는 일을 시작으로 점차 작명, 택
일, 풍수지리 일까지 하게 되었다. 26세에
홍시문씨 자리를 봐주면서 이름을 날리기
시작했다. 논 10000평, 밭 2000평을 경작하
고, 소 70마리 기르고 있는 영재목장을 50
년간 경영하다가 모두 아들에게 물려주고
지금은 지관 일만 하고 있다. 65세부터 5년간 노인회장을 역임했다.

통통하고 큰 체격에 얼굴이 크고, 이마가 넓으며, 눈이 가늘고 입술이
두꺼운 편이다. 풍수지리와 관련된 이야기에 관심이 많았고, 구연한 설화
는 그와 관련된 민담 2편이다. 구연 할 때 비교적 천천히 또박또박하게
말하여 전달력이 높았다. 구연 과정에서 상황설명을 자주 덧붙였다. 민요
는 뒷소리를 적극적으로 구연하였다.

제공 자료 목록
03_15_FOT_20100224_HRS_LYJ_0001 부모 묏자리 옮겨 거지 운명 바꾼 지관
03_15_FOT_20100224_HRS_LYJ_0002 용한 의원
03_15_FOS_20100217_HRS_SHY_0001 논 매는 소리 / 에헤야 소리
03_15_FOS_20100217_HRS_SHY_0002 단허리
03_15_FOS_20100217_HRS_SHY_0004 태질하는 소리

이정옥, 여, 1932년생
주 소 지 : 강원도 홍천군 유치2리 2반 510번지
제보일시 : 2010.2.24
조 사 자 : 황루시, 유명희, 박현숙, 윤준섭

이정옥은 강원도 홍천군 남면 유치1리에서 4남매 가운데 둘째로 태어

났다. 19세에 당시 20세 박영묵과 결혼하여 슬하에 5남매를 두었다. 홍천군 유치2리 2반 510번지에는 60년째 거주하고 있다. 아들 내외와 함께 과수원 1500평에 배를 재배하고 있고, 4년 전부터 소작으로 인삼을 키우고 있다. 학교를 다니지는 못했지만 독학으로 한글을 깨쳤다.

통통한 체격에 눈이 작고 가늘다. 그리고 입술이 얇으며 길고 네모진 얼굴이다. 구연한 설화는 본격담과 소화(笑話)를 포함한 민담 5편으로 어릴 때 할아버지한테 들은 것이다. 조용한 말투로 조근조근 속삭이듯 구연하면서 눈웃음을 자주 지었다. 거의 동작이 없이 말로만 구연했다.

제공 자료 목록

03_15_FOT_20100224_HRS_LJO_0001 동생 살려 장가보낸 누이
03_15_FOT_20100224_HRS_LJO_0002 며느리 효부 만든 시아버지
03_15_FOT_20100224_HRS_LJO_0003 암행어사가 찾은 효자와 효부
03_15_FOT_20100224_HRS_LJO_0004 친정아버지 망신 면해 준 딸
03_15_FOT_20100224_HRS_LJO_0005 구렁덩덩 새 선비

조장연, 남, 1939년생

주 소 지 : 강원도 홍천군 남면 시동3리 293번지
제보일시 : 2010.2.17
조 사 자 : 황루시, 유명희, 박현숙, 윤준섭

남면 시동3리 293번지에 거주하고 있다. 북방면에서 30세까지 거주하다가 이후 시동3리로 이주하였다. 학교는 다니지 않았으며

20세에 결혼하여 4남을 두었다. 7남매 중 차남으로 어려서부터 농사일을 배우며 소를 자주 몰다 보니 소리를 자연스럽게 습득했다고 한다.

제공 자료 목록

03_15_FOS_20100217_HRS_YSS_0001 단허리

최운섭, 남, 1938년생

주 소 지 : 강원도 홍천군 유치2리 944-2번지
제보일시 : 2010.2.17
조 사 자 : 황루시, 유명희, 박현숙, 윤준섭

토박이로 매산국민학교를 졸업하고 젊어
서 한 때 서울에서 정원사 등 여러 가지 일
을 하며 30여 년을 살았다. 다시 고향으로
돌아온 지 18년이 되었다. 베틀가는 예전에
라디오에 나오는 것을 듣고 배웠으며 다른
노래들도 민요 테이프를 듣고 많이 배웠다
고 한다. 신식 노래보다는 옛날 노래가 더
좋고 본인 스스로가 잘한다고 생각하고 있
다. 얼굴이 길고 붉은색을 띠는 제보자는 자신만만한 태도로 구연하였다.

제공 자료 목록

03_15_MFS_20100217_HRS_CUS_0001 베틀가
03_15_FOS_20100217_HRS_SHY_0001 논 매는 소리 / 에헤야 소리

최지섭, 남, 1938년생

주 소 지 : 강원도 홍천군 남면 유치2리 952-2번지
제보일시 : 2010.2.24
조 사 자 : 황루시, 유명희, 박현숙, 윤준섭

최지섭은 독실한 천주교 집안에 태어났
다. 부모님은 최지섭이 태어난 지 얼마 되지
않아 강원도 횡성군 풍수원을 떠나 강원도
홍천군 남면 유치2리 952-2번지로 이주했
다. 21세에 당시 20세 강대영과 결혼하여
슬하에 1남 4녀를 두었다. 매산초등학교와
양덕중학교를 거쳐 춘천농업고등학교를 졸
업했다. 30대에 하이트맥주(크라운맥주)회사
에 취직해서 맥주원료 재배 기술 가르치는 일을 하고 정년퇴직했다. 마을
이장 3년, 퇴직 후에는 농협조합장 4년을 역임했다. 학업과 군입대 기간
을 제외하고는 평생 고향을 지키고 있다.

보통 체격에 머리가 벗어지고 안경을 썼으며, 얼굴이 검게 그을었다.
구연한 설화는 아지담 1편으로 어릴 때 사랑방에서 어른들한테 들은 것
이다. 비교적 차분한 말투로 고개를 자주 끄덕이면서 구연했다.

제공 자료 목록
03_15_FOT_20100224_HRS_CJS_0001 선비 골려준 아이

형제투금(兄弟投金)

자료코드 : 03_15_FOT_20100224_HRS_GYH_0001
조사장소 : 강원도 홍천군 남면 유치2리 546-4번지 마을회관
제보일시 : 2010.2.24
조 사 자 : 황루시, 유명희, 박현숙, 윤준섭
제 보 자 : 권영희, 남, 73세
구연상황 : 제보자가 아버지에게 들었던, 짧지만 교훈적인 이야기라고 소개하며 구연을
　　　　　 시작했다.
줄 거 리 : 의좋은 형제가 고개를 넘어가다가 커다란 금 홍두깨를 발견했다. 각각 홍두깨
　　　　　 를 독차지하고 싶다는 욕심이 생기자, 형제는 의리를 지키기 위해 홍두깨를
　　　　　 던져버렸다. 고개 위에서 잠깐 쉬는데 어느 청년이 고개 아래에서 올라오더
　　　　　 니, 형제에게 큰 구렁이가 반으로 갈라지는 신기한 일을 겪었다고 말했다. 형
　　　　　 제가 이상하게 생각하고 내려가서 확인해보니, 반으로 갈라진 구렁이는 형제
　　　　　 가 던져버렸던 홍두깨였다. 형제는 사이좋게 홍두깨를 나눠가졌다.

　　옛날에, 두 형제가 고개를, 큰 령(嶺)을 넘어가게 되어 있는데, 인제, 다
정했대. 아주 흥부와 놀부 모양으로 엄청 다정한 사이래. 두 형제가. 그래,
인제. 한 중턱에 가니깐은.

　　[40초간 구연을 하다가 빼먹은 부분이 있다며 다시 구연했다.]

　　홍두깨가 있는데, 동생이, 동생이, 아, 형이 얻어 와 가지고 굉장한 큰
홍두깨가 있으니깐, 금홍두깨가. 그리, 저. 동생에게,

　　"이고 가게. 자네가."

　　그래, 이고 가('가면서'의 뜻임) 앞에 가는데, 형이 뒤따라가니깐, '저놈
을 저걸 해코지해서 내가 갖고 싶더래.' 심정에. 그리 희한하게, 아주 의
리가 좋은데.

　　그래 그러니깐, 형이 뒤따라 가다가.

"아, 동생 내가 이고 가겠네."

아으, 형이 이고 가는데, 그래, 뒤에 동생은 따라가는 수밖에, 가다 보니깐, '저('형을'의 뜻임) 해코지해서 내가 메고 가고 싶더래.'

그래 가지고선 형이, 동생한테 이젠, 그걸 내려놓고선 얘기를 하기를,

"너, 내가 이걸 매고 갈 때 심정이 어떠냐?"

"아유, 형님을 죽이고선 이게 갖고 싶었어요."

그래, 인제, 이 놈이고 형님이고, 인제, 그(형과 동생이 같은 생각을 했다는 말임)

"나도 마찬가지다."

이거야.

그래서는, 의리가 좋은데,

"이거 우리가 가져가다가는 큰일 난다."

이거야.

"서로 가져가다가는 큰일 나니깐 내던지고 가자."

이거야.

의리가 원체 좋으니깐은, '여기서 금덩어리를 내던지는 게 의리를 지탱하는 거다.' 이거야. 돈도 필요 없으니깐은 그냥 내던지고선 그냥 간 거야.

[좌우 청중을 바라보고] 그래 올라와서 그 얘기를 하구, 금덩어리를 내던지고 왔으니 심정이 어떻겠어? 고개 올라가서 둘이 형제가 다정히 얘기를 하고서 있다니깐은

아, 젊은 놈이 하나 올라오면서 헐레벌떡 해면서,

"아, 내 이런 꼴은 첨 봤다고."

말이야.

"오다가니깐(올라가다 보니깐) 큰 구렁이가 나타나서 돌멩이를 던지니깐은 어떻게 바로 맞았는지 반으로 갈라졌다."

이거야.

(청중 : 홍두깨가?)

응, '갈라졌다.' 이거야.

돌멩이를, 큰 구렁이가 나타났는데, 돌멩이를 던졌는데 던지니깐 반으로 갈라졌다 이거야. 금이 가서 떨어졌다 이거야.

그러니깐 죽을 대로 땀을 흘리면서 올라 왔더래. 가만히 형제가 생각해 보니깐, '이상하잖아 이게, 자기네가 금덩어리를 메고선 왔다가 내던졌는데, 큰 구렁이가 나타났다는 게 이상하잖어.'

아, 그, 인제, 그 사람은 그러고,

"아유, 죽을 뻔 했다고."

가구선,

"내려가 보자."

하고선, 두 형제가 내려간거야.

내려갔더니, 아닌 게 아니라. 큰 홍두깨가 반을 딱 해놨다는 거야. (큰 홍두깨가 반으로 나눠졌다는 말임)

그래 가지고선 하나씩 메고 오니깐은 뭐, 형제지간이 뭐, 저그꺼, 저그가 둘이 노나(나눠) 가졌으니깐은. 그래서 이걸 딱 노나 가지고선 그걸 메고 와서 잘 살더래.

매화산과 배내미 유래

자료코드 : 03_15_FOT_20100217_HRS_BJG_0001
조사장소 : 강원도 홍천군 남면 시동3리 375-6번지 마을회관
제보일시 : 2010.2.17
조 사 자 : 황루시, 유명희, 박현숙, 윤준섭
제 보 자 : 변정구, 남, 76세

구연상황 : 시동3리에서는 용석종 제보자를 중심으로 하여 민요를 먼저 조사하였다. 민
　　　　　요를 다 듣고서, 조사자가 마을의 지명과 관련된 이야기가 없냐고 물어보았
　　　　　다. 그러자 변정구 제보자가 많은 것은 모르고 시동3리 지명 유래에 대해서는
　　　　　조금 안다며 구연을 시작했다.
줄 거 리 : 홍수가 났을 때, 매화산은 봉우리가 매화가 앉아있을 만큼 남아서 매화산으로
　　　　　불렸고, 배내미는 봉우리 사이로 배가 다녔다고 하여 배내미로 불렸다.

　매화산(시동3리 북쪽에 있는 산을 말함)이라는 게, 왜 매화산이라고 하
면, 그 옛날에 여기 아주, 그러니깐 수억 년 전 이야기겠지요.

　여기가 전부 물이 찼어요. 그런데 그, 매화산이 매화가 앉으리만큼 남
아서 매화산이래요. 그리고 인제, 저쪽에 가면, 배내미(시동3리 서남쪽에
있는 금은산을 말함)라는 게 있어요. 저 건너 가면은, 그 배내미라는 게
있는 데,

　[양손을 좌우로 벌리고] 양쪽에 산 부렁재(봉우리)가 요렇게 생기고 그
골에 그리로? 배가 다녔답니다. 그러니깐 저 매화산보다 양쪽 산은 조금
높았겠죠.

　그래서 배내미가 생겼고, 그래 그런 것 밖에 몰라요.

쥐 좆도 모르냐

자료코드 : 03_15_FOT_20100217_HRS_BJG_0002
조사장소 : 강원도 홍천군 남면 시동3리 375-6번지 마을회관
제보일시 : 2010.2.17
조 사 자 : 황루시, 유명희, 박현숙, 윤준섭
제 보 자 : 변정구, 남, 76세
구연상황 : 앞의 매화산과 배내미 지명 유래에 이어 조사자가 계속 이야기를 청하였다.
　　　　　그러자 제보자가 쥐가 둔갑한 이야기를 안다며 구연을 시작했다.
줄 거 리 : 쥐가 부잣집의 주인으로 둔갑하였다. 진짜 주인과 쥐가 둔갑한 가짜 주인이
　　　　　서로 진짜 주인이라고 다투었다. 고을 원이 재판을 하였는데 집의 서까래 수

를 알고 있던 가짜 주인이 부잣집의 주인이 되었다. 자신의 집에서 쫓겨난 진짜 주인은 서천서역국의 절에서 도를 닦았다. 절의 법사가 진짜 주인에게 고양이를 주었다. 고양이를 가지고 집으로 돌아가니, 고양이가 둔갑한 쥐를 물어 죽였다. 주인은 부인에게 쥐 좆도 모르냐고 말했다.

고냥이(고양이) 있잖아요. 고냥이가 거, 야옹하는 게 원래 다옹이래요.

(보조 조사자 : 다옹?)

네, 그, 옛날 부잣집이서 별안간 주인이 둘이 나타났어요. 주인이 둘이 나타났어요. 그래 뭐, 어떤 사람은 김진사, 이진사 그러는데, 그거하고 상관없이 주인이 똑같은 게 둘이 나타났단 말이에요, 둘이. 아, 그런데, 그 전에는 그, 고을 원(員)한테 가서 재판을 받았어요. 둘이 사람이 똑같은 게 나타났으니, 어떡합니까? 그런데, 그래 가서 물으니깐, 원이 하는 말이.

"그 진짜 주인은 뭐든지 알 꺼 아니냐?"

"예, 압니다."

그러니깐,

"그럼, 너희 집 서까래가 몇이냐?"

하고 물었답니다.

그러니깐, 사람은 모르잖아요. 서까래가 몇인지, 세고 다니는 사람이 없지. 그런데, 그 쥐가 둔갑한 사람은,

"아, 몇 개다."

이런 얘기예요. 그래서 가 세어 보니깐, 쥐가 얘기한 게 맞거든. 그래서 (원래 주인이) 쫓겨났어요. 쫓겨났는데 이 사람이 쫓겨났으니깐 갈 데가 없잖아요. 양반행세하고 있던 사람이 갈 데가 없어 가지고 서천서역국 큰 절로 들어간 거예요. 인제, 서천서역국이라고 그러믄, 아, 지금은 중국, 공주를 도를 닦은 데 가지고 말하는데, 그 절이래요. 큰 절이래요. 절인데, 그, 인제, 거, 뭐야. 법사가, 거기 가서 도를 자꾸 닦고 있으니깐은, 뭘, 요만한 짐승을 하나 주는데(법사가 양반이 도를 열심히 닦고 있는 것을 보

고 짐승을 주었다는 말임) 고양이가 얼마나 묵었던지 털이 까칠까칠 해요.
그런 걸 하나 주면서, 이걸 가져가면 니가 주인 노릇을 할 거다. 그러고서
는 주더래요.

그래서,

"도포자락에다 넣고 배키지(보이지) 말구 가라."

그래, 집에 찾아가니깐,

"또, 저, 가짜 주인 놈 왔다구."

야단이거든, 종들도 전부 모르고서는 야단을 치는 거야.

그래서,

"여('여기'의 뜻임) 도포자락에서 이렇게 내다 대고서는 그, 주인놈을
하여튼 노리게 해라. 이 짐승이 노리게 하면은 바로 찾을 거다."

해서, 도포자락에서 요렇게 꺼내서 냅다 그 주인을 노리면서 가서 물으
니깐은 무는데, '다웅' 하고 가서 물었단 말이야. 다웅 선생이 그 보냈대
요, 그 고냥이를. 아, 그래, 물어, 물구, 몇 번을 가 물었는데, 큰 쥐가 벌
떡 자빠지잖아요. 그래서 부인 보고 하는 얘기가.

"사람하고 쥐하두, 쥐하고도 모르느냐고?"

말이야.

같이 동침을 하구 그랬는데, 그게 원래 상말로 하면 나쁜 말인데.

(보조 조사자 : 그걸 하셔야 돼요.)

(보조 조사자 : 그래야 제목이 들어가요.)

아이,

"막말로 쥐 좆도 모르냐구!"

그랬대요.

[일동 웃음]

삼천갑자 동방삭

자료코드 : 03_15_FOT_20100224_HRS_WSC_0001
조사장소 : 강원도 홍천군 남면 유치2리 546-4번지 마을회관
제보일시 : 2010.2.24
조 사 자 : 황루시, 유명희, 박현숙, 윤준섭
제 보 자 : 원세철, 남, 75세
구연상황 : 앞의 권영희 제보자의 이야기가 끝나고 점심 식사를 하고 난 뒤, 유치1리 주민들도 이야기판에 흥미를 느끼고 적극적으로 재조사에 참여했다. 조사자가 이야기를 청하자 원세철 제보자가 동방삭이와 관련된 이야기가 하나 있다며 구연을 시작했다.
줄 거 리 : 동방삭이와 맹인이 농사를 지었는데, 동방삭이가 맹인 논의 물을 자기 논으로 옮겼다. 동방삭이가 사흘 후에 죽는다고 맹인이 중얼거리는 말을 들은 동방삭이가 맹인에게 사과하고 자신이 살 수 있는 방법을 물었다. 맹인은 동방삭이에게 고갯마루에서 저승사자가 오면 그들에게 밥, 신, 돈을 내주라고 말했다. 동방삭이가 맹인이 시키는 대로 하자, 동방삭에게 신세를 진 저승사자는 동방삭이를 잡아가지 못하게 되었다. 저승사자는 궁리 끝에 문서를 삼십갑자에서 삼천갑자로 고쳤고, 동방삭이는 삼천갑자를 살게 되었다. 삼천갑자가 지난 후, 동방삭이는 저승사자의 꾀에 속아 저승으로 잡혀 갔다.

그 전에 동방삭이가 농사를 짓는데, 눈 먼 사람하고는 저, 농토가 같이 있는데, 아, 꼭대기 땅에는 눈 먼 사람이 부치고 아래는 동방삭이가 논을 부치기를 부치는데. 농사를 짓는데. 거, 어떻게 날이 가물었는지 팻물(물을 돌아가면서 대는 것을 말함)을 해대는데, 팻물, 그나마다 뭐, 물이 있으면 팻물을 하는데. (여기서는 눈 먼 사람의 논에 팻물을 한 것임)

이 눈 먼 사람 논이 꼭대기의 물이 가득하고, 저(동방삭이)는 가서 눈먼 사람의 밑에 논을 부치니깐, 맨져(만져) 보니깐 논이 말랐단 말이야.

그래 가지고 가만히 이렇게 보니깐은, 눈 먼 사람이 꼭대기에 논을 부치는데. 눈, 저, 뜬 사람(동방삭이를 말함)이 봉냥꼬댕이(소나무 송진을 뗄 때 쓰는 막대기를 말함)을 갖고 와서 논두렁을 서 너 군데 뚫어 놓으니, 논이 바짝 마르네, 가(가서) 논 물을 보니깐. (동방삭이가 자신의 논에 물

을 대기 위해 막대기로 길을 내어 눈 먼 사람의 논의 물을 뺐다는 이야기임) 그래, 그 쇠경이 가서 이렇게 맨져(만져) 보니깐, 구녕을 서 너 군데 뚫(뚫려 있고), (동방삭이는) 구녕을 뚫어놓고 보는 거야. 그, 저, 논두렁 앞의 옆에서.

"아, 이놈이 사흘이면 이놈이 죽을 놈인데, 내 논두랑을 뚫어 놓고선 물을 다 뺐구나."

아, 거, 사흘 만에 죽는다는데, 가만히 생각하니깐, '그거 죽는 놈이 남의 꺼 빼앗아서 뭐있느냐?' 이거야. 그래서 와서, 아주, 도저히 얘기를 했어.

"여보게, 내가 하도 논이 말라서, 참 아닌 게 아니라. 물을 자네 껄 뚫어서 내가 물을 댔는데, 그런 줄 알고 좀, 다음엔 거시기 해주게. (내가 사흘 안에 왜 죽는지 이야기해 주게라고 말한 것임)"

"그럼, 나 시키는 대로만 할래?"

아, 뭐, 사흘이면 죽는다니깐 시키는 대로만 하는 수밖에 더 있어.

"그럼, 너, 낼 모레, 니가 낼 모레면 죽어. 나 시키는 대로만 하면 산다. 저, 밥 세, 밥 벤또 세 개를 싸 가지고, 신 세 켤레하고, 돈 삼천 냥하고만 가 가지고 가서."

가만히 저기 아룻골 같은 고개가 있던 모양이야.

"그 고개 마루터기 가 앉아서라. 앉았으면, 열두 시, 낮 열두 시면은, 패랭이 쓴 놈이 세 놈이 넘어오다가, 그, 여름, 하절이라든지, 너무 뜨겁다고 쉰다고 그러거든. 거기 앉았다가 거동을 보고 있다가 그놈들이 '배가 고프다.' 그거러든, 밥을 한 그릇씩 돌라주고, 만약 '노자가 떨어졌다.' 그러거든, 돈 천 냥씩 주구, '신발이 떨어졌다.' 그러거든, 신 한 켤레씩만 내놔라. 그럼 될꺼니."

아, 그러니, 죽는다니, 서러우니깐,

"시키는 대로 하겠다구."

밥 벤또 서이를 싸 가지고, 돈 삼천 냥하고 신발 세 켤레 하고 가, 그 고개 마루터기에 앉았는 거야. 앉았다니깐, 열두 시가 참, 거의 됐는데, 패랭이 쓴 놈이 세 놈이, 벙거지를 쓰고는 올라 오더니,

"아이 시원하다, 여기서 쉬어가자."

아, 거 고개말('고갯마루'의 뜻임)에서 쉬다가,

"아, 어디들 가는 길인데, 이렇게 배가 고프다고 그러쇼?"

그러니깐,

"아유, 어디꺼정 가는 길이유."

"아, 배고프다."

그래서, 밥을 한 그릇씩 주구, 벤또를 한 그릇씩 주구, 노나(나눠) 먹으라구 주구.

"아이, 신이 떨어졌네. 어쩌거이나?(어찌할까나?)"

"여기 내가 신을 가지고 있으니깐 한 켤레씩 신으시유."

"여기서 아무데까지만 하거든, 돈이 쫌 들어야겠는데, 자네 좀 돈이 있나? 어째? 나도 돈이 모자르는 것 갑쇼."

그러니깐,

"그럼 내가 가지고 있는 게 있으니 노비(노자)나 가져가라구."

돈 천 냥씩 줬어, 그래 어디까정 가는 지를 물으니깐,

"아이, 삼십갑자 동방삭이를 잡으러 가는 길인데, 아직두 갈려면 멀었수. 그래, 가만, 그래, 그 삼십갑자 동방삭이를 왜 잡을라구 그러쇼?"

그러니깐,

"아이, 때가 되어서 염라대왕이 잡아오라고 그래서 지금 가는 길이유."

"내가 삼십, 삼십갑자 동방삭이요."

아이, 내가 동방삭이라구 그러니, 아이, 가만히 생각하니, '배고파 밥 한 그릇씩 잘 얻어먹어, 노비 떨어져 돈 천 냥씩 얻어, 노비 얻어, 신발 떨어졌으니깐, 신발 한 켤레씩 얻어신어. 아, 이놈을 어떻게 잡아 가지고

가나? 동방삭이를.'

그래, 그 사자가, 사자가, 말하자면 사자지. 서이가 투덕(생각)을 하는 거야.

'아이, 우리가 동방삭이를 잡으러 가는데, 이게, 밥, 배고파 잘 얻어먹어, 신발 얻어, 노비 얻어, 이기, 뭐 잡아갈 도리가 있어.'

서이가 투덕을 하고 가만히 하니깐, 삼십갑잔데 복판 열 십(十)자구, 밑에 삼십갑자인데, 서이가 투덕을 하다보니깐, 한 사람이 하더니.

"예야, 됐다! 아이, 열 십자 꼭대기에다가 하나 삐치면 일천 천(千)가 되는 거 아니냐?"

그래 삼천갑자가 되는 거야, 인제.

"됐다."

그래 염라, 열 십자 꼭대기에다가 점 하나를 더해 가지고 일천 천자를 만들어 가지구, 삼천갑자가 되는 거지. 가서, 염라대왕한테 가서, 보고를 하는 거야.

"아이, 삼십갑자 동방삭이를 잡으러 가다보니깐, 세상에 못 찾겠습니다. 이, 저, 문서에 보니깐 삼천갑자는 있어도 삼십갑자는 없습니다."

"아, 어디, 문서 가져와 봐라."

가져다가 이렇게 문서를 보이니깐,

"아유, 이, 참, 삼천갑자니 아직도 멀었다. 이놈 잡아올 날이 아니, 안 됐다."

그래 가지고 삼천갑자를 동방삭이를, 저렇게 살려놓았다구 해서, 삼천, 동방삭이가 삼천갑자 동방삭이로 이름이 났다는 거예요.

그러면 동방삭이가 이제, 거, 삼천갑자를 사는데, 사자가 삼천, 삼천갑자가 됐으니깐, 다시 잡아오라구 그럴 꺼 아니야. 도저히 죽을 때가 되니깐은 그렇겠지.

이놈을 삼천갑자 동방삭이를 잡을라고 그러는데, 세상 수덕을 못해서

이 동방삭이가 죽을 때가 됐는지. 그저저, 괴기다리키[1] 있죠?

[15초간 괴기다리키를 설명하고서]

아이, 죽을 때가 됐는지, 동방삭이가 거기에다가, 아니, 참. 사자가, 사자가, 괴기다리키에다가 숯을 담아 가지고선, 그저, 동방삭이 댕기는 길을 알았던 모양이야. 그 길목에 도랑이 있는데, 거기에서 (괴기다리키를) 흔들흔들 하니깐은. 동방삭이가 지나가다 보니깐, 아, 이놈이 괴기다리키에다가 뭔가를 흔들흔들 하거든.

들여다보구는,

"아유, 뭘, 흔들거리유?"

"아이, 숯을 여기다 담아 가지고 흔들면 옥이 된다고 해서 흔든거지유."

그러니깐,

"아유, 내가 애비허리구('여지까지'의 뜻임) 삼천갑자를 살았어두 숯덩어리에다가, 아이 뭐야, 괴기다리키에다가 숯을 담아 가지고 옥 된다는 걸 생전 첨 들었네."

그러니깐,

"아, 니가 동방삭이냐."

이러고 잡아 가지고 가니깐.

[일동 웃음]

죽을 때가 되니깐 그렇게 사자 눈에 맞쳐서(맞어서) 잡혔다는 말이오.

장구혈과 단지혈

자료코드 : 03_15_FOT_20100224_HRS_WSC_0002
조사장소 : 강원도 홍천군 남면 유치2리 546-4번지 마을회관

---

1) 가는 댓조각을 엮어서 통과 같이 만든 고기잡이 도구를 말하는 것으로 보통 '통발'이라고 부른다.

제보일시 : 2010.2.24
조 사 자 : 황루시, 유명희, 박현숙, 윤준섭
제 보 자 : 원세철, 남, 75세
구연상황 : 앞의 이야기와 같은 상황에서 구연했다.
줄 거 리 : 삼형제 중에 첫째와 셋째는 각각 논 삼십 마지기를 부칠 만큼 부자였지만 둘
째는 부칠 논도 없이 가난하게 살았다. 둘째는 꾀를 내어 형과 동생에게 자신
이 못사는 이유가 부모님 묏자리 때문이니 묏자리를 옮기겠다고 하였다. 둘째
의 말을 듣고 형과 동생은 괜한 일을 만들지 말라고 하고 논을 셋이 똑같이
나눠 갖고 공평하게 잘 살았다.

옛날에 삼형제가 사는데, 아, 있자나, 맏이는 논을 삼십 마지기를 부치
고, 맨 끝의 놈도(막내도) 논 삼십 마지기를 부치고. 둘째 놈은 아주 못살
아. 둘째가. 아주, 둘째 놈이 제일 못살아. 아이, 아마 제 아버지가 노놔
(나눠)줄 땐 같이 노놔줬겠지만은, 조금씩 농사를 지으니깐, 농토를 노놔
주겠지만, 둘째 놈은 아주 팔아먹었는지, 투전을 해 없앴는지. 여튼(여하
튼) 못살아. 아이, 그, 둘째, 가운데 있는 동생이 가만히 생각을 하니깐,
형도 잘살고 동생도 잘사는 데, 나만 못사니깐 하두, 이상하단 (말이야).

동생이 꾀를 부렸어. 부려버렸어. 무슨 꾀냐면은, 저 형님한테 가서 얘
기를 하기를 뭐라고 하느냐면은,

"형님."

"왜 그러나?"

"나, 저, 아버지, 어머니를 파서 천례(묏자리를 이장한다는 뜻임)할라 그
러우."

"아, 천례를 왜 해?"

"아이, 우리 아버지, 어머니 장구혀리('장구혈'의 뜻임)에다가 쓰지 않았
수? 장구혀리에다가 썼는데, 천례를 해서 단지혀리('단지혈'의 뜻임)을 갖
다, 단지혀리를 잡아 논 데가 있으니깐 단지혀리에다 갖다 쓸라 그러우."
(부모님의 묘자리를 장구혈에서 단지혈로 옮긴다는 말임)

아, 그러구선, 저 동생한테 또 얘기를 하는데,

"동상."

"왜 그러냐구, 왜 그러냐?"

그러니깐,

"나는 내가 못사니깐, 난 저, 아버지 쓴데다 장구혀리에다 지내니, 단지 혀리에다 잡아서 아버지, 어머니를 모실 꺼니깐, 그런 줄 알라우." (자신이 못사는 이유가 부모님의 묏자리를 가운데가 홀쭉한 장구혈에다 썼기 때문이라고 생각하고 자신이 잘살기 위해 가운데가 볼록한 단지혈로 부모님의 묏자리를 옮기겠다는 말임)

동생은, 형님하고 동생하고 가만히 들으니, 아이, 이건, 방금 건, 맏이도 거시기 할 꺼 같애. 단지가 복판이 불룩하지유? 단지란 거 알아요? 항아리, 단지, 거 복판에 불룩한 거. 아래위로 홀쭉하자나요. 생각을 해보니깐, 안 되겠어. 그래, 저 성(형)이 이따 하는 얘기가, 하나만 못 살아두 안 되는데, 저도 못살지, 동생도 못살겠구나 하니깐.

"에이, 그럴 거 없다야. 나 시키는 대루 해라. 내가 논을 열 마지기 줄 꺼니깐, 절대루 거시기내, 천례 생각을 말라."

"그럼, 형님, 꼭 열 마지기를 주실라우?"

"내가 열 마지기를 주마."

그럼 동생한테가서 물어봐야 하네. 동상이 준다면 몰라두. (막내에게도 형처럼 논 열 마지기를 줄 수 있는지 물어보겠다는 뜻임) 그래 동생한테 가, 얘기를 하니깐, 동생이 또 하는 얘기가.

"아유 형님이, 가만히 있는 것, 쓰는 것을 벌집 맨들지 말구. 내가 열 마지기를 드릴테니깐, 나하구, 그럼 형님도 한 삼지기, 나두 한 삼지기, 이렇게 해서 같이. (형님도 삼십 마지기, 나도 삼십 마지기이니 둘째 형에게 열 마지기씩 줘서 셋다 이십마지기씩 나눠 갖자는 말이다)"

그래서 삼형제가 공평히 잘 살았다는 얘기를 했습니다.

제비 말을 알아듣는 형제

자료코드 : 03_15_FOT_20100217_HRS_LGC_0001
조사장소 : 강원도 홍천군 남면 시동3리 375-6번지 마을회관
제보일시 : 2010.2.17
조 사 자 : 황루시, 유명희, 박현숙, 윤준섭
제 보 자 : 이규찬, 남, 78세
구연상황 : 앞의 변정구 제보자의 이야기가 끝나고 조사자가 계속 이야기를 청하였다. 그
러자 이규찬 제보자가 예전에 들은 이야기를 한마디 하겠다며 구연을 시작했
다. 이야기를 시작하기 전에, 자신이 옛 이야기라 잊어버린 부분이 많다며 걱
정하였지만 이야기의 세밀한 부분과 한문어휘까지 대부분 기억하며 구연했다.
줄 거 리 : 동물 소리를 알아듣는 서우함과 서수함 형제가 있었다. 두 형제는 숲 속에서
'임육다'라는 소리를 듣고 가보니, 그곳에는 황소가 죽어 있었다. 그때, 황소
주인이 황소를 죽인 도적으로 형제를 의심하였다. 두 형제와 황소 주인은 고
을 원님에게 가서 재판을 받게 되었다. 원님은 두 형제의 재주를 의심하고 두
형제를 시험해 보았다. 두 형제가 원님이 시험한 제비 소리를 정확히 맞히자,
원은 이방을 시켜 두 형제를 집으로 돌려보냈다. 고을 원이 이방에게 그들이
돌아가면서 했던 말을 물어보자, 이방은 두 형제가 원님의 상을 보고 원님이
중의 아들이라고 했다고 대답했다. 원님이 칼을 빼들고 어머니에게 확인해보
니 두 형제의 말이 맞았다.

　이조 중엽에 서우함, 서수함이라는 두 형제가 살았는데, 이 두 형제가
글방을 다니는데, 산 잔등('산등성이'의 뜻임)을 넘어서, 그 아랫마을 아침
에 내려가서 한문을 배워갖고 오는데. 그때는 그, 살기가 어려워서 바가
지에다 밥을 싸서, 어, 벤또처럼 이렇게 가지고 다니면서 먹었는데, 그걸
겨드랑이에 끼고 이게 산을 넘다보니깐, 산 굴멍(계곡)에 큰 나무가 숲이
있는데, 그 숲이 있는, 그 맞은 편 쪽에서 까마귀가 울어대는데. 뭐라구
우느냐 그러면은, '임육다(林肉多)! 임육다!'이라고 우는, 이제, 그 까마귀
소리를 이제, 두 형제가 다 들었어요. 그때 그, 서우함이가 형이구, 서수
함이 동생인데, 그 형이 동생보고 하는 얘기가,

　"저, 지금 까마귀가 뭐라고 짓느냐?"

그러니깐,

"아이, 그거 '임육다'라고 그럽니다."

동생이 이렇게 얘기했어요.

그 '임육다'라는 거는 뭐냐면은, 수풀 임(林)자, 육, 고기 육(肉)자, 많을 다(多)자, '임육다' 수풀에 고기가 많다. 근데 이걸 알아내는 걸, 그때는 뭐라고 그랬냐면은, 그 유명한 사람들이, 그 지식이라도 있고 그런 사람들은 지음이라고 그런 걸 하는데, 지음이라는 건 뭐라고 그러면은, 알 지(知)자 소리 음(音)자, 지음. 그러니깐 지음을 하는데, 두 형제가 다 지음을 하는 거야.

그러니깐,

"그, '임육다'라고 하는 얘기가, 수풀에 고기가 많다구 그러는데, 그냥 갈 게 아니라, 가보구 가자."

그래서 인제, 그걸 보러간 거야. 그 수풀 속에 뭐이가 있나? 가보니깐 큰 황소를 잡아먹고는 대가리하고 다리하고 껍데기만 남겨놓고는 살, 고기는 다 파간 거야.

그러고 보고선, 돌아설라구 하는데, 우쨴(어떤) 녀석이 수건을 질끈 맸는데, 그게 소 주인인데,

"내가 소를 잃어버려서 도적놈을 찾는 중인데, 못 찾았는데 네 놈들이 잡아먹은 게 아니냐? 내 소가 여기 와서 죽을 턱이 없지 않냐?"

(청중 : 소 값을 내라.)

그러니깐,

"소 값을 내던지, 결국은 도둑놈은 너희다."

그래, 거기다 생트집을 하는 거야. 그러니깐, 이 형제가,

"아니라구."

거절을 해봤자, 용납은 안 되고, 그래, 결국은, 인제, 결국은 재판을 할 정도가 됐는데, 그때 당시의 원(員)이 삼권을 다 갖고 있는 거야. 입법도

갖고 있고, 사법도 가지고 있고, 이 형사 문제도 다 갖고 있으니깐.

거, 두 형제가 걸려서 죽게, 인제, 게, 결국 법의 처벌을 받게 이르게 됐어요. 그래, 법의 심판을 받게 됐는데, 그 원한테 가서,

"우리는 절대 그거 모릅니다."

해도, 인정이 안 되는 거야, 보증인이 없어서. 그러니깐 결국은 인제, 처벌을 받을 처지인데, 그 지음을 해서 알아서, 알아서 거기를 갔다가 왔다는 얘기가, 그게 신빙성이 없구, 인정을 받을 수가 없고 그래서. (처벌을 받을 처지에 있는 두 형제의 상황을 설명한 것임)

그거를 찾아내야 하는데, 증거를 뭘로 잡느냐? 이거야. (판결을 내리기 위해 증거를 잡아야 하는 원의 상황을 설명한 것임)

"그래, 그렇게 되면 천상 이제, 증거를 잡을 수 있는 거는, 딴 게 있으니깐 그걸 대비하라."

하구, 원이 이방한테다가 인제, 얘기를 시켜서 증거를 확보를 하는데, 그 증거물이 뭐냐 하면은 제비집이야. 제비집이 여름에는 이렇게 있는데, 그때는 드러누워서 보면, 정확하게 이 안에 비 안 맞는 데에다가 제비가 새끼를 집을 지어 갖구 새끼를 쳐서 나가는데, 그때 여름이라서 제비가 막 새끼를 치고 그러는데 그 제비 새끼를 놔넣구, 애미가 오실 제, 제비 새끼를 갖다 감춰 버렸어. 갖다 감추구, 나중에 인제, 그 서우함이 형제한테다,

"지금 너들이 지음을 해서 그걸 알았대면은, (앞의 숲 속에서 들은 '임 육다'를 말함) 지금 이 제비가 막 짖고 우는데, 이것을 뭐라고 그러느냐? 해명을 해라."

그러니깐, 그 해명을 할 때 뭐라고 했느냐면 그 동생이 하는 얘기가,

"제비가 원래 우는 소리는 '지지이지지요.' 알면 안다고 그러고, '부지위 부지시연2)이라' 모르면 모른다고 해라."

그러니깐, 그 얘기가,

"제비의 본성은 이렇고, 이차적인 문제(현재 제비가 겪는 문제를 말함)은 이렇다. 근데 지금, 지금 우는 제비는 그런 얘기가 아니구, '지지위지지요, 부지이부지시연'이라는 것은 아니고. 지금 우는 것은 '피불용 육불식'3)야. '가죽도 써먹을 게 없구, 고기도 먹을 게 없구, 아무 죄 없는 내 아들 놔라구', 이러고 운다."

그래, '지지위지요, 부지이부지시연'이라는 게 아니라. '피불용, 육불식하니 사아자사아자'한다며 운다는 것을 듣고 원이 기절초풍을 한 거야. 지음을 그렇게 잘 할 수가 없다.

그러니깐, 그 두 형제를 칙사 대접을 하듯이 별안간 주안상을 장만하고, 원의 힘으로다('원이 직접 신경을 쓰면서'의 뜻임) 음식을 장만하고, 아, 대우를 기가 막히게 허는데. 이렇게 음식을 보구, 음식을 안 먹는 거야. 그래, 해다 줘서, 성의껏 해다 줬는데, 두 형제는 배가 고플 텐데, 안 먹는 거야. 그래 다른 음식을 해다 줘도 안 먹는 거야. 그래 원이 하도 답답해서,

"그러면 내 성의로는 두 분의 화난 걸, 풀어 줄 수 없으니 너희 이방들이 잘 해서, 그 도련님을 조군으로다가 모셔서(교군을 잘못 말한 것으로 가마를 타고 모신다는 말임) 집에 보내 들이라."

이렇게 했어요. 그랬더니, 길이 험하디, 험하구 그러니깐은, 차마 조군으로 갈 수는 없고 걸어서 가는데, 원의 그, 이방들한테 얘기를 하기를,

"저 두 형제가 무슨 얘기를 할거다,"

이거야.

"무슨 얘기든지 할 거 같은데, 그 결국은 대화가 이루어진 것을 다 녹

---

2) 논어 위정편에 나오는 것으로 '지지위지지(知之爲知之), 부지위부지(不知爲不知), 시지(是知)라.'를 말한 것임.

3) 뒤에 나오는 피불용(皮不用) 육불시(肉不食)하니 사아자사아자(捨我子捨我子)라고 말해야 할 것을 줄여 말한 것임.

음을 해서 나한테 보고를 해라.”

이래서, 두 형제를 그 이방들이 매셔다(모시고) 주고서 왔는데, 그러니깐 인제, 그 결과 보고를 하는데, 이기 결과 보고를 할 수 없어.

왜 그러냐면은, 말이 하두 엄청난 소리를 하니깐, 그 대화중에서 일어난 것이, 뭔 대화가 일어난 것이냐, 이래서 나중에 하는 얘기가, 두 형제 하는 얘기가, 아이고 동생이,

“형님, 그거, 왜, 그거 시장할 텐데, 그걸 안 잡숩느냐?”

그러니깐,

“그 음식이 애장골에서, 애가 죽은 걸 갖다 파묻고 그런 데다가 화전을 해서 매물(메밀)을 심어갔구, 그 매물을 따가 음식을 만든 건데, 그걸 어떻게 더러워서 먹겠느냐?”

그러니깐,

“대접한 음식을 안 먹은 이유는 알았는데, 거, 그 말 한 거 외에, 무슨 대화가 또 있었을 거 아니야? 그 대화한 거 뭐냐?”

그러니깐,

“아, 감히 원님한테 그거는 보고 드리기가 어렵습니다.”

얘기를 못하는 거야.

“무슨 얘기를 하던지, 내가 잘못 했든, 누가 잘못했던지, 그건 다 용서할 테니깐, 있는 그대로 발표를 해라.”

그러니깐, 얘기를 해, 했는데,

“아, 글쎄, 우, 저, 원의 상을 보구 왔냐?”

원의 상은 뭐냐면, 원의 얼굴의.

(보조 조사자 : 아, 얼굴.)

“신수를 보구 왔냐?”

하니깐,

“아이고, 보나마나 그걸 합천 해인사 중의 새끼더라구.”

그러니, 그렇게는 못하구,

"합천 해인사 중의 자제라라고 그럽니다." (이방과 원이 대화하는 상황에 맞춰 구연자 스스로 정정한 것임)

이리, 이러니깐, 그 원의 신분이 드러나는 거야.

당초에는 엄연히 자기 아버지에 건전하게 자기 태어났을 줄 알았는데, 그기 합천 해인사 중의 새끼라면 그게, 그 어머니가 행실이 좋지 못하는 거는 틀림이 없는데, 그거를 알 방법이 없잖아. 그렇다고 해서, 누가 아는 것도 아니구. 그래서 그 원이 밤에, 자기 어머니한테 칼을 가지고 가서,

"어머니."

칼을 내려놓으면서,

"내 신분이 어떻게 되는 거요?"

그러니깐 하는 얘기가,

"아, 그전에 너희 아버지가 객지에 나가서 다니고 할 적에, 항상 방이 비우고 그래서 밤에 나갔다가 우연히 이런 일이 있었노라구."

그래서 그 신분을 찾았대요.

편지를 남겨 오대손 살린 토정

자료코드 : 03_15_FOT_20100217_HRS_LGC_0002
제보일시 : 2010.2.17
조사장소 : 강원도 홍천군 남면 시동3리 375-6번지 마을회관
제 보 자 : 이규찬, 남, 78세
조 사 자 : 황루시, 유명희, 박현숙, 윤준섭
구연상황 : 앞의 이야기에 끝나자 조사자는 이야기를 계속 청하였다. 그러자 제보자는 자
신이 이야기를 하면 다른 사람들에게 방해가 된다며 구연하기를 꺼려했다. 그
러나 조사자가 이야기 하나만 더 듣겠다고 청하자 제보자는 이야기 하나만
더 하겠다며 구연했다. 이야기에 한문구절이 많이 있으므로 천천히 보충 설명

을 하며 구연했다.

줄 거 리 : 토정 이지함의 집에 배나무가 있었는데 한 아이가 배를 따러 배나무에 올랐
다가 떨어져 죽었다. 이 일로 인해 이지함은 자신의 오대손에 이르러 액운이
미칠 것이라고 예지했다. 이지함은 액운을 막기 위해 종이에 글을 적어 봉하
고 오대손까지 전달되도록 보관했다. 그 후, 오대손이 실수로 사람을 죽여서
처벌을 받게 됐다. 오대손의 며느리는 이지함의 글이 담긴 봉투를 가져가 고
을 원에게 전달했다. 원은 이지함의 편지에 적힌 대로 하여 목숨을 건졌다.
이지함에게 은혜를 입은 원은 오대손을 살려주었다.

토정(土亭) 선생이 그, 다, 알려진 이름이구, 이지함(李之菡) 선생이 토
정 선생님인데, 우리는 흔히, 정초에는 그, 토정선생님 그걸 보구. (토정
비결을 보고를 말함) 좋고 나쁘고 판단하고 그러는데. 그 이지함 선생이
그, 한창 시절인데, 그, 이지함 선생이 토굴에서 살으셨다고 토정에선 그
러는데, 그 전에 살 때는 집이 크고 저, 집안에 배나무가 큰 게 하나 있
었대요.

그런데, 그 배나무, 배나무에 배가 잔뜩 열렸는데, 그때는 먹을 게 없어
서 양식이 딸려서, 굶주리는 세상인데, 동네 애들이 그걸 배가 익어서, 누
러지니깐 침을 삼킬 정도인데, 그 배를 따먹고 싶어서 벼르고, 그러던 차
인데 그때 당시에 배고픈 걸 배를 달랠라고 애들은 나무에 올라가구 그래
서 배를 막 따먹고 이러는 걸 방에서 알았어, 그걸. 방에서 알았는데, 그
여러 놈이 올라가서 떠들고 배를 따먹고 이러다 보니깐, 참, 실수를 해서,
어, 그, 주인이 문을 탁 열고 나가니깐 배나무에 올라갔던 놈이 놀래서 떨
어졌는데, 그게 마침 잘못돼 가지구 죽어버렸어.

그때 죽었으니, 그거를 토정선생 내외가 가만히 앉아서 얘기를 하다 보
니깐, 이게 큰 사고가 난 거야, 보통 사고가 아니라. (토정선생이) 가만히
생각해 보니깐, 앞으로 오대조에 가서 그게 화근이 일어나는데.

"오대조, 오대조에서 일어나는 걸, 배결(미리 액운을 막는 일임)을 하는
방법이 이-, 있, 있잖냐구?"

부인이 남편 보구 조르는 거야.

그러니깐, 인제, 그, 이지함 선생이 앉아서 손을 꼬부랑거리고, 뭐, 이러고 하더니,

"아이고, 큰일 났다."

이거야.

"오대조에 가서, 오대손에 가서, 그 결국은 화근이 일어나는데 그 화근을 모면할 수 있도록 어떻게 좀 잘 좀 찾아봐 달라구,"

그러니깐, 꼬부랑꼬부랑 하면서 자꾸 뭘 쓰구, 봉투에다 넣구, 또 쓰구선 봉투에다 넣구, 또 써서 봉투에다 넣구, 그래선 풀칠을 해선 붙이고는.

"이거를 오, 오대조에서 일어날 얘긴데, 만약에 후손에서 그 다음 대에, 다음 대에 가면서 어려운 일이 날 때는 그 걸 전하구, 전하구 해서 오대손한테 잘 넘어가도록(전달되도록) 보관을 해라."

이런 얘기야.

그래, 그, 그 중요한 그, 편지봉투 같은데다가 써 놓은 거를, 대를 물려가면서 넘어가는 거야. 인제, 오대손에 갔을 때, 거, 오대손의 며느리가 그게, 잘 살지 못하구, 그때나 이때나 지금은 먹는 게 흔하지만, 그때는 먹을 게 없고 하니깐, 양식이 없어서 이럴 땐데. 그 며느리가 빨래도 깨끗하게 못해 입고, 그때 명주나, 뭐, 저, 이런 것도 없을 때구, 명('무명'의 뜻임)이나 짜서 옷을 해 입으니깐, 동정이 시커멓게 된, 그런 오대손 며느리가 이제, 그 편지봉투를 받은 거야.

받고 났는데, 그때 당시에 그, 구절장장히(꼬불꼬불한 산길을 표현하는 말로서 뒤의 어려운 세월과 호응됨) 어려운 세월처럼 먹는 거 구, 구해 오느라고 하는 때인데, 옷도 깨끗하게 못해 입고 그러는데, 결국은 돈 벌러 나갔다가 도부(刀斧)질을 해서 살인을 쳤네, 그 오대손 손주가.

그래서 관가에 잡혀가서 인제, 살인자 삼, 살인자 삼원칙에 의해서, 어, 처벌을 받게 됐는데, 이젠 시급했단 말이야. (앞서 이지함이 말했던 어려

운 일이 일어난 때가 지금이라는 것임) 시급하니깐 가서,

"이게 사실은 원님한테 긴히 드릴 말씀이 있다고."

하니깐, 원한테까지 이, 이 봉투가 가야 하는데, 들어가지 못하게 하는 거야. 들어가지 못하게 하니, 하는데 아, 이게 대성통곡을 해가면서,

"원님을 드려야 할 텐데, 원님을 못 드린다고."

아, 그러니깐, 한 데서, 요란스럽게 떠들고 그러니깐은, 아, 원이 그걸 듣고,

"아, 무슨 일인지 들여보내라."

이러는 바람에, 이젠, 원의 명령에 의해서, 인제, 그게 봉투가 원의 손에 갔어요. 그래 원의 손에 갔는데, 원이 봉투를 보니깐, 아, 글씨가 특별한 글씨야. 보통 사람의 글씨가 아니야, 필적이. 그래, 이렇게 쭉 찢어보니깐, 합 겹을 찢어보니깐, 거기 뭐라고 써있느냐면은, '하상시지(下床視之)'야. 아래 하(下)자, 마루 상(床)자, 볼 시(視)자, '하상시지.' 이렇게 쓰여 있어. 그래, '하상시지'라는 얘기를 듣구선, 그 거기서 하라는 데루 이 원이, 이 원이 권위를 다 포기하구, '하상시지'라는 얘기를 듣구, 봉투가 아주 글씨가 필적이 다르고 그러니깐, 아, 용상(본래 용상이란 임금님이 업무를 정무를 볼 때 앉는 평상인 용평상의 준말인데 여기서는 원이 정무를 볼 때 앉는 평상을 말함)에서 내려앉아서 또, 보니깐. '하정시지' 그래 뜰에서 내려서 봐라, 이거야. 아, '하방시지' 방에서 내려 앉아 보아라. ('하정시지'라고 말한 것이 아니고 '하방시지'라고 말한 것임) 그래 방에서 내려앉아서 보니깐, 또 봉투가 또 들어있어. 그래 또 들어있는 걸 내려서 방에서 나가갔고, 뜰에서 찢어보니깐, '하정시지(下庭視之)'야. 정, 뜰 정(庭)자. 아래 하(下)자, 아, 여, '하정'이라구 거, 내려앉아 보라구. 그래서, 하방시지하고 내려앉았으니까, 하정시지, 용상에서 보고, 방에 나가고, 한 데 나가서 보구. (뜰에 나가서 보고라고 할 것을 잘못 말함) 그러니깐 세 번을 나가서 쭉 찢어보니깐, 거기에 뭐라구 썼느냐면, '구구지일에.'(구

연을 마치고 조사자가 제보자에게 확인해 보니, 구군지일(求君之日)에 사
아자(捨我子)라고 말해야 할 것을 구군지일만 구연한 것임) 그대를 살려준
시기에 내 오대손을 살려다오. 이걸 다시 말하면은, 그, 그걸 이어서 보니
깐, 내 오대손을 살려달라고 하는 찰라에 그 집이 확 무너져 버렸어.

　그러니깐, 이게 얘기도 아니구 그게, 그런 얘기지만 옛날 얘기니깐 뻥
을 넣는지, 몰라도. 하여튼 그렇게 해서 그 원을 살려줬는데, 할 말은 '내
오대손 살려다오.' 그 얘기요. (내가 원을 살려주었으니 원도 나의 오대손
을 살려주라는 토정선생 글의 의미를 설명한 것임)

이지항의 명판결

자료코드 : 03_15_FOT_20100624_HRS_LGC_0001
조사장소 : 강원도 홍천군 남면 시동1리 이규찬 제보자 자택
제보일시 : 2010.6.24
조 사 자 : 황루시, 유명희, 박현숙, 윤준섭
제 보 자 : 이규찬, 남, 78세
구연상황 : 제보자 자택에서 이차 조사가 이루어졌다. 제보자는 조사자에게 옛날에는 정
　　　　　신이 좋아서 이야기를 시작하면 하루 종일도 할 수 있었는데, 지금은 자꾸 잊
　　　　　어버려서 이야기가 연결이 안 된다고 했다. 그렇기 때문에 별 도움이 안 되는
　　　　　얘기며, 가치도 없는 얘기라면서 선뜻 구연을 하지 않았다. 조사자가 여러 차
　　　　　례 부탁을 드리자 구연을 시작하였다.
줄 거 리 : 이지항이 충청도 부사로 있었다. 하루는 중이 용변을 보다가 종이를 도둑맞았
　　　　　다는 송사를 올렸다. 이지항은 송사에는 관심이 없는 듯 관속들과 기방에서
　　　　　술이 많이 마시고 취했다. 귀가하는 길에 인사하지 않는 장승이 무례하다면서
　　　　　구속하라고 명령했다. 관속들은 장승을 관가로 끌고 간 뒤, 내팽겨 처두고 퇴
　　　　　근했다. 이지항은 아침에 관속들이 장승을 잃어버린 댓가로 중이 잃어버린 종
　　　　　이를 사비를 털어 사 오게 했다. 중을 불러 중이 만든 종이를 고르도록 했다.
　　　　　중은 종이를 되찾았다. 이지항은 관속들에게 종이값을 돌려주었다. 그리고 훔
　　　　　쳐간 종이장수를 잡아 벌을 내렸다.

이지항(李之恒, 1605~1654 조선중기의 문신)이라는 분이 이 충청도 부사로 와 근무를 했는데, '부사'면은 그때 당시에는 삼권을 갖고 있을 땐데, 행정, 입법, 사법 이거 다 갖고 있는 때니까, 권리가 좋고, 죽이고 살리고 하는 것꺼정 헐 수 있는 권리를 가지고 있는 게 저, 감사, 지사 이제 이런 분들인데.

이 양반이 충청지사로 가, 가서 메칠 안 있다가 우쩐 타대한 중이, 중 늙은 중이 와서,

"장에 종이를 팔라고 싣고 왔다가 용변이 매려워서 화장실에 갔다가시리 와보니까 읎어졌다."

이거야.

"읎어졌는데, 이거를 찾아주시오."

이런 송사('訟事' 백성끼리 분쟁이 있을 때, 관부에 호소하여 판결을 구하던 일.) 가 들어왔어. 그래, 그 얘기가 인제 송사가 들어와서 해 달라고 얘기를 허자, 그 일종의 이지항씨는 그걸 찾아줘야 될 의무가 있단 말이야. 찾아줘야 되는데, 거기데에는 흥미없어. 찾아줄 생각이, 반응도 없고, 흥미도 없고, 그냥 여기서는 어, 그 아전, 아전이나 병졸, 군속같은 그런 사람들을 불러서,

"나, 오늘 기분두 나쁘고 그래서, 가 술주정을 해야 되겠다. 그러니깐, 내가 지금 술주정을 할 수 있는 준비를 해라."

명령이 떨, 명령을 해서 그, 그 지사 관할에 있는 그 행정력이 다 동원이 되는 거야. 동원이 돼서 어, 한편으로는 선두에 서고, 나졸부터 저, 아전, 아전서부터 따라서 그 큰집으로 거 색시, 색시집에 가서 때려먹자. 이, 이렇게 돼서 어, 술을 먹기 시작하는 것이 이식도록 먹은 거야. 밤중이

(보조 조사자 : 밤이 으슥도록, 으슥하도록?)

그렇지. 코가 삐뚫어지도록 먹은 거야. 그래서, 그래놓고는 거의 해질려고 하는 무렵에,

"이제 그만 가자."

이제 갈, 갈라구 해서 인제 꽤 많이 왔는데, 거 동네 입구 들어서는데, 에, 저, 저 에, 뭐야 그 천하대장군, 지하대장군

(보조 조사자 : 장승이요?)

장승을 해 논 게 있는데, 거 와서 실큰 술을 먹고 취해선 이르더니 거 장승을 앞에다 놓구선 화를 내기 시작하는 거야.

"저눔이 이 건방진 놈이 이, 내가 이 여기에 부산데 건방진 놈이 니가 딱 버티고 나서 있으먼은 으, 결국은 너는 건방진 놈이 아니냐. 너는 처벌받아야 돼."

그래, 방방 소리 질러가면서 막 골을 내고 볶아치니까 그 아전, 관속들(지방 관아의 아전과 하인을 통틀어 이르던 말)이 전부가 인제, 저, 이, 분위기가 착 가라앉았는데, 나중에는 안 되겠다 이거야.

"저눔이 버릇이 없는 놈인데, 내 여기 부산데, 장승 니가 뭔데 길을 막고, 이 딱 뻐팅기고, 인사를 헐 줄도 모르고, 너 못된 놈이 아니냐? 이러니까, 저놈을 당장 잡아서 갖다가시 결박을 해서 구속시켜라."

아, 그러니까 아전 관속들이 전부 그 때는 장난으로 하는 줄 알았는데, 점점 골을 내면서 허는 걸 보니까, 이게 사정이 이미 달라졌어.

그 땐 보통 상황이, 상황이 아니야. 그러니깐 이제 그 포졸들이 나서서 장승을 파묻은 걸, 패내서 바('참바' 삼이나 칡 따위로 세 가닥을 지어 굵다랗게 드린 줄)루다 묶고, 이러구서는,

"갖다가시리 그걸 이눔 내삐릴런지도 모르니까, 묶더래두 단단히 묶어라. 만약에 느들이 장승이 도망을 가면은 느는 천벌을 받을 테니까, 그리 알라구."

아주 엄포를 놓고 그랬는데, 그래구서는 이제 관가로 돌아갔다구. 저 아전 관속 모두 병졸, 포졸꺼지 다 이제 거 관사로 갔는데, 그래니까 인제, 쪼끔 그래다 말으래니 이러구, 암만 그래도 술보다 더한 걸 먹었드래

두, 장승도 모르고 올라가고, 사람인지 짐승인지도 모르고 막, 야단치고,

"이놈 도망가면 안 되니까, 어, 관사 뒤나 잘 다 가둬놓고 보초서라. 도망가면 안 된다."

이러니까, 기냥 어, 그 헛소리를 허는 걸로만 알고 받아들이질 않은 거야. 구속은 해 났는데, 해 났는데,

"뭐 이제 술 깨 날 건데, 그 나무토막이 같은 거 그거 가지고 그랠 필요가 있겠냐?"

기냥들 다 자뻐렸어. 기냥 가 자뻐렸는데, 그러니깐 그, 그 관아, 그 지사가 이지항씨가 생각하는 것이, 날이 그 다음날 되면은 평상시에 그런 양반으로 생각했는데, 이게 원위치로 안 돌아가고, 골을 자꾸 내는 거야. 그런데 그러다 보니까 뭐든지 술도 좀 먹고 이래구서 그 다음날 깨서 그렇게 그 출근을 해보니까 아, 이게 없네. 장승이 다 없어졌어. 그러니까 그제서야 더 화가 나 갖구서는 소리를 지르구,

"느늠들, 여 여 근무한 놈들은 시간별로, 근무한 시간 목록 내구, 계획, 어느 눔이건 이짓을 해 갖구 이제 설내구, 가면은 느치한 애들 때리기 위해서는 형틀을 장만해 가지구 난리치니까, 그저 죽을 지경이지. 그러니까 이제 문제는 다 터질 때로 다 터졌는데, 그걸 해결할 방법이 없잖아. 그런데 그 슬그머니 말을 이렇게 해서,

"느 이눔들. 오늘 처벌로는 처벌은 조금 더 있다 보지마는 아무래도 그 종이는 느들이 찾아내야 돼. 종이를 찾어내지 않으면, 느들이 처벌을 받아야 돼."

그러니까 매 맞는 게 무서우니까 결국은 형틀은 모두 맨들어 놓구 칠라 그러니가시리.

"특별히 용서를 해서 어, 요번만큼은 그냥 넘어 갈테니까 종이값은 물어야 돼. 종이는 한 앞에 얼마씨냐면, 어, 한 권 그게 백, 백장짜리 한 권짜리, 이 두 개, 두어 권씩을 해다놓면은 매를 치는 걸 용서해 주마."

그런데 그게 어떻게 됐냐면 그 장승을 갖다놓구-서 잘 놓지도 않고 그냥 휭 내던지구서는 가보도 않구 그러니까 그게 어떻게 된 상황을 몰라. 장승이 어떻게 없어졌는지. 근데 그 때에 이지항씨가 아주 실은 신속허고 아주 똑똑허고 날쌘 놈 자식이래서 그걸 훔쳐서 갖다 몰래 파묻어 놔.

이렇게 해서 결국은 그 장승에 대한 내막을 아는 사람은 시상, 저 이지항씨만 알지, 아는 사람이 아무도 없는 거야. 그러니까 그 인제 나가서, 나가서 장에 나가서 종이를 살래니까 벨안간 그 여럿이 아전 군속이 자기 몫으로 두, 두 권씩 사오래니까, 그 암만 장이 크더래두 많이, 재고가 그리 없단 말이야.

그래 싹- 뒤져서 그 종이를 저, 매 안 맞을라고 인제 병졸들이 다 사다 놨어. 사다놨는데, 그 종이를 갖다, 갖다놓구서 어,

"그걸 조사를 해서 빛깔이 틀리구, 제품이 틀리구, 그것들이 다 그 전부 구별을 해서 쭉 나열을 해놓구 검사를 받어라."

받아놓구선 그 근처서 중을 오라고 해 갖구서 돈, 돈 으, 종이 잊어버린 중을 오라고 그래서

"당신 맨들어놓은 제품은 어떻구, 거 장에서 나온 딴 사람 제품은 어떻구 그러니까 그걸 구별해서 이렇게 해 놔 보라구."

그러니까 중이 쭉- 찾아보니까, 제 건 다 있어 거기. 다 있구, 지가 만들지 않은 다른 거는 그건 원래로 반환(反換)해 주고, 값을 했드래두 원위치로 돌려주구,

"고 중이 잊어버렸데는 거는 전부 이건 누가 얼마, 누가 얼마 쭉-해서 사온 돈은 전부 도루내 줘라. 내주구, 종이는 중이 가져가거라."

이렇게 해서 그 장승, 아무런 그 반응도 없다가 벨안간 확 바께져서 장승을 가지고 고생을 해 갖구서는 핑계는 장승에다 대구, 죄는 인제 나졸들이, 병졸들이 죄를 지게 되구, 찾는 거는 인제 병졸 그 사람들이 시장서 종일 찾아놓구선 그 돈은 죄 돌려주구, 이래서 그걸, 으, 재판을 볼 때 당초

에 명, 명관이라고 명이 났었지마는, 그 장승이 어떻게 돼서 그리 되었느냐는 것이 그기, 타이틀이 전부 모니터가 거기서 나오고, 나오고 그래서, 결국은 어 이 일을 시켜서 명, 명, 명관이 됐다고 이제 그런 얘기예요.

(보조 조사자 : 종이 도둑은 못 잡았어요? 어르신?)

종이는 찾아서 중을 되레 줬지. 잊어버렸대는 걸.

(보조 조사자 : 종이를 그 훔쳐간 사람은 못 찾았어요?)

아이, 거 찾았, 종, 종이를 훔쳐간 사람은 찾았는데, 그게 가게, 종이가게 하던 사람이야. 그러니깐 그, 그 사람한테두 상당한 처벌을 하구, 여종이는 중을 찾아주구, 돈을 주구서 그걸 사왔을 거 아니야. 그러니까 그 돈을 주고 사온 돈은 되로 나졸들이 지키고, 거, 지키고 관리했었는데, 그 돈을 되레 줘버렸으니깐 다 원위치지. 전부 원위치지. 원위치로 돌아가서 그 판결을 내린대는 게 그게 어떤 죄인이 뉘구, 이런 걸 알 수가 없잖아. 그래서 그 장승이 그 재판에 일익을 담당했다는 거야.

글 잘 짓는 아이

자료코드 : 03_15_FOT_20100624_HRS_LGC_0002
조사장소 : 강원도 홍천군 남면 시동1리 이규찬 제보자 자택
제보일시 : 2010.6.24
조 사 자 : 황루시, 유명희, 박현숙, 윤준섭
제 보 자 : 이규찬, 남, 78세
구연상황 : 앞서 이야기를 마치고 제보자 자신이 주변도 없고 병을 앓은 후 실어증이 있다고 말했다. 아버지한테 삼십 대에 들을 이야기라고 말한 뒤, 글귀에 관한 이야기를 해 보겠다고 했다.
줄 거 리 : 어린 아이가 남루한 차림으로 절에 갔다. 중이 아이를 얕보고 글 실력을 발휘해 보라면서 운을 던졌다. 아이는 즉석에서 어리다고 얕보는 중에게 충고하는 멋진 한시를 지어냈다.

그 사람이 출세를 허믄, 어, 어깨가 올라가구, 눈이 높아지구, 음, 처신이 가벼워지기 쉽구, 어, 그런데, 한 적에, 한 사람이 절엘 갔는데, 절에서 이-렇게 보니까, 아주 옷도 남루허구, 옷도 잘 못 입은, 아주 어린 아인데, 그 아이가 똑똑한가? 안 똑똑한가? 시험을 해 볼라구, 애를 인제 오라 그래 갖구,

"그, 글 좀 배웠어?"

허구 인제 물어봤는데, 그 아이가 너무 똑똑해. 너무 똑똑허니까, 자길 괄세했다 이거야.

그런데, 그

"배우기는 뭘 배워요."

이렇게 인제 맞장구를 그렇게 치기 시작하는데,

"그러믄 내가 글귀를 하나 운(韻)을 줄테니, 한 번 풀어봐라."

그래니깐, '저까짓 게 쪼그만 애가 뭘 허랴?' 이런 생각으로,

"그러면 소나무 송(松)자를 하나 할테니까, 글을 하나 지어봐라."

이르니까, 대뜸 그 자리서 글을, 글을 짓는 거야. 인제 그 글 내용이,

단단고송(短短孤松)이 재탑서(在塔西).

단단고송(短短孤松)이 재탑서(在塔西)

탑고송하(塔高松下) 불상제(不相齊)

막언금일(莫言今日), 막언금일(莫言今日) 고송단(孤松短)하라.

탑고송하(塔高松下) 불상제(不相齊)

그거를 인제 우리말로 쉽게 얘길허면은, 저 건너편에 탑이 있는데, 탑 요-앞에 소나무가 있는데, 그 소나무가 즉어(작아). 그러니까 그게 인제 시에 운인데, 단단고송(短短孤松)이 짧을 단(短)자, 짧을 단(短)자 단단고송(短短孤松), 이거 '소나무가 쪼그만 게 이러고 서 있다.' 이런 얘기야.

탑고송하(塔高松下) 불상제(不相齊) '탑은 높고 소나무는 적고, 같으지를 않다.'

인제 그 한문 글자는 그렇게 생각허면 돼요.

단단고송(短短孤松)이 '짧고 짧은 소나무가'

탑고송하(塔高松下) 불상제(不相齊)라. 그러니까 '탑은 크고 소나무는 적고 그러니까 같으지를 않느냐.'

그러니까 막언금일(莫言今日) '오늘날 가서 소나무를 적다고 얘길허지 말어라.' 이거야.

단단고송(短短孤松)이 재탑서(在塔西)

탑고송하(塔高松下) 불상제(不相齊)

막언금일(莫言今日) 고송단(孤松短)하라.

'만약에 오늘날 조끄만 소나무를 탓하지 말아라.'

송장타시(松長他時) 탑반저(塔反低) '소나무가 쑥 크면 탑이 크지 못하니까, 소나무가 크고 난 다음에는 외래 탑이 적다.' 이거야.

'내가 비록 지금은 이래뵈도 내가 후일엔 너는 나하고 비교가 안 된다.' 인제 이런 얘기야.

이, 이게 문구가 내가 한 번 들었는데, 왜 영 노상 생각이 나. 그러니깐 '출세를 해도 자기 자신을 위해서 이렇게 너무 이렇게 우쭐되지 말어라.' 이제 이런 얘기야.

이제 말하자면 충고허는 얘기라구.

꾀로 중을 골탕 먹인 아이

자료코드 : 03_15_FOT_20100624_HRS_LGC_0003
조사장소 : 강원도 홍천군 남면 시동1리 이규찬 제보자 자택
제보일시 : 2010.6.24
조 사 자 : 황루시, 유명희, 박현숙, 윤준섭
제 보 자 : 이규찬, 남, 78세

구연상황 : 앞서 이야기가 끝난 뒤 조사자에게 조그마한 이야기 하나 더 해도 되는지 물었다. 그리고 이어서 구전이야기라서 자꾸 이야기가 달라진다고 말한 뒤 구연을 바로 시작했다.

줄 거 리 : 중이 한 집에 시주를 받으려고 목탁을 두드렸다. 그 때 배가 고팠던 아이가 어머니가 집에 안 계신 틈을 타 중에게 방안 선반에 놓인 떡을 꺼내주면 그 떡을 시주를 하겠다고 했다. 배가 고팠던 중이 방안에 들어가서 떡을 꺼냈다. 그 때 아이가 방문을 열면서 중이 방안에 들어갔다고 소리를 질렀다. 놀란 중이 도망을 쳤다. 얼마 뒤 중이 아이에게 보복을 하기 위해서 아이의 부모에게 아이의 운명을 거짓으로 말하고 절로 데리고 왔다. 중은 매일 빨간 사과를 아이 앞에서 혼자 먹으면서 아이에게 먹으면 죽는 천도복숭아라고 속였다. 아이는 중이 없는 틈에 사과를 다 먹고 자신이 요강을 깨뜨려서 죽으려고 사과를 먹었다고 말했다. 하루는 아이가 개똥벌레를 잡아와서 불이 보인다고 소리를 질렀다. 중은 불이 난 줄 알고 높은 곳에서 뛰어내렸다. 중은 아무리 해도 아이를 이길 재간이 없자 포기하고 집으로 돌려보냈다.

그, 그전에는 살기 어렵고, 먹기 어려워, 먹을 게 없어서 배고픈 세월이 꽤 길었는데, 그전에는 농사를 지은 가을에, 늦가을에 콩을 기계에다 이렇게 떨구고 그랬는데, 기계두 제대루 못 돌구, 그 아주, 그 후에 기계가 나온 거지, 그전에는 도리깨(보리·밀·콩·팥, 기타 잡곡들을 탈곡하는 농기구의 일종.)로 다 이렇게 떨었는데, 갈게('가을에'의 뜻임) 콩이 완전히 말라서 땔 때래얘지만 콩을 떨지, 들 마르면은 떨어지지 않고, 안 때진다구.

그래서 인제 추울 때 가서 콩을 떨게 되는데, 그 아들, 애 이름은, 애 이름은 없구, 그냥 이렇게 구전으로만 전해내려 오는 말인데, 그 아버지가 콩 떠는 옆에 가서 불을 해놓구 앉아서 쬐는 그 아이가 가만히 보니까, 불쌍하기도 허고, 그 때 찬바람이 나서 서리가 올 것 같으니까, 아버지가 바지를 입어야 되는데, 바지는 못 입고, 윗도리만 입고 있는 거야.

그러니까, 그 중이 생각헐 때는, '그 아이를 좀 도왔으면…….' 하는 생각인데, 그 때 당시의 중은 쥥일 돌아댕기면서 목탁 뚜디리고 이러면서, 쌀 줌 얻구, 돈도 안 줘. 쌀, 쌀 보리쌀 있잖아요? 쌀을 조금 떠 주는 정

돈데, 그걸 가주가야 절에 가서 밥을 해 먹는데, 그냥 중이 목탁만 뚜디리면 그걸 안 주잖아. 먹을 게 없으니까. 그러니까 중이 목탁을 죽어라하고 뚜딜기면서, 어, 염불을 하고, 그래서 인제 노파는 이만큼 갖다주니까 고걸 가지고 인제,

"고맙습니다."

하구 가져갔는데, 그 아이가 나이가 아마 칠세 정도 됐을 거 같은데, 나이가 일곱 살 정도 됐으면은 이것저것 할 나인데, 그, 가만히 생각해 보니까 아이가 저, 저녁때가 넘어갔으니까 배가 고프니까, 배고프니까 뭘 채웠으면 좋겠는데, 먹을 거는 없구, 거 앉아서 생각해 보니까, 즈 어머이가, 즈 어머이가 떡을 해서 놓구서는 쪼끔만 떼 주고서는 안 주군, 야금야금 주니까 인제 그 생각이 난 거야.

[양손을 모아 높이 들면서] 그러니까 즈 어머이가 떡을 해서 선반에다 이렇게 높이 얹어놓구서는 일 간 거를 알았다 이거야, 이 아이가. 이걸 알구, 거 목탁 뚝똑 뚜디리준 거, 물론 해, 해가 찌근 넘어갈 땐 배도 고프고, 이리 산, 이리저리 돌아다니면서, 목탁 뚜딜기구, 염불하구, 이래놓니까 배고프지, 입 놀려야지, 걸어야지, 이 중도 있는 대로 피곤해졌는데, 아이, 이 아이가 가만히 생각하니까, 그 선반에 맨들어 논 떡을 끄내먹어야 되는데, 끄내먹을 재주가 없잖아. 그러니까 생각한 것이, '중을 이용허자.' 이렇게 생각헌 거야, 그 아이가.

그래구선 거 중이 와서 목탁을 뚜디리는 걸 보구,

"중님, 중님, 내 우리집이 떡이 있는데, 그 떡을 끄내먹으며는 좋겠는데, 높아서, 선반에 있어서 못 꺼내니, 거, 그 떡을 끄내서, 스님도 좀 잡숫고, 나도 먹구 그렇게 그걸 좀 끄내주시오."

그러니까 중이 그 아이의 말에 탈싹 넘어갔단 말이야. 그래 가서,

"그럼 어디니?"

그러니까 인제, 중두 인제 배고프니까, 먹었으면 좋겠고, 애도 줬으면

좋겠고, 여기서는 인제 갔는데, 웃방에 이렇게 해놨는데, 중이 인제 끄내, 끄내주구서는 먹을라구 이렇게 입에 늘라구 하는데, 이 애기가 문을 확 이렇게 열으면서,

"엄마, 중이 우리방에 들어왔어."

그러니까, 중이 남의 웃방에 어떻게 들어가나. 이 얘기가 안 되잖아. 그 건 도덕적으로두 용납이 안 되구, 허, 허실루도 했다고 해도 이게 용납이 안 되는데, 아, 중이 심부름으로 남의 웃방에 떡을 끄내 먹었대는 게 얘기가 되는 게 아니잖아. 도덕적으로도 얘기가 안 되구. 그러니까 문을 활딱 열면서 그러니까, 즈 어머이가 되레 있는 줄 알구 중이 그냥 줄행랑을 도 맹을 간 거야. 그러니까, 중을 완전히 이용 했버린 거야.

그러니까, 중이 집일, 중이 절에 돌아가서 가만히 생각해 보니까, 자기 처신도 잘못 됐고, 수행하고 반성할 일도 있을 거구, 보복을 이눔의 새끼, 보복 좀 해야되겠다는 보복의식도 생각나고. 그르니까 가-만히 생각하니 깐, 완전히 이건 침해당한 거야. 그걸 끄내주고, 자기 챙피당하구, 급하니 까 얼른 도망가구, 중의 신분으로 중도 수양하는 건데, 그랬단 말이야.

그러니까 보복, 보복 관점이 이제 살아난 거야. '이눔을 혼을 내켜야 되 겠다.' 그래서 중은 중대로 보복을 하고,

[19초 가량 할머니께서 내놓은 꿀차를 마시라고 권했다.]

중이 보복을 할라구, 영 이리 생, 이리저리 생각을 해 봐두, 중이 그 애 를 절루 데려가믄, '절에서 고생을 좀 시켜보겠다.' 이 생각이 떠올라서, 그 회유책을, 그 애를 회유책을, 거, 콩, 콩떨구, 고런, 고런 기계를 이용 해서 고렇게 같이 부모가 그 옆에 있는 걸 보고, 자꾸 그 애를 회유헐 그 럴 기회를 찾느라구, 목탁질을 허구 그 앨 찾으러 다녔다 이거야. 가다보 니까, 그 애가 여전히 거기 또, 또 있더래는 거야.

그래서,

"아, 그눔 나기는 잘 났다만……"

여운을 냄겼어. 부모, 부모 앞에 자식이,

"나기는 잘 났다만은 아이구!"

한탄, 한탄을 하민서 그러니까 그, 그걸 즈 부모 들으라고 헌 얘기지, 걔 들으란 얘긴 아니거든. 그래 부모가 그 얘길 들으니까,

"아이, 스님, 무슨 말씀을 그렇게 하십니까? 아, 이왕이면 헐 말은 허던 걸 다 해줘야지, 그것이 되냐?"

이거야.

그래서 그 매달리는 거지.

"그 애 운이 앞으로 남은 거니까 으턱합니까?"

"저 촌에서 살다보니까, 무식 허구 몰라서 그러는데, 그 액운을 때울 수 있으면 액운을 때워줄 거구, 배울 자리가 있으면 배우고, 도와줄 수 있는 방법이 있으면 도와주소서."

아주 옷을 붙들고 매달리면서,

"애 앞날에 무슨 날 있으면 어떡합니까? 좀 봐 주십사."

하구 그러니까,

"글쎄 액운 좀 있어 그러는데, 아무래두, 절 같은데 들어가서 수양하는 것이 좋겠다고."

그러니깐,

"수행을 해야 그 액운을 면핸다고 하는데, 그게 그러면은 딴 절을 할 게 없이, 댁의 절에 데려다, 데려다 좀 그 액운을 메우게 좀 도와달라고."

아주 천지신명한테 빌구, 아주 스님한테 빌구, 그 아들 액운이 옰드륵 좀 해달라구 이왕이면 그러니까, 그, 그래서 중을 집으루 불러 들여서 밥을, 더운밥을 해서 배고픈 사람 먹게 하고 매달리는 거야.

그러니깐 이건 중은,

"아닙니다. 아닙니다. 나는 어쩌구."

이러면서 이제 사양하는 것처럼 하면서 그 앨 데리고 간 거야. 절루.

그래군 인제 중허구 아이허구 싸움이야. 눈에 안 보키는, 이를테면 보, 보복의 시선이 왔다갔다 하는데, 그 나가면은 읎는 돈에 빨간 사과를 꼭 애 보는 데만 먹는 거야. 그러면서 그 사과를 중이 혼자 사다놓고는 주지를 않는 거야. 그거는 약 올리느라고 인제, 약 올리면서 아주 맛있게 먹는 것처럼 하고 꼭 빨간 걸루 골라서 먹구 이르니까, 이 애가 그만 감정이 나 갖고, 그 그걸 먹고 싶어서 미칠라 그러니까,

"야, 임마. 이건, 이건 인제 천도복숭아라는 건데, 이게 원래가 애들이 빨간 걸 먹으며는 안돼. 그건 죽어 잘못하면. 잘못하면 죽으니까 그건 애들은 먹을 생각하지 말어."

이러면 주지도 않고 골만 멕이고 자꾸 이러는데, 하루는 이 아이가 빨간 사과가 어디 있는지, 나무 칙낭을 매고 그러면서 이놈이 것 다 꺼내 먹었어. 다 꺼내 먹군, 실컷 먹었어, 아주. 그래놓곤 으, 그 먹은 걸 변명을 허고, 방책이 있어야 돼.

"거, 스님께서 그 뺄건 걸 먹으면 죽는다고 그래서, 지가 요강을 버릴라고, 요강을, 요강을 물에다 닦아 갖고 버릴라 그래는데, 엎어져서 그 요강을 깨트려서 미안해서 죽겠어 갖구 그걸, 죽을, 죽을라고 먹었는데, 안 죽어진다."

그거야.

그러니까 변명이 됐잖아. 자기 양심도 뵈캐주고, 또 죽을라고 먹었는데 안 죽어졌다 이거야. 그러니 때래줄라고 가만히 생각하니 못 때리겠더란 말이야.

"아, 이눔은 니가 양심이 있어. 그러니깐 용서는 하는데, 다시는 그러지 말라구."

아, 용서가 된 거야 그냥. 화해가 된 거야. 이제 화해모드로 들어가는 거야.

그 인제, 고 콩 떨구 나구 오니깐 날이 추워지기 시작허구, 그래 이눔

을 보복을 해야 되는데, 보복을 못했으니까, 이제 보복을 해서 제 집에 보내줄라구 이렇게 생각을 했는데, 그 겨울에 그, 절, 어느 절이고, 절 방은 마루라고. 그 마룬데, 그 애는 마루에서 자라 그래구, 저는 그 문지방 너머에 거기다 요 깔고, 이불 덮고, 또 화릿불 해다놓고, 저는 그 웃방에서 창살이 된 문에서 덮는 것두 안 주고,

"이눔의 애들이 추워야 크지, 춥지 않으면 뭐이 크냐고."

막 야단치구 그러니까, 헐 수 없이 거기서 골병이 들은 거야, 애가. 그래 보복은 마지막에 이게 돌아갈 쯤인데, 결국은 중이 쵱일 나가서 겨울에 추운데 동냥 받으러 돌아다니다가 보니까, 고단하고 그러니까, 저녁에 잠든 대는 게, 솜이불을 덮고 잔대는 게 원, 화릿불에다 이불을 집어넌 거야. 근데 그건 그 아이가 화리 잡아댕기고, 이불 잡아댕기구 해서 아니나다를까 숯불 가지고 화릿불을 요에다 그냥 이불을 덮어논 거야. 그러니까 결국은 이건 자기나름대로 보복이고, 중은 중대로 보복이고.

그런데, 연기가 절룩하게 나고, 석탄내가 나고 아침에 일어나보니까, 아이 불이 타기 시작하는 거야. 그래서 그 생각은 중은 지가 고단하니까 화리를, 돌아눕다 가서 이불을 가서 치구, 화리를 치구 그래 갖구 불이 난 거잖아.

그러니까,

"야, 불이다."

하구 볶아치구 야단, 소매에 불이 붙으믄 알 거 아니예요.

아, 그러니까 이렇게 이 애가 일어나서 중이 불끄는 걸 보구,

"아이, 난 추워죽겠는데, 불이 그렇게 무서워요?"

이러면서 결국 보복, 그럴 때 보복을 허는 거야.

"나는 벌써 봤다."

이거야.

"벌써 봤는데, 난 춥기 때민에 그렇게 해 주는 게 난 좋아서 그랬다구."

그러니까, 뭐 이 중이 할 말이 없잖아. 그래구선 인제 여름이 됐는데, 아이, 그 애를 야단을 쳐가면서,

"불이 이렇게 되면 위험한 건데, 왜 얘길 안했느냐?"

이거야.

"그걸 불을 보면 나한테 얘길해야 될 거 아니냐고."

막 야단을 치고, 때릴라고 허구까지 했는데, 여름에 해가, 해가 좀 질면서 이제 불, 개똥벌레가 확- 촌에는 저, 공해가 없는 개똥벌레가 많았는데, 중이 와서 쵱일 돌아댕기다가 동냥 받아 갖구 와서 절에 와서 잘, 잘라구, 자리를 봐놓구선 드러누면서 이게 잠이 온 거야.

그걸, 고걸 기회로 이용핸 거지. 이제 막 첫 잠이 들었을제 보복을 해. 그러니까 정신없이 씨러져서 자는데, 코를 곯고 자는데, 이눔이 가서 호두방정을 떨면서,

"스님, 스님 큰일났습니다. 불 보라고. 저 불 보라고 큰일 났다고."

인제 호두방정을 떨으니까, 아, 이게 잠결이니까 뭐,

[왼팔을 높이 들어올리면서] 절은 대, 대, 댓돌이 이렇게 높다고. 높은데 거기서 까꾸러내래 백였네. 까꾸러 내려백혀서 떨어져 갖구서는, 껍, 껍질 내리 벳기구, 다치 좀, 다치게 돼 그랬는데,

"아익 거기 그렇게 높은데서 내리 뛰면 죽지 않느냐고."

그래군 결국은 그 샛, 개, 저 개똥벌이 그게 사실 불은 불이거던.

그러니까,

"불 보라고 그랬을 뿐인데, 왜 그렇게 높은데서 뛰느냐?"

이거야.

그래고 보니까, 가만히 생각해 보니까, 자기한테 득이 없어. 절에 중이.

"에이, 저런 놈은 나한테 필요없으니까 데려다 준다고."

그래 데려다 주구 말았대요.

부모 묏자리 옮겨 거지 운명 바꾼 지관

자료코드 : 03_15_FOT_20100224_HRS_LYJ_0001
조사장소 : 강원도 홍천군 남면 유치2리 546-4번지 마을회관
제보일시 : 2010.2.24
조 사 자 : 황루시, 유명희, 박현숙, 윤준섭
제 보 자 : 이영재, 남, 75세

구연상황 : 이정옥 구연자의 이야기가 끝나고, 이영재 제보자는 이정옥 구연자가 구연했
        던 자리에 스스로 앉을 만큼 적극적인 자세로 구연을 시작했다. 이야기를 시
        작하기 전에, 자신이 하는 이야기는 6·25 사변 이후에 실제 겪었던 일이라
        고 하며 구연했다.
줄 거 리 : 유명한 지관이 서울의 한 식당에서 관상쟁이와 무당을 만났다. 동냥을 하러
        온 젊은 거지를 보고 무당과 관상쟁이는 평생 거지로 살 것이라고 했지만 지
        관은 자신이 보아둔 자리에 부모님을 묻어두면 금시발복할 것이라고 하였다.
        그들은 삼 년 후에 거지가 어떻게 될 것인지 내기를 했다. 지관은 거지 부모
        님의 묏자리를 자신이 보아둔 자리로 옮겼다. 거지는 한강에 빠진 한 여인을
        구해주게 되었는데, 그 여인은 부잣집의 딸이었고 거지는 그녀의 부모님으로
        부터 큰 돈을 받았다. 거지는 돈을 쓸 줄 몰라 그 돈을 파묻고 여전히 한강
        밑에서 거지 생활을 하였다. 여인은 자신을 구해준 거지를 소중히 생각하고
        거지와 결혼을 하기를 원했다. 부잣집의 사위가 된 거지는 지관의 말대로 금
        시발복하였다.

난리가 나 가지고, 인제, 전부 못살게 되었는데, 한 지관이 아주, 용한
지관이, 서울을 가서, 그래 가다가 만났는데, 한 식, 배가 고파서 한 식당
에 들어갔는데. 으, 세 사람을 만났어. 친구를. 한 사람은 관상 잘 보는 사
람, 자기는 지관이구, 또 한 사람은 아주 점을 잘 치는 무당이구, 아주. 그
래, 세 사람이 만났는데, 아니, 이 사람이 한 애가 동냥을 들어왔더래 이
거야. 열일곱 살 먹은 청년이 들어와서 동냥을 하더래 이거야. 달라구.

그래, 관상쟁이가 이렇게 보더니,

"당신은 평생에 거지로 살겠소."

그랬단 말이야.

그러니깐, 그, 점쟁이가 있다가, 또 점을 쳐보더니,

"아, 평생을 거지로 살겠다."

이거야.

그러니깐, 그, 지관이, 돌아다니다가, 금시발복할 자리를 하나 보아둔 게 있어. 아주, 금방 부자 될 자리가, 있어서, 그래서,

"내가 저 사람을 부자로 고쳐줄 수가 있소."

그러니깐, 그, 그 사람 말이,

"어떻게, 그, 부자로 고치느냐, 팔자에, 빌어먹을 팔잔데, 어떻게 그거를 하느냐?"

"내가 저 양반에게 다시 물어볼테니깐은"

이러구(이렇게) 얘기하구. 그래 가서, 걔를 물어 가지고, 그럼, 그 세 사람이, 내기를 했대.

"삼 년 있다 우리 만나서 결정을 보자. 누구 말이 맞은가? 우리 해봅시다."

"아, 그, 그렇게 합시다."

그래서, 인제, 헤어졌어. 또 그 자리서, 한강, 그, 거기서 만나기로 하구. 그래서 인제, 이 사람이, 그 거지더러 가 물어보니깐, 한강다리 밑에다 이렇게, 저, 움(움막집의 뜻임)을 파묻고, 거기서 살고 있더라, 이거지.

"너, 왜 이렇게 얻어먹구, 멀쩡한 녀석이 노니?"

"아니다. 나는 세 살 먹어서 어머니가 죽구, 일곱 살 먹어서, 아버지가 돌아가시는 바람에, 얻어먹으러 댕기기 때문에, 얻어먹을 줄만 알지, 일을 할 줄 모릅니다."

아, 이러는 거야.

그러면,

"너으 어머니는 어디다 파묻었는지 아니?"

"예, 압니다. 우리 어머니 묻은 거는, 우리 아버님이 가르쳐줘 가지고,

여기다 썼다 그러구, 자기 아버지 죽은(것은 자신이) 일곱 살 죽었는데, 동네 사람이 거기다 합장을 해주었다."

이거야.

"그래, 이렇게 해서, 이러고서는 빌어먹게 되었습니다."

이렇게, 그래 가만히 보니깐, 그 집안이 보니깐, 아, 금시발복할 자리에다 (묏자리를) 써주면은 부자가 되겠거덩. 그래, 그, 그 사람이,

"내가 시키는 대루 해라!"

"아, 잘만 살게 해준다면, 지가(제가) 하겠습니다."

하고선,

"그럼 그렇게 해라."

그래서, 그 자기, 그, 돈을 털어 가지구, 인제, 벼를 사 가지구, 칠성판(장사지낼 때 밑에다 놓는 판을 말함)을 해 가지구, 인제, 갔다가, 그 금수발복 자리에다가, 좋은데다 써줘서, 그러니깐, 그, 써주구서는.

"틀림없이, 너, 너희 아버지, 너희 어머니냐?"

"아유, 틀림없습니다."

그래서 그랬는데, 그리고 헤어져서 일 년 만에 찾아가서, 아, 찾아가니깐, 도로 한강다리 밑에서 거지 생활을 하고 있는 거야.

"왜, 너 돈이 안 생겼니? 너 왜 이러고 사니?"

"돈이 있으면 뭘 합니까?"

써봐야 쓰지. 덕을 베풀어 봐야 덕도 베풀 줄 알구, 사먹을 줄 알아야 사먹는 걸 배우지. 얻어먹을 줄만 알구, 나이가 이십 살까지 얻어먹을 줄만 아는 게, 얻어먹지 뭘 압니까? 이거야. 돈은 있음 뭘 합니까? 이거야.

그래,

"돈이 어디서 있는데, 그러느냐?"

그러니깐, 그래, 얘기를 하더래.

"그해, 여름에 칠월달이 되었는데, 그 한강다리에서 아주 젊은 아가씨

가 떨어져서 죽는다구, 한강으루, 떠내려 오더래. 그래서 보니깐은 쫓아가서 어이! 죽겠으니깐 어떡해?"

그래 수영을 해 가지구, 이 사람은 거지생활을 했는데도 물에서 놀구, 한강 밑에서 놀으니까는 헤엄을 쳐서 가서, 꺼내내서, 그래 끌어안고 나와서, 아주, 요롷게 살게 해주고, 이랬단 말이야.

그래서 해더니, 정신이 나더니,

"고맙다구."

절을 하구, 가더라 이거야.

그런데, 한 달 만에 그 저 아부지하고 저 어머니하구, 자가용을 타구 나타나더래.

"그래 무슨 여자냐?"

그러니깐은,

"이화여대, 이화여대 대학생인데, 애인하구 헤어지는 바람에, 애인 생각에 난 자살을 할라구, 자기 신랑이 자기를 버리는 바람에, 그래 죽을라구 물에 떨어졌다."

이거야.

그래 가지구 이걸, 그러니깐, 하두 고마우니깐, 자기 어머니, 아버지가 어느 사장의 딸인데, 돈을 한가마를 갖고 와서, 줘서.

"가지오 니가 이렇게 우리 딸을 살려줬으니깐은 이거 가지고 잘 살아라."

한 마가 줬는데, 평생을 얻어먹었으니, 얻어먹을 줄만 알구, 그래서 그걸, 항아리를 하나 어디서 해 가지구, 항아리 속에다 갖다 넣구, 한강가에다 넣구, 파묻어 넣구, 그 속에만 파묻어 두구만, 얻어먹구만 다니는 거야.

"그게 돈이 있으믄 써봐야 알지. 쓸 줄을 압니까?"

이거야.

"그러나 그렇게만 하면은 어떻게 되니? 그래두 니가 잘 될 텐데,"

그러고선 그 이듬해 가서, 아, 가니깐은, 얼루 갔더라 이거야. 얘가. 그리고 거기서 물어보니깐은, 그 사장 딸이 시집을 갈라구, 졸업을 마치고 그랬는데.

"난 죽으면 죽었지. 그 남자하구 가겠다."

이거야. 응? 그 거지하구.

"왜 나를 살궈준 사람을 살지, 나를 미워서 버린 사람도 있는데, 그 사람은 나를 버리지는 않을 꺼 아니냐?"

그래 가지고는,

"난 그 남자하구, 죽어도 살겠다."

그러니깐, 그, 배우지도 못해구, 이랬으니 어떻게 하느냐?

그래서 그, 사장이 데려다가 죽어도 그, 외동딸인데, 그, 거지하고 살겠다니, 그래 거지를 데려다가 공부를 가르치는 거야. 이제. 그래 공부를 가르쳐 가지고 삼 년 만에 가니깐은, 아주, 의리의리한 집에서 공부를 하고 있어서, 결혼을 했더라, 이거야. 그래, 결혼을 해 가지고, 사는데, 그, 저, 지관이 내려서 잘 사는 걸 보구, 부잣집 사장, 사위가 된 거를 보구, 그래 가지고선, 그 만난 무당하구, 그 점쟁이, 관상 보는 사람하구, 자기하구 서이가 또 만났어. 인제, 만나는 장소에서.

"그래. 이사람, 내가 팔자를 고쳐주었다."

"너 어떻게 고쳐주었느냐?"

그래, 그렇게 관상쟁이가 보니깐은, 평생 거지로 살 팔자인데두.

"어떻게 했느냐? 같이 가보자."

그래, 찾아 갔다, 이거야. 그래, 찾아가보니깐은, 아주, 으리으리해서, 그 사장집의 아들의, 거기서 데릴사위가 됐으니, 얼마나 잘 살어. 그래 가지고 거기서 더 잘 사는데, 그.

"내가 졌다구."

"관상 보는 지관 어른 말씀이 맞다구."

부모를 이렇게 잘 위하면은 자손들도 잘 되는 거다. 그러니깐, 옛날에,

저, 어, 사람의 위패, 죽은, 저, 사람의 위패를 밤나무로 해요. 밤나무는 그 씨가 떨어져서, 그냥 두면은 만 년을 둬도 안 썩어 씨가. 고대로 부모를 조상을 봉사할 것을 아주 잘 그러고 한다 이거야. 그래서 조상을 잘 모셔 가지구, 그 집이 금시발복이 되 가지고, 그래서 관상 보는 사람도 지구, 무당한 사람도 다 지구, 그 지관 말이 딱 맞아 가지구, 아주 행복하게 잘 살았대요.

용한 의원

자료코드 : 03_15_FOT_20100224_HRS_LYJ_0002
조사장소 : 강원도 홍천군 남면 유치2리 546-4번지 마을회관
제보일시 : 2010.2.24
조 사 자 : 황루시, 유명희, 박현숙, 윤준섭
제 보 자 : 이영재, 남, 75세
구연상황 : 앞의 이야기를 마치고, 제보자는 50년 전 향교에 다닐 적에 들었던 이야기라
며 구연을 시작했다.
줄 거 리 : 영덕 김씨의 조상 중에 약을 잘 짓는 용한 의원이 있었다. 왕비가 병에 걸리
자 왕은 의원을 궁궐로 불렀다. 의원은 실맥을 보고서 왕비가 미역에 체한 것
을 알고 물 세 그릇으로 병을 고쳤다. 중국 천자의 아들이 병들어 조선에서
의원을 중국으로 보냈다. 의원은 천자 아들의 병을 고치고 벼루와 참봉 벼슬
을 얻고 고향으로 돌아왔다.

영덕 김씨네 칠대조 할아버지에, 그때 칠대조니깐 시방, 한 구대나 이렇게 됐겠지. 그러니깐은, 그, 그 집들이 있는 얘긴데. 거, 거, 아주 사람의 재주가 다 달라. 글씨 쓰는 사람 재주 다르고 약 짓는 사람 다르고, 다, 사람마다 다, 다르다 이거야.

그랬는데, 이 사람은 가난하구, 아주 가난한데, 약 짓는 데는 박사야. 그래서 소문이 난 거야. 다, 거, 저것이 약 짓는 데는 아주 박사야. 그래서

자운고개(홍천군 동면 자운리에 있는 고개)라고 있는데, 그 동면 살았는데, 자운에 가서 병 환자를 고쳐주고 오다가, 그 자운고개라고, 그 고개 넘어 오는데. 한 사람이 아주, 젊은 사람이 헐떡헐떡 거리고 막 뛰어오더래 이거야. 거 오더니,

"아휴, 선생님 사람을 살려주십쇼."

해구, 절을 하더래.

그 어느 가을인데,

"왜 그런가?"

그러니깐은,

"아우, 우리 안사람이 아기를 낳느라고 그러는데, 낳지를 못하고선 아주, 시방, 기지사경에 놓여 있으니 그걸 살펴주십시오."

이걸 빨리 이렇게, 그래, 어느 가을인데, 이 양반은 갔다오다가(다녀오다가),

"그러냐? 그럼 얼른 고쳐줘야지."

그래서 이쪽에 가서 가랑잎 한 움큼, 저쪽에 가서 가랑잎 한 움큼, 동서남북에 가서 한 움큼씩 집어서 가랑잎 떨어진 걸 주워서 주더니,

"얼른 가서 데려서(달여서) 먹여라."

이거야.

"그러면은 얼른 낫는다."

그건 이치에 맞다 이거야. '가랑잎이 떨어지니깐 애기가 떨어져라!' 이거야. 그러니깐 그 가랑잎을 네 군데서 주워서 한 움큼 주면서 얼른 가져가서 데려 먹여라. 아우, 그걸 먹였더니 금방 쑬렁(빨리) 낫다 이거야.

(보조 조사자 : 우와!)

그래서 그걸, 하두 용하다구, 소문이 인제, 대번 퍼지는 거지. 참 크게 배운 것도 없이 그거에 박사니깐은, 약 짓는 데는. 그래서 물, 물리적으로 돼가는 이치적으로 짓는다 이거야. (돈으로 약을 짓는 것이 아니라 환자

의 형편에 맞게 이치에 따라 약을 짓는다는 말임) 그래 가지고 소문이 파다하게 났는데, 한쪽에는 그 집이 아직 가난하구, 다 떨어진 옛날에는 삼베 우티(삼베로 된 옷의 뜻임) 다 떨어진 옷 여름에 입잖아, 아주 가난해서. 그래, 그것은 털뱅이('털이 빠진'의 뜻임) 너덜너덜한 바지를 입구선 있는데, 서울서 백마를 타고서는 그, 왕의 부인이 저 거시기를 기지사경에 놓여있어, 아주 죽게 돼서.

그러니깐은 왕명으로,

"각 지역의 용한 의원을 불러들여라!"

그러니깐은,

"강원도 홍천 동면에 사는 의원이 아주 용한 의원이 있으니깐 거기 가 모셔오너라!"

그래 가지구, 백마를 타 가지고 내려왔다 이거야.

그래 내려와서 보니깐은,

"여기 동면 아무개 댁이 누구요?"

그러니깐은. 그 사람('용한 의원'을 가리키는 말임)한테 묻거든. 그랬는데 쬐쬐('쬐쬐'의 뜻임)한 게 아주, 참, 다 떨어진 털바지를 입은 데다가 쬐쬐한 데다가 먹지도 못해 빼쩍(삐쩍) 마른 사람이 아, 거기 앉아서, 밭, 김장밭을 매다가,

"접니다."

그러니깐은,

"왜 그럽니까?"

아니 백마를 타고 온 사람이 눈이 깜, 아니, 잘생긴 줄 알았더니, 아, 아주 못생긴, 바보천치 같은 늙은이가 앉아서 밭을, 밭을 매고 있다가,

"접니다."

그러니깐은. 아이, 그래서,

"너 그러면은 얼른 왕명이니깐, 얼른 백마를 타라."

아, 뭐, 옷을, 입을 옷이 있어야지, 별안간에 다 찢어진 망건에다가 다 떨어진 두루매기(두루마기)에다가 떨어진 바지를 입고서는, 백마 뒤에 타고 서울로 올라가서. 그래 갔는데, 이게, 이, 왕비의 손을 못 맨지게(만지게) 되있거든, 처음에는. 그랬는데, 삼 칸 집이네. 옛날엔 집이 삼 칸 집 건너가 하는데. (왕비를 직접 보지 않고 삼 칸 떨어진 곳에서 진맥을 했다는 말임) '어디 이 사람이 용한가 맞혀봐야 겠다구,' 그래서 실맥을 보게 됐단 말이야. 옛날에는, 왕부인을 실맥을 보게. 그래서 옛날에 화리(화로)가 무쇠 화리라구 있어. 이, 저, 쇠로된 무쇠 화리, 거기다가 불을 담아다 놓고, 이따가 거기다 동겨맨(동여맨) 거야. 그 끈을, 실끈을 갖다가. 그래, 가주구선, (의원에서 끌을 건네주고서는)

"맨져 봐라."

이거야.

그래, 이, 늙은이가, 실맥을 그 화리에다 동겨 맸으니깐 거 손잽이다가 동겨맸으니깐, 오래구 맥을 보구 앉았더니 하는 소리가 이러더래.

"야! 굳기는 걸, 겉에가 쉰데, 쇠같이 굳은데, 속은 불같이 다, 달다."

이거야.

"그래 틀림없는 화리다."

이거야.

"화리, 불 담아놓는 화리다."

이거야. 아, 그러니, 이게, 참 용하거든, 그, 어떻게 실맥을 보고 쇠화리에다 동겨 맨 걸 알며, 그 속에 불이 있는 걸 알며, 어떻게 그렇게 잘 아느냐 이거야.

"아, 이게, 틀림없이 용한 의원인 게다. 맥을 얼른 맽겨라(맡겨라)."

그러니깐은.

[맥을 보는 시늉을 하며] 이 손목에다가 인제 실맥을 이러고 보고 앉았는데, 미역을 왕의 부인이 얘기를 낳고서는 미역을 끊어준 걸 급히 먹다

가 미역에 걸린 거야, 미역에.

그래, 맥을 보고서는 있다가는,

"빨리 찬물 세 그릇을 대령을 해서 드리라. 그거만 잡수면 낫는다."

미역에 체한 거는 찬물이면 고만이라래. 쓸어려려. (미역을 쓸어내린다는 말임) 그래 물 세 그릇을 먹었는데 씻은 듯이 낫거든, 아, 멀쩡하지, 맥혔다가(막혔다가) 쑥 내려갔으니 그냥, 아주, 아 그러니깐은, 얼마나 용한지, 뭐, 말할 수가 없잖아.

아, 그래서 참 대우를 받고서는 잘 내려와 있는데. 아, 또 한적에(한번에) 인제, 중국서 그 천자의 아들이 병환이 났는데, 옛날에는 우리나라는 중국에 속했어. 그러니깐 우리나라는 소국이고 중국은 대국이고 그래 가지고 그래. 천자, 그, 중국 사람은 천자라고 그러고, 우리나라는 왕이라고 그렇게 칭을 했는데.

아, 그, 천자의 아들이 병이 났는데,

"아! 못 고친다고 각 나라의 용한 의원을 불러들여라."

그러니깐은, 아, 이, 우리나라에서는 이 동면, 그, 김씨 노인네를 아, 그, 지명을 했다 이거야.

"이 양반이 보내야 고쳐서 오곤 한다." (이 의원을 보내야 고쳐서 다시 돌아 올 것이라는 말임)

그래서 인제, 중국을 백마를 타구 간 거야. 그래, 중국에 가서.

[10초간 의원이 중국에 가서 아들을 고쳤다는 세부적인 내용에 대해 잘 알지 못한다고 제보자가 스스로 말하는 부분이다.]

그래 가지고 고쳤는데, 제일 뒤가(이야기의 제일 뒷부분의 이야기가) 다 고쳐주니깐은 그 천자가 말을 하기를.

"그래, 너 소원이 뭐냐? 너 소원을 내 들어줘야겠으니, 소원을 하나 들어줄 테니, 소원을 애기해라."

"예."

그랬는데, 옛날엔 천자가 얘기를 하더니, 왕이 얘기를 하면은 옆에서 필기를 하거든, 시방도 거, 컴퓨터를 치듯이 필기를 하거든, 그 필기를 하는데 보니깐 물이 없던 덴데 먹을 가는데 물이 금방 나오는 거야. 용의 벼룬데 그냥 물이 줄줄줄 나와서 먹을 갈거든, 참 신기하거든. 그 늙은이가 봐도 세상에 저런 건 첨 봤다구.

"저는 소원이 거, 벼루를 주었으면 됩니다."

"아, 하필, 그 벼루냐?"

아, 그 벼루가 세상에 그런 벼루가 어딨느냐? 용틀에 해다 맨 벼루가 있어. 거기를 갈았는데 물이 줄줄 나와서 글씨를 잘 쓰거든. 그래, 그 벼루하고.

"아, 그래도, 뭐, 소원을, 벼슬을 한 가지 줄려는데 너 벼슬을 하고 싶지 않느냐?"

아, 그, 도지사를 줄 수도 있고 군수를 줄 수도 있구 이런데, 아 그거는 못할망정 넌 무슨 벼루니?

"예, 저는 참봉이나 하나 주십시오."

그러더래. 거, 참봉 벼슬이 제일 낮은 벼슬인데, 참봉 벼슬을 하나 줬대요. 참봉 벼슬을 해구 그 칠대조 그, 그 집에 재산으로 내려오고 있다고 그 얘기를 들었어요.

(보조 조사자 : 그 벼루를요?)

예, 내가 사십 년 된 얘기예요. 그런 얘기예요.

동생 살려 장가보낸 누이

자료코드 : 03_15_FOT_20100224_HRS_LJO_0001
조사장소 : 강원도 홍천군 남면 유치2리 546-4번지 마을회관
제보일시 : 2010.2. 24

조 사 자 : 황루시, 유명희, 박현숙, 윤준섭

제 보 자 : 이정옥, 여, 79세

구연상황 : 오전 열시를 넘겨 유치2리 마을회관에 도착했다. 한 주 전에, 조사를 하였던
유치2리는 노인회장과 미리 연락을 하였기에 마을회관에 도착하자마자 조사
를 시작할 수 있었다. 노인 회장이 이정옥 제보자를 추천하였고 구연할 자리
도 마련하였다. 제보자는 구연을 하게 되자 조금 망설이는 모습을 보였으나,
막상 구연을 시작하자 청중을 웃기며 능숙하게 구연했다. 제보자가 구연하는
이야기는 대부분 어렸을 적에 오촌 당숙에게 들었던 이야기라고 한다.

줄 거 리 : 부모님과 함께 오누이가 살았는데, 부모님이 죽자 이웃의 한문 선생이 오누이
의 재산과 누이를 차지하기 위해 남동생을 죽였다. 누이는 동생의 시체를 방
고래에 넣어두고 자신은 남복을 하고 집을 떠났다. 집을 떠난 누이는 부잣집
아들의 선생이 되었는데, 아들은 선생이 마음에 들어 자신의 누이와 결혼을
시키고 싶어 했다. 아들의 고집으로 선생과 누이는 결혼을 했다. 여자의 몸으
로 결혼을 한 선생은 고민을 하던 중에 처남과 함께 연못가에서 죽은 사람을
살리는 연꽃을 발견했다. 남복을 한 누이는 연꽃을 꺾어서 방고래에 넣어두었
던 남동생을 살려내고는 동생에게 자신의 남복을 입혀 부잣집으로 보냈다. 동
생은 부잣집의 딸과 행복하게 잘 살았다.

두 남매를 두고 두 내외가 살다가, 어머니, 아버지가 다 돌아가시니깐
두 남매가 남았잖아? 그런데 한문 가르키는(가르치는) 한문 선생이 그 누
나가 잘 생겼으니깐 그 남동생을 죽이면은 그 여자하고 살면 그 집 재산
을 다 차지해야겠으니깐.

그 옛날엔 한문을 가르치자나, 한문 선생이 그 애를(남동생을) 오라고
그러더니만 죽었더래. 누나가 보니깐. 그래서 인제, 그걸 갖다가는(동생의
시체를 갖고서) 집의 방고래('방 구들장 밑에 있는 불김과 연기가 나가는
길'의 뜻임)을 뚫구서, 방고래 안에 다가 넣어두고서는 자기는 남복(男服)
을 해, 남자복을 해고서는 인제, 어디로 정처 없이 갔대. 그래, 갔는데, 한
군데를 가다니깐으로 대문도 달구 부자집이 있더래.

그런데 해는 넘어가고 그 집으로 인제, 남복으로 해구 갓을 쓰고 들어
가니깐.

사랑에 대감이 앉았다가,

"어서(어디서) 오는 청년이냐?"

그러고서는,

"그저, 부지없이(부질없이) 댕기는 사람이라고."

그러니깐,

"그럼, 너 사랑에서 나하고 자자."

그러더래. 그래, 그 집에서 밥을 해서 먹고 자는데, 고렇고, 저, 옛날엔 한문을(한문에), 전부 한문을 힘을 썼대.

"한문을 좀 아느냐?"

그러더래,

"한문을 그 전에 부모님 덕에 좀 배운 게 있다고."

그러니깐,

"우리 아들이, 아들인데, 한문을 독선상을 앉아서 가르켜달라고(독선생으로 머물러 있으면서 가르쳐달라고라는 말임)"

그러대.

그래서, '어디 가지?' 해구 갈 때도 없는데,

"잘됐다고."

인제 한문을 이렇게 가르키는데, 그 애가 보니깐 아주 잘 생겼대. 여잔데 아주 선비같이. (독선생이 선비처럼 잘 생겼다는 의미임) 그러니깐 저 누나가 있는데, 그 매형을 삼고 싶더래, 인제. 그래 여자인데도 갠 모르고, 그래 매형을 삼고 싶으니깐,

"선상님."

바로 그러더래.

"선상님, 장개 안 가실래요?"

"에이, 이놈아 그런 소리 하지 마라! 내가 무슨 장가를 가니."

그러니깐,

"선상님, 우리 누나가 아주 인물도 참 잘 생기고, 이쁜 누나가 있으니깐, 선생님 한번 만나볼래느냐?"

그러니깐,

"아이고, 그런 소리 해지 말고 공부나 해라."

그러드래.

아이, 이놈의 애가 그냥, 그 선생이 이쁘고 잘 생겼으니깐, 저이 누나한테 가서,

"누나, 누나, 저, 한문 선생이 있는 방 곁에, 바깥에 앵두나무가 있는데, 누나, 누나, 저, 나, 그 앵두를 그걸 따 달라구."

그러더래, 하필.

"아이고, 그걸 니가 따먹지. 선상님이 거, 계시는데, 문이라도 열고 내다보면 어떡하냐?"

그러니깐,

"엄마더러 따, 저, 따달래두 싫다, 종더러 따래도 싫다. 안 먹는다, 누나가 따달래드래."

그래, 인제, 그 선생한테 선 배킬라구(보이려구). 아, 그래서 떼를 쓰구(쓰고) 울고 그래 가지고는, 가만, 가만, 나가서 앵두나무를 큰 데 올라가, 딸라구 키는데(따려고 하는데),

"선생님!"

해면서 문을 활딱(활짝) 열더래.

"선상님! 나오라구!"

그러니깐,

"그래, 왜 그러냐구?"

문을 활딱 열으니깐,

"저그 누나가 앵두나무서 떨어지고 (방으로) 들어갔대."

그러더니, 뛰어 들어오더니,

"선생님, 우리 누님 보셨죠?"

그러니깐,

"야, 이놈아 그런 소리 해지 말아라."

그러고 인제,

"우리 누님 잘생기지 않았느냐고? 우리 매형 하자구."

그래, 아주 하루는 또 그냥, 하두 글을 안 배우구는, 자꾸 드러누워서 떼만 쓰더래.

그랬더니 아버지가,

"너 왜 그렇게 너부져 있니?"

그러니깐,

"아버지, 저, 사랑의 선생님을 매형을 삼고, 우리 매형을 삼게 해주세요."

그러니깐,

"야! 이놈아! 너 그런 소리 하지 말라고. 그 선생이, 뭐, 집도 없이 돌아댕기는 사람을 어떻게 매형을 삼냐?"

그러니깐,

"난 저 선생님을 매형을 안 삼아 준다면 난 공부도 안 하고, 아무것도 안 한다더래."

아주, 그래서 그 애가 하두 떼를 써 가지고, 인제, 그, (매형을 삼아) 주기로 해 가지고 결혼을 했는데, 자기도 여자지, 그 여자도 여자지. 그렇잖아? 그래 그렇게 사는데 그냥, 그 여자가, 좀 사는데(살다 보니) 이상하게 얼굴이 노랗게 회색이 있더래. 가만히 생각해보니깐, 큰일 났더래. 그 신랑쩍이(신랑 되는 자가) 거, 처남을 데리고 어디를 놀러 갔는데, 연못이 있는데, 연못가에 아주 연꽃이 그렇게 이쁘게 폈더래. 그래서,

"얘, 저 꽃은 무슨 꽃이 저렇게 이쁘냐?"

그러니깐,

"매형, 저거는 '살 살아라!' 그러면, '살 살아라!' 죽은 사람한테다가 '살 살아나라, 살 살아나라.' 그러면 살이 살아나고, '뼈 살아라.' 그러면 뼈가 살아나고, 숨 쉬게 해달라면 그렇게 하는 꽃이라고."

그러더래.

그 소리를 들으니 얼마나 반가워, 자기 동생을 방고래에 갖다 너두고 (갖다 놓고) 갔는데, 한 삼 년 됐는데, 그래서 그 꽃을 나가서 꺾어 가지고는.

"나는 인제, 고향을, 좀, 나 있던 고향을 가, 댕겨와야 했으니깐, 가겠노라고."

인제, 장인 장모에게 인사를 하고서는, 인제, 꽃을 싸 가지고 왔대.

오니깐 자기 집이 뺑대(뺑쑥의 줄기)가 나서 모두 크고 그랬는데, 방고래를, 자기 동생 넣은 데를 뜯고 보니깐, 자기 동생이 썩지도 않고 그냥 있더래. 그래 가지고 인제, 그. 그 핸대로(처남이 말한대로) 그랬대. 저, 동생이 살아났대는군 그래. 그래 가지고 자기는 안 가고 자기 옷을 벗겨서 동생을 입혀 가지고 인제, 보냈대, 처갓집이를. (자기 옷을 입혀서 처갓집으로 동생을 보냈다는 뜻임)

그럼 누나하고 동생하고 똑같이 생겼으니깐, 그래, 고향 갔다 오더니, 그냥, 그, 여자도 화기가 돌고, 내외가 아주 재밌게 의가 좋게 잘 살더래. 그래 옛날에 잘 살았대.

며느리 효부 만든 시아버지

자료코드 : 03_15_FOT_20100224_HRS_LJO_0002
조사장소 : 강원도 홍천군 남면 유치2리 546-4번지 마을회관
제보일시 : 2010.2.24
조 사 자 : 황루시, 유명희, 박현숙, 윤준섭

제 보 자 : 이정옥, 여, 79세

구연상황 : 앞의 이야기를 마치고 청중들의 호의적인 반응이 이어졌다. 이에 기분이 들뜬 제보자는 이야기를 하나 더 하겠다며 적극적으로 구연했다.

줄 거 리 : 시아버지와 며느리가 어렵게 단둘이 살았다. 시아버지가 친구 환갑잔치에 자신의 남루한 옷 대신에 죽은 아들의 새 바지저고리를 입고 가려고 했다. 이를 알고 며느리가 야단을 하며 반대하자, 시아버지는 며느리 몰래 아들의 저고리를 입고는 친구 환갑잔치에 갔다. 며느리가 이를 알고서 시아버지를 쫓아갔다. 시아버지가 도망을 가다가 자신의 친구들을 만났는데, 친구들이 며느리가 쫓아오는 이유를 묻자 시아버지는 며느리가 자신의 옷이 남루하여 자신에게 아들의 바지저고리를 입히려고 쫓아온 것이라고 둘러댔다. 마을에 온 암행어사의 역졸들이 시아버지의 친구들에게 이 이야기를 전해 들었다. 암행어사가 역졸들에게 이야기를 전해 듣고, 며느리에게 상을 주었다.

옛날에 시아버지하고 며느리하고 아들하고 세 식구가 살다, 사는데, 해필(하필) 아들이 죽더래. 아버지가 (먼저) 죽으면 괜찮을 텐데.

근데, 아주 지겹게 어렵대, 아주. 지겹게 어려운데, 아, 그저, 며느리가 인제, 신랑 바지저고리를 한 벌 깨끗하게 빨아서 솜을 너서('솜을 넣고 꿰매서'의 뜻임)농에다가 해 너둔 게('넣어둔 것이'의 뜻임) 있는데.

아, 근데 친구 환갑이 돌아 왔는데 이 늙은이들이,

"그 언제, 내일이 아무개 환갑이니깐 자네도 환갑이나 먹으러 가세. (집에) 있으면 뭐하나?"

그러니, 옷이 남루해 못 가겠더래. 아, 그래서 며느리더러,

"애, 아가, 저기에 바지저고리 해서 둔 게 있으니 내 환갑 가서 얻어먹고 와서 벗어 둘 테니깐, 그 바지저고리 나 좀 줄래?"

그러니깐, 아 저놈의 늙은이가 아들도 잡아먹고 바지저고리 한 벌, 그걸마저 뺏어 입을라한다고 야단, 야단을 해고설랑에(하고서는). 개울로 빨래를 하러 가더래. 인제, 그 이튿날이 됐는데. 아이 그러길래, 안 되겠더래. (며느리에게 말하고서는 바지저고리를 입기가 어렵다는 노인의 생각을 나타내는 말임)

빨래 하러가는 바지저고리를 며느리 몰래 꺼내 입고는 며느리 들어오기 전에 줄행랑을 놓느라고 저-, 만큼 가더니깐. 아, 이놈의 며느리가 빨래 해 가지고 오니깐 시아버지가 저그 신랑 바지저고리를 입고 가고든 휑하게.

(청중 : 아휴.)

그거를 인제,

"그 바지저고리가 어떤 바지저고리라고 그렇게 입고 가느냐고."

이제, 시아버지를 야단을 하며,

"바지저고리를 벗어 놓으라고."

뒤에서 쫓아가잖아, 며느리는. 시아버지는 앞에서 죽겠다고, 그, 길바닥에서 뱃기면(벗기면) 어떡하니깐은, 죽겠다고 시아버지는 앞에서 뛰구, 며느리는 뒤에서 뛰구. 그러다 보니깐, 강둑을 하나 올라서다 보니깐, 그 친구들이 또 두 명이 나오더래.

"아, 자네는 왜 이렇게 뛰나? 뛰나?"

"아휴!"

서서 하는 말이. 그러니깐, 노인네, 저, 시아버지 친구 하나가 며느리가 쫓아오다, 움찔하더래.

"아, 자넨 왜 이렇게 뛰나?"

"아휴, 쟤가 글쎄, 내가 옷이 남루해 안 간대니깐, 우리 며느리가 글쎄 우리 아들 바지저고리를 여기까지 와서 나를 입혀줘서, 내가 이렇게 가느라고 그러잖어?('그렇게 하잖아?'의 뜻임)"

아, 저만큼서 시아버지가 그러니, 벗어놓으라구 할 수 있어? 그래 며느리는 가더래.

"야! 자네가, 거참, 효자 며느리를 두었네. 세상에 그런 효자 며느리가 어딨나?('어디 있나?'의 뜻임)"

아, 그래 환갑을 가 먹고, 집에 가 혼날 생각을 하니깐, 큰일 났더래.

[일동 웃음]

그랬는데, 그 인제, 옛날에는 과거를 하면 그, 뭐, 패랭이(조선 시대에 역졸들이 댓개비로 엮어 만든 갓을 뜻함)라고 그래두 해구, 그, 왜, 왜, 군사들을, 뭐라 그래? 쫓아 댕긴데, 옛날에 저, 그?

(청중 : 암행어사.)

암행어사를 하면, 옛날에서 군사들이 거지처럼 하고 다닌대. 그래 그 사람들이, 인제, 그, 암행어사가 그 동네 들었는데(들어왔는데), 그, 나졸들을 풀어서,

"야, 오늘 이 동네 뭔 일이 났나? 너들(너희들) 나가 돌아 봐라!"

환갑집을 가니깐, 같이 온 친구 노인네들이 술을 먹고 좀 취하니깐.

"세상에 효자는 이 사람 며느리 같은 효자가 어딨느냐고? 바지저고리를 가지고 강둑까지 쫓아 올라와서 입혀서 시아버지를 환갑 더욱 잡수고 오라고 등을 밀다시피 해서, 이렇게, 그런 효자 며느리가 어딨느냐고?"

그러니깐,

"아, 참! 그런 효자가 없다구."

그러더래지.

그래서,

"혼자된 며느리가 그렇게 하는 사람이 어딨느냐고?"

그러니깐.

아, 패랭이들이 듣고서는, 옛날에는 패랑이라 그랬다는 거이. 패랭이들이 듣고 설랑은, 가만히 생각을 하니깐, '참 효자두, 효자 같드래.'

그래서, 이젠, 거, 가니깐, 암행어사한테.

"너으(너희) 오늘, 이 동네에서 뭔 일을 봤냐?"

그러니깐,

"예, 저쪽에 환갑집을 가니까요, 시아버지는 호래비(홀아비)고 며느리는 혼자 됐는데, 신랑 바지저고리를, 뭐, 해둔 걸 옷이 없어 환갑집에 못 간

다니깐, 며느리가 막 쫓아오면서 입혀설랑, 보냈대느냐. (시아버지가 환갑 집에 가려는데 해둔 옷이 없어 못 간다고 하니 며느리가 쫓아와서 죽은 신랑의 바지저고리를 입혀서 보냈다는 말임) 그런 효자가 없다구."

그 사람을 불러다가 효자상을 줘 가지고 잘 살았대.

[일동 웃음]

그러니깐, 자식은 부모가 효자를 맨들어야(만들어야) 한다는 말이야.

암행어사가 찾은 효자와 효부

자료코드 : 03_15_FOT_20100224_HRS_LJO_0003

조사장소 : 강원도 홍천군 남면 유치2리 546-4번지 마을회관

제보일시 : 2010.2.24

조 사 자 : 황루시, 유명희, 박현숙, 윤준섭

제 보 자 : 이정옥, 여, 79세

구연상황 : 앞의 이야기와 같은 상황에서 구연했다.

줄 거 리 : 가난한 부부가 시아버지를 모시고 살았다. 시아버지의 환갑이 되었는데, 너무 가난하여 며느리는 자신의 머리를 잘라 환갑음식을 마련했다. 시아버지는 며느리가 머리에 수건을 쓰고 상을 차리자 양반의 예법에 어긋난다며 골을 냈다. 아들에게서 며느리가 자신의 환갑을 위해 머리를 잘랐다는 이야기를 듣고 시아버지는 미안한 나머지 죽어야 한다며 드러누웠다. 부부는 시아버지를 달래기 위해 장구를 치고 춤을 췄는데, 이 광경을 본 암행어사가 부부에게 상을 주었다.

옛날에 홀시아버지를 거느리고 두 내우(내외)가 사는데, 아주 지겹게 어렵더래, 얼마나 가난했는, 옛날엔 어렵뎬 한참 무지게 어렵잖아. (옛날 에 어려울 땐 한참 무지하게 어렵잖아?의 뜻임) 시아버지 환갑이 돌아왔 는데, 큰일 났더래. 밥 해드릴 쌀도 없어서. 밥도 못해드리겠는데. 둘이, 이젠 며느리가 신랑에를(신랑에게) 가새(가위)를 갖다 주며, 옛날엔 머리 쪽질 머리를 달기(댕기)를 쳐서 팔면 엄청 비싸대잖아.

그러니깐 부인이 신랑을('신랑에게'라고 할 것을 잘못 말함) 가새를 갖다 주며,

"여보, 해볼 도리가 없소. 내 머리를 쳐 가지고 머릴 쳐서 깎어서(깎아서) 팔아 가지고 밥을 하고 미역국이래두 끓여야 해지(끓여야 되지) 않느냐고."

아, 그래 신랑을 가새를 갖다 주며 머리를 깎으래니, 신랑도 기가 맥히지(막히지). 그저 아무 소리 말고 깎으라고 뭐.

[고개를 숙이고] 신랑한테다가 들이대구, 머리를 풀어 가지고 들이대니깐. 아, 신랑이 할 수 없이 부인 머리를 깎어 가지고서는('깎아서'의 뜻임) 달비('긴 댕기머리'의 뜻임)을 쳐 가지고, 옛날에 부잣집 여자는 달비를 사서 쪽을 이렇게 크게 찌른데. 그래 가지고 와서는, 뭐, 쌀하고 인제 돈을 받아 가지고 미역을 사고는, 그 이튿날 생일이니깐 미역국을 끓이고 밥을 해고서는. 시아버지가 인제, '나 같은 인생은 환갑에도 밥을 못 얻어먹는 구나.'하고는 이불을 쓰고 드러눕더래, 알아먹게.

그래서 아들 며느리가 들어가서는,

"아버지 진지 잡수유, 진지 잡수."

그러니깐,

"아, 뭔 쌀이 있어서 밥을, 밥을 먹으래니?"

이러고 일어나보니깐, 머리를 깎았으니깐.

[머리에 수건을 쓰는 시늉을 하면서] 며느리가 수건을 썼을 께 아니냐?

그래, 인제, 수건을 쓰고서는 밥상을 갖다놓고는 아들하고,

"아버님 진지 잡수유, 진지 잡수."

그러니깐. 아, 치다보니깐 양반을 찾느라 그러는지. (수건을 쓰지 않은 며느리를 쳐다보니 양반으로서 시아버지의 위신을 보이기 위해라는 말임)

"시아비 밥상을 차리면서 어떻게 수건을 쓰고 들였느냐고. 아, 수건을 쓰고 시중을 드냐?"

골을 내며 야단을 치며, 안 먹는다고 도로 드러눕더래. 아, 그래 야단을 막 치더래. 그래서 아들이 그랬대.

"아버님 이해하시라고, 제가 부족하다보니깐 이렇게 샀으니, 아버님 진지쌀, 줄 거를, 이 사람 머리를 짤러다가(잘라) 팔아 가지고 미역도 사고 이렇게 쌀도 사다 밥을 해드렸으니깐 달게 잡수시라고."

그러니깐.

아, 기가 맥히지. 그 영감도. 며느리 머리를 짤라 가지고 환갑날 밥을 얻어먹으니깐 또 앉아 울더래.

"나 같은 신세가 살아 뭐하느냐고 환갑날 며느리 머리나 쳐서 밥을 먹는 게 죽어야 한다고."

또 안 먹고선 이불을 푹 쓰고 앓아눕더니, 드러눕더래. 죽어야 한다고. 그러니 아무리 잡숫게 할라고(하려고) 달래도 안돼, 안되겠어.

"나는, 당신은 장구를 치고 나는 소리를 하자고."

두 내우가, 아들은 장구를 치고, 며느리는 춤을 추고. 옛날에두 암행어사가 그 동네를 들어와서 보니깐 웃기더래. 한 집에 뭘 장구소리가 나고 그래서 뭘 문구녕(문구멍)을 뚫르고 보니깐, 젊은 여자는 수건을 쓰고 춤을 추구 젊은 남자는 장구를 두드리고 앓은 노인넨지 이불을 디씨고(들어가) 드러눕고 이상하더래. 그래서는 그 사람이 인제, 문을 두드려설랑 부르니깐 저거 아들이 나가더래.

"아니, 두 분이 무슨 일인데, 장구를 치고 춤을 추느냐고?"

그러니깐, 그 남자가 사실 얘기를 하더래.

"사실 오늘 아침이 우리 아버지 생신이고 환갑인데 내가 '(아내에게) 어렵다고 해서' 그래서 부인이 머리를 쳐 가지고 쌀을 사다 해드렸더니 '내가 며느리 머리나 깎아서 밥을 먹고 살 놈은 아니라고' 안 잡수고 저렇게 머리를 싸고 드러누우셔서 잡수도록 해느라고(하느라고) 이렇게 우리가 그랬다고."

그러더래.

거참 효자지. 그래서 그 사람덜(두 내외가) 상을 많이 받고 아주 아들 며느리 행복하게 잘 살았더래요.

[일동웃음]

(청중 : 그래서 그때부터 효자상이 나온 거 아니예요?)

그랬대. 그래 가지고 효자상이 생기기로 했대.

친정아버지 망신 면해 준 딸

자료코드 : 03_15_FOT_20100224_HRS_LJO_0004
조사장소 : 강원도 홍천군 남면 유치2리 546-4번지 마을회관
제보일시 : 2010.2.24
조 사 자 : 황루시, 유명희, 박현숙, 윤준섭
제 보 자 : 이정옥, 여, 79세
구연상황 : 앞의 이야기와 같은 상황에서 구연했다.
줄 거 리 : 가난한 부부가 딸을 부잣집으로 시집을 보내게 되었다. 잔칫날 아버지가 사돈 집으로 가게 되었는데, 아내가 사돈댁에서 상을 후하게 차려주면 혼자만 먹지 말고 자신이 먹을 것도 가지고 오라며 오망자루를 챙겨 주었다. 아버지는 사돈댁에서 차려주는 상을 배불리 먹고 아내가 먹을 것을 오망자루에 넣었다. 배불리 먹은 아버지는 새벽에 갑자기 바지에 설사를 하고서는 바지를 벗어두었다. 다음날 바지가 없어져서 두루마기만 걸치고 사돈에게 인사를 하고 집으로 돌아가려는데, 사돈이 당나귀를 내주었다. 당나귀를 타다가 넘어져서 사돈에게 망신을 당했다. 시어머니가 딸에게 이유를 물으니, 자신의 아버지가 액을 떼려고 한 행동이라고 재치 있게 대답하여 시어머니를 이해시켰다.

옛날에 두 내우(내외)가 사는, 딸을 시집을 주는데, 지겹게 어렵더래. 지겹게 어려운데, 딸이 시집을 가게. 시집을 가게 됐더래. 잔칫날 인제 부잣집에 시집을 딸은 가는데. 아부지가 인제, 후각(딸이 시집가는 데 부모가 쫓아가는 것을 말하며 웃전이라고도 함)을 가게 되는데, 어머니가 그

러더래.

"여보."

웃째, 옛날엔 웃전상(딸의 부모님께 차려준 상을 말함)을 이렇게 거기다가 차려다 주거든.

"여보, 당신이 웃전가면 웃전상을 채려다 줄 텐데 그거 다 잡숫지 말구, 이 잘래(자루)에다가 넣어 가지고 오라구."

새카만 베 오망잘루(오망자루, 볼품없이 생긴 작은 자루를 말함)을 주더래. 오망자루라는 걸 몰라? 옛날에 쬐끄맣게 베를 한번 틀어진 자루가 있어. 아, 그래 그걸 줘서, 허리띠 끝에다가 자루를 꿰어 가지고, 달래우선을('오망자루에다가 달아 매고선'의 뜻임) 갔는데. 참 웃전상을 이렇게 해서 고개다(웃전상을 가득 높이 채워서 준다는 말임) 주는데, 먹고 생각을 하니깐, 참 마누라가 걸려 죽겠더래. 그래서 오망잘루에다가 넣어설랑은 두루마기 속에다 이렇게 넣고 앉았는데, 아 굶다가 떡에다, 고기에다, 뭘, 잔뜩 먹었는데, 떡을 넣어서 여기다 차구, 허리띠 끝에다가 오망자루에다 넣어서 차구 있는데. 밤에 배가 천둥을 치던, 야단을 하더니, 설사가 나더래잖아. 아, 사랑에서 자다 문지방을 넘어갈 수 없듯이, 바지다 똥을 확 쌌대. 그냥. 확 쌌는데 큰일 났더래.

[일동 웃음]

설사를 하니깐, 아이, 이놈의 바지를 해 볼 수가 없어서, 깜깜은 하구 어쩔 수 없어서, 날이나 새면 물에 응구던지, 물에 닦던지 할라구. 그 툇마루가 옛날엔 사랑의 방에, 툇마루를 요런 방에 벗어서는 뚤뚤 말아서 거기다 쳐 넣고는, 아, 자구선 식전에 나가보니깐, 개가 물어갔더래잖아.

[일동 웃음]

그러니 개가 바지를 물어갔으니, 이놈의 노릇을 어떡해? 두루매기 자루를 가장 잡아댕기구 가리고 앉고선, 조반을 줘서 좀 떠먹고는 웃전은 하루 지났으면 가야 되잖아. 가는데, 들어가선 딸을 절을 받고, 인제, 이러고 사

돈집 안방에다가 절을 받고 하는데, 큰일 났더래, 아, 또, 사돈이, 자꾸,

"사돈 들어오라구."

그래더래. 두루마기 짜리('끄트머리'의 뜻임)을 여길 훔켜 이렇게 쥐고 들어가는데, 다리는 시뻘겋지.

[두루마기를 모아 쥐는 시늉을 하고 좌우를 보고 웃으며] 아, 이래고서는 들어가서는 들어가 쪼쿠리고 앉았는데, 자꾸 두루매기를 가려도 여기가 다 벌어지지. 움쿠리고 나가보니깐 이상하거든, 사돈 마누라가 보니깐. 이젠, 인사를 하고 나가는데. 쪼끔만치 나가는데,

"아 당나귀를 타라구."

또 갖다 주더래잖아, 뻘건 대낮에.

[일동 웃음]

마당에다 당나귀를 댔더래. 타구 나가라구. 당나귀를 탈려고 이거를 훔치더니, 홀랑 나가 자빠졌어.

(청중 : 망신을 했군.)

떡자루하고 불알하구, 푸악.

[일동 웃음]

사돈하고 딸하고 안마루에서 내다보니깐, 참 아주 기가 맥히지, 그래.

사돈이, 있지, 시어머니가 그러더래.

"아이구, 시상에(세상에) 사돈이 왠일이냐?"

그러니깐, 아휴 딸이 얼마나 의견이 많은지, 그러더래.

"아휴, 저희 아버님은 신수를 보니깐 올해 돌아가실 운인데, 그렇게 아주 큰 실수를 하셔야 떼신다구, 그 액을 떼신다구, 이렇게 그러셨다구."

"아휴, 그럼 그렇지. 그럴 수가 있냐구."

그래서 바지저고리를 한 벌 해서, 쥐 가지구 입구서는 갔대. 저그 집이루.

[일동 웃음]

그러니깐 딸이 그렇게 의견이 많은 거야, 그냥.

구렁덩덩 새 선비

자료코드 : 03_15_FOT_20100224_HRS_LJO_0005
조사장소 : 강원도 홍천군 남면 유치2리 546-4번지 마을회관
제보일시 : 2010.2.24
조 사 자 : 황루시, 유명희, 박현숙, 윤준섭
제 보 자 : 이정옥, 여, 79세
구연상황 : 제보자는 앞의 이야기를 마치고 더 이상 아는 이야기가 없다고 했다. 조사자
가 뱀이나 구렁이와 관련된 이야기는 모르냐고 묻자, 제보자는 구렁이가 선비
로 변한 이야기를 안다며 구연했다.
줄 거 리 : 대갓집에 구렁이 아들이 있었는데, 대갓집에서 신세를 진 가난한 집의 딸이
구렁이에게 시집을 가야 했다. 첫째 딸과 둘째 딸이 시집가는 것을 거부하여
막내딸이 시집을 가게 되었다. 결혼 첫날밤 구렁이는 허물을 벗고 선비가 되
었는데, 선비는 자신의 허물을 부인의 옷고름에 달면서 잘 보관하라고 했다.
이를 시기한 첫째와 둘째가 막내의 옷고름에 달린 허물을 태워버리니 선비가
막내의 곁을 떠났다. 막내딸은 선비를 찾으러 길을 떠났다. 막내딸은 선비를
찾았지만 선비는 이미 새로운 부인과 함께 살고 있었다. 선비는 두 명의 부인
에게 자신이 시킨 일을 해낸 사람과 함께 살 것이라고 했다. 막내딸이 선비가
시킨 모든 시험을 통과하여 선비와 함께 살게 되었다.

한 집은 잘 살고, 대가에서 잘 살구, 한 집은 못사는데 그 집은 딸만 서
이예(셋이야). 그래 딸만 서이고, 그래, 그 집에다가 자꾸 돈도 갖다 쓰고
그러는데. 그 집의, 그, 인제, 아들이 아마 장개(장가)를 들어야 해겠는데,
아들이 뭐.

[청중을 보고]

그, 뭐, 병신이라고 그랬지?

(청중 : 응, 응.)

병신인데, 그, 큰 딸을 불러 가지고, 그 집에 돈도 많이 갖다 주고('가져
다 쓰고'의 뜻임)

"자네가 딸이라도 하나 우리 며느리 삼게 해달라."

하니깐, 아들이 병신인가? 병신이라 모자르대. 그러니깐, 그, 인제, 아버

지, 어머니가 큰 딸을 불러다 앉혀놓고, 아니, 참 구렁이래. (앞의 부잣집 아들이 병신이 아니라 구렁이라고 구연자 스스로 정정하는 말임)

구렁이 탈을 쓰고, 쓰고 나왔대. 그저 인제, 그 신랑자리가 있는 집인데 구렁이래. ('그집의 신랑이 구렁이다'라는 뜻임)

그러니깐, 인제 큰 딸을 불러 가지고,

"너 뒤에('뒷집의'의 뜻임) 구렁이한테 시집갈래?"

그러니깐.

얼굴은 사람인데 몸은 구렁이래. 큰 딸이 하는 말이,

"아니, 나 아무리 시집을, 갈 데가 없어도 난 구렁이한테 안 간다고."

야단을 하더래. 안 간다고 야단을 하니깐, 할 수 없이 둘째 딸을 불러가지니깐, ('불러 가지고 그러니깐'의 뜻임) 둘째 딸이 역시 또 그러더래.

근데, 그 셋째 딸을 불러 가지고 그러니깐,

"어머니, 아버지가 가라고 그러면 지가 가겠다고 하더래."

그래서 인제, 시집을 보냈는데, 아이, 인제, 그, 첫날 저녁에, 그, 구렁이하고 첫날 저녁에 자는데. 그 구렁이가 인제 허물을, 그게 구렁이가 아니래. 구렁이가 아니래. 벌을 받아서 그렇지. 사람인데, 그래 벌을 받아서 인제, 그래 그렇게 됐는데.

[청중을 바라보고] 뭐, 기름통에 가 빠지고 밀가루통에 들어 가지고는 꺼풀을 벗었대. 인제 밤에.

그래 인제 그 동생들이 옛날에 인제, 그, 잔치를 하면 시아버지집에서 자고 간다고 하잖아. 아, 그래, 식전에 보니깐 아주 그냥 신랑이 구렁이로 왔었는데 아주 신선, 선비더래. 얼마나 잘 났는지. 아주. 선비이더래. 그 구렁이가 허물을 벗어서 부인을 갖다 주면서 이 옷짝('옷고름'의 뜻임)에 다 달아주면서,

"이거를 잊어버리면은 당신이 나를 잊어버릴 테니깐 이걸 관리 잘하라구."

속저고리 옷곰('옷고름'의 뜻임)에다 달아 주었는데, 그 언니들이 쫓아

들어와 가지고,

"어떻게 그렇게 선비가 됐느냐고?"

하도 물어 따지니깐, 그 동생이 얘기를 했대. 아이 그러니깐 요놈의 그 성(형을 뜻하는 방언이나 여기서는 '언니'를 말함)들, 그 성년이 그걸 훔쳐다가 부엌의 타는 부광대(부뚜막)다가 그걸 태웠대잖아, 그걸 태웠대.

그러니깐 못살고 이별을 하게 됐잖어. 그래 가지고 어째, 남자가 어디루 갔대. 인제. 그게 그 원인은 벌을 받아 가지고 그게 그렇게 됐었는데. (신선비가 벌을 받아 가지고 구렁이가 되었었는데.)

그러니깐 이 부인들이 신랑을 찾아 가지고 자꾸 가면서, ('부인이 신랑을 찾으러 다니며'라고 해야 할 것을 잘못 말함)

"구렁이덩덩 선비님 보셨나요? 구렁이덩덩 선비님 보셨나요?"

이래면서 자꾸 가면 물어보는데,

"(물어보는 사람마다) 구렁이덩덩 선비를 못 봤다는 게야."

그래, 인제, 어디를 가니깐, 인제.

[10초간 잠시 기억을 더듬고]

그래서 그렇게 몇 번을 가다가는, 그 남자를 만났대나 어떻게 됐는데. (길을 가다가 남편을 만난 과정에 대해 잊은 듯함)

"당신이 나하고 살을래면(살려면) 나 식히는 대루(내가 시키는 대로) 해라."

그러더래잖어, 왜. 가서 찾았는데, 그러더래.

"나하고 살을래면 동지섣달인데 고매딸구4)를 따 와라."

눈이 허연데, 어딜 가 고매딸구를 따, 그래서,

"어딜 가서 고매딸구를 따느냐고?"

그런데 그 선비가 나가서 여자를 얻어 가지고 같이 살더래.

그래서,

---

4) 곰이 먹는 딸기라고 하여 '고매딸구'라고 불리었으며 복분자를 말함.

"너희 둘이 동지섣달에 고매딸구를 따오는 사람은 내가 데리고 산다."

그러니깐, 부인은 둘이 고매딸구를 따러 한참 눈 오는 데를 헤매는데, 작은 마누라, 나중에 얻은 거는 댕기다 도로 들어왔는데, 그 여자는 한 골짜구니(골짜기)를 넘어 눈밭을 지나가다니깐 아주 시퍼렇게 화기(따스하고 햇빛이 환하게 비추는 것을 말함)도는 데를 가니깐, 고매딸구가 하나 피웠더래. 그래 그 여자는 그걸 따 가지고 오니깐 참 신기하거덩. 그러니깐 인제 마직, 나중 든 여자가('마지막에 나중에 얻은 여자가'를 말한 것임) 야단을 하니깐,

"그럼 한 가지 더 시켜줄 테니깐 그럼 그걸 해오는 애가 데리고 살겠다."

그러니깐, 호랑이 장(長)눈썹이 있대. 호랑이는 눈썹이 쫏게쫏게(길게길게) 있대.

"호랑이 장눈썹을 세 개씩만 뽑아오는 사람은 데리고 산다."

그러더래.

아주, 그저, 산천하를 헤매서 호랑이를 찾아서 인제, 댕기다, 댕기다, 이제 작은, 나중에 얻은 여편네는 가고(돌아가고), 그 여자는 돌아다니다 날이 저물었더래. 깜깜하고 꼴짜기서 날이 저물었는데, 가만히 서서 저쪽편에서 불이 반짝반짝 하더래. 그래, 가니깐 오막살이집이 있더래. 집이 있는데 가서 찾으니깐으루, (머리카락이) 하얀 노모가 나오더니,

"아이, 어짠 일로 여길 밤에 왔느냐?"

그러더래,

"사실 이래저래 해서 이렇게 왔다구."

그러니깐,

"시방 우리 아들이 호랑이가 삼형제인데, 우리 아덜들이 사냥을 나갔는데, 당신은 우리 집에서 자면 당신은 죽으니깐, 가라구."

그러더래.

아이, 그걸 생각을 하니깐, 자기는 그걸 뽑으러 나갔는데, 나름 욕심을 부리고 나갔으니깐,

"하루 저녁만 재워 달라구."

하두 사정을 하니깐, 그 집에 있다보니깐, 참, 바깥에서 호랑이가 들어오는 인적소리가 나니깐, 할머니가 옷장에다 넣더래. 가맨히 있으라고.

(청중 : 그기 어머니래.)

어머이(어머니)래. 호랑이 어머이래. 호랑이 너무 묵어 가지고 호랑이가 됐는데, 아니 사람이 됐는데. 그래 걱정을 하다 그렇게 되니깐, 아들들이 묵을(먹을) 짐승을 잡으러 사냥을 하다가 들어오더니,

"아휴, 어서 인(人) 냄새가 나느냐고, 인 냄새가 난다고. 이게 웬 인 냄새냐?"

그러니깐.

저 어머니가 하는 말이,

"이놈들아, 내가 늙어서 사람으로 배끼깐(바뀌니깐) 인 내지(냄새지) 무슨 인이 있느냐고?"

그러니깐,

"무슨 인이 있겠느냐고?"

그러니깐.

가만히 생각해 보니깐, 저그도 그렇거든, 그러니깐, 원체, 고단하니깐, 저 이리저리 쓰러져 자더래. 그래, 저그 어머니한테서 사정을 했지. 저 어머니가 뽑아주더래.

그래 가지고 도로 찾아와 가지고 구렁덩덩 선비래는 사람하고 잘 살았겠지. 뭐. 나도 그건 모르지, 뭐.

[일동 웃음]

선비 골려준 아이

자료코드 : 03_15_FOT_20100224_HRS_CJS_0001

조사장소 : 강원도 홍천군 남면 유치2리 546-4번지 마을회관

제보일시 : 2010.2.24

조 사 자 : 황루시, 유명희, 박현숙, 윤준섭

제 보 자 : 최지섭, 남, 73세

구연상황 : 제보자가 어렸을 때 어른들에게서 들은 웃긴 이야기를 짧게 해보겠다며 구연을 시작했다.

줄 거 리 : 선비가 주막집에 가서 주인을 찾기 위해 아이에게 주가(酒家)를 물었다. 아이는 엉뚱한 말장난으로 선비를 두 번이나 놀렸다. 다음날, 선비는 아이에게 놀림당한 일을 되갚고자 어젯밤에 아이의 어머니가 자신을 자꾸 오라고 했다고 거짓말을 하였다. 아이는 어머니가 선비를 찾은 것은 아기의 똥을 치우기 위해서였다며 또다시 선비를 놀렸다.

　옛날에 어느 선비가 인제, 그, 나들이를 가는데, 지금은 여행이라 하지만, 옛날에는 나들이라 그랬잖아. 나들이를 가는데, 어느, 인제, 그, 주막집이를 가 가지고('가서'의 뜻임), 그 가니까는, 주인을 찾으니까는. 이게 쪼그만한 머스매가 나오는데, 걔보고,

　"야, 여기, 주가(酒家)가 어딨니?"

　주막이라고 안 그러고.

　"주가가 어딨니?"

　이러거든, 또 술집을 주가라고도 하거든.

　그래,

　"주가가 어딨니?"

　이러니깐은,

　"주가가 살다 이사 갔는데요."

　그러더라구.

　쪼그만 놈이. 그래. 인니, 인('이렇게'의 뜻임), 선비가 당했단 말이야. 그렇게 했는데,

"주가 살다가 이사 갔어요."

그러더래.

"아니, 그게 아니고, 술집 얘기하는 거다. 술집."

이러니깐,

"아, 술집이야 입술 안에 있겠죠."

아, 이 자식이 그러더라는 거야.

[일동 웃음]

그리, 두 번을 당한거야. 그래서 어떻게 얘기를 잘 해 가지고. 그 집이 인제, 주막집이니깐, 가서 인제, 이부자리를 펴주고 그래서 자라고 그러고선, 이렇게 자고선. 자면서 생각을 해도, '이게 참 저노무 자식한테 내가 으, 당한 것 같다.'고 니겨서(여겨서) 아침에 일어나서 걜 불렀다는 거야.

불러 가지고서는,

"야, 어제, 내가 여기서 잠을 잘 잤는데, 너네 엄마가 나를 대고(자꾸) 오라는 걸 안 갔다, 내가. 왜 너네 엄마가 대고 오라는 걸, 내가 안 갔다."

그러니깐은. 인제, 그기 개한테 퍼디기를 씌울라고('아이에게 골탕을 먹이려고'의 뜻임) 근데 걔가 하는 대답이,

"아유, 우리 엄마가요. 얘기 똥 쌌다고 똥 치우라고 그랬어요."

그러더래.

[일동 웃음]

아, 그리 세 번이 다 당했다는 거야.

(청중 : 똥을 치우게 됐구먼.)

논 매는 소리 / 에헤야 소리

자료코드 : 03_15_FOS_20100217_HRS_SHY_0001
조사장소 : 강원도 홍천군 남면 유치2리 경로당
제보일시 : 2010.2.17
조 사 자 : 황루시, 유명희, 박현숙, 윤준섭
제 보 자 : 선소리-신현용, 남, 64세
　　　　　 뒷소리-이해인, 강대만, 이영재, 신춘식, 박영묵, 박선묵, 이강만, 한덕보, 이갑재
구연상황 : 마을회관에 많은 어른들이 모여 있었다. 원래 회관에 모이는 어른들의 수가
　　　　　 다른 마을보다 많은 편이라 한다. 이앙기가 다른 마을보다 빨리 들어온 편이
　　　　　 라는 이야기 등을 통해 마을의 농업 현황을 파악하고 자연스럽게 농요로 조사
　　　　　 가 넘어 갔다. 제보자가 마을에서 선소리를 잘하고 또 마을에 토박이들이 많
　　　　　 아서 뒷소리 문제도 자연스럽게 받을 수 있어서 논 매는 소리를 녹음할 수 있
　　　　　 었다. 이 에헤야소리는 노랫말이 없이 에~와 오~만을 이용하여 소리를 하는
　　　　　 특징이 있다. 오랫동안 논 매는 소리를 하지 않아 연습을 통해 소리를 맞춘 후
　　　　　 에 녹음하였다. 여러 명이 둘러 앉아 진지하게 소리를 맞추었고 다른 사람들
　　　　　 도 참견을 하면서 진지하게 조사에 참여하였다. 반씩 나누어 소리를 돌아가면
　　　　　 서 받는데 먼저 하는 팀이 에~로 하면 뒤의 팀은 오~로 받아서 소리한다.

　　　 에~~야 오~오~ 에야

　　　 에오~ 오~오~ 에~야~

　　　 오~오~오이~ 오~오~야~ 오호 에헤야

　　　 오~이 에이야 오이 에~야 오호 에헤야

　　　 에~~오 오~오~오~ 에~에야

　　　 오오~오이 오~오~야 오호 에헤야

　　　 오오~ 에이 오오야 오호 에헤야

　　　 에~야 오~오~오 에~야

　　　 에~이오야 오~오~오 에~야

오~오이 오~오~야 오호 에헤야

오~오~오이 오~오~야 오호 에헤야

에~이야 오~호~ 에~야

에~이에야 오~호~ 에~야

오~오~오이 오~오~야 오호~ 에헤야

오~오~오이 오~오~야 오호~ 에헤야

오~오~오이 오오 오호~에헤야

에~이야 오호오~ 에헤야

에~이야 오~오~ 에헤야

오~오~이 어~허야 오~허 에헤야

에~이~야 어~허~ 에헤야

에~이~오야 오~허~ 에헤야

오~오~이~ 오~허~야 오호 에헤야

오~오~이~ 오~허~야 오호 에헤야

에~이~야 어~허~ 에헤야

에~이~야 어~허~ 에헤야

단허리

자료코드 : 03_15_FOS_20100217_HRS_SHY_0002

조사장소 : 강원도 홍천군 남면 유치2리 경로당

제보일시 : 2010.2.17

조 사 자 : 황루시, 유명희, 박현숙, 윤준섭

제 보 자 : 선소리-신현용, 남, 64세

　　　　　　뒷소리-이해인, 강대만, 이영재, 신춘식, 박영묵, 박선묵, 이강만, 한덕보, 이갑재

구연상황 : 앞의 에헤야소리에 이어서 두벌 맬 때 부르던 단허리를 이어서 구연하였다.
　　　　　　단허리는 허리를 피지 않고 한번에 논을 다 맨다는 얘기라고 한다. 계속해서

구연하는 상황에 제보자들이 조금 힘들어 하기도 하였으나 오랜만에 하는 일이라면서 새로운 기분을 느끼는 듯하였다.

어하얼씬 단허리야 어하얼씬 단허리야
어하얼씬 단허리야 어하얼씬 단허리야
이 논배미를 얼른 매고 어하얼씬 단허리야
상사더미로 넘어가요 어하얼씬 단허리야
바다 같던 논배미가 어하얼씬 단허리야
반달만큼 남았구나 어하얼씬 단허리야
어하얼씬 단허리야 어하얼씬 단허리야
이 배미를 얼른 매고 어하얼씬 단허리야
웃 배미로 넘어갑니다 어하얼씬 단허리야
어하얼씬 단허리야 어하얼씬 단허리야
해가 중천 걸렸으니 어하얼씬 단허리야
새참 나올 때 거의 됐소 어하얼씬 단허리야
어하얼씬 단허리야 어하얼씬 단허리야
어하얼씬 단허리야 어하얼씬 단허리야
허리도 아프고 팔도 아프니 어하얼씬 단허리야
새참 먹구서 마주 매요 어하얼씬 단허리야
어하얼씬 단허리야 어하얼씬 단허리야
오호-

소 모는 소리

자료코드 : 03_15_FOS_20100217_HRS_SHY_0003
조사장소 : 강원도 홍천군 남면 유치2리 경로당
제보일시 : 2010.2.17

조 사 자 : 황루시, 유명희, 박현숙, 윤준섭
제 보 자 : 신현용, 남, 64세
청   중 : 20인
구연상황 : 논 매는 소리 이후 자연스럽게 소 모는 소리로 넘어왔다. 다른 제보자들이 짧
게 소리하자 제보자가 나서서 구연하였다. 초성이 분명하고 우렁차므로 청중
이 경청하였다.

이러 어져 어이구 어디루 가나

어디~ 이러~ 어이 이소

이러~ 어디여 안야 안야 안야

안소 에 물러서거라

어디 저~ 이러 저 마라 마라 마라 마라

마라소 우겨서~ 어디여 에~ 저건

이러~ 어디여 물러서고 후~

마라소 물러서고 안소 우겨서 주게

이랴 이거 어디 어디 어디여 이러 어이 저거

이러~~~~ 어디야

내 저것 어디루 저간다

이러 어디 안야 안야 안야

마라소한테 끌려가는구나 이놈의 소

여 어디

이러~어디여 이러 저 이러

심(힘)들다 생각 말고 어서 가자~

이러~ 어디야~ 어디로 저렇게

이러 어디 어~ 후~

웃소리가 나거든 마라소 물러서구 안소는 우겨서주게

이러~ 어이 이러 어디 어~ 저것

에~ 이러 어서 가자 이러~ 어후이

상여 소리 회다지 소리

자료코드 : 03_15_FOS_20100224_HRS_SHY_0001
조사장소 : 강원도 홍천군 남면 유치2리 경로당
제보일시 : 2010.2.24
조 사 자 : 황루시, 유명희, 박현숙, 윤준섭
제 보 자 : 선소리-신현용, 남, 64세
　　　　　뒷소리-강대만, 이영재, 권영희, 신춘식, 박영묵, 박선묵, 이갑재, 한덕보
구연상황 : 며칠 전부터 약속을 하고 갔으나 밖에서 녹음하기로 한 것과 달리 경로당에
　　　　　서 녹음하게 되었다. 소리를 하는 도중 뒷소리 하시는 분들이 힘들어 해서 상
　　　　　여소리 부분이 고르지 못하게 되었다. 대신에 청중들이 회소리할 때는 그분을
　　　　　제지하여 비교적 길게 녹음할 수 있었다. 선소리하시는 분은 나이가 낮기 때
　　　　　문에 뒷분들의 눈치를 보는 상황이었다. 청중들은 술을 얻어 마시며 곡을 해
　　　　　야한다는 등의 참견들을 하셨고 소리하시는 분들은 목에 수건을 걸고 진짜
　　　　　회다지하는 것처럼 구연하였다. 쉴 때는 상제들이 곡을 하였는데 그 곡은 칠
　　　　　곡이라 해서 7번의 곡을 이어서 하는 것이다.
　　　　　신현용 씨는 김영임 테이프 등을 참고하여 배웠다고 한다.

자 이제 출발들을 하십시다

오호넘차 허호	오호넘차 허호
오호넘차 허호	오호넘차 허호
오호넘차 허호	오호넘차 허호
저승길이 머다더니	오호넘차 허호
대문 밖이 저승일세	오호넘차 허호
오호넘차 허호	오호넘차 허호
이제 가면 언제 오나	오호넘차 허호
명년 삼월 봄 돌아오면	오호넘차 허호
꽃필 때면 오시려나	오호넘차 허호
북망산천 머다는데	오호넘차 허호
시름겨워 어이갈꼬	오호넘차 허호

어허넘차 허호	오호넘차 허호
가요가요 나는 가요	오호넘차 허호
아들딸 버리고 나는 가요	오호넘차 허호
어허넘차 허호	오호넘차 허호
이제 가면 언제 오나	오호넘차 허호
돌아올 약속 전혀 없고	오호넘차 허호
통노구에 삶은에 팥이	오호넘차 허호
싹이나 나면 오려는지	오호넘차 허호
병풍 속에 그린 닭이	오호넘차 허호
홰를 치면 오려는지	오호넘차 허호
어허넘차 허호	오호넘차 허호
어 쉬어갑시다	오호넘차 허호

[휴식]

어허넘차 허호	어허넘차 허호
어허넘차 허호	어허넘차 허호
이제 가면 언제 오나	어허넘차 허호
명년 삼월 봄돌아 오면	어허넘차 허호
꽃필 때면 오시려나	어허넘차 허호
어허넘차 허호	어허넘차 허호
어허넘차 허호	어허넘차 허호
무정세월이 여유하야	어허넘차 허호
어이삼 십월도 당도했소	어허넘차 허호
부모 은공 못다 합(갚)고	어허넘차 허호
오늘날에 떠나가네	어허넘차 허호

어 공드나니 백발이오	어허넘차 허호
어 문전 활사 죽음이요	어허넘차 허호
어제오늘 성튼에 몸이	어허넘차 허호
태산 같은에 병이나 들어	어허넘차 허호
부르나니 어머니요	어허넘차 허호
스톱 고만해.	

[휴식]

오-호이	오-호이
오호	오호
오-호이	오-호이
오-호	오-호
저 언덕을 올라가요	오-호이
오-호	오-호
오-호이	오-호이
오-호	오-호
오-호이	오-호이
오-호	오-호
오-호이	오-호이
오-호	오-호
자 이제 다 왔어요 짐 내려요	

회다지 소리 s2

1쾌

신형용 : 에이허리 달회야

이영재 : 예, 금물산 산신령한테 고했습니다

신현용 : 에이허리 달혜야~

이영재 : 방중안에 고햅니다

신현용 : 에이허리 달회야~

이영재 : 예- 계원님들 들었소

일동 : 예~

여보시오 계원님네	에이허리 달혜야~
이내 말씀 들어나보소	에이허리 달혜야~
억조창생 만물 중에	에이허리 달혜야~
사람 밖에 또 있던가	에이허리 달혜야~
이 세상에나 태어난 사람	에호리 달혜야~
뉘 덕으로나 태어를 났소	에호리 달혜야~
하느님 전에 명을 받어	에호리 달혜야~
지성(제석)님 전 복을 받고	에호리 달혜야~
아버님 전 뼈를 받아	에호리 달혜야~
어머님 전 몸을 빌어	에호리 달혜야~
석달만에 태를 모고	에호리 달혜야~
여섯달만에 육신이 생겨	에호리 달혜야~
이내 한몸 태어날 때	에호리 달혜야~

[휴식]

-빠른 소리

에허라 달호	에이허라 달호
에이허라 달호	에이허라 달호
긴 소리는 끝냈으니	에이허라 달호
짧은 소리로 넘어가요	에이허라 달호

에이허라 달호	에이허라 달호
만지 조종은 청하산이요	에이허라 달호
수지 조종은 황하수라	에이허라 달호
우리 나라가 생겨날 때	에이허라 달호
오-백두산을 주령을 삼아	에이허라 달호
백두산 주령 흘러내려	에이허라 달호
금광산(금강산)이 솟아났고	에이허라 달호
금강산 주령 또 내려왔어	에이허라 달호
오- 설악산이 생겼도다	에이허라 달호
설악산 주령 흘러내려	에이허라 달호
어- 오대산이 솟아났고	에이허라 달호
오대산 주령 또 내려왔어	에이허라 달호
어-금물산이 생겼구나	에이허라 달호
금울산 주령 흘러내려	에이허라 달호
오- 이산자리 태어나니	에이허라 달호
이산자리를 둘러보니	에이허라 달호
에이허리 달호	에이허라 달호
매화산이 안산되고	에이허라 달호
으-좌로는 청룡섰고	에이허라 달호
우로는 백호로다	에이허라 달호
좌청룡 우백호가	에이허라 달호
어-병풍처럼 둘렀으니	에이허라 달호
문필봉두나 솟았으니	에이허라 달호
천하의 명당이 날 만하고	에이허라 달호
노적봉도 생겼으니	에이허라 달호
천하갑부가 날 법하구	에이허라 달호

장군봉도 솟았으니	에이허라 달호
천하의 명장이 날 법하네	에이허라 달호
이산 쓰고 삼년 안에	에이허라 달호
아들을 나면 효자를 낳고	에이허라 달호
딸을 나면 열녀를 나네	에이허라 달호
에이허라 달호	에이허라 달호
에이허라 달호	에이허라 달호
에- 수고하셨습니다	

2쾌

에호리 달회야	(아 자진 소리를 안하구?)
에호리 달회야	에호리 달회야~
인간 세상 나온 사람	에호리 달회야~
맨손 빈몸으로 태어나서	에호리 달회야~
물욕 탐심을 잃지 마오	에호리 달회야~
(갖지 마오의 잘못인 듯)	
물욕 탐심은 기물담이오	에호리 달회야~
백년담으로 일조정이라	에호리 달회야~
삼일 수심은 천재보요	에호리 달회야~
만담 천량을 모아 놓고	에호리 달회야~
먹고 가소 쓰구나 가소	에호리 달회야~
못다 먹고 못다 쓰고	에호리 달회야~
아- 두 손 모아 배위에 얹고	에호리 달회야~
아- 시름없이나 가는 인생	에호리 달회야~
한심하고 가련하다	에호리 달회야~
인간 칠십은 고래희요	에호리 달회야~

팔십 장년 구십 증강	에호리 달회야~
장차 백세를 다 산다 해도	에호리 달회야~
병든 날과 잠든 날에	에호리 달회야~
아 걱정 근심 다 제하면	에호리 달회야~
단 사십도 못 사는 인생	에호리 달회야~
아 한번 아차 죽어지면	에호리 달회야~
아 싹이나 날까 움이 날까	에호리 달회야~
이내 일신 망극하다	에호리 달회야~
명사십리 해당화야	에호리 달회야~
꽃 진다고 설워 마라	에호리 달회야~
동삼 석달 죽었다가	에호리 달회야~
아 명년 삼월 돌아오면	에호리 달회야~
아 너는 다시 피련마는	에호리 달회야~
아 우리 인생 한번 가면	에호리 달회야~
아 어느 시절 다시 오나	에호리 달회야~
아 세상만사 헤아리면	에호리 달회야~
아 유창 해외 일석이라	에호리 달회야~
단불에 나비로다	에호리 달회야~
뿌리 없는 부평초라	에호리 달회야~
아 하루살이에 같은에 우리네 인생	에호리 달회야~
아 천년을 살고 만년을 사오	에호리 달회야~
아 천만년을 못 사는 인생	에호리 달회야~
아 몸종 같은에 살림살이	에호리 달회야~
아 태평하게 사옵시다	에호리 달회야~
에- 고생들 하셨어요	에호리 달회야~

3쾌

에이허리 달헤야	에허리 달헤야~
무정세월 여류하야	에허리 달헤야~
이삼십을 당도하여	에허리 달헤야~
부모 은공을 갚겠더니	에허리 달헤야~
아침나절에 성튼에 몸이	에허리 달헤야~
아 저녁 내로 병이나 드니	에허리 달헤야~
어 실낱 같이나 약한 몸에	에허리 달헤야~
아 태산 같은에 병이 들어	에허리 달헤야~
아 부르노니 어머니요	에허리 달헤야~
아 찾느니 냉수로다	에허리 달헤야~
인삼 녹용에 약을 쓴들	에허리 달헤야~
아 약덕이나 입을쏜가	에허리 달헤야~
아 무녀 들여 굿을 한들	에허리 달헤야~
아 굿덕인들에 있을쏜가	에허리 달헤야~
아 소지 한 장 받쳐 든 후	에허리 달헤야~
아 비나이다 비나이다	에허리 달헤야~
아 하느님 전 비나이다	에허리 달헤야~
아 칠성님 전 공양하고	에허리 달헤야~
아 신장님 전 발원한들	에허리 달헤야~
아 어느 성원이 감응할까	에허리 달헤야~
아 무진 목숨 끊어질 때	에허리 달헤야~
아 제일전에 진광대왕	에허리 달헤야~
아 제이전에는 초관대왕	에허리 달헤야~
아 제삼전에 성제대왕	에허리 달헤야~
아 제사전에 오관대왕	에허리 달헤야~

아 제오전에는 염라대왕   에허리 달헤야~

아 제육전에 편성대왕   에허리 달헤야~

아 제칠전에 태산대왕   에허리 달헤야~

아 제팔전에 평등대왕   에허리 달헤야~

아 제구전에 토시대왕   에허리 달헤야~

아 제십전에 철륜대왕   에허리 달헤야~

아 열시왕이 부린 사자   에허리 달헤야~

아 일직사자 월직 사자   에허리 달헤야~

아 한 손에는 철봉 들고   에이호리 달회야

아 또 한 손에는 창검을 들고   에이호리 달회야

아 세사주는 비켜 차고   에이호리 달회야

아 활등 같이나 굽은 길을   에이호리 달회야

아 닫은 문을 박차면서   에이호리 달회야

아 성명 삼자 불러내니   에이호리 달회야

아 어서 가자 바삐 가자   에이호리 달회야

아 뉘 분부라 거역을 하고   에이호리 달회야

아 뉘 영이라 지체할까   에이호리 달회야

아 실낱 같은에 약한에 몸에   에이호리 달회야

아 팔둑 같은 쇠사슬로   에이호리 달회야

아 결박하여 끌어내니   에이호리 달회야

아 혼비백산 나 죽겠네   에이호리 달회야

여보시오 사자님네   에이호리 달회야

노자돈이라도 가주고 가세   에이호리 달회야

강원도 아리랑

자료코드 : 03_15_FOS_20100624_HRS_SHY_0002
조사장소 : 강원도 홍천군 남면 유치2리 956번지 제보자 신현용 자택
제보일시 : 2010.6.24
조 사 자 : 황루시, 유명희, 박현숙, 윤준섭
제보자 1 : 신현용, 남, 64세
제보자 2 : 최분섭, 여, 69세
제보자 3 : 이강분, 여, 59세
구연상황 : 겨울에 이어서 3차 재조사를 하였다. 제보자는 창부타령을 부른 후 요새 배우
　　　　　는 노래책을 보면서 이어서 구연하였다.

제보자 1　아리아리 스리스리 아라리요

　　　　　아리아리 고개로 넘어간다

　　　　　아주까리 동백아 열지 마라

　　　　　누구를 괴자고 머리에 기름

　　　　　아리아리 스리스리 아라리요

　　　　　아리아리 고개로 넘어간다

제보자 2　만나 보세 만나 보세 만나 보세~

　　　　　아주까리 정자로 만나 보세

　　　　　아리아리 스리스리 아라리요

　　　　　아리아리 고개로 넘어간다

제보자 3　머나먼 천리 길 찾아왔건만

　　　　　보고도 본체만체 돈다무심

　　　　　아리아리 스리스리 아라리요

　　　　　아리아리 고개로 넘어간다

제보자 1　산중에 귀물은 머루나 다래

인간의 귀물은 나 하나라

아리아리 스리스리 아라리요
아리아리 고개로 넘어간다

태질하는 노래

조사장소 : 강원도 홍천군 남면 유치2리 경로당
제보일시 : 2010.2.17
조 사 자 : 황루시, 유명희, 박현숙, 윤준섭
제 보 자 : 신현용(남, 64세), 강대만, 이영재
구연상황 : 채통에 채질할 때 하던 소리이다. 앞뒤소리가 있어서 같은 것을 받아서 태질을 한다고 한다. 자! 할 때 크게 떨어지고 우후후!할 때 잘게 흩어져서 떨어뜨린다고 한다.

자 추 추 조조 조조조자 에헤야 데헤야 우후후후
자 자 자 조조조조 에헤야 데헤야 우후후후
자 자 조 조조조자 에헤야 데헤야 우후후 후후
자 자 자 조조조조 에헤야 데헤야 우후후우
자 조 조 조조조자 에헤야 데헤야 우후후후
자 자 자 조조조자 에헤야 데헤야 우후후후
자 조 조 조조조자 에헤야 데헤야 우후후후
자 자 자 조조조자 에헤야 데헤야 우후후후
자 조 조조조자 에헤야 데헤야 이후후후

단허리

자료코드 : 03_15_FOS_20100217_HRS_YSS_0001

조사장소 : 강원도 홍천군 남면 375-6번지 시동3리 경로당
제보일시 : 2010.2.17
조 사 자 : 황루시, 유명희, 박현숙, 윤준섭
제 보 자 : 선소리-용석순, 남, 78세
　　　　　뒷소리-용석종(남, 77세), 김길수(남, 80세), 변정구(남, 76세), 조장연(남, 72세)
구연상황 : 예전 조사에 의하면 논농사요가 발달한 마을이므로 바로 논 매는 소리 조사
　　　　　를 시작할 수 있었다. 오호소리라는 유치2리와 같은 오와 에 소리로만 부르는
　　　　　논 매는 소리가 있는데 소리를 맞춰보니 잘 안되었다. 원래 단허리를 먼저 하
　　　　　고 자진소리로 오호소리로 넘어간다고 한다.

어하얼씬 단호리야　　　　　어하얼씬 단허리야
단허리 소리가 웬 소린가　　어하얼씬 단허리야
우리 농부 논 매는 소리　　　어하얼씬 단허리야
여보시오 농부님네　　　　　어하얼씬 단허리야
이내 말씀 들어보소　　　　　어하얼씬 단허리야
엎어 찍고 제껴 찍고　　　　어하얼씬 단허리야
엉금엉금 기어 오게　　　　　어하얼씬 단허리야
오늘 해두 다갔는지　　　　　어하얼씬 단허리야
골골마다 연기가 나네　　　　어하얼씬 단허리야
어활얼씬 단호리야　　　　　어하얼씬 단허리야
높은 데 갈면 밭이 되고　　　어하얼씬 단허리야
낱은(낮은) 데 갈면 논이 되네　어하얼씬 단허리야
뒷밭에는 목화 심어　　　　　어하얼씬 단허리야
송이송이 따낼 적에　　　　　어하얼씬 단허리야
좋은 송일랑 따루 모아　　　어하얼씬 단허리야
부모님 옷을 장만하구　　　　어하얼씬 단허리야
서리 맞은 박을 따서　　　　어하얼씬 단허리야
우리 옷을 장만하세　　　　　어하얼씬 단허리야

어화얼씬 단호리야　　　　　어하얼씬 단허리야
이 소릴랑 고만하구　　　　　어하얼씬 단허리야
자진 소리루 들어가세　　　　어하얼씬 단허리야

에헤이에야 오호 오호 에헤야
오호이 오호야 오호~ 에헤야
에헤에야 오호 에헤야
오호이 오호야 오호오 에헤야
에헤이에헤야 오호 에헤야
오호이 오호야 오호오 에헤야
에헤이에야 오호 에헤야
오호이 오호야 오호 에헤야
에헤이에~헤야 오호~어 에헤야
워허이 어허야 어허 에헤야 잘한다
에헤이에~헤야 오호~어 에헤야
오허~ 이 어허야 어허 에헤야
에헤이야~ 오호 에헤야
오허~이 오호야 오호오 에헤야 [잡음]

소 모는 소리 / 밭 가는 소리

자료코드 : 03_15_FOS_20100217_HRS_YSJ_0001
조사장소 : 강원도 홍천군 남면 375-6번지 시동3리 경로당
제보일시 : 2010.2.17
조 사 자 : 황루시, 유명희, 박현숙, 윤준섭
제 보 자 : 용석종, 남, 77세
구연상황 : 논 매는 소리에 이어서 제보자가 나서서 밭 가는 소리를 구연하였다.

이러~ 어디 물러서거라 어디~

너머~ 끌구서~ 나가지 말어라 우겨서

저 덤불 밑으루 썩 들어서

이러~ 어디 심들다 말구서 안소 우겨서

이러 어디 너머 덤성거리지 말어러 어디

안소 우겨서거라

잡어당겨라 어~허디

이러- 어디 마라소 우겨서라 어디~ 오~후~어

어디여 물러서거라 어디~ 당겨라 후~후~

에헤 너머 끌구 나가지 말어라 후~우

소 모는 소리 / 화전밭 가는 소리

자료코드 : 03_15_FOS_20100217_HRS_YSJ_0002

조사장소 : 강원도 홍천군 남면 375-6번지 시동3리 경로당

제보일시 : 2010.2.17

조 사 자 : 황루시, 유명희, 박현숙, 윤준섭

제 보 자 : 용석종, 남, 77세

구연상황 : 조사자가 밭 가는 소리와 화전밭 가는 소리의 차이점을 묻자 밭 가는 소리
에 이어서 화전밭 가는 소리도 구연하였다. 소를 모는 모습을 찍어놓지 못한
게 후회된다고 한다. 소가 평생 있을 줄 알았다고 한다.

이러 어디 너머 올라가지를 말어라

안소- 잡어다려라~ 어허

저 방뎅이(나무 잘린 것, 나무 밑동) 밑으루 썩 들어서 오호~후~

에헤(숨 고르는 소리)

어디여 물러서 너머 끌구서 나가지 말어라

에 디여 마라소 너머 나가지 말구서 우겨서 후후

에헤~(숨 고르는 소리) 어디여 물러서 저 덤불 밑으로 우겨서

이러 어디 저 바우 밑으루 썩들어서 후후후

소 모는 소리 / 논 가는 소리

자료코드 : 03_15_FOS_20100217_HRS_YSJ_0003
조사장소 : 강원도 홍천군 남면 375-6번지 시동3리 경로당
제보일시 : 2010.2.17
조 사 자 : 황루시, 유명희, 박현숙, 윤준섭
제 보 자 : 용석종, 남, 77세
구연상황 : 소 모는 소리 중에서 빠진 논가는 소리를 구연하였다. 수구뎅이는 수렁을, 고
래논은 늙은 논을 뜻한다고 한다. 이 소리는 고래논을 갈 때 부르는 것이라
한다. 논 가는 것과 삶는 것은 다른데 가는 것은 갈아 엎는 것이고 삶는 것은
평평하게 만드는 것이라고 한다.

이러~ 어디~ 나간다 말구서 넘겨라 어디-

이레 어디 두렁 밖으루 나가지 말어라

이러~ 어디 너머 덤성거리지 말어라 어디-

이러

너머 심들다 말구서 추근추근 댕겨라 어디-여

어디 물러서 나간다 말구서 당겨라

에- 심들다 말구서 당겨라 어디~

어처 잡아당겨라 빠졌다 이러~

이러 어디 설설 우겨스면서 당겨라 에리-후

어디어 물러서 나간다 말구서 잡아다려라

어~ 마라소 우겨서 너머 끌구 나가지 말어라

이러~ 어디 에 디여 썩 우겨서

덤벙대지를 말어라

태평가

자료코드 : 03_15_MFS_20100624_HRS_SHY_0001
조사장소 : 강원도 홍천군 남면 유치2리 956번지 제보자 신현용 자택
제보일시 : 2010.6.24
조 사 자 : 황루시, 유명희, 박현숙, 윤준섭
제보자 1 : 신현용, 남, 64세
제보자 2 : 최분섭, 여, 69세
제보자 3 : 이강분, 여, 59세
구연상황 : 3차 조사에 다시 만난 제보자는 앞의 강원도 아리랑에 이어서 구연하였다.

제보자1 짜증은 내어서 무엇 하나 성화는 받치어 무엇 하나
　　　　속상한 일도 하도 많으니 놀기도 하면서 살아가세
　　　　니나노 닐리리아 닐리리아 니나노 얼싸 좋아 얼씨구 좋다
　　　　벌 나비는 이리저리 벌벌 꽃을 찾아서 날아든다

제보자2 꽃을 찾는 벌 나비 향기를 쫓아 날아들고
　　　　황금 같은 꾀꼬리는 버들 사이로 왕래한다
　　　　니나노 닐리리아 닐리리아 니나노 얼싸 좋아 얼씨구 좋다
　　　　벌 나비는 이리저리 벌벌 꽃을 찾아서 날아든다

제보자3 청사초롱에 불밝혀라 잊었던 낭군이 다시 온다
　　　　공수래공수거 하니 아니 놀지는 못하리라
　　　　니나노 닐리리아 닐리리아 니나노 얼싸 좋아 얼씨구 좋다
　　　　벌 나비는 이리저리 벌벌 꽃을 찾아서 날아든다

제보자 1   만경창파 푸른 물에 쌍돛단배야 게 섯거라

　　　　　신고간 님은 어데 두고 너만 외로이 오락가락

　　　　　니나노 닐리리아 닐리리아 니나노 얼싸 좋아 얼씨구 좋다

　　　　　벌 나비는 이리저리 벌벌 꽃을 찾아서 날아든다.

제보자 2   개나리 진달래 만발해도 매난국죽만 못하리라

　　　　　사군자 절개를 몰라주니 이보다 큰 설움 또 있으랴

　　　　　니나노 닐리리아 닐리리아 니나노 얼싸 좋아 얼씨구 좋다

　　　　　벌 나비는 이리저리 벌벌 꽃을 찾아서 날아든다.

한오백년

자료코드 : 03_15_MFS_20100624_HRS_SHY_0002

조사장소 : 강원도 홍천군 남면 유치2리 956번지 제보자 신현용 자택

제보일시 : 2010.6.24

조 사 자 : 황루시, 유명희, 박현숙, 윤준섭

제보자 1 : 신현용, 남, 64세

제보자 2 : 최분섭, 여, 69세

제보자 3 : 이강분, 여, 59세

구연상황 : 태평가에 이어서 구연하였다.

제보자 3   한 많은 이 세상 야속한 임은

　　　　　정을 두고 몸만 가니 눈물이 나네

　　　　　아무렴 그렇지 그렇고 말구

　　　　　한오백년 사자는데 웬 성화요

제보자 2   꽃답던 내 청춘 절로 늙어

　　　　　남은 반생을 어느 곳에다 뜻 부칠고

아무렴 그렇지 그렇고 말구
한오백년 사자는데 웬 성화요

제보자 1 청춘에 짓밟힌 애끓는 사람
눈물을 흘리며 어디로 가리
아무렴 그렇지 그렇고 말구
한오백년 사자는데 웬 성화요

베틀가

자료코드 : 03_15_MFS_20100217_HRS_CUS_0001
조사장소 : 강원도 홍천군 남면 유치2리 경로당
제보일시 : 2010.2.17
조 사 자 : 황루시, 유명희, 박현숙, 윤준섭
제 보 자 : 최운섭, 남, 73세
구연상황 : 조사가 거의 마무리 되는 상황에 제보자가 나서서 구연하였다. 목소리가 작아
서 노랫말을 길게 구연하였으나 청은 약한 편이다. 그렇지만 노랫말에 막힘없
이 구연하였다.

벼틀을 노세 벼틀을 노세
옥난간에다 벼틀을 노세
에헤여 베짜는 아가씨
사랑 노래 벼틀에 수심만 지누나

양도 명산 중세포요
길수 명산 대구포요
에헤여 베짜는 아가씨
사랑 노래 벼틀에 수심만 지누나

운영 중에 걸린 저 달은
차진 장단에 다 녹아 간다
에헤여 베짜는 아가씨
사랑 노래 벼틀에 수심만 지누나

젊은 비단은 생남주
늙은 비단은 노방주
에헤여 베짜는 아가씨
사랑 노래 벼틀에 수심만 지누나

달각달각 소리를 말어
이 베짜기가 늦어만 간다
에헤여 베짜는 아가씨
사랑 노래 벼틀에 수심만 지누나

이 베를 누구를 주나
가신 길손 눈물이로다
에헤여 베짜는 아가씨
사랑 노래 벼틀에 수심만 지누나

베틀다리는 네 다리인데
큰 애기 다린 두 다리로다
에헤여 베짜는 아가씨
사랑 노래 벼틀에 수심만 지누나

잉앳대5)는 삼형젠데
눌림대6)는 독신이로다

---

5) 잉앗대, 잉앗대는 눈썹줄에 매달아 잉아를 걸어 놓은 막대기.

에헤여 베짜는 아가씨
사랑 노래 벼틀에 수심만 지누나

횡경나무(황백나무) 북7)바디8)는
큰 애기 (기침소리) 녹아만 난다
에헤여 베짜는 아가씨
사랑 노래 벼틀에 수심만 지누나

일광단 월광단 다 짜놓고
정든 님 와이셔츠나 지어나 볼까
에헤여 베짜는 아가씨
사랑 노래 벼틀에 수심만 지누나

---

6) 잉아 뒤에 양끝을 끈으로 매어 베틀다리에 실이 잘 벌어지게 하는 도구.
7) 날줄의 틈으로 왔다갔다 하며 씨줄을 풀어 주는 도구.
8) 베의 날을 고르며 북의 통로를 만들어 주고 씨줄을 쳐주는 도구.

2. 내면

▌조사마을

강원도 홍천군 내면 명개리

조사일시 : 2010.2.3

조 사 자 : 황루시, 유명희, 박현숙, 윤준섭

강원도 홍천군 내면 명개리

　명개리는 내면 북동쪽 해발 600m가 넘는 고지대에 위치한 마을이다. 명개리는 1914년 행정구역 통폐합에 따라 조개동, 명지거리, 갈천기의 일부와 인제군 군내면 광현리의 일부를 병합하여 조개리라 불렀다가, 1954년에 명지거리와 조개리의 이름을 따서 명개리로 정했다. 1973년 인제군에서 홍천군 내면으로 편입되었으며 현재 1개의 행정리로 이뤄져 있다.

　명개리는 읍, 면 중에서 면적이 가장 넓은 행정리이다. 이곳은 예전에 메밀앗골이라고 불렸는데, 어떤 사람이 메밀 아홉 이랑을 심어 아홉 섬을 수확했다는 데서 유래한 이름이다.

명개리는 60가구로 구성되어 있다. 마을에는 남자 57명, 여자 51명으로 총 108명이 거주하고 있다. 이 중 50대와 60대가 약 90명으로 마을 주민 대부분을 차지한다.

명개리의 주요 생업은 농업이다. 벼농사보다는 주로 밭농사를 한다. 특산물로는 고랭지 채소인 감자, 풋고추, 배추 등이 있다.

명개리의 교통수단은 양호하지 않다. 명개리에서 홍천읍까지 거리는 약 80km이고 양양읍까지는 약 45km이다. 명개리에서 홍천읍까지 운행하는 버스는 없고, 면소재지인 창촌리까지 하루 4회 운행하는 버스가 전부이다.

마을 주민 대부분이 전통 유교를 믿고 있고, 기독교나 불교를 믿는 가구는 많지 않다. 명개리 주민들은 매년 음력 3월 3일과 9월 9일에 마을의 서낭당에서 서낭제를 지낸다. 본 조사에서 채록한 설화에 등장하는 권대감을 서낭신으로 모시고 있으며 서낭제를 통해 마을의 안녕과 풍년농사를 기원한다.

강원도 홍천군 내면 자운1리

조사일시 : 2010.2.4
조 사 자 : 황루시, 유명희, 박현숙, 윤준섭

4개의 행정리로 된 자운리는 홍천군 내면의 남쪽에 위치한 높은 산지에 있는 전형적인 산촌이다. 자운리는 광무 10년(1906년)에 인제군에 편입되고, 1914년 행정구역 통폐합에 따라, 새목이를 병합하여 자운리라 하여 내면에 편입되었다. 1945년 38도선이 생기면서 내면이 인제군과 홍천군으로 편입되었다. 자운리는 서쪽으로는 서석면 검산리, 북쪽으로는 내면 창촌리와 접해 있고, 남쪽과 서쪽으로는 평창군 용평면 덕거리와 노동리에 군계를 이룬다.

자운1리는 126가구로 구성되어 있다. 마을에는 남자 137명, 여자 145명으로 총 282명이 거주한다. 이 중 50, 60대가 약 90명으로 많은 수를 차지한다. 마을의 대성으로 경주 김씨가 약 80명이지만, 그 외는 여러 다양한 성씨가 있기에 자운1리는 각성촌으로 볼 수 있다.

자운1리에서 홍천읍까지 거리는 약 65km이다. 1일 3회 운행되는 버스를 타고 자운1리에서 홍천읍까지 나가려면 약 70분이 걸린다.

자운1리의 민속전승은 다른 마을과 비교하면 무척 양호하다. 마을주민들은 음력 정월과 7월에 서낭당에서 마을의 안녕과 풍년농사를 기원하기 위해 서낭제를 지낸다. 또한 단오에는 그네뛰기를 하고 정월대보름에는 마을 앞산에서 횃불놀이를 한다.

자운1리에는 약 60가구가 마을 안에 있는 운두교회를 다닌다. 그 다음으로는 약 40가구가 전통유교를 믿고, 약 20가구가 불교를 믿는다.

강원도 홍천군 내면 자운1리

강원도 홍천군 내면 자운2리

조사일시 : 2010.2.4
조 사 자 : 황루시, 유명희, 박현숙, 윤준섭

　4개의 행정리로 된 자운리는 홍천군 내면의 남쪽에 위치한 높은 산지로 이루어진 전형적인 산촌이다. 자운리는 광무 10년(1906년)에 인제군에 편입되고, 1914년 행정구역 통폐합에 따라, 새목이를 병합하여 자운리라 하여 인제군 내면에 편입되었다. 1945년 38도선이 생기면서 내면이 홍천군으로 편입되었다. 자운리는 서쪽으로는 서석면 검산리, 북쪽으로는 내면 창촌리와 접해 있고, 남쪽과 서쪽으로는 평창군 용평면 덕거리와 노동리에 군계를 이룬다.

　자운2리는 예전에는 고인돌이 많다고 하여 괸돌마을이라고 불렀다. 고인돌은 50여 년 전에 군부대가 들어오면서 사라졌다.

강원도 홍천군 내면 자운2리

자운2리는 141가구로 구성되어 있다. 마을에는 남자 191명, 여자 170명으로 총 361명이 거주한다. 이 중 40대, 50대가 약 80명으로 비교적 장년층이 많은 마을이다. 자운2리의 주요 생업은 농업이다. 마을 주민 대부분이 벼농사와 밭농사를 함께 한다. 특산물로는 감자, 무 등이 있다.

자운2리에는 자운교회가 있다. 자운교회의 활발한 전도 활동으로 300명 이상의 마을 주민들이 기독교를 믿는다. 서낭제는 교회가 들어오기 시작하면서 10년 전에 사라졌다.

이 마을을 조사 대상 마을로 선정한 것은 지형 상 오지에 가까워 구비문학 자료가 많이 남아 있을 것을 기대했기 때문이었다. 그러나 청년층에 비해 노인층의 인구가 적기에 성과는 기대한 것에 비해 못 미쳤다.

강원도 홍천군 내면 창촌3리

조사일시 : 2010.2.3
조 사 자 : 황루시, 유명희, 박현숙, 윤준섭

창촌리는 내면의 면소재지이다. 4개의 행정리로 된 창촌리는 조선조에 창고가 있어 창말 또는 창촌이라 하였는데, 광무 10년(1906년)에 인제군에 편입되고, 1914년에 행정구역 통폐합에 따라 하북곡, 소한리를 병합하여 내면으로 편입되었다. 1945년 3·8선이 생기면서 내면은 인제군에서 홍천군으로 편입되었다. 창촌리는 동쪽으로는 내면 율전리, 북쪽으로는 내면 광원리, 남쪽으로는 내면 자운리에 접해 있고, 서쪽으로는 평창군 진부면 동산리와 군계를 이룬다.

창촌3리는 81가구로 구성되어 있다. 마을에는 남자 95명, 여자 89명으로 총 184명이 거주하고 있다. 마을의 대성인 김녕 김씨는 30년 전까지는 절반 이상을 차지하였으나 현재는 20명에 못 미친다. 이들은 사육신의 한 명인 김문기의 후손으로서 당시 지배세력의 억압을 피하기 위해 창촌리에 정착하였다. 여러 편의 설화를 구연한 김진철 제보자도 김녕 김씨의 후손이다.

창촌3리의 주요 생업은 농업이다. 마을의 80여 세대가 농업에 종사하고 있으며 논농사보다 밭농사를 주로 한다. 특산물로는 감자가 있다.

창촌3리의 교통수단은 양호하지 않다. 홍천읍에서 창촌3리까지 운행하는 버스가 없다. 버스를 이용하려면 1.5km 떨어진 창촌2리까지 가야한다. 버스를 타고 창촌2리에서 홍천읍까지 나가려면 50분이 걸린다.

창촌3리의 마을주민은 개방산 골짜기에 있는 서낭당에서 서낭제를 지낸다. 특징적인 것은 일 년에 두 차례씩 음력 1월 3일, 7월 3일에 지내는데, 새해의 안녕과 풍년농사를 기원하기 위해 지내는 것이다.

마을의 가장 큰 명절은 추석이다. 농악대는 창촌 1, 2, 3리의 주민들이 함께 하고 있다. 농악대의 인원은 약 30명이고 전통적으로 전승되어 온 것은 아니다.

강원도 홍천군 내면 창촌3리

김명수, 남, 1936년생

주 소 지 : 강원도 홍천군 내면 명개리 246번지
제보일시 : 2010.2.3
조 사 자 : 황루시, 유명희, 박현숙, 윤준섭

김명수는 강원도 홍천군 내면 명개리에서 태어났다. 25세에 군입대를 하고 그 다음해 결혼을 했다. 제대한 후 아내와 함께 주문진, 평창, 횡성 등을 객지로 옮겨 다니면서 소작을 했다. 하지만 생활이 나아지지 않자 아내와 이별하고 힘겨운 시간을 보냈다. 그 후 10년 전에 다시 고향으로 돌아와 20세 연상인 이금수와 재혼하여 강원도 홍천군 내면 명개리 246번지에 거주하면서 소작으로 4000평 정도 경작하고 있다. 명개초등학교 3학년 재학 중에 한국전쟁이 일어나 해방 때 중단했던 학업을 다시 중단해야 했다.

보통체격에 갈매기 눈썹, 움푹 들어간 작은 눈, 큰 귀, 각진 얼굴이다. 이가 많이 빠졌음에도 불구하고 발음이 명확하고 말투가 차분하다. 구연한 설화는 전설 1편과 민담 4편으로 어려서 고향 어른들한테 들은 것이다.

제공 자료 목록

03_15_FOT_20100203_HRS_KMS_0001 바위 깨고 손님 끊겨 망한 장자터
03_15_FOT_20100203_HRS_KMS_0002 거짓말하다가 지벌 받은 소금 장수
03_15_FOT_20100203_HRS_KMS_0003 사돈댁에 바지 벗고 자다가 망신 당한 친정아버지
03_15_FOT_20100203_HRS_KMS_0004 호랑이 꼬리는 끝이 희고, 토끼 꼬리는 짧은 이유
03_15_FOT_20100203_HRS_KMS_0005 호랑이 쫓은 주모

김문규, 남, 1944년생

주 소 지 : 강원도 홍천군 내면 자운1리 308번지
제보일시 : 2010.2.4
조 사 자 : 황루시, 유명희, 박현숙, 윤준섭

 토박이로서 군인 생활로 인해 3년 동안 자운1리를 비운 것을 제외하곤 이 마을을 지켜왔다. 초등학교를 졸업한 후 계속 마을에서 농사를 지었다. 18세부터 소를 몰면서 밭을 갈고 논을 삶아서 19세에는 이미 마을에서 알아주는 성군이 되었다. 21세에 옆마을 창촌리에 살고 있는 21세의 부인과 혼인하였다. 부인도 소리를 잘하여 조사할 때 함께 소리를 하기도 하였다. 소 모는 소리는 어릴 때부터 소를 몰면서 자연스럽게 터득하여서 따로 스승이 없다고 한다. 배운다기보다는 소를 잘 몰고 일을 잘하기 위해서는 소리를 잘 할 수밖에 없다고 한다. 소리를 잘 해야 소가 잘 가기 때문인데 예를 들어 '이러 이러' 소리만 하면 소가 뒤돌아보기만 하고 앞으로 잘 나가지 않는 경우도 많다고 한다. 제보자는 스스로의 성격에 대해 참을성이 없지는 않지만 한번 화나면 소리를 지르기도 한다고 한다. 조금 긴 얼굴에 항상 웃고 있는 제보자는 조사 당시 멋쩍어 하면서도 적극적으로 구연하였다.

제공 자료 목록
03_15_FOS_20100204_HRS_KMG_0001 소 모는 소리 / 화전밭 가는 소리
03_15_FOS_20100204_HRS_KMG_0002 소 모는 소리 / 논 삶는 소리
03_15_MFS_20100204_HRS_KMG_0001 화투풀이

김옥녀, 여, 1938년생

주 소 지 : 강원도 홍천군 내면 자운2리 172번지
제보일시 : 2010.2.4
조 사 자 : 황루시, 유명희, 박현숙, 윤준섭

내면 광원2리 출생으로 11세에 현재의
좌운2리로 이주하여 15세에 10살 연상의
남편과 혼인하였다. 7남매를 둔 남편과는
13년 전에 사별했다. 사람들이 많이 모인
마을회관에서 좀처럼 사람들이 입을 떼지
않았는데 제보자는 적극적으로 소리를 했다.
어릴 때 친구들과 놀러 다니면서 불렀던 소
리라고 한다. 관광 가서 놀고 싶어도 요즘
신식노래는 전혀 모르기 때문에 아라리만 부른다. 얼굴이 길고 입술이 동
그란 제보자는 부끄러워하면서도 적극적으로 조사에 참여하였다.

제공 자료 목록
03_15_FOS_20100204_HRS_JYC_0001 아라리

김원옥, 남, 1942년생

주 소 지 : 강원도 홍천군 내면 명개리 136-5번지
제보일시 : 2010.2.3
조 사 자 : 황루시, 유명희, 박현숙, 윤준섭

동해시 동호동 출신으로 28세에 20세의
춘천 효자동 출신의 부인과 중매로 혼인하
여 4남매를 두었다. 쌍용시멘트에서 근무하
다 정년퇴임한 후 2001년도에 명개리를 소

개한 방송프로그램을 보고 들어와서 지금까지 살고 있다. 동해시 삼화동에서 근무할 때 옛날소리를 좋아하여 가까운 정선으로 소리를 들으러 다니기도 하였다. 눈썹이 짙고 코가 큰 편의 제보자는 성격은 점잖은 편이고 술은 못하지만 놀기를 좋아한다고 한다.

제공 자료 목록
03_15_FOS_20100203_HRS_KWO_0001 아라리

김진철, 남, 1935년생

주 소 지 : 강원도 홍천군 창촌3리 1085번지
제보일시 : 2010.2.3
조 사 자 : 황루시, 유명희, 박현숙, 윤준섭

김진철은 부친 김시경과 모친 맹산옥 사이에서 3남 3녀 가운데 넷째로 강원도 홍천군 내면 자운1리에서 태어났다. 12살 해방이 되던 해에 가족들과 창촌3리에 들어왔으며 현재는 강원도 홍천군 창촌3리 1085번지에 36년째 거주하고 있다. 22세에 군입대한 그 다음 해 22세 방선녀와 결혼해 슬하에 2남 4녀를 두었다.

일제 강점기 때 좌운1리에서 초등학교 2학년까지 다니다가 해방으로 학업을 중단하였다. 그리고 17세부터 남의 집에서 일을 도우며 농사일을 배웠고, 지금까지 평생 농사만 짓고 살았다. 현재는 아내와 함께 고추, 감자, 옥수수, 콩, 2500평정도 경작하고 있다.

보통 체격에 이마가 넓고 눈썹이 검으며 백발이다. 구연한 설화는 자연과 인물전설 4편과 민담 3편으로 전설은 대부분 광포전설이고, 어릴 때,

아버지와 동네 어른들한테 귀동냥으로 들은 것이다. 구연할 때 속도가 굉장히 빠르며, 발음이 부정확한 편이다. 구연과정에서 상황에 적절한 얼굴 표정과 손짓을 간혹 곁들였다.

제공 자료 목록

03_15_FOT_20100203_HRS_KJC_0001 사명당이 얻은 연적의 신통력

03_15_FOT_20100203_HRS_KJC_0002 구룡령고개

03_15_FOT_20100203_HRS_KJC_0003 아버지 죽인 호랑이 잡게 도와준 이장사

03_15_FOT_20100203_HRS_KJC_0004 하룻밤 자고 만리장성을 쌓는다

03_15_FOT_20100203_HRS_KJC_0005 달래나 보지

03_15_FOT_20100203_HRS_KJC_0006 얼어버린 세상에서 살아남은 조부와 손자

03_15_FOT_20100203_HRS_KJC_0007 부처바위 깨고 손님 끊겨 망한 부잣집

박인순, 남, 1935년생

주 소 지 : 강원도 홍천군 내면 자운1리 473-3번지

제보일시 : 2010.2.4

조 사 자 : 황루시, 유명희, 박현숙, 윤준섭

박인순은 부친 박광옥과 모친 김영춘 사이에서 6남매 가운데 셋째로 강원도 홍천군 내면 창촌리에서 태어났다. 부모님을 따라 17세에 강원도 홍천군 내면 자운1리로 이주했다. 23세에 동갑내기 김복의와 결혼하여 슬하에 4녀를 두었다. 현재 강원도 홍천군 내면 자운1리 473-3번지에 40년째 거주하고 있다. 논 5000평, 밭 3000평을 경작하면서 20년 간 중장비 사업을 했다. 7-8년 전에 중장비 사업을 정리를 하고 현재는 농사를 지내면서 노후를 보내고 있다. 창촌초등학교를 거쳐 내면 중학교를 다니다가 중퇴했다. 서당에서 2달 정도 공부하기도 했다.

보통 체격에 이마가 넓고, 눈, 코, 입이 크며, 눈썹이 두껍고 짙다. 구연한 설화는 유래에 얽힌 전설 1편으로 어릴 때 책에서 읽거나 어른들한테 들은 것이다.

제공 자료 목록

03_15_FOT_20100204_HRS_PIS_0001 수리재에 칡이 없는 이유

임인신, 남, 1941년생

주 소 지 : 강원도 홍천군 내면 명개리 27번지
제보일시 : 2010.2.3
조 사 자 : 황루시, 유명희, 박현숙, 윤준섭

양양에서 태어나 5세에 부모님을 따라 현재 살고 있는 명개리로 이주하였다. 20세 때 중매로 속초 출신의 부인과 혼인하였다. 학교는 다닌 적이 없으며 어릴 때부터 현재까지 농사를 지어 현재도 밭 2천여 평을 경작하고 있다. 제보자는 소 모는 소리를 잘했는데 17세부터 소를 모는 일을 하였기 때문이다. 예전에는 명개리에도 논이 많아서 제

보자는 논 삶는 일을 하는 성군이었다고 한다. 이후 논이 없어지자 밭 가는 일로 소를 몰면서 소 모는 소리를 하였다. 제보자는 웃는 얼굴에 성격은 좋아보였으나 몸이 아픈 후 회복한지 얼마 안되어 발음이 좋지 않았다.

제공 자료 목록

03_15_FOS_20100203_HRS_YIS_0001 소 모는 소리
03_15_MFS_20100203_HRS_YIS_0001 각설이 타령

전영철, 남, 1947년생

주 소 지 : 강원도 홍천군 내면 자운2리 1145-1번지
제보일시 : 2010.2.4
조 사 자 : 황루시, 유명희, 박현숙, 윤준섭

　토박이로 마을의 상여소리를 주로 맡고
있다. 초등학교를 졸업한 후 계속 농사를 지
어 현재는 약 3000평의 밭농사를 짓고 있
다. 세 번의 결혼을 통하여 3형제를 두었다.
아라리는 옛날에 어머니한테서 듣고 배웠던
것이고 상여소리의 경우는 본인의 초성이
좋아서 다른 사람이 하는 것을 금방 듣고
따라 배웠다고 한다.

제공 자료 목록
03_15_FOS_20100204_HRS_JYC_0001 아라리

바위 깨고 손님 끊겨 망한 장자터

자료코드 : 03_15_FOT_20100203_HRS_KMS_0001

조사장소 : 강원도 홍천군 내면 명개리 182번지 마을회관

제보일시 : 2010.2.3

조 사 자 : 황루시, 유명희, 박현숙, 윤준섭

제 보 자 : 김명수, 남, 75세

구연상황 : 앞서 민요 위주의 조사를 마치고, 사회를 보는 총무님이 김명수 제보자를 소
개했다. 그러자 김명수 제보자는 명개리 오대산의 부자가 망한 이야기가 있다
며 구연을 시작했다. 앞서 민요의 구연과 마찬가지로 제보자가 구연을 하면,
모든 청중은 조용히 감상하고 구연을 마치면 크게 박수를 치며 호응하였다.

줄 거 리 : 오대산에는 큰 부자가 살던 장자터가 있다. 부자는 자신의 집에 손님이 너무
많이 와서 손님이 그만 오기를 원했다. 부자는 시주를 받으러 온 중에게 손님
이 끊기는 법을 물어보았다. 중은 부자에게 뒷산 바위의 한 귀퉁이를 정으로
떼어내면 손님이 끊긴다고 말했다. 부자는 중이 시키는 대로 하자, 그날로 손
님이 끊기고 부자도 망했다.

옛날에 신백령이라는 고을이 있어요.

(보조 조사자 : 신백령이요?)

큰북때(명개리 근처 오대산 속에 있는 마을), 큰북때, 그 고을이 큰북땐
데, 큰북땐데,

(청중 : 조개골이지.)

조개골이라는 곳에 가면은, [양손으로 원을 그리고서] 그 장자터 버덩
이라고, 옛날 부자 지금도 그, 진펄이(논이 있던 곳으로서 물이 질퍽질퍽
한 땅을 말함) 돼가지고 그, 아주 버덩이 커다란 게 있어요.

(청중 : 거기 부자가 살았다고.)

정부에서 어, 정부에서 줄을 쳐 놓고 거기다 뭐, 그 숲질을(숲길을) 맨

건다고(만든다고) 지금은 사람도 못 들어오게 줄 쳐놨어.

(보조 조사자 : 네, 거기가 장자터 버덩이에요?)

예, 장자터 버덩에 부자가 살았는데, 부유하게 살았는데, 하도 집에 손님이 너무 그렇게 와 가지고, 아, 저, 한번에는 그, 스님이 오셨더래.

스님이 오셨는데,

"스님 내가 아주 동냥은 아주 톡톡히 많이 줄 테니깐, 이 손님이 하도 오는 거 방법('손님이 안 오게 하는 방법'이라고 해야 할 것을 잘못 말함)을 알려달라고."

그러니깐,

(보조 조사자 : 누가 그랬어요? 그 얘기를.)

그 주인이. 장자터 버덩 그 부자집 주인이가 하도 손님이 많이, 많이 오고 그러니깐, 아주 구찮어(귀찮아) 가지고, 이게, 그 스님을 보고,

"동냥을 아, 하튼 많이 줄 테니깐, 손님 안 오는 방법은 읍냐?"

그러니깐, 가만히 한참을 있더니,

"방법이 한 가지 있긴 있는데, 그 방법을 쓰면은 아-, 이, 좋지 않다고."

자꾸 그러는거야.

그래서 아, (손님 안 오게 하는 방법이) 있다고 그러니깐, 이 사람은, 이 장자터 버덩 주인은 있다고 그러니깐, 아주, 그

"아르켜('알려'의 뜻임) 달라고."

자꾸 이케('이렇게'의 뜻임) 졸라대니깐, 이게, 거, 안 알려줘야 되는데, 알려주면 안 되는데, (주인이) 알려줘야 된다고 하도, 이, 저이, 이러니깐, 동냥을 훤하게 주쓰고('넉넉히 주고'의 뜻임) 그러니깐,

"알려 주긴 알려주는데, 좋지 않은 짓이라고."

자꾸 그래.

"이걸 어떡하냐?"

그러니깐,

"이 뒷산에 올라 가면은 농짝만한('장롱만한'의 뜻임) 바우(바위)가 둥글루만한 게 있는데, 그걸 석수쟁이(석수장이)를 하나 데려다가, 그, 저이, 인건비를 주고, 그 돌을 다 안 깨도 되니깐.

[돌을 떼어내는 시늉을 하면서]

"가서 한짝(한쪽), 한짝 옆 투댕이만 좀 띠내면('떼어내면'의 뜻임), 그 지웅(돌을 다듬는 '정'을 말함)으로 해서 띠내면은 손님이 아주, 아주 하는(돌을 떼어낸) 날부터 일절 딱 끊어진다고."

그래 가지고, 그, 그런 식으로('그런 방법으로'의 뜻임) 했대요. 하니깐, 그 이튿날부터 손님이 하나도 안 들어와, 차타차타(차츰차츰) 망해 가지고 예저('어떻다 보니'의 뜻임) 싹 망해갔다고 그러더라구.

거짓말하다가 지벌 받은 소금 장수

자료코드 : 03_15_FOT_20100203_HRS_KMS_0002
조사장소 : 강원도 홍천군 내면 명개리 182번지 마을회관
제보일시 : 2010.2.3
조 사 자 : 황루시, 유명희, 박현숙, 윤준섭
제 보 자 : 김명수, 남, 75세
구연상황 : 앞의 이야기를 마치고, 이어서 구연했다.
줄 거 리 : 소금 장수가 서낭당에서 하룻밤을 잤다. 소금 장수의 꿈에 산신이 나와서 죽기 싫으면 서낭나무 위로 올라가라고 했다. 소금 장수는 꿈에서 깬 후에, 서낭나무 위로 올라갔다. 잠시 후, 호랑이가 소금 장수를 잡아먹으러 서낭당으로 왔다. 호랑이는 소금 장수를 잡아먹으려고 서낭나무 위로 뛰어 오르다가 나뭇가지에 걸려 죽었다. 그런데 소금 장수는 마을에 와서 자신이 호랑이를 잡았다고 거짓말을 해서 서낭신에게 지벌을 받았다.

소금 장사 그, 이, 있는데, 그리 이런데 오다가, 소금 장사가 지고 오다

가 서낭(서낭당을 줄여 말한 것임)에 와, 서낭이 하나 있어 가지고 옛날에 이, 지금은 더러, 많이 없어졌는데.

옛날에는 서낭이 있잖아요. 뭐, 산신, 제사를 지내고 마을에 있는데, 서낭이 있는데, 그 소금 장사가 있는 데로 오다가, ('소금 장수가 서낭이 있는 데로 오다가'라고 할 것을 잘못 말함) 날이 저물어 가지고. 이, 저, 인가(人家)는 못 오고 중간에 서낭이 하나 있어 가지고 서낭이 있는 데로 가서 가 절을 하면서 빈 서낭에 가서 절을 하며.

"서낭님, 올('오늘'의 뜻임) 저녁에 가는 길이 저물어서 하룻밤만 숙직을 하고 가겠으니깐, 저게, 하룻밤만 좀 자고 가게 해주십쇼."

하고, 거 서낭에 자는데, 잠이 홀케(잠시) 들었는데, 꿈을 꾸니깐, 소금 짐을 벗어두고 꿈을 꾸니깐, 아, 저 빨리 저, 산신님이, 서낭님이,

"빨리 저, 서낭낭게(서낭나무) 저 꼭대기에 기어 올라가서 가만히 있어야지. 당신 거기 있다 보면 죽을 티니깐(테니깐), 빨리 올라가라고."

그러더래.

아, 눈을 벌떡 떠보니, 호랑이가 없는데, 그런 꿈을 꿔서 하도 희한해 가지고 자다 말고 그 서낭낭게에 기어 올라가서 꼭대기에 올라가 있었더니.

아—이 이노무, 조금 있으니깐, 호랭이가 큰 게, 한 개 오더니('큰 호랑이 한 마리가 오더니'의 뜻임) 서낭에 와서, 대구(많이) 절을 코가 깨지게 턱, 절을 하니. 그, 왜, 그런가? 하니깐.

서낭님 보고,

"그 손님을 달라고,"

절을 턱 하니깐, 그 서낭님이 그 낭게에 올라갔으니깐 못 잡아 먹잖아. (호랑이가 서낭나무에 올라간 소금 장수를 못 잡아먹는다는 뜻임) 그러니깐,

"저게 가져가라고 죽으니깐." (호랑이 보고 죽으니깐 저리 가라고 하는

서낭나무의 말임)

이놈의 호랑이가 자꾸 취- ('높이'의 뜻임) 뛰다가, 힘 있는 대로 취 뛰다가. 예, 저, 이 솔가지 소나무 가지에 올라가서 잔등에 탁 걸쳐 가지고 찡겨 가지고 죽어버렸단 말이야.

(보조 조사자 : 호랑이가?)

응, 호랭이가 죽어 버린 거지. 이 사람이 와 가지고 그, 양심이 바르게 얘기 했으면, 저게 안 죽었을 텐데, 와 가지고 거짓부렁을 했거든. 거, 그렇게 자고, 이런데 오니깐, 마을이 있으니 마을에 와서,

"내가 호랑이를 한 마리 잡아서 그걸 서낭당에 걸쳐 놓았으니깐 그걸 갖다가 처분하던지 가라고."

하니깐,

옛날에 호랑이 한 마리 잡으면은 그, 저, 아주 뭐 하니깐, 그 거짓부렁을 하니깐, 서낭님이 패씸해 가지고 지골을 탁 쳐 가지고, (신에게 거슬리는 일을 해 가지고 당하는 '지벌을 입어 가지고'의 뜻임) 피가 탁 토하고, 그만 그 자리에서 죽어 버렸어.

(보조 조사자 : 동티난 거네요?)

응, 그러니 양심을 잘 써야대.

사돈댁에 바지 벗고 자다가 망신 당한 친정아버지

자료코드 : 03_15_FOT_20100203_HRS_KMS_0003
조사장소 : 강원도 홍천군 내면 명개리 182번지 마을회관
제보일시 : 2010.2.3
조 사 자 : 황루시, 유명희, 박현숙, 윤준섭
제 보 자 : 김명수, 남, 75세
구연상황 : 앞의 이야기를 마치고 청중들의 박수가 이어졌다. 그러자 제보자도 기분이 좋았는지 이번에는 재미있는 이야기를 하겠다며 구연했다. 말소리가 빨랐지만,

청중들은 제보자의 이야기를 모두 이해하고 웃긴 부분이 나올 때마다 손뼉을 치며 좋아했다. 제보자도 이야기 상황에 맞는 다양한 표정과 몸짓을 표현하며 능수능란하게 구연했다.

줄 거 리 : 시아버지가 사돈집 근처에서 볼일을 보고 홀로 사는 사돈댁에게 안부 인사를 하러 갔다. 시아버지는 사돈댁에게 대접을 받고 사돈집에서 하룻밤을 묵었다. 시아버지는 잠을 자다가 방이 뜨거워서 바지를 벗어 마루에 던져두었다. 시아버지는 아침에 일어나, 바지가 사라진 것을 알고, 두루마기만 걸치고 사돈집을 나섰다. 시아버지는 조반을 먹고 가라는 사돈댁의 청을 뿌리치다가 넘어져 두루마기가 펼쳐져 망신을 당했다. 시아버지는 집에 돌아와 며느리를 통해 바지가 사라진 이유를 알아보았는데, 친정어머니가 바지를 걸레인 줄 알고 치워버린 것이었다.

옛날에 이쪽에, 홍천에 사는 분이가(홍천 어느 마을에 사는 분이) 이 명개리에 볼, 저, 이 밑에, 과원(내면 원당리에 있는 마을)이라는 동네쯤 와서, 볼일이 있어 가지고 거기까지 오는데, 근데, 이, 저, 며느리 친정어머니가 명개리쯤에 있단 말이야.

그러니깐 거기 와 있으니깐 (명개리에 볼일을 보러 오니깐), 그, 저, 여기, 살, 며느리 친정어머니를 가서 뵙지도, 친정어머니도 사돈, 두 노인이 같이 살면 괜찮은데, 두 노인이 가찰고 저, 친정어머니 혼자 사니깐 (며느리의 어머니가 남편 없이 혼자 산다는 뜻임) 그 과원 왔다가 가면 얘기도 안하고,

"사돈님이 오셨다가 저희 집에 와('오셔서'의 뜻임) 안부라도 묻고 가야 원칙인데, 왜 가셨냐고?"

그 꾸지람 들을까봐, 에이, 아무리 생각해도 안 되겠어. 그래서 왔어.

그래이(그래서), 명개리에 와, 사돈집에 오니깐, 아-주, 그, 사돈댁이, 며느리 친정어머니가 아주 반겨('반가워'의 뜻임) 하며,

"사돈이 어, 몇 년 만에 오셨냐고?"

아주, 반가이 대접을 하고,

"아-휴, 사부인 저는 볼일이 바빠서 이 질(길)로 가야 된다(되는데), 안

부나 좀 어떻게 알고 갈라고 하고 왔습니다."

이러니깐,

아이고, 사돈이 그려. 사돈댁이 얼마나 기운이 신지(센지), 나오더니 손목을 잡고 끄, 끌으니깐('끄니깐'의 뜻임), 헐수서('할 수 없어'의 뜻임), 사정이 딱해서 집에 들어갔는데, 겨울이겄던(겨울이었던) 말예요, 그기, 나무를 때니깐 불을 하도 너무 많이 때 가지고, 불때까지구.

그 옛날에 새털바지라고, 지금 그, 저, 남자들 누비븐, 그, 저, 퍼디기 있잖아요, 누비븐 퍼디기 퍼디기. 누번거처럼, 그런 바지⁹⁾가, 그, 잘사는, 있는 집이나 입었지, 그 바지는 못 입어 봤대. 그때 당시에는 속 팬티도 없고, 바지 한 개만 입고, 그래 가지고 헐(할) 수 없이 자는데, 그 새이(사이)로 보니깐, 이것, 안방이 사돈댁방하고, (안방에서는 사돈댁이 자고) 사랑방에서 자는데 보니. (시아버지는 사랑방에서 자고 있는데)

[미닫이 문을 열고 닫는 시늉을 하고] 이 중방이 옛날에 그런 집이 많아요. 미닫이 한 집인데, 밑 구령(구멍)이 손 하나 들어갈 만치 공간을 해 놓고, 바르지 않은, 막지 않은 집이 많아요, 옛날엔. 그랬었는데, 하도 불이 나서('너무 불을 지펴서'의 뜻임), 뜨거워서, 더워서, 하구 더워서 불이 텁텁하니깐, 자다 말고 인제 바지를 훌떡 벗어서,

[바지 벗는 시늉을 하며] 그냥, 홱, 아래 마루에 그냥 내 뿌려(벗어) 놓고, 하도 뜨거워 자고 말고('자다가 말다가'의 뜻임) 했는데,

저, 그, 사돈댁이,

"저, 사돈 양반, 내가 어떻게 해서든지, 저게 새벽조반을 해 가지구 일찍 일어나겠으니, (새벽조반을 하려고 일찍 일어나겠다는 말임) 저게 조반을 해드릴테니깐 가시지 말고 있으라고."

그래.

---

9) 포대기를 누벼 입은 남자들은 바지를 말하는 것으로 홍천군에서는 새털바지라고도 부른다. 대개 잘 사는 집에서만 입은 바지임.

아, 이래 보니깐, 그때 당시에는 전기불도 없고 광솔불[10]을 해 가지고 부엌에 나가서 조반을 하는데, 떡국을 끓이다보니. 야, 빨개 부데니('벗고'의 뜻임) 인나서(일어나서), 바지를 찾으니 이놈의 바지가 귀신이 곡쿠 래도('곡을 해도'의 뜻임) 하나도 없더래. 온 방을 찾아도 없어, 바지가.

[일동 웃음]

그런데 이놈의 사돈댁이 아침에 턱, 조반을 하러 나갈라고 턱, 인나 보니깐, 그 중방 밑에 그 바지가닥 하나기(하나가) 빠져 나왔어. 그러니깐, 그, 뭐, 걸레가 있는데, 사돈네 방에 있는 줄 알고, 그걸 확인도 안하고 잡아 뽑으니, 쫍은(좁은) 놈의 구멍, 바지가 나오냐고 안 나오는 걸, 발로 뻗디고(디디고) 억지로 잡아 뽑고서.

[바지를 던지는 시늉을 하며] 구석에다 홱 집어 내던져 뿌리고(버리고), 가 (부엌으로 가서) 조반을 했는데 보니, 이걸 해볼 수 가 없으니, '아, 조반이고 뭐이고, 도망을 가는 수밖에 없다.' 두루마기를 탁 꺼내고, 위에는 입었으니, 옷을 입고 두루마기를 탁 꺼내 가지고, 잽따, 오브래(오므려) 싸 가지고, 시매고('다시 매고'의 뜻임) 오브래 싸 가지고 한 짝(쪽) 손으로 움켜쥐고선,

"사부인 저는 갑니다."

이러고 가니깐, 부엌에서 널대문을(널판지로 만든 대문을 말함) 열고 나오니,

"사돈 양반, 조반이 다 됐네, 조반 잡수고 가라고."

손목을 잡아끄니깐, 옛날 집이 하도, 이리 높아 가지고. 이 사슴댁(사돈댁)이 얼마나 기운이 센지, 사돈님(시아버지) 손모가지를 잡아 댕기니깐, 거우(거의), 뜨럭[11]을 다 올라 왔는데 놓쳐뿌렸어, 놓쳐뿌리니깐은, 그 마당에 나가서.

---

10) 소나무 뿌리에 송진이 많은 것으로서 불을 붙이면 오늘날 성냥처럼 이용하였다.
11) 문 앞에 좀 높이 편평하게 다진 흙바닥을 뜻하는 '토방'을 말함.

[크게 대(大)자로 넘어지는 시늉을 하고] 희뜩(벌떡) 자빠져 가지고, 이놈의 쥐떡('남자의 성기'의 뜻임)이 놀래 가지고 확 던져 놓으니깐, 뭐, 뭐.

[일동 웃음]

야-, 조반이고 뭐이고, 그냥 가 가지고, 집이 한 집이 있는데, 그 집에 가서 그런 사정, 오브래 싸 가지고 그런 사정 얘기를 하고. (사돈댁 근처의 집에서 시아버지의 사정을 이야기 한 것을 말함)

"며느리 이 친정이 요 윗집인데, 하여튼 아래 걸칠 거나 하나 주시고, 뭐, 귀신이 곡을 할 노릇으로, 밑이 빨가뱅이로 다닙니다." (자신의 사정을 이야기하며 옆집에서 바지를 빌리는 것임)

그러니깐, 그래, 그 집에서 옷을 하나 주는데,

"내 다음번에 저이(저의) 며느리 친정에 올적에 아주 틀림없이 전해다 줄 테니깐 고맙다고."

인사를 하고,

그래, 집에 가 가지고선, 며느리보고,

"야야, 이거 큰일 났다! 큰일 났다!"

그러니깐,

"아, 아버님, 왜, 볼일 보러 갔다가, 왜 그러십니까?"

이러니깐,

"야, 너, 친정에 가서 개망신을 당하고 와서, 어떡하나? 어떡하나?"

"아, 왜 그러십니까?"

"야, 그 바지가 어딜 갔니(갔는지), 그 간 곳이 없더라. 귀신이 곡을 할 노릇이다."

"아, 내가, 저, 그럼, 바쁜 일 있어도, 가봐야지, 바지가 어디 갔느냐? 희한하다고."

그래 와서, 조사를 해 보니깐, 글쎄, 친정어머니가 그 걸렌(걸레인) 줄 알고, 강제로 잡아 뽑아서 구석에다 쳐 놓은 게. 아침에 보니, 사돈이 바

지를 다 빼났으니깐, 빨개되어 가지고. (발가벗은 채로 나왔다는 뜻임)

[일동 웃음]

호랑이 꼬리는 끝이 희고, 토끼 꼬리는 짧은 이유

자료코드 : 03_15_FOT_20100203_HRS_KMS_0004
조사장소 : 강원도 홍천군 내면 명개리 182번지 마을회관
제보일시 : 2010.2.3
조 사 자 : 황루시, 유명희, 박현숙, 윤준섭
제 보 자 : 김명수, 남, 75세
구연상황 : 청중들이 앞서 구연한 이야기를 듣고 웃으며 좋아하자, 제보자는 신이 나서
        웃긴 이야기가 하나 더 있다며 구연했다. 조금 야한 이야기라며 조사자에게
        양해를 구하고 앞의 구연과 마찬가지로 다양한 몸짓과 표정을 지으며 구연했
        다. 청중들도 제보자의 이야기에 흥미를 느끼고 집중하였다.
줄 거 리 : 당나귀가 주인의 말을 듣지 않아, 주인에게 두들겨 맞고 산으로 도망갔다.
        호랑이가 당나귀의 워낭을 신기하게 여겨 당나귀에게 인사를 했다. 호랑이
        는 당나귀와 인사를 나누며, 당나귀의 다리 아래에 달린 것이 무엇이냐고 물
        어보았다. 당나귀는 자신의 다리 아래 달린 것은 호랑이를 잡는 방망이와 먹
        다 남은 호랑이를 저장해 둔 그릇이라고 말했다. 그 말을 들은 호랑이는 놀
        라서 도망가다가 토끼를 만났다. 토끼는 당나귀의 말이 거짓이라며 자신을
        믿고 당나귀를 붙잡으러 가자고 했다. 둘이 꼬리를 묶고 당나귀에게 가고 있
        었는데, 호랑이가 당나귀의 워낭소리를 듣고 도망갔다. 토끼는 호랑이에게
        끌려가다가 꼬리가 끊어져 짧아지고, 호랑이 꼬리의 끝은 토끼의 꼬리로 인
        해 하얗게 되었다.

옛날에 오가라는 사람이가, 오가라는 사람이, 저기, 말을 키웠는데, 당
나귀를 하나 키웠는데, 이놈이 질(길)을, 처음엔 잘-, 질을 잘 들여 말을
잘 듣게 해야지. 점점 말을 안 들어 가지고 몽댕이(몽둥이)를 아주 그냥
붙잡아 매놓고 하루 종일 두들겨 팼더니.

이놈의 당나귀가,

"에라, 모르겠다."

하고,

"나는 고향 간다."

하고선.

(청중 : 고향 간대? 당나귀 고향 간대. 하하.)

냅다 빼버렸어, 냅다 빼 가지고 산에 가서 그 칡,

[조사자를 바라보고] 칡 알죠? 칡? 어, 칡밭에 가서 그 칡을 뜯어 먹고 거기 가서 한 사나휘(사나흘) 살았는데, 아, 이놈의 호랭이가 가다 보니, 야-, 뭔, 보지 못한 짐승이.

[귀에서 턱밑으로 워낭이 달린 모양을 내고] 요, 그, 당나귀니깐 요랑(워낭)을, 잔뜩 달라매고(달아매고), 빨간 끈을 이렇게 해 가지고 잔뜩 달라 맺자나. 그게 뭔, 짐승이 여기다 뭘 잔뜩 달라매고 이러니깐, 파리가 댐벼대니깐(덤벼드니깐), 그 파리 쫓을라고.

[고개를 휙 돌리면서]

요렇게 하니깐, 뭐요,

"와창, 댕기당" (워낭이 울리는 소리)

소리가 나니깐, 야, 거, 희한하다 말이여.

"그래트거(그래도) 간다고."

그 호랭이가 그래도 약인(약긴) 약았대.

그래 간다고, 살살 가까이 가서,

"그래 인사 좀 청하자고."

그러니깐. 일적에('그럴적에'의 뜻임) 당나귀가

"뭔 인사를 청하냐?"

그러니깐,

"당신은 성이 뭐이고 이름이 뭐이냐?"

그러니깐,

"난 당나라에서 온 당생원이요."

그러니깐 호랭이는,

"나는 호랑이나라에서 온 호, 호생원이요."

그러니깐,

"아, 그러냐고. 그, 이이, 그러냐고"

서로 수고한다고, 인제 악수를 청하고 이래서 인제, 이래 보니깐 말이 수말인데, 배뛰기(배때기) 밑에 그, 물건이, 파딱지만한 게 하나 있단 말이야. 그래, 그 희한하단 말이야. 호랑이가 볼 때게(적에).

그래 보니깐,

"그, 당생원님 배 밑에 그 시커먼 게 달린 게 뭡니깐?"

그러니깐,

"호랭이가 댁히는(닥치는)대로 할 저게(적에) 이걸 한방에 치면, 아주 그냥 죽는다고, 그래, 잡아먹는 은방맹이라는 방맹이라고." (당나귀가 자신의 성기를 두고 호랑이를 잡아먹는 방망이라고 호랑이를 속이는 것을 말함)

그래, 그 희한하다.

그러고 그래 이래 보니, 뭔 두 개가 다라매('다리 사이에'의 뜻임) 뒤룽 뒤룽 해 달라 매 가지고,

"그거, 그정, 뭡니스까(뭡니까)?"

물어보니깐,

"이건 먹다 남은 그, 남거지(나머지)로, 저장해 놓은 비사래 망태라. (당나귀가 자신의 고환을 두고 잡아먹고 남은 호랑이를 담아놓은 그릇이라고 속이는 것을 말함)"

하대.

"야, 이거 큰일 났다."

하고선,

이놈의 호랭이가 그만, 그대로 인사도 안하고,

"오마(엄마), 나 살려라."

그러고 막 가더라니깐,

토끼라는 놈이 산토끼가, 아이, 이렇게 가다가,

"호생원님 어딜 이리(이렇게) 그렇게 바쁜 걸음으로 걸어가시냐고."

묻더래.

그래고는, 호랭이가 한다는 말이.

"요 등넘('등마루 너머'의 뜻임)에 가면 뭔, 희한, 당나라에서 왔다는 당나귀라는 짐승이, 뭐이 왕정댕정(워낭소리임) 하고 이런 은방망이가 있는기, 그걸 때려잡으면, 호랭이를 때려잡으면, ('은방망이로 호랑이를 때려잡으면'의 뜻임) 저게, 아주 그냥, 먹다 남겨진 비사래 망태도 있고."

그렇당께.

[손바닥에 침을 뱉는 시늉을 하고] 손바닥에다가 침을 딱 뱉어 가지고 점을 한 번 해보더니,

"이, 저, 그, 그케('그런 것이'의 뜻임) 아니라고, 내 시키는 대로 하자고. 그래, 그렇게 오가라는 사람이 당나귀를 키워서 행실이 나빠서 두드려 패서 해 갈 데가 없어 칡밭에 가서 실컷 먹고 있는데, 그래 그런 것 같다고."

"에이, 안 그렇다고."

"그럼 나하고 호랭이를 붙잡아 매고 가자고."

그러니깐, 그래서 헐 수 없이 그러자고 그래서 호랭이하고 토끼하고 꼬리를 붙잡아 매고, 이제 토끼가 끌려가다고 보니깐, 거우(거의) 가 가지고 등마루에 앉아서 내려다보니깐, 파리가 댐벼드니, 그저, 그, 당나귀가 파리 쫓니냐고(쫓으려고) 고개를 흔드니, '와장장당' 하니,

"저 나 잡으러 온다고."

'후다닥' 뛰니, 토끼가 끌려가다가, 끌려가다가 꼬랑지가 뚝 끊어졌

는데.

[양손가락을 짧게 벌리고] 그 호랭이 꼬랑지 보면 끝이 하얗고, 토끼 꼬랭지가 끝이 요매내.

그게 그때 끊어진 거야.

[일동 웃음]

호랑이 쫓은 주모

자료코드 : 03_15_FOT_20100203_HRS_KMS_0005
조사장소 : 강원도 홍천군 내면 명개리 182번지 마을회관
제보일시 : 2010.2.3
조 사 자 : 황루시, 유명희, 박현숙, 윤준섭
제 보 자 : 김명수, 남, 75세
구연상황 : 앞의 구연상황에 이어서, 제보자는 웃긴 이야기 한마디 더하겠다며 시작했다.
줄 거 리 : 평창과 홍천 사이에 지기미재라는 고개 안에 주막이 있었다. 호랑이가 지기미
          재에 자주 출몰했기 때문에 주막은 장사가 잘되지 않았다. 주막의 여주인이
          호랑이를 쫓기 위해 고개 깊숙이 들어갔다. 날이 저물자, 호랑이가 여주인에
          게 다가왔다. 여주인은 머리를 풀고 옷을 벗고는 호랑이 앞에 거꾸로 섰다.
          호랑이가 그 모습을 보고 괴물인 줄 알고 도망갔다.

옛날에 저, 저 평창지방에 거기 한 군데 가면, 옛날에 그, 주막집이 있었대. 이제 그 장사하는, 옛날에 그, 주막집이라 그래. 지금은 포장마차라 하고 그러지만 옛날에는 주막집이라고 그래요. 주막집 아주머니가 이 술 장사를 하고 밥장사도 하는데.

[팔을 굽히고] 이, 지-, 이, 그, 고개가 지기미재 고개라고 하는 이렇게 잘록한 고개인데, 이, 질러가는 령(嶺)인데.

[손으로 원을 그리고] 다른 데로 가면 요러케(이렇게) 멀리가고, 이런데, 이 고개만 넘으면 가까워서 질러서 댕기고 그러는데, 거기다 장사를 하니

깐, 아, 이노무(이놈의), 호랑이가 한 마리가 그게 고개말('산고개'의 뜻임)에 자꾸 나온다 그러니깐. 손님들이 저 짝(쪽) 평창 지역에서도 홍천 지역에서도, 홍천 지역에서 서로 왕래를 해야 장사가 되는데, 장사를 하랬더니('하려니'의 뜻임) 이놈의 호랑이가 자꾸 나와가(나와서) 겁이 나 가지고, 손님들이 못 넘어 댕기니깐.

하룻밤에 간다고 갔대. 가 가지고 저녁을 일찌감치 먹고서 어둡기 전에 가 가지고선, 거기 가서 잠복을 하고 있다가, 땅거, 땅거미가 탁 된 다음에,

[머리에 꽂힌 비녀를 뽑는 시늉을 하고] 비녀 꽁치한 거를('비녀로 머리를 묶은 것을'의 뜻임), 저게, 싹 풀어서 산발해 내려놓고, 옷을 싹 벗어놓고, 빨거댕이로(벌거숭이로), 싹 벗어놓고, 그 고개말 안에서 엉거주춤하게 거꾸로 엎어져서 있으니깐, 아니나 다르게 땅거미가 되니깐 호랑이가 한 마리가 오는데, 와보니 뭔 놈의 짐승이, 희한한 놈의 짐승이, 새빨가벗은 짐승이,

[머리카락을 아래로 내려 산발하는 시늉을 하고] 뭔 머리를 풀어서 땅바닥에다가 산발해 내려놓고, 이제 궁댕이 밑에 탁 기다보니깐(쳐다보니깐).

[손을 좌우로 흔들면서] 아, 입들이 가로로 찢어져 있는데,

[손을 상하로 흔들면서] 아, 이놈의 입은 길게 바루(바로) 찢어졌고, 아, 이제, 저, 거, 수염이 나서, 털보가 되 가지고, 털보가 시커머니, 희한한 짐승을 말이야.

[일동 웃음]

저놈의 짐승을 갖다 거둬들이단. ('저놈의 짐승이 있는 곳에 갔다오다가는'이라고 해야 할 것을 잘못 말함)

"나 죽는다고."

삼십육계 줄행랑을 놓아 가지고. 그 다음부터는 호랭이가 저이, 거, 겁

근을 안 해 가지고 장사가 잘되더래요.

　[일동 웃음]

사명당이 얻은 연적의 신통력

자료코드 : 03_15_FOT_20100203_HRS_KJC_0001
조사장소 : 강원도 홍천군 내면 창촌3리 1513번지 마을회관
제보일시 : 2010.2.3
조 사 자 : 황루시, 유명희, 박현숙, 윤준섭
제 보 자 : 김진철, 남, 76세
구연상황 : 오전 열시를 넘겨 마을회관에 도착했다. 사전에 노인회장과 연락을 하였기에
　　　　　마을회관에는 마을 어르신 10여 분이 먼저 와 계셨다. 조사자가 조사의 목적
　　　　　을 설명한 후, 마을에서 옛 이야기나 노래를 잘하시는 분이 누구냐고 여쭈어
　　　　　보았다. 노인회장이 김진철 제보자를 추천하였다. 조사자가 이야기를 청하자,
　　　　　김진철 제보자는 자신이 알고 있는 이야기 몇 가지를 해 보겠다며 구연을 시
　　　　　작했다. 첫 번째로 구연을 하였기에 조금 긴장을 하였는지 발음이 새어 의미
　　　　　가 부정확한 부분이 있었으며 종종 앞뒤의 내용을 뒤섞어 구연했다.
줄 거 리 : 중이 강아지를 키우고 살았다. 강아지는 용왕의 아들이었다. 강아지는 은혜를
　　　　　갚기 위해 용궁으로 중을 데리고 갔다. 용궁에서 중은 용왕의 연적를 얻어왔
　　　　　다. 중은 용궁에서 얻은 연적을 갖고 온갖 술수를 다 부리게 되었다. 일본에
　　　　　가서 일본 천황 앞에서 술수를 부리고 일본의 항복을 받아냈다. 한국에 돌아
　　　　　와서도 중은 계속 술수를 부리며 삼천갑자를 살 수 있는 사명당이 되었다. 이
　　　　　소문을 들은 저승사자는 시냇가에서 숯을 씻으며 중을 유인하고 그를 잡았다.

　지금은 이렇게 절이요, 중간 밑에 사람 사는 데에 있지만, 옛날에는 밖
의 소리가 안 나는데다가 절을 짓고 살거든요.

　옛날엔 절의 지주라는, 지금 말하자면 이장쯤 되는 모양이여, 그리고
그 밑에 신하들이 있는데, 이젠, 이를테면은, 옛날에 그렇게 했답니다.

　지주가 가서, 이제, 휴일을 돌아가면 큰 산에 가서 짓는데 (지주가 혼자
살며 산에서 집을 짓고 산다는 말임), 가 들어가서 보면, 그, 가서 인제 며

칠 댕기다 보니, 노란 강아지가 하나 따라오더래. 그러니 절에는 개, 닭은 절대 금지인데, 강아지가 따라오니, 이 스님이 때려도 안가고, 계속 따라 오더래. 주인 없는 짐승이니깐 데리고 갔단 말이야. 가니깐, 중이라는, 그 지주, 저, 대사는, 저 혼자 살았거든요. 산에서 혼자 밥 해먹고, 이제 자기가 밥 먹다가 남은 걸, 강아지를 주고, 이렇게 친하게 지냈단 말이야. 지내다 보더니 안 가더래. 그 다음에 크고 하는데, 한 삼 년을 키우다 보니, 어른이 되었단 말이야. 아니, 어른이 아니고 강아지가 큰 개가 되었단 말이야. (큰 개가) 된 걸, 하루는 이따 보니깐, 개가 없어졌더래. 그러니 키우던 짐승이 없으니깐, 섭섭할 거 아닙니까? 섭섭해도 할 수 없고, 며칠, 한 열흘 있더니, 젊은 청년이, 젊은 청년이 돼가, 턱 오더래. 중한테 와서 절을 넙죽 하더니,

"선생님이 나를 이만큼 키워다 줘서 이제는 은혜를 갚으러 난 이젠(제가 살던 곳으로) 찾아가야 해요. 내가 왕의 둘째 아들이온데, 왕의 둘째 아들인데, 내가 내일 들어가서 인제. 우리 아버지한테 죄를 지어 가지고 너 인간에 가서 삼 년간 벗고너라('죄를 벗고 오라'는 뜻임)."

그러드래요,

"그래서 그랬습니다. 그러니깐, 선생님, 날 따라 갑시다."

그렇게, 가자구 하니 따라 갔답니다. 따라 가니, 어디를 갔다하면, 만주 벌판의 두만강을 갔대요. 두만강에 탁 가니, 강의 퍼렇게 섰는데,

"내가 두만강 안에 뛰들어가거든, 뒤를 쫓아 선생님이 내 뒤를 따라 오시오."

그리, 시키는 대로 했대요. 시키는 대로 딱 해 놓으니깐, 뭐, 들어 가 보니.

[양 팔을 벌리고] 그 안에 환한 것이 용왕('용궁'이라고 할 것을 잘못 말한 것임)이더래. 용궁에 떡 들어가 보니, 거기서 그러드래. 그. 중, 저, 선생님보구.

"내가 우리 아버지한테 가, 들어가서, 얘기 할 때, 가만히 있다가 내가 얘기를 하거들랑, 선생님은 듣고 있다가, 우리 아버지가 '절대 그것은 안 될 꺼요.' 그럴 것이든, 요만한 책상 꼭대기에 벼루돌 같은 것이 있으니, 그걸 달라고 그래요. 그러면 우리 아버지가 절대 안 줄 테니, 그러나마나 그럼 내가 그럴 테니."

들어갔더니, 용왕이 떡- 앉아 보더니, 쳐다보지도 않고 가만히 있더래. 의자에 떡 앉아 가지고는 있더니 그 아들은 옆에 앉아서 있더니, 뭐라고 얘기도 안 하고 자기가 들어가도,

"아들을 키워서, 이만큼 키워주셔서 고맙습니다."

이러고, 그 말 밖에는 안 하더래요. 이러고, 가만히 아들이 있더니,

"이제는 나가셔야죠."

그러더래,

"그럼 가야지."

"저, 그, 책상 꼭대기에 있는 거, 여러 건(개는) 아니고, 뭐 준다거든, 책상 꼬더(꼭대기의) 벼루돌 같은 홴적(연적)을 달라고."[12]

그러더래.

"그것은 안 줄 겁니다."

그러대. 저기 아부지가 주나, 그거를.

"내가 꼭 드리라 그러면 줄 겁니다."

"이만큼 키우고 아들을 키웠으니 내가 은혜를 주던지 뭘 주어야 될 꺼 아닙니까?"

그러니깐,

"책상 꼭대기의 벼루돌 같은 거, 해인적(해인사에 있는 연적으로 도술을 부릴 수 있는 것임) 그걸 달라구."

---

12) 용왕이 주지가 나가기 전에 갖고 싶은 것이 있냐고 물어보는 부분이 생략되고 구연된 것이고 아래의 대사에서 이 부분이 반복된다.

그러더래.

"아, 이건, 안 됩니다. 안 준다구."

그러더래.

그걸 주면 자기가, 뭐, 왕도 못하고 쫓겨날 판인데. 그러나마다 내가 그렇게 하면 아버지가 ○○○데, (내가 그렇게 하면 아버지도 어쩔 수 없다는 뜻으로 구연한 것임)

"그것 밖에는 난 눈에 띄는 게 없소. 주시오."

하니깐,

"아이고, 그것은 안 됩니다. 그거는 뭐요, 안 된다고."

그래.

아들이 가만히 있다가,

"아들이 중해요? 보물이 중해요? 아버지, 주세요, 저 선상님(선생님에게)."

이놈이 마지못해서 주더래. 이것을 가지고 나와서 그 벌판에 나와서 그러더래.

이것을 가지고, 해인적이니깐,

"저, 저, 벌판이 아주 없어져라."

했네.

(해인적을) 치니깐, 만주 벌판이 아주 하나도 없어지구, 칠백 리 버덩(들판)이 되더래, 파래이.

(보조 조사자 : 버덩이 됐다고요?)

응, 버덩이 됐단 말이야. 그래 가지고 이 양반이 그래 가지고 나와서, 뭘 할 수가 없거든, 그,

"저 산들 없어져라!"

고 하면, 없어지고,

"서울 시내 그 평들도(평야도) 다 없어져라!"

하니깐, 다 없어져뿌리고. 그렇게 돼 가지고 나와 가지고는 이, 이, 이 그, 저, 이 사람이 뭐냐면, 사명당이 됐단 말이야. 으, 음, 결국 그렇게 돼 가지고 해인적을 가지고 다니면 도무지 할 수가 없어요, 이거 가지고 하면 뭐든지 되니깐. 일본을 들어갔어. 일본에 들어가서는, 일본 천황한테 가서,

"불알 가루 서 말하고, 인피(人皮) 삼백 장을 벗겨 달라고."

그러드래. 천황한테 가서.

(보조 조사자 : 다시, 어르신, 못 알아듣겠어요. 뭐하고 뭐요?)

천황이래요, 저, 일본, 일본국 천황이, 천황한테 항복을 받는단 말이요, 응, 그저, 인피 삼백 장.

(보조 조사자 : 인피 삼백 장?)

응, 사람 껍데기.

(보조 조사자 : 아, 예, 사람 껍데기.)

불알 가루 서 말, 말려서.

[일동 웃음]

그건 내가 뭐 들은 이야기니깐.

"그걸 해 오라."

하니깐,

"그, 저, 저놈 잡아야 한다고. 응, 저기, 저, 잡아야 한다고."

저, 그땐 조선이라 그랬대요.

"조선, 조선인이 왔으니, 잡아야 한다고."

그러니깐.

이 사람은 기술(술법)을 가지고 있으니깐,

"맘대로 해라."

그랬거든.

그러니깐,

"저건 죽지 않으니, 큰 이렇게 지금 커면 무쇠를 부어서 그 안에 들여 놓고는 이놈을 잡아야 된다구."

도저히 못 잡겠으니깐, 그래 불을 달궈, 시뻘겋게 달궜대요.

"그 그래 인제 죽었나? 열어봐라."

하니깐,

"왜 이렇게, 한국엔 비가 오고 왜 이렇게 일본이 뜨시다던기 (한국은 비오고 일본은 춥다고 하던데) 왜 이렇게 춥냐?"

하는데,

구석에도 된서리가 뿌리고 한 귀퉁이에선 비가 오구 한 귀퉁이에선 눈이 오구 그러더래.

"아, 이건 도대체 잡을 수가 없다."

그래, 턱 나오더니, 이러더래. 그, 저, 사명당이 인제, 한, 저, 그, 저, 저, 뭐여, 이짝에 대사가 서산대사가 그러대.

"일본 가서 급하거들랑 이 조선을 둘러다보고 사배, 절을 네 번 해라. 그래야 살지." (사명당이 중이 나중에 되는 것으로 나오며, 서산대사는 용의 벼루를 지닌 중의 스승을 말함)

그렇게 하니깐,

"아, 저놈 안 되겠다고, 무쇠말(무쇠로 말든 말을 말함)을 만들어 가지고는 시뻘겋게 달궈서 여기 올라앉으라고."

저런 놈 잡아 치워야 되니깐. 그러니, 절을 네 번을 돌려대고 하니깐, 난데없는 구름이 들어와, 꽉 덮히는데, 비가 와, 천둥이 벽력을 해 가지고, 식히더래, 식히더래요.

(보조 조사자 : 말을?)

응, 말을 다 식히니깐,

"에이, 안 되겠다. 잡을 수가 없으니 그럼 해달라는 대로 해 주어야지."

열다섯 살, 십오 세 처녀하고 총각 껍데기 베끼고(벗기고), 불알 가루

까야 된다 이거야.

그러니깐, 천황 딸이 그러더래.

"한번 벗겨보니 창도 안 나고, 뭐가 창이 나니깐, 나부터 벗기치세요."

뱀 껍데기 벗기듯 홀랑 벗고 앉더래. 그래, 거, 그렇게 해 가지고는 이 사명당이 왔단 말이야. 그걸 가지고 그러니깐, 그러니깐 일본을 망할려구 만들었지. (일본을 망하게 하려고 사명당이 다녀온 것이라는 말임)

그랬는데, 나와 가지고 일본 사람이, 일본 천황이 한국에 이렇게 명인이 많이 나고, ○○○[13] 그리 와 가지고, 사명당이 해인적이래요. (중이 사명당이 되었으며 그가 갖고 있는 벼루를 해인적이라고 말한 것임) 그거 벼루돌 같은 거. 사방이 근처니깐, (해인적이 있으면 사방을 가깝게 돌아다닐 수 있다는 말임) 이 사람이 못할 데도 없거든, 자기가 기술이 좋으니깐, 댕기며 사방이 이렇게 하거든, 사명당이 되어 가지고 삼천갑자가 되었단 말이요. 삼천갑자면 육십갑자가 삼천 년을 묵었단 말이여, 그 사명당. 사명당이 돼 가지고 사명당이. 사자(저승사자)가 댕기며 그 얘기를 (사명당이 삼천갑자가 되어 오래 살고 있다는 말임) 듣고.

"이, 삼천갑자를 잡아야 된다. 놔두면 큰일 난다."

어떻게 도저히 삼천갑자를 잡을 수를 없으니, 숯을, 숯을 갔다가, 개울에 대구(자꾸) 씻고 앉았대요. 개울가에다 씻으니깐, 삼천갑자가 말을 타고, 가다가 보니, 뭐, 어떤 노인이, 하얀 노인이 개울에 앉아 숯을 씻거든, 숯을 씻으니깐,

"저건 뭔 일인가?"

하구, 내려가서,

"너 왜 숯을 씻고 앉아있니? 난 삼천갑자가 삼, 뭐야, 숯으로다. (말을 얼버무려 정확한 구연이 안 되었지만 삼천갑자가 되도록 살아도 이처럼

---

13) 말을 얼버무려 정확히 알 수는 없으나 제보자의 말에 따르면 한국에 명산이 많아 장사와 명인들이 많이 난다는 의미로 구연했다고 하였다.

숯을 씻고 있는 광경을 처음 보았다는 말임)"

"니가 삼천갑자이냐?"

잡아 가지구, 이, 삼천갑자가 그렇게 사자한테 죽었답니다.

구룡령고개

자료코드 : 03_15_FOT_20100203_HRS_KJC_0002
조사장소 : 강원도 홍천군 내면 창촌3리 1513번지 마을회관
제보일시 : 2010.2.3
조 사 자 : 황루시, 유명희, 박현숙, 윤준섭
제 보 자 : 김진철, 남, 76세
구연상황 : 앞서 사명당과 서산대사 이야기를 하고 나서 조사자가 다른 이야기를 청하자 금강산과 관련한 이야기가 있다며 구연을 시작했다.
줄 거 리 : 중국의 산신 셋이 조선의 명산을 찾아 금강산으로 왔다. 금강산 구룡소에 아홉 마리의 구렁이가 살았다. 금강산에 온 산신은 구렁이를 내쫓으려 했다. 산신과 구렁이가 결투를 벌였는데 결국 산신이 이겨서 구렁이는 쫓겨났다. 구렁이는 구룡령으로 도망쳐 석재 고개, 큰 히니, 보래령을 지나 뱀가리에서 잘록잘록한 고개를 만들고 죽었다.

지금은 중국이라고 그라죠. 그때는 대, 대국이라고 그랬어요. 대국, 대국이라고 말해서, 옛날엔 이런 게 많았답니다. 그, 저, 저, 뭐냐 하면, 그, 저, 저, 산신이, 산신이 많이 댕기며 그래 가지고, 산신이 내려오면은, 생불위('생불'을 말하며 앞의 '산신'과 같은 의미임)이 저 만주 벌판에서 중국서 나왔답니다.

대국서, 대국에서 나오다보니 백두산을 보니깐,

'이, 저, 조선, 조선에 가면, 명산이 많겠다.' 그러니,

"우리 거길 가자."

하고 생불위가 서이가 쭉, 인제, 백두산을 타고 내려왔단 말이야. 내려

오다가 얼마 가니깐, 금강산, 강원도 금강산 일만이천봉에 딱 와보니, 그 걸, 삼불위가 이젠, 전 봉우리가 아주 나니깐('다양하니깐'의 뜻임), 어딘 지 모르겠더래.

"여기 어디 오면은 우리 여기 와서 집을 짓던지 해 가지고 산다." (여기 어딘가에서 집을 짓고 살자고 삼불위가 하는 말임)

생불이가 서이가 와서 산다고 그러니깐, 돌아보니, 그 일만이천봉을 그 생불이가 서이가 다 돌아다니다보니 큰 구룡소가 있더래요.

소를 내다보니 구렁이가 아홉 마리가 펄쩍펄쩍 하더래.

"너희가 왜 여기에 있냐?"

그렇게 생불위가 그러니깐,

"지금 우리가 명산을 차지해 가지고 있기 때문에 여기로 왔다."

하니깐,

"그러면 (너희들이) 뭔 얘기를 해도 이건 우리가 이걸 차지하려고 금강 산에 왔으니 너희 어디를 피해가라!"

하니깐, 구렁이가 그러더래.

"아, 이거 우리 집, 터인데 왜 이거 뺏냐구? 아이, 못, 안 간다고."

그러드래.

"안 간다고."

그러니깐

"그럼, 우리 뭔 기술을 부려 가지고 도술을 해서 이기는 사람이 여기를 살고, 지는 사람이 가게 (내기를 하자.)"

"응, 그렇게 하자구."

[25초간 제보자가 이야기 순서를 잘못 말하여 다시 구연하였다.]

걔들 보구 먼저, 구렁이를 보구 생불위가 먼저 기술을 부리라고 그렇대 요. 그러니깐, 뇌성벽력에 비가 오니, 천지가 깜깜해지고 막 쏟아지니, 그, 느티나무가 있던 기, 뿌리가 뽑혔단 말이야. 얼마나 비가 왔는지, 그 용소 옆에, 거꾸로 꼬구러져 박히니, 망태기(나무뿌리) 같은 게 세 가닥이 있더래. 그, 그 사람이 거기다 타고 올라앉았닸단 말이야.

그, 그 그 사람들이.

(보조 조사자 : 생불위?)

응, 생불위가 딱 올라앉았어. 그러니 구렁이가 그 안에서 뭐, 비가 오고 그러니깐 그러자 생불위가 부적을 쓰니깐 물이 막 끓는다 말이야.

구룡소가 마구 끓으니깐,

"에이, 여기 우리 고향이 아니다."

하면서 내 빼더래. 왔답니다. 왔는데, 구룡령(홍천군과 양양군의 군계를 이루는 고개)으로 넘어왔대.

(보조 조사자 : 아, 구룡령 여기요?)

[고개를 끄덕이고] 구룡령으로 넘어 와서, 이, 더, 석재고개(내면 광원 일 리에 있는 고개)가 있어요. 절루 넘어 가면, 석재고개로 둘러 가지고는, 작은하니¹⁴⁾라는 데가 있어요. 작은 하니가 잿골이요. 잿골로 해서 큰하니¹⁵⁾로 넘어가면 저, 앞잿골이라는 데가 있어요. 그래 자운 일 리로 올라 가면 자운 일 리면 또 사리가 돼요. 사 리로 넘어가면 보래령¹⁶⁾이 있어요.

보래령으로 넘어가면, 보래령이 돼요. 그 밑에 내려가면 봉평인데, 봉평. 봉평장 못가서는 죽은 잿골¹⁷⁾이라는 데가 있는데 거기서 뱀가리¹⁸⁾라고 그래요. 뱀가리라고 거기서 픽 자빠져서 아홉 마리가 다 죽었답니다. 그래 가지고 옛날에, 잘룩잘룩 고개가 났대요.

---

14) 소한동(小寒洞)으로 창촌리에 있는 마을.
15) 대한동(大寒洞)으로 창촌리에 있는 마을.
16) 홍천군과 평창군의 군계를 이루는 고개.
17) 평창군 봉평면에 있는 보랫골이라고 불리는 마을.
18) 평창군 봉평면에 있는 창말이라고 불리는 마을.

아버지 죽인 호랑이 잡게 도와준 이장사

자료코드 : 03_15_FOT_20100203_HRS_KJC_0003

조사장소 : 강원도 홍천군 내면 창촌3리 1513번지 마을회관

제보일시 : 2010.2.3

조 사 자 : 황루시, 유명희, 박현숙, 윤준섭

제 보 자 : 김진철, 남, 76세

구연상황 : 앞의 이야기와 같은 상황에서 구연했다.

줄 거 리 : 부산에 살던 이장사가 호랑이가 지나가는 것을 보고 몰래 쫓아갔다. 호랑이가
평양 감사의 아들을 잡아먹으려 하자 이장사가 호랑이를 죽였다. 이장사는 평
양에서 하루를 묵고, 다음날 연기가 나는 백두산으로 갔다. 백두산에서 이장
사는 자신보다 덩치가 큰 중국 장사를 만났다. 중국 장사는 이장사에게 자신
의 부모를 죽인 백두산 호랑이를 잡기 위해 이곳에 왔다고 말하고, 자신이 호
랑이와 싸울 때 호랑이가 다른 곳에 정신을 팔도록 소리를 질러 달라고 부탁
했다. 백두산 호랑이를 본 이장사는 너무 놀라 두 번이나 소리를 못 질렀다.
세 번째에 중국 장사가 이번이 마지막이라며 이번에도 소리를 못 지르면 이
장사를 죽인다고 하였다. 정신을 차린 이장사는 중국 장사와 백두산 호랑이가
싸울 때 큰 소리를 질렀고, 그 틈에 중국 장사는 호랑이를 칼로 쳐 죽였다.
중국 장사는 답례로 금을 이장사의 집에 던져 주었다.

한국이 삼천리랍니다, 삼천리. 삼천리인데, 백두산까지 그러니깐. (백두
산부터 부산까지 한국이 삼천리라는 말임) 부산 끝이지, 부산 끝에서 옛
날에 장사가 나무를 했대. 장사가. 장사가 그래, 장사가 나무를 해 가지고,
옛날에는 나무를 해 땠을 거 아니요? 나무를 해고 한 오일간 해고 힘이
들으니.

[자신을 발을 가리키고] 짚신이지, 짚신을 신고는, '감발을 하고 자자.'
(생각하고) 떡 감발을 하고, 감발을 모를꺼요

(보조 조사자 : 짚신에다 이렇게?)

[손으로 발을 둘둘 마는 모양을 하고] 예예, 아는구먼. 그리고 이걸 풀
고 떡 보더니, 다섯 시나 됐는데.

[팔을 좌우로 벌리고] 여산대호(如山大虎, 산만큼 큰 호랑이) 호랭이

가 아주 서 발은 되는 놈이 덜렁덜렁 가더래. 해는 머는데('저무는데'의 뜻임), '저놈이 어디를 가서 일을 치르러 가나?'하고, 저녁도 안 먹고 그냥 신을 하나 신고, 범이 안 보던 만치(범에게 안 보이는 만큼) 따라 쫓아갔대요. 쫓아가니깐, 어디를 가느냐 하면은, 피양(평양), 대동, 피양을 갔대요.

피양감사의, 아들의 잔치래요. 그날이 결혼식인데, 거기 가니 해가 다 넘어가고 우칠우칠(밤이 어둑한 것을 말함) 한데, 뭐이? 구들에다 막, 나가지 말라고 끌어 잡아당기는 막 소리가 나더래. 그기 이장사야, 이, 이장사, 그 장사 이름이. (범을 몰래 쫓아가던 장사를 말함) 근데 뒤에 가니, 대밭이 대가 아주 큰 것이 있었는데, 호랑이가 들어가서 신랑을 잡아 댕기는 것을, 이장사가 뒷다리를 들어 잡아서 둘러메치니깐, 대밭 바깥에다가 나가자빠진 기. 혀바닥 빼 물고 눈깔이라고는 이보다 (앞에 있던 종이컵을 가리킨 것임) 더 큰 놈이 희뜩 자빠졌드래.

그러고는 (이장사가) 마당에 와서 주인을 찾으니,

"아이, 우리 집안에 이런 게 뭐, 이렇게, 뭐, 이리, 손님이 많냐?" (종들이 손님이 많다고 불평하고 이장사를 바로 맞아들이지 않는 것임)

그러니깐 평양 감사가 있다가, 거 손님이 오신 걸 종들보고,

"나가서 모셔 들여라!"

하니깐, 집이 큰데, 이, 혹은 얼굴이 안 보이더래. (말을 얼버무린 것으로 몸이 너무 커서 허리만 보일 뿐 얼굴은 안 보인다는 말임) 이 장사는 키가 얼마나 큰지, 옛날에는 집이 낮아서. 그리 쳐다보니 보통 사람이 아니더래. 그래 가지고, 들어와 모셨대. 들여와 모셔보니, 옷도 그냥 입고서는, 들어와야 할 거 아니요. 그리고 배도 고프니깐,

"밥을 좀 채려오너라."

하니깐.

그릇을 요만한 거 갖고 오니깐, 그거 가지고 장사가 (밥이 되겠어?)

보더니, 피양 감사가,

"안 된다. 말 밥으로 해라."

한 말 밥하고 거, 잔치할 때 내주는 그 돼지고기 뒷다리 큰 거, 한, 뭐, 열댓 근하고 이런 거, 삶고 술도 좋은 거 아닙니까? 술 통으로 하나 해서. 포고를 하니깐, 빨리 했겠지, 뭐, 해다가 떡 갖다놓으니, 이장사가 떡, 뭐 그거 가지고 배고픈 데 어쩔꺼야?

그거, 밥 한 말 다 먹고, 돼지고기, 그, 다 먹고, 술, 안주 다 먹더니, 좀 있더니,

"좀 더 드실랍니까?"

"에이, 됐어요."

"아, 그럼 자셔야지? 주무셔야지?"

그래, 옷을 갖다주니깐, 옷도 안 입더래. 안 입고서, 그날 저녁에, 자거나 모르나 날이 추워 그러는데, 아침에 날이 갰는데, 세숫물을 떠나 주었단 말이야. 세수를 하면서, 백두산을 쳐다보니, 백두산을 쳐다보니깐, 연기가 나더랍니다, 연기가, 연기가 이렇게 나는데, 연기가 나는 걸 보니, 여느 사람은 그걸 안 보이고, 이장사한테만 보이더래. 구름 밑이 이고 이러는데. (산 아래 구름이 밑에 지나고 그러는데)

"내가 저기를 좀 올라가보겠다."

그러드래.

평양 감사가,

"거기는 쌀을 열 가마니 지고 다녀도 못 먹고."

백두산 호랭이, 아참, 백두산 포도 들어가면 나오는 게 없대요. (백두산 포수도 한번 들어가면 못나올 정도로 위험한 곳이라는 말임)

(보조 조사자 : 포수가?)

응, 백두산 호랑이가 거기 있어서. 그러니깐,

"그래도 가보겠습니다."

그렇게 아침을 먹고는, 올라갔단 말이야. 올라가는데, 한 서너 시간 걸린 모양이지. 올라가다보니깐, 저보다 더 큰 장사가 떡 나타나더라는 거야. 키는 구 척이고 칼은 십 척이, 열 자고, 그런 걸 들고 있는데,

"선생님 오셨냐구."

그렇게 인사를 하더래. 아이 선생님이라니, 자기는 거기다 비하면 아무 것도 아닌데,

"그래 다른 게 아니라 내가 대국 장사인데, 우리 아버지를 호랑이가, 백두산 호랑이가 손질('잡아 먹음'의 뜻임)을 해 잡았으니깐, 원수 갚으러 왔다구."

그러며,

"거좀, 그래서 내가 이렇게 청을 해 올리겠습니다."

그러니깐,

"내일 아침에, 그니, 그날 적에, 그르게, 조금 있으면 나올 건데, 그러고 인제, 선생님은 저기에 가서, 일을 했고. ('숨어있고'의 뜻임)"

범은 굴에서 인제 나온단 말이야.

"백두산 호랑이가 나오는데, 소리 한마디만 질러 주시면, 내가 이것을 잡을 테니깐."

"그래, 그렇다구."

그러고는. 그리고 앉았는데, 인제 숨어 앉고는, 장사가,

"여산대호야 나오너라!"

하고 소리를 지르니, 하튼 콱 앉았는데, 희떡 자빠졌단 말이야. 장사가. 그 먼저 잡았던 호랭이는 그거 새끼도 안 되더래. (이장사가 본 백두산 호랑이가 평양에서 잡았던 호랑이보다 훨씬 크다는 말임) 눈깔이 큰 이만한 게, 아가리는 딱 벌리는데 이빨이라는 큰 날 같은 게,

(보조 조사자 : 큰 말?)

날, 저, 낫! 낫!

(보조 조사자 : 낫? 아, 이빨이.)

이빨이 그렇고, 아가리는 큰 소쿠리만치 딱 벌리고 있으니 안은 새빨간데, 이장사가 놀래서 똥을 콱 쌌단 말이야. 그걸 보구, 돌려다 보는데, 놀래 가지고. (이장사가 호랑이의 모습을 보고 놀래서 똥을 쌌다는 말임)

그러니 소리 나올 때만 바라고 있는데, 소리를 지르나? 그렇게 자빠졌는데, 무슨 소리를 지르겠어? 놀래 가지고 소리를 어떻게 해? 그래, 한 나절 싸우고는 저한테(이장사를 말함) 바로 이르니, (대국 장사가) 가서 보니깐 뭐, 희뜩 자빠져 있더니, 얼음 강판에 소나무래. 그러니,

"선생님."

그러니깐, 그드래. (대국 장사가 '선생님'이라고 부르며 깨우니 이장사가 깨어났다는 말임) 그러고 인제, 데리고 들어가서, (똥을 쌌으니 옷을) 베껴서 이러고는, 저 부인보고 옷을 가져오게 해서 입히고는 앉아 있더니, 밥을 먹고는 잤단 말이야. 그날 저녁에 자고는 내일 아침에도 또 호랑이하고 싸워야 되는데, 그리고 밥을 해먹고는 아침에 그드래,

"○○○까지는 삼 년 석 달이면 끝이 나는데, 삼 년 석 달이 지나면 호랭이도 못 잡고 대국 장사는 들어가야 된다."

그드래요. 그러니깐으로 앞으로 이틀 남았지. 그날 못하고. 그러니 이틀 동안에 그것을 못 잡으면 저는 허탕이거든.

그러니 이장사를 보고, 들어가 잘 입히고, 옷을 입히고는 빨아 입히고는,

"한번 소리를 더 질러 주시오."

그러고는, 그 다음에는 그날보다는(전날보다는) 덜 한데, 도저히 소리가 안 나온단 말이여. 그거를 보니, 범을 보니. 장사가 이렇게 치면, 범은 아주 장사를 넘어가며 칼날을 탁 치며 그러고" (대국 장사가 칼로 내리치면 범은 칼을 피하는 싸움의 형상을 말한 것임) 그러니깐 수가 맞수니. 돌려다 보던지 해야 그래야 치거든요. (호랑이가 다른 곳을 보아야 칼로 칠 수

있다는 말임) 맞수니 못 치니깐은, 칠라면 대번 발톱으로 내치니깐. 그러게 범도 맥 빠지고 대국 장사도 기운이 없고 빠지고 그러니깐, '내일 잡아야 겠다.'고 하고, (이장사에게) 와 보니 자빠져서 일어나지도 않으니깐, 그 다음에는, '뭐, 이래?' 화가 날 꺼 아니야?

절루(대뜸) 들고선 들어가 가지고는 (똥을 싼 것을) 닦아주고서는,

"내일 아침에 소리 안 지르면, 넌 내 손에 죽어!"

그러드래. 장사를 보고, 그러니 이놈이 괜히 거기를 갔더니, 청에 끌려들었어. (곤란한 상황에 말려들었다는 말임)

아침에는 밥을 든든히 해 먹이고는,

"소리 좀 질러 달라는 거야."

이젠 사흘째여.

"사흘째 아니면(넘기면) 호랭이 못 잡으면 난 널 잡겠다."

그래 가지고는 가만히 생각해 보니깐, 안 되겠대.

이튿날 아침이 사흘이죠. 마지막 판이 끝나는 거야. 들어가서는 한 서너 번 보니깐 덜한지 어떤지. 그 다음에는 소리를 인제, 나오라고 하니깐, 범이 나와 가지고 막 싸우는데. 소리를 그냥 보통 질러 가지고는 되겠어? 포소리만큼 지른 모양이예요. 그렇게 지르니깐 호랭이가 홱 돌리더니, 그 다음엔 희떡 자빠지더래. 기운도 빠지고, 절 보니깐. 소리가 나니깐, 그런 다음에 대국 장사가 칼로 모가지를 잘라, 확 둘러치는 거야. (이장사가 소리를 지르니 호랑이가 고개를 홱 돌리고 호랑이와 눈이 마주친 이장사는 다시 놀래 넘어지고 그 사이 대국 장사가 호랑이의 목을 칼로 베었다는 말임)

쫓아오더니,

"선생님."

그러고는 악수를 하더래.

"그러니 나는 대국으로 들어갈 테니, 조선 장사는 가시오."

하며,

금을 삼천 근을 그 난치 껍데기('호랑이가죽'의 뜻임)을 벗겨 가지고 휘 감어다가,

"이걸 내가 선생님 마당에다 던져 줄 테니깐,"

[웃으며] 그건 공갈이죠. 삼천리 거리에서(백두산부터 부산까지의 거리를 말함) 거기다 던져주고는,

"이걸 가보면 마당가에다 떨어졌을 겁니다. 가 보시오."

그러더래. 그리고 그게 오는데 사흘을 왔대요. 사흘을 와보니깐 금이 거기 있더래. 그랬는데 그렇게 됐어요. 그래서 금값이 그렇게 비싸더래요.

하룻밤 자고 만리장성을 쌓는다

자료코드 : 03_15_FOT_20100203_HRS_KJC_0004

조사장소 : 강원도 홍천군 내면 창촌3리 1513번지 마을회관

제보일시 : 2010.2.3

조 사 자 : 황루시, 유명희, 박현숙, 윤준섭

제 보 자 : 김진철, 남, 76세

구연상황 : 앞의 중국의 장사 이야기를 마치고, 중국과 관련하여 이야기를 하나 더 해주 겠다며 적극적으로 구연했다.

줄 거 리 : 한 남자가 중국의 어느 마을로 도망갔다. 그 마을에는 남자들이 만리장성을 쌓으러 가서 여자들만 살고 있었다. 해가 저물자, 남자는 한 여자에게 하룻밤 만 자고 가겠다고 했다. 여자는 거부하였지만 남자가 거듭 부탁하자 자신의 부탁을 들어주면 재워준다고 했다. 남자는 여자에게 부탁을 들어준다고 약속 을 하고 여자의 집에서 하룻밤을 보냈다. 다음날, 여자는 남자의 등허리에 '만리장성을 쌓고 있는 남편과 이 남자를 교대해 주시오.'라는 글을 쓰고 남 자를 만리장성을 쌓고 있는 곳으로 보냈다. 남자는 영문도 모른 채 여자의 남 편과 교대되어 만리장성을 쌓게 되었다.

중국이 만리성을 쌓았잖아.

(보조 조사자 : 만리장성이요?)

응, 만리장성. 만리장성을 쌓는데. 만리장상을 쌓으러, 그, 저, 중국은 왜냐면요, 여자가 적고, 남자가 많았대요. 그기 육・이오 사변 때에도 십억이 아니요. 중국 사람이 나와서 너까지 다 죽으라고 해 가지고 육・이오 사변이 나서 백만 명이 나와서 삼십만 명만 살아 돌아갔대요. 다 죽고, 다 잡혀들어가고. 인촌(인간) 많고, 먹을 때가 없으니깐 나가서 죽으라고 그렇대요. 중국은 여자가 적고, 남자가 많대. 그런데 중국은 나면(태어나면) 도망간다고 버선을 해서 신긴답니다. 버선, 버선을 해서, 조막발(주먹만 한 발을 말함)을 만든대요. 내뺄까봐. 그래서 중국이 또 인물은 다 이쁘대. 중국 여자가. 그랬는데.

[잠시 목을 축이고]

만리성을 쌓으러 가는데, 만리성을 쌓으러 가는데, 그게 어디 사람인지, 그때, 그, 오입을(도망을) 가 가지고 보니, 중국을 들어가 보니, 그 대국을 들어가 보니 남자는 없고, 전부 여자만 있더래. 여자만 있는데, 여자가 참 잘났더래.

그런데, 그 옛날부터 남자가 여자 예쁘면, 그래. 갈라니 (남자가 예쁜 여자가 사는 집에 들어간다고 하니 여자가 하는 말이),

"나는, 나 혼자 사니깐, 딴 데가 자라고 가라구."

그러더래. 해는 졌는데, 쫓으더래. 어디 갈 데가 있나?

"여기는 남자는 없고, 여자뿐이다. 진시황이 중국에 만리장성을 쌓으라고 할 때, 만리장성을 쌓으러 갔는데, 없다고, 남자는."

"아, 좀 자고 가자고."

아이, 뭐, 해가 넘어 갔는데 안 나가고,

"자고 간다고."

그러더래.

"해가 넘어 갔는데, 어디 갈 때가 없으니 좀 자고 갑시다."

"안 됩니다. 그러면 내가 재워줄 테니, 내 소원을 들어줄라니오?"

그러더래요, 소원을.

"아, 들어드리지요 들어드릴 테니깐 좀 자고 가자고"

그드래.

그래,

"자고 가라고."

그러고는, 자고는 아침을 잘 해먹었대. 잘 해 먹이고는, 떡하니 등허리에다가 소원을 쓰는데, 등허리에다가 '만리성을, 성을 쌓으러 갔는데, 우리 남자가 가니 교대해 다오.'[19]

교대해 달라구 그드래. 자기가 들어가서, 거기 가서 만리성을 쌓고나('내 남편'의 뜻임)을 돌려달라고, 우리 마, 우리 신랑을.

그래서,

"그렇게 하죠."

아니 그렇게 하는 것이 아니라. (앞의 '그렇게 하죠.'라는 말을 잘못 말했다는 뜻임)

등허리에 써서,

"그냥 가라고."

그랬대, 그렇게 써서. 그러니깐 중국 들어가서 그 감독보고 '이 사람이 들어가니 우리 남편하고 교대해 다오.' 응? '바꿔다오, 대신 가서 돌을 쌓을 테니.'

(보조 조사자 : 그 남자는 모르고?)

모르지, 등허리에다가 써놓고 내 쫓아버렸으니. 극직하게 잘 먹이고 잘해줬지. 하룻밤을 자고 가도 만리장성을 쌓는데.

그래 거기 가니깐,

---

19) '이 남자가 우리 남편 대신에 성을 쌓으러 간 것이니 이 남자와 우리 남편을 교대해 다오'라고 해야 할 것을 잘못 말했다.

"아이고, 왔구나!"

아무개를 부르고는, (등허리에 쓰인 것을) 보니깐, 교대하라니깐으로.

"너는 여기에 있고, 당신은 나가오."

그래, 여자가 그렇게 신랑을 살궜는데(살렸는데), 하루저녁을 자고, 만리성을 쌓고, 그렇게 해 가지고 효부(지혜로운 '열부'라고 해야 할 것을 잘못 말함)라던가, 뭔가 그렇게 되었답니다.

(보조 조사자 : 아, 하룻밤을 자고 만리성을 쌓는 얘기가 이렇게 생긴 얘기라는 거죠?)

그렇게 말입니다.

(청중 : 말 되네.)

[일동 웃음]

달래나 보지

자료코드 : 03_15_FOT_20100203_HRS_KJC_0005
조사장소 : 강원도 홍천군 내면 창촌3리 1513번지 마을회관
제보일시 : 2010.2.3
조 사 자 : 황루시, 유명희, 박현숙, 윤준섭
제 보 자 : 김진철, 남, 76세
구연상황 : 앞의 이야기에 이어 제보자가 달래강과 관련된 이야기를 언급했다. 이에 조사자가 달래강에 좀 더 자세히 이야기를 해달라고 청했다. 제보자는 '충청도에 있는 달래강에 대해 잘 모르냐?'고 하면서, 달래강과 관련한 전설이 하나 있으니 한번 들어보라며 적극적으로 구연을 시작했다.
줄 거 리 : 오누이가 옷을 벗고 달래강을 건너게 되었다. 남동생은 먼저 건너는 누이를 보고 고추가 섰다. 아무리 해도 고추가 가라앉지 않자, 남동생은 자신의 고추를 찧어서 터뜨리고 죽었다. 누이는 죽은 동생을 보고 '달래나 보지' 하며 동생의 죽음을 안타까워했다.

달래강은 왜 달래강이면요. 두 오누이가 여자, 남자가, 누이하고 동생하

고, 그 개울을 꼭 건너야 되겠는데, 그냥은 안 되거든, 홀랑 벗고선 건너 갔답니다.

"누이는 먼저 건너가라고"

그랬대.

"누이를 먼저 건너가라고."

하고 동생이 건너가 보니, 이놈의 고추가 빠지지가 않는 거야.

[일동 웃음]

'에이, 이거 안 되겠다.' 동생의 이거가 빠지지가 않아. 그럼 물을 건너 가지고는 누이도 모르고, 오누이(누이라고 할 것을 잘못 말함)도 모르게, 모르게 했답니다. 이놈의 고추를 빻아서 찢대. 그러니 터진 거 아니오? 그러니깐 누이가 가보니 안 오더래.

'아, 왜 안 오나? 동생이.' 돌려다보니, 홀랑 벗은 기, 물가에 꼬불트리고(구부러지고) 새빨간 기 엎드려 있대. 가보니 뭐, 죽어있지. 뭐.

"야, 달래나 보지."

그랬대.

그래 가지고 달래강이 됐답니다.

[일동 웃음]

얼어버린 세상에서 살아남은 조부와 손자

자료코드 : 03_15_FOT_20100203_HRS_KJC_0006
조사장소 : 강원도 홍천군 내면 창촌3리 1513번지 마을회관
제보일시 : 2010.2.3
조 사 자 : 황루시, 유명희, 박현숙, 윤준섭
제 보 자 : 김진철, 남, 76세
구연상황 : 달래강 전설을 마친 후에 조사자가 세상이 망한 이야기는 없냐고 물어보았다. 그러자 제보자가 세상이 망한 이야기로 천지에 벼락이 내린 이야기가 있다며

곧바로 구연을 시작했다.

줄 거 리 : 세상에 난리가 날 때에는, 하늘에서 피난을 가라고 소리가 난다. 하늘에서 소
리가 나자 모든 사람들이 피난을 갔지만, 자고 있던 할아버지와 손자는 그 소
리를 늦게 들었다. 나중에 소리를 들은 할아버지와 손자는 날이 샐 때까지 집
주위를 뛰었다. 다음날 할아버지와 손자만 빼고 세상 사람들은 모두 얼어 죽
었다.

이 세상이 세 번, 몇 번, 사천 몇 년에 몇 번씩 쳤는지, 천지 벼락이 치
고 없어진 데에는. 그 할아버지, 뭐, 할아버지가 손주를 살렸다는, 그 얘
기하고, 피난 가라고 하늘에서 그때, 인간에게 시킬 때에는, 그랬대요.

하늘에서 소리가 났대.

"피난 빨리 가라고."

(보조 조사자 : 응, 소리가?)

응, 소리가 나더래. 그래서 놀랜 사람들은 마구 피난을 갔답니다. 마구
피난을 가고 나가고 그러고는. 그 살라고 그러는 게, 할아버지가 손주하
고 둘이 자 앉았대요, 집에.

그렇게 앉아 보니깐, 하늘에서는,

"빨리 피난가라고 난리가 난다고."

그러니깐,

갈리나 겨울이난(가을이나 겨울인) 모양이야. 다 나갔대, 그리고 그 집
식구는, 다른 이들은 다 바깥에 나가 있고는. (다른 사람들은 피난을 갔고
할아버지와 손자만 집 근처에 있었다는 말임)

[양손을 돌리면서] 자꾸 돌았대. 집안에 나가 가지고 집을 싸고 돌고
도니깐, 날이 새더래. 날이 새는데 보니깐, 천지는 얼고 가지고(얼어 가지
고), 사람이 마구 얼어서 아주 다 죽었대. 그 손주하고 할아버지는 살았답
니다. 그런 말이 있답니다, 그런데 끝은 몰라.

부처바위 깨고 손님 끊겨 망한 부잣집

자료코드 : 03_15_FOT_20100203_HRS_KJC_0007
조사장소 : 강원도 홍천군 내면 창촌3리 1513번지 마을회관
제보일시 : 2010.2.3
조 사 자 : 황루시, 유명희, 박현숙, 윤준섭
제 보 자 : 김진철, 남, 76세

구연상황 : 앞의 '얼어버린 세상에서 살아남은 조부와 손자' 이야기에 이어서 조사자가
　　　　　부자가 망한 이야기는 없냐고 물어 보았다. 그러자 제보자는 부자가 망한 이
　　　　　야기도 안다고 하며 구연을 시작했다.
줄 거 리 : 부잣집에 손님이 너무 많아 며느리가 고생을 했다. 중이 시주를 하러 오자,
　　　　　며느리는 중에게 손님이 그만 오기를 바란다고 하였다. 시주를 받는 중이 돌
　　　　　아가는 길에 부처 바위를 부수었다. 그 뒤로, 부잣집은 망하게 되어 손님이
　　　　　끊어졌다.

　여기 현재, 여, 여, 이 골짜구니, 저 막(마을)에 그런 것이 있어.

　큰아이 창촌3리 빼치 위에 큰안이[20].

　(보조 조사자 : 어디 골짜기요? 이름이 뭐예요?)

　큰안이, 아니 이성복이야. (큰한이를 설명한 것으로 보이는데, 정확한
뜻은 알 수 없음) 여기가 창촌삼리거든, 이 안이 큰안이네, 큰아니고, 큰
안이 못 미쳐가요. 여기 빼치고개(창촌리에 있는 고개) 요기가 어디냐 하
면, 저, 저, 그 고개일 건데, 지금 거기가 뭔 고개냐 하면은 덕다랭이라구
그래요, 덕다랭이. 덕다령고개 앞에 지금 사람이 사는 건 정창교(현재 덕
다령에 살고 잇는 정창교 씨를 말함)이 살아요, 정창교. 옛날엔, 거기가
개다리 버덩이라고 하거든.

　(보조 조사자 : 개다리 버덩이요, 예.)

　응, 거기는, 그 전에는요. 집터 뒤에 보면, 부처 바위가 있대 부처 바위
이렇게 세 개가 있는데, 거기도 지금, 저 막이에요. 저, 지금, 저저, 정교

---

20) 창촌리에 있는 '큰하니'를 잘못 말한 것이며, 대한동이라고도 불림.

(앞의 정창교씨를 말함) 사는 집 위에 집이 하나 있어요. 거기에 그렇게 그전에 뭐, 절이(부잣집이라고 해야 할 것을 잘못 말함) 있던지, 뭔지. 밥을 하고 그러면요, 손님이 그렇게 많은 끊는대. 대구(자꾸) 올라와서, 그런데 쌀을 씻는 물이요. 부처 바위 있는 거까지 뿌연 쌀뜬물(쌀뜨물)이 내려온데, 그전에. (손님이 너무 많아서 고개 위의 부잣집에서부터 마을 입구의 부처바위까지 쌀뜨물이 내려온다는 말임)

(보조 조사자 : 손님이 많아서?)

응, 그런데 아주 손님이 많이 끌고 그러니깐, 그렇기 때문에 여자가 파이고 뭐인데. (손님이 많이 와서 여자가 고생한다는 말임)

대사, 중, 대사가 오더니, 좀, 옛날에 다니는 집집마다 댕기면서 시주를 해 가자냐? 오더니, 그 놈의 여자가, 하도 손님이 많이 오고, 밥하기 싫으니, 쌀을 퍼주면서 중을(중에게),

"사람 좀 안 오게 해주세요,"

"아이, 그까짓 거 해주지, 그걸 못하니, 그까짓 거 뭐."

그래, 그, 왜 못하니, 중이 내려오다가 부처 바위를 막 깨 내버렸대.

(보조 조사자 : 아, 중이 직접?)

어, 중! 그렇게 해달라니깐, 그 다음부터는 중, 사람도 안 오고, 중도 안 오고, 아무튼, 딱 끊어졌대, 그, 그 부잣집이 그, 그, 그전에 부자가 된 기('부자였던 집이'의 뜻임) 망했답니다.

수리재에 칡이 없는 이유

자료코드 : 03_15_FOT_20100204_HRS_PIS_0001
조사장소 : 강원도 홍천군 내면 자운1리 480-2번지 마을회관
제보일시 : 2010.2.4
조 사 자 : 황루시, 유명희, 박현숙, 윤준섭

제 보 자 : 박인순, 남, 76세

구연상황 : 마을회관에 열 분 내외의 마을 어르신들이 있었으나 이야기를 잘 하시는 분
이 없어서 조사가 순조롭게 이루어지지 않았다. 조사자가 노인 회장에게 마을
에 있는 전설에 대해 아는 바가 없냐고 물었다. 그러자 노인 회장인 박인순
제보자가 전설은 자운1리에는 없다고 하며 자운4리에 있는 권대감 전설을 안
다며 구연을 시작했다.

줄 거 리 : 권대감이 자운2리에 있는 수리재를 말을 타고 넘어갔다. 가는 길에 칡넝쿨에
말이 넘어져 그만 말이 죽었다. 권대감이 그곳에 말을 묻고 부적을 쓰고 갔는
데, 그 후로 수리재에는 칡이 없어졌다.

권대감이라고 지금도 인제, 절을 하고 제사를 지내는데, 옛날의 대감이
면 지금, 뭐, 도지사쯤 된 모양이야. 권대감이 말을 타고 넘어, 저 고개가
있어요. 자운2리로 넘어가는 고개가, 쪼그만 게 있는데.

(보조 조사자 : 이름이 뭐예요? 그 고개?)

수리재래요.

(보조 조사자 : 수리재?)

그거, 인제, 대감이 거서 죽었다구 해서 수리재라구 이러한 이름을 짓
는데, 고걸 넘어오다가 말이 칡덩쿨(칡넝쿨)에 걸려 가지구 말이 죽었어
요. 그래, 지금 말 무덤이 거기 있어요. 칡덩쿨에 걸려서 말이 죽구. 그러
니깐, 그 대감이 부적을 하나 써서 버리고 갔대요. 예방을 한 거야, 칡덩
쿨을. 그래 칡덩쿨이 다 죽어서, 요새에 칡덩쿨이 농촌에 많은데 거기는
칡덩쿨이 없어요.

[좌우로 손을 흔들며] 칡이 없어요. 칡이 없어. 그런 전설이 있이요.

소 모는 소리 / 화전밭 가는 소리

자료코드 : 03_15_FOS_20100204_HRS_KMG_0001
조사장소 : 강원도 홍천군 내면 480-2번지 자운1리 경로당
제보일시 : 2010.2.4
조 사 자 : 황루시, 유명희, 박현숙, 윤준섭
제 보 자 : 김문규, 남, 67세
구연상황 : 미리 연락을 하고 방문하였으나 마침 소리나 이야기를 하시는 분들이 다른 곳으로 출타한 상황이라 한참 동안 질문하였으나 조사가 잘 진행되지 않았다. 회장님이 전화를 하여 제보자가 나중에 나타나 소 모는 소리를 구연하였다. 나이는 많지 않지만 이 마을에서 가장 소리를 잘하는 사람이라고 한다. 화전밭 가는 소리와 논 삶는 소리는 문서가 다르기 때문에 '무엇을 하느냐'고 조사자에게 물은 후 소리를 시작했다.

아 우리 이제 화전밭을 좀 갈아 봅시다
이러 이 소야 부지런히 갈자 어러~
이러 이 소야 저~ 그루터기에 발 다친다
어~ 저 소야
밑에 소는 처지지를 말고 올라서라 마
어 잘간다
어저 나가자 어~후~하
저 돌머리에 발 다친다 조심하여라
어~ 잘한다
저 그루턱 뒤로 올라서거라
조심하여 나가자
잘한다 마마 어 어~후아

웃소리여 나거등 물러를 서거라~ 에라 이 소야

어이 잘한다 어라 마

저 큰 암소는 먼저 나가지 말고

작은 암소가 발맞춰 걸어가라

어라 이 소야

서산에 해는 지는데 갈 밭은 너무나 많다

부지런히 가자 이러 이 소야 어~후아

세 고랑째 들어간다

저 고랑에 처지지를 말고

부지런히 나가자

어이 잘한다

부지런히 가서 저 나무 밑에서

술 한 잔 먹구서 밭을 갈자마 이러

잘한다~ 허~후~하

돌머리에 이돌지 말고

부지런히 물러서거라

이러 이 소야 어 잘한다

저 송아지는 엄마 앞에

갈궈치지를 말고 저리 비켜라

이러 잘한다 어후아

저 돌머리를 돌지 말고 부지런히 돌아서라

나가자 어 잘한다

야 응달 밑이 돌아온다

저 나무 밑에서 쉬자 와~와~ 쉬자

소 모는 소리 / 논 삶는 소리

자료코드 : 03_15_FOS_20100204_HRS_KMG_0002
조사장소 : 강원도 홍천군 내면 480-2번지 자운1리 경로당
제보일시 : 2010.2.4
조 사 자 : 황루시, 유명희, 박현숙, 윤준섭
제 보 자 : 김문규, 남, 67세
구연상황 : 화전밭 가는 소리 이후 다른 마을 어른들이 어랑타령, 노랫가락 등을 많이 구연하여 분위기가 흥겨워졌다. 제보자가 이어서 논 삶는 소리를 구연하였다. 마치 현장에 있는듯한 느낌을 줄 정도로 노랫말이 생동감이 있다. 제보자는 키가 커서 모를 심을 때 허리가 너무 많이 아팠기 때문에 소부리는 것을 배웠다고 한다.

자운1리 논에서 논 삶는 소립니다. 자 모꾼들은 모를 찝니다

저 나가자 마 저 드렁(두렁) 밑에 바짝 들어서라

저 드렁을 감싸면서 말구를 찾아 나가거라

이러 잘한다 저 안소가 나가지 말고

두째 마루를 잃어뻐리지 말고

갈지자로 논을 삼자

이러~ 잘한다

모꾼은 뒤에 바짝 쫓아오고

소는 빨리 못 가서

우리가 당한다 빨리 가자

에라 잘한다 어 후아

저 드렁을 타넘지 말고 안으로 밀고 돌아서거라~

어 잘한다

이러 저 말그로

셋째 번지를 치기 전에

둘째 말그를 골고루

둘째 말그루 나가라

이러 잘한다

돌아서라 어 후어

저 논 구석을 바짝 들어서 휘돌지를 말구 나가자

어 마라소가 잘한다 이러 잘한다

이러이러

모꾼은 쫓아오고 바쁘기는 하지만

셋째 마루를 놓아보자

이러 잘한다 번지 달고 나가자 마

이러 번지를 툭 쳐노니

모꾼이 뎀벼들어 잘도 심네

어라 잘한다

이러마 이제 논을 다 삶았으니 쉬어서 하자 와~와

아라리

자료코드 : 03_15_FOS_20100203_HRS_KWO_0001

조사장소 : 강원도 홍천군 내면 182번지 명개리 경로당

제보일시 : 2010.2.3

조 사 자 : 황루시, 유명희, 박현숙, 윤준섭

제 보 자 : 김원옥, 남, 69세

구연상황 : 미리 노인회장님께 연락을 드리고 방문하였는데 노인회장님과 총무님이 공연
할 목록을 작성하고 계셨다. 서로 인사를 주고 받은 후 총무님의 구령에 따라
제보자와 조사자 모두 함께 간단한 건강체조 등을 하였다. 이후 준비한 순서
대로 구연하였다. 조사를 제보자들이 적극적으로 구연하기 때문에 청중들의
반응도 적극적이었다. 물박장단에 이어서 구연하였다.

오대산 삼거리에 명개리 마을이 있고요

내린천 열목어는 나를 반겨주네

내린천 뗏목 장수야 나 좀 건너 주게나
통마람약수터(동네에서 새로 개발한 약수)에 약수 마시러 가잔다

명개리 노처녀야 내 손목을 놓아라
명지골 노총각이 갈 길이 멀다네

구룡령 굽이굽이가 몇 구비더냐
하나둘씩 세어 보니 아흔아홉 구비요

호령봉아 비룡봉아 상황봉아(모두 오대산에 있는 봉우리 이름)
두루봉 동대산이 오대산이로구나

소 모는 소리

자료코드 : 03_15_FOS_20100203_HRS_YIS_0001
제보일시 : 2010.2.3
조사장소 : 강원도 홍천군 내면 182번지 명개리 경로당
제 보 자 : 임인신, 남, 70세
조 사 자 : 황루시, 유명희, 박현숙, 윤준섭
구연상황 : 노인회장님이 창부타령에 이어서 구연하였다. 제보자들이 소리를 할 때 모든
　　　　　청중이 조용히 감상하고 소리가 끝나면 크게 박수를 치면서 즐거워하였다. 제
　　　　　보자는 밭을 갈면서 해야 하는데 멋쩍다면서도 가만히 앉아서 열심히 구연하
　　　　　였다. 젊었을 때는 정말 잘했다고 마을 어른들이 거들었다. 소리가 끝난 후에
　　　　　도 청중은 이런 저런 노랫말을 넣어야 한다고 덧붙였다.

이려 이려~ 어~ 올라서라 이소 어딜 내려가나
어 마라소야 올러서 나가자
이소야~ 어 이러~ 이려~

저 안소 저 돌을 넘어가자

아~ 이려~ 오르내리지 말고 바로 나가자

이려 이려 뒤에서 부즈런히 따라 온다

빨리 가자

이려 이려 어 어~ 추하~

이리 돌지 말고 돌아서 이려

이려~ 어서 가자 어~치

아라리

자료코드 : 03_15_FOS_20100204_HRS_JYC_0001
조사장소 : 강원도 홍천군 내면 자운2리 1136번지 경로당
제보일시 : 2010.2.4
조 사 자 : 황루시, 유명희, 박현숙, 윤준섭
제보자 1 : 전영철, 남, 64세
제보자 2 : 김옥녀, 여, 73세
구연상황 : 소 모는 소리와 회다지 소리 등을 완성하지 못한 제보자가 다른 제보자들이
이야기가 끝난 후 아라리를 구연하였다. 몸을 좌우로 흔들면서 주거니 받거니
흥겹게 구연하였고 다른 청중들은 열심히 구경하였다.

제보자 1 당신이 나를 보면은 본척만척 하여도

　　　　　나는야 당신을 보니는 정말 죽겠구나

제보자 1 울타리 밑에다 있으음 나오신다던 님이

　　　　　대창을 다 때려부셔도 왜 아니 나오시나

제보자 2 당신이 내 집에 왔다가 그냥 간 건 같에두

　　　　　삼혼칠백에 맑은 정신이 다 떨어졌소

제보자 1 이삼사월 진진 해에 점심 한 때 굶어선 살아두
　　　　동지나 섣달 길구나 긴 밤에 임 그리워 못 살아

제보자 2 당신이 내 집에 왔다가(한거다) 당신이 나를 날만치 생각을 한다면
　　　　가시밭이야 천리만리라도 맨발로 오지

제보자 1 산신령 까막까치는 까막까왁 하는데
　　　　정두나신 님 병환은 점점 깊어가네

제보자 2 요놈의 총각아 내 손목을 놓아라
　　　　물 같은 요내 손목이 다 잘 커진다

[잡음 20초 공백]

제보자 2 요놈으 총각아 초매꼬리를 놓아라
　　　　당사실(당세실)로 주름잡은 기 콩 튀듯 한다

제보자 1 공동미지(공동묘지)야 소스랑 귀신아 아무리나 배가 고파두
　　　　우리 집에 시어머님은 절대루 넘봐선 안 되네

화투 풀이

자료코드 : 03_15_MFS_20100204_HRS_KMG_0001
조사장소 : 강원도 홍천군 내면 480-2번지 자운1리 경로당
제보일시 : 2010.2.4
조 사 자 : 황루시, 유명희, 박현숙, 윤준섭
제 보 자 : 김문규, 남, 67세
구연상황 : 논 삶는 소리가 끝난 후 둥게 소리 등을 묻자 제보자의 부인이 나섰으나 곡
조가 없이 노랫말만 하였다. 이어서 제보자가 나서서 구연하였다. 화투 풀이
지만 노랫말은 달풀이고 곡조는 창부타령 곡조로 불렀다.

일월 송학 속색인 남아

이월 매주로 맺어 놓고

삼월 사구라 산란한 마음

사월 흑싸리 허사되고

오월 난초 앉았던 나비

유월 목단에 날아들고

칠월 홍돼지 홀로 누워

팔월 공산 바라보니

구월 국주 만발하여

시월 단풍에 떨어지고

동짇달 오동에 오셨던 님이

섣달 눈비에 가셨구나

얼씨구 좋다 지화자 좋다

요렇게 좋다간 첫딸 나요

첫딸 난 건 문제 아닌데
평푸거리(죽는다는 뜻이라고 함)가 생겼구나
평푸거린 문제 아닌데
시집 줄 일이 난사로다

각설이 타령

자료코드 : 03_15_MFS_20100203_HRS_YIS_0001
조사장소 : 강원도 홍천군 내면 182번지 명개리 경로당
제보일시 : 2010.2.3
조 사 자 : 황루시, 유명희, 박현숙, 윤준섭
제 보 자 : 임인신, 남, 70세
구연상황 : 이야기가 끝난 후 노랫가락, 아라리 등 여러 소리들을 제보자들이 두서없이
불렀다. 소리가 다 끝난 후에 조사자가 여러 다른 소리를 유도하였는데 제보
자가 장타령을 할 수 있다면서 구연하였다. 벽을 등지고 앉아서 막힘 없이 구
연하였는데 어릴 때 각설이들이 하는 것을 듣고 배웠다고 한다. 지명 등 단어
를 통해 장난하는 노랫말이 재미있다.

작년에 왔던 각설이 죽지도 않고 또 왔네
품바 품바 잘도 한다
강릉장을 볼라니 강이나 막혀 못 보고
물치장을 볼라니 물이가 맥혀 못 보고
언덕 밑에 수문장 다리가 짤러 못 보고
아 났다 포대기장 포대기 없어 못 보고
으른(어른) 났다 상투장 상투 없어 못 보고
위
미낀미낀이 잘도 한다 널 날 제
느 어머니가 널 날 제

뜨물동이나 먹었는지
걸직걸직 잘도 한다
느 어머니가 널 날 제
챔기름(참기름)동이나 먹었는지
미낀미낀이 잘도 한다
느 어머니가 널 날 제
냉수동이나 먹었는지
시원시원이 잘도 한다

3. 내촌면

강원도 홍천군 내촌면 도관3리

조사일시 : 2010.1.13
조 사 자 : 황루시, 유명희, 박현숙, 윤준섭

강원도 홍천군 내촌면 도관3리

　도관리는 내촌면의 면소재지이다. 3개의 행정리로 된 도관리는 산이 병
풍처럼 둘러 있어서 독의 안과 같다하여 독안이라 하였으며, 조선 고종
32년(1895년)에 도관리라 칭해졌다. 도관리는 동쪽으로는 내촌면 서곡리,
서쪽으로는 내촌면 답풍리와 화상대리, 남쪽으로는 내촌면 문현리, 북쪽
으로는 내촌면 광암리와 경계하고 있다.

　도관3리는 76가구로 구성되어 있다. 마을에는 남자 79명, 여자 65명으로 총 144명이 거주한다. 이 중 70대가 약 50명으로 비율이 가장 높다. 그 다음으로 60대가 약 25명이다. 마을의 대성인 원주 이씨가 약 10가구 거주하고, 그 다음으로 영주 김씨, 순천 박씨가 약 7가구 거주한다. 원주 이씨, 원주 변씨, 해주 최씨의 문중이 있고, 이병화 이장의 말에 따르면 도관리는 양반들이 살아온 마을이라 한다.

도관3리의 주요 생업은 농업이다. 마을 주민 대부분 벼농사와 밭농사를 함께 한다. 특산물로는 옥수수, 콩 오이 등이 있다.

도관3리에서 홍천읍까지 거리는 약 30km이다. 버스로 홍천읍까지 나가려면 약 40분이 걸린다.

도관1리에 내촌교회가 있지만 도관3리에서 기독교를 믿는 가구는 10가구를 넘지 않는다. 불교를 믿는 가구도 10가구를 넘지 않고 나머지 대부분의 마을 주민은 전통 유교의 예법을 따른다.

도관3리의 마을 주민은 음력 정월 대보름에 마을의 안녕과 농사의 풍년을 기원하기 위해 서낭제를 지낸다. 또한, 도관3리에서는 백우산제를 지내고 있다. 250여 년의 역사를 가진 백우산제는 마을이 가뭄이나 홍수 등의 자연 재해를 입었을 때, 액을 면하기 위해 지낸다.

강원도 홍천군 내촌면 물걸1리

조사일시 : 2010.1.13
조 사 자 : 황루시, 유명희, 박현숙, 윤준섭

2개의 행정리로 된 물걸리는 내촌면 동남쪽에 있는 마을이다. 물걸리는 1914년 행정구역 통폐합에 따라 보곡, 동창, 감두리, 새마을, 탑둔지, 자근솔치, 장수원, 조상골, 조룬, 된재를 병합한 마을이다. 물걸리는 동쪽과 남쪽으로는 서석면 수하리, 서쪽으로는 화촌면 장평리, 북쪽으로는 내촌면 문현리에 접해 있다.

강원도 홍천군 내촌면 물걸리

물걸리는 고려 현종9년 홍천현 관할로 문헌에 처음 등장한다. 물걸리는 조선 중기 이후, 대동미를 수집하던 창고가 물거리에 있어서 동창이라고 불렀다. 현재에도 많은 마을 주민들이 물걸리라는 명칭 대신에 동창이라고 부른다.

물걸1리는 6개반 117가구로 구성되어 있다. 마을에는 남자 123명, 여자 111명으로 총 234명이 거주한다. 이 중 70대의 비율이 가장 높고 그 다음으로 80대의 비율이 높다. 현재 마을에는 문중이 없지만, 예부터 양반이 많이 거주하였다고 한다. 마을의 주요 성씨는 채씨, 연씨, 전씨 등이다.

물걸1리의 주요 생업은 농업이다. 마을 주민 대부분이 벼농사와 밭농사를 함께 한다. 특산물로는 토마토, 오이, 애호박 등이 있다.

물걸1리에서 홍천읍까지 거리는 약 38km이다. 하루에 5회 운행하는 버스를 타고 홍천읍까지 나가려면 약 1시간이 걸린다.

물걸1리에는 벼락구미라는 기암절벽이 있다. 벼락구미에는 동창으로 이어지는 수로가 있는데 이를 동창보라고 한다. 동창보는 200여 년 전에 만들어진 것으로 조선 후기의 수리 및 관개 시설의 형태를 비교적 잘 보여주고 있어 강원도기념물 제65호로 지정되어 있다. 이곳에서 마을 주민들은 보를 수리하고 한해 농사를 기원하는 동창보제를 올린다. 동창보제는 강원도민속예술경연대회 출품작이기도 하다.

물걸1리의 동창마을에는 강원도 기념물 제47호로 지정되어 있는 물걸리 사지(物傑里 寺址)가 있다. 이곳에 관한 명확한 기록은 없으나, 통일신라의 홍양사가 있던 장소로 알려진 곳이다. 물걸리 사지에는 석조여래좌상(보물 제541호), 석조비로자나불좌상(보물 제542호), 대좌(보물 제543호), 대좌 및 광배(보물 제544호), 삼층석탑(보물 제545호)이 보존되어 있다. 또한 물걸1리는 내촌면, 서석면, 화촌면, 기린면, 내면 등 홍천군 관내 5개면 약 3000명의 농민을 중심으로 기미년에 발생한 3·1 독립 운동의 중심지이다. 이를 기리기 위해 홍천군민이 중심이 되어 1990년에 물걸1리에 기미만세공원을 조성하였다.

강원도 홍천군 내촌면 와야1리

조사일시 : 2010.1.3, 2010.1.15
조 사 자 : 황루시, 유명희, 박현숙, 윤준섭

4개의 행정리로 된 와야리는 1914년 행정구역 통폐합에 따라 가령골, 망전을 병합한 마을이다. 와야리는 대부분 지역이 완만한 산지로 이루어져 있다. 와야리는 동쪽으로는 서석면 수하리, 서쪽으로는 화촌면 서곡리, 남쪽으로는 내촌면 물걸리와 접해 있고, 북쪽으로는 인제군 상남면 쾌석리와 군계를 이룬다.

강원도 홍천군 내촌면 와야1리

지명 유래로는 예부터 경주 김씨 성을 가진 부자 12명이 기와집을 12채 짓고 살았다는 이야기와 기와 공장이 있어 기와골이라 불렸다는 이야기가 있다. 그것이 오늘날 기와 와(瓦)자, 들 야(野)자를 넣어 와야리라한다.

와야1리는 70세대로 구성되어 있다. 마을에는 남자, 91명, 여자 89명으로 총 180명이 거주하고 있다. 이 중 60대 비율이 가장 높고, 그 다음으로 70대 이상의 비율이 높다. 마을에는 문중이 없으며 예부터 양반과 상민이 함께 살아온 마을이다.

마을의 주요 생업은 농업이다. 약 50가구가 벼농사와 함께 밭농사를 한다. 특산물로는 도라지, 고추, 담배 등이 있다. 그 외 5가구가 축산업을, 2가구가 인삼을 재배한다.

와야1리에서 홍천읍까지 거리는 약 40km이다. 하루 4회 운행되는 버스를 타고 와야1리에서 홍천읍까지 나가려면 버스로 약 40분 걸린다.

와야1리의 마을 주민들은 기독교를 믿는 10가구, 불교를 믿는 5가구를 제외하고는 대부분 전통 유교를 믿는다.

와야1리의 마을 주민들은 매년 정월 초이틀에 마을 입구의 서낭당에서 서낭제를 지낸다. 서낭제는 마을의 가장 큰 행사로서 서낭당에 제물을 올리고 마을의 안녕과 농사의 풍년을 기원한다.

와야1리는 폭포수골이라고 불리는 자연 마을이 있다. 폭포수골에는 홍천 9경 중의 하나인 가령폭포가 있는데, 높이 50m 이상의 웅장함을 자랑한다.

■ 제보자

권오선, 남, 1935년생

주 소 지 : 강원도 홍천군 내촌면 물걸리 370-2번지
제보일시 : 2010.1.13
조 사 자 : 황루시, 유명희, 박현숙, 윤준섭

권오선 제보자는 9대조부터 물걸리에 살고 있는 토박이다. 현재는 내촌면 물걸리 370-2번지에서 혼자 살고 있다. 어릴 때 초등학교에 잠시 다녔었고 이후로는 줄곧 농사를 짓고 살았다. 20세에 같은 마을에 사는 동갑내기 부인과 혼인하였으나 환갑 즈음에 사별하였다. 소 모는 소리를 구연하였는데 어렸을 때 농사지으면서 배운 소리하고 한다. 안경을 끼고 얼굴은 각이 진 편이나 성격은 점잖은 편이다.

제공 자료 목록
03_15_FOS_20100113_HRS_KOS_0001 소 모는 소리

김성준, 남, 1934년생

주 소 지 : 강원도 홍천군 내촌면 와야1리 367번지
제보일시 : 2010.1.13
조 사 자 : 황루시, 유명희, 박현숙, 윤준섭

김성준은 홍천군 내촌면 광암리에서 2남매 가운데 장남으로 태어났다. 현재는 내촌면 와야1리 367번지에 18년째 거주하고 있고, 가을이면 361번지로 이사할 계획이다. 27세에 당시 22세 아내 김봉열과 결혼하여 2남

2녀를 두었다. 젊은 시절 상경하여 제기동
에서 양말 장사를 비롯해 여러 장사를 하다
가 고향으로 돌아왔다. 현재는 옥수수, 고
추, 콩, 곤드레 나물 등 천여 평 경작하고
있다.

보통 체격에 얼굴은 달걀형이고 양볼은
붉은빛을 띤다. 김성준은 조사자들과 세 차
례 만나 전설 4편과 본격담, 육담, 소화(笑
話), 유래담, 신이담, 아지담 등 특정 장르를 가리지 않고 다양한 유형의
민담을 18편을 구연했다. 구연한 설화는 대부분 동네 어른들과 주변 사람
들에게 주워들은 것이다. 구연할 때 목소리는 중고음이고, 떨림이 많다.
구연상황에 따라 적당히 속도를 조절하면서 비교적 정확하게 발음했다.
동작은 크고, 거침없으며 과장이 심한 편이다. 간혹 마치 공연을 하듯 서
슴없이 자리에서 일어나 돌아다니면서 적절한 행동을 보이는가 하면, 때
론 적절한 음률을 붙여 청중들의 시선을 집중시키기도 했다. 그러나 구연
과정에서 경험담을 자주 삽입하여 서사 흐름이 끊기는 경우가 많았다.

민요도 여러 편 구연하였으나 올리는 자료는 논 매는 소리 한 편뿐이
다. 구연할 때 동작은 크고, 거침없으며 과장이 심한 편으로 작품의 완성
도는 떨어졌다. 논 매는 소리를 구연할 당시에도 무명 한복 저고리에 머
리끈을 묶고와 많이 공연해 본 분위기를 풍기기도 하였다.

제공 자료 목록
03_15_FOT_20100113_HRS_KSJ_0001 황대감에게 사과한 평양 감사
03_15_FOT_20100113_HRS_KSJ_0002 백우산 나무도령
03_15_FOT_20100113_HRS_KSJ_0003 기생에게 돈 뿌린 허팔천의 속내
03_15_FOT_20100115_HRS_KSJ_0001 쏟은 물은 다시 담을 수 없다
03_15_FOT_20100115_HRS_KSJ_0002 이성계 등극 때 집이 자꾸 넘어진 이유
03_15_FOT_20100115_HRS_KSJ_0003 기르마재(길마재)

03_15_FOT_20100115_HRS_KSJ_0004 배바위

03_15_FOT_20100122_HRS_KSJ_0001 끝없는 이야기로 장가든 머슴

03_15_FOT_20100122_HRS_KSJ_0002 배나무 되찾은 영리한 머슴 아들

03_15_FOT_20100122_HRS_KSJ_0003 오형제고개

03_15_FOT_20100122_HRS_KSJ_0004 며느리고개

03_15_FOT_20100122_HRS_KSJ_0005 달래강

03_15_FOT_20100122_HRS_KSJ_0006 메뚜기, 물새, 개미의 유래

03_15_FOT_20100122_HRS_KSJ_0007 개가해서 전남편 제사 지낸 여인

03_15_FOT_20100122_HRS_KSJ_0008 고시레 유래

03_15_FOT_20100122_HRS_KSJ_0009 이를 주먹으로 쳐서 죽이려는 장수

03_15_FOT_20100122_HRS_KSJ_0010 설대 터트리는 장수 혼내준 큰 장수

03_15_FOT_20100122_HRS_KSJ_0011 불씨 꺼트리는 할머니와 금덩어리

03_15_FOT_20100122_HRS_KSJ_0012 금강산 가다가 멈춘 백우산

03_15_FOT_20100122_HRS_KSJ_0013 계골장군(鷄骨將軍)

03_15_FOT_20100122_HRS_KSJ_0014 요술 바가지

03_15_FOT_20100122_HRS_KSJ_0015 문경새재에서 원혼이 된 여인

03_15_FOS_20100113_HRS_KSJ_0001 상사데야

03_15_FOS_20100115_HRS_KSJ_0001 진주낭군

03_15_FOS_20100115_HRS_KSJ_0002 비손하는 소리

박경주, 남, 1932년생

주 소 지 : 홍천군 내촌면 도관3리 469-1번지

제보일시 : 2010.1.13

조 사 자 : 황루시, 유명희, 박현숙, 윤준섭

박경주는 부친 박관석과 모친 안추선 사이에서 4남 3녀, 7남매 중 둘째로 홍천군 내촌면 도관3리에서 태어났다. 469-1번지에는 아내와 함께 30년째 거주하고 있다.

내촌초등학교를 졸업하고 서당 공부에서 2년 동안 사서삼경을 익혔다. 내촌 중학교를 졸업하고 고등학교 진학을 위해 고향을 떠나 춘천으로 갔다. 3년 학업을 마친 뒤 한의대에 진학했다가 경제적 어려움으로 중퇴를

했다.

19세에 군입대를 했는데, 그 해 한국전쟁
이 일어나 전투에 참전해 제대 후 유공자가
되었다. 27세에 당시 30세 최영과 결혼하여
슬하에 1남 2녀를 두었고, 막내딸이 홍천읍
에 가까이 살고 있다.

박경주는 자유당 시절, 춘천시청에서 2년
가량 공무원 생활하다가, 30세에 고향으로
돌아와 지방 공무원으로 재직했다. 내촌 농업협동조합을 창설하여 초대
조합장이 되었고, 공화당 시절에는 통일주체국민회의 대의원을 맡기도 했
다. 30년 전에 시작한 대서소를 현재까지 운영하며 노후를 보내고 있다.
또한 300평 정도의 채마밭에 감자, 고구마, 고추 등을 재배하고 있다.

보통 체격에 외모는 강단지고 다부져 보인다. 이마가 넓고, 광대뼈가
튀어나왔으며, 머리카락은 검은 편이고 곱슬이다. 구연할 때 대체로 차분
한 말투로, 주변 청중과 조사자와 눈을 맞추었고, 청중의 눈높이에 맞춰
구연하느라 부연 설명이 잦은 편이다. 그리고 앞에 진술한 서술어를 자주
반복하는 특징을 보인다. 구연하면서 자주 웃는 편인데, 웃으면서 구연한
부분에서는 구연 내용의 전달력이 크게 떨어졌다. 주로 내촌면, 홍천군과
관련된 지명이나 인물 전설 위주로 12편 구연했다. 구연한 설화는 어릴
때 부친과 부친 친구들한테 들은 것이다.

제공 자료 목록
03_15_FOT_20100113_HRS_BGJ_0001 바위 깨고 손님 끊겨 망한 전씨네-전씨네 (1)
03_15_FOT_20100113_HRS_BGJ_0002 아기장수와 용마의 죽음-전씨네 (2)
03_15_FOT_20100113_HRS_BGJ_0003 쇠목소
03_15_FOT_20100113_HRS_BGJ_0004 질마재
03_15_FOT_20100113_HRS_BGJ_0005 서곡대사의 신통력
03_15_FOT_20100113_HRS_BGJ_0006 의병대장 이장사의 힘 (1)

03_15_FOT_20100113_HRS_BGJ_0007 의병대장 이장사의 힘 (2)

03_15_FOT_20100113_HRS_BGJ_0008 점말

03_15_FOT_20100113_HRS_BGJ_0009 군유동

03_15_FOT_20100113_HRS_BGJ_0010 망전리

03_15_FOT_20100113_HRS_BGJ_0011 떼소

03_15_FOT_20100113_HRS_BGJ_0012 가리산 한천자 명당

박동식, 남, 1935년생

주 소 지 : 강원도 홍천군 내촌면 와야 1리 355번지

제보일시 : 2010.1.15

조 사 자 : 황루시, 유명희, 박현숙, 윤준섭

강원도 홍천군 서곡리에서 5형제 가운데 셋째로 태어났다. 20세에 당시 18세 이기녀와 결혼하여 슬하에 2남 3녀를 두었다. 갓 서른이 되어 와야 1리로 이주를 했고, 강원도 홍천군 내촌면 와야 1리 355번지에는 40년째 거주하고 있다. 평생 농사를 짓고 살았으며, 논 3000평, 밭 4000평에 단호박 등을 경작하고 있다. 어려서 큰집이 어려워서 공부를 하지 못했다고 한다.

통통한 체격에 백발이고, 얼굴이 둥글면서 긴 편이다. 구연한 설화는 육담 2편으로 60대에 상갓집에서 들은 것이다. 중저음 목소리로 비교적 천천히 차분하게 구연했으며 오른손을 올렸다 내렸다 하는 동작을 자주 곁들였다.

제공 자료 목록

03_15_FOT_20100115_HRS_BDS_0001 소금 장사 본(本)은 염씨

03_15_FOT_20100115_HRS_BDS_0002 호랑이 잡은 여인

박병찬, 남, 1936년생

주 소 지 : 강원도 홍천군 와야1리 1반 368번지
제보일시 : 2010.1.13
조 사 자 : 황루시, 유명희, 박현숙, 윤준섭

현재 살고 있는 거주지에서 6형제 가운데 다섯째로 태어나 현재까지 살고 있는 토박이다. 25살에 당시 18세 이양숙과 결혼하여 슬하에 4형제를 두었다. 와야초등학교를 졸업하고 서당에서 일 년 정도 한문 공부를 했다. 평생 농사를 짓고 살았으며 올해는 논 1000평, 밭 1500평에 고추, 감자, 애호박을 경작하고 있다.

가름하고 긴 얼굴형에 눈이 움푹 들어갔으며, 광대뼈가 돌출되었고, 입술이 얇다. 스스로 성격이 불같다고 했지만 설화는 편안하고 차분한 목소리로 구연을 했다. 구연 과정에서 주로 옆에 앉은 청중과 자주 눈을 마주치며, 필요에 따라 적절한 의성어를 섞어 구연함으로써 서사의 재미를 더해준다. 구연한 설화는 주로 웃기고 신비한 내용을 담은 민담 3편으로 어려서 동네 어른들한테 들은 것이다. 구연한 아라리 역시 어릴 때부터 듣고 배운 것이라 한다.

제공 자료 목록

03_15_FOT_20100115_HRS_BBC_0001 욕심 많은 소경 골라준 진사
03_15_FOT_20100115_HRS_BBC_0002 둔갑한 여우 잡은 지게작대기
03_15_FOT_20100115_HRS_BBC_0003 황새 이야기로 도둑 잡고 장가간 노총각
03_15_FOS_20100113_HRS_BBC_0001 아라리

사옥환, 여, 1933년생

주 소 지 : 강원도 홍천군 내촌면 와야1리 660번지
제보일시 : 2010.1.13
조 사 자 : 황루시, 유명희, 박현숙, 윤준섭

내촌면 물걸리 출생으로 20세에 와야1리
로 시집와서 슬하에 5남매를 두었다. 함께
농사를 짓던 남편은 15년 전에 작고하여 현
재는 농사짓지 않고 땅을 세주었다. 젊었을
때 시집살이를 한 편이며 소리는 어릴 때
들은 것이라고 한다. 특히 친정 올케가 소리
를 잘 했는데 그 소리를 옆에서 듣고 배웠
다. 그때 제보자의 나이가 12세였다. 제보자
는 나중에 들은 것은 농사짓고 살면서 다 잊었지만 어려서 들은 노래라서
기억이 난다고 하였다. 본인이 성격이 활발하지 못하다고 한 것처럼 구연
할 때는 조용히 나서지 않으면서 구연하였다.

제보자는 광대뼈가 많이 튀어 나왔으며 음성은 매우 가늘고 소리가 작
았다.

제공 자료 목록

03_15_FOS_20100113_HRS_SOH_0001 자장가 / 아가 아가 우지 마라
03_15_FOS_20100115_HRS_SOH_0001 생금 생금 생 가락지

서정목, 남, 1927년생

주 소 지 : 강원도 홍천군 서석면 수하리 105번지
제보일시 : 2010.1.13
조 사 자 : 황루시, 유명희, 박현숙, 윤준섭

26세에 당시 20세 이금순과 결혼하여 4남 3녀를 두었다. 아내 이금순은 79세에 세상을 떠나 홀로 지내며 만 평정도의 농사와 20만평의 돌배나무를 키우고 있다. 요즘은 수하리 산에 나무 관리 양조 시설 준비 중에 있다. 홍천읍에서 새마을지도자 홍천군회장, 홍천군 노인회 군회장을 12년 역임했고, 춘천에서 강원도 노인회장을 6년 역임했다. 서석초등학교를 졸업하고 중졸 검정고시를 치르고 춘천농업고등학교에 입학했으나 중퇴하고 말았다. 16세에 3년 정도 서당에 다니면서 공부를 했다.

체격이 큰 편이고, 눈썹과 머리카락이 희며, 입술이 두꺼운 편이다. 구연한 설화는 지명전설 2편, 인물전설 1편, 민담 1편으로 주로 동지여지승람 등 옛 문헌이나 전설 관련 책에서 읽거나 동네 어른들한테 들은 것이다. 구연할 때 목소리는 굵고 허스키하다. 청중들 앞에서 무게감 있게 행동했으며, 구연 순서를 지정해 주기도 했다.

제공 자료 목록
03_15_FOT_20100113_HRS_SJM_0001 동창
03_15_FOT_20100113_HRS_SJM_0002 탑둔지
03_15_FOT_20100113_HRS_SJM_0003 뻐꾹 대가리
03_15_FOT_20100113_HRS_SJM_0004 세종대왕과 정서방의 우정

연규영, 남, 1939년생
주 소 지 : 강원도 홍천군 내촌면 물걸리 270-2번지
제보일시 : 2010.1.13
조 사 자 : 황루시, 유명희, 박현숙, 윤준섭

제보자 연규영은 5남매 가운데 넷째로 태어나 칠십 평생을 살고 있다. 24세에 당시 19세 김순전과 결혼해서 3남을 두었다. 동창초등학교를 졸업하고 17세부터 농사일을 배워 농사를 짓다가 결혼 후 아내와 함께 편물 일을 10년 했다. 그 후 맥주 원료인 보리와 호프 재배와 영지 재배를 10년간 병행했다. 60세 이후에는 회사에 취직해서 사무 실장직과 회사 운영직을 맡아오다가 6개월 전에 퇴직하였다. 33세부터 마을의 큰일을 맡아왔는데, 1973년부터 1983년까지 11년 동안 이장직을 역임했고, 27년간 '3.1 동창만세운동' 추진 위원직을 맡았다.

통통한 체격에 갈매기 눈썹, 눈과 코가 둥근 편이다. 소설책을 좋아해 독서를 즐긴다는 연규영은 마을에 있는 삼형제바위 관련 전설을 1편 구연했다. 중저음 목소리로 비교적 또박또박 정확한 발음으로 구연했다.

제공 자료 목록

03_15_FOT_20100113_HRS_YGY_0001 삼형제바위

유복동, 여, 1931년생

주 소 지 : 강원도 홍천군 내촌면 와야 1리 2반 32번지
제보일시 : 2010.1.13
조 사 자 : 황루시, 유명희, 박현숙, 윤준섭

유복동은 인제 내면에서 1남 4녀 가운데 장녀로 태어났으나 부모님을 일찍 여의고 할머니와 함께 살았다. 엿 장사를 다니던 할머니의 중매로 16세에 공출을 피해 17세 정인국과 결혼했다. 남편은 군입대하고 맏동서와 시부모님과 함께 살다가 11년 만에 분가를 했다. 보리, 조, 콩, 옥수수

등 농사를 짓기는 해도 배를 많이 곯아 고
생했던 기억이 많다. 결혼해서 자녀를 4남
2녀, 6남매를 낳았으나 큰 아들은 큰집에
양자라 보내고, 딸 한 명은 교통사고 잃는
아픔을 겪었다. 현재 강원도 홍천군 내촌면
와야 1리 2반 32번지에 30년째 거주하고
있으며, 막내아들과 함께 애호박 농사를 천
평 정도 경작하고 있다. 어릴 때 여자라는
이유로 학교를 보내지 않아 무학이며, 결혼하고 임신한 상태로 야학을 다
니면서 한글을 깨쳤다.

왜소한 체격에 이마가 넓고, 눈이 작으며, 코가 크다. 구연할 때 목소리
톤이 다소 작은 편이기는 했으나 전달에 큰 문제없이 차분하게 들려주었
다. 구연한 설화는 설화 4편으로 10살쯤에 할머니한테 들은 것이다. 구연
을 마친 후 할머니의 사랑을 많이 받고 자랐다고 회고했다.

제공 자료 목록
03_15_FOT_20100113_HRS_YBD_0001 방귀쟁이 며느리
03_15_FOT_20100115_HRS_YBD_0001 쥐 좆도 몰랐나
03_15_FOT_20100115_HRS_YBD_0002 고려장이 없어진 이유
03_15_FOT_20100115_HRS_YBD_0003 시묘 살 때 찾아온 가짜 남편 자식 죽인 여자

윤기룡, 남, 1937년생
주 소 지 : 강원도 홍천군 내촌면 와야1리 199번지
제보일시 : 2010.1.13
조 사 자 : 황루시, 유명희, 박현숙, 윤준섭

토박이로 현재 막내아들 내외와 농사를 짓고 살고 있다. 25세부터 40
세까지는 집안에서 운영하던 정미소를 이어 받아 운영했으나 건강 문제

와 정미소 통폐합 문제로 인해 정미소를 폐
쇄하고 이후 줄곧 농사를 지었다. 19세에
옆 동네에 살고 있던 당시 20세의 부인과
혼인하였다. 당시 제보자는 홍천고등학교 1
학년이었는데 본인의 의사와는 관계없이 부
모님을 봉양할 사람이 필요하다며 제보자의
부모가 일방적으로 혼처를 정한 것이라 한
다. 그러나 부인은 나중에는 효부상을 탈 정
도로 극진히 시부모를 봉양하여 제보자도 현재의 삶에 만족하고 있다. 제
보자는 특이하게 동네 지명을 넣어 아라리를 불렀다. 평소에 생각한 것이
냐고 묻자 바로 즉석해서 만든 노래라고 하였다.

자신감 있는 태도로 조사에 임한 제보자는 동그란 얼굴에 편한 인상을
주었다. 소리를 할 때는 눈을 지그시 감고 즐기는 듯이 보였다.

제공 자료 목록

03_15_FOS_20100113_HRS_YGR_0001 아라리

정귀남, 여, 1931년생

주 소 지 : 강원도 홍천군 내촌면 물걸리 37번지
제보일시 : 2010.1.13
조 사 자 : 황루시, 유명희, 박현숙, 윤준섭

횡성군 안흥면 관말2리 출생으로 17세에
내면 광전리에 사는 박원식씨와 혼인하고
24세에 현재의 마을로 이주하였다. 그후 줄
곧 이 마을에서 농사를 짓고 살았다. 구연한
소리는 어려서 엄마를 따라다니면서 배운

소리라고 한다. 어머니가 소리를 잘 하시는 분이어서 어머니가 부른 많은 노래를 총기가 좋은 편이라 금방 듣고 따라했다고 한다. 제보자가 차분한 성격이라 동네 아주머니들이 모여서 놀 때 자주 부름을 받았다. 체격은 보통으로 통통한 편이고 성격은 서글서글하여 자주 웃는 얼굴을 보였다. 조사 당시 적극적으로 구연하였다.

제공 자료 목록

03_15_FOS_20100113_HRS_JGN_0001 둥게 소리
03_15_FOS_20100113_HRS_JGN_0002 시집살이 노래
03_15_MFS_20100113_HRS_JGN_0001 숫자 풀이 하는 소리
03_15_MFS_20100113_HRS_JGN_0002 앞니 빠진 갈가지
03_15_MFS_20100113_HRS_JGN_0003 한 알 대 두 알 대

황금예, 여, 1930년생

주 소 지 : 강원도 홍천군 내촌면 와야1리 508번지
제보일시 : 2010.1.15
조 사 자 : 황루시, 유명희, 박현숙, 윤준섭

화촌면 삼밭골에서 태어나 18세에 서곡리에 살고 있는 25세의 남편과 혼인하였다. 남편이 둘째 아들이어서 현재의 와야1리로 살림을 나온 후 줄곧 농사를 짓고 살았다. 다른 제보자와 달리 한글 뒤풀이를 길게 구연하여 어디서 배웠는가 질문하니 제보자는 책을 보고 배웠다고 한다. 시집온 후 돌아다니는 잡화 장사에게 딱지본 노래책을 구입하여 한달 정도 보고 배웠는데 바로 동생이 와서 그 책을 가져가버렸다. 그래서 완벽하게 구연하지 못한 것을 아쉬워했다. 성격은 활달하면서 동

시에 참을성이 적은 편이라고 한다. 동그란 얼굴의 코가 큰 편인 제보자는 귀가 어두운 편이어서 의사 전달에 어려움이 있었다. 조사 당시 몸이 불편하여 오랜만에 회관에 나온 것이라 하였다.

제공 자료 목록
03_15_FOS_20100115_HRS_HGY_0001 한글 뒤풀이

황대감에게 사과한 평양 감사

자료코드 : 03_15_FOT_20100113_HRS_KSJ_0001
조사장소 : 강원도 홍천군 내촌면 와야1리 노인회관
제보일시 : 2010.1.13
조 사 자 : 황루시, 유명희, 박현숙, 윤준섭
제 보 자 : 김성준, 남, 77세
구연상황 : 앞서 민요 위주의 조사를 마치고 본격적으로 이야기조사를 시작하려고 조사
　　　　　자가 마을에 이야기꾼은 없냐고 물어보았다. 마을회관에 있던 어르신들 모두
　　　　　김성준 제보자를 추천하였고 김성준 제보자는 쑥스러운 표정을 지으며 마을
　　　　　회관 중앙으로 자리를 옮겼다. 조사자가 제보자에게 이야기를 청하니, 제보자
　　　　　는 이야기 제목들이 적힌 카드를 보여주며 구연을 시작했다.
줄 거 리 : 평양 감사가 새로 부임하였는데, 황대감을 제외한 유지 모두가 평양 감사에게
　　　　　인사를 했다. 화가 난 평양 감사는 병사를 시켜 그 이유를 물었다. 황대감은
　　　　　'앞에는 재물이 꽉 차고 뒤에는 양반이 뻗쳐서' 못 간다고 했다. 결국 평양
　　　　　감사는 황대감의 재물과 권세를 알고 그에게 사과했다.

　　옛날에는 지금으로는 도지사고, 옛날에 감사라고 그랬거든요. 서울에서 평
양 감사로 가, 인제, 평양에 갔는데, 감사가 처음 가면은, 그 지역에, 평양, 평
안도 지역에, 지금으로 말하면 유지야. 거기 유지들을('유지들에게'의 뜻임),
　　"와서 좀 인사를 해라."

　　초청을 해요. 그런데 다 와서, 아, 감사가 새로 부임을 하셨는데, 다 와
서 인사를 해야 될 텐데. (감사가 새로 부임하였으니 다 와서 인사를 해야
한다는 말임) 황대감이라는 사람, 한 사람만 인사를 안 하고 있는 거요.
와서, 인사를 안 하고 있어요.

　　그러니깐 평양 감사로 간 양반이 뿔이 좀 났어요. '다들 와서 전부 날
찾아보는데, 내가 감사면 엄청나게 높은데, 와서 인사도 안하고, 에잇! 나

뻔 놈 같으니라고, 혼을 좀 내켜야지.'

그랬단 말이오.

그래 인제, 쫄병들을 전부 시켜 가지고서,

"야 그놈 불러와라."

그랬단 말이오.

아, 그래, 부르러 갔는데,

"야! 너희는 무엇을 하는 놈들이냐? 못 간다고 가서 여쭤라!"

그랬단 말이여.

또 가서 고대로,

"아이고 대감님, 못 오신대요. 그걸 어떻게 합니까?"

그러니깐,

"그럼 못 오는 이유를 저기 가서 적어오라."

그랬단 말이여.

그래 가서 또,

"아이, 황대감님, 저, 거, 못 오신다는 내용을 적어 주십수다."

이랬단 말이여.

[양손을 앞으로 내밀면서] "나는 앞에는 재물이 꽉– 차고. [양손을 뒤로 내밀면서] 뒤에는 양반이 꽉– 뻗쳐서 꼼짝을 못하오."

그러니깐, 평양 감사가

"오라고 그래라."

가서 그랬단 말이오.

그러니 둘이 싸움이 붙은 거요. 이거 큰일 났단 말이요, 가운데서 왔다 갔다 하는 사람은.

[조사자를 보면서] 큰일 났죠? 그러니, 이자는 '여기 가도 말 안 듣지, 저기 가도 말 안 듣지.' 그래, 또 가서, 인제, 평양 감사한테 가서 고대로 얘기를 했어요.

"앞에는 재물이 꽉- 차서 꼼짝을 못하고 뒤에는 양반이 잔뜩 뻗쳐 가지고 꼼짝을 못한다고."

했단 말이요.

고대로 가서 얘기를 했더니,

"그럼 재물이 꽉 찼으면, 그러면 재물이 얼마나 되나 좀 전부 가서."

지금으로, 뭐이, 지금은 땅 번지수가 있어서, 옛날에는 번지수도 없고 그냥, 여기 저기 있는 걸, 어떻게 가서 인제 다, 알아냈단 말이여. 그러니깐 평양, 헤헤, 거, 강서에 사는 영감인데, 강서에서 평양까지 땅이 그 사람 땅이더라고, 전부가. 그러니 그, 참 알 만하죠?

그래 가서 보고를 했단 말이오.

"그 양반 땅이 하도 많아서 앞이 맥혀서(막혀서) 못 온답니다."

"그럼, 그 양반이 뻗쳤다는데 양반은 뭐가 그렇게 뻗쳤느냐?"

이랬단 말이요.

그러니깐, 뒤에 양반이라는 건. 옛날에 진사, 과거를 봐 가지고, 처음에 진사를 하고 급제를 하면 홍패가 나오고 백패라는 게 나와요.

[홍패와 백패에 대한 설명과 그와 관련된 제보자 개인적인 이야기를 75초간 하고서]

아, 그러니, 또 가서 인제, 양반이 얼마나 뻗쳤으겠는지, 하여간 엄청나게 뻗쳤으니깐,

"양반이 뻗쳐서 못 간다고 여쭈어라."

"양반이 무엇인지 가서 좀 알아 와라."

그러니깐,

"홍패, 백패가 그 집 뒤에, 큰- 집이 하나 있는데 그 집에 가득 싸여(쌓여) 있습니다."

"그럼 그걸 좀 실어 올려라."

그랬단 말이야.

"실어 올려라."

그러니깐, 대궐('평양감영'이라고 해야 할 것을 잘못 말함) 뜰에다 며칠을 실어 갖다놔, 쌓아 놨어요. 그래 보니, 참, 안 되겠거든요. 그래 가지고 감사님이, 평양 감사가 그 집에 가서,

"잘못했습니다."

하고,

옛날이나 지금이나 그놈의 돈, 양반, 꼼-짝 못해요. 그래 놓으니 감사가 뭐, 쩔쩔 매지요. '지금이나 옛날이나 뒤에는 양반이 잔뜩 뻗치고 앞에는 재물이 꽉 찼으니' 그런 사람이 옛날에 살았어요.

요-, 살다가 돌아가신지 얼마 안 돼요.

[일동 웃음]

백우산 나무도령

자료코드 : 03_15_FOT_20100113_HRS_KSJ_0002
조사장소 : 강원도 홍천군 내촌면 와야1리 노인회관
제보일시 : 2010.1.13
조 사 자 : 황루시, 유명희, 박현숙, 윤준섭
제 보 자 : 김성준, 남, 77세
구연상황 : 제보자는 '황대감에게 사과한 평양 감사' 이야기를 마치고 점잖은 이야기로 계속해야겠다며 곧바로 구연했다. 이야기는 제보자의 언급대로 점잖았지만, 이야기 중반부터 제보자는 일어서서 다양한 몸짓으로 청중에게 흥미를 돋우며 구연했다.
줄 거 리 : 박도령은 백우산 아래에서 가난하게 살고 있었다. 백우산에 사태가 나서 박도령은 돌과 나무와 함께 떠내려갔다. 떠내려가던 중에 박도령은 물에 빠진 개미, 모기, 김도령을 구해주었다. 이들 모두 한강까지 떠내려가서 용산의 한 부잣집에서 함께 살았다. 부자는 둘 중 한 사람을 사위로 삼고자 그들을 시험했다. 먼저 좁쌀 주워 담기 시험에서 박도령은 개미의 도움으로 김도령을 이겼다. 그런데 김도령이 결과에 승복하지 않아 부잣집 딸 찾기 시험을 다시 보았지만, 박도령이 모기의 도움으로 결국 박도령이 이겼다.

옛날에 저 배우산(백우산) 밑에 말이여. 요(여기) 아래 가면 배우산이라는 데가 있어.

(청중 : 백우산.)

예, 백우산, 흰 백(白)자 짓(깃) 우(羽)자. 백우산. 백우산 밑에, 참 불쌍하게도 사는 사람이 하나 있었대요. 우리 나기('태어나기'의 뜻임) 전이죠, 뭐. 근데 지금 보면, 사태('산사태'의 뜻임)이 아주 크게 떨어지는, 사태. 그 높은 산에서 수태 가지고 전부 내려와 가지고, 큰 골, 큰 덤바위('소나무'의 뜻임)들이 그때 다 내려 왔다오.

근데 거기서 참 불쌍하게 조실부모(早失父母)하고 거기서 산 사람이 살았는데, 그 사태가 떨어지는 바람에, 그냥 그 나무하고 돌하고 한겁에(한꺼번에), 한겁에 쓸려 가지고선 그냥 둥실둥실 떠서 그냥 내려간거요.

둥실둥실 떠서 내려가다 홍천쯤 가니까는, 개-미가 그 나무, 나무하고 돌하고 섞어서 가는데, 막, 그, 저, 사방에서 퍼져 가지고 난리더래요. 그 소나무 까우기(가지), 하나 꺾어 가지고서. [나무 가지로 휘젓는 시늉을 하면서] 이렇게 했단 말이요.

그러니깐 개미가 전부 달라붙죠. 그래서 여기다 올려놨어요. 여기 이 사람은 그냥 그 집채로 나무채로 돌채로 다 해서, 그냥. 여기 이렇게 사는데, 저기는 물이니깐 나갈 수가 없으니까는 그냥 떠내려가는 거요. 그래, 또, 저-이, 춘천 지나서 가평쯤 가니까는 모-기, 모기 있잖어. 그래 사람이 인정이 많아야죠. 모기가 돌아와요. (이야기 결말 부분과 관련된 내용으로 모기가 도와준다는 뜻임)

모-기가 야단법석을 하는 거요. 물에 전부 떠 가지고.

그래 그것도 나무를 꺾어 가지고 이렇게 해서 거기다 갖다 살렸어요. 그래 또 얼마 내려와서 양평 쯤 갔는데, 양수리인가 양평인가 거기를 갔는데, 아, 사람이 저쪽 산에서 뚝 떨어 가지고 거기를 끼어 나왔어요. ('떠내려 왔어요'의 뜻임) 그러니, 사람, 그 사람도, '아, 사람 진작 올라 왔으면 내가 먼저 살려 준건데.' 작대기를 꺾어 가지고, 이렇게 하니깐, 달라 붙어서, 끌어 잡아당겨서 다 살았어요.

그래, 그래 가지고 인제 네 패가 간 거요. 나하고 개미하고 모기하고 그 사람하고, 근데 전부다 총각이었더래. 아, 그럭저럭, 그럭저럭 가는 기, 팔당 지나서,

(청중 : 으, 광나루 갔기도 하고.)

광나루 지나서 용산 지나서 마포까지 갔다고. 거기까지 가서 나왔어. 나왔는데 전부 그 다음엔 우리 어떻게 거, 마포에 조금 가기 전에, 제 일 한강교 가면 산이 이렇게 가운데가 이렇게 된, 있죠? 그 맞지요?

(청중 : 예, 당진산21)이 있어요.)

거기서 어떻게 피신을 해 가지고선 전부다 살아났어요. 그래 가지고 가는 게 어딜 갔는가면 용산에 들어갔어요.

[좌우 청중들을 바라보면서] 왜, 남쪽으로 강남 간다고 그러면 남지, 그 때는 강남이 좋지 않았던 모양이야? 아마.

[일동 웃음]

그래도 북쪽으로 가야 임금 사는데, 뭐 경복궁도 가찬코(가깝고) 덕수궁도 가차우니깐 인제, 덕수궁 쪽으로 갈라고 아마 글로 갔던가 봐요. 가다-가다- 전부다 한데가 뭉쳐서 다 살러 가는 거요, 인제.

어떻게, 아 거기 가니까는 아주 큰 부잣집이 사는데, 그 집이 인정 많은 집이요, 그 집이. 전부다 수용을 하는 거요. 모기도 와서 살아라, 개미도 와서 살아라, 총각 둘도 다 와서 살아라, 우리 집에 와서. 부자여, 서울 부자는 옛날에 엄청난 부자들이여, 시골엔 그런 부자 없지요. 서울 가서 내가 살아 봤는데, 억수로 돈이 많수. 수백 년 먹어도 그냥 남아 있어요. 아, 큰 부자집에 이 사람들이 들어갔으니 뭐, 먹을 것도 많고, 그냥 어거

---

21) 당진산이라는 명칭은 정확히 알 수 없고, 현재 밤섬을 말하는 듯하다.

정, 어거정 마당이나 한쪽 끝엔 김서방은 저쪽 끝에 쓸고, 박서방은 이쪽 끝에 쓸고, 하루 마당 안을 아침저녁 대강 쓰는 척 하면 밥 먹고 자는 거요. 거, 얼마나 좋아.

그래 사는 데, 그 집이 처녀가 하나 있어요. 아주 예쁜 처녀가 있는데, 이 부자 양반도,

"저 둘 중에 누구 하나 짝을 이뤄져야 되겠는데, 누굴 주나? 누굴 주나?"

그러는 거요. 그래 가지고, 이, 지금 나 같으면 내가 딸을 둘 내가 남을 주었는데,

"아 요놈이 좋은가? 저놈이 좋은가?"

아이고, 얼마큼 그래다가서(그러다가) 줄라고 인제, 맨날(매일) 검사를 하는 거요.

"어떤 놈이 잘하나? 내 맘에 어떤 놈이 드나?"

전부 똑같이 하네, 이 빌어먹을 놈의 것이.

[좌우를 보며 웃으면서] 그러니 이걸 누굴 줘? 딸이 차라리 두 개라면 하나씩 주면 좋은데, 하나니 이걸 김도령 주자니 그렇고 박도령 주자니 그렇고, 그래, 인제, 검사를 하는 거요. 계속 검사를 하는데, 뭐 별놈의 검사를 다하죠. 검사를 하는데.

[좁쌀을 쏟아 붓는 시늉을 하고] 이, 대감집에서 좁쌀을 한 말 마당에 갖다 쏟아 놨어요.

쏟아놓고,

"이거 하나도 없이 먼저 주서(주워) 담는 사람은 내 딸을 주마."

이랬단 말이요. 그러니 처음에는 마구 케 담으니깐 참 쉽단 말이요. 첨에는 마구 케 담으니깐 쉽지, 뭐, 그까짓 거. 근데 예전에 마당에다 확 쏟아 났는데.

[조사자를 바라보면서] 좁쌀 알아요? 좁쌀?

(보조 조사자 : 네.)

그게 마당에 확 퍼졌으니 이놈의 좁쌀 하나씩 줍자니 이거, '모래도 좁쌀 같고 흙도 좁쌀 같고' 야-, 근데 개미떼가 오더니 다 달라붙어 가지고서 계속 주워 올리는 거야. 뭐. 사방 주워 올리니, 아 일등 했지. 뭐, 일등 했어요.

아 그랬는데, 그 다음에,

"그래도 안 된다고."

이 사람(박도령이 구해준 김도령을 말함)이 말썽을 부리네.

"그래도 자기가 더 잘했는데, 왜, 그까짓 좁쌀한말 먼저 퍼 담았다고 그걸 주느냐?"

계속 말썽을 부리네.

[청중을 바라보고] 지금이나 옛날이나 사람을 구해주면 쫓아다니면서 말썽을 부려요.

[일동 웃음]

그래서 웬만하면 사람을 구해주지 말라고 그랬는데. 그래도 사람부터 구해야죠? 그렇죠? 회장님(옆의 노인회장으로 있는 서정목 제보자를 가리키는 말임).

(청중 : 어, 응.)

"아, 이, 빌어먹을 이놈의 노릇의 세상이 어디 있어?"

그래.

하-, 이러니 대감 양반도 걱정이고. 잠 못자리들('장가 못가는'의 의미로 보이나 정확히 알 수 없음) 양반도 걱정이고, 딸도 걱정이고, 다 걱정이여. 근데, 가만히 있으니깐은 원래 그런 사람이 주먹은 더 씨어요(쎄요).

(청중 : 그렇지.)

착한 사람은 주먹이 약하고. 그건 옛날서부터 그랬죠.

[일동 웃음]

꼭 그래요. 아, 이 빌어먹을 이놈의 노릇을 어떡하나? 대감님이 생각하다, 생각하다 못해 가지고 또, 한 가지 생각해 놓은 것.

"마지막이다. 인제. 너네들 싸우면 인제, 너네 둘 중에 아무도 안 주고 딴데 줄 것이다."

그랬단 말이요,

"그리고 오늘 저녁에 마지막이니깐, 단단히들 맘먹고 댐벼들어라."

그랬거든요.

그러니, 마지막 저녁 먹고 인제, '이건 뭐, 죽느냐? 사느냐?' 결판이 났지.

[옆의 청중을 바라보면서] 그 한 사람이 물러서야 원칙이죠? 자기가 그 사람 덕을 봤으니깐. 근데, 안 물러서니 나쁜 사람 아니예요? 그렇죠?

(청중 : 그렇지.)

나쁜 사람이야. 나쁘게 굴면 죄를 받아요. 난 교회도 댕기다 말았어요. 교회들 댕기시오?

(보조 조사자 : 아니요.)

댕기다가 뭐가 맘에 안 들어서 말았어. 키-, 헤헤. 아이고 오늘 지나면 이거 큰일났단 말이야. 오늘 저녁이 마지막인데. 야, 이거, 큰일 났거든, 저녁을 먹었겠다. 저녁에 들어가는 사람이 왕이거든. 그 방에 들어가는 사람이 왕이거든.

그날 저녁에 결판이 나는데, 아-, 저녁 먹고 두 놈이 나와서 한 놈은 저 뒤로 돌아 다니고,

"어느 방에 질렀을까(들었을까)?"

들어가면, 고방에 들어가면 진통이거든('결정이거든'의 뜻임).

"저쪽 방에 골방에 들어있나? 사랑 뒤끝방에 들어있나?"

서로 인제 누가 먼저 들어가나? 계속 도는 거요. 밤새도록. 밤이 새기 전에 들어가야지. 그래도. 계속 도는데, 여름이 됐어요(당시 계절이 여름

이라는 뜻임).

그러니 여름에 사태가 나서 떠나 가지고 그 정도 됐으니, 여름이니깐 모기도 살아 있었어요. 뺑- 뺑-, 돌아다니는 데, 아, 이 모기가 수십 마리가 옆으로 오더니,

[몸을 좌우로 흔들면서]

"앵-, 앵, 웃방으로-, 웃방으로-, 웃방으로-."

"아, 이거 웃방으로 가면 되는구나."

그래서 웃방으로 들어가서 그날 저녁에 결판이 났어, 그렇게 되는 거요. 사람이 왜 그렇게 살까요? 나도 그렇게 사나?

[모두 웃으며 박수를 치고 마무리함]

기생에게 돈 뿌린 허팔천의 속내

자료코드 : 03_15_FOT_20100113_HRS_KSJ_0003
조사장소 : 강원도 홍천군 내촌면 와야1리 노인회관
제보일시 : 2010.1.13
조 사 자 : 황루시, 유명희, 박현숙, 윤준섭
제 보 자 : 김성준, 남, 77세
구연상황 : 제보자는 앞의 이야기가 끝나고 이번에는 상스런 이야기를 하나 하겠다고 스스로 구연을 시작했다. 이야기 중반부터 제보자는 일어서서 구연하였으며 다양한 몸짓과 함께 청중들에게 질문도 하면서 구연했다.
줄 거 리 : 허팔천이라는 큰 부자가 평양에 살았다. 허팔천은 부모에게 물려받은 재산으로 전 세계를 돌아다니며 돈을 썼다. 허팔천은 평양으로 돌아와 남은 돈을 쓰기 위해 기생을 불렀다. 허팔천은 기생에게 홑치마만 입히고 돈을 뿌렸다. 허팔천은 홑치마를 걷어 올리고 돈을 줍는 기생을 보면서 마음에 드는 기생을 골랐다.

평양에 아주, 참, 무지무지하게, 아까 그 대감하고 싸우던 그 양반만큼이나(앞서 구연한 평양 감사와 황부자에서 황부자를 말함) 부자가 살

았어요.

　[옆의 청중을 바라보고] 부자가 살았는데. [5초간 침을 닦고서] 그 부자가 자기 재산 가지고서 자기가 벌어 가지고, 부자가 된다는 것은 힘들지요? (청중 : 아, 그럼.) 부모네 재산을 물려받은 거요. 억수로 부자가 살았는데, 나처럼 칼가치 뛰니깐 돌아댕기기(돌아다니기) 좋아하는 거요. 그냥 나대로 다 돌아댕기는 거요. 각- 나라 세계 일주를 하면서 돌아댕기고선, 돈을 쓰는 거요.

　[60초간 개인적인 이야기를 하고서]

　근데, 돌아다니면서 돈을 쓰는 거요. 그, 뭐, 억수로 부자니깐, 그, 뭐. 지가 벌어서 아주, 내가 벌어봤는데, 참, 쓰기가 힘들긴 힘들어요. 지가 벌어선 그렇게 못써요. 부모 재산 물려받았으니깐, 그냥, 돌아다니면서 세계를 댕기면서, 다 쓰는 거요. 그냥.

　"불쌍한 사람 너도 먹어라. 너도 먹어라."

　다 주는 거요. 그저. 주-다, 주-다, 몇 년을 댕겼는데도 못 다 줘서, 평양에 도로 돌아왔어요. 저그 집으로. 저그 집으로 돌아와 가지고선.

　[시간이 없어서 이야기를 빨리 하겠다며 10초간 이야기를 하고]

　하여간 뭐, 그만 돌아다니고 집에 와야지. 뭐. 집에 와서 가만히 보니, 참, 평양에도 불쌍한 사람이 많아요. 본래, 도-다(돌아다니면서) 주-다 주-다, 인제, 그래도 돈이 남았어요.

　그 사람 이름이 뭔가 하면, 그 전에는 허맹, 맹님인가 그랬었는데, 지금 그 뒤로, 이름이 고쳐졌어요. 허팔천이라고 고쳐졌어요, 허팔천이. 그게, 그 이름이 크게, 크게 난 거요. 세계를 댕기면서 하루 팔천 량씩 썼대요.

　[옆의 청중을 보고] 하루 팔천 량씩 쓰면 참 많이 썼지. 옛날 엽전 쓸 적에.

　(청중 : 그럼.)

　암, 엄청 쓴 거요. 집에, 평양에 와 가지고서도 원체 뭐, 돌아댕기면서 불쌍한 사람 다 주구(주고)는, 다 주구 사는 거요.

매지막(마지막)엔,

"그래도 돈이 남았으니 이걸 어떻게 쓰나? 이걸 죽기 전에 다 쓰긴 써야 할 텐데."

[제보자의 재산 분배에 관한 이야기를 21초간 하고서]

아, 이 양반이 돈을 쓰긴 다 써야 되는데, 생전 쓰니(써도) 없어지나? 이놈의 돈. 매지막엔 뭐, 어떻게 쓰는가 하니, 참, 뭐, 인제, 좋은 일도 할대로 다 했고. 그래, 가만히 보니깐, 기생들이 또 그렇게 불쌍하더라우, 참, 옛날이나 지금이나 기생집에 가서,

[25초간 기생이 불쌍하다는 자신의 생각을 말함]

그러니깐,

"에라 마지막으로 돈 조금 남은 것 마저 쓰자."

하고, 쓰는 거요.

평양 그, 큰 마당에,

"몇 월 몇 일 날, 전부다 모여라."

그랬단 말이여,

"기생들만 다 모여라."

다 쓰고 기생들만 남았단 말이요. 뭐, 부자 같은 사람은 안 줘도 되는데, 기생이 참, 좀 안 됐던가봐요.

"전부- 모-여라."

그러니깐,

"야, 이건 뭐, 돈 잘 쓰던 허팔천이란 양반이, 한 푼씩 아마 줄라는가 보다."

전부 모여 갔어요, 아주. 싹 모여 갔는데,

[일어서서] 가운데 떡 나가 가지고선,

[좌우 둘러보는 시늉을 하고] 쫙- 둘러보는 거요.

"야, 다들 왔느냐?"

그러니깐,

"예, 다 왔습니다."

그랬단 말이여,

"그래, 그러믄 점심들 좀 먹고 하라!"

그랬어.

"점심들 다 먹고 하라."

그랬거든. 그러께, 가서 점심을 먹고 인제, 저녁때쯤 또 다들 왔어요. 아주, 아주 먼, 지금 서울 시청 앞에 광장 엊그제께도 갔다 왔는데 참 넓지요? 그런 데는 가득 모이면 엄청 나지요. 뭐.

쫙 모이는데,

"너네들(너희들) 다 왔느냐?"

"예, 다 왔습니다."

그러니깐,

"그러면은 전부들 다 벗어서 옷을 일루 다 가져오고 홑치마 하나씩들 만 딱- 입어라."

그랬어요. 여느 옷은 다 벗어 놓고, 속께('몸속의'의 뜻임) 속옷, 고쟁이 다 벗어선, 치마 벗어 놓고.

[일동 웃음]

"홑치마만 전부 다 입어라."

그랬단 말이여.

(청중 : "팬티도 벗어라." 그랬나? 그래?)

예?

(청중 : 팬티도 벗으라구?)

팬티가 옛날에 없었어요. 팬티 나도 안 입고 살았어요.

[제보자가 어렸을 때부터 살아온 이야기를 20초간 하고서]

그래, 전부 벗으라고 그러니깐, 뭐, 뭐, 아이고 이거 뭐, 기생, 기생이야 옷 벗기기가 뭐, 아무것도 아니지, 뭐, 그까짓 거 뭐. 그래, 전부 벗고 홑치마만 딱- 입었어. 홑치마만 딱 입었는데,

"다 벗고 홑치마만 입었습니다."

이랬단 말이요,

"저기 돈 보따리 여기 갖다 놓아라."

그랬단 말이여,

"저기 돈 보따리 여기 갖다 놓아라."

그랬거든.

아이, 한복을 몇 가마니 갖다 쏟아 놓은 거야. 그래 놓고는, 인제 돈을 주기 시작하는 거요. 돈을 주는데, 돈을 어떻게 주느냐?

[청중을 바라보고] 어떻게 주면 제일 잘 주겠수?

(청중 : 치마폭에 줬겠지.)

아이, 주는 연구 좀 해 봐요.

(청중 : 앞에다 주겠지. 뭐. 그래. 허허.)

앞에다 줘요? 거, 앞에다 어떻게 줘요?

[일동 웃음]

거, 저녁때 오라고 그랬으니 시간은 없고, 에이, 한 어름(어림)을 해서

[양손으로 돈을 뿌리는 시늉을 하며] 엡-따, 뿌린 거요. 하, 엽전, 옛날의 엽전.

[청중을 보고서] 잘 모르실 꺼야.

(청중 : 아, 동전을 왜 몰라?)

그러니.

[주워 담는 시늉을 하고] 야, 이거 주서(주워) 담네, 돌아댕기면서 주워 담네. 빨리 빨리 주워야 하나라도 더 줍지, 이거. 빨리 빨리 주서 담는디, 아 이거 주워서 담을 때가 있나? 홑치마만 입었으니, 빌어먹을.

[치마 걷는 시늉을 하고] 아이, 아이, 이 치마를 걷었는데, 상놈의 것 여기다 주워 담느라고.

(청중 : 아랫도리 다 보이는 거잖아, 그러니깐.)

[일동 웃음]

아하하, 홑치마만 입었어요, 하여간. 하하하. 여기다 주워 담아요.

[일동 웃음]

(청중 : 아, 담아요.)

아하하, 가만히 생각을 해봐요. 기가 맥히겠지.

그러네, 양반의 머리가. 세계를 댕기면서 돈 쓰던 양반인데, 머리가 보통 머리가 아니죠. 그렇죠?

[6초간 개인 이야기를 하고]

아이, 참, 머리가 이 사람이 얼마나 좋은데, 조금 있으니깐, 자꾸, 한꺼번에 다 뿌리면 안 되잖아? 한 번 뿌리고선 그거 주울 적에 살살 돌아다니며 고르는 거요, 인제. 살살, 아, 저녁마다 불러 가지고 고를라면(고를려면) 시간이 많이 걸리자나. 살살, 돌아다니면서 골라요.

(청중 : 골아요.)

하하하, 아이, 그래 놓고는 또 한입 주워서 또 홱 뿌려요.

[일동 웃음]

그러면 또 주워 담네. 뭐, 돌아다니려고 난리가 났네. 주울라고 줏을라고 난리 났잖아요. 여기다 주워 담아야지 어떻게 해? 헤헤헤,

(청중 : 아저씨, 그 바지를 벗고 그래야지.)

[일동 웃음]

(청중 : 벗어! 똑같이 할라면 바지를 벗으셔야 돼.)

내가 서울에서 옷 벗기고 돌아다니던 사람이여.

[일동 웃음]

쏟은 물은 다시 담을 수 없다

자료코드 : 03_15_FOT_20100115_HRS_KSJ_0001
조사장소 : 강원도 홍천군 내촌면 와야1리 노인회관
제보일시 : 2010.1.15
조 사 자 : 황루시, 유명희, 박현숙, 윤준섭
제 보 자 : 김성준, 남, 77세
구연상황 : 제보자가 민요를 몇 곡 부르고 난 뒤에 주위가 어수선 할 때 갑자기 구연을
시작했다.
줄 거 리 : 옛날에 일하기 싫어하고 낚시질을 좋아하는 사람이 있었다. 매일 아내가 싸주
는 도시락을 들고 강에 나가 곧은 낚시만 했다. 아내는 더 이상 참지 못하고
헤어질 것을 요구했다. 남편은 아내와 헤어진 다음날 곧은 낚시로 큰 잉어 한
마리를 잡았는데 뱃속에서 여의주가 나왔다. 남자는 여의주를 임금에게 바쳤
다. 임금은 감사의 뜻으로 궁궐 가까운 곳에 좋은 집 한 채를 마련해 주었다.
사내는 한양에서 지내는 동안 고향이 생각이 났다. 임금의 허락을 받아 가마
를 타고 고향에 들렀다가 우연히 아내를 만났다. 아내는 초라한 행색으로 남
의집살이를 하고 있었다. 신수가 훤해진 남편을 보고 아내는 재결합을 희망했
다. 남편은 아내에게 물동이의 물을 쏟아 그대로 채워 넣으라고 했다. 아내가
실패하자 남편은 재결합이 어렵겠다면서 아내가 먹고 살 수 있도록 디딜방아
를 만들어 주고 떠났다.

옛날에 나겉이 일하기 싫어하고, 낚시질만 만날 댕기는 사람이 하나 있
었는데요. 낚시를 뭔 낚시를 하는가하면 곧은 낚시질을 해요. 낚시가 고
기를 잡을라믄은 이렇게 꼬부라진 낚시를 갖다 늘여놔야 고기라 딸려 올
라오는데, 바늘, 바늘은 삐-쭉하지요? 삐-쭉한 바늘을 매달아 가지구선
맨날 거기 고기가 올라올 때만 기다리는 거유. 그러니 맨날 나가야 허탕
만 치고 들어와요.

고기는 하나두 못 잡고, 맨날 부인이 밥해서 싸줘서 인제, 짊어지고서
는 낚싯대 둘러메고 인제 가요. 고기잡으러 간다고. 고기 잡으러 가니, 그
거, 그게 고기가 물리나요? 평생가야 안 물리지유. 몇 년을 고-생 고-생
하구 살았어요. 그런, 그런, 그런, 서방을 믿구. 아이, 그럭저럭 살자나니,

참 이런 영감하고 살다가선 평생 뭐 이거 죽두 제대로 못 얻어먹고 살게 생겼단 말이유.

개, 결판을 질라구, '오늘은 내가 밥을 가주 가서 밥을 멕여 놓구서 이 눔을 결판을 하나 지리라.' 하구선, 밥을 해서 그래도 더운밥을 해서, 이구서 가서 여 시원한 그늘 밑에 와서,

"밥 잡수시오."

그리구선, (영감이) 나왔단 말이유, 낚싯대는 저-기다 들여놓고. 낚시하는데 가보면 왜 낚싯대 죽- 이렇게 해 났지유? 개, 고 동안에 얼-른 가서, 그 낚시를 이-렇게 보니까는 꼬부랑 낚시가 아니라 뻐청 낚시여. '야, 이거, 이런 사람하고 살다 내가 평생 고생하겠다. 아예 때래 치우자.' 그래고, 그날 저녁에 인제, 또 뭐 그날도 그렇지요 뭐, 뻐청 낚시 가지고 살아온 사람이 뭐 고기가 물리나요? 그날 저녁에 들어왔는데, 얘길 한 거요. 저녁은 먹구 뭐 어떻게 헤어지던지, 뭐 이 참, 인제 할라구, 이, 저녁 먹구서는 서방님한테다 인제 얘길 한 거요.

"여보 난 당신하고 살다가는 평생 고생만 하고, 낙이 없을 것 같으니, 난 다른 데로 가야 되겠수다."

이랬단 말이요.

"그러면 뭐 헐 수 없지요 뭐."

지금이나 그 전이나 부인이 싫다고 하면은 못 데리고 살아요. 끝났지 뭐.

옛날엔 (부인에게)존경을 하고 살았어요.

[제보자의 개인적인 이야기를 시작하면서]

지금은 우리 저, 충청도 연기면이라는데 가면 거기, 거기는 지금 우리 광산김씨가 부인한테 존경하고 살아요. 그런데 난 이런데 나와서 개판으로 사니까 참, 첨에 부인한테 보고 듣는 게 그런 것만 봤으니, 뭐, 존경말이 잘 안 나와요. 솔직히 아주. 솔직히 존경말이 잘, 어쩌가 인제 큰 맘

먹어야 인제 한 번씩 하지, 잘 안 나오거든요. 욕이나 안 하면 잘 하지. 지금은 욕이나 안 하면 잘 하지.

[다시 본래의 이야기로 돌아와서]

아이,

"여보 부인! 정 그러시다믄 그럼 갈라십시다(섭시다). 뭐 좋은데 봐 뒀으면 가시고, 가서 나가서 고르시던지, 뭐, 헐 수 없지 뭐 가시오."

그랬단 말이야.

아, 뭐 '좋다구나.' 하지 뭐, 가야지 뭐. 그런 사람하고 살면 평생 고생할텐데. 부지런히 갔어요. 갔는데, 그 이튿날 그 담엔 지가 밥을 해서 짊어지고, 아주 아침 해서 짊어지고 또 낚시를 또 하는 거요. 그래도. 가서 또 이-래고 곧은 낚시를 이렇게 찍, 쭉- 뻗혀놓고 인제 앉았는 거요. 아, 그날은 저녁 때가 되니깐 잉어가 기래기('길이'의 뜻임)가 한 바람 되고, 통기가 이-만한 놈이 하나 물려 올라온 거요. 곧은 낚시에. 물려 올라왔는데, 그걸 끄내서 배를 쭉- 째니까, 거기 여의주라는 게 있었어요.

여의주가 뭔지 내님 알우? 이름이 하여간 여의주래요. 그걸 가지구선 인제, 그 담엔 한양으로 올라간 거요. 임금님한테 그걸 갖다 바쳤어요. 처음 보는 물건인데, 뭐 그 사람도 잘 몰랐을 거유 아마. 여의준지 뭔지 잘 몰랐을 거유. 야, 이건 중국에도 없고, 미국에도 없구, 일본에도 없구, 우리나라에만 있는 보물이다. 그러니 참 인제 팔자 고쳤지요?

나라에서 그런, 나라에 우리, 우리 조선에 없는 보물이 나왔으니, 아 뭐 그 담엔

"당신 집은 어디요?"

이러니깐,

[흥얼흥얼 곡조를 붙여 노래를 부르면서] '강원도 금강산, 홍천, 내촌면, 홍천이요' 아마 그랬겠지 뭐.

[이어서 곡조를 붙여서] "홍-천, 내-촌, 와야 살아요."

그랬는지도 몰라. 하여간 자기 집을 가르쳐췄대요.

"거기 땅이 얼매 있고, 집은 어떻게 생겼습니까?"

"땅도 하나도 없고, 오막살이 다 찌그러진 놈의 오막살이 하나 있고, 그럭저럭 살다가 부인도 도망가고 나 혼자 그냥, 그냥 살았소."

그러니까,

"그럼 당신 혼자 여기 있으면 되겠소."

아이, 대궐 지금은 창경원 뒤랑 거 살기 좋아요. 저이 뭐이, 저 청와대 올라가는 데 다 가보셨잖아. 그 옛날에 탁탁 묵은 기와집들 좋은 거 많죠?

"저 사람, 저, 저 좀 가차운(가까운) 데다 좀 내가 수시로 돌봐주게, 좀 가차운 데다 좀 집을 좀 맨들어 줘라."

그랬단 말이야. 그르니 이제 뭐 살구났지요? 거기서 계-속 사는 거요. 그런데서 그저 뭐, 그러니 뭐 마당 쓸 걱정을 하나? 다- 신하들, 저 종, 종이라 그래지요? 종. 머슴 뭐. 전-부 마당 쓸어주구, 기왓장 깨지면 기와 맨들어 주구, 뭐 쌀 갖다 주지, 돈 갖다 주지, 옛날에두,

[제보자 생각을 말하면서]

지금두 그래요. 부자란 부자는 서울에 다 있고, 거지란 거지는 서울에 다 있소. 여긴 편편해. 거의가 편편해. 여기 그래, 잘 해야 한 십 억 가진 사람 몇 사람 됐을까? 뭐 돈으로 따지면 한 십 억 가진 사람 더러더러 있 겠지.

그저 한 일 억 가진 사람도 있고, 한 이 억 가진 사람도 있구, 아마 그 정도로 편편하게 살아. 그런데 큰 부자는 없어요, 큰 부자는 없어. 큰 부 자는 서울에 다 있고, 큰 거지도 서울 다 있고.

[다시 본래의 이야기로 돌아와서]

아 그럭저럭 사는데, 아이, 참, 한참 편안하게 몇-년을 살다 났는데, 아 그제사 인제 그 생각이 나는 거여. 하 뭐 부인 얻어 가지구, 뭐 그 담엔 장개, 아, 나라에서 주선해 주는데, 안 될 노릇이 어디 있어요? 잘- 살다

가 얼매 살다나니까, 하이 고향생각이 나는 거여.

[제보자 경험담을 곁들여서]

나. 나처럼 고향생각이 나는 거야. 나가 삼사십 년을 살다가 고향을 또 온 거여.

[다시 본래의 이야기로 돌아와서]

고향생각이 나니까 인제 임금님한테다 얘길 했어요.

"아이, 저 고향에나 한 번 댕겨왔으면 좋겠는데, 좀 가 봐야 될까부예요."

아마, 그랬겠지요. 그러니까는 아 뭐, 아이, 누구 말이라고 말을 안 들어요?

[제보자의 개인적인 이야기를 시작하면서]

아, 나같은 멍청한 사람도 그래도 돌아댕기믄, 내가 정선 가서두 저 충청북도 가서도 놀러가면은 거 가서 흰소리 치지유. 하이 내가 여기서 돈 떨어지면은 충청남-도지사한테 가도 내가 며칠 살 건 얻어낼 수 있어. 정선가도 내가 며칠 살 거 얻어낼 수 있어요. 또 강릉에 놀라갔어. 누구누구 갔었어. 누구누구 갔는데 강릉을 갔는데 진짜 돈이 원채 없으니까 돈이 달랑달랑 해. 아이 지금 젊은 사람처럼 카드나 좀 갖고 댕기면 얼매나 좋아. 카드가 뭐인지 알아야지. 아이 아무것도 없어 돈이 떨어지면 끝이라 이거. 그래 진짜 큰일났어. 그런데 자꾸 하루만 더 놀자고 그래. 예라 모르겠다. 진짜 친구가 밥도 안 멕여 주고, 돈도 한 푼도 없고, 홍천 올 차비도 안 주면 그랬지 뭘, 에잇 정 굶어 죽겠거든, 강릉 시장님한테 가서 엎드려 절하고 빌어야지 뭐. 못난 사람은 빌어야 돼. 그게 상책이야. 아주. 못난 사람 가 빌면 다 도와줘요. 가 빌면 되지 뭐. 아이 난 걱정은 하나도 없어요. 평생 여지끈 살아도. 아이 요만해서부텀 지게지고, 나무만 했는데 무슨 걱정을 해. 아이구 그래구 여지껀 살았는데.

[제보자 경험담을 마치고 다시 본래 이야기로 돌아와서]

하이 그래 인제, 하이 이거 뭐, 그런, 아 이 사람 고향에 갔다가 온다는데, 장덕교라는 거 알아요? 장덕교[22]?

(보조 조사자 : 가마요?)

예, 가마하고 똑같이 생긴 거.

"장덕교도 하나 준비하고, 하인 몇 사람 좀 딸려 보내라."

이랬단 말이요.

그러니까 장덕교를 옛날에는 참 불쌍하게들, 수백 년, 이씨 오백년에 그렇게 살았어요. 이씨 오백년을 그 지경으로, 아휴. 그걸 둘러메고 인제, 오는 거유. 서울서 어디까진지, 고향까지 오는 거유. 아, 오다오다, 인제 오는데, 이, 하인들,

"물랬거라. 치아까나 대감님 행차 나가신다."

이 사람 떡- 올라앉아서 삐-까삐-까 하고 인제, 앉았기만 하면 돼요. 그냥 가는 데 뭐, 아이 뭐, 여의주 하나 얻었는데, 뭐 더 볼 거 있어? 아, 그래, 가다가 어디쯤 왔는데, 아이 딱 보니까는, 아이 꾀죄-죄한 넉사베 통치마를 떡-하니 입고, 다 떨어진 짚시기에다가서,

[일어나서 양손으로 물동이를 이고 걷는 시늉을 하면서] 다 깨진, 반쪼가리 된 동이에 다가서, 뭘 이고 비-적비-적, 이전 오는데 가만히 자세히,

"야, 야, 얘들아! 여기 좀 장덕교 좀 잠깐 세워라."

이랬단 말이요. 개 잠깐 세우니까는 이 사람이 내렸어. 내려서, 가-만히 가서 짝-디다보니까는 아주 그 때만도 못해. 그 때는 새닥이가 인제는 뭐 삼사십 넘었겠지. 그 지경 됐으니까. 찌그러졌지 뭐. 여자는 삼십이 넘으면 끝장이야. 안돼.

지금 사람들은 치장을 하도 잘하니까는 뭐 삼십인지, 사십인지, 오십인

---

22) '장독교(帳獨轎)' 가마의 한 가지. 뒤 쪽은 벽, 양 옆의 창, 앞쪽은 들창 같은 문으로 되어 있고, 뚜껑은 지붕처럼 둥긋하며 바닥은 살을 대었는데, 전체가 붙박이로 되어 있음.

지 몰라 지금 사람들은. 지금 세월이 그렇게 좋아졌어.

옛날 사람들은 고생고생 하고. 아휴, 여복하면 정선 사람들이,

[민요조로 노래를 부르면서] '죽지 못해 살자하니, 고생, 어머니 아버지, 나를 왜 낳았어요.' 이랬어요. 그렇게 살라니, 고생들 하고 사니, 이 여자가 꼴이 말이 아니지 뭐. 넉새베(삼백이십 올의 날실로 짠 삼베. 석새 베보다는 품질이 높은 편이기는 하지만 삼베 가운데 낮은 품질임) 통치마에 뭐. 다 찌그러진, 옛날에 속곳이라는 게 있었어요, 속곳. 속곳을 입고, 고쟁이를 입었어요. 참 좋수다. 그거.

[치마를 들고 앉는 시늉을 하면서] 속곳 이력하구서는 고쟁이 이력하면 끝나요.

(청중 : 아이 고쟁이 입고, 속곳을 입지. 속곳을 입고 고쟁이 입나?)

아이, 근데 이 양반은 얼마나 못 살았던지, 속곳도 없고, 고쟁이도 없어요. 그 늑새베 통치마인데, 늑새베 통치마를 입으면요, 입으나 마나유, 환하게 내다봬.

[제보자가 어릴 적 넉새베 통치마에 얽힌 경험담을 말하면서]

우리가 어릴 적에 얼마나 베가 엉성한지유? 저 웃지방에 나가서면 훤히 다 보예요. 내가 그런, 그런 장난도 했어요. 얼마나 미, 미근한지.

[양손을 좁게 들어 마주 보이면서] 옛날에 문이 저렇게 크질 않고, 요만한데, 야, 저 아랫동네 저 양농원이 올라오는 가보다 좀 내다봐라 그랬단 말이유?

[창문으로 다가가서 커텐을 열어 젖혀 내다보는 시늉을 하면서] 그러니까 거 문지방에 떡- 올라가서 떡- 이러고 떡- 내다보니까, 너털너털한 거여, 밑에가. 너털너털. 그러니까 그런 세월에 살았는데.

[본래 이야기로 다시 돌아와서]

아이, 가만히 보니까 얼굴이 좀 익은 거 같단 말이유.

"아, 혹시 저, 나하고 살던 아무개 아니오?"

"아이, 그렇다고."

아이, 이 사람은 역지역에(지금까지) 늙지도 않았어요. 그 여자가 보기는. 늙지도 않고 아주 고대로거든. 새신랑이거던. 아, 자기는 그렇게 늙었을망정.

[무릎을 꿇고 머리를 조아리면서] 그러니까, 거기서,

"아이구 제발 내가 죽을 죄를 졌수다. 저를 대감님 좀 용서하십시오. 좀 다시 살래주십시오."

아구, 그래구 다시, 지금으로 말하면 재결합을 하자고 비는 거유. 그래니까, 그 사람이 그래도, 원래 그런 사람이 인정은 많아요. 가-만히 앉어 생각하더니, 아, 그 참 딱하단 말이요, 같이 그래도 몇 년 살다가서 헤어졌는데, 나는 이렇게 잘 됐는데, 그 사람은 참 보기 딱해요.

[바지 벗는 시늉을 하면서] 나두 그런 사람 보면, 내가 이거래도 벳겨주고 싶어.

"하 참, 보아하니 딱하오. 그런데 법이 있으니 그냥 덮어놓고 이 자리서 허락하기 곤란하오. 그러니 시험을, 시험을 한 가지 합시다."

그랬어요.

"그러면 대감님, 무슨 시험을 할까요?"

"그, 이고 오던 물동이 물을 여기다 다 쏟으시오."

그랬어요.

"그 물동이 물을 여기 다 쏟으시오."

시키는 대로 해야지 뭐. 그러면 혹시 데리고 살까 하구. 쏟았어요.

"그 인제 부지런히 줏어서 여기다 고대로 아까 똑같이 채워 놓시오."

아무리 빨리 빨리 줏어 담아도 안 차지요? 뻔하지요? 계속 줏어 담아도 안 차. 그 난리가 났으니, 동네 사람들이 전부 왔어요. 전부 와서 전부 와서 빨리 뭐, 이, 전부 아주머니들, 새닥들, 뭐 색시들, 총각들 할 거 없이 와서 쓸어 담아주네. 뭐, 막 쓸어 담아주네. 예저녁엔 쓸어담다 쓸어담다 그래도 안 되니까 춤이라도 뺄어 가지구서 좀 한 방울 채워준다구, 너두 와서 춤뺄구 나두 춤뺄구, 빨리빨리 해서 아무리 해도 안 되네.

"아휴, 여보 할 수 없소. 뭐 결정을 그렇게 한 동이 꼭 채워줘야 같이 살기로 했는데, 천상 같이는 못 살겠소. 그러니 당신 지금 사는 형편이 어떻소?"

물으니까,

"뭐 보다시피 그저 그렇소. 뭐 남의 집에 가서 일을 좀 해서 하루, 방애 찧어주고, 그저 뭐 좀 해서, 뭐 빨래도 해 주고 가서, 뭐 하여간 쪼끔 있는 집에 가서 품팔이 하는 거유 일단. 지금말로 하면 품 팔아서 뭐 인제 하루, 하루 어떻게 먹고 사는데."

가만히 앉아 생각하니, '저걸 참, 저걸 그냥 모른 채 하고 가자니 사람의 도리가 아니고.'

옛날에 마누라를 얻었다가서 마누라를 버릴 적에도 칠거지악을 다 갖춰야 부인을 버렸어요. 지금은 뭐 칠거지악이 뭐인지 알지도 못하고, 내다 버려. 살기 싫으면 하룻밤 자다가서 잠자리에 맘에 안 들어도 그 자리서, 뭐 저 저, 제주도 신혼여행 갔다가 그날 지녁에 뭐 이혼을 해. 이런 빌어먹을! 그런 놈의 법이 어딨어. 아이 칠거지악을 다 갖춰도 못 보내는 여자가 있대요. 칠거지악을 다 갖췄는데, 이거 애도 못 낳지, 길쌈도 못 하지, 바느질도 못 하지, 뭐 짐도 못 맨 대지, 그 여러 가지 다 합쳐서 칠거지악을 다 갖춰도 못 버리는 여자는 무엇인가 하면은 이 사람이 버렸을 적에 저 사람이 가서 어디 의지할 곳이 없는 사람, 그런 사람은 한 쪽 구석에도 놔뒀어야 돼요. 그런 사람은 못 버린다고 그랬어. 버리면 안돼. 그런 사람은. 나가서 죽을 사람은 버리면 안돼. 그냥 끌어안고 살아야지, 그래도. 뭐이, 여러 사람을 데리고 살더래도 같이 데리고 살아야 되는데. 아, 칠거지악을 갖춰도 못 버리는 사람이 있는데, 이거 이 양반도 그거랑 비슷하단 말이유.

'참, 이걸 못 본 체하고 가자니 그것도 사람의 도리도 아니고.' 생각다, 생각다 못해서 벌어먹게 해 준 게 뭣인고 하면은, '발방애'요. '디딜방애'. 그거 그 때 그 양반이 맨들어 낸 것이요. 그 양반이 디딜방아, 발방아를 그 양반이 맨들어, 옛날이지유. 발방애 나온 지가 수천 년 됐을 거유 아마.

"이 걸을 내가 하나 맨들어 줄 테니까, 이 걸 가지고 당신 벌어잡수시오."

그랬단 말이요.

그래구선, 지금 뭐, 그래도 고향이라고 와 가주구선 동네 어른들은 가서 찾아봤지유, 그래도. 동네어른을 다시 한 번 싹 찾아보구선 서울로 가서 그렇게 해서 전부 올라간 사람들이유. 서울로. 서울 지금은, 옛날에 서울 가기 힘들었어요. 나 서울 갈 때만 해도 내가,

"서울 가자. 느네들 여기서 이렇게 못 살 바에는 서울이나 한 번 가서 살다 못 살면, 죽어도 서울 가서 한 번 죽으면 어떻니?"

하구, 나 서울 가면 다 죽는데, 서울 가면 아무도 없구, 얼어 죽는데, 난 서울 사람 다 죽거든, 이사갈래. 나 서울 갈 때만 해도 그랬어요.

그르니 그 양반은 수천 년 전에 벌써 갔으니, 딴 사람 같으면 그 때 갈 생각도 못하죠. 서울 사람은 일 안하고, 다 먹고 사는 사람들이유. 뭘 어떡해도, 그래 가지고 잘- 살았지요. 대대손손이 잘 살았어요.

이성계 등극 때 집이 자꾸 넘어진 이유

자료코드 : 03_15_FOT_20100115_HRS_KSJ_0002
조사장소 : 강원도 홍천군 내촌면 와야1리 노인회관
제보일시 : 2010.1.15
조 사 자 : 황루시, 유명희, 박현숙, 윤준섭

제 보 자 : 김성준, 남, 77세

구연상황 : 다른 제보자들이 돌아가면서 민요를 부르다가 노래를 마치자 짧은 이야기 하
　　　　　나 하겠다면서 '이성계가 집짓던 얘기나 할까?'하더니 구연을 시작했다.

줄 거 리 : 이성계가 왕이 되어 대궐을 지었다. 다 짓고 입주를 하려고 하는데 집이 넘어
　　　　　갔다. 다시 몇 년에 걸쳐 대궐을 지어 입주를 하려는데 또 집이 넘어갔다. 이성
　　　　　계가 인왕산에 올라가 백일기도를 올렸다. 꿈에 산신령이 나타나서 학의 형국
　　　　　인데 등에 짐부터 올리면 안된다면서 양날개부터 눌러야 한다고 알려줬다. 성
　　　　　부터 둘러쌓은 뒤 대궐을 지으니 무너지지 않고 오백년 동안 정기를 내뿜었다.

　아이, 이성계가 인제 왕으로 들어앉을 판인데, 대궐을 지어야 되겠단
말이우. 대궐을 지어야 되겠는데, 참 엊그저께 지경봤지유?(일차조사 때
'지경 다지기'했던 것을 말함) 지경을 뭐, 전국이 달라붙어서 지경을 닦구,

　한 아마 오래 닦았을 거유. 그 넓은 터를 닦을래니까 이제. 며칠을 닦
았는지 몇 달을 닦았는지 하구서는 대궐을 가서 세우는 거유. 대궐을, 거
뭐, 한 두 칸이 아니고, 우리 오막살이처럼 지면 금방 짓는데, 그게 아주
넓게 질라니깐, 아, 꽤 오래 지었을 거유.

　그래 다 지어놓구선 아, 인제 지금으로 말하면 입주하는 거죠 인제. 입
주할라고 준비를 하면 덜-컥 넘어가네. 이거 큰일났죠 그러니. 그 많은
돈을 들여서 참, 몇 달 몇 년을 지어서 입주를 하게 됐는데, 덜컥 넘어갔
으니 큰일났다 말이유.

　그러니 헐 수 없지요 뭐. 임금으로 들어앉을 판이고, 임금은 다 됐는데,
그래 또 다시 지을 수밖에. 또, 또 다시, 또, 몇 년 지나 가지고 또 들어앉
을라 그러면 또 넘어갔어요.

　그러니 뭐든지, 뭐이, 삼 세 번이란 말이 있어요. 아, 인제 야, 그러니
이거 백성 전부 돈 걷어 가지고 짓는 건데, 옛날에 뭐 베 가져오고, 쌀 가
져오고, 조 가져오고 해서 뫄서 짓는 건데, 큰일 났지요. 아주, 그 임금두
아마 그 옛날에 비는 일이 그렇게 많았어요.

그 인왕산에 올라가서 빌었대요. 아주 며칠을 아주 뭐 잘 비는 사람을 구해왔겠지요 뭐. 아주 잘 비는 사람을 불러다가서 며칠을 빌고, 백일기도를 드리고, '좀 잘 짓게 해 달라구' 인제 빌었겠지유.

그러니깐 하루는 그게 아마 산신령이겠지유? 꿈에 참 아주 엄청나게 무서운 양반이 나타나서,

"여보게 이 사람아 그렇게 미련한가? 아니 임금노릇 할 사람이 나라를 하나 다스릴라면은 제집도 못 짓는 사람이 무슨 전체 나라를……."

옛날에 이런 게 있거든요. 대학을 읽으면 수신제가치국평천하(修身齊家治國平天下)라고 있지유. 내 몸을 뭐 하다못해 뭐 좀 갖출 줄 알아야지.

[제보자 개인의 이야기를 시작하면서]

그 담엔 자기집두. 난 집에 가보면 집두 그지같애요. 그러니 뭘 하겠수? 아주 이 동네에서 제일 드러운 집 아주. 그런 집을 쓰고 살거든. 그러니 해 먹을 게 없지 뭐.

[다시 본래의 이야기로 돌아와서]

집도 좀 갖출 줄 알고, 치국평천하(治國平天下), 수신제가(修身齊家) 수신 몸도 닦고 집도 가지런히 하고 치국을 편안하게 하고, 그 다음엔, 그 다음에 힘이 남으면 천하를 다 주무를 수 있단 말이야. 힘이 그 만큼 있어야 돼.

"근데, 여보게! 너 조선하나 다스리겠다고 나온 사람이 너, 너 들어앉을 집도 못 다스리는 사람이 뭔 집을 집겠냐? 그래도 정 짓겠거든, 내가 시키는 대로 꼭 해야 된다. 너 집에 들어앉을 생각부터 하지 말고 너, 집이 왜 자꾸 넘어가는 지 그렇게 모르느냐? 이게 학의 형국이다. 학의 형국인데 왜 학의 등에 왜 짐부터 실어 놓냐? 그러면 짐을 싣다 싣다 조금 실으면 가만있지마는 많이 실으면 그눔의 학이 자기가 죽겠는데, 너 생각을 해 봐라.

[땅바닥에 납작 엎드리면서] 아, 사람이나 짐승이나 등허리다 잔뜩 올

려다놔서 처음에는 그런대로 개기겠다 내중에 정 죽겠거든, 에라 모르겠다 딱 떨치고 일어날 거 아니야. 너, 학에다 짐을 자꾸, 짐부터 자꾸 실어놓니 그 학이 죽겠다고 그 또 치니까 뒤로 넘어가잖냐?"

"그러면 어떻게 해야 되겠습니까?"

그러니까,

"야 이눔아. 그것도 모르냐? 아, 학이 날개가 있는데, 날개부터 돌로 눌러야지. 날개를 뻗쳐 가지고 날개부터 돌로 눌러야지, 날개를 안 눌러놓고 다리빼기도 안 눌러놓고 등허리다 짐만 실으면 그 놈이 가만히 있냐? 빨리 성부터 쌓라('쌓아라'의 뜻임)."

그랬단 말이야.

"아, 알았어요."

그러면서 그래서 성부터 쌓다는 거유.

어디든지 궁을 가보면은요, 경복궁, 창덕궁, 뭐 덕수궁, 궁이란 궁을 가보면 성이 다 있어요. 중국에 가보면 만리장성이 있고. 그 담에는 야, 거지같은 집에서 그냥 살더라도 사람을 봐 가지구서 성부터 돌려쌓자. 그래, 성부터 돌래쌓고서 그 성, 날개를 딱 꼭꼭 눌러놨으니 뭐, 날개, 다리 꼭꼭 눌러놓고 그 담에 짐을 실으니까,

[땅바닥에 납작 엎드리면서] 꼼짝도 안하고 가─만히 요래고 아주 계속 정기만 내뿜고 있는 거지요 뭐. 오백년 동안을. 개, 그 담에 집을 지니까 무너지지 않고, 그게 무너지면 또 다시하고 무너지면 또 다시하고, 몇 년 전에 또 다시 했어요. 또 다시 하고 여지끈('지금까지'의 뜻임) 대대로 인제 내려오는 거지유.

기르마재(길마재)

자료코드 : 03_15_FOT_20100115_HRS_KSJ_0003
조사장소 : 강원도 홍천군 내촌면 와야1리 노인회관
제보일시 : 2010.1.15
조 사 자 : 황루시, 유명희, 박현숙, 윤준섭
제 보 자 : 김성준, 남, 77세
구연상황 : 다른 제보자가 이야기를 마치고 청중들과 대화를 나누고 있는데, 갑자기 제보
　　　　　자 '지르마재'라고 들어봤냐고 조사자들에게 물었다. 조사자들이 안다고 대
　　　　　답하자 기르마재 전설이 있다면서 구연을 시작했다.
줄 거 리 : 옛날에 소에 길마를 얹어 기르마재를 넘는데, 날씨가 눈보라가 심하게 치고
　　　　　추웠다. 소가 미끄러지면서 길마를 그곳에 벗어놓고 도망을 갔다. 그곳에 길마
　　　　　도 떨어지고 사람도 얼어죽었다. 그래서 기르마재(길마재)라고 부르게 되었다.

　아이, 옛날에 과거들 보러 그래도 이쪽 산골루도 곧잘 댕겼던 가비유.
아, 소를 타고, 소에다 기르마('길마'의 옛말로 짐을 싣거나 수레를 끌기
위하여 소나 말 따위의 등에 얹는 안장)를 얹어 가지고, 그런 걸 얹어 놔
구 타구 댕겨야 편안했단 말이유. 소에다 기르마를 얹어 가지구 타구서
기르마재를 넘어, 그 기르마재 고개를 넘어 가다가서, 아, 날이 얼마나 춥
고 눈보라 치고 그랬던지. 옛날에는 눈도 보통 많이 왔던가비요 아마. 아
이, 그래 소가 미끄러지면서 그만 기르마만 그곳에 벗어놓고 소만 도망갔
단 말이유. 기르마하고 사람하고 거기 떨어졌단 말이유.

　그래 기르마는 거기 안 있구, 사람은 저 저, 그 무슨 아우라진가 뭐 지
나 가지구서 어디꺼징 가다가서 그 사람도 얼어죽고, 옛날엔 그랬대요.
거 얼어죽었대는 그런 얘기가 있어요.

　(청중 : 그래, 지르마재 고개야?)

　예. 그래서 지르마재 고개래요.

　(청중 : 지르매를 얹어갔다 그래서?)

　어, 어.

배바위

자료코드 : 03_15_FOT_20100115_HRS_KSJ_0004
조사장소 : 강원도 홍천군 내촌면 와야1리 노인회관
제보일시 : 2010.1.15
조 사 자 : 황루시, 유명희, 박현숙, 윤준섭
제 보 자 : 김성준, 남, 77세
구연상황 : 앞서 구연을 마치고 이어서 내촌이 충렬의 고장으로 유명한 동네라고 말하면
　　　　　서 마을 유래에 대해 이야기를 시작했다.
줄 거 리 : 옛날에 백우산이 있는데, 백우산 꼭대기에 배말뚝도 있다. 배를 타고 나갔다
　　　　　가 들어와서 거기에 배를 맸다. 밤늦게 배가 들어오면서 바위에 부딪쳐 바위
　　　　　가 갈라졌다. 그 갈라진 모양이 배처럼 생겼다.

저 내촌에, 내촌이 아주 유명한 동네요. 여북하면 충렬의 고장이라고
저 내촌에 들오다보면 충렬비가 그 글씨가 있어요.

내촌 어제 그저께 갔던 도관 삼리에서 쭉 올라가다보면 '배골'이라는
데가 있어요. 배골. 큰골, 배골, 지골, 뭐 미골, 골, 많아요 거기 아주. 고
컬바우. 거 고컬바우 전설도 엄청나게 많아요.

(청중 : 안도리, 안도리두 있구.)

뭐 하여간 별 거 다 있어. 뭐 실바우도 있고 뭐. 배바우가 있는데,

(청중 : 배골 위에가 안도리야.)

그 배가 옛날에 백우산에 있는데, 백우산. 백우산이라는 산이 그 구백
몇 고진가 꽤 커요. 거기가 그 꼭대기에 배말뚝도 있었대요.

개 배를 타구 나갔다가 들어와서 거기다 매구, 매구했는데, 밤에 늦게,
늦게 들오다가서 그 백우산 앞에 보믄, 큰 바우가 여기도 있고 이쪽에도
있구 그래요. 그런데 저 뒤에 가서 보면은 편편한데, 내촌서 도관 삼리서
쳐다보면은, 도관 이리서 봐도 그래요.

바우가 두 덩어리가 크게 있어요. 거기 와서 탁- 부딪치는 바람에 바우
가 뚝- 쪼개졌다구. 바우가 뚝 쪼개져 가지구 그 밑에 턱 그냥 잠수를,

그냥 가라앉은 거유. 침몰 핸 거야, 아주. 그런 바우가 지금은, 거 지금, 눈이 오던지, 차가 올라가야, 차가 거기 올라가는데, 바우가 지금 반이 뚝 쪼개진 바우가 거기, 아주 배하고 똑같이 생긴 기, (청중 : 아주 배하고 똑같애. 나도 봤어.)

　[청중을 쳐다보면서] 가 봤어요?

　(청중 : 아, 그럼.)

　가봤다 그러니까 거짓말이 아니요.

　(청중 : 아, 난 쪼끔애서 다 봤어, 아이그.)

　(청중 : 쪼금 해서 다 봤어?)

　(청중 : 난리 때도 보고, 다 봤어.)

　아주, 배하고 똑같애. 하, 이렇게 생긴 게, 쭉 째진 게, 거 있어요.

　(청중 : 배가 굴러내려와서?)

　굴러내려온 게 아니고 배를 타구서 거 백우산에 와서 배말뚝에다 맬라고 하는데, 거 바우다 부딪치면서 마빡을 탁 치니까 그만 쫙 쪼개진 거예요.

　(청중 : 그게 배바우라고?)

　(청중 : 예. 그게 배바위야.)

끝없는 이야기로 장가든 머슴

자료코드 : 03_15_FOT_20100122_HRS_KSJ_0001
조사장소 : 강원도 홍천군 홍천읍 큰집 설렁탕
제보일시 : 2010.1.22
조 사 자 : 황루시, 유명희, 박현숙, 윤준섭
제 보 자 : 김성준, 남, 77세
구연상황 : 홍천군 동면 좌운1리 노인회관 채록 현장에 찾아와 구경하던 제보자와 다시 만났다. 제보자는 1차 조사 때와는 달리 멋지게 차려입고 나오셨다. 채록은

홍천읍에 위치한 큰집 설렁탕집 별채에서 이루어졌다. 식당으로 이동하는 차 안에서 들려준 이야기를 식당에 도착해서 먼저 채록하였는데, 뒤에 암행어사 가 된 이야기를 다시 덧붙여 구연하였다. 덧붙여진 내용은 '춘향전'의 한 장 면과 유사하다.

줄 거 리 : 옛날에 황대감이 옛날이야기를 한 달 동안 하는 사람을 사위삼겠다고 광고 를 냈다. 한 사람이 황부자를 찾아갔다. 이월 초하루부터 신랑이 신부를 데리 러 가는 이야기를 시작해서 신부를 데리고 오는 이야기를 이틀 동안 계속했 다. 황부자는 이야기를 중단시키고 딸과 혼인시켜 공부를 시켰다. 사위는 공 부를 해서 암행어사가 되어 부정한 관리를 혼내주었다.

옛날에 황대감이 하여간 돈은 억수로 많았던 가비야. 서울에 장안에 살 았는데, 이 양반이 머리 좋은 사람을 이제 사윗감을 삼을라고 구하는데, 광고를 낸 거야, 조선 팔도에다가, 옛날이 조선 팔도라. 조선 팔도에다 서 광고를 냈는데, 사람마다 와 가주고선, 아구- 그런데 가서, 참 그 하늘 에 별따기로 그 가서, 장가만 들면 뭐 팔자는 고치는 거거든. 하얀 뭐, 캬, 색시 예쁘겠다. 돈 많은 집에 사우 노릇 들어가믄, 뭐, 지금으로 말하면 참. 뭐.

(보조 조사자 : 어르신! 뭐라고 광고를 냈어요?)

'옛날 얘기를 한 달 동안 하는 사람.'

옛날 얘기 한 달 동안 하는 사람이믄은, 그 지식두 많을 거 아니야. 옛 날 얘기 한 달 동안 할라믄 지식두 많아야 되거든. 그러니까, '지식이 많 든가, 머리가 좋든가 한 달 동안만 옛날 얘기를 하는 사람이면은 우리 사 위를 삼으마.'

그래 가지구서,

"시골에 논밭전지 많이 사주고, 그걸 남 줘서 쌀 팔아다 서울서 살게 하구, 서울에다 집 사주고, 공부시켜 주고, 공부 못 한 사람도 좋고, 공부, 내가 공부시켜 가지고 내 사우를 삼으마."

그랬단 말이야.

그러니까는 옛날에 참, '그냥 색시 얻을라고 가는 사람'도 있구, '그냥 가서 밥이나 실컷 얻어먹고, 얘기 다믓 얼매라도 하다 말지' 그럴려고 오는 사람두 있구.

사람마다 가서 한 몇 일씩 하면은 뭔 밑천이 있어야 하지, 한 달을 할 얘기가 되나? 옛날엔, 옛날 그 신선생, 천선생(제보자가 어릴 때 뵌 적이 있는 동네 훈장 어른을 말함.) 같은 사람도 한 달을 못하는데. 며칠씩 하단 다 그만두는 거지 뭐.

그-랬는데, 지금도 그렇지만 귀 밝은 사람은 빨리빨리 알지만, 우리 사는 이 참, 아홉사리고개 밑에 사는 사람 겉은 사람은 귀가 어두워 가지고 그게 늦게 늦게사 인자 그 소릴 들었단 말이야. 아, 가만히 생각해 보니까, '어떻게 해서 한 달 동안을 버텨볼라고' 간 거지 인제. 가서, 가 가지고서는

"지가 한 달 동안 옛날 얘기를 하겠습니다."

그래니까,

"그래, 하라."

그랬단 말이야.

그 인제 며칠, 아주 이맘때쯤 갔던가비야. 그런데 정월 달루, 다 지나가고 한 몇 달 동안 실컷 연구하고, 밥 얻어먹고, 이월 초하룻날서부텀 이제 길을 떠나간대. 이월 초하룻날 인제 색시를 얻으러 갔는데, '이월 초하룻날 떠나서 이월 보름날 가서 결혼식 올리고 하룻밤 자고, 삼월 초하룻날 온다고.' 인제 얘기를 했어. 그렇게 얘기를 하구서는, 이월 초하룻날이 인제 왔단 말이야. 이월 초하룻날이 왔는데,

"그럼, 오늘서부터 얘기를 해야 될 거 아니냐?"

하니깐, 오늘서부텀 얘길 한대. 그래고 밥 먹고서 얘기를 하는데, 뭔 얘기를 하는고 하니,

"보름을 가고 보름을 온대."

말을 타고 가는데,

"색시 데리러 갑니다. 인제, 말 타고 갑니다."

[양 손가락을 양 귀에다 대면서] 말이 인제, 여기다 방울 달고 왈랑잘랑 소리가 나그든.

[상체를 좌우로 흔들면서] 앉아서,

"왈랑잘랑 갑니다."

"어, 그렇지."

"또, 왈랑잘랑 갑니다."

"음, 그렇지."

또 조금 있다가,

"왈랑잘랑 갑니다."

계속 하는 거야. 쥥일 그냥.

"왈랑잘랑 갑니다."

"그렇지."

"왈랑잘랑 갑니다."

"음, 그렇지."

"왈랑잘랑 갑니다."

짧아도 해야지 뭐, 이걸 가지고 쥥일 할 수 있나? 그 사람들은. 그 사람은 작정하고 하는 사람이니까는. 작정하고 한 달 동안은 계속할 참이거든. 가─만히 꼴을 보니께, 이 사람이 계속 한 소리 또 하고, 한 소리 또 하고 보름동안을 '갑니다. 갑니다.' 할 것 같단 말이야. 가─만히 생각하니까, 보름동안을 간다고 그랬으니, '보름동안을 왈랑잘랑 갑니다. 갑니다.' 계속 할거구, 그 댐에는, '옵니다. 왈랑잘랑 옵니다.' 할 거란 말이야. 틀림없이 이게 그랠 작정이거든.

그래 가─만 생각하니까, 저 놈이 틀림없이 보름을 가고 하루는 잔치하고, 하룻밤 자구선 그 이튿날부터 이제 보름을 올 참인데, 틀림없이 그 댐

에는 '왈랑잘랑 옵니다. 왈랑잘랑 옵니다.' 또 그랠 거 같거든. 그래니까, 뭐 하룬가 이틀인가 하구서는

"고만 인제 얘기는 그만하면 됐으니까, 내일서부터 공부해라. 너 공부하면 아마 괜찮을 거 같다. 가-만히 머리 쓰는 거 보니까, 너 공부하면 일 년만 공부하면 과거급제하고 홍패(紅牌)23) 백패(白牌)24) 타믄, 벼슬하믄, 암행어사 할 거 같다."

그래 가지고 공부 시개 가지고(시켜 가지고), 뭐 인제 거기서 결혼식 시개서 사위 삼아 가지고 저-쪽에 집 하나 해 줬겠지뭐. 집 하나 해 주고, 그 댐에 공부 시개 가지고 암행어사 시개 가지고서, 시개 가지고.

이 옛날에 암행어사라는 게 지금으로 말하면 정치 잘못 하는 사람들 혼내고 붙잡아 들이는 그게 암행어사란 말이야.

암행어사 해 가지구서, 저 운봉골이 있는 데가 어딘지 모르겠어? 운봉. 전라도쪽 어디 같기도 하고.

암행어사를 해 가지고, 돌아댕기다 돌아댕기다라니깐, 한 군데 갔는데, 지금으로 말하면 도지사고, 옛날엔 감산데, 감사가 아주, 돈을 얼마나 긁어들여 가지고 잔뜩 채려 놓구선, 맨-날 정치는 안 하고, 지금으로 말하면 뭐 색시집에 갖다 놓구는 노는 식이지 뭐.

맨-날 그게, 가만있자, 그 얘기를 할 거면 좀 준비를 더 했어야 되는데, [생각하느라고 11초 멈춤]

가다 보니까 너무 흥청망청 정치는 안 하고 맨날 술 먹고, 기생 데려다 놓고 그래거든. 가-만히 보니까 아주 못쓰겠거든.

(보조 조사가 : 감사가?)

감사를. 감사 노릇 못 허겠드라고. 암행어사가 가-만히 보니까, 만날

---

23) 문과의 회시(會試)에 급제한 사람에게 주던 증서. 붉은색 종이에 성적, 등급, 성명을 먹으로 적었다.
24) 소과에 급제한 생원이나 진사에게 주던 흰 종이의 증서.

잔치하는데. 그 은어먹으러, 인제 그지처럼 해 가지고 은어먹으러 들어갔어. 들어갔는데, 그, 그게 글귀가 다 있는데, 걔 뭐, 다리 부러진 개다리상에, 뭐 뭐, 쪼끔 먹으라고 저 거러지가 왔으니, 그지가 왔으니 쪼끔 저 구퉁이다 채려다 줬대. 그런데 거기 운봉골 사는 군수가, 운봉군수가, 군수들은 다 초대했던 가비야 아마. 전부 군수를 다 초대해고 그라는데, 운봉군수가 가-만 보니까, 아무리 봐도 이 수상하단 말이야. 그진 그진데, 수상하단 말이야. 그르니깐 그 옆에 가 앉아서, 그 우리는 떡에다 뭐, 소갈비에 뭐, 잔뜩 갖다 놓고 먹는데 그거 좀 안됐잖아. 아무리 거지래도 똑같이 먹이면 어때?

난 내 역시 똑같이 먹일려고 애써. 그게 못 쓰는 버릇이거든. 사람은 똑같은데 하나 그저 못 산다 뿐이지.

그 운봉은 좀 안됐으니까 옆에 가서 슬금슬금, 이제

"운봉, 나 갈비 하나."

그르면, 갈비 하나 갖다 주고.

"운봉, 나 감주 한 그릇."

하면 감주 한 그릇 갖다 주고, 그럭해고 가-만히 보니까 수상한 것 같단 말이야. 그러니깐 그렇게 하구선 운봉은 슬그머니 피했단 말이야. 피했는데, 아- 아직 피하지 않고, 그런데 또 옛날엔 인제 뭐 글자랑들 하느라고 글들, 글 지었단 말이야. 전부 글을 짓는데, 전부다 하나씩 짓는데, 암행어사가 글을 짓는데, '옥쟁반에 달콤한 술 같은 거는 전부 백성의 피땀이요, 뭐, 또 뭐, 맛있는 갈비 음식은, 음식들 전부 백성들의 쉼기는 것이라.'

전부 그런 식으로 글을 지었단 말이야. 글을 지어, 다 지었는데, 이눔들이 가-만히 보니까, 이거 보통급이 아니거든. 큰일 났거든. 그러니까 다들 도망갔어. 도망갔는데, 그댐엔 쫄병들 다 거 갖다났던 암행어사 출도를 했단 말이야.

그러니까 뭐 다 잡아들일 참이지. 잡아들이니까 급하니까, 골방에 어디,
어디 기생집 골방에 들어 가지고,

"야, 뭐 문 들어온다. 바람 닫어라."

'바람 들어온다. 문 닫어라.' 소리를,

"문 들어온다. 바람 닫어라."

뭐,

"요강 매렵다. 오줌 들여와라."

떠들구 그래. 그래구 떠들다가선 붙잡혀갔단 말이야.

그게 엄청나게 말이 긴데.

(보조 조사자 : 그 암행어사 이름은 뭐예요?)

암행어사 이름은 그걸 모르겠는데.

배나무 되찾은 영리한 머슴 아들

자료코드 : 03_15_FOT_20100122_HRS_KSJ_0002
조사장소 : 강원도 홍천군 홍천읍 큰집 설렁탕
제보일시 : 2010.1.22
조 사 자 : 황루시, 유명희, 박현숙, 윤준섭
제 보 자 : 김성준, 남, 77세
구연상황 : 앞의 이야기가 끝나자 하인 집 배나무가 대감 집으로 넘어간 이야기를 해 보
겠다면서 이어서 구연하였다.
줄 거 리 : 하인과 대감이 서로 옆집에 살았다. 하인네 집에 자손 대대로 내려온 배나무
한 그루가 있었다. 배나무가 자라서 대감 집 울타리를 넘어갔다. 그 후 대감
집에서 만날 감을 따먹는데, 하인 집에서 아무 말도 하지 못했다. 머슴 아들
이 보다 못해서 대감을 찾아가 주먹을 대감 방에 밀어 넣으면서 누구의 주먹
인지를 물었다. 대감은 아이의 주먹이라고 말하자, 배나무는 누구의 배나무냐
고 다시 물었다. 대감은 하인네 배나무라고 인정하고 그 뒤로는 배를 따먹지
않았다. 대감이 머슴 아들이 크게 될 인물이라고 생각하고 공부를 시켰다.

옛날에는 하인 몸종, 종도 있었거든, 종. 종 노릇하고, 하인 노릇하는 사람이 옆집에 살고, 여기 대감네 집은 참 큼직한 집에 살았겠지. 근데 그 집에 배나무가, 하인네 집에 배나무가 커-다란게 하나 있는데 울타리 안으로 뻗어들어갔단 말이야.

(보조 조사자 : 대감네 집으로요?)

응. 대감네. 대감네 집으로 뻗어 들어갔는데, 맨날 그 집이가 따먹는 거야. 그래 높은 사람이 따먹으니 말도 못하고, 그 기 자손 대대로 내려왔는데, 이 하인네 집에 쪼끄만 머슴애가 하나 크고 있는데, 이 사람이 아주 크게 될 사람이야.

아이, 대대륙을 내리는데, 요 머슴애가 가-만히 보니까는 참 어른들이 너무 그걸, 반을 그 울타리 너머로 넘어갔는데, 그 집이 그냥, 그냥 막 따먹으니 말도 못하고 그냥 넘어가고, 해마다 따먹어도 말도 못하고, 그냥 넘어가고. 요개 크민서 가-만히 보니까 가만히 두면 안 되겠거든.

'대감이고 뭐이고. 혼을 내구서 이거 대나무를 찾아야 되겠다.' 말이야. 그러니까 하루는 하, 요- 머슴애가, 옛날에는 전부 창호지 바르고,

[손가락 사이를 넓게 벌리면서] 저런, 이런 엉성한 문이거든. 주먹을, 이 머슴애가 주먹을 갖다 팍- 찔러, 대감 방에다 드리쩔렀단 말이야.

"대감님 이거, 이게 누구 주먹이요?"

그랬단 말이야.

"야, 이눔아, 그게 니 주먹이지. 니 주먹이지. 아무개 니 주먹이지."

"그러면 우리집에 배나무, 이거는 누구네 배나뭅니까?"

가-만히 있드니,

"아 그것도, 야, 그 느네 배, 느네 배나무. 즈 울타리 하나 넘어왔다고 맨날 따먹었는데, 울타리 안에 넘어온 걸 우리 배나무라고 따먹었는데, 아, 그 몸땡이는 거기 있는데, 즈 그 집 배나무지."

그래구선 하나도 못 따먹었대, 그 뒤루는. 거 그 뒤로 못 따먹고, 야,

요놈이 가─만히 대감이 생각해 보니까 앞으로 크게 될 머슴애거든. 그러니까 그 놈을 하인 노릇 하민선 그냥 공부를 시개 가지고, 그 담은 그 사람 덕을 보는 거지. 사람만 똑똑허게 잘 나면은 못 살아도 크게 돼. 대감이 또 걷어치워야지 뭐.

오형제고개

자료코드 : 03_15_FOT_20100122_HRS_KSJ_0003
조사장소 : 강원도 홍천군 홍천읍 큰집 설렁탕
제보일시 : 2010.1.22
조 사 자 : 황루시, 유명희, 박현숙, 윤준섭
제 보 자 : 김성준, 남, 77세
구연상황 : 앞의 이야기를 마치고 갑자기 조사자들에게 홍천 다니다가 오형제고개를 넘어봤냐고 물어서 조사자들이 그곳이 어디인지를 물었다. 와야리에서 철정리 나오는데 있는 곳이라고 답변을 해 주고 나서 이야기를 구연했다.
줄 거 리 : 백우산을 뚫기 전에는 사람들이 걸어서 다녔다. 오형제가 과거를 보러 그 고개를 넘어가다가 쉬었다. 그런데 날씨가 너무 추워 오형제가 그만 얼어죽고 말았다. 그래서 그 고개를 오형제고개라고 부른다.

오형제고개라고 있는데, 그게 참, 그게, 반은 그짓말 같기도 하고, 반은 참말 같기도 하고, 산, 이렇게 생겼어요. 이렇게 생겼는데, 요리 들어가, 지금은 이걸 팰쳤거든. 이걸 팰쳐 가지고 그러는데, 옛날에는, 우리 동네 대충이라고, 그 백우산이라는 산이 금으로 받쳐놓은 산이라고 그래서, 옛날에 그 우리 살던 동네가 백운산을 금으로 받쳐놓은 산이라고 그랬거든.

(보조 조사자 : 백우산이요?)

응. 백우산. 그걸 일본 놈, 일본 사람, '대충'이라는 사람이 그걸 금을 다 파먹었어.

(보조 조사자 : 일본 누구요?)

'대충'이라 그랬어. '대충', '대충'이라는. 그냥 '대충이', '대충이' 그랬거든. 그런데 그 기, 무슨 그 기 이름이라고 그랬어. '대충이', '대충광산'이라 그랬고, '대충광산' 일본사람 '대충'이야, 이름이. 그 사람이 뚫었다고 말론 그래, 옛날에, 옛날에, 왜정 때. 그 전에는 그 사람이 뚫르기 전에 옛날에는 글루 다 걸어댕겼단 말이야.

[양손을 좁게 마주 대고] 요런 길루 다 걸어당겼는데, 저 기린인가 어디서 과거를 보리 가다가, 겨울에 가던 가비야. 하도 추운데 가다가서,

[왼손가락으로 오른손등을 하나씩 짚으면서] 그 오형제고개 잔등이 하나, 둘, 서이, 너이, 다섯 개가 있는데, 요길 들어갔다 나갔다, 들어갔다 나갔다 이래고 댕겼거든.

'거기를 가다가 오형제가 다 한꺼번에 얼어죽었다─고' 그런다고. '얼어죽었다.' 그래서 오형제고개라고 그런다고.

(보조 조사자 : 어떻게 얼어 죽어요?)

과거 보러가다가 하도 추워 가지고서 거기서 쉬다가 눌어붙었대. 눌어붙어 가지구 오형제가 됐대. 그게.

며느리고개

자료코드 : 03_15_FOT_20100122_HRS_KSJ_0004
조사장소 : 강원도 홍천군 홍천읍 큰집 설렁탕
제보일시 : 2010.1.22
조 사 자 : 황루시, 유명희, 박현숙, 윤준섭
제 보 자 : 김성준, 남, 77세
구연상황 : 오형제고개 구연을 마친 뒤 조사자가 다른 이야기를 또 들려달라고 하자, '그 비슷한 얘기 또 해도 되냐?'고 묻더니 이어서 며느리고개 전설을 구연했다.
줄 거 리 : 남면 어느 집 시어머니가 며느리를 못살게 굴었다. 하루는 며느리가 맨발로 도망가다가 한 고개에서 얼어죽었다. 그 고개에 며느리 혼이 붙어서 죽은 며

느리 또래 사람만 지나가면 붙잡고 가지 못하게 했다. 그래서 새신부 신행길은 그 고개를 넘지 않고 둘러가게 되었다. 죽은 며느리의 원한이 맺힌 고개라 하여 며느리고개라고 부른다.

며느리고개[25] 그게 옛날에는 하유, 그게 무지 무지하게 무서운 고개래. 글루, 글루 옛날에는 가매타고 인제 시집가고 장개하고 했는데, 가매타고 시집가는 색시는 거기 넘어가다가 죽기도 하고 그랬대. 아주 원통한 고개래, 그게.

그런데 첨에 그 고개가 생길 적에, 남면이라지? 남면. 남면 어디 살던 시어머이가 하-두 못살게 굴어 가지구서 넘어가다가서는 또 발이 시려, 맨발로 가다가 발이 시려서 못 건너가구, 또 그 이튿날 가더 못 넘어가구, 맨발로 하여간 거길 가다가서, 그러니깐 참, 아그, 우리 동네서 맨발로 할머니가 도망가는 걸 봤는데, 내가, 우리가 봤어. 그걸 봤는데, 옛날엔 그랬던가비야 아마. 맨발로 거길 가다가서 얼어죽었대.

그래 가지구서 그 혼이 거기 달라붙어 가지구서, 자기 나세(나이)만 되는 사람이믄 붙잡구 가질 못하게 한대.

(보조 조사자 : 자기 나이랑 비슷한 사람을요?)

그럼, 어, 그럼. 그래 가지구서 하여간 뭐 신행길이라고 그러는데, 신행길이라고는 거긴 절대 못 댕겼대. 딴대로 돌아가면 돌아가고, 그 넘어서 색시 데려올 거 같으면 아예 데려오지 않고 그랬대. 그런 원한, 원한이 맺힌 고개지 뭐. 아주, 죽을 놈의 고개지 뭐.

(보조 조사자 : 여기는 뭐 그 며느리 원한을 풀어주거나 그런 건 없었어요?)

(보조 조사자 : 지금도 간혹 그런 일이 있어요? 혹시?)

지금은 굴을 뚫었어.

---

25) 홍천군 홍천읍 상오안리와 남면 월천리 사이에 있는 고개, 현재 남면 월천리에 며느리고개 터널이 있다.

달래강

자료코드 : 03_15_FOT_20100122_HRS_KSJ_0005
조사장소 : 강원도 홍천군 홍천읍 큰집 설렁탕
제보일시 : 2010.1.22
조 사 자 : 황루시, 유명희, 박현숙, 윤준섭
제 보 자 : 김성준, 남, 77세

구연상황 : 앞의 이야기를 마치고 설화 목록을 적어놓은 족보를 꺼내서 확인한 뒤, 짧은
　　　　　이야기라면서 구연을 이어갔다.

줄 거 리 : 오누이가 강을 건너가다가 동생이 누이에게 욕정이 생겼다. 그래서 자신의 신
　　　　　을 돌맹이로 찧어 죽었다. 그 광경을 보고 있던 누이가 '달래나 보지, 얘기나
　　　　　해보고 죽지.'라고 했다고 해서 강이름이 달래강이 되었다.

　두 오누가 강을 건너가다가 그 남자가 건너가다가 자기 신(남성의 성기
를 의미함.)을 돌맹이를 쫘서(찧어) 쫑구 나나니까 자기가 죽었지 뭐.

　죽으니까는 누이자리가 있더가, 여자가 있더가,

　"아효, 달래나 보지, 얘기나 해 보지, 얘기나 해 보고 죽지."

　그랬다는, 그래서 달래강이래. 강 이름이 달래강이래.

　(보조 조사자 : 아, 강이름이?)

　예, 강이름이 달래강이야.

　(보조 조사자 : 근데 동생이 왜 죽었다구요?)

　남자가 죽었지.

　(보조 조사자 : 그러니까 남동생이 왜 죽었다구요?)

　두 오누가, 두 오누가 관계할 수 없잖아.

　(보조 조사자 : 아, 그래서?)

　그럼. 그럼.

메뚜기, 물새, 개미의 유래

자료코드 : 03_15_FOT_20100122_HRS_KSJ_0006
조사장소 : 강원도 홍천군 홍천읍 큰집 설렁탕
제보일시 : 2010.1.22
조 사 자 : 황루시, 유명희, 박현숙, 윤준섭
제 보 자 : 김성준, 남, 77세
구연상황 : 앞의 이야기에 이어서 이야기를 구연했다.
줄 거 리 : 옛날에 메뚜기와 물새와 개미 셋이 천렵을 갔다. 그런데 모두 물고기 잡는 것
을 서로에게 미루고 있었다. 결국 메뚜기가 물고기를 잡으러 물속에 뛰어들었
다. 그러나 메뚜기가 오히려 물고기에게 잡아먹히고 말았다. 물새가 메뚜기를
구하려고 그 물고기를 잡아 배를 갈랐다. 메뚜기가 튀어나오면서 자기가 물고
기를 잡은 것처럼 덥다면서 이마를 닦다가 이마가 벗겨졌다. 물새는 메뚜기의
행동이 괘씸하고 미워 입을 삐죽거려 주둥이가 나왔다. 이 광경을 지켜보던
개미가 배꼽을 잡고 웃다가 허리가 짤록해졌다.

메뚜기하고 물새하고 개미하고 서이서 천렵을 가, 옛날에 시골 사람들
천렵 잘 댕겼거든.

(보조 조사자 : 천렵이 뭐예요?)

'천렵' 저 강가에, 강가에 가서 냄비하고, 꼬치장하고, 뭐 소금도 가주가
고, 가주가 가지구서 고기, 강가에 가서 고기 잡아 가지고 끓여 먹는 걸
천렵이라고 그래. 강에서 고기 잡아서 가 고기 매운탕 끓여 먹는 걸 천렵
이라고 그래.

그걸 하러 갔는데, 아이, 지끔 우리도 고기 잡으러 뻘쭐 댕기는데, 서로
먹을래고 해지만 잡을려고는 안 그래요.

그러니까, 아, 가 가지고서 천렵을 갔으면 서로 합심을 해서 잡아야 되
는데, 아 서로 얼굴들만 쳐다보고 안 잡네. 부지런히들 잡아야, 점심때는
됐는데 빨리 잡아서 끓여 먹어야 되는데. 다들 안 잡으니, 안 잡고 있으니
까는 메뚜기란 놈이 다들 안 잡으니,

"에그 쌍, 내가 들어가 잡아야지."

깡충 뛰어서 물루 들어갔어. 쑥- 들어갔어. 쑥- 들어가니까, 고기란 놈이 홀떡 집어 먹어버렸어.

(보조 조사자 : 메뚜기를?)

그럼. 그르니 서이가 물새하고 메뚜기하고 개미하고 서이가 천렵을 갔다가, 아 하나 죽게, 죽게 생겼잖아. 큰일 났잖아. 아, 물새가 아, 후다닥 들어가서 그 잡아먹은 고기를 꺼내다가 배때기를 확- 째보니까, 그 안에서 툭- 튀어나오면서 하는 말이 뭔가 하면,

"아! 덥다."

자기가 잡아온 것처럼. 메뚜기가('물새가'라고 해야 할 것을 잘못 말함) 아니면 지가 죽었을 텐데. 고기밥이 돼서 죽었을 텐데. 그래도 지가 잡아온 척 하구선,

"아! 덥다."

[오른손으로 이마를 잡으면서] 그러니까, 메뚜기 머리가 훌떡 이렇게 벗겨졌지 왜. 넓적하잖아. 메뚜기 머리는 이렇게 넓적해.

그래니까는 아, 물새가 가-만히 생각하니까 괘씸하거든 아주.

"지가 내가 아니면 지가 고기밥이 됐을 텐데, 꺼내다가 배때기를 확- 째놓니까는 그 속에서 툭- 튀나오면서 '어, 덥다.' 한다구."

아주 괘씸하니깐,

[손가락을 입에 댔다가 아래로 밀면서] 미워 가지고 주둥이가 아주 삐죽하게 나와서, 물새 주뎅이는 그냥 삐죽하고 아주, 삐죽하고. 그걸 가-만히 개미가 아주 꽤 우습거든. 웃다, 웃다, 웃어 가지구서 얼마나 웃었는지,

[양손을 허리에 갖다대면서] 허리가 짤룩해지잖아.

[웃음]

개가해서 전남편 제사 지낸 여인

자료코드 : 03_15_FOT_20100122_HRS_KSJ_0007
조사장소 : 강원도 홍천군 홍천읍 큰집 설렁탕
제보일시 : 2010.1.22
조 사 자 : 황루시, 유명희, 박현숙, 윤준섭
제 보 자 : 김성준, 남, 77세
구연상황 : 앞의 이야기에 이어서 이야기를 구연했다.
줄 거 리 : 옛날에 먹고 살기 힘들어서 개가를 한 여인이 있었다. 본남편 제삿날이면 훗
남편 몰래 장독대에 그날 먹은 음식을 제삿밥으로 몇 년을 차렸다. 하루는 훗
남편 꿈에 초라한 사람이 장독대 뒤로 들어가 죽을 맛있게 먹고 가는 것을
보았다. 훗남편은 꿈에서 깨어 장독대에 가 보니 오늘 저녁으로 먹은 죽이 놓
여 있었다. 부인에게 그 이유를 물었더니 부인이 사실대로 털어놓았다. 훗남
편은 다음 해부터 부인의 본남편 제사를 정식으로 지내주었다. 그 후 복을 받
아 재산도 일고 자손도 잘 되었다.

참, 지금 우리 동네도 그런 사람 많아. 두 번째 시집 간 사람 많거덩.
두 번째 시집을 참, 지금이, 지금 같으면 잘 안 갔을 거야. 옛날에는 먹고
살기 힘드니까 인제 밥이래도 얻어먹을라고 시집을 갔지.

가서 사는데 본남편 생각이 죽은 날이면, 본남편이 죽어서 시집을 왔는
데, 본남편 지삿날(제삿날)만 돌아오면 거 생각이 나 가지고서, 차, 이거
그냥 지나가자니 참 너무 섭섭하고, 그래 가지고 제삿날만 돌아오면은 몰
래 밥을 조금 해 가지고선 저 장독대에다, '혹시 날 보러 왔다가래도, 혼
이래도, 날 보러 왔다가서 정 배고프면 그래도 잡숫고 가시오.' 하고 저
장독대에다 밥을 한 그릇, 아이, 밥도 아니고 참 죽이래.

그날 저녁에 인제 해먹으면, 따로 밥을 하믄 지금 훗남편이 의심을 하
잖아. 그래 그날 저녁에 밥 해먹으면 밥 갖다 놓구, 또 어떡하다 죽 해먹
으면 죽 갖다 놓구 그냥 몇 년을 그렇게 살았대. 살았는데, 하루는 그 훗
남편의 꿈에, 아구, 어떤 초라한 사람이 오더니 그 장독 뒤로 들어가더니
아주 그걸, 그날 죽을 갖다났다던가 그랬는데, 그걸 그냥 아주 맛있게 먹

구, 맛있게 먹구 가더래.

하두 꿈도 이상하니까는 부인은 자고 있는데 슬그마니 장독대 가보니까, 진짜 죽이 한 그릇 있는데, '이게 우째 엊지녁에 먹던 죽인데, 뭐 엊저녁에 다 먹었는 줄 알았는데, 여기 웬 죽이 한 그릇 있다.' 걔 인제, 얘기를 했대.

"아이, 장독대에 그 엊저녁에 다 먹은 같은데, 웬 죽이 한 그릇 있소?"

그러니까, 헐 수 없이 탄로가 날꺼 같으니까 아주 사실 얘길 했어.

"참, 여기 와서 내가 살민선 서방님보고 본남편 지사 지내자고 헐 수는 없고 지삿날이 돌아오면 너무 섭섭하고 그래서 그날 저녁에 해먹은대로 그냥 갖다놓구 했다구."

그러니까, 훗남편이 가만히 생각하더니 참, 안됐거든.

"그러지 말고 돌아오는 해서부터는 아주 깨끗하게 지사를 채려놓구 당신하고 나하고 같이 지냅시다."

그랬어.

그래 그렇게 지내구서, 그러니 그 사람 나름이지. 그 사람도 좀 훌륭한 사람이지. 그래도 그렇게 하는 건. 그래서 그 담서부터는 계속 제사를 지냈대. 지내니깐 그 담엔 아주 뭐 재산도 많이 일어나고, 자손도 잘 되고,

(보조 조사자 : 복 받았네요.)

고럼. 복을 받는 거지. 그렇게 잘 살다가 참 말루는 엊그저께 죽었다고 그러지. 아직 안 죽, 그 대대손손이 아직 안 죽고 사는지도 몰라.

고시레 유래

자료코드 : 03_15_FOT_20100122_HRS_KSJ_0008
조사장소 : 강원도 홍천군 홍천읍 큰집 설렁탕
제보일시 : 2010.1.22

조 사 자 : 황루시, 유명희, 박현숙, 윤준섭
제 보 자 : 김성준, 남, 77세
구연상황 : 앞의 이야기에 이어서 '고수레' 이야기를 해 봐야겠다면서 구연을 시작했다.
　　　　　 이 이야기는 강원도 인제에서 많이 하는 이야기라고 했다.
줄 거 리 : 옛날 한 마을에 고씨네와 김씨네가 살았다. 고씨네가 살다가 자손도 없이 죽
　　　　　 자 김씨네가 제사도 지내주고 벌초 해 주었다. 그 후 김씨네가 부자가 되고
　　　　　 자손도 왕성해졌다. 김씨네가 고씨네 제사를 지내주어 부자가 되었다는 소문
　　　　　 이 전국으로 퍼져나갔다. 그 후 사람들이 밥을 먹다가도 조금 떼어 고씨 잡수
　　　　　 시오 하면서 고씨네 무덤 쪽으로 던졌다. 그 고씨네가 변해 고시레가 되었다.

　고씨네, 이게 고씨야, 고씨. 고씨네 하구, 김씨네 하구 한 동네 고, 두
서너집 살았던 가비야. 근데, 그 고씨네가 죽었대.

　(보조 조사자 : 왜요?)

　글쎄, 그, 그건 모르지, 왜 죽었는지.

　자손도 없이 살다가선 그냥 죽었는데, 제사, 옛날에는 그, 지금은 제사
를 잘 안 지내는데, 옛날에는 제사를 꼭 지냈거든. 제사 지낼 사람도 없
고, 참 보기 딱하고 그러니까는 이 김씨네가 걸 제사를 지내 줬, 췄대요.

　그러니까는 갖다 파먹고 제사 지내주고, 지금 광암리라는데 가면은 옛
날에 자손없이 죽은 사람들 꽤 있어요. 그런 식이지 뭐.

　자손없이 살다가 그렇게 죽으니까, 아 그 남의 제사를 지내줬겠지 아
마. 걔,

　"고씨네 많이 잡수시오. 잡수시오."

　하고 제사도 만날 지내주고, 벌초도 해주고 그러니까 그 집안이 아주
참- 부귀다남('富貴多男' 재산이 많고 지위가 높으며 아들이 많음.)하구 잘
된 거야, 인제.

　가-만히 옆에 동네 사람들이 보니까, 그 집이가 잘 못 살았는데, '그
집 제사를 지내준다' 소리를 들었는데, 제사를 지내주고서는 벌초 해주구
제사 지내주고 그러니깐, 아주 부자 되구, 자손도 왕성하고 잘 되거든.

그러니깐 자기네도 또 가서 하는 거야. 자기네도 가서 제사 지내주고, 해주고, 그러니까 자손 많이, 하나도 못 돼도 복이 많으면 그렇게 돼. 저 마당(저마다) 가서 벌초 해주고, 제사 지내주고, 그러니까 그 소리가 전국에 퍼지는 거지. 퍼지니까, '아이, 나도 제사 지내주면 좋을 텐데.' 하구 밥 먹다가도, 가차운데(가까운데) 사람은 그쪽에 갖다놓고 지내는데, 아 먼데 사람은 할 수가 없잖아.

그러니까 밥 먹다가두 쪼끔 놔 인제, 떠 가지구 그쪽으로다 집어던지면서,

"고씨 잡수시오."

인제,

"고씨네"

그리고 인제, 말이 자꾸 변해 가지구,

"고시레"

그 하는 거 들어봤어요? 그런 거?

(보조 조사자 : 예. 젊은 사람들도 해요.)

예?

(보조 조사자 : 젊은 사람들도 한다구요. 술, 술 갖은 걸로 많이 해요.)

쪼끔 집어던지면서

"고시레."

그랜다는 거지.

이를 주먹으로 쳐서 죽이려는 장수

자료코드 : 03_15_FOT_20100122_HRS_KSJ_0009
조사장소 : 강원도 홍천군 홍천읍 큰집 설렁탕
제보일시 : 2010.1.22

조 사 자 : 황루시, 유명희, 박현숙, 윤준섭
제 보 자 : 김성준, 남, 77세
구연상황 : 앞의 이야기에 이어서 구연을 했다.
줄 거 리 : 옛날에 한 힘센 사람이 돌아다니다가 쉬고 있었다. 몸이 가려워 이를 잡아 바위 위에 올려놓고 주먹으로 세게 내리쳤다. 그 바람에 바위가 갈라지고 이는 멀쩡히 그 밑으로 떨어졌다. 김매던 농부가 이를 잡아 손톱으로 꼭 눌러 죽였다. 주먹으로 해도 죽지 않던 이를 손톱으로 죽이는 것을 보고 농부가 자기보다 힘이 세다고 생각했다.

옛날에 장수가 장수, 장사라 그러구. 힘, 힘센 사람. 그런 사람이 그냥 김삿갓 모양으로 돌아댕기는 거지 뭐. 그렇게 돌아댕기다 나니까는 거, 지금 지금 사람들은 '이', '이' 모를 거야.

(보조 조사자 : '이' 있어요. 요즘에. 어르신.)

(보조 조사자 : 머릿니 있어요.)

(보조 조사자 : 머릿니 많아요, 요즘에.)

옛날엔 장수들두 그 이가 있었던 가비야 아마. 양지 끝에 가다가서 쉬어갈라고 앉았는데, 자꾸 개로우니까는(가려우니까는)

[손으로 윗옷을 훑어내면서] 이럭하니까 이가 나오거든. 이런 바우겠지 아마. 거기다 이-렇게 꺼내 놓구서는 주먹을 냅다 내려치니까는 바우가 쩍- 갈라지잖아. 바우가 쩍- 갈라져 나오면서 이는 그냥 그 밑에 떨어져 있단 말이야. 안 터지고. 그런데 그 옆에 짐매던 사람이 가-만히 보니까, 꽤 웃기거든. 개,

"아구 저런 한심한 사람두 있나?"

"아그, 아그 지가 좀 그 이 좀 죽이면 안 될까요?"

그러니까,

"아구, 그 죽일 수 있으면 죽이라고."

그랬단 말이야.

아 와서 아, 손톱으로 요렇게 하니까 탁 터지거든. 아니 자기는 주먹으

로 쳐도 이놈의 이가 안 터지고, 안 터지는데, 아, 손톱으로 요렇게 하니까 톡 터진다 말이야. 그래니까 나보단 더 세잖아. 이 사람은. 그러니까 그 사람을 데리고 댕기면서 그냥 잘 멕이고, 그래 잘 살게 된 거지 뭐. 하여간.

설대 터트리는 장수 혼내준 큰 장수

자료코드 : 03_15_FOT_20100122_HRS_KSJ_0010
조사장소 : 강원도 홍천군 홍천읍 큰집 설렁탕
제보일시 : 2010.1.22
조 사 자 : 황루시, 유명희, 박현숙, 윤준섭
제 보 자 : 김성준, 남, 77세
구연상황 : 앞의 이야기를 마치고 그와 비슷한 이야기 하나를 더 하겠다면서 구연을 시작했다.
줄 거 리 : 옛날 산골짜기에 한 큰 장수가 살았다. 작은 장수가 장마다 돌아다니면서 파는 설대를 터트리면서 설대장사들에게 횡포를 부렸다. 큰 장수가 작은 장수를 혼내주려고 설대 한 단을 움켜쥐어 끊는 힘을 보여주었다. 그래서 큰 장수가 작은 장수의 나쁜 버릇을 고쳤다.

옛날에 정선에, 그 쪼그만 산골 골짜구니에도 참 희한한 사람들 많이 살았던가비야 그래두. '정선에 뭐 군수가 들어갈 적에 울구, 나올 적에 울구' 그랬대.

그놈의 데가 희한한 동네거든.

정선 가 봤어요?

(보조 조사자 : 네.)

거, 가서도 얘기 많이 들었어요?

(보조 조사자 : 네.)

많이 들었을 거야. 많이 나와 거기서.

(보조 조사자 : 노래를 많이 들었어요.)

노래 많이 들었어요? 그렇지. 뭔 노래.

아이, 거기 큰 장수가 하나 사는데, 가만히 돌아댕기다 보니까는 쪼금한 장수가, 담뱃대.

[양손으로 긴 담뱃대 모양을 만들면서] 옛날에 담뱃대 이-만하게 해 가지구서 비올 적에 설대, 설대라는 게 있거든. 거 맞추는 설대, 대, 대나무. 그 설대장수가 그 전엔 많이 설대를 많이 팔았거든. 담배, 담뱃대가 지다마니까(길다라니까) 그래 잘 팔렸단 말이야. 그러니깐 장마다 가면 그 설대장수가 설대를 이만큼씩 물어.

'설대'('담배설대' 담배통과 물부리 사이에 끼워 맞추는 가느다란 대.)라는 게 참대거든. 참대('왕대' 볏과의 여러해살이풀.) 가늘다고.

[젓가락을 가리키면서] 요거보다 약간 굵을까 그래. 그런 걸 요만큼씩 짤라 가지구서는 갖다 세워놓구서 팔구, 팔구 하는데, 쪼그만 장수가 맨날 심술만 부리고 돌아댕기는 거야. 장마다 쫓아댕기민선.

가서 꼭- 쥐, 그게 단단하거든. 참댄데, 꼭 쥐면 그 기 탁 터진단 말이야. 탁 터지면 못 쓰는 거야.

꼭 꼭 쥐서 톡톡 쳐,

"설대가 안 여물었군."

그러믄서 돌아댕기민 톡톡 터쳐놓니 설대장수는 망하는 거지 뭐.

사람은 남을 망하게 하믄 절대 못써. 남을, 남을 항상 존경하고, 항상 남을 존경하고 받들어 줘서 그래 살아야 되는데, 요 쌍놈의 새끼가 맨날 가, 장마다 돌아댕기면서 그러는 거야. 뭐 정선장, 뭐 홍천장, 뭐 순천장, 계속 그러면서 돌아댕기면서 고러니까, 큰 장수가 가만히 보니까는 괘씸하거든. 이건 나쁜 놈이라. 니가 기운이 씨면 그까짓 설대나 하나 톡톡 터추는 기, 설대가 꼭 그 볼펜만큼씩 한데,

[자켓 안주머니에서 볼펜을 하나 꺼내서] 고이 요것보다 약간 굵어. 그

기 딱딱한데, 조만한 사람 못 터추거든.

근데, 꼭꼭 쥐서 다 터쳐놓니 이 사람 뭐 못 파는 거지. 뭐 터쳐놓니 어떻게 팔아.

"설대가 안 여물었군."

그러면서 톡톡 터쳐놓구.

"이것도 또 안 여물었군."

그러믄 다 터쳐놓는 거야.

그걸 보다 보다 못해 큰 장수가 하나,

"야, 너 기운이 쎄면 너 얼마나 쎄어 가지구선 돌아댕기면서 남만 못살게, 설대장수들 벌어먹고 살려는데 못 벌어먹게 망가뜨려놓느냐? 요놈의 새끼. 넌, 너 기운이 얼마나 씨냐?"

니깐, 아 탁 탁 탁 탁 터추면서

"탁 탁 이렇게 탁 탁 터춘다고. 얼마나 씨다고?"

그러니,

"야 이눔의 새끼, 기껏 터추는 것 갖구 그래?"

이 사람이 설대를 그 한 단을 다 움캐, 움켜쥐었어. 움캐쥐고는 탁 끊었어. 끊고서, 거 터추는 거 아무것도 아니지 뭐. 실지 우리가 봐도. 끊는 게 더 대단하지. 탁 끊구서 한 대만 딱 남겼어. 한 대를 딱 냄겨 가지구서, 요놈을 사람을 아주 요렇게 들었어. 생쥐들 듯 요놈 요렇게 들구,

"요놈아, 너 기운 얼마나 씨길래, 그 사람을 이렇게 돌아댕기면서 못살게 해. 요놈의 새끼 너, 죽어볼래?"

설대 하나 남은 걸 가지고 한 방만 치면 아주 몽탕 나가버려요. 몽탕 나가버려. 아 그러니 죽을 지경이지 뭐. 그렇게 해 가지구서 버르장머리를 고쳤놨단 말이지.

불씨 꺼트리는 할머니와 금덩어리

자료코드 : 03_15_FOT_20100122_HRS_KSJ_0011
조사장소 : 강원도 홍천군 홍천읍 큰집 설렁탕
제보일시 : 2010.1.22
조 사 자 : 황루시, 유명희, 박현숙, 윤준섭
제 보 자 : 김성준, 남, 77세

구연상황 : 제보자가 기록한 설화 제목을 보고 조사자가 '불씨 꺼트린 며느리'가 어떤 이
　　　　　 야기냐고 물었다. 제보자는 그것도 정선에서 듣지 않았냐고 조사자에게 되물
　　　　　 었다. 조사자가 듣지 못했다고 하자 바로 구연을 시작했다.
줄 거 리 : 옛날에 못사는 집 딸이 부잣집으로 시집을 갔다. 며느리가 화로에 불을 담아
　　　　　 불돌로 눌러놓았다. 그러나 아침이면 항상 불이 꺼져 있었다. 며느리가 어떻
　　　　　 게 된 일인지 확인하려고 밤새 지키고 있었다. 어떤 할머니가 나타나 불을 꺼
　　　　　 트리고 가는 것이었다. 며느리가 그 할머니를 쫓아가 보니 할머니가 방확굴로
　　　　　 들어갔다. 다음날 며느리가 그 굴을 팠더니 항아리 안에 금이 가득 들어있었
　　　　　 다. 금덩어리가 할머니로 변해 찾아온 것이었다. 며느리는 그 금덩어리를 가
　　　　　 져와 친정에도 보태주고 시댁은 더 부자가 되게 하였다.

　　옛날에 하도 못 사는 집에 참 딸을 키웠는데, 딸이래도 부잣집에 가서
잘 먹고 잘 살라고, 부잣집에다 시집을 줬어. 부잣집에다 시집을 줬는데,
이 집이가 옛날에는 참 불도 얼매나 귀했던지. 지끔은 성냥도 많고, 라이
타도 많고 억수로 많은데, 옛날에는 화로 알아? 화로?

　　(보조 조사자 : 예.)

　　화로. 화로에다 아침에 불 때서 담아놓고 그 불 꺼트리지 말라고 불돌
이라는 게 있어요. 불돌 갖다 꼭 눌러놔요.

　　[제보자 가방을 들어 보이면서] 불돌이 딱, 불돌이 요만해요. 화로에다
담아다 한쪽 귀탱이다 요렇게 눌러놔. 안 삭아요. 거기가. 그래야 오래 가.
그래놓구서는 하루 있다 저녁에 또 그 불 떠다가서 불 살라서 또 저녁 해
먹구, 또 그 불 담아, 불 때니까 불이 많잖아. 그 불 담아서 또 화로에 담
아놓고 또 불돌 눌러놓고. 그렇게 맨날하는데, 하, 그기 불돌 눌러놔도 아

침에 나가면 불이 꺼지구, 꺼지구, 자꾸 그랜단 말이야.

야, 이게 메느리, 불씨만 꺼트리믄 메느리는 그 집에서 살지 못하고, 아무리 부잣집에 시집갔어도 뭐 살지 못하고 쫓겨갈 판인데, 참, 큰일 났거던. 걔 하루는 지켰어요, 이걸. 머느리가 잠을 안 자구서, '뭐가 어떻게 돼서. 뭐가 어떻게 돼서 이눔의 불이 꺼지나' 하고 지켰어. 지켰는데, 어떤 할멈 같은 기 오더니,

[볼펜 잡은 손을 휘저으면서] 불을 이렇게 이렇게 해서 다 꺼트려놓고 가구 가구 그래더래. 그래서 그걸 쫓아갔대요. 쫓아가, 쫓아가서 자꾸 쫓아가 보니까 뒷동산으로 가더니 산 밑에 방화굴로 들어가더래. 그 굴, 그 담에 들어가서, 그 이튿날 들어가서 굴을 파니까, 그 안에 뭔 항아리가 있는데, 항아리 속에 금이 가뜩 있더래요, 아주. 그 금이, 옛날서부터 보물을 많이 두면 좋지 않아. 그 금덩어리가 변해 가지구서 할멈이 돼 가지고 와서 그걸 자꾸 흔드는 거야. 그래 인제, 그걸, 다 제쳐 놓구 찾아온 거지 뭐. 찾아와다가는 그 담에는 더 잘, 그 담에 친정집에두 뭐이 많이 보태주구, 부잣집이 더 부자되구, 잘 사는 거지.

그런 얘기유.

금강산 가다가 멈춘 백우산

자료코드 : 03_15_FOT_20100122_HRS_KSJ_0012
조사장소 : 강원도 홍천군 홍천읍 큰집 설렁탕
제보일시 : 2010.1.22
조 사 자 : 황루시, 유명희, 박현숙, 윤준섭
제 보 자 : 김성준, 남, 77세
구연상황 : 앞의 이야기에 이어서 구연을 했다.
줄 거 리 : 금강산에 좋은 산을 모은다는 소문을 듣고 백우산이 금강산으로 가고 있었다. 백우산이 중간에 잠깐 쉬고 있었다. 그 때 잔치에 갔다 온 사람들로부터 금강

산이 이미 좋은 봉우리로 꽉 찼다는 이야기를 들었다. 백우산은 금강산의 하인 노릇을 할 바에는 여기서 왕노릇 하는 게 낫겠다고 생각했다. 그래서 백우산이 내촌에 머물러 명산이 되었다.

　백우산, 백우산이 전라도서부터 왔다는 거 같애.

　금강산에, '금강산에 좋은 산은 좋은 산이란 다 모은다.' 하니까, 나두 가서, 백우산도 명산이예유. 거기다 빌면 옛날에 뭐, 소원대로 된다고 그랬어.

　그래 가지고 평안도 사람들이 많이 모여왔어. 평안도 사람, 전라도 사람들이 백우산 근처로 많이 와 살았어요. 그 전에. 그 명산 축에 들으니까 나두 가서 명산노릇 할라구, 금강산이 명산이라구 뭐 일만이천 봉 팔만구 암자라는데 뭐.

　나도 가서 한 몫 할라구, 떠나서 가다가 쉬구. 가다가 쉬구 하다가 내촌이라는데 와 가지구서 아구, 잔치보구 돌아온다는 사람 얘기를 들었다는 거 같애.

　"가봐야 벌써 다 끝나고 명산이란 명산은, 봉우라지도 좋은 봉우라지는 다 벌써 모여와 갖고 난 발 짚을 자리가 없어 갖고 나도 온다."

　그러니까, 이 사람, 이 사람이 아니고 이 산은 그 담은 가지고 못하고 가만히 생각하니까, 가지고 못 하구, 오지도 못 하구, 여긴 명산이 없단 말이야.

　옛날 말이 그런 말이 있거던. '닭의 입이 될망정, 소의 똥구멍은 되지 말란' 말이 있어. 그러니깐 '그 금강산 가서 똥구멍 노릇 할 바에는, 하인 노릇이나 할 바에는 여기 앉아서 왕노릇하는 게 낫겠다.' 그래 가지구, 백우산이 여기 들어와 앉아 가지구서 좋은 일을 많이 하는 거지. 그러니깐. 사람들 와서 빌믄은 소원 들어주고, 소원 들어주고 하니깐 명산이 된 거지. 내촌이 명산이지, 아주. 홍천이 명산이요. 홍천이 명산이야.

　(보조 조사자 : 백우산 주위로는 산이 없어요? 거의?)

산?

(보조 조사자 : 네. 백우산 이렇게 뚝 떨어져서 혼자 있어요?)

작은 백우산이 또 하나 있어요. 작은 백우산. 그 옆에 작은 백우산이 하나 있고, 그 담에 주변에 이름난 산이 큰 게 없어.

계골장군(鷄骨將軍)

자료코드 : 03_15_FOT_20100122_HRS_KSJ_0013
조사장소 : 강원도 홍천군 홍천읍 큰집 설렁탕
제보일시 : 2010.1.22
조 사 자 : 황루시, 유명희, 박현숙, 윤준섭
제 보 자 : 김성준, 남, 77세
구연상황 : 앞의 이야기에 이어서 '계골장군' 이야기 하나 더 해야겠다면서 구연을 했다.
줄 거 리 : 한 선비가 서낭고개를 넘어가는데 어떤 사람이 서낭당에 닭 한 마리를 놓고 빌었다. 배고팠던 선비는 그 닭을 뜯어 먹고 닭다리에다가 계골장군이라고 새겨놓고 갔다. 그런 뒤부터 그곳을 지나갈 때 뭘 놓고 가지 않으면 좋지 않은 일이 생겼다. 소문을 들은 선비가 그곳을 다시 찾아갔더니 계골장군이라고 써놓은 뼈다귀가 그대로 있었다. 선비는 더 이상 사람들을 괴롭히지 말라고 하면서 자신이 써놓은 뼈다귀를 부셔버렸다. 그리고 그곳에 쌓아 둔 물건들을 가지고 돌아와 잘 살았다.

'계골장군(鷄骨將軍)', 내가 하나 더 해야지.

(보조 조사자 : 계골장군?)

어. 닭 계(鷄)자, 뼈 골(骨)자 장군. 닭뼈다구 장군, 닭뼈다구 장군. 저, 아구, 무슨 고개지? 요기, 요기, 저- 그냥 서낭고개라고 그러는데, 역내서.

(보조 조사자 : 영내?)

역내(두촌면 역내리) 얘기 들었어요?

(보조 조사자 : 아니요.)

두촌에서 내촌 넘어가는 고개가 있어요. 그기 서낭고갠데. 거기 옛날에

다 걸어댕기니까.

한 선비가 고갤 넘어가더라니까는 거기다 뭘 서낭 같은데다 뭘 많이 갖다 놓구 빌거던. 빌다보니까는 닭을 한 마릴 갖다 놓구서 누가 빌고 가더래. 그 배고픈 판에 뜯어 먹었대, 그걸. 근데 실컷 뜯어먹구서는 할 일이 없으니까는 닭의 다리 뼈다구에다가 '계골장군'이라 이렇게 써. 옛날에 장두칼 있지? 장두칼. 장두칼 가지고 새겼대요. 새겨 가지고 그 안에다 또 대신 들여놓고서 갔대. 갔는데, 그 뒤루서부터는 거기 지나가는 사람이면은 뭘 놓고 가지 않으믄 못살게 군대.

원래 그런데 갈라믄, 옛날에 애들은 무시무시하다고 그랬어. 뭘 꼭 해다 놓구 가구, 돈이라도 놓구 가구, 뭐 비단이래도 놓구 가구 그래야 무사히 가지, 그렇지 않으면 하도 못 살게 굴으니까, 소문이 난 거지 뭐. 그래 딴대로 갈라니 힘들고, 멀구, 꼭 글루 가긴 가야되겠는데, 뭔 뇌물을 갖다 놓구 가는 거지 뭐. 계속. 그러다 놓니까 거기가 엄청나게 쎈 거지 뭐 아주. 이 사람도 놓구가구, 저 사람도 놓구가구, 자꾸 놓고가니까. 가만히 보니까, 요거 자기가 그 계골장군을 써 붙여 가지구 그게 그러는 것 같거던.

가―만히 보니까, 이거 안되겠단 말이야. 큰일 났단 말이야. 그래 사람도 잘 못 댕기게 하고, 사람들 자꾸 죽구 그러구,

또 한 번 다시 가보니까는 계골장군이라고 써 붙인 게 그 안에 고대로 있드래.

그래서,

"요놈아! 너 계골장군이라고 써붙인 놈 갖다 주는 거나 먹지 왜 안 갖다주는 것도 자꾸 사람들 지나가는데 못 살게 굴고 그리냐고."

다 때려 바셔 버렸어. 다 바셔 버리구서는 그 물건 잔뜩 갖다 쌓논 거 다 갖다 부자 된 거지 뭐. 그렇게 살았어. 그렇게.

(보조 조사자 : 그래서 그 사람은 아무 탈이 없었대요?)

그 사람? 그럼.

(보조 조사자 : 서낭을 그렇게 때려 부셨는데?)

지가 맨들었던 거니까. 그 사람이 맨들었던 거니까.

(보조 조사자 : 자기 거만 부셨대요?)

고럼.

(보조 조사자 : 다른 사람 건 놔두고?)

그럼.

지가 왜 계골장군만 맨들어놨다가 계골장군 때려부셨으니까.

요술 바가지

자료코드 : 03_15_FOT_20100122_HRS_KSJ_0014
조사장소 : 강원도 홍천군 홍천읍 큰집 설렁탕
제보일시 : 2010.1.22
조 사 자 : 황루시, 유명희, 박현숙, 윤준섭
제 보 자 : 김성준, 남, 77세
구연상황 : 앞의 이야기에 이어서 구연을 했다.
줄 거 리 : 옛날에 짚신을 삼는 사람이 있었다. 하루는 짚신을 장에 내다팔고 돌아오다가 눈을 꿈적거리는 물고기를 보았다. 하도 신기해서 그 짚신 판 값을 주고 물고기를 사 가지고 와 강에 풀어줬다. 아내가 그 사실을 알고 남편과 함께 물고기 잡은 곳을 찾아갔더니 바가지 하나가 떠 있었다. 바가지를 가져와 짚신을 삼으면서 지푸라기에 붙은 낟알 몇 알을 바가지에 담았더니 금방 한 바가지로 변했다. 요술 바가지 덕분에 쌀이 백 석 되는 부자가 되었다. 부자가 된 뒤에도 계속 바가지로 쌀을 불리니 큰 논밭 전체에서 쌀이 이 집으로 날아와 짐승들의 먹이마저 없어졌다. 옆집에 살던 도사가 찾아와서 일 년에 한 두섬씩, 먹을 것만 하지 않고 욕심을 부리면 바가지를 뺏겠다고 했다. 그 후 부부는 일 년에 한 두섬씩만 쌀을 불려서 먹고 살았다.

옛날에 짚신만 삼아서 짚신 알겠지? 짚신?

(보조 조사자 : 잘 알아요.)

응.

짚신만 삼아서 장이 있는 오일장, 장이믄 내다 팔아서 먹고 사는 사람이 있었어요. 근데, 맨날 오일 동안 삼아 가지구서는 이제 오일장 되믄 갖다 팔아서 쌀두 사구, 반찬두 사구 해 가지구 와서 살구, 살구 하는데, 아, 하루는 팔아 가지구서 딱 오다가니까는 아, 어떤 사람이 고기를 크다난 걸 하나 잡아 가지구 가는데, 눈을 껌적껌적 하더래.

[조사자들을 보면서] 물고기는 눈을 껌적껌적 하는 기 별로 없다 그러지? 근데, 암만 봐두 이 수상하거던. 그래서,

"그 고길 파시오."

그랬단 말이유.

"그래, 그 팔지 그럼, 돈만 많이 주면 팔지."

그랬단 말이유.

"그래, 얼매 드릴까요?"

그러니깐 얼매,

"뭔 닷 냥인가? 몇 냥 달라."

그러는데, 그, 그날 팔은 짚신 값을 다 줘야 되겠더래. 그래 그걸 다 주고 그걸 샀어.

"그거 어디서 잡았수?"

"저-쪽 저 강에서 잡았다."

그러니까 거기다 갖다 놔줬어.

아, 놔주고 집으로 오니 부인이,

"아니 오늘은 왜 짚신 팔은 돈 다 어떻게 했수?"

그래.

그 얘길 했어.

"아, 불쌍한 고기가 눈을 껌적껌적 허길래 그 고길 사서 그 물에다 도

루 갖다 집어넣고 왔수."

그러니까,

"아이 참 그거 큰일 났수, 이제라도 빨리 삼아서……. 거, 가서."

아이코, 고기를 잡아오라 그랬던가? 부인하고 거 고길 도루 잡던지, 그 고기라도 가서 잡아다 국이래도 끓여먹던지. 돈, 돈을 달래던지. 하여간 부인하고 같이 거 강가에 또 갔어. 갔더니 바가지가 하나 있더래 거기. 잡을 수가 있나? 도망갔지, 읎지 뭐.

그 가질 건 아무 것두 없구, 그 바가지만 하나 들구 들어와서 또 신을 부지런히 삼아서 내일이라도 갖다 팔아야 되겠으니까, 또, 짚을 신을 삼으면서 짚에 베(벼) 알이 하나씩, 둘씩 있다구. 그 벼를 하나씩 둘씩 뜯어가지구서는 바가지다 담구, 담구하는데, 아 몇 개 안 담았는데, 한 바가지 됐더래.

아, 그르니 그 거 한 바가지만 지어두 저녁 해먹겠거든. 개, 맨날 그렇게 해서 뭐오는데, 한 두어개 집어넣면 한, 좀 있다보믄 한 바 가지고, 또 좀 있다 또 두어개 집어넣고 조금 있다 보믄 또 한 바가지 되고, 아, 그 담은 퍼담는 거지 뭐이고 뭐 뭐, 자꾸 나오니. 조금 집어넣고 또 있다보믄 또 한 바가지가 되고, 자꾸 퍼담아.

그래 살살 퍼담아서 먹구 사다가서 내주막에는('나중에는'의 뜻임) 아주 수백 석 맨들어 가지구서 아주 한 번 떼부자 되자구. 수백 석 맨들라고 자꾸 하니까, 자꾸 퍼담는 거지 뭐. 자꾸 퍼담으니까는 큰 논밭 전체에서 베(벼)가 막 날아오는 거지 뭐, 그러니깐, 여기서 자꾸 퍼담으니깐. 알맹이 떨어진 것들, 논에 떨어진 것들. 그 도사가 또 그 옆에 살았는데, 아, 이놈의 베알(벼알)이 너불너불 하구선 그 집으루 들어가고, 너불너불 해선 자꾸 그 집으루 들어가고, 그 벼알을 쫓아와서 도사가 가만 보니까, 거기서 그 장난을 하고 있거던. 아, 그르니 안 된단 말이야. 그거 다 걷어들이믄 날짐승 새짐승들이 지끔 철원가도 멕이를 주잖아. 굶어죽는다고. 그걸 다 걷어들이믄 이제 새짐승들이 다 굶어죽는데.

그렇게 해서 그렇게 못하게 하고,

"일 년에 한 섬씩만, 한 두섬씩, 먹을 것만 하든지, 그렇지 않구 계속 그런 식으루 하면 바가지 뺏어간다구."

그래, 그래 가지구서 일 년에 뭐 한 섬씩인가 두 섬씩인가 먹을 거만 뭐, 해서 먹고 살게 그렇게 맨들어줬대.

그런 얘기예요.

문경새재에서 원혼이 된 여인

자료코드 : 03_15_FOT_20100122_HRS_KSJ_0015
조사장소 : 강원도 홍천군 홍천읍 큰집 설렁탕
제보일시 : 2010.1.22
조 사 자 : 황루시, 유명희, 박현숙, 윤준섭
제 보 자 : 김성준, 남, 77세
구연상황 : 앞의 이야기에 이어서 구연을 했다.
줄 거 리 : 한 선비가 과거 보러 문경새재를 넘어가다가 주막에서 자게 되었다. 총각은 과거에 급제하면 같이 살자고 주막집 예쁜 딸과 약속을 했다. 그런데 총각이 과거에 급제한 뒤 다른 사람과 혼인을 했다. 처녀는 남자를 기다리다가 호호 백발이 되어 죽었다. 그 후 처녀는 원혼이 되어 문경새재에 머물면서 과거보러 가는 사람들을 괴롭혔다.

아, 옛날엔 과거보러 꼭 고갤 넘어 댕기구, 그런 위험한데루 댕겼단 말이야.

"과거 봐서, 봐 가주지구 인제 급제하구, 진사하면은 당신하고 데리고 살마."

그랬어.

"당신하고 같이 살마."

(보조 조사자 : 누구를?)

어, 에? 저, 주막집 그, 아가씨를.

(보조 조사자 : 과거를 보러간 사람이.)

에?

(보조 조사자 : 과거를 보러간 사람이 그랬다고.)

그럼. 어. 그 이름을 몰르는데, 잊어먹었는데.

주로 총각들이 인제 과거보러 가구 가구 그랬거든. 과거보러 가다가서 주막에서 자게 됐는데, 아, 그 주막집 딸이 아주 이쁜 게 있거든. 그러니까 약속을 했어.

"과거 봐 가지구 인제 잘 되면은 당신하고 같이 살마."

그랬는데, 아이, 그짓말 하구. 잘 되니까는 잘 되니까는 다른 사람하구 살구, 자기하구 안 살았어. 호호 백발이 되도록 혼자 살다가 그만 죽었어. 늙어 죽으면서 원혼, 그기 원혼이 돼 가지구, 그 담엔 그 고개 앉아 가지구서 과거보러 가는 사람이믄 못 살게 구는 거지 뭐.

(보조 조사자 : 어떻게 못 살게 굴어요.)

하여간 뭐, 귀신이 돼 가지구서 다리가 부러지게 맨들고, 병이 나게 맨들구. 과거를 못 보러 가게 만드는구나.

그래, 과거를 못 보러가게 자꾸 하는 거지. 과거보고 오다가서 자가하고 산다고 약속만 해 놓구서 그짓말 하구 안오니까 수절을 하다가서 죽었으니 그 얼마나 원통하겠어요.

바위 깨고 손님 끊겨 망한 전씨네-전씨네 (1)

자료코드 : 03_15_FOT_20100113_HRS_BGJ_0001
조사장소 : 강원도 홍천군 내촌면 도관3리 467-1번지 노인회관
제보일시 : 2010.1.13

조 사 자 : 황루시, 유명희, 박현숙, 윤준섭
제 보 자 : 박경주, 남, 79세
구연상황 : 조사자들이 노인회관에 도착 저녁 시간이 다 되어 노인회관에 모여 있던 어
　　　　　르신들이 많이 돌아가신 상황이었다. 급하게 마을 이장님과 통화하여 제보자
　　　　　를 비롯한 몇 분의 청중이 마을회관으로 오셔서 조사를 할 수 있었다.
　　　　　제보자는 청중들과 자신이 구연하는 이야기가 다를 수 있어서 조심스러워 했
　　　　　다. 어떤 이야기를 할 지 조사자들에게 묻기에 먼저 마을 전설부터 이야기를
　　　　　해 달라고 하자 제보자가 생각나는 것부터 해 보겠다면서 구연을 시작했다.
줄 거 리 : 강원도 홍천군 내촌면에 정선 전씨가 처음 들어와 명당자리를 잡아 집짓고
　　　　　살았다. 전씨네가 부자여서 손님들이 많이 모여 들었다. 전씨네 집에 중이 시
　　　　　주를 받으러 찾아왔다. 전씨네 며느리가 시주를 많이 할테니, 손님이 안 들어
　　　　　오는 방법을 알려달라고 했다. 중이 전씨네 조상묘를 가서 보고 오더니, 조상
　　　　　묘 옆에 있는 커다란 바위 깨라고 알려주었다. 전씨네 며느리가 바위 깨는 사
　　　　　람을 불러 바위를 깨뜨렸더니 그 안에서 꿩이 날아갔다. 그 후 손님이 오지
　　　　　않고 집안이 망하기 시작했다.

　내촌이래는 이 동네에 사람이 운제서부터('언제부터'의 뜻임) 들어와 살
았는지 아는 사람은 없어. 아는 사람은 없는데, 에, 내가 들은 걸루서는
여기 제일 먼저 들어와 살은 분 들이, 정선 전씨, 정선 전씨, 전두환씨네
인제 그, 그 집안이지. 정선 전씨, 제일 먼저 들어와 살았다 그래는데, 그
래고 정선 전씨가 들어와서 내촌에 와서 터를 잡고 살았는 데가 지금 면
사무소 고 자리래요.
　그래 우리나라 조상들은 그 때만 해도 내가 알기로는 어디 가서 집을
짓고 산대든지, 마을을 이렇게 처음 개척헐 적에, 에, 동네를 정핸대든지,
그럴 적에 풍수지리, 풍수지리, 그 기 뭐 풍수지리가 그저 사람들이 뻥이
라고 그래는데 뻥이 아니고 에, 나는 그렇게 봐요. 자연과학의 일부, 부분
이라고 봐, 자연과학의. 그러니까 사람이 살기 좋은 그런 데를 인제 택해
서 집도 그런 좋은 터를 인제, 골라서 짓는데, 면사무소 자리가 아주 명당
이라 그래지. 거기다가 집을 짓고 전씨네가 사는데, 그러니까 잘 살았던
모양이야.

잘 살으니까, 옛날에는 손님이 오면은, 그 김삿갓 씨가 뭐 저, 저, 저, 개성에 가 가지고,

"지명은 개성인데 왜 문을 닫느냐?"

내쫓으니까 그랬다 그래잖아.

그래, 손님이 오면은 손님을 보내는 법이 없거든. 받아 주는 게, 그게 인제 예의란 말이야. 그르니, 이제 잘 사는 집에 가야 잘 얻어먹을 거 아니야, 손님들이. 그러니까 그 전씨네 집에 손님들이 계속 몰려드는 거야. 계속 모여 들으니까, 그 집 며느리가, 이제 그 얘기로서는,

[두 손바닥을 부비면서] 이 쌀을 씻잖아, 쌀을, 쌀을 씻는데 그 쌀을 씬('씻은'의 뜻임) 쌀뜬 물이

[팔을 길게 뻗으면서] 저기, 저, 이, 요, 개울, 저 내칙이라 그러는데, 강에, 까지 그 쌀뜬 물이 나간다는 얘기야.

뿌연 쌀을 씬 뿌연 물이, 그러니까 쌀을 엄청 많이 씨었다는(씻었다는) 얘기지. 쌀을 많이 씨었다는 얘기는 그 며느리가 죽을 지경이다 이거지.

[양손으로 원을 만들면서] 손님을 이렇게 많이 치러야 되니까. 그, 그때 많아도 뭐, 시아버지보고 손님 오지 말라고 얘기 못하는 거지, 그 때 며느리가 감히, 죽을 지경이지마는. 그래, 며느리가 하루는 집에 인제 그 어른들이 없고 혼자 있더가니까, 어떤 중이 와서,

"시주를 허라."

이런 얘기야.

그러니까, 며느리가, 왜, 중들이 뭐 아는 소리를 많이 헌다 그래잖아. 그런 설화들 많잖아.

그래 그 전씨네 며느리도, 인제,

"내가 시주는 얼마든지 할 테니까, 할 테니까, 내 그 고민을 하나 풀어 달라."

그러니까, 그래, 그 중이,

"그래, 고민이 뭐냐?"

그러니까,

"이 손님이 많이 들어 못 살겠다. 시집살이를 못하겠다."

그러니까,

"아, 그러냐고. 그래 조상 묘가 어디 있느냐?"

그러니까,

[손가락으로 정면을 지목하면서] 요기 쪼끔 얼라오면, 인제 고 면사무소 쪼끔 올라오면 묘가 있어요, 묘, 저게, 지금도 있어. 있는데,

"거기 있다."

이런 얘기야.

"어, 그러냐고. 그럼 묘를 한 번 보자고."

그래 묘를 이렇게 뵀줬다 이런 얘기야. 그르더니, 와 가지고

"거 간단하다."

이런 얘기야.

"시주만 많이 하면은 손님 안 들어오는 방법을 가르켜 주겠다."

그니, 뭐,

"시주를 뭐, 많이 주겠다고,"

약속을 허고,

"얘길 해달라고."

그래니까, 그 조상 묘,

[청중을 바라보면서] 지금 저, 저기 저, 전근데서 그 얘기야, 고, 돌담문이 지금 있지?

(청중 : 예, 있어요.)

그 묘가, 전씨네 묘가, 조상 묘가 있는데, 그 옆에 인제, 그, 커다란 바위가 하나 있는 거야.

[주먹을 내리치면서]

"그 바위를 깨라."

이런 얘기야.

"바위만 깨 없으면은 손님이 안 든다."

그러니까 인제, 그 며느리가 아주 손님이 지겨우니까 인제 그, 이, 돌 깨는 사람을 데려 가지고, 그 바위를 깬 거야. 바위를 깼는데, 바위를 깨 니까 그 바위 안에 이런,

[양손으로 크게 원을 그리면서] 그, 저, 뭐라 그래, 이, 물이 고일 수 있 는 이런 공간이 있었는데, 있었는데, 거기서, 거기서 꿩이, 꿩이 날아가 버렸더래요.

근데, 어떤 사람은 비둘기라고도 허고, 어떤 사람은 꿩이라고도 허는데, 날라가(날아가) 버렸다 이거야. 인제 날라가 버린 다음에, 인제 그 다음에 이 집이서 인제 집안이 망하기 시작을 허는 거야. 그래 다 망해서 돈이 없으니까, 손님이 안 드는 거지. 그래, 중은 약속을 지킨 거지. 손님이 안 들게 해 주긴, 해 준 거지. 그러니까, 며느리도 밥을 해야, 쌀을 많이 씻어 야 될 이유도 없는 거지. 그래 실행이 된 거지.

아기장수와 용마의 죽음─전씨네 (2)

자료코드 : 03_15_FOT_20100113_HRS_BGJ_0002
조사장소 : 강원도 홍천군 내촌면 도관3리 467-1번지 노인회관
제보일시 : 2010.1.13
조 사 자 : 황루시, 유명희, 박현숙, 윤준섭
제 보 자 : 박경주, 남, 79세
구연상황 : 제보자가 앞의 '손님 끊겨 망한 전씨네' 이야기와 이어서 하나의 이야기로 구
　　　　　연하였다. 조사자가 하나의 이야기인지 물었더니 제보자는 하나의 이야기라
　　　　　고 했다. 그러나 구성상 두 이야기가 합쳐진 내용이므로 나누어 채록하였다.
줄 거 리 : 전씨네 며느리가 애기를 하나 낳았는데, 겨드랑이에 날개가 났다. 집안 어른들

이 모여 장사가 나면 삼족이 멸한다면서 아이를 엎어놓고 그 위에 팥 두 섬으로 눌러 죽였다. 아기장수가 죽은 지 사흘 후에 매지골에서 용마가 나와 장수를 찾아 돌아다니다가 말죽통에서 죽을 먹고 말구리쇼(沼)에 빠져 죽었다.

인제, 그래고서, 그래 그 집에서, 인제 그 역시 그 전씨네 집인데, 전씨네 집인데, 에, 그 애기를 하나 낳다 이런 얘기야.

애기를 하나 낳는데, 그 뭐, 애기 엄마가 한 삼일 있다가 들어와 보니까, 애기가 얼루('어디로'의 뜻임) 갔버렸단 이런 얘기야. 없어, 아, 만날 찾아봐도 없어. 그래, 이 다 찾아보니까, 실궁('시렁'의 사투리, 물건을 얹어 놓기 위하여 방이나 마루 벽에 두 개의 긴 나무를 가로질러 선반처럼 만든 것.)이래는 게 있어.

실궁이래는 게, 여기다 뭔 물건 올려놓느라 이렇게 저걸 맨드는 거지.

[양손을 눈썹까지 올려 양쪽으로 펼치면서] 이렇게, 그, 옛날집에는 다 그 기 있었어. 지금으로 치면은 수납장 같은 그런 역할을 허는 거야, 이렇게 나무를 매 저기다 올려놓는 거지.

아, 이 놈이 거기 올라가 있다 그런 얘기야. 애가, 그러니 기겁을 할 거 아니야, 엄마가 그래서 이렇게 보니까, 애를 끄집어내려 가지고 보니까,

[한 손으로 뻗은 팔 겨드랑이를 짚으면서] 애가 여그매, 날개가 났더라는 거지, 날개가. 그러니까 이제 겁난 거야. 겁나니까, 인제 그, 저, 집안 어른들이 모인 거야.

"이거 큰 일 났다."

이런 얘기지.

어느 왕조 땐 지 난 모르는데, 할튼, 집안 어른들이 인제, 모여 가지고,

"인제 이걸 어떡하느냐?"

이런 얘기야.

장사는 틀림없이 장산데, 장사가 나면은 요즘두 뭐 헌 번 대붙잖아, 대통령 허겠다고. 정권 도전을 한 번 인제 저, 그 혁명을 일으킬 그런 대개

장군이면은, 그런 인제 장사면은, 인제 잘 되면 충신이지만, 못 되면, 역적이 되면은 삼족을 멸하잖아.

삼족, 뭐, 뭔 줄은 알아?

[엄지손가락부터 차례로 꼽으면서] 자기네, 자기네 집안, 외가집, 처갓집. 이건 다 죽여. 근데 몇 대까지 죽여 버린다고 그러더라? 삼족을 멸하는 거야.

그러니까 이거는, 뭐 자기네 집안만 죽는 게 아니라, 그 처갓집, 외갓집까지 삼족을 멸하니까 이게 무서운 얘기란 말이야, 이게. 이 장사, 이거 만약 잘못 됐다하면 집안이 절단이 나는 거거든.

그러니까 이 걱정거리를 놔 둘 게 염려되기를, 이 걸 없애버려야 되겠다 이런 얘기야.

그래, 집안 어른들이 모여서 그, 결론을 낸 게,

"이, 죽여버리자, 나중에 우환거리 맨들지 말고."

[옆에 앉은 청중을 바라면서]

"그래서 팥을 지둘렀단 소리 들었지?"

"그 몇 섬지기로 지둘렀대?"

(청중 : 두 섬이라든가?)

어? 두 섬?

(청중 : 두 섬이 지금은 네 가마니야.)

할튼, 뭐 팥을 두 섬지기를 지둘러('짓눌러'의 뜻임), 한 섬이 뭐냐하면은, 스무 말이야, 팥 스무 말. 그러면은 그게 한 가마니에 팔십키로 잡아도, 어, 한 섬이면은 인제, 백 육십킬로고, 인제 두 섬이면은 뭐, 삼백 몇 십키로 짜리를, 애를 엎어놓고 두질른 거야 팥을 두 섬을 지둘렀는지, 석 섬을 지둘렀는지, 그래도 팥이 들썩들썩 허드라는 거야.

[웃으면서] 얘기 재밌잖아, 야, 참.

그래 인제, 팥을 못 이기고 인제, 그 놈이 죽었어. 그 놈이 죽었는데,

에, 죽은 다음에, 죽은 다음에, 에, 뭐, 사흘이라 그래던가? 뭐, 얼마가 되던가?

요기 인제 백우산에 올라가면은 매지, 여기서는 매지골, 매지골 그래.

여기서는 매주골 이라고. 인제, 그게 매주골인데, 고 설화에는, 그 지금도 굴이 있어, 굴이, 굴이 있는데, 거기서 망아지가 나왔대요. 망아지, 망아지가, 말 새끼를 망아지라고 그래지, 말 새끼를 망아지라 하는데, 에, 장수가 나면은 그 장수고 타고 댕길 용마가 난대는 거야, 용마. 타면은 날라 가지고, 뭐, 홍두 나고 그래는 거, 용마가 거기서 나왔다 이거야.

용마가 딱 나왔는데, 나와 보니까 이, 주인이 죽어버렸거든, 팥 섬 지둘러 가지고 주인이 죽어버렸으니까 용마가 쓸 데가 없는 거야. 쓸 데가 없으니까 인제 그 돌아 댕기다가 아께, 우렁골 얘기 나왔잖아. 요기서 요기 백우산 밑에 우렁골이래는 마을이 있어, 골짜구니가. 그래 거기 가서 우는 거지, 돌아 댕기맨, 용마가, 이 세상에 나왔는데, 주인이 읎으니까, 돌아 댕기며 우는 거야.

그래, 울다가 인제 그 저 약샘터라고 여기 가면은 강에 그 돌이 쫙- 나와 가지고, 그 돌이 아주 이뻐요, 이쁜데, 거 왜, 말죽통이래는 게 있어요. 말죽통이래는 데, 이렇게 죽통 같은 게 있어요.

그래 인제 거기 가서, 거기 가서 인제 그 망아지가 그 말죽을 먹고, 죽을 먹었단 얘기지. 그러고 요기 다풍리로 가면, 여기서 한 삼키로 가면은 말구리소가 있어, 말구리소.

(보조 조사자 : 말구리소?)

어, 말구리소. 근데 그 말구리소가 인제 이, 낭떠러지 밑에 있지, 소가. 그래, 거기 가서 굴러서, 그 용마가 굴러서 말구리소에 빠져서 죽었다.

고게 인제 전(全)장사 설화, 고게 인제 아께 얘기했던 무신 저, 저, 매지골이니, 무신 우렁골이니, 말구리소니, 뭐, 저, 말죽바위니 그런 게 인제 한 군데로 인제, 연결되는 거래요.

쇠목소

자료코드 : 03_15_FOT_20100113_HRS_BGJ_0003
조사장소 : 강원도 홍천군 내촌면 도관3리 467-1번지 노인회관
제보일시 : 2010.1.13
조 사 자 : 황루시, 유명희, 박현숙, 윤준섭
제 보 자 : 박경주, 남, 79세

구연상황 : 앞서 구연한 '아기장수와 용마의 죽음' 설화에 이어서 자발적으로 구연하였다.

줄 거 리 : 화상대에 소를 한 마리 매 놓았는데, 소(沼)에 살던 용이 채 안 된 이시미가 나와 매어두었던 소를 잡아먹고 목만 남겨 놓았다. 그 후 그 소(沼)를 쇠목소라고 부르게 되었다.

귀우소 밑에 쪼끔 내려가면 쇠목소가 있어.

[양손으로 목을 짚으면서] 소목. 쇠, 소 목인데, 거길 쇠목, 쇠목 그래는데, 그 뭐 송아지를 갖다 맸는데, 거기다가, 그 소(沼)가 지금도 인제 거긴 엄청 깊지.

[옆에 앉은 청중을 보면서] 쇠목소 알아?

(청중 : 모르겠는데.)

거 저, 저, 화상대(강원도 홍천군 내촌면 화상대리를 의미함.) 가다 보면 거, 있는데, 거기다 소(牛)를 갖다 맸는데, 그 뭐야, 저, 으시미, 으시미.

(보조 조사자 : 이시미.)

어, 큰 데, 용, 용 채 못 된, 응,

(보조 조사자 : 예, 예.)

[조사자를 가리키면서] 많이 아시는데, 댕기면 저 걸 해 가지고.

그늠이 와서 잡아먹어요, 거기서 거, 으시미가 쇠목소에 살았었는데 나와 가지고 소를 잡아먹고, 목만 딱 남겨 놨다 이런 얘기야. 그래서 쇠목소야.

질마재

자료코드 : 03_15_FOT_20100113_HRS_BGJ_0004
조사장소 : 강원도 홍천군 내촌면 도관3리 467-1번지 노인회관
제보일시 : 2010.1.13
조 사 자 : 황루시, 유명희, 박현숙, 윤준섭
제 보 자 : 박경주, 남, 79세
구연상황 : 앞서 구연한 '쇠목소'에 관한 전설에 이어서 바로 구연을 하였다.
줄 거 리 : 짐을 싣거나 수레를 끌기 위하여 소나 말 따위의 등에 얹는 안장을 길마라고
　　　　　하는데, 주로 교통수단으로 이용되었다. 국가에서 60년대초 산을 개간한 땅에
　　　　　농사를 짓기 위해 19세기에 길마가 다시 등장했다. 그 때 소를 이용해 고개
　　　　　로 물건을 날랐다고 해서 질마재라고 부르게 되었다.

인제 그 금년도서부터 뭐 고게더('거기에다가'의 뜻임) 굴을 뚫은다 그
러는데, 질마재고개래는 게 있어, 질마재고개.

내촌 들어오는 데 그 저, 고약한 고개 하나 있잖아, 왜.

(보조 조사자 : 철정 넘오는 길이요?)

으, 응, 그렇지, 그렇지.

질마재고개, 질마재. 그, 지루마재, 지루마재 그러는데, 소에다가, 소에
다가 뭘 실을 적에 질매('길마'의 강원도 방언으로, 짐을 싣거나 수레를
끌기 위하여 소나 말 따위의 등에 얹는 안장)라고 있어.

(보조 조사자 : 끈 같은 거?)

[웃으면서] 나무르다가('나무에다가'의 뜻임) 이렇게 해서, 나무르다가
이렇게 해 가지고, 소 등에다 올려놓고 그 위에다가 인제 짐을 싣는 거야.
그게 조선조 때 그러니까 해방되고 우리 어렸을 적에도 교통수단으로, 큰
교통수단으로 썼어요.

그러니까, 그, 질마래는 게 육십년대 초, 육십년대 그 박정희대통령이
'산으로 가자, 바다로 가자.' 할 적에 막 산을 이렇게 개간을 하고, 사람들
을 거게서 농사지라고 막 그랬어.

그럴 적, 그기, 찻길은 없으니까 그게 그 때 그 질마가 또 다시 등장을 한 거야.

십구세기에, 십구세기에 그게 다시 등장을 한 거야. 그래 가지고 우리 소로 날랐던 게 있어요.

[청중들을 훑어보면서] 여기 질마, 거의 질마들 다 알지?

(청중 일동 : 알지, 다 알지)

그게 질마, 질마고개야. 고, 질마, 근데 지르마재, 지르마재, 지금 그러지.

서곡대사의 신통력

자료코드 : 03_15_FOT_20100113_HRS_BGJ_0005
조사장소 : 강원도 홍천군 내촌면 도관3리 467-1번지 노인회관
제보일시 : 2010.1.13
조 사 자 : 황루시, 유명희, 박현숙, 윤준섭
제 보 자 : 박경주, 남, 79세
구연상황 : 앞서 소(沼)와 관련된 이야기를 몇 편 하고는 잠시 쉬었다가 서곡대사 이야기를 시작했다.
줄 거 리 : 서곡대사가 안실에서 살던 어린 시절, 아버지가 칡을 끊어오라고 했다. 서곡대사가 칡을 뽑아 왔는데, 손과 칡에 시뻘건 피가 묻어 있었다. 이상하게 여긴 아버지가 쌍계사 중에게 이 사실을 말하자, 칡 끊는 것도 살생이라고 피가 났기 때문에 부처의 제자가 되어야 하는 아이라며 데리고 갔다. 그 이후 유명한 서곡대사가 되었다.
서곡대사가 쌍계사에서 아침 공양을 하다 말고 숭늉을 들고 나가 동면 쪽을 향해 뿌렸다. 나중에 알고 보니까 동면쪽에 있는 수타사에 불이 났다가 서곡대사가 숭늉을 뿌린 그 시각 갑자기 소나기가 내려 불이 꺼졌다. 불이 꺼지고 난 뒤, 보니까 대문에 밥알이 여기 저기 붙어 있었다.
누군가가 아홉사리고개를 걸어 넘어가다가 서곡대사를 만났는데, 어디 가냐고 물었더니 다시는 못 온다는 식으로 말을 했다. 그 사람이 절에 와 보니까 이미 서곡대사가 입적한 뒤였다.

요기서 쪼끔 더 가면은 서곡리라고 있어요. 근데, 거기를 옛날에는 실이라고 했어요, 실.

(보조 조사자 : 신?)

실, 그 실이래는 지명에 대해서 뭐,

(보조 조사자 : 몰라요.)

어.

그 실이래는 게 에, 전국적으로 있어요, 실, 실, 무신 곰실, 무신 실, 그게 동네 이름인데, 옛날에는 그, 거기를 실이라고 그랬어요. 실, 실이라고 그랬는데, 안실, 밖실이라고 그랬는데, 일본 사람들이 와 가지고, 잘 한답시고 인제 한자로 이름을 주는 거지, '서곡리'라고, '서곡리'라고 이름을 지어줬어.

그래 그, 실에, 에, 절이 지금도 있어요.

[옆의 청중을 쳐다보면서] 저, 저, 옆에 있는 거,

(청중 : 쌍계사.)

아, 쌍계사, 쌍계사가 인제 굉장히 컸던 모양이야. 거기매(거기에), 서곡대사라는 분이 있는데, 그 양반 출생이 인제 어떻게 되냐 하면은, 고 안실에서 아부지가, 아부지가 인제 에, 가을에, 가을에 뭐, 가을 거두미를 하다가 서곡대사가 뭐이 일곱 살 땐가? 여덟 살 땐가? 되는 걸, 쬐끄만한 놈,

[웃으면서] 아니, 서곡대사를 보고 놈이라고 그러면 안 되지.

칡을, 칡이라 그래?, 칡, 산에 나는 뭐 묶고 그래는 거.

"칡을 끊어 와라."

그렇게 이제 뭐 아부지가 그래니까, 거서 칡을 끊어왔는데, 이-, 손에 피가, 피가 그냥 시뻘겋게 묻고, 칡에 피가 묻고 그랬더라는 거야. 그래, 이 아버지가 그걸 보니까, 얘가, 이게 이게 이상한 애거든. 그래 말은 못하고 걱정하고 있는 거지, 얘를 이 애를.

아께 그 전장사(앞서 이야기한 전씨네 아기장수를 말하는 것임) '이 애를 어떻게 해야 되느냐?' 고민을 하고 있는데, 역시 인제 그, 여기매, 이제 쌍계사 중이 왔더래는 거지. 중이 왔는데, 그 얘기를 했대는 거야.

그 얘기를 했더니,

"이 아이는 초상이 사가에서 살을 사람이 아니고, 천상 부처님 앞에 가서 살아야 될 아이다."

이런 얘기야.

"그 칡 끊는 것조차도 살생이라고 그래서 피가 나왔기 때문에 그래 가야된다고."

데리고 갔대는 거야. 그래서 그 양반이 나중에 유명한 서곡대사가 됐는데, 그 양반이 얼마나 유명했느냐 하면은, 이 동면에 수타사라고 있어요, 수타사. 수타사라고 있는데, 서곡대사가 이 쌍계사에서 아침을 잡순는데,

[옆의 청중을 보면서] 그 중들이 밥 먹는 거를 뭐라 그래? 그 저저, 아침밥을 잡순는데, 으, 잡숫다 말고, 어이, 그리니까 그기, 어, 그러니까 수타사가 본찰이고, 이건 종찰 비슷하게 됐던 모양이야. 그러니까, 이거 내가 알아보니까 그 절간들도 그 본부가 있고, 그 지점이 있고.

그래, 이 양반이 식사하시다 말고 이 숭늉 그릇을, 숭늉 그릇을 들고 나가더니, 뭐 주문을 외더니, 그 숭늉을 손에다 칠을 해 가지고 이 동면 쪽을 향해서 몇 번을 뿌리더래는 거야.

그리고 들어오더래. 그래, 뭐, 다른 사람은 모르지, 무슨 소린지.

그런데 그 담에 알고 보니까 수타사에 불이 난 거야. 그냥 막 탄 거야, 타는데, 갑자기 소나기가,

[웃으면서] 갑자기, 갑자기 소나기가 쏟아져서 다 꺼졌더래. 소나기가 쏟아져서, 꺼졌는데 보니까, 저, 숭늉에 밥, 밥알 있잖아, 밥알, 밥알이 막 거기 와서 대문간에 와서 막 붙었더래. 숭늉에 있던 밥알이.

얼마나 재밌어. 인제 그 양반이 서곡대산데, 유명하신 건 틀림없고.

그래 그, 서곡대사가 인제 돌아가셨는데, 입적(入寂)을 하셨는데, 누가 이, 저, 아홉사리고개, 아홉사리고개를, 그, 그 때는 걸어 넘게 댕겼으니까, 넘어오는 데, 서곡대사가 그 아홉사리 고개를 넘어가시더래는 거야.

그래서,

"아이, 대사님 어디 가시느냐?"

그러니까,

'나 인제 요번에 가면 인제, 못 온다.'는 식으로 그러면서 가시더래. 아, 그런데, 와 보니까 서곡대사 돌아가셨다 그래더라는 거야.

그 서곡대사가 인제 그 하나가 유명한 분이 있고, 인제 고 고건 서곡대사, 내가 아는 게 그렇고.

의병대장 이장사의 힘 (1)

자료코드 : 03_15_FOT_20100113_HRS_BGJ_0006
조사장소 : 강원도 홍천군 내촌면 도관3리 467-1번지 노인회관
제보일시 : 2010.1.13
조 사 자 : 황루시, 유명희, 박현숙, 윤준섭
제 보 자 : 박경주, 남, 79세
구연상황 : 앞서 서곡대사 이야기를 끝내고 쉬지 않고 곧바로 이어서 구연을 시작했다.
줄 거 리 : 홍천군 내촌면 와야리에 있는 비선동에 의병대장이었던 이장사가 있었다. 나라에서 장수를 뽑는 시험에 응시했다가 마지막 관문에서 실패하고 고향으로 돌아왔다. 그러나 동네청년들이 한양을 오르내리는 이장사를 상대하지 않고 고립시켰다. 이장사 혼자 힘으로도 거뜬히 옮길 수 있는 물레방아를, 이장사만 빼고 동네 청년들이 모두 모여 하루 종일 힘을 써서 끌어다 놓았다. 뒤늦게 그 사실을 안 이장사는 괘씸한 생각이 들어서 물레방아를 둘러매고 고논에다가 거꾸로 쳐박아 버렸다. 고논에 쳐박힌 물레방아를 빼낼 수 있는 사람은 이장사 밖에 없다는 것을 알고 있는 동네청년들이 이장사를 찾아가서 용서를 구하자 이장사가 도로 꺼내주었다.

그 다음 이제 의병 때, 그러니까 내가 삼십 이년으로 낳았니까, 천구백 십년이나 천구백구년 그 때 일이겠지.

우리 아버지 인제, 그 어렸을 때, 그 때 얘긴데, 의병대장으로 여기 저 비선동(내촌면 와야리에 위치함)에 이장사라는 분이 있대, 이장사. 그 때도 뭐, 사관학교, 사관학교 모양으로, 그, 그 때는 뭐라 그러나? 대한제국인가 뭐, 그러니까 고종황제가 인제 나라 인제 일본 놈들이 내놓라 뭐 그럴 땐 모양이야. 근데, 아직까지는 그래도 황제가 있었고, 우리나라 군대가 있을 적인데, 무슨 사관학교 같다는 걸 생도 모집을 허는, 장수지, 장수. 힘꼴이나 쓰고, 뭐 칼루다가 이렇게 하고,

[활사위 당기는 시늉을 하면서] 활로 쏘고, 몽둥이로도 줘('쥐어'의 뜻임) 패고, 이러니까 힘이 세야 될 게 아니야.

그런데 비선동에 이장사라는 분이 있는데, 선발이 됐다는 거지. 선발이 돼가지고 인제, 서울 가서, 훈련을 받은 거야. 그래, 우리 아버지 말씀으로는 녹을 먹는다고 그래더라고. 녹을.

'녹을 먼는다는 게' 뭐, 월급 받아 갖고 가면서, 인제 훈련을 한 거지.

그래 인제 훈련을 받고 임관식,

[옆에 앉은 처다보면서] 내 생각하면 그래.

훈련이 끝난 다음에 장교 임관식을 하는데, 마지막 무신 테스트 같은 거, 그걸 하는데, 밭 가는 보섭 알아? 밭 가는 보섭.[26]

(보조 조사자 : 예? 뭐?)

모르지? 밭을 가는 데 보섭이라고

(보조 조사자 : 아, 보습. 예, 예, 알아요.)

보습, 그 거를, 그 거를 인제 양쪽에다 하나씩 신키고, 그, 저, 동대문, 지금도 거 동대문 있잖아, 서울.

---

26) '보습'의 사투리, 땅을 갈아 흙덩이를 일으키는 데 쓰는 농기구. 삽 모양의 쇳조각으로 쟁기나 극쟁이의 술바닥에 맞추어 끼운다는 의미.

"그 동대문 성을 뛰어 넘어라."

이기야.

"양쪽에다 보섭 하나씩 신구, 그 성을 뛰어 넘어라."

그래 또 뛰어넘어 보섭이 깨지지 말아야 되는, 그게 합격인데, 이 양반은 뛰어 넘었는데, 인제 그 내공이 좀 약했든 모양이지. 그래, 보섭이 깨졌다 이런 얘기야. 걔, 깨져서 불합격이 된 거야. 불합격이 됐는데, 여기와, 인제 내려와서 있는 거지.

근데 엄청 많이 먹는대. 먹는 거를, 엄청 많이 먹는데, 그 자기 형님이 비선동 사는데, 살기가 어려워 가지고, 고기를 잘 못 멕였던 모양이야.

근데, 송아지를, 할 일이 없으니까, 그래 또 동네서 왕따를 시켰던 모양이지, 힘 꽤나 쓰고 그러니까, 뭐 서울에, 한양에 왔다갔다 그러니까 왕따를 시켰던 모양이야, 동네 청년들이.

그래, 하루는 그 물레방아, 그 크잖아, 물레방아가. 그거를 맨들어 가지고, 온 동네 청년들이 다 가서 인제, 뭐 끌어다가, 끌어다가, 인제 났다는 거야, 그 물레방아를. 이장사가 저보고, 저보고 갖다 달라면 울러매다 줄텐데, 저를 왕따를 시키고 동네 청년들이 즈그끼리 가서 온종일 가서 온 동네 청년들이 다 돌아 매 가지고 끌어다 났다 이런 얘기야.

그래, 이장사가 괘씸하니까, 그날 저녁에 밤에 울러 매더가 논꼬(논의 물꼬)에 고논(봇물이 가장 먼저 들어오는 물꼬가 있는 논),

[조사자들을 가리키면서] '논꼬에 고논'이란 거 모를 거야, 진크론 논이야, 이, 저, 수렁논(고논 중에서 지하수가 올라 제일 많이 질퍽거리고 빠지는 논) 빠지면, 빠지면 못 나오는 거야. 거기다 갖다가 까꾸러 쳐박아났다 이런 얘기지.

그래, 동네 청년들이 아침에 나가 보니까, 물레방아가 없어졌는데 가보니까, 거기에 까꾸러 쳐백혔다 이런 얘기야. 그러니까 이건 천상 이장사밖에, 이장사 장난인데, 이장사가 아니면 빼낼 재간이 없거든. 그걸. 그러

니까, 이장사한테 가서,

"우리 잘못했으니까, 빼내 달라고."

하니까, 빼내 준 모양이야.

이제 그런 얘기고.

의병대장 이장사의 힘 (2)

자료코드 : 03_15_FOT_20100113_HRS_BGJ_0007
조사장소 : 강원도 홍천군 내촌면 도관3리 467-1번지 노인회관
제보일시 : 2010.1.13
조 사 자 : 황루시, 유명희, 박현숙, 윤준섭
제 보 자 : 박경주, 남, 79세
구연상황 : 앞서 서곡대사 이야기기에 이어서 쉬지 않고 곧바로 구연을 시작했다.
줄 거 리 : 최진사가 이장사의 힘을 한 번 보고 싶어서, 온갖 음식을 준비해 놓고 초대를
했다. 엄청난 양의 음식을 먹고 난 뒤 최진사가 힘을 보여 달라고 하자, 시험
을 당한다는 생각에 기분이 상한 이장사가 긴 목침을 주물럭거리며 쥐고 있
다가 양쪽을 당기자 목침이 엄청난 소리를 내며 두 동강 났다. 이장사는 최진
사에게 잘 먹었다고 인사를 하고 두 동강 난 목침을 집어던지고 돌아갔다.

여기매, 요, 저, 해주 최씨들이 최진사댁, 지금도 많이 살아요. 많이 사
는데, 그 최진사라는 분이, 그 땐 또 진사가 지역에서 대단한 그 저겄던
모양이야.

그래, 이장사를 불러 가지고, '이장사가 힘에 세다는데, 좀 힘을 한 번
봐야 되겠다.' 인제 그래 가지고, 불러 가지고, '이장사 힘을 보자고.' 그
래믄 초청을 했던 모양이야.

초청을 해 가지고, 인제, 닭도 한 마리 잡고, 닭도 한 마리 잡고, 뭐 술
도 두둑이 해 놓고, 그래고 인제 떡도, 찰떡으로 해서 이렇게 함지에다가
담아다 놓구 그랬는데, 그래, 술을 뭐 이런 잔으로 주는 게 아니라,

[양손을 넓게 벌려 원을 그리면서] 큰 이런, 이런, 소위 대포지, 대포(큰 술잔). 거기다 이래 갖다 놔놓고 닭도 통으로 하나 갖다 놨더니, 이래 최 진사가,

"드시라고,"

이래니까,

장군이 뭐 잘 먹어야 되는데, 못 먹고 그런데, 그 걸 보니까(음식을 보 니까) 욕심이 났던 모양이야. 인제 그 술이 통배기[27]라고 그러는데, 통배 기라고 그러는 기, 그, 뭐야, 동이보다 조금 적은 거

(청중 : 방우리라 그래요.)

응, 그래니까 그게, 한 닷 되 정도 들어갈 거야.

(청중 : 예.)

아, 그 걸 하나 쫙- 자시더니, 닭을, 닭을, 닭을 반으로 쫙- 한 마리 를 찢으시더니 딱 자시더라 이런 얘기야. 자시고 반쪼가리를 놓는다는 얘기야.

그러니까 이 술이 모자란다는 이런 얘기지. 그래서 인제, 또, 금방 재 갔다 한, 그래 한 말이라고 보면 되겠지, 이게, 이게 커요, 그게. 그래 갖 다 드리니까, 그 걸 쫙- 자시더니, 닭 한 마리, 마저 잡숫더라는 거지.

그래, 인제 떡을 갖다가 이제, 함지 채로, 함지 채로 갖다 드리니까는, 옛날 절가지(젓가락)는 굉장히 길고, 든든했던 모양이야. 놋절가지(놋젓가 락)가 같은 기. 그래, 쓸지도(썰지도) 않고 이렇게 갖다가 큼직큼직 허게 해서 이렇게 대충 짤라 가지고, 원래 장사니까 갖다 드리니까,

[두 손 가락을 움직여 젓가락으로 떡 잡는 시늉을 하면서] 절가지로 찰 떡 친 거를 '딱' 잘르니 뚝 뚝 잘라지더라는 거야.

그래, 한 말 자시더래.

---

27) '보시기'의 방언, 김치나 깍두기 따위를 담는 반찬 그릇의 하나. 모양은 사발 같으나 높이가 낮고 크기가 작다.

그래 인제 배불렀으니까, 진사가,

"아이고, 이장사 힘이 세다고 그래서, 그 힘 좀 구경 좀 할라고 오라고 그랬는데, 어떻게 뭐, 좀 보여줄 수 있겠느냐?"

그러니까

"제가 무슨 힘이 있습니까?"

이래민선, 또 겸손을 피우더래. 그러니까 뭐, 부인네들이랑, 뭐, 부인네들은 고긴 못 들여다보지, 문구멍 뚫고 들여다봐야지 그 때는, 안 되지.

온 동네 부인들도 모이고, 문구멍 뚫고 들여다보고, 뭐, 구경헐라고, 근데 이 작자('이장사'를 의미함.)가 그 옛날에 목침이 이렇게 둘 씩 비는(베는) 게, 둘씩 비는 게, 그게 그, 한 십센치 돼. 그 직경 십센치, 사방.

[손가락으로 조사자를 가리키면서] 목침 알아? 목침.

(보조 조사자 : 알아요.)

알아?

(보조 조사자 : 예.)

그래, 둘이 비니까, 이만큼 길은 거지, 둘이 빌래면은(베려면).

옛날에는 신랑각시가 비는 게,

[양팔을 길게 늘리면서] 이렇게 베개가 이–만한 게 있었어요, 이만한, 긴 게, 목침도 그렇게 둘이 비면 긴 게 있었는데, 이걸 주물럭거리고 앉았더라는 거야.

[주물럭거리는 시늉을 하면서] 이렇게, 주물럭, 그걸, 목침을, 이리보구, 주물럭거리고 앉았더니, 일어나 쭈그리고 앉더니,

[두 주먹을 쥐면서] 이렇게 쥐고,

[두 주먹을 양쪽으로 힘차게 끌어당기면서] 이걸 끊드라는 거야. 그래, 소리도 얼마나 컸는지, 문구멍 뚫고 들여다보던 부인들이 기겁을 해 가지고,

[웃으면서] 소리가 얼마나 컸는지,

[옆의 청중을 바라면서] 그러더니 그게 괜히 기분 나빴던 모양이지? 이제 시험해 보고 그러는 게, 그러니까, 확- 집어 내던져버리더니 그냥,

"잘 먹었다고."

하고 가버리더래, 가 버리더래.

그래 의병 때, 의병대장 인제 그 하시던 분이지.

점말

자료코드 : 03_15_FOT_20100113_HRS_BGJ_0008
조사장소 : 강원도 홍천군 내촌면 도관3리 467-1번지 노인회관
제보일시 : 2010.1.13
조 사 자 : 황루시, 유명희, 박현숙, 윤준섭
제 보 자 : 박경주, 남, 79세
구연상황 : 앞서 서곡대사 이야기에 이어서 쉬지 않고 곧바로 구연을 시작했다.
줄 거 리 : 물걸리와 서석 사이의 접경지역에 점말이라는 곳이 있다. 조선조 대원군의 천주교 탄압으로 쫓겨 다니던 천주교인들이 좋은 흙이 있는 마을로 찾아 가서 옹기를 만들어 팔아 생계를 유지하고 살았다고 하여 점말이라고 불리게 되었다.

여기서 물걸리래는 데가 있어, 물걸리래는 데가 있는데, 서석하고 접경지대야. 접경지댄데, 거기, 에, 점말이라고 있어, 점말('옹기말', '옹촌'이라고도 부름). 점말이 뭐냐 하면은, 그 옹기 맨드는 데야.

그-, 조선조 말에 카톨릭, 천주교가 인제 그 들어왔는데, 대원군이 가만 놔두지 않았잖아, 왜. 절단은 냈지. 그래니까 이 양반들이 쫓겨 댕기면서 뭘 해먹었느냐 하면은, 하느님의 그 사업이 흙으로 사람 맨들었는 게, 그 창조의 기원 작업이잖아. 그르니까 그걸 닮아서 흙으로 맨드는 거야. 그래서 그 천주교가 그 교인들이, 인제 교인들이 모여서, 대원군이 자꾸만 쥐('쥐어'의 뜻임) 박으니까, 쫓겨 댕기면서 자기네들 끼리 옹기 그 흙

이 좋아야 독을 맨들거든, 흙이 좋아야. 흙 좋은 마을에 가서 옹기를 맨들어 가지고 댕기맨 팔으면서, 이제 생업을 유지하고, 거기서 인제, 그 종교를 믿는 거지. 천도교, 아니, 저 천주교, 천주교, 인제 천주교, 인제 그 해서, 점말이라고 있어요.

지금도 거기매(거기에) 있어요, 유일하게 거기매 있어.

군유동

자료코드 : 03_15_FOT_20100113_HRS_BGJ_0009
조사장소 : 강원도 홍천군 내촌면 도관3리 467-1번지 노인회관
제보일시 : 2010.1.13
조 사 자 : 황루시, 유명희, 박현숙, 윤준섭
제 보 자 : 박경주, 남, 79세
구연상황 : 앞서 '점말' 지명 유래에 대한 구연한 뒤 동학혁명과 3.1 만세 운동에 관한 역사적인 이야기를 한참 했다. 그리고 청중들과 사소한 이야기를 나누다가 갑자기 구연을 시작했다.
줄 거 리 : 홍천군 내촌면 광암리에 군유동(君留洞)이라고 있다. 군유동은 군넘이, 군내미라고도 부른다. 마의태자가 그 고개를 넘었는데, 그 후 임금이 고개를 넘었다. 임금이 유숙했다는 의미로 군유동(君留洞)이라고 부르게 되었다.

그, 광암리라고 있어요, 광암리라고 있는데, 거기, 군유동(君留洞)이라고 있어요. '군넘이'이라고, '군넘이'. 우리들은 군내미, 군내미 그래지. 그래 군유동이라고 부르는데, 그 군내미가 마의태자가 넘었다는 얘기도 있고, 마의태자가 인제 저게 어디야, 저기 저, 김부리(강원도 인제군 상남면에 위치함)

(보조 조사자 : 네, 네 김부대왕 묘 있는데.)

어, 김부대왕에 그 골, 갈 적에, 임금 군(君)자 '군유동', '군넘이', '임금이 넘었다.' 임금이 넘은 이제 그 고개가 있는데, 고개라 그래서 군넘이라

고 불렀고, 나중에 인제 그, 한 자루다가 군유동(君留洞)이라고, '임금이 머물렀다.' '유숙했다.' 군유동이라고 그러는데, 지금 그 군유동이 있어요.

망전리

자료코드 : 03_15_FOT_20100113_HRS_BGJ_0010
조사장소 : 강원도 홍천군 내촌면 도관3리 467-1번지 노인회관
제보일시 : 2010.1.13
조 사 자 : 황루시, 유명희, 박현숙, 윤준섭
제 보 자 : 박경주, 남, 79세
구연상황 : 조사자가 제보자에게 '망전리' 지명 유래에 대해서 이야기 해 달라고 하자 곧 바로 구연을 시작했다.
줄 거 리 : 샘이 많이 나와서 밭을 하면 곡식이 안 되고 망했다, 그리서 망전(亡田)이라고 부르게 되었다. 그 후 논을 뜨기 시작했다. 물이 많아서 밭을 하면 망한다고 하여 망전리(亡田理) 라고 부르게 되었다.

거, 망전리에 대한 얘기는, 그 망전리래는 데가, 이제 저, 저 뭐야, 진펄, 진펄, 지하수가 높은 거지. 그래서 땅이 질퍽질퍽 샘이 많이 나오는 거야, 샘이, 샘이 많이 나오는 거야.

그래, 거기다가 밭을 허니까, 밭을 허니까, 샘이 나오니까, 이게 곡식이 안 되잖아, 곡식이. 곡식이 안 되니까, 이 밭, 밭 허면 망하는 거지, 망전(亡田).

(보조 조사자 : 그래서 망전리(亡田理).)

(보조 조사자 : 어디에요? 망전리가.)

와야리, 와야 이리.

그 담부터 논을 뜨기 시작한 거야, 논을.

(보조 조사자 : 그렇죠, 지르면은 밭하지 말고 논하면 되니까.)

[웃으면서] 망하니까, 바로 망하니까, 거기를 이제 망전, 그래서 망전,

망전이라고 그래고. 망전이래는 그런 설화도 있구 그렇지.

떼소

자료코드 : 03_15_FOT_20100113_HRS_BGJ_0011
조사장소 : 강원도 홍천군 내촌면 도관3리 467-1번지 노인회관
제보일시 : 2010.1.13
조 사 자 : 황루시, 유명희, 박현숙, 윤준섭
제 보 자 : 박경주, 남, 79세
구연상황 : '망전리' 지명 전설에 이어 조사자가 '떼소' 지명 유래에 대해 이야기를 해
　　　　　달라고 하자 곧바로 구연을 시작했다.
줄 거 리 : 나무를 서울로 나를 방법이 없었다. 그래서 떼를 가지고 나무를 옮겼다. 서울
　　　　　까지 먼 거리를 이동해야 했으므로 떼에다 집을 지어 생활하면서 운반하였다.
　　　　　홍천군 내촌면 도관리에 위치한 말구리소 근처 소(沼)에서 떼를 맸는데, 그
　　　　　후 그곳을 '떼소'라고 부르게 되었다.

　아, 떼소, 떼소 얘기를 해줘야 되겠군. 에, 그 떼(나무나 대나무 따위의
일정한 토막을 엮어 물에 띄워서 타고 다니는 것.)를 매 가지고 떼를 매
가지고, 서울에, 서울에서 그 뭐 불 때고 살았으니까, 집짓고 살고 그랬는
데, 나무를 가져갈 재간 없잖아.

　그래, 전부다 떼로 가지고 가는 거야. 떼로 가지고 가는데, 요기 떼를
매던 소(沼)가 있어.

　(보조 조사자 : 어디에요?)

　아, 저, 저, 저, 그 말구리소 있는데, 고기(거기)야.

　(보조 조사자 : 행정리로는?)

　도관리, 여, 가차워(가까워).

　(보조 조사자 : 그 다리 있는데 그러면은)

　아, 그렇지, 그렇지, 아 그렇지. 거기가 떼소, 고 위에가 떼손데, 거기서

인제, 떼를 매는 거지. 떼를 맨다는 거 대충 알아먹겠어? 무슨 얘긴지?

나무를 엮는 거지, 엮어서, 엮어서 물에다 띄우는 거지. 거기다 인제 사람도 타고 가고, 뭐 인제, 거기서 살림을 하는 거야, 아주. 서울까지 한참가야 되니까, 가다가 물없으면 또 못 가고 그러니까 살림을 하는 거지. 집을 재('지어'의 뜻임)놓고. 거기서 떼를 매는 거야.

그래서 거기 동네 이름이, 저쪽에, 강 저쪽에는 '응달 떼소', 떼수, 떼수 그래지. 떼수. 이쪽에는 '양지 떼수' 그랬는데, 떼소야, 떼를 매던 소(沼), 떼소.

가리산 한천자 명당

자료코드 : 03_15_FOT_20100113_HRS_BGJ_0012
조사장소 : 강원도 홍천군 내촌면 도관3리 467-1번지 노인회관
제보일시 : 2010.1.13
조 사 자 : 황루시, 유명희, 박현숙, 윤준섭
제 보 자 : 박경주, 남, 79세
구연상황 : '가리산 한천자' 이야기를 묻자, 풍수에 관한 긴 이야기라면서 본격적으로 설화를 구연하기 전에 '지관'과 '포수'와 함께 복록방에서 자게 될 경우 밤새잠을 못 자게 만드는 사연을 간단하게 들려주면서 청중들과 한바탕 웃고 난뒤, 진지하게 구연을 시작했다.
줄 거 리 : 명나라 주원장(한천자)은 한국 사람이다. 한천자 아버지가 머슴살이를 하고있었다. 한천자 아버지는 가리산 명당자리에 달걀을 묻으면 세 시간 만에 병아리가 된다는 중국 지관들의 말을 엿듣고, 소여물 끓이는 물에 달걀을 넣어삶았다. 주인이 지관들의 요청에 따라 생달걀 세 개를 가지고 오라고 하자 한천자 아버지가 삶아서 식혀 둔 삶은 달걀을 가져다 주었다. 중국에서 온 지관들이 명당자리에 달걀을 묻으니 세 시간이 지나도 병아리가 되지 않자, 잘못짚었다면서 돌아갔다. 그 후 한천자 아버지는 자신의 아버지 묘를 가리산 명당자리에 써서 한천자가 나왔다.
　　　　날이 가물고 비가 안 와서 가리산에 가 보면 누군가가 자신도 천자가 되려고

명당자리에 송장을 몰래 묻어놓은 일이 있었다. 그 후 장남 사람들은 날만 가물면 가리산에 올라가 확인해 보고 시신이 있으면 파버린다. 그러면 비가 온다고 한다.

한천자 묘도, 인제 그 중국의 지관들이, 그 주원장(중국 명나라의 제1대 황제(1328~1398) 아부지가 머슴을 살았대요. 머슴을 사는데, 에, 그 어떤 무신, 저기 뭐 부잣집인지 난 뭐, 인제 들은 대로 얘기 허면은, 거기 와서 그 중국에서 온 지관들이, 묘자리 잡는 지관들이 거기 와서 잤다 이런 얘기야. 그 집에서 자는데, 그 집에서 주원장 아부지가 머슴을 살았다 이런 얘기지.

그래 왔다 갔다, 머슴이 뭐, 뭐, 불 때고 뭐, 왔다 갔다 하다 들으니까, 그 중국에서 온 지관들이 거기매(거기에), 그 한천자, 한천자 묘라 그래, 한천자, 한천자 묘,

"거기다가 달걀을 갖다 묻으면은, 달걀을 갖다 묻으면은, 에, 뭐, 세 시간 후면은 병아리가 나온다, 병아리 소리가 난다."

이러면서 떠들더래는 거야. 야, 그러면은 달걀이 세 시간 만에 병아리가 돼 나오면은 보통 얘기 아니죠? 뼹이래도 보통 '뼹'이 아니거든. 그 아침에 달걀을 그 주인보고 달라고 그러더래. ('중국 지관'을 말함)

그래서, 그 이제 주원장 아버지가 그, 머리가 굉장히 그, 빨랐던 모양이야. 달걀을 얼른 갖다가 소물 가마니에다가, 소여물 끓이는데, 거기다 삶았대요, 거기다 삶았대요. 삶아서 식혀 논 거야.

'저 놈들이 틀림없이 달걀을 찾을 거다. 그러면 생달걀을 주는 게 아니라 삶은 달걀을 줄 거라고.' 인제, 달걀까지 삶아 놓고 기다리는데, 아, 주인한테 얘기 했던 모양이지, 중국에서 온 지관들이,

"아, 주인장 달걀 좀 달라고."

그리니까, 주인이 머슴보고,

"야, 아무개야, 마당쇠야, 가서 달걀 좀 가져오라고."

하니까, 얼른 삶은 달걀을 갖다 준 거야. 그래, 삶은 달걀을 갖다 줬더니, 인석들이('이 녀석들이'의 뜻임) 가지고 가리산에 올라가더라는 거야.

가리산에 올라가더니, 거기다가 묻었대는 거지. 묻고는 이눔들이, 인제, 기다리는 거지. 세 시간이 되면 인제, 병아리가 울 때만 바라고, 이게, 삶았으니, 삶았으니 안 울 게 아니야, 이게, 삶았으니.

"아, 이거 틀렸다."

이런 얘기야.

"우리가 잘못 짚었다, 우리가 잘못 짚었다. 이게 증말 참, 천자가 날 만한 명당인데, 우리가 잘못 짚었다."

그러면서 가더래는 거야.

'너 이놈아, 한 방 먹어라.' 이러면서, 자기 아버지 돌아가시고 묘를 거기다 묻었대는 거지. 그래 가지고 인제, 한천자가, 천자가 난 거야, 천자가.

한천자가 났는데, 그 다음으로, 그 다음으로 그 비가, 비가 안 오고 가물으면, 그 때는 전부 농사나 해 먹고 살았으니까, 농사 못 지면 우린 굶는 거야, 그 때는. 사는 길이 농사 밖에 없으니까, 날이 가물으면 농사 절단나잖아. 가물으면은 한천자 묘를(묘에) 가서, 가서 올라 가보면은 어떤 놈이 거기다 갖다 묻었대는 거지. 송장을 갖다 묻어, 자기도 천자 해 볼라고.

그 이제, 갖다가 몰래 갖다 묻은 거야. 그래서, 그걸 퍼내비리면은(퍼내 버리면) 인제, 비가 온다는 거야.

그래 인제, 주천 사람들은 장남사람들이겠지.

[웃으면서] 장남 사람들(홍천군 두촌면 장남리 사람들)은 날만 가물으면 거기 올라가 본다는 거야. '어떤 놈이 송장 갖다 퍼묻었나' 하고. '송장 갖다 파묻었나' 하고 올라가 보면은, 퍼내서 끄내(꺼내) 내버리면 비온대는 거지.

소금 장사 본(本)은 염씨

자료코드 : 03_15_FOT_20100115_HRS_BDS_0001
조사장소 : 강원도 홍천군 내촌면 와야1리 노인회관
제보일시 : 2010.1.15
조 사 자 : 황루시, 유명희, 박현숙, 윤준섭
제 보 자 : 박동식, 남, 76세

구연상황 : 모여 있던 어르신들이 돌아가면서 민요를 불렀다. 그 후 조사자가 이번에는 이야기를 좀 들려달라고 청하자, 제보자가 얘기는 자신이 먼저 해 보겠다면서 구연을 시작하였다. 구연을 마치고 조사들이 성함을 물어보자 청중들이 '염씨'라고 놀려서 한 바탕 웃음바다가 되었다.

줄 거 리 : 옛날에 한 소금 장사가 날이 저물어 한 집에 유숙을 청했다. 며느리와 시어머니만 살고 있기 때문에 안된다고 거절을 했다. 그러자 소금 장수가 재차 청을 하여 고부의 허락을 얻었다. 소금 장수는 그날 밤 며느리와 시어머니와 돌아가면서 잠자리를 가졌다. 그 후 삼년이 지나 소금 장수가 그 집을 찾아 갔더니 두 아이가 마당에서 놀고 있었다. 며느리와 시어머니는 소금 장수가 다녀간 뒤 두 아이가 태어났다면서 이름을 지어달라고 했다. 소금 장수는 두 아이의 이름을 염씨라 지으라고 했다.

옛날에, 한 사람이 있는데, 어, 소금 장사를 하는데, 소금을 짊어지고 팔민 가는데, 가다 가단, 여기루 대믄, 저 작은 방까치 같은 데, 거 도달을 했는데, 더 갈데도 없구, 자구 갈래고 그러니까, 그 집 주인이 젊은 며느리, 젊은 시어머니가 사는데,

"왜 못자고 가느냐?"

이렇게 물으니까,

"호랭이가 물어간대요."

"호랭이가 물어가고 두 시어머이 며느리 뱊에 없으니까, 못 자고 간다고."

그래니까,

"상관 없다고."

그래믄서

"자고 가겠다고."

그래서,

"그럼 자고 가라."

그래더래.

걔, 자는데, 이 소금 장사는 젊은 사람이겠지 뭐. 자는데, 한 사람만 우떻게 꼬셔 가지구서는 한 꽃 땄지. 따구서는 저제, 옆으로 넘어가는데, 젊은 시어머이가,

"그냥 갈 건 안 돼."

이래니까 이거도 또 땄어.

그래고 하룻밤 새고 자구서 이래 가는데, 한 삼년 만에 와서 그 집에 찾아왔는데, 애들이 인제 둘이 볶아치고 장난을 치는데,

"저 애들은 누구요?"

하고 물으니까는 그 주인 아주머이랑 며느리랑,

"거 당신이 왔다 간 뒤로는 저런 애들이 인제 태어나서 그리고 뛰댕긴다고."

그래니까, 가-만히 있다가, 아참,

"이름을 지어달라."

그러더래. 가-만히 생각하니까, 뭐이 이름 지을 건덕지도 없고, 남의 집 모르는 집에 와서,

"'염씨'라고만 이름을 지어라."

그래고서는 가더래요.

그러게 저, 그중년에는 염씨가 없는데, 요중년에 그 염씨가 생겼대요. 그 소금 장사 염씨예요. 염씨는 소금 장사 염씨. 본은 소금 장사 염씨.

끝.

호랑이 잡은 여인

자료코드 : 03_15_FOT_20100115_HRS_BDS_0002
조사장소 : 강원도 홍천군 내촌면 와야1리 노인회관
제보일시 : 2010.1.15
조 사 자 : 황루시, 유명희, 박현숙, 윤준섭
제 보 자 : 박동식, 남, 76세
구연상황 : 앞선 제보자(김성준)가 구연을 마치자마자 제보자가 구연을 이어갔다.
줄 거 리 : 옛날에 한 사람이 큰 재를 넘어가려고 하였다. 한 아주머니가 호랑이가 물어 가니까 넘어가지 말라고 하였다. 이 사람이 그래도 고개를 넘으려할 때 호랑이가 나타났다. 고개 넘지 말라고 말리던 아주머니가 치마를 걷어 어깨에 걸치고 거꾸로 엎드려 올라왔다. 호랑이가 그 여인이 모습을 보고 생전 처음 보는 짐승이라면서 놀라 도망쳤다. 그 사람은 무사히 재를 넘었다.

어, 옛날 한 사람이 큰 재를 넘어갈라고 그러는데, 그 재 밑에 인제 그 민간 집서 고개를 넘어갈라고 그런대니까. 못 넘어가게 하더라구.

"왜 못 넘어가게 하느냐?"

"이 고개 넘어가다는 다 호랭이가 물어가는지, 뭐이가 물어가니까 하나도 못 넘어가고 다 죽는다."

그러니까, 이 사람이 인제 가긴 가야되겠는데,

"아이 난 뭐 걱정도 없고, 뭐 좀 죽어도 괜찮다고."

그래면서 부적부적 가더래.

저-만치 큰 팔봉산 올라가니까 인제 거기서부터 인제 호리홀쩍 무서운 생각도 들어가고 그래. 깨 난게 어떻게 됐나? 그 아주먼네야.

[양팔을 높이 들어 어깨에 올리면서] 츠매를 걷어서는 저 이 어깨너머에 여 해붙이고서는 까꾸러 슬슬 올라가니까. 인제 호랭이가 나타나서 보니까는, '이게 사람도 아니고, 세상서 보지 않던 짐승이더래. 아니 짐승이야.' 그래 부저부적 해니까, 부적부적 호랭이 곁으로 가니까, 이게 호랑이 인제 집어먹을라고 들여다보고 있는데, 부적부적 호랭이 발밑에서 올라가

는 기야. 가-만히 보니까 입이, 입도 이-만하고 너불너불한 게 그리니까,
이게 인제

"호랭이 죽는다. 날 살려라."

하구서는 호랭이가 그냥 짝 끌구서는 어디루 갔는지 간 곳이 없더래.

그래서는 그, 그 사람이 재를 넘어가더래.

욕심 많은 소경 골려준 진사

자료코드 : 03_15_FOT_20100115_HRS_BBC_0001
조사장소 : 강원도 홍천군 내촌면 와야1리 노인회관
제보일시 : 2010.1.15
조 사 자 : 황루시, 유명희, 박현숙, 윤준섭
제 보 자 : 박병찬, 남, 74세
구연상황 : 앞서 구연한 제보자가 다른 이야기를 준비하고 있을 때 제보자가 나서며 '욕
심 많은 소경 혼내 준 진사'이야기를 해 보겠다면서 구연을 시작했다.
줄 거 리 : 옛날에 소경 내외가 살고, 건너편에는 진사가 살고 있었다. 소경이 욕심이 많
아 진사가 버릇을 고쳐주려고 했다. 소경 마누라가 보따리 장사를 나가자 진
사가 소경을 찾아갔다. 소경이 파를 안 나눠주자 나무막대기에 꽂은 바늘로
소경의 손을 찔렀다. 소경은 독사인 줄 알고 방망이를 휘둘러 파밭을 망가뜨
렸다. 소경 마누라가 벼를 널어놓고 나갔다. 진사가 찾아와서 소경 얼굴에 물
을 뿌리면서 비가 온다고 속였다. 소경이 비가 오는 줄 알고 진사의 도움을
받아 젖은 벼를 모두 거둬들였다. 소경이 달걀을 잔뜩 삶아서 먹으려고 껍질
을 까고 있을 때 진사가 몰래 알을 다 훔쳐 먹고는 자기 머리에 쓰고 있던 털
모자를 그릇에 담가두었다. 소경이 털모자가 달걀을 훔쳐 먹은 고양인 줄 알
고 솥에 넣고 삶았다. 소경 마누라가 보따리 장사 간 틈을 타 진사가 소경에
게 난리가 났다고 속였다. 진사가 소경을 피난시켜준다면서 아궁이에 앉혔다.
소경이 잡고 있던 줄을 잡아당기자 굴뚝으로 끌려나오면서 이마도 까지고, 얼
굴은 시꺼멓게 되었다. 소경 마누라가 보다 못해 진사를 찾아가서 따졌다. 진
사는 소경이 욕심이 많아서 버르장머리를 고치느라 그랬다고 답했다.

그전 옛날에 여기매쯤엔 소경 두 내우가 살았고, 저 건네는 진사가 살

앴어요. 그런데 진사가 가-만히 보니까, 이 소경이 참 욕심이 엄-청나게 많거든. 아니, 뭐 손톱만큼도 남을 조금도 안 주는 성질이야, 도대체. 근데 소경 마누래가 보따리 장사를 해먹고 사는데, 진사가 가만히 떡-하니 건네다보니까, 소경 마누라 보따리를 해지고 이고서 나가더란 얘기야, 장사하러. 진사가 설-설 건너가서 집에 가서,

"소경, 집에 있나?"

그러니까,

"아, 예. 진사님 건너오셨어요?"

인사는 또 잘 한 대요. 이것들이 아주 인사는.

"아유, 진사는 우테('어떻게'의 뜻임) 건네오셨어요?"

"아, 나는 다른 게 아니고, 자네네 집에 가-만히 들여다보니까 아주 파가 엄청 밖에 파가 많어. 그 파 좀 은어다가 거 파국을 좀 끓여먹을라고 파를 은으러왔는데, 파 좀 주게."

그러니까,

"에이, 파 없어요. 우리가 뭔 파가 있어요."

'저 베줄 게 있으면 내가 먹지.' 이러면서 중얼중얼하면서 이케드래는데,

"에이, 그럼 난 건네가겠네."

이러니까,

"예, 그럼 잘 건너가세요."

인사하드란 얘기야.

그래서 이 진사가 나무끄탱이에다가 바늘을 딱- 꽂아 지다랗게 바늘을 꽂아 가지고는, 요놈의 소경이 칼을 가지고, 그릇을 가지고 파를 베러 나가잖아 밭으루. 하, 이눔의 거 바늘 그 꽂은 손등어리에다가 '콱' 찌르니까,

"아구 따거워."

한 번 더 찌르니까,

"아구 따거워. 이 놈의 파밭에 독새(독사)가 있구나. 아이구, 이거 큰일 나겠네. 어데 몽댕이가 없나?"

[팔을 휘드르면서] 몽댕이를 찾아더가 파가 그 잘 된 놈의 걸 그저 번드르르하게 내 두드리 났더란 얘기야. 파를 두드리면 물이 질퍽질퍽 나온다고. 아이, 파밭을 모지리 소경 파밭들이를 핸 거야, 진짜. 그래논 걸 보구선 인제 건네갔어요.

이 소경 마누래가 저녁때면 집으로 오잖아. 보따리 장사 하다가. 집에 와 갓구선 저녁에 인제, 저녁을 국을 끓일라고 양념을 좀 뜨러나갈려고 파밭을 나가보니까, 아주 파밭을 모지리 내 죠기났더란 얘기야. 아주 한 개도 없이.

'아우, 파밭을 왜 이리 다 잡았나?'

"에이, 파밭을 우테하다 이렇게 해 놨수?"

"에이 말두 말어 이 사람아. 아, 저번에 진사 양반이 와서 파 좀 달라고 그러길래, 아, 파 좀 비다가 국을 끓을 먹을라고 그러다가 아주 독사한테 물려 가지고 시방 아주 여 퉁퉁 부었잖아."

그러더래.

[옆사람을 쳐다보면서] 그러니까, 벌써 그 소경 마누래는 알았단 얘기야. 이 진사가 와서 그런 장난질 치는 걸. 그런 그러커니, 그러나 소경 마누래가 감히 진사한테 가서 이렇게 장난했냐고 감히 말을 못해잖아.

하룻밤 또 떡-하니 자구는 있는데, 보따리 이구 나가기 전에 멍석을 마당에 쭉-하니 깔더란 얘기야.

옛날에 벼를 마당에다 말렸던가봐, 벼를. 벼를 쭉- 내 널어놓구는,

"이거 비가 오거든, 우뚱게 대충 접어서 놓구, 날이 좋으면 놔 둬요."

이래믄, 또 장사를 또 나갔대요.

근데, 진사 양반이 추적 건네 가서, 해필 날은 청청한데, 또 천둥을 꾸

룩꾸룩 했단 얘기야, 천둥을. 그러니깐,

"아유, 이거 날이 이렇게 비가 오려는데 벼를 널어놨어?"

이러면서 건너가니까,

"아이, 진사님 오셨어요?"

또 인사를 하드래요.

그래,

"아구, 이거 비가 막 들오는데, 이걸 우뜩하지?"

"아구, 그럼 같이 좀 거들어 주세요. 이거 혼자 다 못 거둬들이겠는데요?"

쇠경이 같이 이제 벼를 끄들라 이래는 동안에 진사가 바가지다 물을 떠 가지고는 꽃가지를 꺾어 가지고 물에다 담궜다간

[얼굴에 물뿌리는 시늉을 하면서] 쇠경 낯에다가 물을 실실 뿌렸단 얘기야.

"비가 막 오네, 이거 큰일났네. 빨리 끄들이세. 막 오네."

막 디리 뿌리면서 한쪽 손으로 잡구선 인제 그대로 그대로 다 끄드려 놨단 얘기야. 그러면서,

"나는 이제 건네가겠네."

이래.

"아구, 베(벼) 끄드르느라 혼나셨어요."

인사를 아주 깍듯하게 하드란 말이유.

그러니 뭐, 마누래가 와 보니, 멀쩡한 날에 벼도 못 말리고, 전부 끄드려놨지유, 어떻게 말을 꺼내나? 이거 진산데.

이거, 그 이튿날 또, 이건 보따리 장사는 날마더 나가야 되니까 인제, 보따리를 떡-이구 나가더란 얘기유. 그런데 진사가 보니까, 또 마누래가 이구 나가드래, 보따리를. 살살. 그래 시-적 시-적 건네가, 그 집엔 날마다 또 닭이 알을 낳는대요. 알을.

그래서,

"소경 집에 있나?"

"예, 진사님 오셨어요?"

"아, 난 다름이 아니고, 자네네 집에 날마다 닭이 알을 낳는 소리가 나는데, 그 알 좀 얻어다가 삶아 먹을라고 왔네."

이러니까,

"이그. 소리만 질렀지 알이 없어요. 알이 하나도 없어요."

"뭐, 없대믄 할 수 없지 뭐. 나 건너가겠네."

이러니까,

"예, 건너가세요."

이렇게 인사를 하드란 얘기유.

아, 이눔이 혼자 쭝얼쭝얼하믄서는, '저 줄 게 있으면 내가 삶아먹지 뭐.' 아주 뭐 웃방으로 올라가더니, 알을 남바구 하나, 허연 알을 남바구 하나 담아가주와산 솥에다 넣고 불을 떠서 푹 삶더란 얘기야. 삶아 가지고는, 안방에다 꺼내 내다놓고 저 문턱에 앉아서 요놈의 쇠경이 하나 까서 소금 찍어 먹고, 하나 까서도 성에 안 차니까, '에이 이까짓 거 다 까놓고 집어 먹는다고.' 모지리 다 까 담았대, 솥에다.

근데, 진사가 바깥에서 옛날에 넉살문에 꽤 넓잖아. 거기다 작대기다 쇠꼬창 꽂아 가지고, 저 까서 그릇에 담으면 알을 푹 찍어서, 소금 찍어서 끄내 내먹고. 또 쿡 찍어서 끄내 내먹고, 계속 그래 가지고 다 먹었단 얘기예요, 진사가. 그래곤 또, 답변이 없더란 말이야.

모자를 털모자 하나를 쓰고 간 게 있는 거 같애서 모자를 벗어 가지고는, 쫙 접어 가지고는 문틈으루다 디밀어서 그 알그릇에 담아났대, 모자를. 그러니까 '아, 알을 다 까먹었으니, 인젠 좀 먹어봐야지.' 이렇게 알을 콕 꺼내니까, 머이 멀쿠리가 집하거든.

"아이쿠 요놈의 고냉이 놈이 다 쳐먹었구나. 요눔의 고냉이가 나 알 까

논 거 다 쳐먹었네. 아고, 요거 아주 바싹 비틀어다가 가지고 나와 가지고 나와 솥에다 삶아야지."

가지고 나와 솥에다 푹푹 삶더란 얘기여, 그거를. 그래 푹- 아주 흐드래불토록 삶아 놨는데, 마누래가 와서 밥을 할라고 솥을 열어보니까, 어서 털모자를 푹 삶아놨거던. 나, 이거. 그렇게 했으니 물론 이거 진사가 그런 거 알지. 알지마는 말을 차마 못 하는 거야. 이거, 진짜. 그래 꾹꾹 참구는 그 이튿날 또 인제, 괜히 먹구 살아야 되니 장사는 또 해야 되니까, 보따리를 이고 나가민서,

"집 잘 보세요."

그래구선 나가는데, 진사가 떡-하니 건네오니 또 나가더란 얘기예요.

'어이, 이거는 오늘은 이놈을 좀 버르장머리를 아주 다부지게 고쳐놔야 되겠다고.' 건네가서는,

"쇠경 있나?"

그러니까,

"예, 진사님 오셨어요?"

이러드래요.

"에, 난 다름이 아니고 시방 저기매, 난리가 쳐들어온대는 소문이 도는데, 자네네 밀가루하고, 기름하고 뭐이 좀 있나?"

그러더래.

"예, 밀가루도 있고, 기름도 있고 다 있어요."

"그 저, 피난을 갈래면 먹을 걸 좀 장만을 해야 되는데, 거 화리불에다 부치개 몇 장을 부치자구."

"아이, 부치개를 뭐할라고 부쳐요?"

그러니까,

"아 피난 가서 아리랑 고개를 넘어가면 우선 배고프면 먹어야 되잖아. 아리랑 고개가 유명해 힘들어 넘어가기가."

그러더래요.

"그러면 그렇게 하지요."

그래민, 쇠경이 밀가루 찔찔 흘리민 대충 해 가지고 부치개 몇 십 장을 부쳤던가봐.

"자네, 그저 바우락지('끈'을 의미함)가 한 이십 발 되는 바우락지가 있나?"

그러니까,

"예, 있어요."

"그러면 됐어. 그러면 거 부치개 싼 거를 수건에다 해서 꼭 매서 단단히 초매이 돼. 이 아리랑고개를 넘어갈라면 엄청 힘들같애. 이거 떨어져 나가면 굶어죽어."

그래 꼭 초매고는, 요늠의, '옛날에 부강지가 김씨네 부강지가 뭐 사람이 끼들어가지' 그렇게 컸단 얘기야.

쇠경을 부엌에 부강지(아궁이)에 딱-하니 앉혀놓고, 굴묵('굴뚝'의 강원도 방언)을 헐어제치고는 바우락지를 설설 내리밀어 가지구는 쇠경더러,

"이 바우락지를 꼭 쥐고 있어. 이 거 놓치면은 아리랑고개 넘어가다가 죽어. 아이, 죽어도, 피난 갈 때까지 꼭 쥐고 있어야 돼."

그러고는 굴묵 싸서 인제 진사가 두룩 잡아대니까 딸려오는 소리가 두룩두룩 나 이마가 까지면서, 굴뚝으루다가, 모랫구녕으루다가. 아, 그래서 두룩두룩 훑어서 굴묵에다 끌어내다놓구는,

"난 인제 자네 피난 시켰으니까, 난 인제 건너가겠네. 인제 그러니까 그 꽁무니 매달린 그거 풀러다 앉아먹고 있어. 시방, 조금 있으면 난리가 들어올 거야."

이래.

"아, 예. 아구, 이거 진사님 때매 지가 살았어요. 아구, 고마워요 아주."

아-주 뭐뭐, 엎드려서 절하미,

"나 건너가니까 거기서 잘 먹고 있어."

이러더란 얘기요.

이 마누래가 보따리를 떡-하고 인제 이고 들어와 보니까 기름 냄새도 나고, 밀가루도 찔찔 흘리고, 부강지하고 뒷목이 지저분하고, '아, 어지간히 도대체 뭘 했더란 얘기야? 이게' 집을 사뭇 한바퀴 핑 돌았다. 어디 가 있나 하고. 삥 돌아보니까, 쇠경이 굴을 잡아 훑었으니, 이마가 까지고 눈까리도 검안이 묻어 밴질밴질 헌게, 부치개 앉어 이렇게 먹더란 얘기야.

먹으면서,

"아구, 왜 여기 굴묵에 와 있느냐?"

하니까,

"아이고, 말도 말아. 자네 어디가 피난했나? 난 저 건네 진사양반이 와서 나 여기 와 참 잘 살고 있네. 아구, 진사 양반한테 좀 가서 인사 좀 드리고 와. 나 여기 피난시켜줬으니까."

아이, 그 자리서 참다못해 안 되겠어서 쫓아 건너갔대 마누래가.

"아무리 사램이 욕심이 많구 그래도 사람을 갖다 굴을 훑는 법이 어디 있느냐?"

"아이, 그눔의 영감 내 아주, 하두 욕심이 많아 버르장머리를 고치느라 그래났다고."

그러더래.

아, 그걸로 끝이야.

둔갑한 여우 잡은 지게작대기

자료코드 : 03_15_FOT_20100115_HRS_BBC_0002
조사장소 : 강원도 홍천군 내촌면 와야1리 노인회관
제보일시 : 2010.1.15

조 사 자 : 황루시, 유명희, 박현숙, 윤준섭
제 보 자 : 박병찬, 남, 74세
구연상황 : 앞서 구연한 제보자(김성준)가 구연을 마치자, 이야기판이 조용해졌다. 조사자
가 제보자에게 이야기를 좀 들려달라고 하자 자신은 앞선 구연자(김성준)처럼
잘하지 못한다고 사양했다. 조사자가 재차 부탁을 드리자 '그럼 시시해도 한
번 해 볼까?'라면서 적극적으로 구연을 시작했다. 제보자의 구연이 끝나고 민
요로 이어졌다.
줄 거 리 : 여우가 할머니 해골을 뒤집어쓰고 둔갑을 했다. 새우젓 장사가 이 광경을 보
고 쫓아갔다. 어느 환갑집에 들어간 둔갑여우를 보고 사람들이 큰할머니라고
극진히 대접했다. 새우젓 장사가 지게 작대기로 술을 마시고 있는 둔갑여우
머리를 두 번 세차게 때렸다. 할머니는 꼬리 열두 개 달린 여우의 모습으로
쓰러졌다. 이 광경을 보고 욕심 많은 머슴이 지게작대를 비싸게 샀다. 머슴은
새우젓장사처럼 환갑집을 찾아들어가 지게작대기로 무작정 할머니를 쳤다.
머슴은 그로 인해 감옥에 가게 되었다.

그전 옛날에요, 새우젓 장사 해는 사람이 하나 있었는데, 새우젓을 짊
어지고 봄철 아마 한 사월달쯤 된가 봐. 따뜻할 땐데, 새우젓을 짊어지구
는 고개, 큰 고개를 넘어가는데, 힘이 들어서 고개서 새우젓을 이제 지게
작대기로, 새우젓 그 작대기가 옛날에 통지게작대기라 그랬지?

(청중 : 그럼)

버팅겨 놓고는 쉬더래니깐, 저 등당에서 여우 한 놈이 탱탱탱 해구 내
려오더란 얘기예요. 그래더니, 뭘 파 가지고 박박박 긁어보더니 제 낯짝
에다 씌워보고, 또 안 맞으니까 박박 긁어보더니 제 낯짝에도 씌워보더란
얘기유. 한 댓 번 파 가지구는 씌워보니까 그제서야 맞는지, 이눔의 여우
가 한 서너 번 곤두박질을 해드래요. 그래더니 하─얀 안늙은이가, 한 시
방으로 말하면 한 팔십 된 아주 노인네가 아주 하얀 옷을 입고 지팽이를
짚고 꼬─부장해고 내려오더란 얘기유. 새우젓장사는 그걸 죄다('전부다'의
뜻임) 봤단 얘기예요.

그래 내려와서는 새우젓장사한테 와서,

"어딜 가시는 거유?"

그래니까,

"아, 난 저 넘애 새우젓 팔러 가는데요, 아이 할머니는 어딜 가세요?"

그러니까,

"예, 난 이 고개 넘애 오늘 뭐 환갑을 채리는 집이 있는데요, 그 환갑집에 술 좀 얻어먹으러 가요."

이러더란 얘기예요.

"그래요. 거 어느 집인지, 나도 같이 가면 안 될까요?"

그러니까,

"아, 가시지요 뭐."

그래서 이 안노인네를 이 통지게 장사꾼이 새우젓을 짊어지고 그 환갑집이 찾아갔다는 얘기유. 가니까, 참 뭐 옛날에 옛날엔 집에서 다 환갑을 했으니까.

굉장히 뭐 환갑을 해고는 환갑 노인네를 아주 큰-상을 채려다 놓구는 ○○를 기울이는데, 아, 이 늙은, 새우젓장사하고 늙은이가 들어가니까,

"아이구, 아무개 아주 할머니가 오셨다구."

아주 지극히 대해주더란 얘기야.

[옆에 앉은 청중을 쳐다보면서] 그러니까 그 동네에서는 이 할머닌, 그 동네사람이 보기는 친척집 아주 대할머니로 봤지 뭐. 아, 그리고 가만히 보니까, 이 새우젓 장사 가-만히 '이게 좀 틀리긴 틀리는데.'

"저, 주인양반 저 미안하지만, 이 환갑상 곁에다가 상을 하나 좀 아주 별도로 좀 잘 채려서 놔주슈."

그러니까,

"아, 왜 그래요?"

"저 노인네 좀 혼자 좀 대접을 핼라고 그래요."

그래더란 얘기유.

그래서,

"그 저, 주인양반 거 환갑 채려주는 그 맏자제분이 좀 와서 이 할머이 좀 술 좀, 아주 대접에다 한 대접 좀 퍼서 좀 드리슈."

그렇게 시키더래요. 이 새우젓 장사는 그 새우젓 통지게 장사 작대기를 뒤에다 가-만히 감춰 가지구 인제 들어온 거야. 그러더니 이 할망구가 그 뒷전 환갑 늙은 아들이 막걸리를 부니까,

[양손을 들어 마시는 시늉을 하면서] 이렇게 훌- 먹으니까,

[두 손으로 얼굴을 가리면서] 입술 대접에 낯짝을 다 가렸지. 이렇게 허구 먹으니까.

[청중 이마쪽을 때리는 시늉을 하면서] 대가빡을 그냥 뒤 번 내다 지리니까 쭉- 뻗더란 얘기유.

꼬리가, 꼬리가 정말 열 두 개 꼬리가 쫙- 뻗어져 나가면서,

(청중 : 그래, 백호.)

어. 백호 여우란 얘기야. 동네사람이 깜짝 놀래더란 얘기유.

깜짝 놀래서,

"아구, 저 할망구를 살인을 친 게 우떻게 저렇게 됐느냐고."

이거 그 동네 아주 욕심이 적게(족히) 많은 남의 집 사는 놈이 하나 있는데, 그 눔한테 쫓아와서,

"아유, 나 이거, 그 통지게 작대기 나한테 좀 파슈."

이러니까,

"에이 난 안 팔아요. 난 이거 가지구 먹고 사는 사람이유. 난 이거 절대 안 팔아."

(청중 : 아, 도깨비방이 같구먼.)

어, 그럼.

아, 자꾸 지근지근 허니 어떡해? 그래 그걸 팔았대. 팔아 가지고 새우젓 장사 하던 걸 다 때려치고. 그 작대기를 무값이지. 말하자면 육구만단(많

이 받았다는 의미라고 함.)이 파는 거랑 똑같지. 팔아 가지고 그걸 가지고, 잘 살았는데,

(청중 : 여태 살아.)

응.

잘 살았는데, 이 통지게 작대기 산 눔은 작대기를 질- 질- 끌고 동네를 댕겨보니까 한 집이 참, 환갑집이 있더란 얘기야. 그 때 그 놈 하는 식을 보구선 인제,

"상 좀 하나 채려서 바쳐주쇼."

하니까, 바쳐주더래.

걔, 제일 안늙은이 어서 있는 걸 불러다 자꾸 그래 술을 먹더란 얘기야. 이눔의 새끼가 무조건 몽둥이를 내다 쳤대요. 아 이눔의 새끼가 지게 작대기 사느라고 돈 없었지, 살인 쳐서 영창에 갔지.

(청중 : 그래, 잘 살았대? 못 살았대?)

[웃음]

황새 이야기로 도둑 잡고 장가간 노총각

자료코드 : 03_15_FOT_20100115_HRS_BBC_0003
조사장소 : 강원도 홍천군 내촌면 와야1리 노인회관
제보일시 : 2010.1.15
조 사 자 : 황루시, 유명희, 박현숙, 윤준섭
제 보 자 : 박병찬, 남, 74세
구연상황 : 앞선 제보자(박동식)가 구연을 마치고 난 뒤, 조사자가 이야기를 좀 더 들려달라고 청하자, 제보자가 한 마디 더 해 보겠다면서 구연을 시작했다.
줄 거 리 : 옛날에 남의집살이 하는 노총각이 살고 있었다. 하루는 집에 도둑을 잡아주는 사람을 사위삼겠다는 소문을 들었다. 노총각이 장가를 한 번 가보겠다면서 그 집을 찾았다. 그 집을 찾아가는 길에 황새가 논으로 들어가서 올챙이를 잡아먹고는 힐끔 돌아보는 광경을 목격했다. 노총각이 낮에 황새를 본 광경을 말

을 할 때 마침 그 때 도둑이 들어 우연히 황새와 같은 행동을 했다. 놀란 도둑이 도망치다가 붙들렸다. 노총각은 결혼을 했다.

옛날에, 아주 아주 나이가

[앞서 구연한 박동식 제보자를 가리키면서] 이 양반만큼 나이가 많은 아주 노총각이 남의 집에 살았는데, 소문이 들려오기를, '우리집에 저 도둑놈만 잡아 주면은 내가 사위를 삼겠다.' 이런 소문이 돌더란 얘기야.

'에이, 장개도 못가는 판국에 한 번 도둑이나 가 잡아주고 장개 좀 들어볼까?' 하구 이제, 사월 달 즘 뭐, 모심기 전인가봐 아마.

아주 그 도둑눔 잡는다는 집에 가는데, 들판에서는 황새가 어-정 어-정 논으로 걸어 들어가더래. 이눔의 황새가 올챙이를 꾹 찍어 잡아먹더니, 그, 그 사램이 지내가니까 힐끔이 돌어더보더래요.

'아, 젊은 황새가 왜 나가는 걸 되돌아보나?' 하고는 가서는 그 도둑놈 잡아달래는 집에 가니까 거의 해가 떨어졌더래.

저녁 때 출출헌데, 들어가서는 이눔이 인저 안방에 떡-하니 앉았는데, 저녁상을 참 잘 차려 주더래. 도둑놈 잡으러 왔대니까. 그 집이 아주 저녁마다 와서 뭘 조금씩은 훔쳐 가거던 계속. 그래 이눔이 남의 집 사는 눔이 뭐 배운 것도 없고 그런데 뭐, 단지 오다가 그 황새 그거 하나 밖에 본 게 밖에 없는데, 방에 앉아서 해는 말이,

"어정, 어정 걸어 들어오신다."

이러드란 얘기야. 그래구,

"꾹 찍어다 맛보신다."

그러니까, 이 도둑눔이 대문에 인제 어-정 어-정 걸어 들어왔단 얘기야. 방안에서 하는 얘기가,

"어정, 어정 걸어 들어오신다."

이러더래.

이 도둑눔이 부엌에 들어가서 '뭐 좀 있나?' 하고 들춰보니까, 바가지를 엎어놨는데 보니까, 배미콩을 삶아 놨더래. 그 배미콩을 거, 뜩 찍어다 먹으니까,

"꾹 찍어다 맛보신다."

하더래.

'뭐 이래 떠드나?' 하고 뒤를 돌아보니까,

"힐끔 돌려다 본다."

하더란 얘기야. 도둑이 분명히 잽혔단 얘기지.

이눔이 거서 들으니, '아구, 안되겠다구.' 요게 꽁무니가 빠져라 하고 대문을 내뛰다 쪽대문을

[양손끝을 서로 맞부딪치면서] 요렇게 닫었는데, 이게 쪽대문을 안으로 닫었던가 봐요. 내뛰면 인제 대문이 닫기 전에 다리를 홀렁 깠대, 아주.

그래 벌렁 자빠져 미처 못 뛰쳐나가는 걸 우당탕 도망가는 바람에, 주인이 쫓아가버렸다 그랬단 얘기야.

그래서,

"아구, 거 도둑눔을 어떻게 그렇게 잘 잡느냐고. 참 용하다고."

이 주인이,

"당신은 오늘날로부터 내 사우노릇 하라고."

그래서 머슴 살던 놈들이 그 집에 가서 장개 잘 들고, 오늘날까지 살다가 염씨(앞선 제보자 박동식이 구연한 '소금 장사 본은 염씨'의 이야기를 인용한 것임)이 됐대는 얘기야.

동창

자료코드 : 03_15_FOT_20100113_HRS_SJM_0001

조사장소 : 강원도 홍천군 내촌면 물걸1리 222-2번지 노인회관
제보일시 : 2010.1.13
조 사 자 : 황루시, 유명희, 박현숙, 윤준섭
제 보 자 : 서정목, 남, 84세
구연상황 : 조사자가 마을 지명 유래를 물어보니 제보자는 자신이 알고 있는 이야기를
　　　　　하나 하겠다며 구연을 시작했다.
줄 거 리 : 조선 전기 군량 창고가 네 곳이 있었는데 그중 동쪽에 있는 것이 동창이다.
　　　　　지금은 동창 앞의 강물이 얕지만 예전에는 물이 깊어서 동창에서 한양까지
　　　　　배로 군량을 운반했다.

　동창이라고 하는 거는, 동녘 동(東)자 창고 창(倉)자, 동창이라고.

　그런데, 여기가 왜냐면, 그, 동창이라는 이름이 고려 중종 때부터 내려
온거야. 이게. 고려 중종 때부터.

　(청중 : 조선조, 조선조입니다.)

　조선조인가요?

　(청중 : 네.)

　아, 중종, 어느 조에 중종인데,

　(청중 : 네, 조선조에.)

　중종 때부터 동창이라고 이름을 졌는데,

　그 동창이라는 건, 뭐냐면은, 옛날, 남북, 그 북한, 남북을 통틀어서, 조
선이라고 그랬거든요. 조선 전기에 그, 군량 창고를 나라에서 인제, 그,
군사들이 먹는 창고가 네 군데 있었다고, 네 군데. 그래서 동쪽에 있는 창
고는, 이곳 동창에 있는 거는 동창이고, 서창이라고 하는 건, 황해도 황주
에 있는 걸 서창이라고 그랬다고요. 그리고 남창은 경상남도 밀양에 있는
걸 남창이라고 그랬고, 북창은 함경북도 북청에 있는 걸 북창이라고 그랬
다고, 그걸.

　그래서 그때 그, 네 군데다가 군량미를 전부 모아 쌓다고. 그러게, 여기
는 하나의 옛날 이조시대 때, 그, 군량미를 쌓아두는 군량지대가, 여기예

요. 군량미를 쌓아 두는데. 왜-, 여기다 쌓아두느냐?

이게 한강 줄기 상류거든, 한강 줄기 상류가 되어서, 그때는 자동차가 없구(없고), 순전히 소 말로 실어가니깐, 그러기 힘드니깐, 이 앞에 동창에다가 여기다 창고를 해 놓으면은, 이 앞에 물이 지금같이 않고 그전에는 물이 많았어요, 여기가. 옛날에는 서석까지 배가 올라갔다고. 그래 여기서, 배에다 띄어 가지고 군량을 실어서 홍천을 경유해서 양평을 지나, 저, 양수리를 지나 가지고 한양으로 올라 가지고 이렇게 나갔단 말이야.

그래서 이거를 군량을 전부 여기서 실어 갔다고, 그래서 여기를 동창이라고 했고.

또-, 그다음에, 에-, 그, 여기 형국을 얘기 허는데(하는데), 여기 형국이 무신 형국이라면, 연꽃 형국이야. 연꽃.

[양손으로 꽃 모양을 그리면서] 연꽃이 이렇게 해서 연화 형국이라구, 연화 형국. 그래서 여기를 일명(一名), 동창을, 연화 형국이다.

탑둔지

자료코드 : 03_15_FOT_20100113_HRS_SJM_0002
조사장소 : 강원도 홍천군 내촌면 물걸1리 222-2번지 노인회관
제보일시 : 2010.1.13
조 사 자 : 황루시, 유명희, 박현숙, 윤준섭
제 보 자 : 서정목, 남, 84세
구연상황 : 앞의 이야기와 같은 상황에서 구연했다.
줄 거 리 : 동창은 탑둔지로도 불렸으며 연꽃 형국을 하고 있다. 탑둔지는 전국에서 돌비석이 가장 많은 곳으로 마을 주민의 독립 정신을 선양하게 위해 돌비석을 세운 것이다.

그래, 여기가, 그전에 고려 적에부터 내려오는 이름이 동창이라고도 불렸지만도, 탑둔지라고 불렸어, 탑둔지.

(보조 조사자 : 탑둔지?)

예.

(청중 : 탑둔지가 그, 저, 으, 보물 있는 데예요.)

탑이 있다고, 그래서 탑둔지라고 그러지.

내가 그, 탑둔지에 가 보면은, 이 형국이 연꽃 형국이라고 그래. 연꽃 형국. 그래서 그렇고, 지금 우리나라에서 돌비석이 한 마을에 제일 많이 서있는 데가 어디냐 하면, 동창이라고.

(보조 조사자 : 돌비석?)

동창 여기. 여기 비석이 지금 얼마나 많은가 하면은, 더부 시리면은('대략 세보면'의 뜻임), [청중을 바라보면서] 한 삼백 개?

(청중 : 정확히 해서 비석이 백 사십 개 정도.)

백 사십 개?

(청중 : 백 사십 개.)

돌비석이 한 동네 백 사십 개가 있다는 데가 어디 있나 봐요.

(보조 조사자 : 왜 그러는 거예요?)

경주 불국사 가도 그런 게 없다고.

(보조 조사자 : 그니깐 왜 그러는 거예요? 왜 이렇게 많아요?)

그게 왜 그러냐 하면은, 독립 정신이 투철하기 때미러(때문에), 여기 분들 다 독립운동가들이야. 여기 사람들 다. 그래 이분들이 옛날에 그, 독립 선양을 허기 위해서 비석을 전부다 세우는 거야.

(보조 조사자 : 그래서 탑둔지구나.)

아마 지금도 이제, 지금이니깐 그렇지, 앞으로 백 년 후에 그때 가서는 하나의 큰— 유적지가 될 거란 말이야.

뻐꾹 대가리

자료코드 : 03_15_FOT_20100113_HRS_SJM_0003
조사장소 : 강원도 홍천군 내촌면 와야1리 노인회관
제보일시 : 2010.1.13
조 사 자 : 황루시, 유명희, 박현숙, 윤준섭
제 보 자 : 서정목, 남, 84세
구연상황 : 서정목 제보자는 조사자와 함께 물걸1리에서 와야1리로 이동했다. 와야1리에
　　　　　서 사회자 역할을 하며 이야기판을 이끌었으며 앞의 김성준 제보자의 구연이
　　　　　끝나자 자신도 이야기를 한마디 해야겠다며 구연을 시작했다. 서정목 제보자
　　　　　와 김성준 제보자가 나란히 앉고 김성준 제보자가 청중이 되어 이야기의 흥
　　　　　을 돋웠다.
줄 거 리 : 권씨가 한 칸의 토막집에서 부인, 아들 셋과 가령골에서 함께 살았다. 큰아들
　　　　　은 부모님이 이불 속에만 들어가면 아이를 낳기에 동생들과 짜고 부모님이
　　　　　이불 속에 들어가는 것을 방해했다. 권씨는 아들의 방해로 부인과 이불 속에
　　　　　들어가지 못하게 되자, 부인이 더욱 예쁘게 보여 욕정을 참을 수가 없었다.
　　　　　권씨는 궁리 끝에 삼형제 모두 심부름을 보내고 부인과 이불 속으로 들어갔
　　　　　다. 권씨는 부인의 복덕바우와 동나루손을 지나 물춤밭에서 뻐꾸기 대가리를
　　　　　집어넣는 일을 치렀다. 삼형제는 부모님이 일을 치르는 광경을 모두 보고, 권
　　　　　씨를 놀렸다. 권씨가 아들을 곰방대로 머리를 때리자, '아이고 뻑국-대가리'
　　　　　하며 도망갔다.

이씨 조선 중엽에 그러니깐 영조대왕 시절에, 이 가령골에 사람이 살았
어요, 그러니깐 한 삼백 년 전에도 사람이 여기 살았다고요, 그때메(그때
에) 그 살을 적에 권씨 성 가진 사람이 살았습니다.

가령골은 지금 여러분들이 어디시냐면은, 요 앞에 나가면은, 저 현리,
인제 기린 삼군단으로 가는 국도변이 가령, 가령골[28]이야.

그래서 거기메(거기에) 맑은 물이 흘러 내려가고 뒤에는 산이 우거지고
그래서 화전민이 거기 살았었는데, 권씨 성 가진 화전민이 살았었습니다.

[자신이 하는 이야기가 야한 이야기라며 청중에게 9초간 양해를 구하고]

---

28) 인제군 기린면 현리에 있는 군부대로 가는 국도변에 가령골이 있다는 말임.

그래, 그 권씨 성 가진 분이 나이가 그 때 몇 살이냐면 한 마흔 댓 살 됐어요. 사십 한, 오 세, 그러면 사십 오 세이면 지금 한창 바람이라고. 옛 날이나 지금이나. 그런데 원래 못살고 토막집을 살고 그러니깐, 나도 지 금 요 가령골에다가 토막집을 두 채 지었습니다. 여기 토막집을, 두 채 지 었는데, 그 토막집에서 살, 살, 살면서. 그랬는데 방이 딱 한 칸밖에 없어. 얼마나 가난한지. 한 칸을 사는데 아들을 낳았는데 빼면 갑오예요. (아이 를 낳을 때마다 아들이라는 말임) 그러니깐 아들 삼형제를 두었단 말이야. 삼형제를. 그래, 그, 큰아들 놈이 머리가 명석하기 짝이 없어.

[옆에 김성준 제보자를 가르키고] 여기 지금 우리 이 어른만큼이나 아 주 머리가 좋았었어. (앞서 김성준 제보자가 여러 편의 이야기를 구연한 것을 두고 한 말임) 아이 아버지하고 어머니하고 한 이불 밑에 들어가기 만 하면 하나씩 나오는 거야, 애들이.

[일동 웃음]

그러니깐 이 큰 아들 녀석이 궁리를 짠 게 뭐냐 하면은,

"에이 우리 아버지 어머니를 이제는 저, 그, 한 이불 속에 못 들어가게 끔, 막내, 너는 아버지를 끌어안고 자고. 둘째, 너는 어머니를 끌어안고 자라. 난 복판에서 망을 보겠다."

인제, 이렇게 약속을 하는 거야, 인제. 그리고서는 저녁을 먹고서 잘라 고 해도, 꼭 아버지 어머니가 주무시기 전에 잠을 안 자고, 바깥에 나가 일을 해도 같이 꼭 따라 다니는 거야. 어딜 가도. 그래 삼형제가 둘을 망 을 보는 거지. 못 그러게끔 말이야, 인제. 망을 보는데, 아, 하루는 여름인 데, 인제, 저, 오뉴월 장마가 져 가지고 지늣물(흙탕물) 들썩들썩 가령폭포 에서 내려와 가지고 물이 나가는데. 아버지가 담뱃대를 이렇게 큰- 곰방 담배대('곰방대'의 뜻임)을 물고서는 두루 누워선, 퇴침(나무로 만든 목침 을 말함)을 비구선 이렇게 마누라가 떨어진 애들 옷감을 집느라고(깁느라 고) 이리 그걸 보니깐, 아, 마누라가 천하일색이야.

왜냐하면 성이 그리우면 미운 사람도 이뻐진다고, 성이 그리우면. 그러니깐, 그전에 애 날 적엔('낳을 적에는'의 뜻임) 마누라가 이쁜 줄 몰랐는데, 아이, 이놈의 애들이 지킨 뒤로는 마누라가 천하일색으로 이뿌고.

[일동 웃음]

그러니깐 두루 누워 보니깐 이놈의 마누라를 어떻게 덮쳐야 되겠는데, 이노무 새끼들 때문에 덮칠 수가 없잖어.

그래 궁리를 낸 게 뭐냐하면은 비가 오다 그쳤으니깐으로,

"야, 큰 애야."

"예."

"너 마구에 있는."

그, 마구는 소매는 그, 마구인데,

"마구에 있는 소를 내다 매고 오너라."

"예."

그리고 나가서 오래도록 장마에 지키고 있다가 지 아버지가 '나가 소 좀 매고 오너라.' 그러니깐은 얼씨구 나간거야. 나가서 소 고삐를 크르는데(푸는데),

둘째 보고 허는 말이 뭐냐면,

"너, 그, 가령골에 내려가서 지눗물이 내려가니깐 삼태기를 가지고 가서, 삼태기를 가져가 가지고 그 지눗물에서 고기를 잡아 가져오너라."

가재를, 이런 걸 말이야.

"예."

하고 또 뛰어나갔단 말이야, 인제. 이 막내만 보내면 되잖아요. 막내를 보내는데, 막내를 보고 허는 말이 뭐냐면,

"너 저 너머 가령골 가서, 그저, 반장네 집에 가서, 요새 반장이가 뭐해 있었는지, 반장네 집이 좀 갔다 와라. 소식이 모르니깐 갔다 오너라."

하니깐,

“예.”

하고 얼른 뛰어나갔단 말이야.

그래, 그 삼형제가 다 나왔으니깐 단둘이란 말이야.

(청중 : 잘 됐네요.)

잘됐지. 그래, 그때메 이 마흔 댓 살 먹은 이 주인 아범이 이 마누라를 끌어안은 거야.

“여보, 이리 와봐.”

그러니깐,

[양손으로 포옹하는 시늉을 하고] 쑥 들어오니깐 안으로 이렇게 턱 끌어안으면서,

“아 오래간만일세.”

“아, 오래간만이에요, 나도.”

[가슴을 만지는 시늉을 하고] 그리고 나선 여기를 이렇게 쥔거야. 여기, 가슴에 이렇게 쑥 여자를 만지니깐, 한 사십대 여자가 몽글몽실하여 이기 좀 좋아? 여기, 유방이 아주.

그래, 쓱, 그러니깐,

“아, 여보, 이게 뭐야?”

그러니깐,

“그건 복덕바우예요. 복덕바우.”

그래.

그 다음에 이렇게 배를 이렇게 내려 밀면서,

“이건 뭐야?”

이러니깐,

“그건 동나루손이에요.”

동나루손, 그 다음에 다시 밑으로, 이거 미안해, 젊은 사람들 듣는데, 이건 우리 늙은이들만 있는 얘기야, 이건.

[일동 웃음]

밑에 손이 쓱 내려가면서

"이건 뭐인가?"

그러니깐,

"그건 두레우물 물춤밭(여자의 음부를 말함)이에요."

두레우물 물춤밭이 아니야? 맞지?

(청중 : 예, 맞지요.)

아, 그러니깐으로, 그 다음에, 두레우물 물춤밭이라니깐은 여자가, 이, 마누라도 인제 동했단 말이야. 그러니깐, 자기 남편 거기를 떡 맨지며 복판으로,

"이건 뭐요?"

뻣뻣하니깐은,

"그런 뻐꾸기 대가리야."

[일동 웃음]

그랬단 말이야.

아, 그러니깐 뻐꾸기 대가리하고 물춤밭이 들어 맞, 맞, 맞는 거야. 아, 그러니깐은 남자 놈이 허공에다 머라고 그러냐면,

"아이고 난 참 좋아서 아주 그냥, 땅으로 꺼지는 것 같으네."

그러니깐. 여자는 이따 하는 말이 뭐냐고 하면은,

"말도 말어! 하늘로 올라가는 것 같소."

(청중 : 어, 그러게 말이요.)

그러니깐 하늘로 올라가는 것 같다.

[옆의 청중을 바라보고] 그렇지 않겠소? 서로가?

(청중 : 아, 그렇겠죠.)

그러니깐 하늘로 올라가는 것 같고 땅으로 꺼지는 것 같은 일을 다 끝을 마치고, 그걸 삼형제 놈들이 다 들은 거야, 삼형제가 바깥에서. 여태까

지 지킨 걸, 헛지킨 거라고, 지킨 게.

그래, 큰 놈이 인제 떡하니 문을 열고서 인제 입맛을 쩍쩍 다시며 들어오니깐, 안으로. 아범이 담뱃대에다가 실이 이렇게 담배를 피우면서 뻐끔뻐끔 담배를 피워 대면서 앉아서는, 자기 볼일을 다 봤으니깐으로.

있으니깐 안으로, 큰아들이 떡 오더니, 안으로,

"그래 소 좀 내다 맸니?"

그러니깐,

"예, 갖다 맸어요."

"그래 어따 갖다 맸냐? 이 녀석아."

"뭐, 저기, 뭐, 빌어먹을, 갖다 맬 데가 있어야죠. 복덕바우를 지나 동나루손을 건너가지고, 두레우물 물춤밭에다 갔다 맸습니다."

그랬다고.

[일동 웃음]

가령골에 두레우물 물춤밭은 없는데.

(청중 : 야, 그, 그거까지 다 들었구나.)

[일동 웃음]

그러게, 이놈이 다 들었단 말이야, 이놈이. 둘째 놈이 또, 또, 들어오니깐, 안으로.

"그래, 저, 고기 좀 잡아 갔고 왔니?"

"못 잡았어요."

"왜 못 잡았니?"

"아, 암놈은 올라가고 수놈을 내려가고 하나도 못 잡았어요."

[일동 웃음]

하나도 못 잡았대.

[청중을 바라보고] 그렇잖아요, 알다시피.

"하나도 못 잡았습니다."

이러니깐으로. 막내 아들놈이 떡 하니 와서, 들어와서, 자기 아버지 무르페(무릎에).

[무릎을 치면서] 이렇게 떡 올라앉으니깐으로,

"거 반장네 집에 가니깐 뭐라고 그러대?"

"대낮에 그거 하는 놈을 죄다 잡아들여요."

[일동 웃음]

그, 그러찮으니깐, 그러니깐으로 아버지가 가만히 생각하니깐, '아, 요 괘씸한 놈들이 다 들었단 말이야. 이거를.' 그래 가지고 담뱃대 꼬다리로다가 대가릴 탁 쳤단 말이야.

"아이고-, 뻐꾹-대가리."

하며 도망을 가버렸다는데.

[일동 웃음]

그런 역사가 있는 데가 가령골입니다, 바로 저게.

세종대왕과 정서방의 우정

자료코드 : 03_15_FOT_20100113_HRS_SJM_0004
조사장소 : 강원도 홍천군 내촌면 와야1리 노인회관
제보일시 : 2010.1.13
조 사 자 : 황루시, 유명희, 박현숙, 윤준섭
제 보 자 : 서정목, 남, 84세
구연상황 : 제보자는 앞의 이야기를 마치고 다른 이야기도 해주겠다며 적극적으로 구연을 시작했다. 앞서 십 분 이상이 되는 두 편의 이야기를 구연하였지만, 청중들의 반응을 보며 지친 기색 없이 구연했다.

줄 거 리 : 세종대왕이 관동팔경으로 구경을 가다가 동두라는 마을로 들어갔다. 마을 안에는 두 명의 촌부가 신선처럼 장기를 두고 있었다. 세종은 자신의 신분을 드러내지 않고 촌부 중의 하나인 정서방과 장기를 두었다. 세종은 날이 저물도록 정서방과 장기를 두고, 정서방의 집에서 올챙이국을 먹고 잠을 잤다. 세종

은 정서방과 장기 두는 일과 올챙이국에 반하여 관동팔경 구경을 그만두고 정서방과 함께 했다. 세종이 서울로 올라가면서 정서방에게 생년을 묻자, 그 둘은 생년월시가 똑같았다. 세종은 정서방에게 가을에 한양에 오면 자신을 찾으라고 했다. 가을이 되자, 정서방은 세종을 보러 한양을 갔다. 동대문의 문지기가 정서방의 누추한 차림새를 보고 출입을 막았다. 홍대감이 그 광경을 보고서 세종에게 말하자, 세종은 정서방을 창경궁으로 들여보냈다. 세종은 시간이 있을 때마다 창경궁에서 시간을 보냈다. 섣달 그믐날이 되자, 세종은 정서방에게 교지를 주고 고향으로 돌려보냈다. 고향에 돌아온 정서방은 교지를 확인하고 벼슬을 얻고서야 그가 왕인 것을 알았다.

그 서석면이라는 데 가면은 청량리라고 서울 청량리와 똑같은 청량리라고 있어요. 그, 저, 한자도 똑같애, 맑은 청(清)자 서늘할 량(凉)자, 그래서 청량리인데. 청량리에 가면은 동두라는 마을이 있어. 동두. 아까 여기는 동창(홍천군 내촌면 물걸리를 말함)이 있었지.

동녘 동(東)자 머리 두(頭)자, 머리라고 쓰는 머리, 동두라는 부락이 있는데, 그 동두라는 부락에는 옛날에, 에, 세종대왕 적이니깐으로 한 오백 년 전 얘기래요. 그때메(그때에) 초계 정씨가 거기 살았다고. 초계 정씨라는, 정씨가 살았는데. 그때메 마침 세종대왕께서 훈민정음을 이 세상에다가 공포를 하시고 한글을 맨들어(만들어) 공포를 하시고서는,

"관동팔경 구경이나 한번 가겠다."

그래선 영동에 가, 가는 길이예요. 영동을 가는 길인데, 바로 인제, 그때, 용머릴, 용두리를, 양평서 용두리를 지내서(지나서) 어, 청량리 동두라는 마을을 왔는데.

그 마을에는 어, 태기산 밑에 운무성이라는, 운무산이라는 산이 있는데, 산 밑에 동두라는 마을이 있는데 아담하다고요.

그런데 거기를 가보면 집이 한 댓 집 사는데, 정씨 성 가진 사람하고, 그 동네 어떤 영감하고가 뭘 했느냐 하면은 장기를 두더라, 이거야. 거기서 인제, 장기를, 장기를 뚜벅뚜벅 두는데, 세종대왕이 그때메 훈민정음을

선포를 하시고 강릉을 가다가 그 촌부(村夫)들이 장기 띠는(두는) 걸 보니깐으로 신선이 따로 없어. 그게 신선이야.

(청중 : 그렇죠, 예. 그게 신선이죠.)

그래, 그, 장기 띠는 거를 세종대왕이 이렇게 어깨너머로 구경을 하더라니깐, 그 정서방하고 그 촌부하고 둘이 띠더니, 한판 띠어서 이기면 또 한판 띠고, 이렇게, 이렇게, 띠더니만으로. 나중에 앉아서 뭐냐면은 옥수수를 이렇게 큰- 함지에다가 한 함지 갖다가 떡 하고 김이 무럭무럭(무럭무럭) 나는 거를 옥수수 한 솥에 두둑두둑 뜯어 먹으면서.

"거 지나가는 분이 누구신지 모르겠으나, 당신 옥수수나 한 두서너 개 잡수시오."

아, 세종대왕이,

"아이, 그렇겠다고."

그러고선 한 두서너 개 먹으면서 있으니깐,

"장기를 한번 띠어보겠느냐?"

그래 띠어보니, 세종대왕이 보니깐, 장기 실력이 그 사람들만치 자기도 띠어, 촌부만치는. (촌부들이 장기 두는 것을 보니, 세종대왕도 그들만큼 장기 두는 실력이 있다는 말임) 그래서 그 촌부들이 띠는데서, 정서방하고 장기를 띠기 시작한 거야.

"장이야. 받아라."

하고선 하니깐, 아이, 한 판은 세종대왕이 져주고 한 판은 이겨주고, 한 판은 져주고 이겨주고, 그러다보니깐은, 해가 넘어가는 걸 몰랐다고, 석양에 해가 넘어가는 걸 모르고서, 아 인제, 거기서 계셨었는데. 이제 저녁을 먹을 때가 되니깐으로, 세종, 그 정서방이 하는 말이,

"그, 저, 인제, 그, 인사나 합시다."

인사를 하는데,

"나는 이 동네 사는 정 아무개요."

"나는 한양에서 온 이서방이요."

인사를 한 거예요.

그래, 그 다음에, 인제, 그, 세종대왕이 인제, 밤에 밤길을 갈라고 그러니까는, 정 서방이 하는 말이.

"지금 이 밤중에, 밤에, 해는 어두운데, 태령(내면 자운리에 있는 보래령을 말함)을 넘어가려면, 도적들이 있어서 못 넘어가. 이거 오늘엔 우리 집에 가서 나랑 같이 자고선, 내일 가라."

그러고선 이 세종대왕을 데리고 그 집에 갔는데, 이 정 서방네 집 역시 토막집이야, 이게.

[기어가는 시늉을 하고] 그리고 저 문을 들어 갈라니깐, 기어들어 가야 돼. 이렇게. 그 들어가니깐 그 자리는 뭘로 깔았냐면, 갈자릴(갈대를 엮어서 방바닥에 깔고 자는 것) 깔았어요. 옛날에 갈자리를 다들 아시겠지만도, 갈대를 해 가지고 했는데, 그 갈자리 틈에 때가 꽉 끼였어.

(청중 : 그렇죠.) 어, 때가 꽉 끼였어요. 그래보니깐으로 마누라가 부엌에서 불을 떼고 좀 연기가 나고 보까치댕이만으로(한참 분주하게 움직인다는 뜻임) 삼베 도랑치마를 입고 넉세배(굵은 삼베의 뜻임) 삼베치마를 입고서는 상을 가지고 들어오더니만으로, 세종대왕하고 진중간(점잖게) 둘이 있는데 갖다가 떡, 놓더니만으로,

"맛있게들 드시라."

그러고는 나가고. 그 세종대왕이 생애 보지도 않던 음식이란 말이야, 이게. 그게 뭐냐니깐으로,

"이게 뭔 음식이요?"

그러니깐으로, 그래 정서방 댑변(답변)하는 게 뭐냐면은,

"이게 올챙이국입니다, 올챙이국."

강냉이를 이렇게 해 가지고서, 지금은 질다맣게(길다랗게) 만들었지만 옛날에는 꼭 올챙이처럼 만든다고.

"올챙이국입니다."

그러고서는. 인제, 호박나물을 볶고 들기름을 넣고 이래 가지고서는, 한 그릇 잘 해서 세종대왕이 이걸 먹어보니깐, 이건 천하일미야. 궁중에서 나라에서 주던 음식도 그만치 맛이 없어. 아이, 그러니깐 이걸 한 그릇 후 다닥 다 잡쉈다 말이야. 또 반 그릇 더 잡수고 나선,

"이걸 올챙이국이라고 하지 말고, 저, 강냉이라고, 저, 강냉이국이라고 하지 말고 올챙이국이라고 해라." (강냉이국으로 하지 말고 올챙이국이라 고 하라는 말임)

그래서 세종대왕이 그걸 올챙이국이라고 이름을 지어준 거야, 이제. 그 리고서는 그 올챙이국에 팔리고 세종, 그 정서방하고 매일 장기를 두는 것에 반한, 반해 가지고는, 강릉에 팔도, 으, 관동팔경 보는 거를 고만 두 시고선, 그 정 서방네 집에선 시간을 다 보내는 거야. 인제, 거기서. 보내 고서는,

"예, 인제, 도로 서울로 올라가야 되겠다고 말이야 이러고서는, 인제,

"난 고만 갈 테니깐 어, 저, 정서방 혹시 가을에 시간이 있으면 한양에 올라와서 우리 집에 놀러 와서 한 며칠 놀다 가게."

"아, 그럼, 그럼세."

말이야.

그러기 전에 인사를 허니깐으로. (세종대왕과 정서방이 헤어지기 전에 서로 인사를 나눈 것임)

"그 정서방, 자네 생년월일이 언제가?"

하니깐은,

"나 갑술(甲戌) 생이야."

"그 갑술 언젠가?"

"시월이야."

"시월 몇 일 날이야?"

"팔일이야."

"시월 시가 언제가?"

"술(戌) 실세"

그래 보니깐, 술 시 초하고 술 시 말이야, 이게. (세종과 정서방이 갑술년 시월 팔일 술시로 태어난 때가 같다는 말임) 그래, 끄때메 세종대왕이 생각할 적에, '세상에 점이나 치고 사주보는 놈은 전부 잡아들여겠다, 앞으로. 그래 어떤 사람은 한 나라의 군왕이 돼 가지고 임금이 됐고, 어떤 놈은 한, 촌의 촌부가 돼서 올챙이국이나 먹어라고 했는데 말이야. 이거 거짓부렁이니깐 잡아 들여야 되겠다.' 그리고선.

그러나 한 동년동월동시 똑같이 난 친구니깐 더 친해진 거야. 더 친해지고선 거기서 있다가 서울로 올라가면서,

"가을에 혹시나 한양에 오거든 내 집에 찾아오게."

그러고는 올라갔어요.

가을에, 이제, 한 팔월 달쯤 돼 가지고 서리가 올 무렵에 가서 어, 뭐냐, 거둠이('추수'의 뜻임)을 빨리 해 드리고서는. 가기 전에. [세종대왕과 정서방이 헤어지기 전에 인사를 나눈 것이다. 앞에서 세종대왕과 정서방의 동일한 생년일시를 설명하였던 동일한 방법으로 구연하였다.]

"자네는 지금 하는 사업이 무엇인가?"

사주를 보니깐으로, 세종대왕께서 물으니깐은.

정서방이 하는 말이,

"난 하는 것 없어. 자네가 보다시피 소 한두 마리 키우고 밭에서 옥수수나 심고 벌이나 좀 키우고 있어, 토종벌을."

"토종벌을 몇 통이나 가지고 있나?"

그러니깐은,

"삼백 통 돼."

그 삼백 통이면 벌 한 통의 숫자하고 삼백 통의 숫자를 따져보니깐, 조

선 팔도에 있는 한국 사람의 숫자하고 그 벌의 숫자하고 딱 맞 떨어지더라는('맞아 떨어지더라는'의 뜻임) 거야. 맞 떨어지는 거야.

그래 그러니깐, 옳지. 이게 한 나라에 임금이 둘이면은 나라가 어지러워, 군왕이 둘이면 서로 왔다갔다 하고, 요즘에 서로 정당 싸우는 것처럼 싸우니깐으로.

"너는 만물의 영장인 사람의 임금이 되고, 너는 동물의 영물인 짐승(여기서는 벌을 말함)의 왕이 돼라."

이렇게 하나님의 점지해 주셨구나. 아 그러 가지고선, 더 친해 가지고선, 이따가 갈 적에,

"혹 올라올 적에, 가을에 오거든, 한번 놀러오러라."

그러니깐,

"그러겠네."

그러고선.

한 구월 달 쯤 해서 딱, 벌을 잡고서는, 제일 좋은 꿀을 한 통을 따로 떠 가지고서는 잡았어요. 그러니깐 아주 거르지 않고 벌통째 짊어지고서는. (좋은 꿀을 이서방에게 주기 위해 꿀을 채로 거르지도 않고 벌통 채로 짊어지고 갔다는 말임)

아주, 이놈의 짚신을 해, 삶아 신구서는 서울로 올라가는 거야, 한양으로. 용두리를 지내, 용문을 지내, 양평을 지나서는 서울로 해서 떡하니 동대문을 떡 들어가면서, 들어갈라고 하니깐으로 옛날에 문지기들이 사대문 문지기들이 지키고 있으면서 못 들어가게 하는 거야, 촌부가 왔으니깐.

(청중 : 아, 그렇지. 그렇지.)

그럼, 아, 지금처럼 이렇게 하고 여기다 뒤집어썼으니 (농사를 지을 때 입던 옷 그대로 입고 갔다는 말임) 그걸 들여보내주나? 안 들여보내주지. 그러니깐으로

"아이, 이 사람아, 내가 장안에서 가장 큰 집에 사는 이서방을 만나러

왔는데, 날 못 들어가게 하는 일이 어디 있느냐, 이놈아야."

그러니깐,

"원 별놈 다 봤다고."

말이야.

"이서방에 장안에 한두 집이냐?"

말이야.

그러니깐으로, 못 들어가게 막고 그러 가지고서는 며칠을 두고 싸우는 거예요. 그, 그때메, 동대문 밖에 동묘라는 데가 있지.

(청중 : 동묘 있지요.)

동묘 앞에, 거기, 어떤 대감이 홍씨 성을 가진 홍대감이 퇴근을 하다가 보니깐으로, 그런 촌부하고 싸우더라고. (동묘 앞에서 홍대감이 문지기와 정서방이 싸우는 것을 보았다는 말임)

아이, 아침 조회를 마치고선 세종대왕에게 고하기를,

"대왕께서 혹시나 이러, 이러한 촌부가 이서방을 찾는데, 혹시, 아, 짐작이 가는 데가 없으십니까?"

그러니깐,

"그럼, 그, 저, 삭주현에서 온 그저, 삭주현에서 온, 삭주현 버럭촌에서 온, 정서방이 아닌가, 함, 가 물어봐라."

삭주현은 강원도를 삭주현이라고 그랬거든, 버럭촌은 홍천군을 버럭촌이라구 그랬지.

그 와서는, 그 들어 가서는 그,

"당신은 어서 왔느냐?"

그러니깐,

"삭주현 버럭촌에서 왔다고."

말이야.

"성이 뭐요?"

"나 정서방이라고, 정 아무개라고."

이러니깐,

그래 들어가서 고하니깐,

"당장 모셔 와라, 그분을. 털끝도 하나 건드리면 안 된다."

이거야, 인제. 그래서 어디로 왔느냐면,

"궁궐 안으로 오지 말고, 저쪽에 창경궁으로 들어와라."

이거야. 저쪽에 그, 저, 그, 창경궁 뒤가 뭐야? 삼청동 있는데. 글로다 가, 옛날 농사짓던 곳도 있고 잠실(蠶室)도 있고, 그러니깐,

"글로다가 모시고 들어와라."

그러고선 세종대왕이, 옛날에 농사짓던 촌부들이 있는데 떡하니 인제, 곤룡포(袞龍袍)를 벗고서는 도포를 입고서, 떡 섰으니깐으로. (세종대왕이 옛날에 촌부들이 있던 삼청동으로 곤룡포를 벗고 도포를 입고 갔다는 말임)

아이, 정서방이 가서 삐따다하게(힘들게 고생했다는 말임) 며칠 동안 밥도 못 얻어먹고 노숙잠을 자면서 시달림을 받았으니깐으로 사람이 초라해졌지.

아 이놈의 벌통을 짊어지고 삐따딱하게 들어오니깐으로, 아이, 이게, 세종대왕이 보니깐 그 정서방이 맞거든.

그러니, 이, 세종대왕이 맨발로 뛰어나간 거야. 맨발로 뛰어나가구선,

"아이, 이 사람아,"

하니깐,

"아이, 이 사람. 나, 자네 찾느라고 아주 죽을 뻔했네. 이거 자네 집인가?"

"아이, 내 집이야."

"이 사람아, 나, 자네 찾느라고 죽을 뻔했네."

"거, 지고 온 게 뭔가?"

"내가 이거 자네 줄라고 꿀을 한 통 받아 가지고선 꿀 잡아 가지고 왔어. 이거 자네가 좀 먹어봐."

그래 갖다 놓으니깐으로, 뭐, 그, 하인, 저, 뭐야, 밑에 있는 신하들을 시키지도 않고, 세종대왕이 떠, 떠 가지고선, 손가락으로 찍어 가지고 잡 쉬보니깐, 맛이 기가 맥히더래.

(청중 : 그렇죠, 그렇죠.)

그러더니 세종대왕께서,

"이 양반을 여기다 모시게 하고, 절대로 호위를 잘 해드려라."

그래 그 다음에, 거기서 이제, 거, 정서방을 한 이삼 개월 동안 궁궐 안 에다가 모셔놓고서는 세종대왕은 조회만 하고는 시간만 되면 거기서 노 는 거야, 인제. 조회를 하고선.

하루는 섣달 그믐께가 떡-하니 되니깐은, 갈 생각을 안 하고 있으니깐, 세종대왕이 하시는 말씀이,

"이 사람아 자네도 조상이 있고, 고향에 자식, 처자식이 있는데 이제 세 밑(설을 앞둔 섣달 그믐께를 말함)에가 됐으니, 이제 내려가 봐야 되지 않 는가?"

그러니깐,

"가 봐야지."

그래 가지고선 내려갈 적에 아이, 그, 서울에 있는 이서방이 돈이라도 줘?, 돈도 안 주고서는 말 한 필하고, 하정배만 돌려서 보내는 거야, 하정 배만 보내서. 보내니깐으로, 그래 타구선, 올라갈 적엔 걸어갔지만, 내려 갈 적엔 말을 타고 내려오는데, 세종대왕께서,

"이거는, 이 보따리는 절대로 여기서 클러보면(열어보면) 안 되고, 이거 는 꼭 집에 가서 내놓으라고 하거든 클러라. 꼭 클러서 봐라. 가다가 클러 보면 안된다."

말이야.

그러니깐, 당부시킨대로 이걸 짊어지구선 말을 타구 껍적껍적 그러고 선, 청량리를 와서, 오니깐으로 홍천원이 벌써 이미 사람을 풀어 가지고

길을 닦아 놓고, 그 한, 두어 달, 한 달 동안에 고래등 같은 기와집을 짓고, 자기 집은 헐어내고선 백포장(흰 베로 만든 휘장으로 특별한 행사가 있을 때 치는 것임)을 치구선 큰 잔치를 베푸는 거야, 거기서 인제. 잔치를 베푸는데, 아, 보니깐으로, 안에 초립동이가 왔다갔다하고 그러는데, 초립동이가 누군가 누군지 보니깐 자기 아들이야, 그게.

'아, 이상도 하다.' 그러고선, 백포장 밑으로 가더니만.

"내리시죠."

홍천, 버력천원이,

"가져오신 걸 내려놓으십시오."

"아, 나 가져온 거 아무것도 없다고."

말이야.

"아이, 있으실 텐데, 왜 그러시냐고."

"그래, 그, 보따리 이것밖에 없다고"

하니깐,

"그거 달라고."

내려 가지고선 왕골 잘리(왕골로 만든 앞의 갈자리와 대비되는 고급 자리)를 깔고서는 거기다 물을 떠다 놓고 상에다 놓고서는, 여기다 올려놓구서는.

"북향재배(北嚮再拜)를 하십시오."

절을 하라고 이거야.

그, 임금이 주신 교지니깐. 그게, 바로 뭐냐면은 아까 이 양반이 갖고 있다던 교지, 홍패, 백패 그거야. (옆의 앉은 김성준 제보자가 집에 보관하고 있는 교지를 두고 하는 말임) '정이품가선대부초계정공, 아무개, 연시, 봉함.'(초계정공연시로서 정서방의 이름은 연시이다 그를 정이품가선대부로 봉한 것임) 그렇게 해서, 꽝 찍은 게 바로 그거란 말이야.

그래, 그때메 정서방이 나라님인걸 알은 거요. 그래 가지고 그 집들이

정이품가선대부라는 게, 지금도 비석이 서 있어. 동두에 가면 지금도 비석이 있어요.

그 집 자손들이 살고 있어요.

삼형제바위

자료코드 : 03_15_FOT_20100113_HRS_YGY_0001
제보일시 : 2010.1.13
조사장소 : 강원도 홍천군 내촌면 물걸1리 222-2번지 노인회관
제 보 자 : 연규영, 남, 72세
조 사 자 : 황루시, 유명희, 박현숙, 윤준섭
구연상황 : 앞의 이야기가 끝나자, 조사자는 마을 지형에 대해 물어보았다. 그러자 연규영 제보자가 많은 것은 모르고 삼형제바위에 대해 조금 안다며 구연을 시작했다.
줄 거 리 : 삼형제바위가 물걸리에 있었는데 여름에는 바위의 산삼꽃이 강물 위에 비쳤다. 삼형제가 물걸리에 살았는데 아버지가 병에 걸렸다. 아버지의 병을 고치기 위해 삼형제는 강물 위에 비친 산삼꽃을 보고서 산으로 올라갔다. 첫째와 둘째는 산삼꽃을 찾지 못하고 내려왔지만 막내는 산삼꽃을 찾았다. 그러나 막내는 산삼꽃을 캐는 중에 산에서 떨어져 물에 빠져 죽었다. 형들이 죽은 막내를 물에서 건져서 살펴보니 막내의 손에 산삼이 있었다. 그 산삼을 아버지에게 먹이니 아버지의 병이 나았다.

여기 삼형제 바우(바위)가 있어요.

(보조 조사자 : 삼형제바위.)

여기서 우리가 어렸을 때, 삼형제바우, 바우에서 계속 목욕해고 그랬는데. 요번에 제방 사업을 싸면서('제방을 쌓으면서'의 뜻임), 그걸, 저, 그, 그 사람들이 삼형제 바우를 깼어요. 저쪽 깨는 걸, 또 마을에서 막 나가서.

"왜 깨느냐?"

해서, 못 깨게 해서, 저쪽의 일부는 파손이 되고, 이쪽, 원바우는 그대로

있는데.

[청중 중 한사람을 지목하여 물어보면서] 그, 왜, 어렸을 때, 우리 어렸을 때, 어른들이 그랬잖아요?

여름에, 맑은 날 여름에, 지금은 강물이, 전부, 혼탁한데, 그때는 안 그랬거든. 그 물로다 떠서 눌러(즉시) 밥을 해먹었어요, 강물로. 그렇게 강물이 맑았을 때, 어른들이 그랬어요.

여름에는 산에서 비치는 산삼꽃이 그, 물에 비친다고 그랬어요.

그래서 인제, 삼형제 바우인데, 그게 왜 삼형제 바우냐? 그, 이 마을에서 그 어떤 사람이 어떤 노인네가 앉아야, 아들 삼형제 둔 노인네가 늙어서 병으로 웅이 났어요(아들 삼형제를 둔 노인이 살았는데 병으로 누었다는 말임).

그런데 아무 약을 써도 이 노인네가 병이 낫지 않으니까는,

"그 삼형제들이 우리 저 산에 있는 저 산삼을 캐다 아버님께 드리자."

그래 가지고서는 그, 갔어요. 갔는데, 저게 그 사뭇(계속) 벼랑이거든, 그래 맏아들이 올라가서 그 산삼을 찾는데, 그림을 보고(강에 비친 그림자를 보고서) 올라가는데 어딘지 몰라, 아무리 찾아도 못 찾고 내려오고. 둘째가 또 올라가서 찾다 또 못 내려왔어요. ('찾지 못하고 내려왔어요.'의 뜻임)

근데 셋째가 마지막 그, 막내 동생이 올라와서 벼랑을 사무트로 치는데('벼랑으로 계속 올라가는데'의 뜻임), 산삼이 보였어. 그러니깐 산삼을 캘라고 딱 돌바위에다가 발을 딛고 그걸 캐는 중에, [양손을 비스듬히 뻗으면서] 돌바우가 딱 떨어지면서, 그래서 그대로 나가 떨어져, 굴러 가지고. 물에, 그게 깊은 소(沼)거든, 꽉-, 빠져 죽었어요.

그래서 그 삼형제들이 그, 형들이 동생을 건져 가지고 와서, 아버님한테 그 이야기도 못하고, [오른손을 들고 주먹을 쥐면서] 동생이 죽으면서도 끝까지 산삼을 쥐고 있었어.

산삼을 디려(다려), 과서('고아서'의 뜻임) 디리는깐(드리니까), 아버지가 금방 병이 낫다.

이런 전설이 있어요.

방귀쟁이 며느리

자료코드 : 03_15_FOT_20100113_HRS_YBD_0001
조사장소 : 강원도 홍천군 내촌면 와야1리 노인회관
제보일시 : 2010.1.13
조 사 자 : 황루시, 유명희, 박현숙, 윤준섭
제 보 자 : 유복동, 여, 81세
구연상황 : 노인회장의 진행으로 앞의 윤기룡 제보자가 아라리를 마치자 유복동 제보자가 이야기를 하나 하겠다며 구연을 시작했다. 이야기 초반에는 차분하고 조용한 목소리로 구연을 하였으나 이야기 종반부에 이르러 청중을 웃기며 빠르게 구연했다.
줄 거 리 : 며느리가 삼 년 동안 방귀를 뀌지 못해 노란병이 났다. 시부모가 그 사정을 듣고 며느리가 방귀 뀌는 것을 허락했다. 그런데 며느리의 방귀가 너무 세서 시부모는 며느리를 친정으로 쫓아냈다. 며느리는 친정으로 쫓겨 가던 길에 임금의 행차와 마주했다. 임금이 커다란 능금나무의 능금을 먹게 해주면 큰돈을 준다고 했다. 며느리가 절구통을 항문에 끼고서 방귀를 뀌니 절구통이 날아가 능금이 떨어졌다. 임금에게 큰돈을 받은 며느리는 시댁으로 다시 돌아갔다.

옛날에요, 딸을 낳아 키우면서, '시집가면 말도 해지(하지) 마라, 뭐 듣고, 보고도 본 척도 마라. 방구도 뀌지 마라.' 그러고서는 시집가서 삼 년을 방구를 못 꼈대요. 그랬더니, 아주 이 며느리가 삼 년이 되니깐 노란병이 들더래.

그래서 시아버지가,

"아요, 넌 몸이 어디가 어때서 노란병이 드냐? 말을 해라."

이렁께,

"어디가 어떻게 불편하냐?"

이렁께,

"아픈 데는 없고 시집가서 방구 뀌지 말라해 삼 년을 방구를 못 꼈더니, 그렇, 그렇습니다."

그랬더니, 시아버지가,

"어휴, 그러냐고 어여(얼른) 맘 놓고 뀌라(뀌어라)."

그러니깐은,

"그럼 어머니는 안방문을 붙잡고 아버님은 대문을 가 붙들으세요."

이러고선, 아 방구를 냅다 뀌는데, 얼마나 쎄-게 뀌는지.

[상체를 좌우로 흔들면서] 시아버지는 대문을 붙잡고 들락날락 쫓아다니고 시어머니는 안방문을 불고('붙자고'의 뜻임) 들락날락 하니깐,

"야- 이젠, 고만-고만, 고만-고만."

그러니깐,

하도 그래도 방구를 내 났으니깐 참지 못하니깐,

"만, 만"

'고만-고만' 소리가 급해서, "만- 만, 만- 만."

이래도, 자꾸 이렁께('자꾸 방귀를 뀌어대니까'의 뜻임) 그러니깐,

"안 되겠다. 이젠 거꾸로 쫓아야 되겠다. (며느리를 친정으로 쫓아야 되겠다는 뜻임)"

이러고서는, 하인을 불러다가 가마에다가 태워 가지고 친정으로 데려가는데, 그 무슨 고개라는 것은 잊어버렸어요. 무슨 고개를 넘어가다니깐(넘어가다 보니까),

옛날 임금님이 넘어오시다 보고 큰 능금나무가 있어서, 아주 잔뜩 열어서, 아, 그, 하인들 더러,

"아, 저거를, 저 능금을 실컷 먹게 따주는 사람이면 내가 평상(평생) 먹을 돈을 주겠다."

이러니깐.

다 못 딴대요. 원래 낭구(나무)가 커서, 그러니깐 가만히 안에서 들은께, 쫓겨 가면서 들으니깐 생각이 나가(나서),

"날 내려놓으라고."

그러고선,

"어디 가서 절구꽹(절구통)을 얻어 와라."

하인들이 절구꽹을 얻어다주니깐. 아 똥구령(똥구멍)에 대고 방귀를 탁 뀌겐('뀌니깐'의 뜻임) 저쪽에다가 휠- 날라가서(날아가서) 우드득- 떨어지고.

[일동 웃음]

또 딱 꿰서, 그래 세 번을 그렇게 떨으니깐(떨어뜨리니까) 아주 엄청나게 떨어지더래.

아, 그러니깐,

"이거 약속대로 해야 한다고."

돈을 평상 먹을 것을 내주니깐, 시아버지가 돈을 보더니,

"아이고 안 되겠다. 집으로 도로 가자."

그리고 데리고 가서 잘 살았대요.

쥐 좆도 몰랐나

자료코드 : 03_15_FOT_20100115_HRS_YBD_0001
조사장소 : 강원도 홍천군 내촌면 와야1리 노인회관
제보일시 : 2010.1.15
조 사 자 : 황루시, 유명희, 박현숙, 윤준섭
제 보 자 : 유복동, 여, 81세
구연상황 : 조사자가 제보자에게 이야기 좀 들려달라고 부탁을 하자 처음에는 조금 망설이다가 '쥐가 사람이 된 이야기'를 해줘야겠다면서 구연을 시작했다.

줄 거 리 : 옛날에 어떤 한 사람이 나들이를 갔다가 집에 돌아오니 자신과 똑같은 사람
이 하나 더 있었다. 둘이 똑같이 생겨서 아내도 누가 진짜 남편인 분간할 수
가 없었다. 한 사람이 집의 서까래가 몇인 줄 맞추기를 하자고 제안했다. 진
짜가 못 맞춰 쫓겨났다. 진짜 남편은 자신이 환갑 되는 날 도포자락에 고양이
를 숨겨 집으로 찾아갔다. 고양이가 튀어나가 가짜의 멱살을 잡아 물었다. 가
짜는 쥐가 되어 나가자빠졌다. 며느리는 쥐에게 절 한 것이 억울해서 시어머
니에 쥐 좆도 몰랐냐고 말했다.

옛날에 쥐도, 저 쥐도 오래 묵으면 사람이 된대요. 짐승이 오래 묵으면
둔갑을 해서.

인제, 한 사람이 인제 어데 나들이를 가게 돼서 갔다가 오니까니로, 아
갔다 집에 오니까 주인이 있더라는 거야. 아, 서로 니가 주인이니, 내가
주인이니 싸우는데, 아 이 마누래도 어떤 게 내 남편인지 모르겠더래, 똑
같아서.

아, 그래서 서로,

"아무개 아무데 아무 날 갔더가 아무 날 내 집에 들어왔다."

이래니까,

"아, 난 가지도 않고 난 내 집에 나 여기 있다. 너 어떤 놈이냐?"

아, 서로 싸우더니만 한 사람이 그러더래.

"아, 느, 분명히 네 집이냐?"

그러니까,

"내 집이다."

그러더래.

"그런 네 집이면, 너 집에 서까래(마룻대에서 도리 또는 보에 걸쳐 지
른 나무)가 몇인 줄 아냐?"

사람이 서까래가 몇 인줄은 셔보지 않았겠지.

"서까래 몇 인지 아느냐?"

그러니까,

"아, 그걸 누가 알고 사냐?"

"에잇, 니가 뭔 주인이야? 나 우리집에 서까래가 몇 인거 다 안다."

쥐는 사방 대녔으니까 서까래 다 셔본 거 아니야. 아, 그러니까 그만
졌지.

참 여자두 지 남편이 서까래를 안대니까 제 남편인 줄 알고, 똑같으니
까는 남편을 내쫓았어. 그리고 살았는데 인제 나가서 사뭇 돌아댕겼는데
인제 환갑이 돼서는 '이거 오늘 내 환갑인데 어떤 놈이 그렇게 어떻게 하
고 있나 좀 가봐야겠다.' 하구 인제 도포자락에다가 고냉이 하나 가지고
댕겼대. 고냉이를 도포자락에 넣어 요롱께 와본께 진짜 환갑상을 채리고
아들 메느리가 절을 해고 볶아치더래.

'아우, 참 기가 막혀. 내가 주인인데 저 우떤 놈이 저렇세 우리 메느리,
아들 메느리 절을 받나.' 기가 맥혀 이렇게 있대께, 아, 고냉이가 톡 튀어
나가더래. 그래, 나가더니 그 큰 상 밑으로 쏙 들어가서 '아이구 저놈의
거 저길 들어가면 어떡하나?' 했더니, 가더니, 니미 주인 놈 먹살을 잡아
물어 흔들어 논 게, 쥐가 돼 벌떡 자빠지더래.

그래께, 메느리가 뭐라 그랬겠어? 말할 적에. 그래니 메느리가 그 쥐 보
구 절을 허구 그랬으니까 너무 억울해서 시어머이 보구하는 말이,

"이그, 쥐 좆도 몰랐나?"

그러더래. 그 시방 그 얘래.

고려장이 없어진 이유

자료코드 : 03_15_FOT_20100115_HRS_YBD_0002
조사장소 : 강원도 홍천군 내촌면 와야1리 노인회관
제보일시 : 2010.1.15
조 사 자 : 황루시, 유명희, 박현숙, 윤준섭

제 보 자 : 유복동, 여, 81세

구연상황 : 앞선 제보자의 구연이 끝나고 조사자가 제보자를 지목하여 더 해 주실 이야
기가 없냐고 다시 묻자, '뭐 좋지도 않은 이야기를 자꾸 하느냐고' 하시더니
그럼 옛날 얘기 한 마디 하시겠다고 했다. 그리고 자신이 늙고 오래 살아서
하는 얘기라고 먼저 말을 꺼낸 뒤구연을 시작했다.

줄 거 리 : 옛날엔 노인이 칠십세만 되면 고려장을 했다. 하루는 아들이 나이 많은 어머
니를 지게에 져다 묻었다. 그 때 손주가 따라갔다가 아버지에게 지게를 가지
고 오라고 했다. 아버지가 그 이유를 묻자 다음에 아버지도 늙으면 지고가야
할 지게라고 했다. 아버지가 그 소릴 듣고 어머니를 다시 모시고 왔다, 그 후
고려장이 사라졌다.

옛날에는 칠십 만 되면, 칠십 전에 벌써 고려장해서 들어다갖다 묻었대
요. 밥 요주발에다 밥 넣고, 밥하고. 그래는데, 나이 많다고 인제 할머니
아들이 어머이를 갖다 지게다 져다 묻는데, 손주가 쬐끄만한 게 쫓아갔대
요. 갖다 인제 고려장을 해 묻구서는 지게를 거기 푹- 엎었는데, 그 손주
가 아들이 쫓아갔다가.

"아부지 지게 지구 와."

그래니까,

"아이, 이건 안 지고 간다. 여기 엎어놓는다."

그러니까,

"아이, 이걸 지고 가야 이 담에 아버지도 늙으면 지고 오지."

이래니깐, 그 소릴 듣구 도루 파 지구 가드래요.

그래, 고려장 값이, 감이 없어졌구. (문맥상 고려장 풍습이 없어졌다는
의미임)

시묘 살 때 찾아온 가짜 남편 자식 죽인 여자

자료코드 : 03_15_FOT_20100115_HRS_YBD_0003

조사장소 : 강원도 홍천군 내촌면 와야1리 노인회관

제보일시 : 2010.1.15

조 사 자 : 황루시, 유명희, 박현숙, 윤준섭

제 보 자 : 유복동, 여, 81세

구연상황 : 앞서 '고려장'에 얽힌 이야기를 마치자마자 이어서 구연했다.

줄 거 리 : 옛날에 한 남자가 산에 시묘살러 들어갔다. 남편이 없는 틈을 타 이웃남자가
아내를 찾아와 남편행세를 하고 자고 갔다. 아내는 임신을 했다. 남편이 삼
년 시묘살이를 마치고 돌아와 아이가 누구냐고 물었다. 아내가 그 때 잠자리
를 한 사람이 남편이 아니라는 사실을 알고 아이를 칼로 찔러 죽였다.

또, 옛날에는 부모가 돌아가시믄 시방은 삼년상을 삼일을 와서 쭉- 지
내잖아요. 그런데 그런 게 아니고 산에 가서 삼년을 익은 음석도 안 먹구,
몸에 이가 있어도 이두 안 잡구, 삼년을 거 시묘(侍墓, 부모의 거상 중에
삼년간 그 무덤 옆에서 움막을 짓고 삶.)산대요.

시묘 사느라고 산소 앞에 가 계속 살았대요, 아들이. 아, 그런데 시묘살
에 어머이가 죽어서 갔는데, 그 이우지 아주 못된 참 잡놈이 하나 있었는
데, 아, (남편이 시묘 살러) 갔는데 하룻저녁에는 (아내에게) 왔드래요.

"문 좀 열으라고."

"누구냐?"

하니까,

"아, 나 주인이 왔으니까 문 열라."

그래서, 그래 이 여자가 목소리를 모르고서는,

"아, 시묘 살러 간 사람이 우떻게 왔느냐고. 누가 알면 큰일 난다고. 시
묘 살다가 집에 온 거 알면 큰일난다."

"소리 기별없이 잠깐만 열라."

그래서 개, 열어주니까 자고 갔단 말이야. 아, 그날부터 그 여자가 임신
이 됐어. 그래서 이 남자는 삼년을 가서 시묘 살고 오니까니, 삼년 만에
애가 허덕허덕 하는 게 있으니까,

"아, 이거 우쩐 일이냐?"

그러니까느로,

"아, 아무전께 아무전께 자기가 왔다갔지 않느냐고. 그날부터 들어선 아이라."

그러니까,

"아, 내가 시묘 살러 간 게 올 리가 있느냐?"

한게,

"아, 그래?"

그래더니 저, 나가더니 부엌에 가 식칼을 가주 나와서 애를 폭 찔러 잡았대요. 그렇게 독한 여자가 있었대요. 걔, 깜짝 몰랐지, 내 남편인 줄 알고.

(청중 : 어, 거 참 절개가 무섭구만.)

예, 옛날에는 절개가 무서웠대요.

소 모는 소리

자료코드 : 03_15_FOS_20100113_HRS_KOS_0001
조사장소 : 강원도 홍천군 내촌면 물걸리 222-2 마을회관
제보일시 : 2010.1.13
조 사 자 : 황루시, 유명희, 박현숙, 윤준섭
제 보 자 : 권오선, 남, 76세
구연상황 : 며칠 전부터 노인회장님과 연락을 취하여 약속을 잡아 많은 어른들이 회관에
모여 있었다. 마을에 대한 여러 가지 이야기들을 들은 후에 분위기가 편안해
지자 조사자가 소 모는 소리에 대해 질문하였다. 다른 제보자가 먼저 하고 그
뒤에 이어서 자연스럽게 구연하였다. 청은 좋은 편은 아니나 길게 늘이면서
동작을 침착하게 해 마치 진짜 소를 모는 듯이 구연하였다. 두 마리소(겨리소)
를 이용하여 밭 가는 소리라고 한다.

이러 어디 마라소~ 올러를 서라~ 어디

안소는 밀고 돌아만 서라~ 어디

안소야 너머 밀고 나가지 말고 나가자

어디 안소~ 올라를 서라 어디~

마라소는 밀고 돌아만 서라

안소는 슬슬 물러를 서-라 안소 어후~~

밀고 돌아를 서~ 어디 나가자~ 어디

안소는 아랫골로 내려시지 말고 제골로 서서 나가자 어디~

마라소는 내려서지 말고 웃골로 슬슬 나가자~ 어디여~

안소야 슬슬 나가라 너머 나가지 말고 똑같이 나가라~ 어~후~

어디 밀고 돌아만 서라

안소는 물러시고 마라소는 밀고 돌아만 서라 어디여~

안소 제골로 들어서 나가자

상사데야

자료코드 : 03_15_FOS_20100113_HRS_KSJ_0001
조사장소 : 강원도 홍천군 내촌면 와야1리 노인회관
제보일시 : 2010.1.13
조 사 자 : 황루시, 유명희, 박현숙, 윤준섭
제 보 자 : 김성준, 남, 77세
구연상황 : 미리 연락을 드리고 마을회관을 방문하였는데 제보자 김성준은 복장까지 갖
추고 준비하고 있었다. 선소리하는 분과 뒷소리하는 분들이 줄을 맞춰 앉아서
구연하였다. 처음 연습할 때 노랫말을 잊어서 칠판에 적어 놓은 후 부분부분
보면서 구연하였다. 몇 번 연습을 한 후에 소리를 시작하였는데 처음에 잘 맞
지 않던 뒷소리가 나중으로 갈수록 자연스럽게 맞게 되었다.

얼럴러 상사데야   얼럴러 상사데야

여러 농부님덜 호미 들고 나오시오   얼럴러 상사데야

어서 빨리 나오시오   얼럴러 상사데야

오늘 해도 중천일세   얼럴러 상사데야

빨리빨리 찍어 주소   얼럴러 상사데야

금년에도 풍년   얼럴러 상사데야

내년에도 풍년   얼럴러 상사데야

내년에도 풍년   얼럴러 상사데야

금년 농사 잘 지어 보세   얼럴러 상사데야

술도 하고 떡도 해서   얼럴러 상사데야

마을 어르신들 모세 놓고   얼럴러 상사데야

부귀공명 하옵소서   얼럴러 상사데야

우리 동네 청년들도   얼럴러 상사데야

우리 마을 경사 났네	얼렁러 상사데야
우리 마을 어르신들	얼렁러 상사데야
무병장수 하옵소서	얼렁러 상사데야
부귀영화 누리시고	얼렁러 상사데야
우리 마을 이만하면	얼렁러 상사데야
신나게 살아 보세	얼렁러 상사데야
태기산(횡성, 평창, 홍천의 경계에 있는 명산)은 명산이요	
	얼렁러 상사데야
태감산 명기 받아	얼렁러 상사데야
가령폭포(내촌면 와야리의 폭포) 생겼으니	얼렁러 상사데야
풍경이 제일이오	얼렁러 상사데야
명산명기 받아	얼렁러 상사데야
아들이면 효자 되고	얼렁러 상사데야
딸이면 효녀 된다	얼렁러 상사데야
전라도 감사님은	얼렁러 상사데야
쌀이 삼천 삼천 석인데	얼렁러 상사데야
평안감사님은	얼렁러 상사데야
돈이 삼천냥일세	얼렁러 상사데야
등 따시고 배 부르니	얼렁러 상사데야
웃으면서 살아가세	얼렁러 상사데야

이제 해가 다 넘어갔어요 다들 들어갑시다~

진주낭군

자료코드 : 03_15_FOS_20100115_HRS_KSJ_0001

제보일시 : 2010.1.15
조사장소 : 강원도 홍천군 내촌면 와야1리 마을회관
조 사 자 : 황루시, 유명희, 박현숙, 윤준섭
제 보 자 : 김성준, 남, 77세
구연상황 : 1차 조사 때에 다시 찾을 것을 약속하여 2차 방문을 하게 되었다. 다른 이야기 없이 제보자 김성준은 노래를 시작하였다. 제보자는 노래 제목을 진주 낭군이라 소개하였다. 일반적인 진주 낭군과는 노랫말이 약간 다르다. 파고다 공원에서 다른 사람이 부르는 것을 듣고 배웠다고 한다.

울도 담도 없는 집에

시집 삼년을 살고 나니

시어머니 하시는 말씀

애야 아가 며늘아가

진주 남강 빨래를 가라

진주 남강 빨래를 가니

물도 좋고 돌도 좋다

어화 둥둥 빨래를 한다

검정 빨래는 검게 씻고

흰 빨래는 희게 씻처

집이라고 돌아오니

시어머니 하시는 말씀

애야 아가 며늘아가

진주 낭군이 오셨으니

사랑방으로 들어가라

사랑방을 열고 보니

구름 같은 갓을 쓰고

용포 같은 옷을 입고

방 안에 앉았는데

여보시오 들어와요
들어가서 하는 말이
여보시오 사또님네
너무너무 야속하오
어이하다 인제 왔소
여보 부인 미안하오
진사 초시 하느라고
이제 돌아 왔소
그러시면 이제라도
부귀공명 하시거니
오늘 밤부터 한평생
여기서 살아가요

비손하는 소리

자료코드 : 03_15_FOS_20100115_HRS_KSJ_0002
제보일시 : 2010.1.15
조사장소 : 강원도 홍천군 내촌면 와야1리 마을회관
조 사 자 : 황루시, 유명희, 박현숙, 윤준섭
제 보 자 : 김성준, 남, 77세
구연상황 : 산지당에서 동네 제사를 지내는데 당치성이라고 하며 음력 1월 3일에 지낸다.
이 소리는 당치성 중에서 소지올릴 때 하는 소리이다.

비나이다 비나이다
신령님 전 비나이다
칠성님 전 비나이다
산, 높으신 산신령님께서

앉아서두 구만리요

서서두 구만리요

몇몇 만리 하시는

신령님께서

우리 아무것도 모르는

미련한 인간이올시다

아무쪼록 잘 돌봐주시고

우리 동네 무사하고

젊은이들 다 무사하고

무사하고 연연히

내년까지 후년까지

대대로 수백년 내려갈 때까지

우리 애들두 이담에

여기 와서 살 것이니

손자 낳고 증손자 낳고 고손자 낳고

손에 손손이 대대손손이

천년만년 누리시게 해주옵소서

신령님 감사합니다(대강하고 말아야지)

아라리

자료코드 : 03_15_FOS_20100113_HRS_BBC_0001
조사장소 : 강원도 홍천군 내촌면 와야1리 노인회관
제보일시 : 2010.1.13
조 사 자 : 황루시, 유명희, 박현숙, 윤준섭
제보자 1 : 박병찬, 남, 75세

제보자 2 : 김성준, 남, 77세

구연상황 : 제보자들이 모두 돌아가면서 준비해온 소리들을 마치자 노인회장님이 자연스
럽게 아라리를 돌아가면서 구연하길 청하였다. 두 제보자가 나서서 아라리를
주거니 받거니 불렀는데 제법 길게 구연하였다. 두 제보자는 한 사람이 마치
자마자 기다렸다는 듯이 구연하여 긴장감을 자아내었고 이에 청중은 두 제보
자의 소리를 경청하였다.

제보자 1 비가 올려나 눈이나 올라나 억수나 장마가 질라나
　　　　저 남산 검정에 구름이 막 모여든다

제보자 2 강원도라 대관령은 아흔아홉 구빈데
　　　　우리 인생 구비는 몇 구비나 되나

제보자 1 올라오셨소 내려오셨소 인사지를 말고
　　　　일년 일차에 한 번씩이나 왔다를 가오

제보자 2 니가 죽구서 내가 살면은 무엇을 하나
　　　　옹달샘 깊은 물에 빠져나 볼까

제보자 1 요넘의 총각아 내 손목을 놓아라
　　　　저 건너 간난 아버지 건너다 본다 [웃음]

제보자 2 한치 뒤산에 곤드레(나물 이름) 나지매(일본어, 애인, 속어) 맛만
　　　　같다면
　　　　고것만 뜯어 먹어도 봄 한철을 살지요

제보자 1 고년의 바람에 눈물이 나나요
　　　　보고싶은 님을 못 봐서 눈물이 주룩

제보자 2 울타리를 똑꺾으면 나오신다더니
　　　　행랑채를 다부셔도 왜 아니 나오나

제보자 1 해와 달은두 오늘 가면은 낼날이나 오건만
　　　　　임자 당신은 오늘 가시면 어느 때나 오시나

제보자 2 울 넘에 담 넘에 꼴비는 총각
　　　　　눈치가 빠르거들랑 떡 받아 잡쉬

제보자 1 아래웃집에 살아도 요런줄 조런줄 몰랐더니
　　　　　열두 가지 사장에 두 눈이 살살 감긴다

제보자 2 횡계 북창(北倉, 두촌면 철정리에 있는 마을) 아우라지(두촌면 철
　　　　　정리에 있는 마을)야 너 잘 있거라
　　　　　말고개(화촌면 군업리의 고개 이름)만 넘어시면은 이별이로구나

제보자 1 부뚜막에 우게다 밀그루 마루를 놓구요
　　　　　시아버지야 진지상을야 발루다 들들 민다

제보자 2 눈이 올라나 비가 올라나 억수장마 질라나
　　　　　만수산 검정 구름이 막 모여든다

자장가 / 아가 아가 우지 마라

자료코드 : 03_15_FOS_20100113_HRS_SOH_0001
제보일시 : 2010.1.13
조사장소 : 강원도 홍천군 내촌면 와야1리 마을회관
조 사 자 : 황루시, 유명희, 박현숙, 윤준섭
제 보 자 : 사옥환, 여, 78세
구연상황 : 노인회장님이 먼저 제보자들 여러 명을 미리 섭외하여 노래를 정하여 제보자
　　　　　　들은 연습까지 마친 상황이었다. 노인회장이 진행하는 순서로 제보자가 제일
　　　　　　먼저 구연하였다. 연습하여서 두 번 구연하였는데 모두 조용한 음성으로 침착
　　　　　　하게 구연하였다.

옛날에 한 부모님이 자손을 많이 두셨는데 어느날 병환이 나셔서 고만 작고하고 마셨습니다. 그래서 자손들이 큰아들이 동생들을 기르노라니 너무도 힘이 들어서 하소연을 합니다.

아가 아가 울지 마라
아가 아가 울지 마라
어린 동생 젖 달라지
굵은 동생 밥 달라지
아가 아가 울지 마라
마소 새낀 꼴 달라지
가매솥은 물 달라지
아가 아가 울지 마라
삼년 묵은 고목나무
잎이 피면 온다더라
아가 아가 우지 마라
삼년 묵은 소빽다구
살이 삐면 온대더라
아가 아가 울지 마라
삶은 팥이 살강 밑에
싹이 나면 온다더라
아가 아가 울지 마라

생금 생금 생가락지

자료코드 : 03_15_FOS_20100115_HRS_SOH_0001
제보일시 : 2010.1.15

조사장소 : 강원도 홍천군 내촌면 와야1리 마을회관
조 사 자 : 황루시, 유명희, 박현숙, 윤준섭
제 보 자 : 사옥환, 여, 78세
구연상황 : 황금에 제보자에게 진노래(서사민요)를 계속 질문하자 제보자가 나서서 생금
생금 생가락지를 구연하였다. 제보자는 친정 올케에게 어렸을 때 듣고 배웠는
데 잊어버리지 않았다고 한다. 서사민요 구연에 어울리게 매우 천천히 구연하
였다.

생금 생금 생가락지
호작비름 낫가락지
그 가락지 누가 쳤나
서울 가신 오라버니 사다주대
달 가운데 계수나무
몇 가지나 벋었대도
삼백 가지 벌었대데
몇 잎이나 피었대도
구백 잎이 피었데대
달을 따서 안을 넣고
해는 따서 겉을 쌈고
저녁샛별 소침 놓고
새벽샛별 삼침 놓아
이모지기 순들로
쌍무지개 끈을 꿰어
대목장에 팔러 가니
이 주머니 지은 사람
은을 줄까 금을 줄까
은두 싫구 금도 싫소
홀다섯에 시집 와서

열다섯에 과수 되어

수심으로 찍어내려

근심으로 집을 짓고

내려다보니 각자 장판

쳐다보니 소라반자(소란반자, 보다 격조 높이 꾸민 천정 모양)

둘러보니 인물 팽평

무지 같은 홑이불을

허리허리 걸쳐놓고

샛별 같은 놋요강을

발치 발치 던져놓고

원앙금침 잣모베개

머리 머리 던져놓고

청둥허리(청동화로) 님을 삼고

화자설대 벗을 삼고

앉았으니 님이 오나

누웠으니 잠이 오나

앞마롱에 썩 나서니

가랑잎이 날 속이네

뒷마롱에 썩 나서니

쓰레기 타래기가 날 속이네

아라리

자료코드 : 03_15_FOS_20100113_HRS_YGR_0001

제보일시 : 2010.1.13

조사장소 : 강원도 홍천군 내촌면 와야1리 마을회관

조 사 자 : 황루시, 유명희, 박현숙, 윤준섭
제 보 자 : 윤기룡, 남, 74세
구연상황 : 노인회장님의 진행으로 구연하였는데 와야리라는 지명을 이용하여 만든 아라
리로 와야리 아리랑에 대한 제보자의 자부심을 엿볼 수 있었다. 눈을 감고 분
위기를 잡으면서 자신있는 태도로 힘차게 구연하였다.

와야리 와야리 와야리 와야리 고개로 넘어간다
가령 폭포(마을에 있는 폭포 이름) 밑에 폭포 식당 먹거리 좋은
곳 와야리

와야리 와야리 와야리 와야리 고개로 돌아간다
백암산 밑에 백암산장 산 좋고 물 좋은 와야리

와야리 와야리 와야리 와야리 고개로 넘어간다
어서 오세요 와야리 좋아 어서 어서 오세요 와야리로

둥게 소리

자료코드 : 03_15_FOS_20100113_HRS_JGN_0001
조사장소 : 강원도 홍천군 내촌면 물걸리 222-2 마을회관
제보일시 : 2010.1.13
조 사 자 : 황루시, 유명희, 박현숙, 윤준섭
제 보 자 : 정귀남, 여, 80세
구연상황 : 각설이 타령을 구연한 후 자장가 등을 부르지 않았냐고 조사자가 질문하자
그것도 본인이 할 수 있다고 나서서 박수를 치면서 신나게 구연하였다.

둥게둥게 둥게야
두리둥 둥둥 둥게야
은을 주면 너를 사나
금을 주면 너를 사나

둥둥둥둥 둥기야

나라님께는 충신동

부모님께는 효자동

일가친척에 화목동

형제간에는 우애동

동네방네는 인심동

둥둥둥 둥게야

올라간 가지는 상가지(한가지)

내려온 가지는 열 가지

두리둥둥 둥게야

구정물통에는 호박씨

어름 구녕엔 수달피

둥둥둥둥 둥게야

썩은 낭게는 부헝이

둥기둥실 둥게야

일년 삼백육십오일을 하루 같이 자라가

둥둥기 둥게야

외굵듯 가지굵듯 시원시원이 커 다오

둥게둥게 둥기야

시집살이 노래

자료코드 : 03_15_FOS_20100113_HRS_JGN_0002

조사장소 : 강원도 홍천군 내촌면 물걸리 222-2 마을회관

제보일시 : 2010.1.13

조 사 자 : 황루시, 유명희, 박현숙, 윤준섭

제 보 자 : 정귀남, 여, 80세
구연상황 : 혼자서 여러 노래를 구연하던 제보자가 성님 성님 할까 하면서 직접 나서서
구연하였다. 무릎을 치면서 침착하게 구연하였다. 다 구연하자 주위의 청중들
이 박수를 쳤다.

성님 성님 사촌 성님

시집살이 어떠튼가

시집살인 좋대만은

말끝마다 눈물이래

삼단 같은 머리태가

비소리춤(행주의 일종)이 다되었네

은가락지 찌던 손이

낫가락지 웬 말인가

인두자루 쥐던 손이

호무(호미)자루 웬 말인가

성님 성님 사촌 성님

말두 말어 시집살이 좋다더니

소태맛도 부족이고

고초당초 맵다 해도

시집에서 더 매우랴

성님 성님 오시는데

무슨 반찬 디리딜까

외씨 같은 전이밥에

앵두 같은 팥을 놓고

성님 반찬 뭘로 할까

올러가는 대구 고기

내려오는 연어 고기

응달짝에 늦고사리
양지쩍에 새고사리
뚝뚝 꺾어 활 나물아
성님 상에 다 올렸네

숫자 풀이 하는 소리

자료코드 : 03_15_MFS_20100113_HRS_JGN_0001
조사장소 : 강원도 홍천군 내촌면 물걸리 222-2 마을회관
제보일시 : 2010.1.13
조 사 자 : 황루시, 유명희, 박현숙, 윤준섭
제 보 자 : 정귀남, 여, 80세
구연상황 : 아라리를 구연한 후 조사자가 중년소리, 시장에서 부르던 엿장수 소리 등을
아는 분이 있는냐고 묻자 바로 나서서 자신있게 구연하였다. 일자부터 십자까
지 완벽하게 구연하였고 마지막 마무리 노랫말까지 정확하게 구연하였다.

일자나 한자를 들고나 봐 일월이 송송에 야송송 삼, 밤중 샛별이
뚜렷하다

이자나 한자를 들고나 봐 이승만씨가 대통령 평화 소집을 내리시오

삼자나 한자를 들고나 봐 삼천만의 우리 동포 평화 오기를 고대
하네

사자나 한자를 들고나 봐 사십미, 사시사철에 바쁜 길에 정심참
(점심참)이 늦어가네

오자나 한자를 들고나 봐 오십미리나 박애포(박격포)들고나 봐들
고나 봐는 일선의 경계를 넘어 간다

육자나 한자를 들고나 봐 육이오사변에 남편 잃고 보따리 장사로
늙어졌네

칠자나 한자를 들고나 봐 칠년대한 가문 날에 비 한 방울이 떨어
지니 만인간이나 춤을 추네

팔자나 한자를 들고나 봐 팔십 먹은에 노총각 장가 가기를 고대

한다

구자나 한자를 들고나 봐 구구천석 살던 살림 육이오동란에 다
털렸네

십자나 한자를 들고나 봐 시집간 제 삼일만에 소집에 영장이 웬
말인가 품바하고도 잘이한다

우리네 부모가 나를 길러 물래나 줄게 없어서 장타령을 물려서
이가성(가정)에 한 마디를 올립니다

앞니 빠진 갈가지

자료코드 : 03_15_MFS_20100113_HRS_JGN_0002
조사장소 : 강원도 홍천군 내촌면 물걸리 222-2 마을회관
제보일시 : 2010.1.13
조 사 자 : 황루시, 유명희, 박현숙, 윤준섭
제 보 자 : 정귀남, 여, 80세
구연상황 : 둥게 타령 이후 조사자가 질문하자 짧아서 뭐 할게 있냐면서 구연하였다.

앞니 빠진 갈가지
뒷골로 가지 마라
수탉한데 체킨다

한 알 대 두 알 대

자료코드 : 03_15_MFS_20100113_HRS_JGN_0003
조사장소 : 강원도 홍천군 내촌면 물걸리 222-2 마을회관
제보일시 : 2010.1.13
조 사 자 : 황루시, 유명희, 박현숙, 윤준섭
제 보 자 : 정귀남, 여, 80세

구연상황 : 조사자가 묻는 질문마다 적극적으로 호응하던 제보자가 다리세기하는 소리
　　　　　에 대해 질문하자 바로 나서서 구연하였다. 다리를 직접 펴고 동작을 하면서
　　　　　구연하였다. 노랫말은 앞부분은 흔한 것인데 중간 부분은 잘 듣지 못하는 것
　　　　　이다.

　　　한 알 깨 두 알 깨

　　　삼세 나간다

　　　은다지 꽃다지

　　　바람에 쥐새끼

　　　영영 거지 팔대장군

　　　고드레 뽕

한글 뒤풀이

자료코드 : 03_15_MFS_20100115_HRS_HGY_0001

제보일시 : 2010.1.15

조사장소 : 강원도 홍천군 내촌면 와야1리 마을회관

조 사 자 : 황루시, 유명희, 박현숙, 윤준섭

제 보 자 : 황금예, 여, 81세

구연상황 : 나이가 많은데도 비교적 서사민요를 많이 외우고 있는 제보자는 다른 소리들
　　　　　은 곡조가 안된다면서 한글 뒤풀이만 구연하였다. 중간중간에 반복되거나 빼
　　　　　먹은 노랫말도 있지만 대부분의 제보자들이 앞부분만 한 것에 비해 끝까지
　　　　　부른 점이 인상적이다. 천천히 말을 하듯이 구연하였다.

　　　ㄱ자로 집을 짓고 짓긋짓긋 살잤더니 인연이 좋지 못하여 아차
　　잠깐 잊었구나

　　　가갸거겨 가이없는 이내 몸이 거지없이 되었구나

　　　고교구규 고생하던 우리 낭군 구간하기도 짝이없네 [잡음]

　　　나냐너녀 (잊어버렸어) 날러가는 원앙새야 너와 나와 짝을 짓세

노뇨누뉴 노세노세 젊어노세 늙어지면 못 노느니(잊어 먹어서 못 해 아는거나 할게)

마먀머며 마자마자 마쨌더니 처처마다 있건마는

모묘무뮤 모지도다 모지도마 한양 낭군이 모지도다

바뱌버벼 밥을 먹어도 임으 생각에 목이 매네

보뵤부뷰 보고지고 보고지고 한양 낭군이 보고지고

사샤서셔 사시장차 바쁜 길에 중간 참이 늦어가네

소쇼수슈 소슬 단풍 찬바람에 울고가는 저기러기 임으나 소식을 전코가게

마먀머며 마자마자 마쨌더니 처처마다 있건마는

모묘무뮤 모지도다 모지도마 한양의 낭군은 모지도다

사샤서셔 사시장차 바쁜 길에 중간 참이 (몰라)

소쇼수슈 소슬 단풍 찬바람에 울고가는 저기러기 임으나 소식을 전코가게

아야어여 아시다담속 안은 손목 인정 없이나 떨어지네

오요우유 오동복판 거문고를 새 줄 매워 타노라니(아구 잡음)

자쟈저져 자주종종 오시던 님 소식조차 아니 오네

조죠주쥬 조별 낭군 내 낭군데 무슨 일로 못 오시나

차챠처쳐 차라리 이내 목숨 죽었드면 이런 꼴을 아니나 볼걸

초쵸추츄 초당안에 깊이 든 잠 학의 소래 놀래 깨니 그 학 소리 간 곳 없고 흐르나니 물소랠세

[잡음]

카캬커켜 용참검 드는 칼로 이내나 목을 비여 주게

코쿄쿠큐 클클이도 슬픈 한은 누구를 바래고 여기 왔나

[잡음] 차챠처쳐 차라리 이내 목숨 죽었으면 이런 꼴을 아니나 볼걸

초쵸추츄 초당안에 깊이 든 잠 학의 소래 놀래 깨니 그 학 소리
간 곳 없고 흐르나니 물소릴세

파퍄퍼펴 파요파요 임에나 화용을 보고시파요

포표푸퓨 폭포수 흐르는 물에 풍덩이나 빠져나 볼걸

하햐허혀 한양 낭군 내 낭군인데 무슨 일로 못 오시나

호효후휴 호험하게 먹은 마음 단 사흘이 안되어서 임으 생각 다
시 나네

4. 동면

강원도 홍천군 동면 덕치리

조사일시 : 2010.1.22

조 사 자 : 황루시, 유명희, 박현숙, 윤준섭

강원도 홍천군 동면 덕치리

　덕치리는 홍천군 동면 북동쪽에 위치한 마을이다. 덕치리는 1914년 행정구역 폐합에 따라 큰마을, 절안 소군이, 여우고개를 병합한 마을이다. 마을 중앙으로 덕치천이 흐르며, 덕치리 동쪽으로는 동면 신봉리, 서쪽으로는 검율리, 남쪽으로는 속초리 북쪽으로는 홍천읍 와동리와 경계를 이룬다.

　덕치리는 144가구로 구성되어 있다. 마을에는 남자 152명, 여자 136명으로 총 288명이 거주한다. 이 중 60대가 마을에서 절반의 수를 차지한다. 마을의 대성은 광산 김씨와 김해 김씨이고 각각 20여 명이다. 그 외여러 다양한 성이 있는 각성촌이다. 마을에는 홍천 용씨 문중이 있고, 윤종열 이장의 말에 의하면, 덕치리는 예부터 평민촌이었다고 한다.

덕치리의 주요 생업은 농업과 상업이다. 마을 주민 절반이 벼농사와 밭농사를 함께 한다. 특산물로는 옥수수, 감자, 고추 등이 있다. 나머지 절반은 수타사 인근에서 음식업과 판매업을 한다. 그 외에 10가구가 축산업을 한다.

덕치리에서 홍천읍까지 거리는 약 8km이다. 1일 4회 운행하는 버스를 타고 홍천읍까지 나가려면 약 13분이 걸린다.

덕치리 마을 주민들은 매년 한식에 마을에서 자체적으로 서낭제를 지내 마을의 안녕과 농사의 풍년을 기원한다. 그리고 덕치리는 서낭제 이외에 고창제라는 동제가 있다. 고창제는 예전에는 매년 지냈지만 현재는 3년마다 지내고 있다. 동짓날이나 초승부터 시작하여 2일에 걸쳐 산신제와 본제를 지낸다. 산신제는 본제를 지내기 하루 전에 뒷산의 '무레이'라고 불리는 골짜리에서 지내고 본제는 마을 앞의 뜰에서 마을의 안녕과 풍년을 기원하기 위해 지낸다.

마을주민들에게 마을의 자랑거리에 대해 물어보니, 마을주민 모두 수타사를 꼽았다. 수타사는 덕치리 공작산에 있는 절로서 708년에 창건한 우적산의 일월사가 1457년에 덕치리로 옮기고 수타사로 불렀다. 수타사에는 보물 제745호로 지정된 월인석보, 조선 후기의 승려인 사인비구가 만든 보물 제11호 수타사 동종, 수타사의 중심법당으로 강원도문화재 제17호 대적광전 등의 다양한 문화유산이 있다.

강원도 홍천군 동면 좌운1리

조사일시 : 2010.1.22

조 사 자 : 황루시, 유명희, 박현숙, 윤준섭

강원도 홍천군 동면 좌운1리

　좌운리는 홍천군 동면 남동쪽에 위치한 완만한 산지와 평지로 이루어진 지역이다. 좌운리는 1916년 행정구역 폐합에 따라 곳골, 청룡말, 춧내, 둔지말, 안골을 병합한 것이다. 마을 중앙에 좌운 저수지가 있으며 근처에 평우터골, 우절골, 생산골 등의 작은 골짜기가 있다. 좌운리는 동쪽과 남쪽으로 동면 상동리, 북쪽으로는 동면 노천리, 서쪽으로는 서석면 어론리와 경계를 이룬다.

　좌운1리는 96가구로 구성되어 있다. 마을에는 남자 109명, 여자 117명으로 총 226명이 거주한다. 이 중 60대와 70대가 마을의 약 150명으로 가장 많고, 그 다음으로 50대가 약 20명 거주한다. 좌운1리는 여러 다른 성씨가 있는 각성촌이다.

좌운1리의 주요 생업은 농업이다. 마을 주민 대부분이 벼농사와 밭농사를 함께 한다. 마을의 특산물로는 고추, 감자, 옥수수 등이다. 그 밖에 2개의 농가가 축산업을 한다.

좌운1리에서 홍천읍까지 거리는 약 26km이다. 1일 6회 운행하는 버스를 타고 홍천읍까지 나가려면 약 30분이 걸린다. 또한 좌운1리에서 원주시까지 운행하는 버스도 있는데, 거리는 40km이고 약 50분이 걸린다.

좌운1리에서 기독교를 믿는 가구는 약 30가구이다. 좌운2리에 좌운교회가 들어선 이후, 기독교를 믿는 가구가 늘어났다고 한다. 나머지 가구는 전통적인 유교를 믿는다.

좌운1리 마을주민들은 매년 음력 2월 초하루에 서낭당에서 서낭제를 지낸다. 좌운1리 2반에서 주도적으로 하고 있으며 마을 주민의 안녕과 풍년농사를 기원한다.

마을에서 가장 큰 명절은 추석이며, 정월대보름에는 척사대회를 한다. 농악대는 강원도 민속경연대회에 참가할 만큼 규모가 컸지만, 7년 전에 전승이 끊어졌다.

강원도 홍천군 동면 좌운2리

조사일시 : 2010.1.23
조 사 자 : 황루시, 유명희, 박현숙, 윤준섭

좌운리는 홍천군 동면 남동쪽에 위치한 완만한 산지와 평지로 이루어진 지역이다. 좌운리는 1916년 행정구역 폐합에 따라 곳골, 청룡말, 춧내, 둔지말, 안골을 병합한 것이다. 마을 중앙에 좌운 저수지가 있으며 근처에 평우터골, 우절골, 생산골 등의 작은 골짜기가 있다. 좌운리는 동쪽과 남쪽으로 동면 상동리, 북쪽으로는 동면 노천리, 서쪽으로는 서석면 어론리와 경계를 이룬다.

좌운2리는 85가구로 구성되어 있다. 마을에는 남자 106명, 여자 100명으로 총 206명이 거주한다. 마을 주민의 평균 연령은 약 75세이다. 마을에서 가장 많은 성씨는 김해 허씨이다. 그러나 김해 허씨가 20명도 넘지 않고, 그 외 여러 다른 성씨가 살고 있기에 좌운2리는 각성촌으로 볼 수 있다.

좌운2리의 주요 생업은 농업이다. 대부분의 농가가 벼농사와 밭농사를 함께 하고, 소도 함께 키운다. 근래에는 인삼을 재배하는 농가가 늘어나고 있다.

좌운2리에서 홍천읍까지 거리는 약 28km이다. 하루 6회 운행하는 버스를 타고 홍천읍까지 나가려면 약 30분이 걸린다. 또한 좌운2리에서 원주시까지 운행하는 버스도 있다. 하루 6회 운행되는 버스를 타고 원주시까지 나가려면 약 50분이 걸린다.

서낭제는 4년 전에 좌운1리와 좌운2리의 경로당이 분리되면서 전승이 끊어졌다. 또한, 농악과 줄다리기와 같은 민속행사도 전승이 끊어졌다.

강원도 홍천군 동면 좌운2리

김동예, 여, 1936년생

주 소 지 : 강원도 홍천군 동면 좌운2리 1369번지
제보일시 : 2010.1.23
조 사 자 : 황루시, 유명희, 박현숙, 윤준섭

김동예는 강원도 횡성군 공근면 상동리에
서 7남매 가운데 둘째로 태어났다. 19세에
당시 23세 허남시와 결혼했다. 8남매에 맏
며느리였던 김동예는 늦은 나이 40세에 귀
한 외아들을 얻었다. 아들을 낳기 전까지 그
설움이 엄청 컸다고 한다. 10대째 살고 있
는 홍천군 동면 좌운2리 1369번지에 시집
와서 54년째 거주하고 있다. 남편이 치매로
10년째 요양원에서 요양하는 관계로 지금은 홀로 밭 500평에 콩, 깨, 고
추 등을 재배하면서 지내고 있다. 횡성군 공근면 부창리에 위치한 상창초
등학교를 졸업했다. 김동예는 친정집이 부자였는데, 12세에 어머니가 돌
아가시고 새어머니가 들어오신 이유로 상급학교에 진학할 수 없었다고
생각하고 있다.

구연한 설화는 실수담을 포함한 소화(笑話) 2편으로, 어릴 때 동네어른
들한테 들은 것이다.

제공 자료 목록
03_15_FOT_20100123_HRS_KDY_0001 잠 잘못 자서 별꼴 당한 보따리장수
03_15_FOT_20100123_HRS_KDY_0002 사돈집에서 바지 벗고 자다가 망신 당한 친
　　　　　　　　　　　　　　　　　　　　　정아버지

박영교, 남, 1921년생

주 소 지 : 강원도 홍천군 동면 덕치리 62번지
제보일시 : 2010.1.22
조 사 자 : 황루시, 유명희, 박현숙, 윤준섭

홍천군 동면 덕치리 62번지에 거주하고
있다. 춘천 출생으로 어릴 때 부모를 따라
현재의 거주지인 홍천군 동면 덕치리로 이
주하였다. 어릴 때 한학을 조금 배웠고 31
세 때 홍천군 화촌면 백이동 출신의 22 세
부인과 혼인하여 슬하에 육남매를 두었다.
현재는 부인과 둘이 살고 있으며 농사를 조
금 짓고 있다. 부인은 다니지 않지만 제보자
는 절에 오랫동안 다니고 있다. 나이가 많은 제보자는 600년 전 이야기라
며 사명당 이야기를 하였으나 서사가 약하였다. 24세에 8·15 해방을 맞
았다는 제보자는 일제강점기에 배운 창가가 기억난다며 길게 구연하였다.

제공 자료 목록
03_15_FOT_20100122_HRS_BYG_0001 아버지 묘를 거꾸로 쓴 이괄장군
03_15_MFS_20100122_HRS_PYG_0001 지도소노래(창가)

용간난, 여, 1946년생

주 소 지 : 강원도 홍천군 동면 좌운2리 1072번지
제보일시 : 2010.1.23
조 사 자 : 황루시, 유명희, 박현숙, 윤준섭

홍천읍 출생으로 20세에 28세의 남편과
혼인하였다. 평생 농사를 지었다면서 옛날
에 불렀던 소리들은 이제 다 잊었다고 한다.

다리 세기 하는 소리는 어릴 때 불렀던 것이다.

제공 자료 목록

03_15_MFS_20100123_HRS_YGN_0001 한 알 대 두 알 대

이정자, 여, 1930년생

주 소 지 : 강원도 홍천군 동면 좌운1리 153번지
제보일시 : 2010.1.22
조 사 자 : 황루시, 유명희, 박현숙, 윤준섭

이정자는 강원도 영월군 수주면에서 5남
매 가운데 셋째로 태어났다. 16세에 당시
18세 김종성과 결혼하여 슬하에 2남 5녀를
두었다. 7남매에 넷째며느리였던 이정자는
결혼하여 시부모님과 함께 살다가 3년 후
분가하여 강원도 홍천군 동면 좌운1리 153
번지에 62년째 거주하고 있다. 소작으로 밭
1000평에 더덕, 감자, 고추, 깨, 옥수수를
경작하고 있다. 둔내초등학교 3년을 다니다가 부친의 사망으로 더 이상
학업을 이어갈 수가 없어서 중퇴했다.

구연한 설화는 한 편으로 책에서 읽은 것이다. 설화를 구연할 때, 이야
기를 기억해 내느라고 '저', '뭐야'와 같은 감탄사를 반복적으로 사용하여
쉼이 많고, 같은 내용을 반복하는 경향이 있다.

제공 자료 목록

03_15_FOT_20100122_HRS_LJJ_0001 구렁이 덕에 살생 멈춘 사냥꾼

허명구, 남, 1931년생

주 소 지 : 강원도 홍천군 동면 좌운1리 874번지
제보일시 : 2010.1.22
조 사 자 : 황루시, 유명희, 박현숙, 윤준섭

허명구는 강원도 홍천군 동면 좌운1리 1323번지에서 4남 1녀 가운데 셋째로 태어났다. 20세에 당시 19세 원순묵과 결혼하여 2남 2녀를 낳았지만 장남을 교통사고로 잃어 슬하에는 3남매가 있다. 강원도 홍천군 동면 좌운1리 874번지에는 50년 넘게 거주하고 있다. 좌운초등학교를 거쳐 중학교를 졸업했다. 서당에 3년 다니면서 계몽편, 동문선습, 명심보감, 소학, 대학, 통감을 공부했다. 21세에 군입대하여 육군병원 약제과에서 3년 근무하고 제대한 후 약업사 자격을 따서 약방을 운영했다. 연로하여 60년간 운영하던 약방을 3년 전에 폐업했다.

보통 체격에 머리가 약간 벗어졌으며 안경을 썼다. 구연할 때 목소리는 카랑카랑하고 발음이 대체로 정확하다. 주로 역사적인 이야기에 관심이 많고, 구연한 설화는 전설 4편이다. 허명천에 얽힌 전설 구연 과정에서는 그의 후손으로서의 자부심을 역력히 드러냈다.

제공 자료 목록
03_15_FOT_20100122_HRS_HMG_0001 허명천과 말 무덤
03_15_FOT_20100122_HRS_HMG_0002 좌운리 지명 유래
03_15_FOT_20100122_HRS_HMG_0003 갯고개
03_15_FOT_20100122_HRS_HMG_0004 장구목

허흥구, 남, 1935년생

주 소 지 : 강원도 홍천군 동면 좌운2리 1372번지
제보일시 : 2010.1.23
조 사 자 : 황루시, 유명희, 박현숙, 윤준섭

토박이로 평생 마을에서 농사만 지었다.
28세에 양양 강현면 용호리 출신의 21세 부인과 혼인하여 6남매를 두었다. 17세부터 소 모는 일을 하여 제공한 자료의 대부분이 소 모는 소리이다. 성격은 거짓말하는 것을 제일 싫어하여 본인도 하지 못하고 남들이 하는 것도 싫어한다. 요즘 노래보다 옛날소리를 더 좋아하여 마을 친구들끼리 모이면 꼭 구가락을 하면서 논다고 한다. 제보자는 얼굴이 긴편이고 이마에 주름이 많다. 소 모는 소리를 구연할 때 다른 제보자들을 소로 부리는 시늉을 하면서 구연하기도 하며 장난기가 많은 성격으로 보였다.

제공 자료 목록

03_15_FOS_20100123_HRS_HHG_0001 밭 가는 소리
03_15_FOS_20100123_HRS_HHG_0002 써레질하는 소리
03_15_FOS_20100123_HRS_HHG_0003 자장가
03_15_FOS_20100123_HRS_HHG_0004 아라리

잠 잘못 자서 별꼴 당한 보따리장수

자료코드 : 03_15_FOT_20100123_HRS_KDY_0001
조사장소 : 강원도 홍천군 동면 좌운2리 1078-2번지 마을회관
제보일시 : 2010.1.23
조 사 자 : 황루시, 유명희, 박현숙, 윤준섭
제 보 자 : 김동예, 여, 75세
구연상황 : 앞의 민요 구연을 마치고, 조사자가 이야기를 해달라고 청했다. 그러자 마을 어르신들이 원영구 제보자가 이야기를 잘한다며 추천하였다. 원영구 제보자는 자신이 어렸을 적 옆집 할머니에게 들은 이야기를 해야겠다며 구연을 시작했다. 제보자가 구연을 시작하자, 청중들은 제보자의 구연을 집중을 하고 이야기 중간과 마지막에 나오는 웃긴 대목에서는 크게 웃으며 반응했다.
줄 거 리 : 두 명의 여인이 이리저리 돌아다니며 보따리 장사를 하였다. 날이 저물자, 며느리와 시아버지가 사는 집에서 하룻밤을 묵고 가기를 청했다. 며느리는 처음에는 빈방이 없다며 거절했지만, 두 여인이 계속 부탁하자, 시아버지와 함께 방을 쓰게 했다. 다음날, 보따리장수가 일어나 보니, 시아버지는 죽었다. 보따리장수는 아무 잘못도 없기에 그냥 가려고 했으나 며느리가 상을 치르고 곡을 해야 한다고 했다. 두 여인은 곡을 하면서 '아이고, 별꼴이야.'라고 곡을 했다.

한 사람이 살았는데, 한 노인네가 보따리 장사를 했대요. 보따리 장사를 하며 이 집, 저 집 돌아댕기다가, 한 집에 자러, 인제, 해가 다 졌는데 갔어, 잘라구. 그래, 가니깐은, 홀시아버지 거느리는 며느리가 있더래요. 그래서,

"나 이집에서 하룻밤 자구가자."

그러니깐,

"아유, 우리는 방이 없는데요."

그래,

"아이 아무데서나 좀 자구 가자."

그러니깐,

"우리는 우리 시아버지, 혼자 사는 시아버지밖에 없구, 방이 없다."

아무데서래두, 아니, 둘이가! 보따리장수가 둘이 다니는데. (앞서 말한 한 명이 다닌다는 것을 제보자 스스로 정정함)

"아무 데서라두 하룻밤만 자고 가자."

그랬더니,

"아이, 그럼 그러라구."

우리 시아버지 방을 준거여. 홀애비 방인데. 혼자 사는데(며느리가 시아버지 혼자 사는 방을 보따리장수에게 내주었다는 말임). 그래서 인제, 두 보따리장수 마누라가, 인제, 거기서 잘 꺼 아니여? 홀애비하구 같이.

[청중을 보고 놀란 표정을 지으며] 자다가 났는데, 홀애비가, 거, 마누라 둘을 보구, 그냥 죽었어. (보따리장수가 일어나서 보니, 옆에 자던 홀아비가 두 여인과 함께 자다가 이유 없이 죽었다는 말임) 밤에 죽었어, 그냥. 자다가. 죽고 보니깐, 아침에 일어나 보니깐, 그 할아버지가 죽었잖아. 이거 큰일 났잖아, 이거. 건드려보지도 않았는데, 죽었으니.

[일동 웃음]

아휴, 이거 큰일 났어. 아, 그 집에서 뭐, 그 마누라, 둘이 들어왔는데, 우리 시아버지가 죽었으니깐, 장사를 지내야 되잖아. (며느리의 상황을 설명하는 것임) 그래 여자들이 아침에 나갈라구, 그럴 꺼 아녀? 자기네는. 건들려 보지도 않았는데 죽었으니 가야지, 어떻게? (보따리장수 두 여인의 상황을 설명하는 것임)

(청중 : 그럼.)

"아, 우리 시아버지 죽었으니깐은 거성(상복을 뜻하는 '거상'을 잘못 말한 것임)을 입구 장사를 치러야 한다구."

못 가게 하더래요.

(청중 : 그 여자 보구?)

어, 보따리장수 보구. 그래서 오일장을 했는지. 그걸 몰라. 며칠 장을 했는지, 옛날에는.

그래서 인제, 뭐, 거기서, 뭐, 장사지내려고 옛날에 좀, 수선스러워, 집에서 하는데. 그래 그 집에서 상옷을, 저, 거성을 다 입히더래요, 그 보따리장수를. 그 우습잖어? 남자 건드려 보지도 않았는데 거성까지 입으니,

[옷을 입는 시늉을 하고] 그래서 옷을 다 입었어요, 입구는.

"곡(哭)을 해라."

그러더래. 저 하는 대로. (며느리가 자신이 하는 대로 보따리장사에게 곡을 하라고 시키는 것을 말함)

[곡을 하는 시늉을 하며]

"아이고-, 아이고-."

하는데,

"아이고, 별꼴이야! 아이고, 아이고, 별꼴이야! 아이고, 별꼴이야!"

[일동 웃음] 그랬대요.

인제, 가만히 들으니깐,

"아이고."

소리가 나는데,

"별꼴이야. 별꼴이야."

하는 거여.

그래 별꼴이지. 남자 건드려 보지도 않았는데, 거성을 입히니 얼마나 우수워요, 글쎄. 안 그래?

"아이고-, 아이고-, 아이고-, 별꼴이야! 별꼴이야! 아이고-, 아이고-, 별꼴이야! 아이고, 아이고, 별꼴이야! 아이고, 별꼴이야!"

아, 그래서, 그 집에서 삼우(장사를 재낸 후 세 번째 지내는 제사를 말함)까지 보고서 갔대요.

(청중 : 별꼴이네.)

사돈집에서 바지 벗고 자다가 망신 당한 친정아버지

자료코드 : 03_15_FOT_20100123_HRS_KDY_0002

조사장소 : 강원도 홍천군 동면 좌운2리 1078-2번지 마을회관

제보일시 : 2010.1.23

조 사 자 : 황루시, 유명희, 박현숙, 윤준섭

제 보 자 : 김동예, 여, 75세

구연상황 : 앞의 이야기를 마치고 청중들의 반응이 좋자, 제보자도 신이 났는지 사돈한테 망신 당한 이야기가 있다며 구연을 시작했다. 제보자가 다양한 몸짓과 표정을 지으며 구연하는 동안 청중의 웃음을 자아냈다.

줄 거 리 : 가난한 부부가 딸을 부잣집으로 시집을 보냈다. 딸의 아버지가 딸과 함께 혼례식을 하러 부잣집으로 갔다. 딸의 아버지가 딸의 혼례를 마치고, 사돈집에서 하룻밤을 자는데, 바지에 이가 많아서 바지를 벗어두고 잤다. 집의 하인들이 벗어둔 바지를 걸레인 줄 알고 치웠다. 다음날, 딸의 아버지는 두루마기만 걸치고 사돈과 조반을 먹고 집으로 돌아가는데, 사돈이 말을 내주었다. 딸의 아버지는 말을 타다가 넘어져서 사돈에게 망신을 당했다. 딸은 가족들에게 친정아버지가 액을 떼려 한 행동이라며 재치 있게 대답하여 가족을 이해시켰다.

옛날에 한 사람이 살은 것도 아닌데도, 그때는 한 사람이 살았대, 옛날에 한 사람이 살았대.

[일동 웃음]

인제, 딸을 시집을 줬어. 인제, 그, 아주 못사는 집 딸을 데리고, 부잣집, 대감집에서 데려갔어, 딸을, 며느리를. 데려갔는데, 이, 뭐, 없는 집이니, 옷이 다 남루하고 떨어졌지, 뭐. 옛날엔 이라는 게 있잖아요, 이. 이가가 득실득실 해.

아, 그래서 인제, 후각으로 갔어, 또, 딸 시집 주는 후각으로다가 따라가서. 자는데, 밤이 이가 오더니, 새 이불을 양단이불로 해서, 새 사돈이라고 덮어주니, 이놈의 이가 여기서 술렁, 저기서 술렁.

[아랫도리를 긁은 시늉을 하고] 아, 가려워 죽겠는 거여. 아유, 그냥 가려워 죽겠대.

[청중을 보고서] 그래서 어머니가 아마 동지섣달에 시집을 줬길래 이가 얼어 죽으리라고 그랬지?(곧이어 구연되는 이를 얼려 죽이려고 바지를 던지는 장면과 관련된 말임)

(청중 : 그렇지, 그렇지. 동지섣달에 주었지.)

그 양단이불에서 홀랑 벗어서 빤스나 입었어, 뭐? 빨개댕이(벌거숭이)로 옷을 홀랑 벗어서는 꿍치꿍치(똘똘 뭉치거나 말았다는 뜻임) 해서는 문지방 너머에다가 놓구 잤대요. 이가 얼어 죽으면 아침에 입을라구.

아, 그랬더니, 이놈의 애가 똥을 싸 가지구, 옛날에 기저귀도 없지. 맨, 똥, 똥 쌀 꺼 아니예요? 아니, 웬 놈이 걸렌 줄 알고, 이놈을 갖다가 똥을 다 닦았네, 동네사람(집안의 하인을 잘못 말한 것임)들이.

아침에 일어나서 보니, 새벽에 일어나서, 이제, 또, 옛날에는 자리조반(자릿조반을 말하는 것으로 여기서는 전날에 해장을 하는 술국을 말함)이 있었잖아요, 술국 끓이고는.

[청중이 제보자에게 카메라를 보라고 하며 4초간 구연 중단]

옷을 입을라고 그러는데, 아, 뭐, 집어가고 없는 거여. 옷도 그나마도. 큰일 났잖아. '에라, 조금 있으면 자리조반을 들어오겠구.' 두루매기는 입었으니, 옛날에. 두루매기는 그때 방에 있었대요.

[두루마기를 아래로 오므리는 시늉을 하고] 그래서 두루매기를 입으니 이녀석은 쩍 벌어졌잖아, 이놈의 두루매기가. 그래서 인제, 두루매기를 입구서는, 후비트리고(오므려 싸고의 뜻임) 불알을 감추고는, 이러고는. [일동 웃음]

그렇게 앉았었더니 자리조반이 오더래요, 술국이 오더래요. 옛날에, 사돈이랑. 그래 바짝 오므리고선 그걸 먹었는지, 몰라. 내가 보지 않았으니깐.

[일동 웃음]

그리고 조반도 그렇게 얻어먹었겠지, 먹구는, 그래도, 옛날에도 말은 타구 갔는지, 인제, 조반 먹구 집에를 와야 하는데, 요만한 초가집인데.

말을 탈려면, 이 녀석을 거푸적하게('바람에 휘날리며'를 말함) 올라 타야하는데. 그래 가지고 초시락('초가지붕'의 뜻임) 밑으로 말을 바짝 세우라고 그랬대요. 초시락 밑으로 바짝 들여세우고, 봉당(문 앞의 흙마루를 말함)에 서서, 깡총! 올라 뛸라구.

[일동 웃음]

아, 그래 가지고,

"젠장."

하며, '깡총!' 올라 뛴 거야. 깡총! 올라 뛰니, 벌떡 하구, 벌떡 자빠졌지. 불알을 다 거야. 올라 뛴니, 벌떡 하구, 뻘떡 나가 자빠졌지.

[일동 웃음]

불알을 다 헤쳐 놓구, 바지는 다 어디루 갔는지, 없어져 버리구, '에라, 모르겠다.' 일어나서 도망을 쳐 가지구. 말이구, 뭐구, 그냥 집으로 뛰어 왔대.

아-, 새댁은 가만히 앉아들으니, 사람들이 수군수군하는 거야. '세상에, 뭐, 후각으로 오니깐, 빨가댕이가 왔다는 둥, 세상에 불알을 다 내놓구 갔다는 둥.' 수군수군하는 거야.

기가 막히잖아. 새새댁이 생각을 하니, 그지? 면목을 어떻게 하냐구. 그래서 어떻게 했냐면, 그래 듣다 못해서 하는 소리가 동네 사람보구.

"여보세요, 우리 아버지가 그렇게 할라구해서, 그런 게 아니라, '딸을 시집을 주면은 아주 못 살구 내가 못 산다.'라고 그래서 예방을 해느냐구 우리아버지가 일부러 그렇게 해구 오신거라구."

그래서 그런 게 아니라. 그 열흉을 다 묻어 주더래요. (열 가지 흉을 묻어준다는 뜻이다. 여기서는 딸이 아버지의 흉을 다 묻어주었다는 말임)

(보조 조사자 : 딸이 똑바르네.)

응, 머리가 빨리 돌아간 거지. 아, 그랬더니, 그 다음엔, 뭐. 사돈집이가,

부자니깐은, 그냥, 뭐, 피복을 그냥, 막, 그냥 말로다가 실어서 그냥, 보내더래잖아. 아주 비단으로 두루매기, 속바지, 겉바지 다해서, 그 다음에는 아주, 그냥, 아주 칭찬을 그렇게 하더래잖아. 아주, 그냥, 그 딸을 위해서 그렇게 했으니.

아버지 묘를 거꾸로 쓴 이괄장군

자료코드 : 03_15_FOT_20100122_HRS_BYG_0001
조사장소 : 강원도 홍천군 동면 덕치리 노인회관
제보일시 : 2010.1.22
조 사 자 : 황루시, 유명희, 박현숙, 윤준섭
제 보 자 : 박영교, 남, 90세
구연상황 : 고령인 제보자는 일제강점기 때 고생한 이야기를 오랫동안 했다. 그러다가 조사자가 이괄장군에 얽힌 이야기를 들려달라고 하자 바로 구연을 시작했다.
줄 거 리 : 이괄은 늘 아버지가 시키면 반대로 행동했다. 지관인 아버지는 묘자리를 마련해 놓고 세상 떠나기 전에 아들의 행실을 떠올리면서 사실과는 반대로 유언을 남겼다. 이괄은 이번만큼은 돌아가신 아버지의 유지를 따랐다. 훗날 이괄이 난을 일으켰다. 나라에서 이괄 부친의 묘를 팠더니 큰 용이 빙그르르 돌고 있었다. 이때 가래날로 쳐서 죽였다. 그래서 이괄이 역적으로 몰렸다.

이괄장군(조선 인조 때의 무신(1587~1624), 이괄의 난을 일으킴.)은 왜냐면 저, 그 저 아버지 적에 지관인데, 저 이괄장군이 아부지가 이, 이력하라면 저력하고, 저력하라면 이력하고 반대로 났거든. 그러니까 인제 지 아버지가 죽을 때에 이눔을 갖다가서 그래 바른대로 얘길하면 안되겠으니까, 산, 산자리 잡구선 까꾸러 묻어요.

[양팔을 넓게 벌리면서] 저, 양평가면 큰 강이 있는데,

[왼손을 위에서 아래로 내리면서] 이렇게 가꾸러 묻어야만 이렇게 강으로 들어갈텐데, 저는 인제 이력하라면 저력하고 그러니까, 바른대로 찍으

면 안 되거든 이게.

"나 죽거든 바른대로 시, 묻어다오."

이랬거든. 그러니까, 이게 이제 이눔이 그제사 챙기네.

'아버지 살아선 내가 반대로 이렇게, 이렇게 그랬지마는 인제 아버지 죽어서 말을 듣겠다.' 그래서 바로 묻었단 말이야.

아, 그래니까 이제 그제서나 한 달 두 달 이렇게 지내서 장사가 돼서 저, 아주 혼꾸녕, 장을 치고 장사가 된 거야.

아, 그러니까 그 왜정 때 왜 그 그전엔 서울 가면 이렇게 저 용을 붙였어요. 사흘용이, 그 나라에 용사를 뺏구선 사흘을 앉았었거든요. 그런데 나라서 용사를 뺏겼든, 가마이 이제 보니까,

"저 놈이 어떤 놈입니까?"

"아이, 홍천놈인데, 즈늠이 즈 산을, 아버지 산을 쓰구선 이렇게 장사가 됐어요."

"아, 그럼 파봐라."

그래니까, 아, 온 백성이 파보니까, 장독을 꺼들어 이렇게 부를 뚫고 올라왔더래요. 그래 올라가서 그래 이, 저 보니까, 큰 용이 이렇게 빙그르르 돌새 가래날(흙을 파헤치거나 떠서 던지는 기구의 날)로다 막 지쫓아서 죽였거든요. 걔 이눔이 그 맥가쓰구 죽었단 말이에요. 그래 가지구 이 괄장군이 역적에 몰려 가지고, 그래는데.

이괄장군 그래서 그 그래 가지구, 양평서는 군에서 지살 지내지만, 여기는 다 이렇게 동네서 지살 지내고, 이렇게 해마다 이렇게 또 위업이지유. 이렇게, 그래서, 또, 여기서 지내지 않으면 아주 꿈결같은 일이 내달라요. 그러니까 그기, 저 동민이 잘 지내게 해달라고 정성을 또 드리지요. 이, 이력허구.

구렁이 덕에 살생 멈춘 사냥꾼

자료코드 : 03_15_FOT_20100122_HRS_LJJ_0001
조사장소 : 강원도 홍천군 동면 좌운1리 448-2번지 노인회관
제보일시 : 2010.1.22
조 사 자 : 황루시, 유명희, 박현숙, 윤준섭
제 보 자 : 이정자, 여, 81세
구연상황 : 모여 계시던 어르신 몇 분이 돌아가면서 민요를 불렀다. 그리고 더 이상 소
　　　　　리가 나오지 않아 조사자가 제보자에게 어떤 이야기도 좋으니까, 하나 해 달
　　　　　라고 부탁을 했다. 제보자는 재미는 없다면서 구연을 시작했다.
줄 거 리 : 옛날에 스님이 한 사냥꾼에게 더 이상 사냥을 하지 말라고 했다. 그러나 생계
　　　　　를 유지하기 위해 어쩔 수 없이 사냥을 나갔다가 절벽에서 떨어졌다. 그러나
　　　　　가까스로 소나무에 걸려 목숨을 건졌다. 그 때 구렁이 한 마리가 올라오고 있
　　　　　었다. 사냥꾼은 자신을 그냥 지나치는 구렁이 위에 올라타 구렁이 등에 칼을
　　　　　꽂았다. 구렁이를 타고 산 위로 올라온 사냥꾼은 구렁이 등에서 칼이 빼려고
　　　　　했으나 빠지지 않았다. 다음 날 아침 책장을 열어보니 구렁이 등에 꽂아두고
　　　　　온 칼이 제자리에 놓여 있었다. 사냥꾼은 더 이상 사냥을 하지 말라는 스님의
　　　　　말을 떠올리면서 사냥을 그만두었다.

　어떤 사람이 저기, 절에 댕겼는데, 아니, 저 뭐야, 저걸 뭐야, 꼭 저 토
끼나 뭐 짐승을 잡았어야만 되는데, 그거를 안 해고는 생활을 헬 수가 없
는 사람인데, 그거를 꼭 잡아야만 생활을 헬 수 있는 사람인데, 어, 그걸
잡지 말라고 말렸대요, 스님이.

　그랜 거를, 그걸 안 해면은 생활을 헬 수 없고 그래서 그거를 계속 해
다보니까는 먹고 살 수가 없어서, 하루는 산에 가서 그거를 짐승을 잡으
러 갔더니마는 큰 한 비탈에 아주 큰 절벽인데, 매가 새끼를 치고 있더래.
그래 가지구서는 그거를 암만해두 잡을라 그래는데 절벽이래서 잡을 수
두 없구, 꼭 잡기는 해야되겠는데, 잡을 수가 없어서 비탈로 내려가다보
니까는 그 뭐이 비탈에 발을 잘못 디뎌 가지구서는 어떻게 굴렀대요.

　굴러서, 정신없이 굴렀는데, 고만 굴러서 떨어지다보니까는 정신이 없
는데, 소내무에 가서 걸렸대. 정신을 채려보니까.

그래 가지구, 이제는 꼼짝없이 죽게 생겼는데, '아구 이거 어떡해야 사나'하구 정신을 채려서 보니까는 뭔 소리가 나더래. 아이 그래 가지고, '이거 어떻게 사나?'해고 정신을 차려보니까는 뭔소리가 나길래 보니까는 아주, 내래다보니까, 아주 구렁이가 그냥 멍석 말아놓은 것 같은 구렁이가 밑에서 세(혀)를 낼름낼름 하민서는 올러오더래.

'아고, 이제는 꼼짝없이 죽었구나, 나는. 나는 이제 죽었으니 이거를 어떻게 해야 하나?' 해구서는 정신을 채려 가지고 보니까는, 사람을 향해서 올라오기는 올라오는데 구렁이가 본체만체하구서는 질에 올라가는데, '아구, 나를 잡아먹지는 않는구나. 그래서 이게 어떻게 스님 말해는 대루 나를 잡아먹지 않는 걸 보니까는 뭐야, 스님 말핸 대로다 그걸 내가 해야 되겠구나.' 해구서는 뭐 시긴대로 산 뭔 몇 마디 떠들었는데, 질에 올라가길래, 왜 칼을 꺼내 가지구서는 늦던, 가주간 칼을 구렁이한테다가 콱 끼웠대.

등허리다 콱 찍어 가지구서는 구렁이를 타구서는 산으루다가 올라가는데, 등강에 천년만년, 올래갈래두 천년만년하구, 내래갈래두 천년만년해 도저히 살 수는 없는데, 그 구렁에 등에다가 칼을 낑구고서는, 그래도 구렁이를 타구서는 산으루 올라가서 산 등강에 올라가서 그 칼을 뺄래니까, 도저히 칼이 빠지질 않더래. 그래 가지구서는 그냥 구렁이는 사램을 본척만척 해지도 않고, 고 칼도 못 빼구 하구서는 집으로 돌아갔대요.

집으로 돌아가서 그날 밤에 식구들한테 가서 이러저러한 얘기를 다 하구서는 생각을 해니깐, 이게 내가 꿈인지 생신지 생각도 못했던 일인데 이게 어떻게 된 일인지 알지도 못 해구, 식구들핸테 애길해구, 잠을 자구서는 그 이튿날 아침에, 또, 또 사냥을 해야지만 살겠는데, 사냥은 해러 가야되겠는데, 그 칼을 구렁이한테다가 끼워 놨었는데, 자기가 아침마다 이, 책을 읽는 책이 또 있는데, 책을 읽구서는 나가서 사냥을 해는데, 책장을 열구서는, 또 읽구서는, 사냥을 해러 갈라구 그러는데, 토끼랑 꿩이랑 잡으러 갈라구 그러는데, 책장 속을 열구서는, 열어보니까는 그 구렁이한테서 칼을 못 빼구서는 돌아왔는데, 그 책장 속에 여전히 또 그 칼이 있더래요.

그래서 그 스님이 그 사냥을 해지 말라고 그랬는데, 그 사냥을 해 가지구서는 내가 그 잘못한 게 그 스님 말대로, 시긴대로 해지 않아 가지구서는 그랬든 그 생각을 해구서는 그 다시는 사냥을 해지 말라구, 꿩이랑 토끼랑 잡지 말라 그래는 거를 내가 잡어 가지구, 그 해래는대로 그, 그래 가지구서는 그대로 된 거 같으다구.

그, 그 다음에는 다시는 그 꿩하구, 뭐야 토끼허구 안 잡었대는 그 전설이, 그 얘기예요.

허명천과 말 무덤

자료코드 : 03_15_FOT_20100122_HRS_HMG_0001
조사장소 : 강원도 홍천군 동면 좌운1리 448-2번지 노인회관
제보일시 : 2010.1.22
조 사 자 : 황루시, 유명희, 박현숙, 윤준섭
제 보 자 : 허명구, 남, 80세
구연상황 : 조사자가 노인회관에 도착해서 조사의도 및 목적을 설명하자마자 제보자가 바로 구연을 시작했다. 제보자는 설화 속 등장인물인 허명천의 후손이다.
줄 거 리 : 조선 인조 때 허명천이란 사람이 살았다. 허명천이 선바위에서 무술을 익혔다. 하루는 용마에게 화살보다 늦게 도착하면 목을 치겠다고 말하고 먼 거리로 화살을 쐈다. 허명천이 그 장소로 가보니 아무런 기척이 없었다. 허명천은 약속대로 말의 목을 쳤다. 그러자 뒤늦게 화살이 떨어졌다. 죽은 용마를 묻은 곳이 말 무덤이다.

거게 인제, 인조 때 얘긴데요. 저, 허명천(허명천 후손인 제보자가 제공한 정보에 따르면, '허명천'의 본명은 허수(許逡), 홍천군 좌운허씨 문중 사람, 1601~?, 조선시대 무인)공이라고 그러니까는 그, 여기 오시다가 보

면은 선바위라는 데가 있어요. 저, 노촌 이리과 좌운 일리과 거 경계선에. 거, 외, 왼쪽에 있잖아요? 있는데 거기매서 무술을 익히실 적에, 용마보고,

[활을 당기는 시늉을 하면서]

"너, 내가 화살을 여기서 발사할 적에, 니가 이게 떨어지기 전에 도달해야 니가 살지, 너 그게 떨어진 담에 이 저시기 뭐야, 도착을 하면 죽는다."

이 양반이 거기서 화살을 발사하구서는 쭉 내려와 가지고 와서 여, 여기서 좌운서 저 아래 내래가면은 재서낭이라는 데가 있어요. 재서낭이라는 거기매가 이 산 밑으로 바위가 되고, 솟었답니다.

긴데 딱 도착을 하니까, 아무 기척이 없으니까 말 목을 탁 이, 질른 다음에 화살이 와 떨어졌더란 이런 얘기야. 그래 가지구 그 말을 갖더가 묻은 게 요기매, 용마를 갖다 묻은 게 요런 말 무덤.

그게 사뭇 이렇게 유래로 내려오다가 이게 경지 정리할 적에 이게 없어졌어요.

(보조 조사자 : 그 말 무덤이 좌운1리에 있어요?)

그릏지. 여기 학교, 요기 좌운초등학교, 학교 있어요. 학교에서 쪽- 나가면은 거기매 있었어요.

좌운리 지명 유래

자료코드 : 03_15_FOT_20100122_HRS_HMG_0002
조사장소 : 강원도 홍천군 동면 좌운1리 448-2번지 노인회관
제보일시 : 2010.1.22
조 사 자 : 황루시, 유명희, 박현숙, 윤준섭
제 보 자 : 허명구, 남, 80세
구연상황 : 제보자가 오랜시간 허명천 할아버지 이야기를 하다가 제보자가 마을 지명에
　　　　　 관해 물어보자 구연을 시작했다. 지명에 관한 여러 이야기를 마치고 난 뒤,
　　　　　 '신선이 앉은 형국'이 있는 산이 중미산이라고 일러주었다.

줄 거 리 : 강원도 홍천군 동면 좌운리는 신선이 구름에 앉은 형국에서 유래되었다. 아
침에 자고 일어나면 구름이 능선 중간에 걸쳐 있다.

여개가 '좌운리'라는 데가 구름이, '신선이 구름에 앉은 형국이라' 해
가지구, 여기가 앉을 좌(坐)자, 구름 운(雲)자로 여기가 유래가 된 고장입
니다. 여개가.

(보조 조사자 : 그러면 마을에서도 이렇게 형국이 이러면 딱 어느 자리
가 신선이 앉은 자리다 그래서 뭐)

[팔을 높이 들어 원을 그리면서] 아, 여기서 이 뒷산이 이렇게 돼 있고,
이게 원형으로 돼 있잖아요. 들오시면 보면은, 개 아침에 딱 자고 일어나
면은 저 아래 능선이 있어요. 예 저, 산이. 그런데, 그 구름이 딱- 이렇게
중간으로 거치잖아요. 거치며는 마침 그게 인제, 여는 뭐야, 이 '신선이
구름에 앉은 형국이다' 이래 가지구 앉을 좌(坐)자, 구름 운(雲)자.

갯고개

자료코드 : 03_15_FOT_20100122_HRS_HMG_0003
조사장소 : 강원도 홍천군 동면 좌운1리 448-2번지 노인회관
제보일시 : 2010.1.22
조 사 자 : 황루시, 유명희, 박현숙, 윤준섭
제 보 자 : 허명구, 남, 80세
구연상황 : 조사자가 갯고개에 대해 물어보자 제보자가 웃으면서 구연을 시작했다.
줄 거 리 : 노천으로 넘어가려면 십리를 가야한다. 그 고개를 넘으려면 굉장히 힘이 들
어서 '앳고개'라고 불렸다. 그런데 지금은 '갯고개'라고 부른다.

그게 여기서, 이 좌운서 이 노천이래는데, 이 고개. 이, 이 산 넘애가,
그게 원래가 그저 뭐야, 고갯 치(峙)자 그렇죠?

(보조 조사자 : 예.)

예, 여길 인제 갯고개란 걸, 그 인제 저시기 유래가 쭉— 내려온긴데, 원체 그게 심(힘)이 들어 가지고 원래는 그게 '앳고개'라고 했답니다. '앳고개' 심이 들어 가지고.

(보조 조사자 : 애를 써서 가서요?)

그렇지.

거기 넘기가, 여서 노천을 넘어가자면은 십린데, 그 개, 개 치(峙)자, 고개 치(峙)자, 고개, 그렇죠? 그래 가지고 '앳고개'를 뭐야 이거는 '갯고개'라고 그 흘렀답니다요.

장구목

자료코드 : 03_15_FOT_20100122_HRS_HMG_0004
조사장소 : 강원도 홍천군 동면 좌운1리 448-2번지 노인회관
제보일시 : 2010.1.22
조 사 자 : 황루시, 유명희, 박현숙, 윤준섭
제 보 자 : 허명구, 남, 80세
구연상황 : 조사자가 장구목에 대해 물어보자 제보자가 받아서 구연을 시작했다.
줄 거 리 : 장구목은 강원도 영동지방 북부의 양양과 영서지방 홍천 사이에 있다. 앞산과 뒷산의 모양이 장구통처럼 되어 있어서 장구목이라고 부른다.

아, 장구목은 고담에 내가 저 말씀 드린 저, 한 개 저, 뭐야 그 명천공 할아버지('허명천'을 의미함.) 여기 모신 한 개 묘가 있어요.

고기매가 여기서는 상충이라고 불르는데, 거기매가 장구통 모양으로 이렇게 돼 있다고 해서, 거기 내려오면은 그 저수지 있잖아요? 저수지. 저수지께 다리 내려오죠? 거서 볼 적에는 양쪽에 앞산, 이쪽에 뒷산.

[양손을 서로 맞대면서] 이렇게 흘른 게 마침 장구통처럼 돼 있잖아. 그래서 그게 장구—목. 원래가 장구목이지, 장구목.

소 모는 소리 / 밭 가는 소리

자료코드 : 03_15_FOS_20100123_HRS_HHG_0001
조사장소 : 강원도 홍천군 동면 좌운2리 경로당
제보일시 : 2010.1.23
조 사 자 : 황루시, 유명희, 박현숙, 윤준섭
제 보 자 : 허홍구, 남, 76세
구연상황 : 조사의 취지를 말씀드리자 선뜻 나서서 구연을 시작하였다. 분위기가 좋았는
데 다른 친구들 두 명을 앞세워 소를 삼고 직접 소를 모는 시늉을 하시며 서
서 구연하였다.

와와 [소 모는 흉내를 내며]

이러 이러~ 어디루 가 이 마라소야 우겨서~

저 너머 안소가 너머나 나간다 이러 어~후 [잡음]

돌머리 들어서 뒷발은 내디고 안소는 돌아서

에이그 이놈의 소가 말 안 듣는다

어디루가 어디루

이곳을 지내고 밑에 골로 들어서라 어 후

요놈의 마라소가 한 발짝을 더 나가게

안소야 우겨서라 우겨서라 우겨서

만날 앞서면서 우겨서네

에 소가 말을 안 듣는다

소 모는 소리 / 써레질하는 소리

자료코드 : 03_15_FOS_20100123_HRS_HHG_0002
조사장소 : 강원도 홍천군 동면 좌운2리 경로당
제보일시 : 2010.1.23
조 사 자 : 황루시, 유명희, 박현숙, 윤준섭
제 보 자 : 허홍구, 남, 76세
구연상황 : 밭 가는 소리를 구연하자마자 "쓰레질도 해야지"하면서 바로 이어서 구연하
였다. 소 역할을 하는 분들과 웃으면서 농담도 하면서 구연하였다. 소 모는 일
을 할 때 두 마리 소는 같아도 밭갈 때와 써레질할 때 문서가 다르다고 한다.

쓰레질 나간다
말래(마루)를 향해 두말래 끌더니 슬슬 잘도 갈기에
이러
요번에는 안소가 돌아서라
요번 말랭에 썩 들어서게
쇠스랑잽이
네허리 구부러져라
에 어디루가나
이 말래 타라 이 말래 타
마라소가 좀 우겨를 서게

자장가

자료코드 : 03_15_FOS_20100123_HRS_HHG_0003
조사장소 : 강원도 홍천군 동면 좌운2리 경로당
제보일시 : 2010.1.23
조 사 자 : 황루시, 유명희, 박현숙, 윤준섭
제 보 자 : 허홍구, 남, 76세

　　　자장자장 우리 애기

　　　자장자장

　　　검둥 개야 짖지 마라

　　　꼬꼬 닭아 우지 마라

　　　우리 아기 잘도 잔다

　　　자장자장 우리 아기

　　　엄마 품에 꼭 안겨서

　　　자장자장 잘두 잔다

　　　우리 아기 잘두 잔다

아라리

자료코드 : 03_15_FOS_20100123_HRS_HHG_0004
조사장소 : 강원도 홍천군 동면 좌운2리 경로당
제보일시 : 2010.1.23
조 사 자 : 황루시, 유명희, 박현숙, 윤준섭
제보자 1 : 허흥구, 남, 76세
제보자 2 : 고재선, 남, 79세
구연상황 : 아라리를 하실 분을 찾자 두 분이 주거니 받거니 구연하였다. 오랫동안 친했
　　　　　　던 듯 호흡이 잘 맞았다. 두 분 모두 조용히 앉아서 상대방의 소리를 들으면
　　　　　　서 구연하였다.

제보자1 술 잘 먹구야 돈 잘 쓸 적엔 금수나 강산이더니

　　　　　술 못 먹구야 돈 못 쓰니나 적막강산일세

제보자2 산천이 푸르러서 가신던에 님이

백설이 휘날리어두 왜 아니 오나

제보자 1 산이나 높아야 골두나 깊지
　　　　조그마한 여자 소견이 맘 깊을 수 있나

제보자 2 무정한 자동차야 소리를 말구 가거라
　　　　요내 맘이 산란 중에도 또 산란하네

제보자 1 저근네 묵밭때기(묵정밭. 오래된 화전터)는 재작년에두 묵더니
　　　　올해도 날과 같이나 또 묵어지네

제보자 2 일낙서산에 지는 해는야 지구 싶어 지나
　　　　날 버리구서 가시는 님은야 가고 싶어 가나

제보자 1 아리아리랑 쓰리쓰리랑 신배나 나무
　　　　마디마디만 꺾으나 꺽어도 꽃만 잘 펴요

제보자 2 삼혼칠백에 맑은 정신은 누구 다 주구
　　　　걸음만 걸어두 등신의 걸음

제보자 1 산지당에야 까막에까치야 짖지를나 말어라
　　　　우리 같은에 늙은이들이 갈 길이 바쁠세

제보자 2 까막가치야 깍깍 짖거든 나 병든 줄 알어라
　　　　뒷동산에 해달이 울거든 환고향 간 줄 알어라

　　잘해네 [잡음]

지도소 노래(창가)

자료코드 : 03_15_MFS_20100122_HRS_PYG_0001
조사장소 : 강원도 홍천군 동면 덕치리 마을회관
제보일시 : 2010.1.22
조 사 자 : 황루시, 유명희, 박현숙, 윤준섭
제 보 자 : 박영교, 남, 90세
구연상황 : 제보자 24세에 8·15해방이 되었는데 그때 배워서 불렀던 노래라고 한다. 일
제강점기 당시의 상황에 대한 이야기를 하는 것을 즐겼다.

반만년 역사 중에~ 농업 갱신 몇 번인가

체갈 낳는 우리 농촌~ 농업 국가 분명허만

점점 흘진 피폐되어~ 점점이는 되는구나

의식이 부족한데~ 예절인들 있을쏘냐

방황하는 농부들은~ 한탄 말고 옛말 듣게

오부 장관 지시 하에~ 지도소가 생겼도다

도시 생활 부러 말고~ 지도소만 믿어 주소

인간 노력 필성공을~ 부디 부디 잊지 마소~

우리 농촌 살펴보니~ 진진무한 복이로다

남전북단 넓은 들은~ 우리 농촌 보화로다~

하느님은 은을 주고~ 오부 장관 빛을 주니~

무량무량 솟는 곡식~ 연연세세 물결이라~

뒷동산에 식목하야~ 금수강산 이뤄놓고~

백종관옥 고이 길러~ 무릉도원 이뤄 보자~

퇴비하기 씀씀이면~ 피내박자 있을쏘냐~

농부 신심 개선하면~ 곡물 성식 풍족하고
대지 식지 풍족하면~ 부국강병 자연 된다~
마전 연어 고이 길러~ 에역품에 충당하고~
상묘전을 설치하여~ 에어어져 힘을 쓰자
모범 농촌 병행하여~ 모범 농국 되어 보자~
피폐 농촌 운운 말고~ 부경부익 춤을 추자~
허공중천 복덩이가~ 갈대 없는 농촌인가~
시노 시노 지도소에~ 늦은 거이 후회로다~
수시 수시 기술지도~ 만농촌에 복이로다~
전당작물 호확이야~
일선에 장병들은~ 총검으로 통일하고~
후방에 농부들은~ 증산으로 통일하자~
괭이 들고 호미 들어~ 춘궁칠궁 쫓아보자~
춘궁은 일본으로~ 칠궁은 중국으로~
맹렬하게 축성하고~ 자미나게 살아보세

한 알 대 두 알 대

자료코드 : 03_15_MFS_20100123_HRS_YGN_0001
조사장소 : 강원도 홍천군 동면 좌운2리 경로당
제보일시 : 2010.1.23
조 사 자 : 황루시, 유명희, 박현숙, 윤준섭
제 보 자 : 용간난, 여, 65세
구연상황 : '다리세기 하는 소리'를 질문하자 여러 어른들이 다리를 뻗고 흉내를 내었으
나 앞부분만 연결하고 완성하지 못하자 제보자가 옆방에서 뛰어와 구연하였
다. 노랫말이 흔히 들을 수 없는 것이다.

한 알 대 두 알 대
삼지 영지
칭칭 백자
오양 도양
말뿌리 오양
퉁 탕

5. 두촌면

증편 한국구비문학대계 • 강원도 홍천군

강원도 홍천군 두촌면 원동1리

조사일시 : 2010.1.14
조 사 자 : 황루시, 유명희, 박현숙, 윤준섭

강원도 홍천군 두촌면 원동1리

　2개의 행정리로 된 원동리는 1916년 행정구역 통폐합에 따라 대대울, 다릿골, 덧골을 병합한 마을이다. 원동리는 홍천군 최북단에 위치한 마을로서 예부터 멀골이라 불렸다. 원동리는 동쪽으로는 두촌면 장남리, 남쪽으로는 두촌면 자은리와 접해 있고, 서쪽과 북쪽으로는 춘천시 북산면과 군계를 이룬다.

　원동1리는 52가구로 구성되어 있다. 마을에는 남자 39명, 여자 62명으로 총 101명이 거주하고 있다. 이 중 60대와 70대가 마을 주민의 70% 이상을 차지한다. 주요 성씨로는 김해 김씨가 약 20명으로 가장 많고, 그 외에 여러 다양한 성씨가 있다. 마을에 문중은 없고, 예부터 양반보다 평민들이 거주한 마을이다.

원동1리의 주요 생업은 농업이다. 마을 주민 대부분이 벼농사와 밭농사를 함께 한다. 특산물로는 찰옥수수가 있다. 그 밖에 3개의 농가가 축산업을 한다.

서낭제와 농악은 10년 전까지는 지냈지만 현재는 전승이 끊어진 상태이다. 농악이 성행했을 당시에는 잡색도 있었으며 제법 규모도 컸다고 한다.

강원도 홍천군 두촌면 천현1리

조사일시 : 2010.1.14
조 사 자 : 황루시, 유명희, 박현숙, 윤준섭

천현리는 2개의 행정리로 되어있다. 1916년 평내, 새말, 모로골, 삼재, 경수, 장여울을 병합하여 천치리로 하였다. 1983년 10월 1일 천현리로 개명하였다. 가리산 동쪽 자락에 위치한 마을로서 동쪽으로는 두촌면 역내리, 서쪽으로는 화촌면 풍천리, 남쪽으로는 두촌면 철정리, 북쪽으로는 두촌면 자은리와 경계를 이룬다.

천현1리는 68가구로 구성되어 있다. 마을에는 남자 75명, 여자 82명으로 총 157명이 거주한다. 이 중 70대와 80대의 노인이 마을의 절반 이상을 차지한다. 그 다음으로 60대가 약 30명이다. 마을에서 가장 많은 성씨는 연안 이씨이다. 그러나 연안 이씨가 30명도 넘지 않고 그 외 여러 성씨가 있기에 천현1리는 각성촌으로 볼 수 있다. 마을에 문중은 없고 양반과 평민이 함께 거주한 마을이다.

천현1리의 주요 생업은 농업이다. 마을 주민 대부분 벼농사와 밭농사를 함께 한다. 특산물로는 고추가 있다.

천현1리의 교통수단은 양호하지 않다. 홍천읍에서 천현1리까지 오전 7시 30분 1회 버스가 운행하는 것이 전부이다. 홍천읍까지 거리는 약 25km이고 버스를 타고 홍천읍까지 나가려면 약 40분이 걸린다.

서낭제와 같은 마을 신앙이나 줄다리기, 널뛰기와 같은 민속놀이에 대해 조사해 보았으나 마을주민 대부분이 아는 바가 없다고 하였다. 마을 주민들은 마을의 자랑거리로서 홍천9경중의 제7경인 용소계곡을 꼽는다.

강원도 홍천군 두촌면 천현1리

권오선, 남, 1936년생

주 소 지 : 강원도 홍천군 두촌면 원동1리 183번지
제보일시 : 2010.1.14
조 사 자 : 황루시, 유명희, 박현숙, 윤준섭

　권오선은 강원도 홍천군 두촌면 원동1리 214번지에서 4남매 가운데 막내로 태어났다. 19세에 당시 18세 엄춘옥과 결혼하여 슬하에 3남 2녀 5남매를 두었다. 홍천군 두촌면 원동1리 183번지에는 51년째 거주하고 있다. 18살부터 농사일을 배워 평생 농사만 짓고 살았다. 현재는 논 2300평, 밭 2700평을 경작하고 있다. 일제강점기 때 두촌초등학교 3년을 다니다가 해방 후 신흥고등공민학교 2년을 다녔다. 그러나 한국전쟁 발발로 결국 초등학교를 졸업하지 못했다. 21세에 서당에서 일 년 정도 공부했다. 35세부터 마을 이장직을 맡아 15년 1개월을 마을을 위해 일했다. 그 외 농협이사직 15년, 홍천군 산림조합 대의원을 34년을 역임했다.

　다소 마른 체격에 얼굴형이 길고, 이마가 넓으며, 머리가 약간 벗어졌다. 구연한 설화는 전설 1편으로 어릴 때 어르신들한테 들은 것이다. 구연할 때 목소리는 다소 작은 감이 있으나 전달에는 무리가 없는 정도이고 말투도 차분하다.

제공 자료 목록
03_15_FOT_20100114_HRS_GOS_0001 가리산 한천자 명당

남궁백, 남, 1938년생

주 소 지 : 강원도 홍천군 두촌면 99번지
제보일시 : 2010.1.14
조 사 자 : 황루시, 유명희, 박현숙, 윤준섭

강원도 홍천군 서석면 어론1리에서 3남 1
녀 가운데 장남으로 태어났다. 남궁백이 4
세 되던 해 부모님은 홍천군 두촌면 천현1
리로 이주했다. 20세에 당시 18세 박선자와
결혼하여 슬하에 3남 1녀를 두었다. 강원도
홍천군 두촌면 99번지에 69년째 거주하고
있다. 22세부터 집에서 농사를 짓기 시작했
으며 현재 논 5000평, 밭 700평에 마늘, 감
자, 옥수수 등을 경작하고 있다. 농촌자원지도자 면회장을 15년간 역임한
바 있다.

짧은 스포츠머리에 눈썹은 굵고 짙다. 얼굴형은 갸름하고, 눈이 작고,
윗니가 돌출되었다. 구연한 설화는 어릴 때 사랑방에서 어른들한테 들은
것으로 차분한 목소리로 천천히 구연했다.

제공 자료 목록
03_15_FOT_20100114_HRS_NGB_0001 며느리고개에서 만난 마적떼

남덕영, 남, 1941년생

주 소 지 : 강원도 홍천군 두촌면 원동1리 201번지
제보일시 : 2010.1.14
조 사 자 : 황루시, 유명희, 박현숙, 윤준섭

남덕영은 양구군 남면 창수내리에서 5남 2녀 가운데 셋째로 태어났다.

9세 되던 해 38선에서 전투가 자주 일어나 부모님은 가족들을 데리고 두촌면 원동1리로 이주를 했다. 20세에 동갑내기 현금순과 결혼했다. 두촌면 원동1리 201번지에서 15년째 거주하고 있다. 두촌초등학교를 졸업하고, 농사를 짓다가 51세에 아파트 보일러 주임으로 직장생활을 했다. 62세에 퇴임을 하고 올해 첫 이장직을 맡아 일하면서 논농사를 2000평 짓고 있다.

작고 단단해 보이는 체격에 이마가 넓고 코가 크다. 구연한 설화는 전설 2편으로 어렸을 때 구전으로 내려온 이야기를 들은 것이다. 민요는 소 모는 소리를 구연하였는데 어릴 때 일하면서 배운 소리라고 한다. 구연할 때 목소리가 조금 큰 편이고, 말의 속도가 조금 빠르긴 하지만 비교적 발음은 정확한 편이다.

제공 자료 목록
03_15_FOT_20100114_HRS_NDY_0001 멀골, 조덕골, 대대골, 다리골
03_15_FOT_20100114_HRS_NDY_0002 고양이산(노적봉) 허리 잘라 망한 부잣집
03_15_FOS_20100114_HRS_NDY_0001 밭 가는 소리
03_15_FOS_20100114_HRS_NDY_0002 논 삶는 소리

용동수, 여, 1937년생
주 소 지 : 강원도 홍천군 두촌면 천현1리 4반 61번지
제보일시 : 2010.1.14
조 사 자 : 황루시, 유명희, 박현숙, 윤준섭

강원도 홍천군 두촌면 천현1리에서 8남매의 셋째로 태어났다. 20세에 동갑내기 우종근과 결혼했다. 막내며느리였던 용동수는 시부모님이 운영

하는 방앗간 일을 돕고 살다가 4년 만에 분가를 해서 농사를 지었다. 강원도 홍천군 두촌면 천현1리 4반 61번지에 48년째 거주하면서 현재 논 2000평, 밭 1300평에 옥수수, 깨, 콩 등을 경작하고 있다.

통통한 체격에 얼굴이 둥글고, 눈이 작은 편이다. 구연한 설화는 시아버님 친구들한테 들은 것으로 구연할 때 말의 속도가 엄청 빨라서 전달력이 많이 떨어진다.

제공 자료 목록
03_15_FOT_20100114_HRS_YDS_0001 김장군과 신비한 안경

이용훈, 남, 1925년생

주 소 지 : 강원도 홍천군 두촌면 천현1리 120번지
제보일시 : 2010.1.14
조 사 자 : 황루시, 유명희, 박현숙, 윤준섭

이용훈은 강원도 홍천군 두촌면 천현1리 17번지에서 3남 1녀 가운데 셋째로 태어났다. 16세에 17세 홍남금과 결혼하여 슬하에 2남 2녀를 두었다. 강원도 홍천군 두촌면 천현1리 120번지에는 60년째 거주하고 있다. 일제강점기 때 두촌보통학교를 졸업했다. 21살에 강제 징용되었는데 한국전쟁 발발로 다시 전쟁터를 다녀와야 했다. 1958년

부터 공무원 생활을 시작해서 만55세에 정년퇴직했다. 그 후 5년 전까지

논 2000평, 밭 1500평에 옥수수, 콩, 잡곡 등을 경작했으나 현재는 고령으로 더 이상 농사를 짓지 않는다.

왜소한 체격에, 얼굴은 갸름하고 눈이 가늘고 작은 편이다. 구연한 설화는 전설 2편으로 사랑방 어르신들한테 들은 것이다. 고령임에도 불구하고 구연할 때 발음이 정확한 편이다.

제공 자료 목록
03_15_FOT_20100114_HRS_LYH_0001 용소와 구렁이
03_15_FOT_20100114_HRS_LYH_0002 고양이산 꼬리 잘라 망한 홍씨네

가리산 한천자 명당

자료코드 : 03_15_FOT_20100114_HRS_GOS_0001
조사장소 : 강원도 홍천군 두촌면 원동1리 201번지 마을회관
제보일시 : 2010.1.14
조 사 자 : 황루시, 유명희, 박현숙, 윤준섭
제 보 자 : 권오선, 남, 76세
구연상황 : 남덕영 제보자가 앞의 노적봉 유래 이야기를 마친 후, 가리산의 한천자 무덤
에 대해 이야기를 시작했다. 이야기의 시작은 남덕영 제보자가 하였지만, 이
야기의 대부분은 권오선 제보자가 구연했다.
줄 거 리 : 어느 집에 두 명의 스님이 왔다. 스님이 그 집에서 하룻밤을 묵고 집 주인에
게서 계란을 얻고서 집을 떠났다. 계란을 얻은 스님이 가리산에 올라가서 계
란을 묻었는데 계란을 묻은 곳에서 병아리가 태어나고 닭이 되어 홰를 쳤다.
스님이 '이곳은 천자가 아닌 왕의 묏자리'라고 하며 떠났다. 계란을 준 주인
이 숨어서 이 광경을 보고서는 후에 아버지가 죽자 그 자리에 묘를 쓰려고
하였는데 벼락이 치면서 금관 묻을 자리라고 하였다. 그래서 아버지의 시신
을 노란 호밀로 싸서 금관처럼 보이게 만들어 그 자리에 묻었다. 그날 이후
주인은 힘이 세어졌는데 중국에 가서 큰 북을 치는 시험에 통과하고 천자가
되었다.

[남덕영 보조제보자가 먼저 구연을 시작하였다.]

여기 사람들도 옛날에 비가 안 오고, 그 비가 안 오면은, 옛날에 비가
많이 와야, 그, 농사가 되자나요? 비가 마이(많이) 안 오니깐.

"너무 가뭄이 들 때는, 어른들이 거기 가서 제사를 지내면 비가 왔다."
그런 전설이 있고.

또 칡을 캘라면은('캐려면'의 뜻임) 한천자비(중국 한나라 천자의 묏자
리를 뜻함)을 하튼 제-일 먼저 가서 그 벌초를 하는 사람은. 꼭 산삼을
캤다는 거예요. 그래서 그, 한, 일 년에 한천자비가 몇 번씩 벌초를 했다

는 거예요.

그랬는데, 그 한천자라는 게, 그게, 참, 나도 들은 소리, 똑바른 소리인 줄은 모르겠으나.

[옆에 있는 청중들을 바라보고] 쫌, 뭐, 저기 형님들이 계시지만은. 그게 왜, 한천자라 그러냐면, 하루는 뭐 일꾼이, 여물을 끓이고 들어와 있는데,

[남덕영 제보자가 옆의 권오선 제보자를 바라보면서]

그, 뭐라고 그러죠? 그, 저 벼락 얘기가 있죠?

[이하 권오선 제보자 구연]

그저 스님이 둘이 와 가지고 들어 와 가지고,

"좀 유숙(留宿), 자고가겠다고."

그래서,

"자라고."

그랬는데, 그 주인이 [제보자가 바뀌면서 일꾼이 주인으로 다 바뀌었다. 그러나 이야기의 맥락으로 보면 일꾼이 맞다.] 새벽에 소죽을 끓일라고 나갔는데, 그 스님이,

"계란을 하나 달라고."

그러드래요. 그래, '달걀을 먹을라고 그러나?' 그러고선. 소죽 쑤는 거 기다가 이렇게 끓여 가지고, 익혀서 주었단 말이에요. 그러더니 그걸, 뭐, 마당에다가('마당에서'라고 해야 할 것을 잘못 말함) 배낭에다가 넣고서는 가더래요.

근데, 주인이 슬며시 쫓아가봤대요. 가보니깐, 지금, 현재, 그, 한 천자 묘, 아버이 묘라는데 (중국 한나라 천자의 아버지의 묘라는 뜻임), 거기 가 가지고 그걸 땅에다 묻어 놓고, 둘이 앉아 기다리면서 하는 얘기가,

"때가 됐는데, 됐는데."

그러더래요. 그래도 그 시간이 됐는데 안 되니깐,

"이상하다고."

그러더니,

그 다음에 가서 거기서 계란을 묻은 게, 병아리가 돼 가지고 닭이 커 가지고 수탉이 되어서 홰를 치고 울더래요. 그러니깐 그 사람들이 하는 얘기가,

"여기는 천자 자리는 아니다. 조선의 왕, 왕 묘자리(묏자리)는 돼도 천자 자리는 아니다."

이러고 가버리더래요.

그래서 인제, 거, 아들이 저('자기'의 뜻임) 아버이가 돌아가시니깐, 그걸 인제, 아주 없는 사람이니까, 혼자 저 아버이를 참, 시신을 업고서는, 그 자리를 갈려고 가는데, 하늘에서 뇌성벽력을 하면서, 치면서 하는 얘기 소리가,

"금관이 올라갈 자린데, 어떻게 그러냐고?"

이래가 겁이 나 가지고 내려와 가지고, 옛날에 호밀이라고 있어요 호밀. 그 짚이 노래요, 그걸 엮어서 뚤뚤 말아 가지고서는 가니깐, 조용하더래요.

그래 거기다가 갖다가 저 아버이를 모셨는데, 이 사람이 힘이 생기고, 그냥, 그러니깐, 이 대국에, 중국을 들어간 거예요, 들어가니깐 거기 방이 붙었는데, 짚으로다가 북을 크게 만들어 놓고,

"이 북을 쳐서 소리가 나는 사람들을 천자로 모시겠다."

이런 방이 붙었더래요.

[오른손으로 북 치는 시늉을 하면서] 그래, 이 사람이 가서 그걸 두고 치니깐 소리가 그냥, 요란하게 울리고 그러니까, 모두 몰려와 가지고,

"천자님이라고 모시겠다."

그게 인제, 천자가 됐어요. 중국에. 왕도 아니고 천자가 돼 가지고.

그래, 그, 지금 가리산에 있는 묘자리가 천자 아부지, 한천자 아부지 묘 자리라는 거예요, 그게. 그래서 그런 얘기가 있어요.

며느리고개에서 만난 마적떼

자료코드 : 03_15_FOT_20100114_HRS_NGB_0001

조사장소 : 강원도 홍천군 두촌면 천현1리 42-3번지 노인회관

제보일시 : 2010.1.14

조 사 자 : 황루시, 유명희, 박현숙, 윤준섭

제 보 자 : 남궁백, 남, 73세

구연상황 : 조사자가 며느리고개에 얽힌 이야기를 아느냐고 물었더니 청중들과 함께 모른다고 했다. 그러다가 조사자가 여러 종류의 이야기에 대해 질문을 던졌다. 갑자기 제보자가 며느리고개에 재밌는 이야기가 하나 있다며 구연을 시작했다.

줄 거 리 : 최웅철이라는 사람이 소림광산을 운영하고 있었다. 하루는 수염이 엄청나게 긴 사람이 최웅철을 찾아와서 밥을 좀 달라고 했다. 최웅철은 그 사람의 수염에 꿀 묻는 게 보고 싶어서 밥이 없다면서 꿀을 잔뜩 갖다 주었다. 그 사람이 주머니에서 밀짚대를 꺼내 꿀을 꽂아 수염에 하나도 묻히지 않고 먹었다. 이 사람은 최웅철에게 감사의 인사를 전하고 떠났다. 최웅철이 금광에서 금을 캐 서울에 팔고 돌아오다가 며느리고개에서 마적떼를 만났다. 마적떼 대장이 최웅철에게 꿀을 얻어먹은 사람이었다. 마적대장은 최웅철을 마적소굴로 데려가 집을 구경시켜 준 다음에 부하를 시켜 돈가방을 잘 챙겨 무사히 집으로 데려다 주었다.

거 며느리고개[29] 얘기인가가요, 재밌는 게 한 가지 있습디다.

그, 그전에는 아주 그 며느리고개가 무인지경이었었대요. 그런데 여기 한 육십 년 전에 그 저, 최웅철 이렇게 영업을 하는 분이었는데, 저녁(저녁) 땐데, 왠 사람이 와서 밥을 좀 달라고 그래더래요. 그래서 거 보니깐 밥 달래는 사람이 아주 수염이 엄-청나게 났어요. 그래서 이 사람이 그, 참 좀 짓궂었던지,

"밥은 없으니까 꿀을 좀 먹고 가라고."

그래, 꿀을 주는 이유는 그 수염에 많이 묻는 꼬라지를 볼라고 인제,

---

29) 홍천군 홍천읍 상오안리와 남면 월천리 사이에 있는 고개, 현재 남면 월천리에 며느리고개 터널이 있다.

그 꿀을 그릇에다 이렇게 많이 떠다가 주었어요. 주니까, 그 사람이 부시럭부시럭 해더니 주머니에서 뭘 끄내는데,

[엄지손가락과 검지손가락으로 빨대모양을 만들면서] 그 저, 밀짚대 이렇게. 고걸 끄내더니 꼭 닿더니 그저 쫄쫄쫄쫄 빨아서 수염에 하나도 안 묻게 먹구선 가면서 거 주인보고 허는 얘기가,

"참-, 고맙소. 어서('어디서'의 뜻임) 만낼런지도 인제 모르겠다고."

그래고 가뻐렸어요.

갠데. 그 최웅철이라는 분이 어떤 분인고 허면은 그 영업을 했는데, 여기 저 '소림광산(홍천군 두촌면 자은리에 위치했음)'이라고 있어요. 거기서 인제 그 금광이 한창 그 흥행헐 땐데, 그 금을 인제, 참 이렇게 몰래 인제 봐 가지고, 그 때는 뭐 차가 없으니까, 소로 팔러 간 거예요. 소로, 인제 보행을 해서 서울 가서 팔아 가지고 인제 오는데, 지금 며느리고개를 얘길 했는데, 거기 무인지경이니까,

아, 거기 넘어오는데, 아, 칼을 들이대민선,

"너 금 팔아 가지고 오니까 돈 내놓라고."

그래더래요.

그래서, 아, 인제 어떻게 해 볼 수 없이 인제 줄라고 그래니까, 아 칼을 들이대는데 보니까는 그 꿀 준 사람이더래.

[양손으로 수염모양을 길게 만들면서] 수염 이렇게 난 그 사람이더래요.

그래서,

"인제 그, 우리집 구경이나 인제 하고 가라고."

그래 인제, 그 최웅철, 최웅철이래는 분을 데리고서 그래니까, 그 마적 본부에 갔었대는 거예요. 거 얼마만치 갔는지 모르는데, 며느리고 고개가 그렇게 인제 무인지경인데, 가서 그 자기네 본부에 가서 그 저, 부하들을 시켜서,

"이 양반한테 내가 아주 허기가 져서 죽을 지경이었었는데, 이 양반이

꿀을 날 줘서, 내가 허기를 모면하고 여까지 살아서 지금 여태 잘 살으니까, 이 양반 집이까지 모셔다 들이라고."

그래 가지구선, 그 돈가방을 손수 져다가, 그 마적 쫄병이 져다가, 그렇게 그 여차금까지 췄대는 그런 일화가 있지요. 그래서 며느리 고개가 그 아주 그렇게 유명허대는 얘기가 있어요.

멀골, 조덕골, 대대골, 다리골

자료코드 : 03_15_FOT_20100114_HRS_NDY_0001
조사장소 : 강원도 홍천군 두촌면 원동1리 201번지 마을회관
제보일시 : 2010.1.14
조 사 자 : 황루시, 유명희, 박현숙, 윤준섭
제 보 자 : 남덕영, 남, 70세
구연상황 : 조사자가 마을 지명 유래를 묻자 제보자가 구연을 시작했다.
줄 거 리 : 원동리는 골짜기가 멀다고 해서 '멀골'로 불렸는데, 멀 원(遠)자와 고을 동(洞)자를 써서 지어진 이름이다. 원동리에는 다양한 이름의 골짜기가 많은데 조의 덕을 보았다고 지어진 '조덕골'과 대대로 살만하다고 하여 지어진 '대대골', 윗동네와 아래동네를 이어준다는 '다리골'이 있다.

다른 데는 동(洞)이라는 데를 안 쓰잖아요. 뭐, 자은리(自隱里), 괘석리(掛石里), 철정리(哲亭里), 역내리(驛內里) 그러지만은, 여기 원동리만은 동자가 들어가요, 고을 동(洞)자, 그게,

[잠시 문이 열려서 구연이 중단]

그게, 왜, 그, 원동리라고 그러면,

[전 이장을 지목하면서] 저기 옛날, 구 이장님이 여기 계시죠, 몇 년도에? 천팔백 몇 년도에 됐죠? 원동이라는 데가?

(청중 : 몰라, 언젠지.)

그, 저, 역사에 나온 걸 내가 보고 잊어버렸어요.

그게, 원동이라는 게, 옛날에 여기 동네가 멀골이거든요, 골짜기가 멀다고 해서 멀골.

(보조 조사자 : 아, 멀골.)

예, 그래서 멀 원(遠)자에다가 고을 동(洞)자를 넣어서, 아예, '멀골, 멀골이 좋지 않다.' 그래서, 멀골이라고 이름을 지었거든요.

그래서 멀 원자에다가 고을 동자, 그래서 원동리거든요.

그래서 옛날에, 그, 우리 화전민들이, 우리 조상들이 잘 못살았잖아요. 알다시피, 잘 못살았잖아요, 그때, 잘 못살으니깐,

[잠시 문이 열려서 구연이 중단]

그래, 그, 여기에 옛날에는 저, 화전민들로 해 가지고 이 학교가, 한 삼백 명 학생들이 있었어요. 여기 학교에, 요, 여기에. 그래 가지고 화전을 해먹느라고 그쪽 골짜기에 집이 삼백여 호 살았거든요. 그래서 왜 그러냐면, 여기가 화전이 잘됐는데, 조(벼과의 속하는 한해살이 밭곡식 중의 하나임)이 특히나 잘 됐어요.

(보조 조사자 : 조가요?)

조가, 옛날에, 그래 조-덕, 그래서 조에다 덕을 본다고 해서, 저- 골짜기 넓은 논에다 조가 하도 잘돼 가지고 조농사, 그래 조 아니면 그, 저, 주민들이, 화전민이 굶어 죽잖아요. 그래서 조에다 덕을 보고 산다고 그래 '조덕골'이야요.

(보조 조사자 : 조덕골.)

조덕골. 조에다 덕을 보고 산다고 그래서. 그래, 한 골짜기는 그래서 조덕골이라는 이름이 있고. 또 한쪽 골짜기는 참 양지바르고 참 산이,

[양손으로 크게 원을 그리면서] 요렇게 아늑하다고 그래, 대대로 이어 살만한 곳이라고 그래서 '대대골.'

(보조 조사자 : 대대골.)

대대골, 그러고, 고(그) 밑에다가 골짜기가 또 하나 있는데, 다리골이라

고 그래. 왜 다리골이냐? 요('여기'의 뜻임) 골짜리가 원래 길으니깐, 옛날에는. 지금은 자동차가 있으니깐 뭐, 하루 오 분 거리면 다 다니잖아. 옛날에는 다 걸어 다니고 그러니깐, 아래 윗동네 사람들 잘 모르잖아. 그러니깐 다리골에서는 가교 역할을 했다는 얘기야. 아래 윗동네가 융화가 잘되게. 그래, 그래서 다리 역할을 했다고 해서 다리골이라는 데가 돼 가지고, 고것이 합쳐 가지고 요 밑에 내려가고 중천이라는데, 양지말이라는 데가 있고 여기는 하촌이라고 해서, 여기가 통틀어서 원동이라는 그런 이름이 있어요.

고양이산(노적봉) 허리 잘라 망한 부잣집

자료코드 : 03_15_FOT_20100114_HRS_NDY_0002
조사장소 : 강원도 홍천군 두촌면 원동1리 201번지 마을회관
제보일시 : 2010.1.14
조 사 자 : 황루시, 유명희, 박현숙, 윤준섭
제 보 자 : 남덕영, 남, 70세
구연상황 : 앞의 이야기가 끝나자, 조사자가 마을의 지명과 관련한 이야기가 더 없냐고 물어보았다. 그러자 이어서 구연했다.
줄 거 리 : 노적봉 아래에 큰 부자가 살았는데 이 집의 며느리가 손님이 많은 것을 싫어했다. 며느리가 중에게 시주를 하면서 손님을 끊는 방법을 물어보았다. 중이 마을 주변의 고양이산[노적봉]과 쥐산을 보고는 고양이산의 산허리를 끊어 놓으면 손님이 끊어진다고 했다. 며느리가 고양이산의 허리를 끊었더니 그날 이후 부잣집이 망했다.

그게, 왜, 노적봉이라고 그러면, 요('여기'의 뜻임) 밑에 내려가면, 노적봉이라고 그,

[양손으로 산을 그리면서] 요렇게 생긴 이쁘게(예쁘게) 생긴 봉(峰)이 있어요. 거기 옛날에,

(청중 : 봉의 이름이 갈미봉이야. 갈미봉.)

갈미봉이라고 그래, 거기가. 그러니깐 갈미봉이라고 그러는데, 그거 원래 노적봉이라고 그랬거든요. 그래서 노적봉이라 요렇게 생겼는데, 옛날에 큰- 부자가 살았었대요. 부자가 살았는데, 부자가 살면은 얻어먹으러 오는 사람들도 많고 손님도 많을 것 아녜요? 며느리가 밥을 해주기가 하도 귀찮아서, 설거지하재, 밥해줘야재, 지금처럼 무슨 밥통기에다가, 기계에다가 밥을 해먹는 거, 달방('디딜방아'의 뜻임)에다 찧어서, 이렇게 밥들을 해먹었잖아요.

그러니깐 며느리가 밥해주기 하도 힘들어 가지고, 인제, 그러던 차에, 어떤, 저, 스님이

[목탁을 두드리는 시늉을 하면서] 휑가다(목탁의 방언인듯 하나 정확히 알 수 없음) 둥둥 두드리면서 와서,

"저, 저거 하라고, 시주 하라고."

그러더래요.

"내가 시주는 달라는 대로 다 줄 테니깐, 우리집에 손님이 하도 들어와 못 살겠으니, 손님 안 보는, 안 오는 방법을 가르켜(가르쳐) 달라고."

그러더래요.

그래서 스님이.

[고개로 두리번거리는 시늉을 하면서] 이렇게 둘럼, 둘럼 보니깐,

"아, 좋은 방법이 있다."

그러더래,

"무슨 좋은 방법이냐?"

그러니깐,

여기 지금 원동 입구로 들어오면서 다리, 다리 밑으로 해서 들어오는 거 있죠? 거기로 보면 산을 이렇게 파논 데가 있어요. 산허리를 끊어 놓은 데가 있다고, 그게 고량이산(고양이산)이라는 거예요. 그게.

(보조 조사자 : 고양이산?)

고양이산, 그리고 그 근내('근처에'의 뜻임),

[쥐 모양새를 취하며] 쥐 형국으로 생겼어요. 이렇게 해서 엎드리고 있는 형국이어서, 그것을 갖다 쥐산이라고 그러고, 그래서 이 쥐산이, 쥐산에서 쥐가 건너와서 노적봉에서, 그, 낫가리 가리는 데로 와서 곡식을 먹어야 되겠는데, 고량이가 눈을 여기서 혹, 이기, 탁, 버티고 있으니깐, 못걸어 나왔다는 거예요. 그러던 걸, 고량이를 갖다가, 그래서, 그, 스님이 그러대래요,

"저 산허리를 갖다 짤라 놓으라고, 사람을 사서 짜르면은 이 집에 손님이 안 올 거라고."

그러니깐, 그 며느리가 손님 안 오는 것만 생각을 했지, 자기네 망하는 거는 생각을 안했거든. 그래서 사람을 사 가지고선, 그 다리, 그 요렇게 보면, 그, 허리를 가서 짤라 팠다는 거야. 파니까는 거기서 피가 주르르, 흐르더라는 거지. 그래서 그게, 그 뒤로는, 그 집이 해마다 망해 가지고 부자가 쫄딱 망했대요.

왜 그러냐면,

(청중 : 그날 저녁으로 마적 떼들이 들이 닥쳐 가지고 털어갔대.)

그래, 그러니깐,

(청중 : 그래 지금 자른 자리가 있어요. 하나 남아 있어요. 두 군데를 짤랐는데, 거 지금 길 나는리라고('길이 생겨서'의 뜻임) 위에 자른 거는 없어지고, 밑에는 짤른 자리가 남아 있어요.)

그래 그걸 자른 뒤로는, 부자집이가 망했다.

[청중을 바라보고] 마적떼가 털었다고 그러죠?

(청중 : 그럼, 그날 저녁으로 들이닥쳐 가지고.)

그래 가지고 그 집이 망했다.

그리 왜냐하면, 고량이가 들어와 곡식을 못 먹게 고량이가 지키던 걸,

고량이를 죽여서 그 부자가 망했다. 그런 전설이 있어요.

김장군과 신비한 안경

자료코드 : 03_15_FOT_20100114_HRS_YDS_0001
조사장소 : 강원도 홍천군 두촌면 천현1리 42-3번지 노인회관
제보일시 : 2010.1.14
조 사 자 : 황루시, 유명희, 박현숙, 윤준섭
제 보 자 : 용동수, 여, 74세
구연상황 : 조사자가 전설을 들려달라고 하자 제보자가 선뜻 나서며 자신이 전설 하나
　　　　　하겠다면서 구연을 시작했다. 제보자는 구연을 마치고 난 뒤, 이 이야기가 하
　　　　　도 신기해서 들어뒀다고 했다.
　　　　　김장군은 장남리에서 난 인물이라고 하는데, 청중 대부분이 정확하게 누군지
　　　　　는 모르고 있었다. 청중 한 분이 김장군이 키가 엄청나게 크다고 말했으며,
　　　　　다른 한 분은 김장군의 손자가 홍천에 나가 산다고 말했다.
줄 거 리 : 장남리 김장군이 밭머리에 있는 묘 풀을 깎아주었다. 그날 밤 꿈에 묘주인이
　　　　　나타나서 고맙다면서 안경을 하나 줬다. 어두워지면 환하게 밝게 보이는 안경
　　　　　이었다. 김장군은 안경을 쓰면서 도둑질을 하기 시작했다. 김장군은 결국 큰
　　　　　집 형님네 소까지 훔치게 되었다. 김장군이 소를 잃고 찾아온 형님에게 사실
　　　　　대로 말하고 도움을 구했다. 김장군은 형님의 말대로 묘에 찾아가 제사를 지
　　　　　내면서 안경을 도로 가져가 달라고 빌었다. 그날 밤부터 더 이상 밝게 보이는
　　　　　일이 없어졌다.

　저기, 인제 장남에서 장남 일리 거예요, 거게가. 한 백삼십년 쯤 될까?
우리 아버님, 내 아버님의 또래라니까.

　김장군네라고 그 사람이 인제 밭머리에 저기 산 묘가 있었대요. 근데
그 산 임자가, 밭 임자가, 산을 그걸 인제 저 여름이면은 자꾸 그 묘를 풀
을 깎아드렸대요. 금초를 해드렸대요. 그랬더니 어느 날 밤에 꿈에,

　"야, 니가 나를 이렇게 산에 풀을 깎아주니까, 이거 내가 은혜갚을 기
없다. 아, 이거 하나 써 봐라."

그르면서 안경을 주시더래요.

그래서 그 안경을 꿈에 분명히 받아썼는데, 해만 넘어가 어두우면 아주 천지가 다 내거드래. 그냥 밝은 게. 그래서 이 사람이 인제 나가서 도둑질을 하기 시작을 했는데, 그 없는 그 옛날에 백한 사오십년 전에 없는데 나가니까 다 먹을 거잖아요. 그러니까 자꾸 훔쳐다가 인제 잘 먹는데, 그 소문이 나 갖구, 아이 그 집이는 아마 수상하게 여겼겠지 인제, 못 살던 사람이 갑자기 잘 살으니까.

그런데, 어느 날은 이 사람이 밤에 나서 갖구 자기네 큰댁에 내려가서 큰집 소를 훔쳐왔대요. 큰집 소를 훔쳐다 마구에다 매고, 밤에 인제 여물을 잘 해 멕이고, 그리고 날이 샌 다음에 생각을 하니까, 즈 형네 소드래. 근데 나서면은 일가지친척인 지도 모르고 훔쳐왔대요. 그 안경이 하두 밝고, 글루만 맘이 인제 가니까. 그래서 인제 여물을 해 주구선 이렇게 있더라니까, 형님이 올라오시더래요.

'아구, 형님이 소 때문에 이렇게 왔구나.'

하구,

"아, 형님 어떻게 이렇게 일찍 오셨어요?"

이래니까,

아이, 아뭇소리도 안하고 앉더래요. 한숨을 푹 쉬면서.

그래서 그 훔쳐온 쌀로다가 쌀밥을 잘 해서 형님을 한 상 채려드렸대.

그랬더니 그 형님이 밥을 잡숫구서 해는 말이,

"야, 나는 밤에 소를 잊어버렸다."

그러니까,

"아구, 형님 소를 어떻게 잊어버리셨어요."

그러니까,

"에이 몰르겠어. 매놓고 잤는데, 없어졌어."

그러니까,

"아이, 형님. 나 어떡하지? 이러저러 해서 이릏게 이제 밤이면 이릏게 천지가 밝아지면서 이래서 정신없이 끌구 와보니까 형님네 손데 어떡해요?"

이르니까, 한숨을 푹- 쉬더니

"그러면 너 내 말을 들어라."

그러더래.

그래서 이제,

"뭔 말을 들을까요?"

하니까,

"두촌 내려가서, 두촌 시장에 가서 아주 제사음식, 과일을 싹 사와라."

그래더래. 제사 채리는 것처럼. 그래서 그 제사 채리는 것처럼 두촌에 내려와서 다 사 갖구 갔대요. 가서 인제 메를 잘 짓구, 밥을 핸 거를. 인제 짓구, 제사 채리는 것처럼 해 가지구 채려놓구,

"산으로 가자."

그래더래.

그래서 밭머리 묘 앞에다 갖다놓고 절을 하면서,

"저는 이게 필요가 없으니까 도루 가져가세요."

그러면서,

"절을 하라 그래. 삼배를 해라."

두 번을 해라드래나? 그래서 그걸 했대요. 그래구서 그날 해고 왔는데, 그 담날, 그날 밤서부터 천지가 안 보이더래요. 다 쓰면 무섭구. 그래 갖구 그게 바로 누구냐 하면은 김장군 있죠? 김장군 아버지가 그랬대.

그래 갖구서 그, 우리 아버님이 한 백세 인제 바라보시는데, 우리 아버님 친구끼리, 그 아드님이 우리 아버님 친구거든요. 우리 마을에 오셔 가지구, 그 얘길 허시는 소리를 들었어요. 옛날에 그런 일이 있었대요.

용소와 구렁이

자료코드 : 03_15_FOT_20100114_HRS_LYH_0001
조사장소 : 강원도 홍천군 두촌면 천현1리 42-3번지 노인회관
제보일시 : 2010.1.14
조 사 자 : 황루시, 유명희, 박현숙, 윤준섭
제 보 자 : 이용훈, 남, 86세
구연상황 : 조사자가 마을 '용소'에 얽힌 이야기를 좀 해달라고 요청하자, 청중들이 연
　　　　　세가 많으신 어르신이 잘 아신다면서 제보자를 추천해 주었다. 제보자는 거짓
　　　　　말을 해도 좋다고 하니까 한 마디 해보겠다면서 구연을 시작하였다.
줄 거 리 : 용소 아래에 보(洑)를 설치했다. 그런데 물이 흘러내리지 않았다. 올라가서
　　　　　확인해 보니 구렁이가 꼬리로 보를 막고 있었다. 구렁이가 아직까지 용이 되
　　　　　었다는 소리가 없으니 구렁이가 아직 용소에 있을 것이다.

　거기 그 거기 보(洑)가 하나 있는데요, 그 경기 면적이 만 하마 칠팔 평
될 거예요. 그 보를 낼 당시에 그 용소간에서 그 물을 이렇게 따왔는데,
보를 신설을 하구는 그 물을 물줄기 따라 죽- 내려오던지, 어디 뭐 구녕
(구멍)이, 새지 않나 내려오더니까, 물이 안 내려오더래요.

　그래 올라가서 보니까,

　[양손가락을 붙여 원을 만들면서] 구랭이 꼬랑지가 그 보아구를, 보를
막아 가지고, 그 물이 구렁이 꽁지를 못 넘어오더래요. 근데, 그 거기 그
구랭이가 용이 돼 올라갔다는 얘긴 아직 못 들었으니까, 아직 여 살아 있
을 거예요.

고양이산 꼬리 잘라 망한 홍씨네

자료코드 : 03_15_FOT_20100114_HRS_LYH_0002
조사장소 : 강원도 홍천군 두촌면 천현1리 42-3번지 노인회관
제보일시 : 2010.1.14
조 사 자 : 황루시, 유명희, 박현숙, 윤준섭

제 보 자 : 이용훈, 남, 86세

구연상황 : 조사자가 며느리가 집에 손님이 안 오게 해달라고 스님에게 부탁했다가 집
안이 망한 이야기를 아느냐고 물었더니, 제보자가 원동리에 가서 들으라고 했
다. 조사자가 제보자께서 알고 있는 이야기를 들려달라고 했더니 제보자가 천
천히 구연을 시작했다.

줄 거 리 : 동면에 고양이산이 있는데 그 앞에 노적 가리산이 있다. 홍씨네집이 노적 가
리산 아래에 살았다. 홍씨네가 부자로 잘 사니까 손님들이 많이 들었다. 며느
리는 손님 대접하기가 힘들었다. 하루는 중이 시주를 오자 며느리가 손님오지
않게 하는 방도를 일러 달라고 했다. 중은 고양이산의 꼬리부분을 자르면 손
님이 들지 않을 거라고 했다. 며느리가 고양이산 꼬리부분을 자르니 피가 나
왔다. 고양이산 꼬리를 잘라버리자 그 앞의 노적가리를 더 이상 지키지 못해
홍씨네는 망하고 손님이 들지 않았다.

거기는 거기 제가 들기로는, 거기 저 그 산을 지명산이라고 하는 건데,
그 고냉이산(고양이산)이라고. 그래 앞에 노적가리(한데에 수북이 쌓아 둔
곡식 더미.)라고 이렇게 산이, 그게 노주가리 ○○○(구연도중 핸드폰 벨
소리가 울려서 청취불능) 저, 산이 있는데 그 밑에 그 홍씨네가 아주 잘
살았대요, 아주.

그래 부잣집으로 잘 사니까 손님이 자꾸 깨들으니까('모여드니까'의 뜻
임) 그 며느리가 손님 대접 해대기가, 밥 해대기가 힘들고 그러니까, 어떤
중이 와서,

"시주를 하라구."

그럴 적에, 그 시주를 하구는, 그

"대사님! 내 소원 좀 들어주시우."

이르니까,

"그래 뭔 얘기냐?"

그래, 그런 얘길 했대요.

"집에 손님이 하두 많이 깨들어서, 그 밥 해대기가 힘드니, 집에 손
님이 안 들어오게 할 수 있는 그 무슨 방도가 없습니까?"

이르니까, 그걸 지명상 고냉이 꼬리라고 그러는데,

"거기(고양이 꼬리)를 자르면은 손님이 안 들어올 거라고."

지금은 무신 뭐 과학적으로 돌을 깨지만, 그 전에는 이 망치로 깼잖아요. 이렇게. 망치로 돌을 깨는, 산을 자르니까, 거 피가 나왔다고. 그래, 그 이후루는, 그런데 그 고냉이가 꼬랑지를 짜르니까, 그 앞에 노적가리를 지키질 못해 가지고 그 집이 망하니까 손님이 안들더라고.

그런 얘길 들어봤습니다.

(보조 조사자 : 손님이 안 들기만 했어요? 그 집에? 그래서 어떻게 됐어요. 그 집은?)

(청중 : 망가진 거지. 망가진 거지, 손님이 안 들면은.)

(보조 조사자 : 망했어요?)

네. 망하는 거지.

소 모는 소리 / 밭 가는 소리

자료코드 : 03_15_FOS_20100114_HRS_NDY_0001
조사장소 : 강원도 홍천군 두촌면 원동1리 201번지 마을회관
제보일시 : 2010.1.14
조 사 자 : 황루시, 유명희, 박현숙, 윤준섭
제 보 자 : 남덕영, 남, 70세
구연상황 : 마을에 관한 이야기로 시작하여 잠시 쉬는 사이에 소리에 대한 질문으로 넘
어갔다. 이장님이 처음부터 적극적으로 조사에 임했는데 소 모는 소리에 대해
질문하자 밭을 가는 소리를 해야겠다면서 시작하였다. 노랫말은 조금 짧지만
청이 좋은 편이다. 이어서 논 삶는 소리까지 함께 구연하였다.

이러 이러 마라소~ 나가자

이러 저 방뎅이(나무를 베고 남은 나무 밑둥을 말한다고 함)에 배
걸칠라

어~후 돌아서거라 어 잘 간다

안소는 잡아다녀고 마라소 치밀어라 이러

어~후~ 안소는 슬슬 올라서거라

어치 잘 간다 이러

마라마 잠깐 쉬어서 담배 피고 또 갈자

어치 워워

소 모는 소리 / 논 삶는 소리

자료코드 : 03_15_FOS_20100114_HRS_NDY_0002
제보일시 : 2010.1.14
조사장소 : 강원도 홍천군 두촌면 원동1리 마을회관
제 보 자 : 남덕영, 남, 70세
청   중 : 10인
조 사 자 : 황루시, 유명희, 박현숙, 윤준섭
구연상황 : 앞의 밭 가는 소리에 이어서 써레질 할 때의 소리도 있냐는 질문에 그렇다고
하면서 구연하였다. 밭 가는 소리보다 노랫말이 풍부한 편이다. 눈을 감고 몸을
약간 흔들면서 편안히 구연하였다. 끝나자 청중들이 박수를 쳤다. 앉아서 구연
하는 것이 불편하다면서 소를 데리고 하면 더 잘할 수 있을 것이라고 하였다.

이러 어후 써레질 빨리 해야 모심는다

이소들아

안소야 두렁밑에 바짝 들어서거라

마라소 슬슬다려 이러

저뒤~에 모심는다

우리가 빨리~ 삶아야 논이 되지 이 소덜아

어이 어~후 어~ 치~

잘 간다 이 소들

이제 점심 때가 되가니

점심 먹고 저녁 때든

집에 가자 이러 어~후~

마라마마 이러 이놈의 말이켜

잘 가 이놈의 소들아

빨리 해야 한다 옳지 잘 간다 마라마마 돌아서거라

저녁이 되면 집에 가서 꼴 먹자

이소야 어~후 어~치

6. 북방면

▋조사마을

강원도 홍천군 북방면 중화계리

조사일시 : 2010.2.17
조 사 자 : 황루시, 유명희, 박현숙, 윤준섭

강원도 홍천군 북방면 중화계리

　상화계와 하화계의 가운데가 되는 중화계리는 1914년 행정구역 통폐합에 따라 너구리터, 능안을 병합한 마을이다. 북방면 동쪽에 위치한 중화계리는 북쪽과 서쪽으로는 북방면 상화계리, 남쪽으로는 북방면 하화계리, 동쪽으로는 홍천읍 희망리와 접해 있다.

　중화계리는 133가구로 구성되어 있다. 마을에는 남자 161명, 여자 135명으로 총 296명이 거주하고 있다. 이 중 50대와 60대가 180명 이상을 차지한다.

중화계리의 주요 생업은 농업이다. 마을 대부분의 주민이 농사를 하고 있으며 밭농사보다는 논농사를 주로 한다. 그 외에 4개의 농가가 축산업을 한다.

중화계리에서 홍천읍까지의 거리는 약 3km이다. 하루 4회 운행하는 버스를 타고 중화계리에서 홍천읍까지 나가려면 약 10분이 걸린다.

중화계리는 불교를 믿는 가구가 제일 많다. 약 60가구가 불교를 믿고 있으며, 다음으로 약 40가구가 전통 유교를 믿고 있다. 선도교회가 중화계리에 있지만 기독교를 믿는 가구는 20가구 이내이다.

마을에서 가장 큰 명절은 추석이고 정월대보름에는 마을에서 자체적으로 척사대회를 한다. 서낭제는 6·25사변 이후 사라졌다고 한다.

김복희, 여, 1937년생

주 소 지 : 강원도 홍천군 북방면 중화계리 258-2번지
제보일시 : 2010.2.17
조 사 자 : 황루시, 유명희, 박현숙, 윤준섭

김복희는 강원도 홍천군 두촌면 철정리에서 5남매 가운데 막내로 태어났다. 18세에 당시 21세 김성윤과 결혼하여 슬하에 7남매를 두었다. 남편과 함께 홍천군 북방면 중화계리 258-2번지 30년째 거주하면서 논 2100평, 밭 200평에 감자, 콩, 들깨, 옥수수, 고추 등을 경작하고 있다.

마른 체격에 얼굴은 역삼각형이고 볼살이 없으며, 구연할 때 목소리는 가늘고 높은 편이다. 구연한 설화는 소화(笑話) 한 편으로 어릴 때 마을 어른들한테 들은 것이다. 구연 과정에서 적절한 손동작을 곁들였고, 반복적인 표현에서는 리듬감을 넣어 재미를 주었다. 소리는 동네 어른들에게 배운 것이라고 한다.

제공 자료 목록
03_15_FOT_20100217_HRS_KBH_0001 편과 꿀종지 이름 잊어버린 바보 사위
03_15_FOS_20100217_HRS_LOR_0001 아라리

석철순, 여, 1939년생

주 소 지 : 강원도 홍천군 북방면 중화계리 51번지
제보일시 : 2010.2.17

조 사 자 : 황루시, 유명희, 박현숙, 윤준섭

  석철순은 강원도 홍천군 화촌면 성산리에서 8남매 가운데 장녀로 태어났다. 18세에 외삼촌의 중매로 당시 20세 김장성과 결혼하여 슬하에 1남 2녀를 두었다. 남편과 함께 농사를 짓다가 생계를 유지하기 위해서 옷, 화장품 등 보따리장사를 12년 간 했다. 현재는 강원도 홍천군 북방면 중화계리 51번지에 살면서 논 1500평, 밭 1400평에 들깨, 옥수수, 고추, 콩 등을 경작하고 있다. 한국전쟁 당시 군인이셨던 아버지가 행방불명되어 장녀인 석철순이 동생들 공부시키느라고 정작 자신은 공부를 하지 못했다. 시집간 후 장사를 하기 위해서 친정아버지를 찾아가 한문을 조금 배웠다.

  키가 큰 편이고, 눈매가 가늘며, 입이 약간 쳐진 각진 얼굴형이다. 구연한 설화는 본격담, 소화(笑話) 등 다양한 유형의 민담이 6편이고, 이 설화들은 어릴 때 할아버지한테 들은 것이다. 중저음의 목소리로 또박또박 천천히 구연했으며, 구연상황에 따라 적절한 표정과 손짓도 자주 곁들였다.

제공 자료 목록

03_15_FOT_20100217_HRS_SCS_0001 방귀쟁이 며느리 (1)
03_15_FOT_20100217_HRS_SCS_0002 방귀쟁이 며느리 (2)
03_15_FOT_20100217_HRS_SCS_0003 쌀 서 말로 집안 일으킨 며느리
03_15_FOT_20100217_HRS_SCS_0004 시어머니 길들인 막내며느리
03_15_FOT_20100217_HRS_SCS_0005 감나무에 걸려 먹고 화태똥 싼 사위
03_15_FOT_20100217_HRS_SCS_0006 나무도령

용순녀, 여, 1933년생

주 소 지 : 강원도 홍천군 북방면 중화계리 105번지
제보일시 : 2010.2.17
조 사 자 : 황루시, 유명희, 박현숙, 윤준섭

    강원도 홍천군 서석 출신으로 25세에 시
집을 왔으며 남편은 2004년에 별세하였고
슬하에 2남을 두고 있다. 어려서 초등학교
를 3년간 다니다 가사일에 전념하였다. 지
금은 잡부일도 간간이 하고 있지만 다리와
허리 수술로 인해 집에서 쉬고 있다.
    통통한 체격에 얼굴이 둥글고 눈이 큰 편
이다. 목소리는 중음에 굵은 편으로 신이담
과 소화(笑話) 3편을 비교적 천천히 구연하였다.

제공 자료 목록

03_15_FOT_20100217_HRS_YSN_0001 호랑이에게 배운 도술로 부자 된 막내
03_15_FOT_20100217_HRS_YSN_0002 잣죽 훔쳐 먹다가 망신 당한 친정아버지
03_15_FOT_20100217_HRS_YSN_0003 아들로 둔갑한 깨망아지
03_15_FOS_20100217_HRS_LOR_0001 아라리

이옥래, 여, 1934년생

주 소 지 : 강원도 홍천군 북방면 중화계리 16번지
제보일시 : 2010.2.17
조 사 자 : 황루시, 유명희, 박현숙, 윤준섭

    현재 살고 있는 중화계리에서 50여 년을
거주하였으며 출생지는 기억하지 못하였다.
1남 4녀 중 둘째로 20세에 결혼하여 3남 2

녀를 두었으며 어려서부터 가사일을 하면서 소리를 자연스럽게 배웠다고
한다. 긴 얼굴에 광대뼈가 발달한 제보자는 아라리를 구연하였다.

제공 자료 목록
03_15_FOS_20100217_HRS_LOR_0001 아라리

편과 꿀종지 이름 잊어버린 바보 사위

자료코드 : 03_15_FOT_20100217_HRS_KBH_0001
조사장소 : 강원도 홍천군 북방면 중화계리 147-2번지 마을회관
제보일시 : 2010.2.17
조 사 자 : 황루시, 유명희, 박현숙, 윤준섭
제 보 자 : 김복희, 여, 75세

구연상황 : 앞의 용순녀 제보자의 이야기가 끝나고 조사자가 바보와 관련된 이야기는 없냐고 물어보았다. 그러자 김복희 제보자가 아무런 설명 없이 '옛날에'라고 하며 구연을 시작했다. 옆에 있던 석철순 제보자가 청중이 되어 김복희 제보자에게 맞장구를 쳐주었다.

줄 거 리 : 바보 사위가 처갓집을 가게 됐는데 친구들이 처갓집에서 먹은 것을 얘기해 달라고 했다. 사위는 처갓집에서 편과 꿀종지를 먹고 돌아오다가 도랑에 빠져 자신이 먹었던 것을 잊어먹었다. 지나가는 행인이 잃어버린 곳이 '이 편이냐? 저 편이냐?'라고 묻자 '편'을 기억해 냈다. 다음 행인이 '눈이 꿀종지 같다.' 라고 말하자 '꿀종지'를 기억해 내고 집으로 돌아갔다.

옛날에 인제, 사위가 처갓집이를 가게 됐는데, 인제, 저기, 저, 친구들이,

"너 처갓집에 가서, 너 먹고 온 거를 꼭 와서 얘기해라."

그랬더니만, 처갓집에 갔더니만, 꿀을, 꿀종지를 넣구, 거기다가 편을 해서 놨더래, 편.

[꿀에 찍어 먹는 시늉을 하고] 그래서 그놈을 인제, 꿀을, 편을 꿀에 찍어서 먹구, 집에 오는 거야, 인제. 집에 오다가 도랑을 거꾸뜨니다가('도랑에 넘어져서'의 뜻임) 잊어먹은 거야, 인제. 얼마나 천치니깐, 인제. 그거를 잊어먹고서는 그 저기, 도랑에서 이리 나왔다, 저리 나왔다, 찾느라고, 그거를. 계속 찾느라니깐, 어떤 사람이, 지나가다가,

"아이 당신은 왜 그렇게 건너왔다, 건너갔다 해?"

"아, 처갓집에 가서 뭘 먹고 왔는지 잊어 먹어서 그래요."

그러니깐,

"이 편(쪽)이유? 저 편이유?"

그러니깐,

"옳다 찾았다! 편, 편이지."

이랬어.

아, 또 한 가지 못 찾았잖아. 또 한 가지를 못 찾았어.

(청중 : 꿀을 못 찾았구나.)

또 건너왔다, 건너갔다 하니깐은, 또 어떤 사람이 지나가다가,

"아, 당신은 왜 그렇게 왔다갔다 하오?"

그러니깐은,

"아유, 뭘 잊어 먹어서 그래요."

"으휴, 눈깔이나 꼭 꿀종지같이 생긴 놈이 그걸 모르냐?"

그러니깐,

"옳다 찾았다, 인제."

[일동 웃음]

(청중 : 꿀종지.)

응, 꿀종지. 눈이 인제, 크고 쑥 들어갔나 봐. 그러니깐,

"편, 꿀종지. 편, 꿀종지. 편 꿀종지."

그러고 집에 가더래요, 그래 가지고 찾아 가지고 갔대.

방귀쟁이 며느리 (1)

자료코드 : 03_15_FOT_20100217_HRS_SCS_0001

조사장소 : 강원도 홍천군 북방면 중화계리 147-2번지 마을회관

제보일시 : 2010.2.17

조 사 자 : 황루시, 유명희, 박현숙, 윤준섭

제 보 자 : 석철순, 여, 72세

구연상황 : 설화 조사에 앞서 민요를 조사하였다. 민요의 조사를 마치고 조사자가 알고
있는 이야기가 없냐고 물어보니, 아는 이야기가 없다고 하며 조사에 부정적인
태도를 보였다. 그러나 조사자가 이야기를 청하자, 청중이 석철순 제보자를
추천하였다. 그러자 석철순 제보자가 며느리가 방귀 뀐 이야기를 하나 안다며
구연을 시작했다.

줄 거 리 : 새색시가 시집을 갔는데 방귀를 못 뀌어서 노란병이 들었다. 시아버지가 그
사정을 묻고는 며느리에게 방귀 뀌는 것을 허락했다. 며느리는 시아버지에게
배나무를 붙들게 하고는 방귀를 뀌었다. 며느리가 방귀를 뀌자, 배나무가 크
게 흔들렸다. 배나무를 붙들고 있던 시아버지는 죽겠다며 며느리에게 그만 하
라고 소리쳤다.

새색시가 시집을 갔는데, 방귀를 못 껴서('뀌어서'의 뜻임) 노란병이 들
었대. 그러니깐은, 시아버지가,

"너는 왜 이렇게 노란병이 드냐?"

그러니깐은,

"저는 방귀를 못 껴서 그래요."

그러니깐,

"그럼, 너 실컷 껴봐라."

그러니깐,

"낄 장소가 없다."

그래서 인절미를 한 채로 해서 지켜 가지고는(시아버지가 인절미를 한
그릇 지고가는 것을 말함) 친정에를 가다가, 고갯마루 터에서 배가 주렁
주렁 달려있더래. 그러니깐,

"아버님, 저는 여기다 방구 낄 장소인데요."

그러니깐은,

"껴봐라."

그러니깐,

"저쪽에 가서 배나무를 붙들고, 저, 남구(나무)를 붙들고 계세요."

그러니,

"그래 붙들고 있을게."

[나무를 붙드는 시늉을 하고] 그리고, 꽉 쥐고 있는데.

[엉덩이를 들고 방귀 뀌는 시늉을 하고] 똥구녕을 하늘로 치뻗치고, 배 낭구로 뻗치더니, 꽝! 꽝! 끼니깐,

[양손을 움켜쥐고] 배가 이만큼씩 한 게, 막 떨어지다가 시아버지 대가 리에다도 맞히고,

[일동 웃음]

등허리도 치구 그러니깐, 아퍼 죽겠지.

(청중 : 그만큼 센 거지, 그러니깐.)

낭구를 막 흔드니깐, 뱅글뱅글 돌아가면서,

"아이구, 얘야. 고만 껴라. 노란병이 들었더래도 고만 껴라. 나는, 니 시 애비는 죽는다."

그러더래.

[일동 웃음]

방귀쟁이 며느리 (2)

자료코드 : 03_15_FOT_20100217_HRS_SCS_0002
조사장소 : 강원도 홍천군 북방면 중화계리 147-2번지 마을회관
제보일시 : 2010.2.17
조 사 자 : 황루시, 유명희, 박현숙, 윤준섭
제 보 자 : 석철순, 여, 72세

구연상황 : 앞의 방귀쟁이 며느리 이야기를 마치고, 또 다른 방귀 뀐 며느리가 있다면서
　　　　 구연했다.
줄 거 리 : 며느리가 시집을 와서 방귀를 못 뀌어서 노란병이 들었다. 시아버지가 그 사
　　　　 정을 묻고는 며느리에게 방귀 뀌는 것을 허락했다. 며느리는 시어머니와 시아
　　　　 버지에게 가마솥과 대들보를 붙들게 하고는 방귀를 뀌었다. 며느리가 방귀를
　　　　 뀌자, 가마솥과 대들보를 붙들고 있던 가족들은 죽겠다며 며느리에게 '고만,
　　　　 고만.'을 외쳤다.

　시집을 와서 삼년이 되도록 방귀를 못 끼니깐(뀌니까) 죽겠거든. 그래
서 시아버지가 밥상을 차려다 놓는데, 방귀를 쪼금 뽕 끼었대. (며느리가
시아버지에게 밥상을 차려놓다가 방귀를 뀐 것이라고 할 것을 잘못 말함)
그러니깐, 못들은 척 하고 있다가는,

"너는 왜 이렇게 노란병이 드니?"

이러니깐,

"저는 방귀를 못 끼어 그래요."

그러니깐,

"그럼 껴봐라."

"그러믄, 제가 시키는 대로 하셔야지, 제가 끼지. 그냥은 못 낀다."

그러더래,

"그래 시키는 대로 하마."

그러믄 시아버지는 가마를 뒤집어 씌고 있구, 아니, 시어머니는 가마를.
큰 가마솥을 뒤집어 쓰구 있고. (시아버지가 아닌 시어머니가 가마솥을
쓴다는 말을 구연자 스스로 정정한 것임) 시아버지는 산기둥(대들보)을 붙
들구, 신랑, 시누들도 인제, 다 붙들라고 하고는, 그 다음엔 막 끼어대니깐,

　[머리에 가마솥을 쓰고 오르락내리락 하는 시늉을 하면서] 시어머니가
가마솥을 갓 모양으로 쓰고선, 들어갔다, 나갔다, 하면서,

"고만, 고만."

[일동 웃음]

시아버지는 기둥을 붙들구, 뱅글뱅글 돌고 그러니깐, 집이 흔들리잖아. 그러니깐,

"아이구 야, 야. 고만, 고만."

신랑은 막 뛰어댕기며, 날아댕기며,

"고만, 고만."

이러더래. 그러니, 옛날에 그랬다는데, 뭐, 미련하니깐.

[일동 웃음]

쌀 서 말로 집안 일으킨 며느리

자료코드 : 03_15_FOT_20100217_HRS_SCS_0003
조사장소 : 강원도 홍천군 북방면 중화계리 147-2번지 마을회관
제보일시 : 2010.2.17
조 사 자 : 황루시, 유명희, 박현숙, 윤준섭
제 보 자 : 석철순, 여, 72세
구연상황 : 앞의 이야기와 같은 상황에서 구연했다.
줄 거 리 : 가난한 양반집에 새색시가 시집왔다. 시어머니는 며느리에게 한 되의 쌀만 주고 밥을 해먹으라고 했지만, 며느리는 서 말의 쌀로 떡을 했다. 며느리가 가족들에게 떡을 삼 일 동안 질리도록 주니, 가족들이 떡은 안 먹고 김칫국만 먹었다. 쌀을 아긴 며느리 덕에 가난했던 집이 부자가 되었다.

옛날에 아주 가난한 대감집이가 있는데 새색시가 와서 보니깐은 시어머니가 쌀을 한 되씩 내주더래, 밥을 해먹으라구. 그러니깐, 며느리가 가만히 생각을 하니깐은,

"밥을 다 지으면 먹을 게 없잖아."

그러니깐,

"아버님, 쌀을 서 말만 달라구."

그래서 서 말을 다 쏟아서 떡을 했대. 큰일 났거든, 시아버지가. 아주

저기, 뭐라구 하지? 구두쇠 시아버지가. 쌀을 한 되씩 밥을 해서 써부치다가, 서 말을 한꺼번에, 인제, 서 말을 다 쏟아서 떡을 하니깐,

"우리 집안 망했다."

[양손으로 한 뺨만큼 간격을 두고서] 그랬는데, 떡을 해 가지구, 그냥, 한 사람 앞에 이만큼씩 다 담아 주니깐, 자기 신랑도 하나, 머슴도 하나, 다 먹더래.

큰일 났거든, 그래서 그렇게 삼일을 그렇게 주니깐, 그 다음에부터는 김치국만 마시고 안 먹더래.

그러니깐 쌀 서 말이면은 열흘 먹을 거를 한 달을 내 먹어도 떡이 안 없어지더래. 마지막엔 김칫국만 들어가지. 그러니깐 시아버지 집안이 망하는 게 아니라, 이제 부자가 됐다구.

시어머니 길들인 막내며느리

자료코드 : 03_15_FOT_20100217_HRS_SCS_0004
조사장소 : 강원도 홍천군 북방면 중화계리 147-2번지 마을회관
제보일시 : 2010.2.17
조 사 자 : 황루시, 유명희, 박현숙, 윤준섭
제 보 자 : 석철순, 여, 72세
구연상황 : 제보자는 앞의 이야기를 마치고 자신이 어렸을 적에 할아버지의 친구에게 들었던 이야기가 생각났다며 구연을 시작했다. 계속된 구연으로 긴장이 풀렸는지, 다양한 몸짓을 취하면서 능수능란하게 구연했다.
줄 거 리 : 백 살 먹은 시어머니가 자신은 밥을 퍼서 많이 먹고 며느리에게는 밥을 안주었다. 막내며느리가 첫째와 둘째 며느리와 함께 시어머니의 버릇을 고치고자 꾀를 냈다. 시어머니가 밥을 푸러 부뚜막에 오자 막내며느리가 시어머니를 둘러메쳤다. 그 다음으로 첫째와 둘째 며느리도 시어머니를 둘러메치니 시어머니는 쓰러졌다. 쓰러진 시어머니를 보고, 시아버지와 삼형제가 오히려 잘됐다고 하였다. 시어머니는 그날 이후로 밥을 푸지 않았다.

할머니가 아들 삼형제를 두었는데, 큰며느리 얻고, 작은며느리 얻고, 셋째 며느리 얻을 때까지, 큰며느리가 밥을 해서 푸면은, 밥만 다 해놓으면은, 쌀을 줘서 밥만 다 해놓으면은, 시어머니가 주걱하고 함치(나무로 된 그릇으로 말함)을 갖고 와 가지고 부뚜막에다 뛰어 올라가서, 백 살 먹은 할머니가. 기어 올라가서 죄다 퍼 가지고는 며느리더러 들어달라고 해 가지고, 저이는 떠불쳐주고 며느리는 밥을 안 주더래. (자기 밥그릇에만 밥을 푸고 며느리에게는 밥을 안 준다는 말임)

또 둘째 며느리를 얻어도 또 그러고, 그러니깐 막내며느리를 얻어 왔는데, 또 쌀을 주고 밥을 해 가지고는 놓구. 서당을 제 하구, 옛날에는 불 때는 솥이거든, 그러니깐은 밥을 풀라고(푸려고) 막내며느리가 제끼니깐(여니까),

동서 둘이,

"이 사람 밥 푸지 말어! 우리집에는 밥은 며느리들이 못 푸네."

그러니깐,

"그럼 누가 퍼요?"

그러니깐,

"어머니가 나와 퍼야 된다구."

"아유, 어머니가 세상에 하얗게 늙으신 분이 어떻게 밥을 퍼요?"

그러고는,

"형님들 제 말을 들어보세요."

그러드래,

"이 사람 어떻게?"

"부뚜막에 밥을 푸러 어머니가 올라가시면은.

[들어 메치는 시늉을 하고] 내가 들어서 까꾸로 콕 박을 테니깐, 둘째 형님이 어머니를 말리는 척 하며 또 들어 박아라."

그래 짰는데, 밥을 해놓으니깐, 솥을 다 꺼내니깐은.

[허리를 구부리고 밥을 푸러 달려가는 시늉을 하고] 시어머니가,

"아, 아."

그러고는, 밥을 푸러 나오더래. 그래서 부뚜막에다 다리를 억지로 올리고 솥뚜껑을 못 열으니깐은 며느리들이 열어주고 밥을 퍼 가지고 한 주걱 푸는 거를, 막내며느리가,

"어머니, 제가 풀게요."

[들어 메치는 시늉을 하고] 그러고는 달랑 들어서, 부뚜막 바깥에다 확 던졌대, 아궁지(아궁이) 앞에다. 그러니깐, 빠들빠들(버들버들)하지, 다 늙은 늙은이가. 그러니깐, 둘째 며느리가,

"어머니, 근력이 없어서 쓰러지셨네."

그러고는 덜렁 들어 가지고, 재차 또 들어 메쳤대.

[일동 웃음]

죽을 판이지. 그러니깐, 맏며느리가,

"아이, 우리 어머니 안 이러셨는데, 인제, 며느리 셋을 얻으니깐, 근력이 없으시네."

그러고는 큰 며느리가 확 꺾었디야. 아주. (다시 들어 메쳤다는 말임)

(청중 : 아주 죽어야지. 뭐.)

[일동 웃음]

그러니깐, 며느리가 다 말려 죽을게 박으니깐, (며느리들이 모두 죽도록 땅에 들어 메쳤다는 말임),

"아우, 나 죽는다."

그러니깐, 볶아지니깐(볶아치니깐), 영감이 아궁지, 아니, 대문 앞에 와서, 열면서,

"왜 이렇게 소요시러우냐?"

그러니깐,

"어머니가 쓰러지셨어요."

그러니.

며느리 둘은 가만히 있고, 막내며느리가,

"어머니가 쓰러지셨어요."

그러니깐,

"아, 그 녀석, 늙은이 뒈지게 밟아 놔라, 마!"

[일동 웃음] 그러더래. 그러더니, 또 맏아들이 나오더니,

"왜 이렇게 부엌이 소요시러워요? 여태까지 안 그랬는데, 막내제수씨가 온 다음에 왜 이렇게 볶아쳐요?"

그러니깐,

"아우, 아주버니, 어머니가 쓰러지셨어요. 부뚜막에 올라가다가."

그러니깐,

"아유, 그거 잘됐지."

그러더니, 그 장가간 신랑이,

"왜 형수님들 왜 이래요?"

그러니깐, 자기 색시가 오자마자 그러니깐,

"왜 이래요?"

이러니깐,

"어머니가 쓰러지셨다구."

그러니깐, 형수들에게,

"에이, 그게 뭐래? 죽지 않는 게 다행이지."

그래서 시어머니가 다음날부터 밥을 안 푸더래.

감나무에 걸려 화태똥 싼 사위

자료코드 : 03_15_FOT_20100217_HRS_SCS_0005

조사장소 : 강원도 홍천군 북방면 중화계리 147-2번지 마을회관
제보일시 : 2010.2.17
조 사 자 : 황루시, 유명희, 박현숙, 윤준섭
제 보 자 : 석철순, 여, 72세
구연상황 : 앞의 이야기를 마치고 이야기를 하는 것에 흥미를 느꼈는지, 곧이어 구연했
　　　　　다. 앞의 구연과 마찬가지고 다양한 몸짓을 하면서 청중을 웃기며 솜씨 있게
　　　　　구연했다.
줄 거 리 : 사위가 대례를 하러 처갓집에 갔다. 사위는 색시와 자다가, 대례상에서 보았
　　　　　던 수정과 먹고 싶어졌다. 색시가 수정과 부뚜막에 있다고 하여 발가벗은
　　　　　채로 부뚜막에 갔다. 사위는 부뚜막에 있던 개에 놀라서 수정과 항아리를 깨
　　　　　뜨렸다. 색시가 나와 신랑을 방으로 들여보내고 어머니에게는 개가 그릇을 깼
　　　　　다고 둘러댔다. 잠이 깬 장모는 사위에게 감나무의 감을 좀 따 달라고 하였
　　　　　다. 그러자 사위가 발가벗은 채로 감을 따다가 자신의 성기가 나무에 걸렸다.
　　　　　나무에서 애를 쓰다가 사위가 설사를 했는데, 장모는 그것이 감인 줄 알고 받
　　　　　아먹었다.

　처녀 총각이 결혼식을 하는데, 처갓집에 가서 대례(혼례를 치르는 예식
을 말함)을 지내고 오잖아요, 그 전에. 근데, 대례상에 수정과가 있는 거
야, 수정과가 있더라는 거야. 그러니깐, 그니껜 먹구 싶은데, 대례상이라
서 못 먹고, 잘라구 색시를 팔을 딱 베고 누우니깐, 하도 곶감김치가 먹고
싶어 죽겠더래, 수정과를 모르니깐. [청신랑이 수정과를 처음 보았기에 이
름을 모르고 곶감김치라고 한 것이다. 곶감김치는 곶감에 김칫물이 담겼
다는 말임]

　"여보, 나 곶감김치가 먹고 싶어서 잠이 안와."

　그러니깐,

　"아, 부뚜막 뒤에 백항아리에다가 담아 놨으니깐, 나가 먹어요."

　그러니깐,

　[청중을 바라보고] 왜 빤스도 없구, 내복도 없던지? 홑껍데기만 입구,
홀딱 벗구선, 자다가. 문을 열고서는 부엌에 가서 이렇게 만질라니깐, 개가
보강지에 자고 있다가, 벌떡 일어나니깐, 벌거댕이(벌거숭이)에 무언 게 뻘

떡 치니깐 놀래잖아. 곶감김치를 이렇게 한 가득 들다가 개가 벌떡 일어나니깐, 확 놀래서, 나가 태질을 줘서 깨졌대. (떨어뜨려서 깨졌다는 말임)

그러니깐, 장모가 안방에서 자다가 나와 봐야지, '왕과당!(그릇이 떨어지는 소리를 말함)'이니깐. 그러니깐 색시가 그걸 알고 먼저 뛰어 나와서, 있으니깐, 개가 곁에 있더래. 개 귓밥(귀)을 잡고 붙들고는, 신랑을,

"빨리 들어가라구."

그렇게 들여보내고는,

[양손으로 개 뒷발을 잡는 시늉을 하고] 개 귓밥을 잡고 있으니깐, 친정어머니가,

"왜 그러냐?"

이러니깐,

"개가 곶감김치, 저기, 곶감김치 항아리를 깼다."

그러니깐, 인제, 막 두드려 준 거야, 장모가. 그러고서는 인제, 딸은 들여보내고는 개를 실컷 패주고 나서, 들어가서 드러누워 있으니깐, 장모가 잠이 깼거든. 그러니깐,

"아우, 사위 자지말구, 저기 감나무의 감이 잔뜩 달렸으니깐, 감 좀 하나 딸래나?"

이러니깐, 아이, 그게, 곶감김치가 먹구 싶어 환장을 했는지,

"아우 지가 올라가겠다구."

이 미련한 녀석이 벌거댕이로 기어 올라갔대.

[일동 웃음]

올라가다가, 하체('남자의 성기'의 뜻임)가 걸린 거라. 올라가더니 이놈의 게, 하체가 걸려 올라가지도 못하구, 내려오지도 못하구. 애를 쓰다가, 화태똥(설사똥, 설사를 할 때, 확 싼다고 해서 화태똥이라 불림)을 확 쌌대나. 결혼식 날 먹은 것을, 그러니깐, 장모가 밑에서 감 떨어질 때 바래구, 사위가 올라가 감을 따면 받아야 되니깐,

[양손으로 치마를 벌리는 시늉을 하고] 행주치마를 이렇게 들고 있는데. 뜻뜻, 뜻뜻한 게 떨어지니깐,

[혓바닥을 날름거리며] 이렇게, 이렇게 하고 먹으니깐,

"아이고, 잔치하느라고 감을 안 따서 감이 다 묽어졌네."

이러고는,

"고만 내려오게."

그러니깐,

[청중을 바라보고] 내려올 수가 있어? 하체가 걸렸는데. 그래 가지고는 숫회(수회) 고생을 해 가지고는 내려오는데, 내려와선, 그 누구더러 얘기를 해? 아주, 지겹게도 앓았대.

나무도령

자료코드 : 03_15_FOT_20100217_HRS_SCS_0006
조사장소 : 강원도 홍천군 북방면 중화계리 147-2번지 마을회관
제보일시 : 2010.2.17
조 사 자 : 황루시, 유명희, 박현숙, 윤준섭
제 보 자 : 석철순, 여, 72세
구연상황 : 김복희 제보자가 '편과 꿀종지를 잃어버린 바보 사위' 이야기를 마치자, 조사자가 이야기를 계속 청했다. 그러자 앞서 다섯 편의 설화를 구연한 석철순 제보자가 재미있는 이야기를 한 가지 더 하겠다며 구연을 시작했다. 구연을 하는 도중, 노인회관에 술에 취한 마을 주민이 들어와서 제보자의 구연을 방해하였다.
줄 거 리 : 혼자 사는 여인이 집 뒤에 있는 방둥이에 소변을 보았다. 여인이 임신을 하여 방둥이의 아들을 낳았다. 나무도령이 열두 살이 되던 해에, 홍수가 나서 모두 떠내려갔다. 나무도령도 물에 떠내려가다가 방둥이에 올라타서 목숨을 건졌다. 방둥이는 나무도령에게 돼지, 개미, 모기를 구하게 하고, 부잣집 앞에 데려다 주었다. 부잣집 대감은 나무도령을 크게 될 인물로 보고 사위를 삼고자 했다. 나무도령을 시기한 부잣집 몸종이 부잣집 대감에게 거짓말을 하여 나무

도령을 위기에 빠뜨렸다. 나무도령은 돼지와 개미의 도움으로 위기에서 벗어났다. 부잣집 대감은 나무도령에게 자신의 딸과 몸종을 앉히고 자신의 딸을 찾으라는 시험을 내었다. 나무도령은 모기의 도움으로 부잣집 대감의 딸을 맞추어 사위가 되었다.

옛날에 혼자 사는 아주머니가 사는데, 뒤, 요롷게 집 뒤에, 맨날, 시골이니까, 한 군데 가서 소변을 봤대, 방둥이(나무 밑동을 말함)에. 그랬는데, 어떻게 임신이 돼 가지고 아들을 낳았는데, 아들은 똑똑하게 낳았는데, 그 아들이 한, 열두 살인가 되던 해에, 장마가 들어서 천지개벽을 했대. 그러니깐, 천지개벽을 하니깐, 다 무너져 가는데, 그 방둥이가 떠나가는('떠내려가는'의 뜻임) 거야, 인제.

그랬는데, 엄마가, 그 장마 때, 떠나기 전에,

"엄마, 서당에 가니깐은 다 애들이 아부지가 있는데, 나는 왜 아부지가 없어?"

그러니깐은,

"너는 ○○○ 했다." (너는 아버지가 방둥이라는 뜻임)

그러면,

"왜 아버지가 없어?"

그러니깐,

"뒤에 있는 방둥이가 아버지다."

그러더래.

그랬는데, 가서 미심쩍어서 서당에 갔다 와서, 방둥이 곁에 가서,

"아부지."

그러니깐.

거기서 울려 나오더래.

"왜ㅡ."

이렇게.

그래서 그걸 아버지라고 그러고, 나도 아버지가 있다고 그랬는데, 장마가 져 가지고 방둥이가 사태가 나서 다 떠나가는데. 이 얘가 물에서 막 허우적거리니깐 방둥이가 자기 앞으로 오더래. 그래서 방둥이를 억지로 잡고 올라앉아서 타고가다니깐, 방둥이가 가다가, 얼마나 가다가, 돼지, 돼지 떼가, 돼지 떼가 막 몰려오면서, '꿀꿀꿀.' 하면서 물에 떠내려 오더래. 그러니깐, 방둥이서 울려나오는 말이,

"저 돼지 떼를 내 등허리에다 실어라."

그러더래.

그게, 얼마나 방둥이가 커다란지. 그래서 인제, 돼지떼를 실었는데, 조끔 가다보더니.

[술에 취한 마을 주민이 들어와서 4초간 구연 중단]

또, 개미, 개미 덩어리가 돌덩이처럼 몰려 가지고 오면서 바글바글 하더래.

그래서,

"내 등허리에 얹혀라."

그러니깐은.

또 얹었어. 그 애가, 열두 살짜리가. 그러고서는, 또 가다보니깐, 모기가 몰려 가지고선 덩어리가 오더래.

그러더니, 방둥이가, 또,

"모기를 실으라고."

그러더래.

싣고서는 갔는데, 얼마쯤 가다보니깐, 방둥이가 옆으로 가더니, 저기 방둥이 속에서 울려나오는 소리가,

"저기메(저기에), 저, 마당에, 종일 마당을 쓸고, 거기메(거기에) 서당 할아버지가(아래에 나오는 할아버지나 왕을 말한다. 이하 부잣집 대감이라고 통일하여 칭하겠음) 있으니깐, 그 집으로 가서 머물러라."

그러더래.

그래 가지고 가, 내려 가지고, 그 집을 가니깐, 마당 쓸던 종이,

"너는 어디서 오는 놈이냐?"

하고서,

"나는 이 댁에 머물러 왔어요."

그러니깐. 할아버지가 아래로 내다보니깐, 왕이, 내다보니깐, 아주 크게 될 놈이더래. 그래서,

"그 애를 안채로 들여라."

그래 가지고, 인제, 안채로 들어갔는데, 몸종이 있더래. 그 왕의 담배 심부름 하는 몸종이. 그랬는데, 애가 거길 들어가 가지고, 막 보면은 그 할아버지, 왕이, 눈짓하는 것만 봐도, 뭔지 알고서.

[담배를 피우는 시늉을 하고] 할아버지가 담배를 이렇게 하면은, 담뱃대 갔다가 물리고, 불 켜대고, 털면 갔다 쏟고, 그러면서 다하는데. 한문 서당 선생이 앉혀 놓고서.

[술에 취한 마을 주민이 들어와서 3초간 구연 중단]

학생들을 가르치는 곳에, 요러고 다니면서, 청소를 하며 배웠대잖아. (주변이 어수선한 상태에서 구연된 부분으로, 나무도령이 부잣집 대감이 한문을 가르치는 곳에서 청소를 하며 귀동냥으로 한문을 배웠다는 말임)

그랬는데, 어느 하루에, 하도 영리해서 그 애가 하도 영리했는데, 그러다보니깐은 힘을 여덟 명의 힘을 쓰고 그러잖아. 그래서 자기가 사위를 삼으려고 맘을 먹는데, 알아맞히기 내기를 하고서는, 인제. 사위 삼는다는 소리는 안 하고,

"너 오늘 내가 뭐를 하나 할 테니깐, 너 할 수 있느냐?"

그러니깐,

"뭐냐고?"

그러니깐. 저기, 그러기 전에, 그 몸종이 쫓겨나게 됐어, 그 먼저 있던 몸종이.

(보조 조사자 : 왜요?)

개가(방둥이의 아들을 말하는 것이다. 이하 나무도령이라 하겠음) 너무 잘하니깐, 아, 그러니깐 거짓을 해서 탁 쫓는 거야. (몸종이 부잣집 대감에게 거짓말을 해서 나무도령을 쫓아내려는 것을 말함)

"저기, 쟤는요, 하루에 밭을 천 평,"

그러니깐, 지금은 천 평이라지만,

"하루갈이를 혼자 다 갈아서 엎고, 조를 하루갈이에다가 다 한대요." (하루 만에 천 평의 땅을 갈고, 조의 씨를 모두 뿌린다는 말임)

그러니깐,

"그렇게도, 개가 재주가 좋냐? 그럼 어디다 데려다 줘라." (부잣집 대감이 종의 말을 듣고서 나무도령을 갈아야 할 밭이 있는 곳으로 데려다 주라는 말임)

하면서, 몸종이 어디 밭에 데려다 주었는데, 가니깐 순 딸기낭구하고 보덕지낭구('작은 소나무'의 뜻임)뿐이더래. 그런데 가서 괭이로 파는데 자기 드러누울 자리도 못 팠대, 애가.

[조사자를 바라보고] 얼마나 힘들어? 그래 울었대. 막 울다보니깐, '꿀꿀꿀!' 이러더니, 돼지가 그냥 다 몰려 온 거야, 인제. 돼지가 오더니, 저기 앉아 쉬라고 그러고 그 놈이 다 쑤시더래. 그게 아버지가 업어다 준 돼지지. 그래 다 쑤셔 놓으니깐, 멀쩡하잖아, 밭이. 그러니깐은, 조 싹을 댕기면서 획획 뿌리니깐, 돼지들이 막 쑤시고 나서 편안히 돼놓더래. (쉽게 조의 씨앗을 뿌렸다는 말임)

(몸종이 부잣집 대감에게) "쟤는 그거를 오늘 가서 다 했대요."

못한 줄 알고 쫓겨나라고.

"쟤는 오늘 갈 걸 다 했대요."

그러니깐,

"어디 그러면 말을 내세워라."

그래서 말을 타고 가보니깐, 역시 평평하게 밭을 갈았더래. 그런데, 조가 나오는데, 조 이삭이 이만큼씩 폈는데, 요 녀석(몸종)이 또 내쫓을라고,

"쟤는 조를 꺽지도 않고, 하나도 안 건들고 조 알갱이를 그걸 다 빼온대요." (몸종이 부잣집 대감에게 나무도령이 조를 베지도 않고 조 낟알을 다 거둘 수 있다는 거짓말을 하는 것임)

그러니깐,

"그럼 어디 한번 빼와봐라."

왕이 시키고는 인제, 뒤로, 말을, 당나귀를 태워 보내고, 당나귀를 타고 서서히 가보니깐은, 조 낟알을 잔뜩 쌓아놓고는 이러고 앉았더래. [부잣집 대감이 나중에 가서 확인해 보니, 나무도령이 조 낟알을 잔뜩 쌓아놓고 있더라는 말이다. 나무도령이 조 낟알을 거둔 방법에 대해서는 뒤에 이어서 구연된다.]

[조 낟알을 거두는 시늉을 하고] 그런데, 인제, 그 먼저, 애(나무도령을 말함)이 가서 조 이삭을 하나를 이렇게 해 가지구 손을 넣고서 하나하나 빼다보니깐 종일 빼겠더래. 반, 한나절을 뺐는데, 반 이삭을 뺐대. 그래 인제, 또 기가 막히잖아. 얼마나 앉아서 울다가는, 개미가 와서 그냥, 쫙 달려오더니 자루를 붙들러 매고 조나무로 뛰어올라가서 그 조를 다 이삭를 빼다가 가마니에다가 몇 섬을 채워 놓구.

그래 다 됐으니깐, 왕의 눈에 들었을 거 아니야? 그러니깐 자기 딸을 왼쪽에 앉히고, 저, 남쪽으로 앉히고, 또 왕의 딸은 동쪽으로 앉혀 놓고 몸종을 남쪽에다 앉혀놓고, 둘러앉히고는,

"너가 저기에서 바로 골라야." (주변이 어수선하여 구연자가 잘못 말한 부분이다. 부잣집 대감이 자신의 딸은 동쪽, 여종은 남쪽에 앉히고, 나무도령에게 자신의 딸은 맞추면 그를 사위로 삼겠다는 말임)

[휴대폰이 울려서 5초간 구연 중단]

그런데, 어느 걸 골라야 왕의 사위가 되는데, 모르잖아, 아주 똑같은 걸

앉혀 놓고. (부잣집 대감의 딸과 여종의 생김새가 똑같다는 말임) 그래서 가만히 있으니깐은, 근심을 이러고 앉아서 해구 있는데, 왕도 거기서 보고, 종들도 전부 앉아서 보고 그러는데.

[고민하는 시늉을 하고] 이러고 앉아 고르는데, 못 고르겠더래. 가만히 있으니깐, 모기가 하나 와 가지고,

"동쪽으로 앵, 동쪽으로 앵. 동쪽으로 앵, 동쪽으로 앵."

[일동 웃음]

그 모기 왕이 와 가지구, 아버지가 살려준 모기 왕이 와 가지고,

"동쪽으로 앵, 동쪽으로 앵."

그러더래.

그래서 동쪽의 여자를 택해 가지고 왕의 사위가 돼서 이제 잘 살았는데, 그때의 배운(바로) 모기가 지금까지도 밤에 울 때,

"동쪽으로 앵, 동쪽으로 앵."

[조사자를 보고] 밤에 들어봐요, 여름에.

(보조 조사자 : 동쪽으로 행?)

아니.

(보조 조사자 : 동쪽으로 앵?)

동쪽으로 앵.

(보조 조사자 : 아, 동쪽으로 앵.)

그랬는데, 지금 들어봐요, 여름에, 앵앵앵, 앵앵.

호랑이에게 배운 도술로 부자 된 막내

자료코드 : 03_15_FOT_20100217_HRS_YSN_0001
조사장소 : 강원도 홍천군 북방면 중화계리 147-2번지 마을회관
제보일시 : 2010.2.17

조 사 자 : 황루시, 유명희, 박현숙, 윤준섭
제 보 자 : 용순녀, 여, 78세
구연상황 : 앞의 석철순 제보자의 구연이 끝나고, 용순녀 제보자가 자진해서 구연을 시
작했다.
줄 거 리 : 삼형제가 가난하여 삼 년 후에 다시 만나기로 약속을 하고 헤어졌다. 첫째와
둘째는 부잣집에 장가를 가서 부자가 되었지만, 막내는 깊은 산속에서 중의
모습을 한 호랑이를 만났다. 막내는 호랑이에게서 삼 년 동안 도술을 배웠다.
삼 년 뒤에, 삼 형제는 약속한 장소에서 다시 만났는데, 두 형은 거지가 된
막내를 나무랐다. 형들의 말에 화가 난 막내는 가족에게 도술을 보이지 말라
는 호랑이의 말을 어기고 도술을 보여주었다. 호랑이가 막내를 잡아먹으려고
오자 막내가 도술을 부리며 호랑이와 싸웠다. 막내는 고춧가루벌레로 변한 호
랑이를 항아리에 가두고 뚜껑으로 복을 잘라 죽였다. 호랑이를 죽인 막내는
도술을 부려서 큰 부자가 되었다.

옛날에 한 사람이 살았는데 아들을 삼형제를 낳대, 그랬는데 아들 삼형
젠데, 큰아들이 장가를 가고 둘째 아들이 장가를 가고 막내는 장가를 못
갔는데. 살기가 가난하니깐,

"너희끼리 나가 벌어먹어라."

그랬는데, 이제. 그 삼거리가 이렇게 세 갈래가 졌는데, 거기 가서 삼형
제가 딱, 조약을 하기를,

"삼 년, 몇 달, 어느 날, 여기 꼭 만나자."

그랬는데.

큰아들은 윗길로 가고, 그 밑에 아들은 가운데 길로 가고, 또 막내아들
은 맨 끝에 길로 가구, 갔는데, 아, 가서 인제. 장가들을 못 들었대. (앞서
말한 첫째와 둘째가 장가를 갔다고 한 것에 대해 제보자 스스로 정정한
것임) 못 들고 갔는데, 큰아들은 가다, 어느 부잣집으로 갔는데, 아주 사
람이 착실하니깐 그전엔 처가살이를 했잖아.

"처가살이로 살라." (부잣집인 처가에서 큰아들에게 한 말임)

그러더래. 그래 가지고 자식을 낳고, 잘 살구.

그 밑에도 가운데 길로 가다 보니깐, 어느 마을이 수북한 게, 부잣집인데, 가니깐,

"아들이 없다구."

자기네의 양아들로 오래서, 장가를 들어서 거기서 잘 살구. (부잣집의 양아들이 되고 장가를 가서 잘 산다는 말임)

막내는 가는데, 갈수록 산천이더래. 갈수록 산천이구 집이 없더래. 그래서 '야, 이거 큰일 났다. 진짜지(진짜로) 인제 난 죽었구나.' 그러고, 아주, 저, 큰― 나무가 있어서, 거기 꼭대기에 올라가 가만히 앉아 내리다 보니깐, 큰― 호랑이가 오더니 펄떡펄떡 재주를 한 서너 번 놀더래. 놀더니, 아, 대사, 중이 돼 가지고선, 쳐다보더니,

"너 내려와라."

그러더래. 그러니 할 수 없이 내려갔대, 내려갔는데,

"넌 날 따라와라."

따라갔는데, 삼 년, 석 달, 몇 일 날까지 재주만 가르치더래. 재주만 가르치고 입던 옷을 그냥 입구, 재주만 가르치는데, 그저 재주 한번 펄떡 넘으면 벌거지도 됐다, 펄떡 하면 뭐 보석도 됐다, 별게 다 되게, 그냥 기술만 그냥 가르친 거야.

그래 삼 년 석 달, 그날이 딱 된 날, 만나기로 해서, 딱 거기다 와, 모였는데, 아 형들은 그냥, 뭐, 아주 장가를 들어 자식을 낳아 가지고 죄('모두'의 뜻임) 와서, 거기 와 있는데, 자기는 거지같은 게, 거기로 갔단 말이야. (막내는 거지 행색으로 가족을 만나러 갔단 말임) 갔는데, 저 성들이,

"이 새끼, 여태 어디를 가, 해곤 자빠져서 그렇게 거지새끼 같은 게 인제 왔느냐구?"

거기서부터 구박을 하는 거야.

저 집에 가니깐, 그 처갓집에서들 돈도 많이 가져 오구, 뭐 이렇게 모이기로 해서, 가지고 왔는데, 그 아들들은 이렇게 하구, 막내는, 응. (형들

은 부자가 되어 집으로 왔는데 막내는 거지가 되어 왔다는 말임)

그랬는데, (호랑이가)

"너 가되, 이 기술만 보이면 너를 내가 잡아먹는다."

이렇게 딱 하구,

"가서 기술은 절대로 보이지 말라구."

그랬더래.

그랬는데, 아주 구박을 어머니, 아버지도 사람같이 여기지 않고 옷을 한 벌 주면서,

"너 이놈 새끼, 여태 어디 가서 뭘 하구 입던 옷을 입구, 거지새끼 모양으로 인제 왔다구."

그냥 뭐, 야단을 하구. 거지처럼 참, 괄세(괄시)를 하는데, 당최 부아가 나서 못 베기겠더래. 형들도 그러고, 형수들도 뭐, 그지 새끼 취급하듯 하는데. 저 어머니, 아버지가 하도 딱하니깐 옷을 한 벌 이제, 줘서 입었는데, 아주 부아가 오르는 지 안 되겠더래. 재주를 한번 퍼뜩퍼뜩 놀았대. 놀으니깐, 돈이 금방 앞에 쌓이구, 쌀이 몇 섬으로 쌓이니깐, 어휴, 벌써 딱 저기를 보니깐, 그 사람이, 그, 호랑이가 잡아먹으러 오더래.

이젠, 중, 저걸 해고('중으로 둔갑을 하고'의 뜻임) 그러니깐, 금방 자기가 마구간의 소가 돼서, 자빠지면서,

"아주 와서 소를 세상없이 억만금을 주고 팔래도 팔지 말아라."

저그 어머니, 저그 아버지더러, 형수, 형들더러 그렇게 시켰는데, (호랑이가 둔갑하여) 와서 진짜,

"이 소를 팔라구."

그러더래.

암만 해도 죽겠더래. 그래 돈을 이렇게 주니깐, 끌러 주더래. 그러니깐 금방 그냥 가서 조 이삭이 돼서, 조가 돼서, 조 이삭이 되니깐, 아, 새가 와 덤비더래, 새로 변해와 덤비더래. (막내가 조 이삭으로 둔갑하니 호랑

이가 새로 둔갑하여 막내를 잡아먹으려고 하는 것을 말함)

에이, 큰일 났더래. 인제, 그제선, 뭐, 뭐, 할 수 없이. 고춧가루가 돼서 가 있는데, 고춧가루 벌거지가 돼서 뚜껑을 닫더래. (막내가 고춧가루로 변하여 고춧가루 벌레가 된 호랑이를 고춧가루가 든 항아리에 가두고 뚜껑을 닫은 것을 말함) 아래서 요, 요렁껏 잡아댕기니깐, 이 모가지가 딱 걸려 죽는데 큰 호랭이가 펄쩍 자빠 가지구. (막내가 항아리로 변하여 항아리에서 나오려는 고춧가루 벌레의 머리를 잘라 호랑이를 죽인 것을 말함)

(막내가 항아리에서) 나와서 땀이 뻘뻘해서 사람이 돼, 나와 가지고,

"이것 좀 보라구, 응, 억만금을 주더래도 팔지 말라 때, 팔지 말지. 이걸 보라구."

그러고서는. 그 사람이 재주를 부려 가지고 그냥, 금방 대부자가 되고 뭐.

[양손으로 떠받치는 시늉을 하고] 그러니깐, 그제서 어머니고 아버이고 그 아들을 이렇게 하더래. 옛날에, 아주 옛날에.

잣죽 훔쳐 먹다가 망신 당한 친정아버지

자료코드 : 03_15_FOT_20100217_HRS_YSN_0002
조사장소 : 강원도 홍천군 북방면 중화계리 147-2번지 마을회관
제보일시 : 2010.2.17
조 사 자 : 황루시, 유명희, 박현숙, 윤준섭
제 보 자 : 용순녀, 여, 78세
구연상황 : 앞의 이야기와 같은 상황에서 구연했다.
줄 거 리 : 아버지가 부자인 딸의 집에 갔는데, 딸이 야박하게 잣죽을 써주었다. 아버지는 화가 나서 죽을 먹지 않았다. 그런데 아버지는 배가 고파서 부엌에서 죽을 몰래 먹다가 그릇을 깼다. 딸이 도둑인 줄 알고 소리를 쳐서, 아버지가 도망을 가다가 상투가 나무에 걸려 새벽까지 매달렸다.

옛날에 딸네 집으로 갔는데, 딸네가 아주 잘 사는데, 가니깐, 죽을 써주더라 이거야. 진하게. ('야박하게'의 뜻임) 하도 부아가 나서 죽을 쬐끔 먹고 안 먹었대. 그런데 잣죽이더래. 아주, 새(혀)가 날름날름 하더래.

아, 그랬는데, 잣죽을 쑤워 가지고 그랬는데, 잣죽을 갖다 딸이 두더래. 그래 가지고선 그걸, 잣죽을 가서 훔쳐 먹을라고 밤에 훔쳐 먹다, 그러고선 그릇을 둘러 박았대. (훔쳐 먹다가 그릇을 깨뜨렸다는 말임) 그래 가지구, 쫓아나와두, 갈 수가 없어서. 무슨 낭구(나무)에를 참 올라갔다가, 상투가, 대가리가 걸렸는데, 상투가 걸려 가지고 대롱대롱 매달려 있어 가지구, 이튿날 내려오지도 못하구. 보니깐, 딸이 그 정도더래. 이튿날 날이 새서 보니깐, 밤새도록 이게 걸려서 얼마나.

그러니깐, 뭐이,

"도둑놈이 왔다구." (앞의 그릇을 깨뜨린 후의 이야기를 다시 한 것임)

쫓아와서 볶아치니깐(소리치니깐), 낭구를 기어 올라가 무슨 대추나무래나 무슨 밤나무래나 기어 올라가서는 여기를 상투를 짜맸는데, 이게(상투가) 매달려 가지고 내려오지도 못하구. 밤새도록 애를 쓰다가 아침에 날이 새자, 딸이 보니깐 아버지가 밤, 밤나무 가서 매달려 가지고 밤새도록 고생을 했더래유.

아들로 둔갑한 깨망아지

자료코드 : 03_15_FOT_20100217_HRS_YSN_0003
조사장소 : 강원도 홍천군 북방면 중화계리 147-2번지 마을회관
제보일시 : 2010.2.17
조 사 자 : 황루시, 유명회, 박현숙, 윤준섭
제 보 자 : 용순녀, 여, 78세
구연상황 : 앞의 이야기와 같은 상황에서 구연했다. 두 번째 이야기라 익숙해졌는지 이전에 비해서 다양한 몸짓과 손짓을 함께 하며 구연했다.

줄 거 리 : 과부가 깨를 볶으면서 깨망아지를 자주 잡아먹었는데, 임신을 하고서는 쌍둥
이 아들을 낳았다. 쌍둥이가 총각으로 성장한 어느 날, 산에 나무를 하러 갔
다. 이때 중이 와서 과부에게 큰일이 났으니 팥죽을 쑤어 놓고 다락에 숨으라
고 했다. 쌍둥이가 집에 돌아와서는 과부를 잡아먹으려고 찾았다. 쌍둥이는
과부를 찾지 못하고 팥죽을 먹고는 깨망아지가 되어서 돌아갔다.

옛날에 과부가 그렇게 인제, 사는데, 아주 참깨를 하면.

[깨를 볶는 시늉을 하면서 조사자를 보고] 참깨를 알죠? 보슬는('볶는'
의 뜻임) 깨.

(보조 조사자 : 예.)

그걸 했는데, 깨망아지(참깨 잎을 갈아먹는 작은 벌레)가 이런 게, 하두.
(깨를 볶는데 깨망아지가 많았다는 말임) 옛날에 손으로 다 잡아먹었걸랑,
우리두. 그런데 그걸 잡아서 죽이구, 죽이구 그랬는데.

[양손으로 배가 부른 시늉을 하고] 아, 임신이 돼 배가 이렇게 불러가
니깐은, 그 집안에서, 양반의 집에서, 그렇다면 난리가 났거든. 그래, 열
달을 채워 가지고 낳는데, 아들 쌍태를 했대, 아들 쌍태를. 아들 쌍태를
했는데, 이제, 이, 그, 총각들이 떠꺼머리 총각이 됐는데, 낭구를 해가 때
구, 저의 어머니하구 이렇게 사는데,

하루는 대사, 중이 와서,

"동냥을 달라구."

그, 시주를 하라며 툭툭 두드리더래. 그러니깐, 쌀을 얼른 떠 가지구 가
니깐,

"큰일 났습니다. 빨리 가서 팥을, 빨리 가 삶아 가지고 버룩버룩(빨리빨
리)하게 삶아 가지고는 구융(소에게 먹이를 담아 주는 그릇으로 '구유'를
말함)에다 갖다가 팥죽을 끓여서, 그저, 모다, 빨리 시간 내에 해라."

그러더래.

그래선 불을 때, 삶아 가지고, (두 아들이) 낭구 하구 오기 전에, 삶어

가지고 팥죽을 해서 구융에다가 갖다 붓고서는. 그리고 아주, 다락이 옛날 집은 다락이 있어요, 이렇게 긴 게. 그런데,

"거기다 깜하니('높이'의 뜻임) 올라가서 사다리를 치구선, 아주 어떻게든 올라가서 납작 엎드려 가지구 종적을 감추라구."

그러더래.

그래서 인제, 그렇게 감추고, 가서 감추고, 인제. 가만히 숨도 못 쉬고 있는데, 이놈들이 나무를 해 둘이 지고 오더래. 지고 오더니 갖다 내려뜨리데이, 내려놓더니, 이리저리 찾아댕기더래. 찾아댕기며,

"어, 이년 봐라. 응? 이년 어디루 갔구나? 이년, 이년 오늘 잡아먹을라구 그랬더니 이년이 어디루 갔다구."

[오른손으로 크게 원을 그리며] 헐- 돌아치더래. 천지사방을 돌아치면서 아주 홀딱 뒤집어 찾, 찾더래. 아주 납작 엎드려 가만히 있는데, 그렇게 찾더래. 찾더니,

"어, 이년 봐라. 오늘 마지막 기회, 오늘 아주, 해칠라 그랬더니, 됐다게로." (예전에 깨망아지를 죽인 원수를 갚으려고 하였는데 그렇게 하지 못하고 있다는 말임)

그러더니, 못 찾더니, 팥죽을 두 놈이 엎드려, 두 놈이 그냥, 쭉쭉 처먹더니 마당에다가 공중배기를 쳐서 몇 번 넘더니 그저.

[오른팔 쭉 펴고] 깨망아지가 그저 이런 게, 두 놈이 쭉 가더래요.

아라리

자료코드 : 03_15_FOS_20100217_HRS_LOR_0001
조사장소 : 강원도 홍천군 북방면 중화계리 147-2번지 마을회관
제보일시 : 2010.2.17
조 사 자 : 황루시, 유명희, 박현숙, 윤준섭
제보자 1 : 이옥례, 여, 77세
제보자 2 : 용순녀, 여, 78세
제보자 3 : 김복희, 여, 75세
구연상황 : 할머니들이 많았는데 조사를 시작하자마자 망설이지 않고 뱃노래부터 시작
하여 도라지타령, 오봉산타령, 아라리 등을 자연스럽게 불렀다. 자연스럽게
모여서 주거니 받거니 구연하였다.

제보자 1 세월이 갈라면은 너 혼자나 가지
　　　　　알뜰한 요 내 몸을 왜 디리구 가나

　[전화소음]

제보자 2 일락서산에 지는 해는 지구나 싶어서 지나
　　　　　날 버리구 가는 님은 가구 싶어서 가나

제보자 3 강물은 흘러 흘러서 지곬으로나 가지만
　　　　　우리 부모야 썩는 물은 어느 곳으루 가나

　[박수]

제보자 1 일본 동경에 가신 낭군은 돈이나 벌면 오시지
　　　　　공동미길로 가신 낭군은 언제 또 다시 오나

제보자 2 울퉁에 불퉁에 건너산을 보아라
　　　　우리두나 죽어지면은 저 모냥 저 꼴이 된다

제보자 3 요놈으 총각아 치매꼬리를 놓아라
　　　　[웃음] 당사실 초마주름이 다 떨어진다

제보자 1 모시대 참나물 쓰러진 골로
　　　　우리나 삼동세 보나물 가세

제보자 2 열두시 미영(무명) 팔폭치마에
　　　　아잘잘이 돌구서 날 보러 오게

제보자 3 우리 부모가 나를 길러서 여주 이천 주신다더니
　　　　여주 이천은 못주시나마 주무이천(?)다 주시지

7. 서면

증편 한국구비문학대계 ● 강원도 홍천군

▌조사마을

강원도 홍천군 서면 모곡2리

조사일시 : 2010.2.18

조 사 자 : 황루시, 유명희, 박현숙, 윤준섭

강원도 홍천군 서면 모곡2리

    4개의 행정리로 된 모곡리는 1916년 행정구역 통폐합에 따라 돌댐이, 설밀, 아랫말, 웃말, 점터, 장락동을 병합한 마을이다. 홍천군 서면 북서쪽에 위치한 모곡리는 동쪽으로는 서면 개야리, 남쪽으로는 서면 동막리와 접해 있고, 서쪽으로는 가평군 설악면 송산리, 북쪽으로는 춘천시 남면 마곡리와 군계를 이룬다.

    모곡2리는 1반인 아랫말, 2반인 중간말, 3반인 윗말, 3개의 반으로 이뤄져 있다. 모곡2리에는 143가구로 구성되어 있으며 마을에는 남자 143 명, 여자 127명으로 총 270명이 거주하고 있다. 마을의 대성으로 예전에 는 함열 남궁씨가 많았지만, 현재에는 여러 다양한 성씨가 함께 있는 각 성촌으로 볼 수 있다. 마을에 문중은 없고, 함열 남궁씨의 문중이 옆 마을 인 동막리에 있다.

모곡2리의 주요 생업은 농업이다. 마을 주민 대부분 벼농사와 밭농사를 함께 한다. 특산물로는 채소, 고추 등이 있다. 그 외에 1개의 농가가 낙농 업을 한다.

모곡2리에서 홍천읍까지의 거리는 약 30km이다. 하루 2회 운행하는 버스를 타고 모곡2리에서 홍천읍까지 나가려면 약 30분이 걸린다.

모곡2리에는 한서감리교회가 있어서 마을의 70% 이상이 기독교를 믿 는다. 불교는 5% 내외이고 그 밖에는 전통 유교를 믿고 있다.

서낭제와 같은 마을신앙은 예전에 사라졌다고 한다. 마을에서 가장 큰 명절은 추석과 정월대보름이고 정월대보름에는 노인정이 주도하여 척사 대회를 한다.

강원도 홍천군 서면 팔봉1리

조사일시 : 2010.2.18

조 사 자 : 황루시, 유명희, 박현숙, 윤준섭

팔봉1리는 서면의 북쪽에 위치한 마을이다. 4개의 행정리로 된 팔봉1 리는 1916년 행정구역 폐합에 따라 검시리, 구예기, 도롱골, 두명안, 당골, 오도재, 큰말, 쇠판이를 병합한 마을이다. 팔봉리의 명칭은 마을 인근 여 덟 봉우리의 팔봉산(八峯山) 아래 있다고 하여 유래한 것이다.

팔봉1리는 164가구로 구성되어 있다. 마을에는 남자 153명, 여자 147 명으로 총 300명이 거주하고 있다. 이 중 70대가 약 100명으로 가장 많고, 그 다음으로 60대가 약 70명으로 많다, 마을에서 가장 많은 성씨는 원주 이씨가 약 100명이고 원주 이씨, 남양 홍씨가 많으며 그 외에 다양한 성씨가 살고 있다.

강원도 홍천군 서면 팔봉1리

팔봉1리의 주요 생업은 농업과 서비스업이다. 마을 주민 절반 이상인 120여 가구가 농업에 종사하여 벼농사와 밭농사를 함께 한다. 특산물로는 고추, 옥수수, 콩 등을 생산한다. 그 외 30여 가구가 숙박업을 하고, 10여 가구는 요식업을 하고 있다.

팔봉1리에서 홍천읍까지 거리는 약 30km이다. 하루 3회 운행하는 버스를 타고 팔봉1리에서 홍천읍까지 나가려면 약 40분이 걸린다. 또한 팔봉1리에서 춘천시까지 운행하는 버스도 있다. 하루 3회 운행하고, 팔봉1리에서 춘천시까지 약 50분이 걸린다.

팔봉1리에는 음력 3월 보름에 팔봉산 당굿을 지낸다. 팔봉리의 이장과 노인회장을 중심으로 하여 마을에서 자체적으로 진행되고 있다. 각 세대마다 쌀 한말씩 걷고서, 돼지머리와 시루떡 등의 제사음식을 준비하여 팔봉산 두 번째 봉우리에 있는 당집에서 당굿을 지낸다. 현재는 마을에서 지정한 조정순 무당이 당굿을 주관한다.

▌제보자

남궁주, 남, 1937년생

주 소 지 : 강원도 홍천군 서면 모곡2리 905-4번지
제보일시 : 2010.2.18
조 사 자 : 황루시, 유명희, 박현숙, 윤준섭

남궁주는 부친 남궁덕과 모친 유명순 사이에서 4남매 가운데 장남으로 태어났다. 서울 문리 사대를 졸업하고 40년 교직생활을 했다. 학업과 직장생활을 위해 고향을 떠났다가 춘천 중앙초등학교에서 퇴직한 후 노후를 보내기 위해 귀향하여 강원도 홍천군 서면 모곡2리 905-4번지에 14년째 거주하고 있다. 마을 노인회장을 역임했고, 현재까지 마을의 중요한 일을 적극적으로 맡고 있다.

퉁퉁한 체격에 둥근 얼굴형이고 머리카락은 백발이다. 구연한 설화는 대부분 마을과 관련된 지명전설 4편이고, 어릴 때 동네 어른들한테 들은 것이다. 구연할 때 발음이 대체로 정확한 편이고, 청중들이 잘 들을 수 있도록 천천히 구연하면서 정중하고 겸손한 태도를 보였다. 구연과정에서 손짓을 자주 활용했으며, 다른 구연자가 구연할 때, 자신이 알고 있는 내용과 다를 경우 자주 개입하기도 했다.

제공 자료 목록
03_15_FOT_20100218_HRS_NGJ_0001 보리울
03_15_FOT_20100218_HRS_NGJ_0002 도리소
03_15_FOT_20100218_HRS_NGJ_0003 배바위
03_15_FOT_20100218_HRS_NGJ_0004 말 무덤과 망태골 유래

박수영, 남, 1938년생

주 소 지 : 강원도 홍천군 서면 모곡3리 710번지

제보일시 : 2010.2.18

조 사 자 : 황루시, 유명희, 박현숙, 윤준섭

모곡2리에서 출생하여 현재 모곡3리 노인회장을 맡고 있다. 조사 당일 모곡1리 회장님의 부탁을 받고 회관에 방문하여 소리하였다. 한국전쟁 당시 남면에서 2,3년 살았고 23세에 춘천시 남면 가정리 출신의 21세 부인과 중매로 만나 혼인하였다. 아버지가 일찍 돌아가셔서 맏이로서 집안일을 도맡아 하여 고생이 많았다. 그때부터 지금까지 농사를 짓고 있다. 소리는 일할 때, 나무하러 다닐 때, 밭갈이 할 때 어른들이 하는 것을 듣고 배웠다. 이마가 넓고 코가 오똑한 제보자는 구연할 때 신나게 혹은 적극적으로 구연하였고 성격은 내성적이라 참고 사는 게 좋다고 생각한다.

제공 자료 목록

03_15_FOS_20100218_HRS_PSY_0001 화전밭 가는 소리

03_15_FOS_20100218_HRS_PSY_0002 어랑타령

이돈, 남, 1936년생

주 소 지 : 강원도 홍천군 서면 팔봉1리 165-237번지

제보일시 : 2010.2.18

조 사 자 : 황루시, 유명희, 박현숙, 윤준섭

이돈은 부친 이종화와 모친 이씨 사이에서 5남매 가운데 셋째로 강원

도 홍천군 서면 팔봉1리에서 태어났다. 5살
되던 해 부모님을 따라서 춘천으로 이주 했
다가 해방 후 강원도 홍천군 서면 팔봉1리
로 다시 들어왔다. 강원도 홍천군 서면 팔봉
1리 165-237번지에서는 60년째 거주하고
있다. 21살에 동갑내기 유월계과 결혼하여
슬하에 4남 1녀를 두었다.

춘천에서 초등학교 2학년까지 다니다가
해방으로 학업을 중단했으며, 부친의 권유로 10살부터 14살까지 5년 동
안 서당에서 공부를 했다. 이돈은 평생 농사를 지으면서 살아왔다. 벼농
사 8000평, 밭농사 3000평 이상 경작을 하다가 69세에 위암 4기 선고를
받고 투병생활을 했다. 현재는 수술 후 완치되어 고추, 들깨, 감자 등 천
여 평을 경작하고 있다. 젊은 시절엔 이장을 여러 번 역임했으며, 현재는
팔봉1리 노인회장을 맡고 있다.

이돈은 호기심이 많고 총기가 좋아서 독경이나 육점을 홀로 배워서 익
혔다. 마을에 상이 나면 상여소리를 하는 선소리꾼이다. 채록당시 민요를
부탁하자 요즘은 목소리가 나오지 않아 소리는 할 수 없다면서 설화 6편
을 구연하였다. 보통 체격에 이마가 넓고, 입술이 야무지게 생겼으며, 안
경을 썼고, 머리는 검게 염색을 했다. 구연한 설화는 주로 박문수, 김선달
과 같은 인물과 명당에 관한 전설과 민담 6편과 신화 1편으로 서당 훈장
님과 동네 어른들한테 들은 것이다. 구연할 때 목소리가 중저음으로 차분
하며 발음이 정확해 전달력이 높고, 구연하는 중간 중간 적절하게 손짓을
곁들였다.

제공 자료 목록
03_15_FOT_20100218_HRS_ID_0001 팔봉산 여산신 된 삼부인
03_15_FOT_20100218_HRS_ID_0002 삼천갑자 동방삭 잡은 저승사자

03_15_FOT_20100218_HRS_ID_0003 평양기생에게 속은 박문수
03_15_FOT_20100218_HRS_ID_0004 대동강물 팔아먹은 봉이 김선달 (1)
03_15_FOT_20100218_HRS_ID_0005 대동강물 팔아먹은 봉이 김선달 (2)
03_15_FOT_20100218_HRS_ID_0006 하늘이 정해준 명당
03_15_FOT_20100218_HRS_ID_0007 거지를 천자로 만들어 준 명당

이보곤, 남, 1941년생

주 소 지 : 강원도 홍천군 서면 모곡2리 495번지
제보일시 : 2010.2.18
조 사 자 : 황루시, 유명희, 박현숙, 윤준섭

이보곤은 경상북도 대구에서 부친 이갑선
과 모친 최진이 사이에서 6남매 가운데 장
남으로 태어났다. 대구에서 대학교를 졸업
한 후 야학교에서 자원교사 활동을 했으며,
군사정권 때, 야당 후보의 선전부장을 맡아
활동하다가 선거법위반 혐의로 수배를 받았
다. 아내 장복순과 함께 강원도 홍천군 서면
모곡2리로 도피를 했다가 이곳에 정착해 살
고 있다. 장복순과의 사이에서 1남 3녀를 두었으며, 강원도 홍천군 서면
모곡2리 495번지에 42년째 거주하고 있다. 처음에는 산에서 나무를 팔아
서 생계를 유지를 하다가 주변의 도움을 얻어 40대 후반에는 막국수 음
식점을 20년 이상 경영하였다. 현재는 음식점을 정리하고 1800평 정도
소작을 하고 있다. 주로 옥수수, 감자, 고추 등을 경작하고 있다. 마을에
들어온 지 40년 만에 처음 이장을 맡기도 했다. 향후 자신이 집필한 자서
전 2권과 한 권의 시집을 출판하고 싶어한다. 호는 장하(長夏)로 여름의
초목처럼 무성하고 잘 되라는 뜻을 지니고 있다.

구연 설화는 전설 1편으로 마을에 들어와 동네 할머니한테 들은 것이다.

제공 자료 목록
03_15_FOT_20100218_HRS_LBG_0001 유리봉과 배바위

허순자, 여, 1934년생

주 소 지 : 강원도 홍천군 서면 팔봉1리 137번지
제보일시 : 2010.2.18
조 사 자 : 황루시, 유명희, 박현숙, 윤준섭

허순자는 홍천군 동면 후동리에서 1남 1
녀 가운데 둘째로 태어났다. 어렸을 때 유복
하게 살다가 고모의 중매로 22세에 당시 26
세 이광연과 결혼하여 슬하에 5남 1녀를 두
었다. 강원도 홍천군 서면 팔봉1리 137번지
에 55년째 거주하고 있다. 초등학교 3학년
때 해방으로 학업을 중단했다가 다시 시작
한 학업은 한국전쟁으로 결국 중단하고 말

았다. 팔봉산 당굿에 열심히 참여하다가 2004년도에 위암수술을 받은 후
로는 교회에 다니고 있어 이후로는 당굿에 참여하지 않는다.

제보한 소리는 어린 시절 왜정 때 그냥 친구들과 놀면서 불렀던 소리
로 배운 것도 없고 얻어 들은 소리라고 한다. 찬송가 곡조의 심청가는 아
버지가 특별히 가르쳐주신 것이다.

설화는 구연과정에서 많은 화소를 기억해 내지 못했다. 그러나 손자가
어릴 때 자주 들려줬던 이야기는 제스처까지 섞어가면서 적극적으로 구
연하였다. 구연한 설화는 어릴 때 동네 어른들한테 들은 것으로 현재 22

세 된 손자가 대여섯 살 때 자주 들려줬던 이야기다.

제공 자료 목록
03_15_FOT_20100218_HRS_HSJ_0001 꾀로 호랑이 잡아먹고 할머니 놀린 토끼
03_15_FOS_20100218_HRS_HSJ_0001 시집살이 노래
03_15_MFS_20100218_HRS_HSJ_0001 심청가(창가)
03_15_MFS_20100218_HRS_HSJ_0002 창가

보리울

자료코드 : 03_15_FOT_20100218_HRS_NGJ_0001
조사장소 : 강원도 홍천군 서면 모곡2리 495번지 마을회관
제보일시 : 2010.2.18
조 사 자 : 황루시, 유명희, 박현숙, 윤준섭
제 보 자 : 남궁주, 남, 74세
구연상황 : 조사자가 마을의 지형과 지명 유래에 대해 물어보자, 제보자가 보리울(모곡리)의 지명 유래를 구연했다.
줄 거 리 : 이 마을은 옛날부터 보리가 잘되는 곳으로 유명하여 보리울이라고 불렸다. 일제강점기부터 보리울은 모곡리라는 한자이름으로 불리고 있다.

　보리울이라는 게, 옛날부터 원래 우리 이름이고, 아까 벌레울이라고 그러셨는데(제보자가 구연하기 전 청중 중의 한 명이 모곡리의 다른 지명으로 벌레울이라고 하였음), 넓은 벌판을 뜻하는 벌레울이라고 그랬는데, '여기는 옛날부터, 요(이) 근방에서 가장 보리가 잘되는, 그런 고장이다.' 해서, 모곡. 지금, 이리, 삼리, 사리를 통틀어서 보리울이에요. 그러니깐 여기서 살다가 딴대로 가서 사는 할머니들을 '보리울댁' 그래요.

　또, 우리 외가는 저 춘성군 남면 발산리라는 데, 거기 가면은 우리들 보고, '보리울에서 온 사람.' 이렇게 얘기를 하고, 보리울에 보리골이라는 데가 있어요. 보리골은 지금 삼리를 보리골이라고 그럽니다.

　그리고, 우리 원래 이름이 일본 식민지로 들어가면서,

　[조사자를 바라보면서] 그거를(그것을) 한자화 시켰죠. 그때 여기를 보리 모(麰)자, 골 곡(谷)자를 써서 모곡리라고 이름을 바꿨던 겁니다. 그래서 우리는 지금 모곡리에 살면서도, 또 그게 모곡 일리, 이리, 삼리, 사리로 나누어져 있어요.

원래는 여기를 보리울이라고 그랬고, 우리 그것을 상징하기 위해서 여기다가 노인회관을 짓고 이층에는 회의실이 있고 한데, 그 위에 종탑에 보리 모양을, 보리 이삭 모양을 따서 그거를 세웠습니다. (노인회관 이층에 있는 보리 모양의 피뢰침을 말함) 그러니깐 여기는 벌레울이 아니라 보리울이다. (모곡리의 옛 지명은 벌레울이 아닌 보리울이라고 말한 것임)

도리소

자료코드 : 03_15_FOT_20100218_HRS_NGJ_0002
조사장소 : 강원도 홍천군 서면 모곡2리 495번지 마을회관
제보일시 : 2010.2.18
조 사 자 : 황루시, 유명희, 박현숙, 윤준섭
제 보 자 : 남궁주, 남, 74세
구연상황 : 앞서 보리울 이야기가 끝나고 조사자가 도리소에 대해 물어보았다. 그러자 제보자는 정확하지는 않지만 자신이 아는 대로 이야기 하겠다며 구연을 시작했다.
줄 거 리 : 옛날부터 모곡1리는 장마가 지면 소가 생겼다 없어졌다 한다고 해서 도리소 혹은 도로소라 불리었다.

도리소는 모곡 일리라고 지금 하는 데를 옛날에는 도리소라고 그랬어요, 근데 내가 하는 얘기가,

[잠시 뜸을 들이고]

맞는지 모르는데, 도리소가 아니라 '도로소'라고 그랬다고 그래요.

(보조 조사자 : 도로소?)

응. 왜('왜냐하면'의 뜻임) 거기는 강물과 저쪽에서 나오는 개울물이 합쳐지는 장손데, 장마가 지면은 꼭 거기는 물이 파인 소(沼)가 됐다는 얘기야, 웅덩이. 그래서 항상 거기는 '소가 생겼다, 없어졌다' 한다고 해서, '도로소'라고, 그랬다 그래요.

[고개를 좌우로 흔들면서] 어, 확실한 건 몰라.

(보조 조사자 : 확실한 건 아니어도 돼요.)

(보조 조사자 : 확실한 거는 몰라요, 아무도.)

응, 응, 나도 몰라.

배바위

자료코드 : 03_15_FOT_20100218_HRS_NGJ_0003
조사장소 : 강원도 홍천군 서면 모곡2리 495번지 마을회관
제보일시 : 2010.2.18
조 사 자 : 황루시, 유명희, 박현숙, 윤준섭
제 보 자 : 남궁주, 남, 74세
구연상황 : 도로소 이야기를 끝내고 조사자가 배바위 이야기를 물어 보았다. 그러자 남궁
       주 제보자는 배바위는 어떻게 알았냐는 듯한 표정을 지으며 배바위에 대해
       구연하였다. 구연 도중에 옆의 청중이 전화 통화를 하여 구연을 방해했지만,
       제보자는 개의치 않고 구연을 이어갔다.
줄 거 리 : 배바위는 남이섬 옆에 있는 배 모양의 바위이다. 큰 홍수가 났을 때 떠내려
       오다가 멈춰 섰다고 전해진다.

배바위는 여기서, 모곡 사리에서, 저, 냄이섬(남이섬)이라는, 섬으로 내
려가다, 냄이섬, 바로 옆에,

(보조 조사자 : 남이섬이죠?)

응, 남이섬. 바로 옆에 있는 바위인데, 그 바위는 뭐, 옛말에 의하면, 큰
홍수가 졌을 때, 그게 떠내려 오다가 그게 거기에 멈춰 섰다는데.

[조사자를 바라보고 웃으면서] 사실 그거는 진실은 아닐꺼요. 근데, 그
모양이 배처럼 생겼어요, 큰- 배처럼.

(청중 : 두 개의 소나무가 살았는데 돛대 묶은 것처럼 돛대처럼 생겼
어.30))

근데, 그때는 그게 강을 둘로('두 갈래로'의 뜻임) 갈랐어요, 그 바위 때문에, 인제 물결이 이렇게 가다가 바위가 큰 게이 있으니깐,

[왼손을 좌측으로 뻗으면서] 이쪽으로 갈라져 내려가고.

[오른손을 우측으로 뻗으면서] 이쪽으로 갈라져 내려가고, 하면서 가운데 쪼그만 섬이 생긴 게 남이섬이지. 근데, 요즘은 물길이 바뀌면서 한쪽으로는 막혀 버렸어, 물이 안 흘러요.

말 무덤과 망태골 유래

자료코드 : 03_15_FOT_20100218_HRS_NGJ_0004
조사장소 : 강원도 홍천군 서면 모곡2리 495번지 마을회관
제보일시 : 2010.2.18
조 사 자 : 황루시, 유명희, 박현숙, 윤준섭
제 보 자 : 남궁주, 남, 74세
구연상황 : 배바위 이야기를 마치고 마을 이장이 말 무덤과 망태골에 대해 간단히 언급하였다. 조사자가 말 무덤과 망태골에 대해 다시 자세히 구연을 해달라고 청하자, 제보자가 자신이 아는 바대로 이야기 하겠다며 구연하였다.
줄 거 리 : 말 무덤은 병자호란 때 몽고군이 죽은 말을 묻었던 장소이고, 망태골은 골짜기가 망태처럼 생겼다고 하여 붙여진 이름이다.

말 무덤은 말을 많이 묻었든 곳, 그, 그렇잖나? 근데, 왜 말을 거기다 그렇게 많이 묻었느냐? 이 고장에 사는 우리 농사짓는 사람들이 말을 많이 길렀다거나,

[손을 가로지으며] 그럴 이유가 없어.

"병자호란 때, 우리가 침략을 받았을 때, 몽고 사람들이 (병자호란에는 원나라가 아닌 청나라가 침입하였음) 그 말을 타고 우리나라를 도륙질 할 때, 그때 여기 갔다('왔다'라고 해야 할 것을 잘못 말함) 후퇴해 갈 때. 죽

─────────────

30) 소나무 두 그루가 배의 돛대 형상을 하고 있다는 말임.

었던 말을 묻은 장소다."

나는 그런 얘기를, 그냥 좀 들은 것 같고, 확실히는 몰라. 근데 말 무덤 (이라고) 그래요, 우린 부르기를. 망태골 그러면은,

"망태처럼 생겼다, 골짜기가."

[양손으로 기다란 원을 그리면서] 요렇게 들어가다 움푹하게 산이 동그랗게 둘러 싸여 있어. 한쪽으로만 출구가 된 거야. 망태처럼 생겨서 망태골이라고 그렇지 않았겠나? 그렇게만 알아요. 여기서 무슨 그 당시에 말을 많이 기르고, 뭐, 그랬다는 얘기는 없거든.

팔봉산 여산신 된 삼부인

자료코드 : 03_15_FOT_20100218_HRS_ID_0001
제보일시 : 2010.2.18
조사장소 : 강원도 홍천군 서면 팔봉1리 811-4번지 마을회관
조 사 자 : 황루시, 유명희, 박현숙, 윤준섭
제 보 자 : 이돈, 남, 75세
구연상황 : 민요와 설화 구연을 잘한다는 이돈 제보자와 사전에 약속을 하고 마을회관에서 만났다. 어르신들이 마을회관의 큰 방에서 술을 마시고 있어서, 이돈 제보자를 마을회관의 작은 방으로 모시고 제보자와 조사자만 참여하여 구연이 이뤄졌다. 처음에 조사자가 민요를 불러달라고 청했지만 제보자는 지금은 목이 아파 민요를 할 수 없다고 했다. 그래서 조사자가 팔봉산에 대한 이야기를 해달라고 청하자 팔봉산 삼부인에 대해서 들은 것이 있다며 구연을 시작했다.
줄 거 리 : 성이 이씨, 김씨, 홍씨인 세 명의 과부가 금강산에서 용문산으로 길을 떠났다. 삼부인은 길을 가던 중에, 팔봉산을 보고 마음에 들어 팔봉산에 정착하여 여산신이 되었다. 팔봉산 당집에서 지금도 삼부인의 위폐를 모시고 제를 지낸다.

그게, 인제, 그러니깐, 한 사백 년 전, 사백 년 전부터 인제, 삼월, 십오일날, 예-, 우리가 굿을 하는데, 이 팔봉산이 여산이라구, 여산. 여자들, 여자들만이라구.

그래 가지고선, 인제, 그, 우리가 듣기로는, 금강산에서 용문산으로다 가시다가, 그분들이. 그러다가 인제, 보니깐, 여기가 좋더라는 거야. 그래서,

"여기서 정착을 하겠다구."

이렇게 기록은 아닌데, 이렇게 전설로 내려오는데,

(보조 조사자 : 어느 분들이 금강산에서 용문산으로 가다가?)

그, 그러니깐, 팔봉산 신들이. 지금 여산, 여산인데, 에, 그, 제, 인제, 삼부인이 있어, 삼부인. 이씨 부인, 홍씨 부인, 김씨 부인, 이렇게 삼부인이 있는데, 아, 이씨 부인이 시어머니고, 에, 김씨 부인이 딸이구, 홍씨 부인이 며느리고.

이러다, 인제, 그, 이 팔봉산을 보니깐,

"아주 여기가 더 좋다."

이런 얘기야.

"그래서, 우리가 여기서 머무르고 있자."

이래 가지고, 있었다고 이렇게 전설로다 내려오고 있는데,

[조사자를 바라보며] 그런 것밖에 모르지 뭐.

(보조 조사자 : 그럼, 이 세, 삼부인이 남편들이 없었나 보죠?)

아유, 없지, 남편은 없지, 그럼.

(보조 조사자 : 세 분 다 과부로 계셨던 거예요?)

[고개를 끄덕이며] 그렇지, 그렇지, 그렇지, 그렇지, 과부로.

그러다가 인제, 그래서 지금도, 그 팔봉산에 그, 당, 그전에 당집이라고 그랬어. '지금은 당집이라는 게 좀 좋지 않다.'고 해 가지고 인제, 당집 소리를 빼놨는데, 당집이라고 해 가지고 당집을 이렇게 지어놓고 지내는데, 거기서 삼부인을 모시고 있다구. 위폐를 이씨 부인, 김씨 부인, 홍씨 부인, 이렇게 해 가지구, 삼부인을 모셔 놓구, 우리가 굿을 하는 거지.

삼천갑자 동방삭 잡은 저승사자

자료코드 : 03_15_FOT_20100218_HRS_ID_0002
제보일시 : 2010.2.18
조사장소 : 강원도 홍천군 서면 팔봉1리 811-4번지 마을회관
조 사 자 : 황루시, 유명희, 박현숙, 윤준섭
제 보 자 : 이돈, 남, 75세
구연상황 : 앞의 이야기와 같은 상황에서 구연했다.
줄 거 리 : 시왕 중의 다섯 번째인 염라대왕은 죽을 때가 된 사람을 잡아들이는 일을 하
는데, 실수로 동방삭이 삼천갑자가 지나도록 잡아들이지 못하였다. 염라대왕
은 사자를 시켜서 동방삭을 잡아들이게 하였지만 사자는 동방삭을 잡을 도리
가 없었다. 그러다가 사자가 궁리 끝에 강에서 숯을 갈아 동방삭을 유인하는
묘계를 내어 동방삭을 잡았다.

그, 저, 그 뭐라고 그래. 염라대왕, 뭐, 그런 거 있잖아. 시왕(십왕의 와
음으로 불교에서 저승을 관장하는 열 명의 왕을 말함)있다고, 십왕, 그 저
승의 십왕.

(보조 조사자 : 아, 시왕, 열 명.)

[손가락 열 개를 펴고서] 십왕, 왕이 열 명. '십왕전에 불린 사자, 십왕
전의 명을 받아.' 뭐, 이렇게 회심곡이 나오잖아. 그런데 그, 십왕전에 인
제, 그, '제 일전의 진광대왕, 제 이전에 초왕대왕(초강대왕을 잘못 말한
것임).' 이렇게 명(名)이, 다 뭐가 있어. 그런데 제 오전에 염라대왕이라고
있는데. 오, 다섯 번째에 염라대왕이라고, 그 염라대왕이 사람 잡는.

[조사자의 노트를 가리키며] 이런 책을 갖다 놓고 이젠. 뒤저트려(뒤적
거리다가),

"아, 이 사람은 지금 잡을 때가 됐다. 몇 월 몇 일자로다가 불러와야
된다."

이렇게 명을 내린다고.

그런데 그 삼천갑자 동방삭이라는 거는, 고만 이걸(염라대왕이 책을 보

고 사람을 잡아 드리는 일) 잃어버렸어. 그래 가지고서는 넘어 가지고, 다 죽은 사람만 있는 줄 알고 있다가 염라대왕이 큰 고을 안에 다시 재검토해 보니깐. 아, 한 놈이 살아 있다는 얘기야. 삼천갑자 동방삭이가. 어이, 그러니, 이 녀석을 잡으려니 잡을 수가 있나. 그러니깐 사자들을 시켜 가지고,

"그놈 잡아와라."

이러는 거야.

그러니 '그걸 어디 가서 잡느냐?' 이런 얘기야.

다 넘어간 다음에, 아주 몇 백 년 후에, 그러니깐 삼천갑자를 살았으니깐, 삼천갑자라면, 무얼 삼천갑자라고 그러는 거는.

[조사자를 보면서] 알겠지 그런 거는?

(보조 조사자 : 아니요, 얘기해 줘 봐요.)

에? 아, 삼천갑자라는 거는 뭐냐 하면, 육십갑자, 육십 년마다 갑자가 오잖아? 갑자가 뭐든 지근(뭐든지 간에), 육십 년마다 이게 오는데, 그러니깐 육십 년마다 오는 게 삼천갑자라는 거야. 삼천갑자를 넘었다는 거야.

(보조 조사자 : 삼천 년을 육십 번을? 삼천 번째가?)

그렇지. 육십 번을 삼천 년 한 거지.

(보조 조사자 : 그럼 몇 살이야?)

아, 몇 살인지는 계산해 보면 나오겠지만은.

(보조 조사자 : 만팔천 살?)

응, 그래 인제 그렁퉁(그렇게) 있었으니깐. 이걸 이리 했는데 다시 재검토 허다 보니깐. 그게 나타났다야(나타난 거야).

"아이고. 이것을 못 잡았으니 어떡하면 좋아('좋을까'의 뜻임)? 가 잡아와라!"

그러게 삼천갑자는 그, 동방삭은 그 뭐야, 늙기는 늙었는데, 그래도 지금, 마, 마, 막 뛰어댕기고 그랬다는 거야.

[일동 웃음]

아, 그래서 저, 재판관이 명령을 막 내리고, 염라대왕은 막 잡아오라고 그러는데, 사자들이 가 가지고 잡으려니 잡을 수가 없지. 그래서 돌아 댕기면서 이러다가. 그 사자가 묵(묘계)을 냈다는 거야. 뭐를 냈냐면, 숯, 저, 검정 숯을 갖다, 인제, 그 참숯을 갖다, 강에다 가서 갈았다는 거야.

[숯 가는 시늉을 하면서] 이렇게 대고 앉아서 이렇게, 갈고 앉았었데, 이렇게. 삼천갑자가 지나가다가, 웬 숯을 개울에 가서 갈고 앉았거든.

"그, 무엇을 할라고(하려고) 갈고 앉아 그러느냐?"

그러니깐은,

"이거('숯이'의 뜻임) 하얘지라고 갑니다."

이러니깐,

"원 별 빌어먹을 놈을 다 봤다고. 원, 나, 삼천갑자 동방삭을 살았어도. 어, 뭐야, 숯 갈면서 하얘질 때 바라는 놈은 너밖에 못 봤다."

이러는 거야.

"아, 너로구나."

이러고 잡아갔다는 거야.

[일동 웃음]

그래서 그렇게 하는 걸로 알고 있는 거지, 뭐.

(보조 조사자 : 아, 어르신 얘기 재밌게 하시네요.)

그래서 인제 잡아다가,

"인제 잡아왔습니다."

염라대왕한테, 아 이래 보니까는, 그렇게 삼천갑자를 살았어도, 늙었거든 그러면 기어당기지도 못할 텐데, 막 뛰어 댕기고 그러던 놈을 잡아갔다는 거야. 그래서 잡아갈 때가 안 되면, 그, 옛날에는 병이 안 났단, 말이야.

(보조 조사자 : 염라대왕한테 가서 책만 없애면 되네요. 어르신.)

아, 그, 뭐. 염라대왕 뭐, 뭐, 지가 뭐. 잘못한 거니깐. 그전에 시켰어야
하는데 잡아오라고. 염라대왕도 이젠 늙어 죽었겠지.

[일동 웃음]

평양 기생에게 속은 박문수

자료코드 : 03_15_FOT_20100218_HRS_ID_0003
제보일시 : 2010.2.18
조사장소 : 강원도 홍천군 서면 팔봉1리 811-4번지 마을회관
조 사 자 : 황루시, 유명희, 박현숙, 윤준섭
제 보 자 : 이돈, 남, 75세
구연상황 : 앞의 이야기에 이어 조사자가 이야기를 계속 청하였다. 그러자 제보자는 박
문수 이야기를 하나 하겠다며 적극적으로 구연했다.
줄 거 리 : 아주 예쁜 기생이 평양에 있었다. 평양에 부임한 감사마다 그 기생에 빠져 정
사를 돌보지 않았다. 이를 걱정한 임금이 어사 박문수를 평양 감사로 보냈다.
평양에 도착한 박문수가 여관에 묵으려 했지만 방이 없어서 평양성 밖에 혼
자 사는 여인의 집에서 묵었다. 박문수는 여인을 훔쳐보다가 그녀와 하룻밤을
보냈다. 박문수는 여인의 손목에 정표를 남겼다. 박문수는 감영에 도착하여
평양 기생을 잡아들였다. 잡혀온 평양 기생은 바로 박문수가 정표를 남긴 여
인이었다. 박문수가 혼비백산하여 도망갔다.

그, 옛날에 그저 평양 기생이래면 천수(신수)가 이쁘고(예쁘고) 뭐, 이랬
었다고. 그런데 인제, 그, 평양 기생이 아주 얼마나 이쁜 기생이 있었는지,
그 평양 감사로 들어가면은, 그 여자만 보면은, 그냥 홀려 가지고 정사를
잃었다는 거야. 나라 일은 못하고, 그 여자에 빠져 가지고 그냥 말고, 말
고 그랬다는 거야. (여자에게만 빠져서 아무 일도 돌보지 않았다는 말임)
그러다 보니깐 임금님이 거기 가면은 그 따구(따위)로 하니깐,

"고만 두라." 해고 시킨 거지, 지금으로 말하면 해고지. 인제, 그러고
딴 놈으로 잘하는 놈으로 보내면 또 그놈도 마찬가지고. 이게 임금이 생

각하기에는 큰일 났거든, '이걸 어떻게 해야 이거를 없애느냐?' 이런 얘기야.

그래,

"그 이유가 뭐냐?"

이러니깐은, 아, 그, 그 기생 이름을 잃어먹었네(잊어버렸네), 그 뭐 때문에 인제 그러니깐,

"아, 그 여자를 잡아야 되는데, 그 여자를 잡기가 힘들다구."

그러는 거야. 그러니깐, 이제, 그 어사 박문수가. 그때 당시 헐 땐데(암행어사를 할 때인데). 그 박문수를 보내면 잡을 것 같더라는 거야.

그 박문수 인제 거, 가 갔는데, 평양을 들어갔는데, 아-주 여관마다 다 꽉꽉 차고, 뭐야, 방이 없더라는 거야. 그래서 인제, 성 밖으로, 밖으로 나와서 인제 잘라구(자려고), 한 집에 들어가서,

"나 좀, 하루 저녁 자고 갑시다."

그러니깐은,

"아유, 저 혼자 있는데요."

여자가 그러더라는 거야.

"아, 혼자 있어도 어디 좀 뭐-, 방이 몇 칸이냐?"

이러니깐은,

"방은 두 칸이라고."

그러더래.

"아, 그럼 당신은 거기에 있고, 나는 한 방을 달라."

그러니깐,

"그럼 그러시라고."

그러더라네.

그런데 옛날에는 암만 어려워도 손님을 안 받으면 모르지만 손님을 받으면 밥을 해 먹어야 돼 있었다고. 지금은 여관에 가도 지가 어디가 밥

사먹고 그러지만, 옛날에는 개인집에 이렇게 우리집에 들어와 있어도 손님이 들어와 있으면 밥을 해 먹여서 그 이튿날 아침 해 먹여 가지고 보냈지. 그냥 보내는 법, 굶어 재우는 법도 없고, 그랬다고, 지가 굶으면 같이 굶고 그랬지만은, 아, 인제 밥을 해다가 이렇게 주고, 그래 가지고 밥을 먹고 혼자 가ー만히 박문수가 방에 앉아 있으니깐, 궁금허대라는 거야.

'이 여자가 혼자 여기서 산다. 그 여자가 뭔가?' 그러고선 있는데,

[방문을 가리키면서] 지금은 저런 문이지만 옛날에는 문창지가 종이 한 지로, 이렇게, 해 가지고 열고 닫는 거 그 거.

[오른손을 좌우로 움직이면서] 부자집이나 여닫이 문이지,

[오른손을 앞뒤로 움직이면서] 그냥 열고 닫고 그러는 거지. 그래서 인제 소리가 나면 안 되니깐. 침칠을 해 가지고 저, 문창호지.

[오른손 검지가락으로 왼손바닥을 누르면서] 고, 침칠을 하면은 그냥 소리도 안 나고 '픽' 해서 '폭' 뚫린다고.

[청중을 보고 웃으면서] 그래 쪼끔 뚫어 가지고.

[몰래 보는 시늉을 하면서] 요렇게 보니깐 여자가 앉아서 바느질을 허는데 이거 미치겠더라는 거야. 어, 박문수가 보니깐, 그러니 도저히 이건 뭐 그냥 잘 수가 없다는 거야.

그러니 이거야, 뭐, '기생을 잡으러 왔다가, 뭐야, 이걸, 어떻게, 저 여자를 어떻게 하면, 내가 이거 험(흠) 되면, 임금님한테, 도로 쫓겨 날거고. 이걸 어떡해야 하나.' 하고 앉아서 그러다가, 그 여자를 불렀대는 거야.

[문 두드리는 시늉을 하면서] 문을 똑똑 두드려 가지고, 그러니깐,

"왜 그러시냐고?"

그러니깐,

"좀, 나 올라갈 수 없소?"

그러니깐은,

"아, 올라오시라고. 왜 그러시냐고?"

그, 그래 가지고서는 인제 앉아서 얘기, 얘기를 하다가, 그날 저녁에 그 여자하고 같이 잤다는 거야. 박문수가. 그 여자가 그렇게 이쁘더라는 거야. 한 번 보면 미친대, 사람들이, 얼마나 이쁜지. 그래 가지고 같이 잤는데, 그 인제, 지가 어사라는 얘기는 안했지, 박문수가.

"어서('어디서'의 뜻임) 온 사람이라고."

그짓말하고 그랬는데, 한양에서 왔다는 소리도 안하고, 그랬는데,

"하루 저녁 우리가 이렇게 인연을 맺었으니까, 나한테도 그저, 뭐야. 뭐 좀, 해 달라!"

여자가 그랬다는 거야.

"그러냐?"

그래 가지고서는

"손을 걷으라."

그래 가지고.

[손목에 글을 쓰는 시늉을 하면서] 여기다가, 그, 저, 그래 지금으로 말하면 사인이지.

[옆방에 있던 마을 주민이 구연 장소에 있던 옷을 가져가는 관계로 11초 정도 멈춤]

아, 그래 가지고서 인제 거기다(팔목에다가) 바늘로 지금은 문신이라고 하지? 그거를 이렇게 해주고는 헤어졌다는 거야, 지(자기) 사인을 해 가지고. 그래, 헤어지고선, 인제,

"난 간다고."

그러고선, 조반을 얻어먹고는 인제 그 기생을 잡으러 간 거야. 기생을 잡으러 가 가지고, 거기 가서, 인제, 그, 지금으로 말하면 도청이지?

도청에 거기 가 가지고는 인제,

"뭐 잡아……."

[기생의 이름을 기억하려고 하면서] 아 이름이 입에서 뱅뱅 도는데, 안

나네.

"거 잡아 와라."

(보조 조사자 : 기생 이름이 생각 안 나세요?)

어.

인제, 그, 저, 박문수가 거기 앉아서,

"잡아 와라."

하니깐은, 아, 지금이라고 하면 경찰들이겠지, 이젠, 그전에는 그 포도
청이라고 그랬지, 포도청에서 나와 가지고 그걸 잡아왔단 말이야. 잡아
와서 고개를 푹─ 숙이고 있는데. 고개를 푹 수그리고, 여자가 인제 잡혀
왔으니깐. 아, 푹 수그리고 있는데,

"니가 어찌하여 나라의 정사를 다 이렇게 하고 이렇게 하느냐? 너는 당
장 아주 능지처참 하리라."

그랬대는 거야. 그러구선,

"니가 그러면 마지막으로 한 마디 해라."

뭐, 지금 뭐, 사형수한테다가 마지막으로 한 마디 허라고, 그랬다는
거야.

[옆방에서 간식을 가져오는 관계로 잠시 끊김]

그래 가지고 이젠, 그러니깐은 그 얘기를 헌 거야. 그 여자도, 기생도
배운 여자인데,

"엊저녁에 같이 인연을 맺었던 그 남자가 어디에 있는지 그 남자를 한
번 만나보고 죽었으면, 나는 한다."

그래서 이상하거든, '어떤 놈이 (엊저녁에 나와 똑같은 짓을 했을까?)
나도 그런 짓을 했는데, 뭐야, 그런 놈이 똑같은 게 있나' 하구선,

"그럼 너는 팔을 걷어봐라."

[조사자를 보고 웃으면서] 아, 걷어 보니깐, '지난번 그 여자다.' 이거
야. 아, 그러니깐 혼비백산(魂飛魄散) 해 가지고,

"아이고 나 살려라 하구서는."

와 가지고, 박문수가 그걸 잡지도 못하고 그만뒀다는 거야, 어사를. 말하자면 사표를 낸 거지.

대동강 물 팔아먹은 봉이 김선달 (1)

자료코드 : 03_15_FOT_20100218_HRS_ID_0004

제보일시 : 2010.2.18

조사장소 : 강원도 홍천군 서면 팔봉1리 811-4번지 마을회관

조 사 자 : 황루시, 유명희, 박현숙, 윤준섭

제 보 자 : 이돈, 남, 75세

구연상황 : 앞의 이야기를 마치고 잠시 전화 통화를 하였다. 통화를 끝낸 후, 조사자가 이야기를 청하자, 김선달이 대동강 물을 팔아먹은 이야기나 하겠다며 구연을 시작했다.

줄 거 리 : 한겨울에 대동강이 잔뜩 얼었다. 봉이 김선달이 그 위에 볏짚을 뿌렸다. 김선달이 서울 부자에게 볏짚이 뿌려진 대동강을 보여주었다. 볏짚을 보고 좋은 땅이라고 착각한 부자가 대동강을 샀다. 대동강이 녹은 후, 부자는 속은 것을 알게 되었다.

봉이 김선달이 그렇게 유명한 거지. 그러니깐 아주, 그렇게 유명한 사람이지. 지금까지 이름이 내려왔으니깐, 봉이 김선달이 참 유명한데, 그 사람이 그, 유명한데, 저, 대동강을 팔아먹었어. 강도 딴 강이 아니라 평양에 있는 대동강을 팔았는데, 겨울에 가 가지고 얼음이 잔뜩 언 다음에.

[칼로 써는 시늉을 하면서] 그, 짚('볏짚'의 뜻임)을 쏠아 가지고선(썰어 가지고선) 자기가 쏠아 가지고.

"뿌리라!" (다른 사람들을 시켜 뿌리게 했다는 뜻임) 그랬단 말이야.

그러니깐 한강물이, 여울빨(바닥이 얕거나 좁아서 물살이 빨리 흐르는

곳을 뜻함)은 안 되잖아? 궁치(강물이 넓게 퍼지는 곳을 뜻함) 이렇게, 평(平)한데 이렇게 해 가지고서는, 그, 서울 부자놈들한테다가 그걸 팔아먹었던 얘기지, 인제.

아, 부자한테 가서 서울 가 가지고, 그전에 통상, 저, 여기가 농업국이니깐, 그러니깐, 지금선 땅밖에 몰랐지, 뭐. 그러니깐, 인제, 땅 참 좋은 게 있는데, 그 부자사람한테,

"그, 그걸 사면은, 뭐, 아주 뭘, 뭐, 하겠다고."

그러니깐은,

"어디 그런 게 있느냐? 함 가 보자고."

그래, 그, 그 부자를 데려갔다는 거 아냐? 거길. 부자를 데려가 가지고 보니깐, 참, 아주 눈이 왔는데, 그 얼음 꼭대기에다가 짚을 썰어 만들어서 눈이 왔는데, 그 짚 끌게가('끝머리가'의 뜻임) 요만큼씩 나왔는데. 진짜 논이 아주 좋더라는 거야. 그놈이 그렇게 눈이 모자르니깐은,

"아, 이게 다 한 다리('마지기'의 뜻임)냐?"

그러니깐,

"아, 한 다리지! 그럼."

"아, 이렇게 큰 걸 어떻게 다 했느냐고."

그러니깐,

"그래서, 이게 지금 둑시럽지만 갈갈이 매고선('아무것도 없지만 논을 여기서 매면'의 뜻으로 보이나 정확히 알 수 없음) 몇 사람이 여기서 아주, 뭐, 여기 사람들이 전체 이걸('이것으로'의 뜻임) 농사를 지어 먹는다."

그런 얘기를 했다는 거야. 진짜로 보니깐, 뭐, 이건, 뭐, 그, 저, 짚 같은 게, 이렇게 있고 그러니깐, 논은 틀림없거든.

"그럼 계약하자."

계약을 해 가지고.

[78초간 토지매매와 관련된 이야기를 하고]

아, 그래, 사놓고 좋아 가지고, 뭐, 서울 사람이 인제 이렇게 해 가지고, 그전에는 쌀로다가 도지를 주었지. 쌀을 뭐, 바리바리 실어다가, 이렇게 해 가지고, 땅값을 주고. 그 이듬해 이거를 누구를 줄라고, 소작으로 주어야 되잖아. 소작으로 줄라고 가 보니깐은, 아무것도 없더래. 그냥, 물밖에 없고. 그래서 거기 사람들한테다가,

"이거 어떻게 된 거냐? 내가 땅을 여기다 분명히 샀는데 땅이라는 게 없다고."

아, 그러니깐,

"저 사람이 미친 사람이로군."

[일동 웃음]

"여기 무슨 땅이 있어, 여기 강인데 무슨 땅이 있냐고 그러냐?"

"아니, 여기 짚이 낸 거(난 거) 같은데 어떻게 된 거냐고?"

"아이, 글쎄 모르겠다고 여기는 강밖에 없다. 무슨 그, 저, 땅이 있느냐? 논이 여기 무슨 논이 있느냐?"

그래 이 사람이 속았다는 거야.

대동강 물 팔아먹은 봉이 김선달 (2)

자료코드 : 03_15_FOT_20100218_HRS_ID_0005
제보일시 : 2010.2.18
조사장소 : 강원도 홍천군 서면 팔봉1리 811-4번지 마을회관
조 사 자 : 황루시, 유명희, 박현숙, 윤준섭
제 보 자 : 이돈, 남, 75세
구연상황 : 앞의 이야기와 같은 상황에서 구연했다.
줄 거 리 : 평양에 봉이 김선달이 살았는데, 대동강 물을 나르는 사람들에게 미리 나눠 준 돈으로 물값을 받았다. 이 광경을 본, 서울 부자가 대동강을 사면 큰 부자가 되겠다고 생각했다. 그는 김선달에게 큰 돈을 주고 대동강을 샀다. 부자가

김선달처럼 대동강에서 물을 퍼가는 사람들에게 물값을 받으려 했지만 물값 대신 몰매만 맞았다.

그 뭐야? 평양에 무슨 산이야? 산에 가서도 물을 팔아먹었다는 거야. 거, 지금은 물을 산꼭대기로 끌어 올리고 그러지만은, 그전에는 산꼭대기에 물이 없으니깐.

[오른손을 위로 뻗으면서] 아, 그 물을 쳐 올려다가, 해 가지고, 그 봉이 김선달이 그렇게 유명했어.

돈을 그전엔 엽전이지. 지금 그러면 동전 같은 게 그렇게 해 가지고서는, 떡하니 앉아 가지고 물 져 올리는('지고 오르는'의 뜻임) 사람들한테다가 돈을 줬다는 거야.

아, 저, 얼마씩 주고,

"너 물 지고 올라갈 적마다 나를 다오. 돈을."

그러니깐은, 인제, 가서, 길목에 가서 앉았는 거야. 목에 앉아 가지고는, 물 지고 가는 사람이.

[돈을 주고받는 시늉을 하면서] 이렇게 주면 받아서 이렇게 놓고, 아주 진즉에(표준어로는 '진작', 여기서는 '일찍'의 뜻임) 받아서 노면은(놓으면).

저녁 때 이런 함지('네모지게 나무로 만든 그릇'의 뜻임)로 하나가 되더래. 야, 서울 부자가 가만히 보니깐, 그 이상하거든, '왜 돈을 저렇게 받는지?' 이상하거든. 그러니깐은,

"아, 당신 왜 그렇게 돈을 그렇게 받느냐? 왜? 주긴, 왜 주고?"

그러니깐은,

"아, 그, 저, 내 물이기 때문에 내가 물값을 받는 거다."

아, 그, 저, 돈 주고, 물 지고 가는 사람들한테 물으니깐, 그 사람들 역시 그렇거든,

"아, 이거 물, 우리가 돈 주고 사먹는 물이라고. 저 사람 꺼라고. 저 사

람이 못하면('못하게 하면'의 뜻임) 못하는 거라고."

야, 가만히 보니깐, 그것만 사면은 아주 큰 부자가 되겠거든. 그래 가지고서는 그 봉이 김선달한테다 그랬다는 거야.

"당신 그거 팔 수 없소?"

그러니깐은,

"여보, 미쳤소. 내가 이걸 팔게? 가만히 앉았으면 돈 갖다 주고 그러는데 왜 파느냐고?"

아, 그러니깐은,

"아, 이거 좀 팔라고, 잘해 가지고, 이젠 돈 좀 많이 벌었을 거 아니냐? 그러니깐, 고만 팔아라."

이러더래.

"아 얼마만 주면 팔겠다."

이렇게 얘기를 해 가지고, 지금을 말하면 뭐, 몇 천억 얘기를 했겠지. 아, 그러니깐 그렇게 얘기를 해 가지고서는, 그걸, 뭐야, 주겠다고 그래고선, 샀대는 거야.

사 가지고 완전히, 저, 그, 끝난 다음에, 인제, 주고받고, 인제, 그, 계산이 끝난 다음에, 떡하니 앉아 가지고, 물 지고 올라가는 사람한테 돈 달라하니깐, 돈을 주긴 뭘 줘?

"아니, 왜 돈 안주느냐?"

그러니깐은,

"이, 미쳤나? 미친놈이 왔네."

[일동 웃음]

돈을 달라 하니깐,

"아, 이거 내가 산건데."

아이, 물 지고 가는 놈들이 두들겨 패, 돈 달라고 하니깐. 이거 미친 새끼. 그전에는 힘센 사람이 패면 그냥 맞았지, 어디 가서 하소연도 못했

고. 아, 여럿이 두들겨 패니깐 뭐, 뭐해, '아, 그놈한테 속았구나.' 아, 그래,
나중에 그걸, '그놈 쌔끼가 어디 놈 인데 날 속였나?' 하고 물어보니깐.

"그게 바로 봉이 김선달이더라."

이런 얘기야.

(보조 조사자 : 이야! 유명하구나.)

유명하지, 그럼.

하늘이 정해준 명당

자료코드 : 03_15_FOT_20100218_HRS_ID_0006
제보일시 : 2010.2.18
조사장소 : 강원도 홍천군 서면 팔봉1리 811-4번지 마을회관
조 사 자 : 황루시, 유명희, 박현숙, 윤준섭
제 보 자 : 이돈, 남, 75세
구연상황 : 앞의 이야기가 끝나자 제보자는 더이상 할 이야기가 없다며 구연을 마치려
고 하였다. 그러나 조사자가 이야기를 계속 청하면서 명당에 관한 이야기는
없냐고 물어보았다. 그러자 제보자는 명당자리라는 것은 다 거짓이라며 구연
을 시작했다.
줄 거 리 : 금학산에는 닭이 알을 안고 있는 형국인 금계포란형이라는 명당자리가 있다.
금시발복하기 위해 이곳에 묏자리를 잡으려 하였지만 산 속에서는 찾기가 어
려웠다. 복이란 것은 자연히 타고나는 것이지 억지로 만드는 것이 아니다.

그 명당이라는 것은, 나도 잘 모르지만은, 이 노일리, 여기서 얼마 안
돼, 그, 금학산이라고 있어, 금학산.

(보조 조사자 : 음, 금학산.)

어. 금학산이라는 데가, 금계포룡환[31]이라는 데가 있어.

(보조 조사자 : 아, 금계포룡.)

---

31) 닭이 알을 품고 있는 형국인 '금계포란형(金鷄抱卵形)'을 잘못 말한 것임.

응, 금계표룡환이 뭐라고 하면, '금계가 알을 낳고 품고 있다.' 아, 그런 자리가 있는데, 그 자리, 바로 거기다만 쓰면은('묘자리로 사용하면은'의 뜻임), 아주 만사가 오케이야. 뭐, 아들도 잘되고, 돈도 많이 벌고, 아주 금시발복(今時發福)자리야. 금시발복. 아들을 나면은 뭐, 진짜, 참, 효자를 낳고, 뭐, 아주, 뭐한 자린데.

그 자리를 찾을라고 여기('산 아래에서'의 뜻임) 쳐다보면 뚜렷이 나와 있는데, 올라가면 못 찾는 거야. 어딘지 모르는 거야. 그래 가지고 그, 여러, 그, 저, 풍수들이 거기를 많이들 올라갔었다고, 올라 가지고 그 자리를 찾아볼라고(찾아보려고) 올라가 가지고 그래.

나도 미쳤지 그거 보면, 그 유명한 풍수들이 못 찾는데, 내가 올라가서 좀 찾아볼라고. 내가 올라가서 찾아 가지고선, '아, 우리 어머니, 아버지 거기다가 이장하면 금시발복할까?'하고.

[일동 웃음]

그러는데, 가보니, 뭐, 나무만 우거지고, 뭐, 어딘지 짜잔 모르겠더라고. 그런 자리가 나타나지가 않아. '야, 이기, 참, 진짜, 이, 지리(地理)라는 게 이렇구나.' 그리고 자기 복을 탔어야지. 그 복권들 뭐, 이렇게, 당첨되고 이러는 게, 우스운 거 같아도 그 자기 팔자 아니면 안 되는 거야. 그 이것 도 그렇더라구. 자연으로 그렇게 되지.

거지를 천자로 만들어 준 명당

자료코드 : 03_15_FOT_20100218_HRS_ID_0007
제보일시 : 2010.2.18
조사장소 : 강원도 홍천군 서면 팔봉1리 811-4번지 마을회관
조 사 자 : 황루시, 유명희, 박현숙, 윤준섭
제 보 자 : 이돈, 남, 75세

구연상황 : 앞의 '하늘이 정해 준 명당'에 이어서 구연했다.
줄 거 리 : 거지가 길에서 빌어먹고 다니다 얼어 죽었다. 사람들이 따로 파묻을 데가 없
어서 죽은 자리에 흙을 덮어 묻었다. 그곳이 하늘이 정해준 명당자리였다. 거
지의 아들은 금시발복하여 천자가 되었다.

그, 그전에 중국 천자라는 게 있어. 천자. 그 천자라는 사람 아버지가,
거지로 살았다는 거야.

(보조 조사자 : 아, 어디서요?)

중국서.

거지로다가 댕기고서 얻어먹고 이러고 살았는데, 그러다가 추운 겨울에
뭐, 먹을 것도 제대로 못 얻어먹고 이래 가지고선, 가다가 있다가 얼어 죽
었다는 거야. 얼어 죽으니깐은, 그, 동네사람들이 보기 싫으니깐, 어떻게
할 수가 없으니깐, 파지도 않고, 거기다 삽으로다 떠서.

[삽질하는 시늉을 하면서] 이렇게 해 가지고 그냥 이렇게 흙으로 해서
묻어 놨다는 거야. 그 자리가 바로 명당자리더라 이거야.

그래 가지고서는, 그, 그때, 그 천자가 애렸었는데(아이였는데), 쪼그만
애렸었는데, 그걸 얻어다 맥이고(먹이고) 그랬었는데. 그러다 저('자기'의
뜻임) 아버지가 죽어 버렸으니, 저 어머니도 없고, 그러니깐 어떻게 커 가
지고서는, 그렇게 잘 됐다는 거야. 천자가 돼 가지고. 그렇게 해 가지고.

그래서 이, 금시발복이라는 것도, 억지로 못하는 거고. 그 명당자리를
억지로 못하는 거야. 명당자리, 명당자리, 그 나도, 그 산자ー리도, 내가 그
냥 갖은 지랄을 다 한 거지. (앞서 구연했던 제보자가 금계포란형 묏자리
를 찾으려 애썼던 일을 말함)

[일동 웃음]

유리봉과 배바위

자료코드 : 03_15_FOT_20100218_HRS_LBG_0001
조사장소 : 강원도 홍천군 서면 모곡2리 495번지 마을회관
제보일시 : 2010.2.18
조 사 자 : 황루시, 유명희, 박현숙, 윤준섭
제 보 자 : 이보곤, 남, 70세
구연상황 : 모곡2리 마을회관에서 구연이 이뤄졌다. 할아버지들만이 큰방에서 조사에 참
여하였으며, 할머니들은 작은 방에서 소일거리를 하였다. 조사자가 마을의 지
형과 지명 유래에 대해 물어보자, 이보곤 제보자가 예전에 마을 어르신들에게
유리봉에 관해서 들은 이야기가 있다며 구연을 시작했다.
줄 거 리 : 배가 유리를 가득 싣고, 장수포를 지나가다가 풍랑을 만나 좌초되었다. 배에
실린 유리가 쏟아지며 유리봉이 되고, 좌초된 배는 떠내려가다가 배바위가 되
었다.

요, 한서초등학교(모곡2리에 있음) 저 위에 가면, 우리가 속칭 말하는
유리봉(한서초등학교 뒤에 있는 작은 산을 말함)이라는 데가 있습니다.

(보조 조사자 : 무슨 어디요?)

유리봉.

(보조 조사자 : 유리봉.)

예, 저 위에서 언제 거물지는 모르겠지만, (언제 배가 출발한 것을 모른
다는 말임) 거, 유, 유리라 그러면은 아마, 수정이나 이런 거로 표현하는
것 같습니다. 그거를 잔뜩 싣고 내려오다가, 배로, 그때는 그렇게. 여기
모곡2리 저기에 가면 우리가 진수, 진수께[32] 하며 라고 통하는데, 그게
한문으로는 장수포(長水浦)입니다. '긴 포구가 있었던 곳이다, 포구다.' 이
렇고.

그래 수정을 잔뜩 싣고 내려오다가 풍랑을, 대홍수를 만나, 풍랑을 만
나 가지고, 아, 유리, 수정이 아마 배가 침, 침몰되기 직전에 넘어지면서,

---

32) '진수게'라고도 긴 포구가 있었던 곳을 말함.

거, 유, 유리, 수정이 떨어가 모여진 곳이 유리봉이다.

그리고 그 배가 홍수로 떠내려가면서, 거기 가가 걸려서 지금도 있다는 이야기입니다. (배바위를 말함)

옛날 노인들한테 들은 겁니다. 이건, 나도, 잘 역사적으로, 잘 모르는데. 그래서 내가 들은 바에 의하면, 유리, 수정을 싣고 내려오다가 풍랑을 만나 가지고 대홍수를 만나가, 좌초가 되면서 유리를 다 흘러 가지고 지금 산이 되었고, 그 배가 떠내려, 나머지 찌꺼기의 배가 떠내려가다가 걸려서 그기(그게) 바위가 되었다는 이야기만 들은 겁니다.

꾀로 호랑이 잡아먹고 할머니 놀린 토끼

자료코드 : 03_15_FOT_20100218_HRS_HSJ_0001
제보일시 : 2010.2.18
조사장소 : 강원도 홍천군 서면 팔봉1리 811-4번지 마을회관
조 사 자 : 황루시, 유명희, 박현숙, 윤준섭
제 보 자 : 허순자, 여, 77세
구연상황 : 이돈 제보자의 이야기가 끝나고 할머니들이 모여 있는 부엌으로 자리를 이동했다. 할머니들에게 구연을 청하니 처음에는 아는 이야기가 없다고 하였지만 조사자가 계속 청하니 허순자 제보자가 해와 달이 된 오누이와, 창부타령을 구연했으나 모두 완성도가 부족했다. 조사자가 다시 이야기를 청하자 자신의 손주에게 해주었던 이야기를 하겠다며 구연을 시작했다.
줄 거 리 : 호랑이가 꽹과리를 사 가지고 오다가 바위에서 쉬었다. 토끼가 호랑이에게 꽹과리를 빌려서 치다가 꽹과리를 깨뜨렸다. 화가 난 호랑이가 토끼를 잡아먹으려는데 토끼가 꾀를 내어 호랑이를 불태웠다. 토끼가 옆집 할머니에게 호랑이 고기를 나눠주겠다며 도마와 칼을 빌렸다. 토끼는 호랑이 고기를 거의 다 먹고 이빨에 낀 찌꺼기를 모아 할머니에게 주었다. 화가 난 할머니가 토끼 꼬리를 잡았지만 토끼는 할머니를 놀리면서 산으로 도망갔다.

저기, 옛날에 옛날에 저, 호랭이(호랑이)가 살고 있었는데, 호랭이하고

태끼(토끼)하고 살고 있었는데. 인제, 호랭이가, 호랭이가 인제, 깽가리(꽹과리)를 사러 갔어. 시내로. 깽가리를 사러 갔는데, 깽가리를 사가줘('사 가지고'의 뜻임), 그 호랑이가 깽가리를 사 가지고 오다가.

[양손으로 동그란 원을 그리면서] 이렇게 여기는 다 물이고, 바위 꼭대기서 앉아서 쉬는데, 토끼가 나와서,

"할아버지, 할아버지."

[생각이 안 나서] 그, 저, 뭐야? 나, 그, 저 뭐야?

(청중 : 깽가리를.)

"깽가리를 치게 좀 해주세요."

그러니깐은, 깽가리를.

[양손으로 꽹과리를 치는 시늉을 하면서] '꽤쟁챙챙 쾅쾅! 꽤쟁챙챙 쾅쾅!'[일동 웃음]

이러고 쳤어.

'꽤쟁챙챙 쾅쾅! 꽤쟁챙챙 쾅쾅!'

(청중 : 아이고 잘한다.) 이러고 치다가, 깽가리를 토끼가 내려뜨려('떨어뜨려'의 뜻임) 깨뜨렸어.

(보조 조사자 : 아이고!)

그랬더니, 호랑이가,

"어-흥, 잡아먹자! 이놈 잡아먹자!"

이러고서는, 쫓아가니깐은 태끼가 쫓-겨가다, 쫓겨가다 꾀를 냈어. 꾀를 내서, 어떻게 했느냐 하면은. 요렇게 떼장뻐덩('잔디 들판'의 뜻임)에 가서.

"할아버지, 할아버지, 가만히 계셔요. 여기다가 입을 딱- 벌리고 아가리를 딱- 벌리고 있시면은, 할아버지 입으로 고기가 들어올 테니깐, 가만히 계셔요."

그래. 아, 이리, 떼장뻐덩에서 아가리를 벌리고서는. 아가릴 딱- 벌리고

있으니깐. 아, 이놈의 토끼가 불을 해놨어(질렀어). 떼장에다가, 떼장에다 불을 해놔서 호랑이가 탔어.

호랑이가 타서, 저기야, 이웃의 할머니집에 가서.

"할머니, 할머니, 나 도매(도마)하고 저, 거, 칼을 주셔요. 그러면은, 내가 할머니 고기 갖다 드릴게요."

그래서 칼하고 도매하고 얻어 가지고 와서, 그 호랭이를 벗겨 가지고('호랑이의 가죽을 벗겨 가지고'의 뜻임) 먹다가 토끼가 다 먹었어. 조금 남았어. 할머니 줄 게 없어.

"아, 이거, 가, 도매(도마) 칼을 가지고 가서, 고기 어떻게 안 가지고 왔니?"

이러니깐은,

"할머니 먹, 먹다가('먹을 것을 남겨 주려 하다가'라고 해야 할 것을 잘못 말함) 주다가 내가 다 먹었지."

이를 쑤시니깐 한 사발이 되더래. 이를 쑤시니깐 고기 배긴(박힌) 게 한 사발이 되더래. 그 고기를 할머니를 주고서는, 저기 울구령('울타리 구멍'의 뜻임)으로 빠져 나가면서는,

"할머니 내 이똥(이빨 사이에 낀 찌꺼기를 뜻함) 먹었지."

이러니깐은,

"요놈의 새끼, 뭐 어째?"

이러고, 울구령에 가서, 토끼 꼬랑지를 붙들이니깐은,

[왼손을 위로 올리면서]

"내 좆 빨아라!"

하고, 산으로 올렸대('올라갔대'의 뜻임), 토끼가.

[일동 웃음] 그때 그래서 토끼가 앞발이 짤라서(짧아서) 올려 뛴대. 내려올 적에는,

"할아버이, 할아버이"

하고.

올려(올라) 뜰 적에는,

"내 좆 빨아라!"

하고.

(청중 : 토끼가 올려 뜰 땐, 잘 올려 뛰고, 내려올 땐 못 내려뗘요. 앞다리가 짧아서.)

(보조 조사자 : 그런데 내려올 때 '할아버이, 할아버이' 하는 것은 왜 하는 거예요?)

(청중 : 힘들으니깐 그러지.)

내려올 땐, 토끼가 앞발이 짤라서, 잘 못 내려오는 거야. 올라갈 적에 앞발이 작으니깐 잘 올려 뛰는 거지.

[일동 웃음]

소 모는 소리 / 화전밭 가는 소리

자료코드 : 03_15_FOS_20100218_HRS_PSY_0001
조사장소 : 강원도 홍천군 서면 모곡2리 495번지 마을회관
제보일시 : 2010.2.18
조 사 자 : 황루시, 유명희, 박현숙, 윤준섭
제 보 자 : 박수영, 남, 73세
구연상황 : 마을에 소리를 잘하는 사람은 없어서 이야기만 조사하고 있었는데 옆 마을인
모곡3리 노인회장인 제보자가 이 마을 노인회장 초대로 방문하여 소 모는 소
리를 구연하였다. 청도 좋은 편이고 문서도 길었다.

어 이소들 갈어 보자 좀
이러 슬슬 가 보자 마라소 한 발 올라서라
이러~ 마마마마 마라 올라서
안소야 다려라 어서 가 보자~
이러~어 마라마마 마라소 젖혀 서게
이러~ 어 저 바위를 넘어서 어서 갈아 보세
이러~ 다려라 이소 에~
참나무 방뎅이 안으루 안소가 다가서 나가 주게
이러 마마마마 마라소 더 나서라 오호호호
설설 우겨서 마라소야
이러 저 방뎅이 안에 잘 넘어서
아나냐냐냐냐 안소가 너무나 나가지 말고 한 발만 들어서 나가
주게~
이려~ 해는 저물어 가는데 언제나 다 갈 건가
빨리 나가 주게 이소야

마마마마 마라 젖혀서

이려~ 일낙서산에 해 떨어지기 전 빨리나 갈아야지 이러~

마라마마 마마 마라소 이기면서 잘 다려라 이소에 오호호 어~차

왜 이 돌지를 말고 우겨만 주게 저 마라소야

이러~ 안소가 한 발 나서주게

이러 마라 아~

마마마마마마 이러 이소 다려라 이소야

어서 바삐 가세~ 안소야~

힘들다 말구서 추근추근 나가 주게~~~

이랴~ 마마마마마마 마라소 나서라

이러~ 어서 가주게 이 안소야

어랑타령

자료코드 : 03_15_FOS_20100218_HRS_PSY_0002
조사장소 : 강원도 홍천군 서면 모곡2리 495번지 마을회관
제보일시 : 2010.2.18
조 사 자 : 황루시, 유명희, 박현숙, 윤준섭
제 보 자 : 박수영, 남, 73세
구연상황 : 밭 가는 소리, 둥게 타령 구연 후 조사자가 베틀가, 따복네 등에 대해 질문을 했지만 기억나는 것이 없다고 하였다. 좋아하는 것을 해보라고 하니 바로 어랑타령을 신나게 구연하였다.

어랑타령에 본고장은 함경도 원산이구요

니사스께미(머리모양이라고 함) 본고향은 경성하고도 신마치라

어랑어랑 어허야 어허람마 디어라 내 사랑이야

독수리 한 마리 떠돌자 병아리 간 곳이 없구요

무심한 기차 떠나자 정든 님 간 곳이 없구나
어랑어랑 어허야 어허람마 디여라 내 사랑아

오이밭에 웬수는 고슴에도치가 웬수요
우리 집에 웬수는 시어머니가 웬수지(웃음)
어랑어랑 어허야 어허람마 디여라 요것두 내 사랑이냐

십원 짜리가 없으면 오원에 두 장도 좋구요
오원 짜리가 없으믄 술집에 주모도 좋단다
어랑어랑 어허야 어허람마 디여라 요렇게 좋다간 땅(원래는 딸이
라고 함) 팔아 먹지

시집살이 노래

자료코드 : 03_15_FOS_20100218_HRS_HSJ_0001
제보일시 : 2010.2.18
조사장소 : 강원도 홍천군 서면 팔봉1리 811-4번지 마을회관
조 사 자 : 황루시, 유명희, 박현숙, 윤준섭
제 보 자 : 허순자, 여, 77세
구연상황 : 창부타령 곡조로 불렀다. 제보자가 노래를 마치자 주위의 청중들이 "니까년
가기로 내 못살겠느냐"가 빠졌다고 하였다. 이 노래는 원래 며느리가 시집 식
구들의 구박에 못이겨 시집을 나가려고 할 때 모두에게 나간다고 고할 때 시
댁 식구들이 '니까짓년 없다고 내가 못살겠냐'고 더 구박을 하게 되며 신랑의
경우는 태도가 반반으로 갈라진다.

삼오 십오 열다섯 살에
시집이라고 나와 봤더니
수캐 같은 시아버니
논을 매라 밭을 매라

암캐 같은 시어머니
밭을 매라 논을 매라
논을 매러 나가 보니
그머리(거머리) 등쌀에 못 매겠고
밭을 매러 나가 보니
왕거미 등쌀에 못 매겠네
가요 가요 나는두 가요
어덜덜거리고 나는 가요
안방문을 열고 보니
암캐 같은 시어머니
가요 가요 나는 가요
어덜덜거리고 나는 가요
사랑문을 열고 보니
수캐 같은 시아버니
가요 가요 나는두 가요
어덜덜거리고 나는 가요
안방문을 열고 보니
하늘같은 우리 가장
가요 가요 나는두 가요
어덜덜거리고 나는 가요
건넌방을 열고 보니
여우같은 시누년아
가요 가요 나는두 가요
어덜덜거리고 나는 가요

심청가(창가)

자료코드 : 03_15_MFS_20100218_HRS_HSJ_0001
제보일시 : 2010.2.18
조사장소 : 강원도 홍천군 서면 팔봉1리 811-4번지 마을회관
조 사 자 : 황루시, 유명희, 박현숙, 윤준섭
제 보 자 : 허순자, 여, 77세
구연상황 : 할머니들이 아리랑, 베틀가 등을 섞어서 부르던 중 제보자가 나서서 옛날에
아버지에게 배웠다는 심청가를 부르겠다고 했다. 아버지가 이불 속에서 가르
쳐 준 노래인데 찬송가 곡조로 심청가의 내용을 노랫말로 불렀다. 노래는 심
청이가 남경장사 선인들에게 몸을 파는 것으로 끝이 나서 심청가의 내용과는
다르지만 다른 청중들의 호응이 좋았다.

옛도하고 한 가정에 그의 식구 세 사람
나오신지 삼일만에 그의 모친 돌아가
앞 못보는 심봉사가 갓난 딸을 안고서
동네집에 다니면서 동냥젖을 먹인다
살려 주소 살려 주소 이 어리고 불쌍한
이 어린 것 살려 주소 이와 같이 구걸해
근근뚝섬 길러내어 나이 차고 철이 나
이제부터 그 부친을 제 손으로 고양해(공양해)
어떠한 날 중이 와서 고양미쌀(공양미쌀) 300석
부처님께 시주하면 감은 눈을 뜬다네
만경효녀 심청이는 부친 눈을 띄우려고
남경장사 선인들께 자기 몸을 팔았네
효자로다 장하도다 아~ 에이

창가

자료코드 : 03_15_MFS_20100218_HRS_HSJ_0002
제보일시 : 2010.2.18
조사장소 : 강원도 홍천군 서면 팔봉1리 811-4번지 마을회관
조 사 자 : 황루시, 유명희, 박현숙, 윤준섭
제 보 자 : 허순자, 여, 77세
구연상황 : 제보자는 심청가에 이어서 옛노래가 기억난 듯 "또 할까?"하면서 바로 이어
서 구연하였다. 여남은 살에 어려서 들은 소리라고 한다. 엄마 없는 아이들이
주로 불렀다고 한다.

저근네 아이들을 보러보셔요(바라보세요)

검정 치마 흰 저고리 책보를 끼고

학교에 가는 것을 나는 부러워

나도 어머니가 살아 계시면

남과 같이 머리 곱게 빗겨 주시고

학교 가라 학교 가라 허시랄 틴데(하시랄 텐데)

난 어찌 어머님을 잊었을까요

8. 서석면

증편 한국구비문학대계 • 강원도 홍천군

▌조사마을

강원도 홍천군 서석면 생곡1리

조사일시 : 2010.1.21
조 사 자 : 황루시, 유명희, 박현숙, 윤준섭

강원도 홍천군 서석면 생곡1리

  2개의 행정리로 된 생곡리는 1916년 행정구역 통폐합에 따라 너래물, 고분대월, 생비, 새창이, 용터, 지장동, 이목동, 판관터를 병합한 마을이다. 생곡리는 지형이 피리와 같다고 하여 피릿골이라 불렸으며, 일설에는 진한(辰韓)의 태기왕(泰岐王)이 신라의 침략으로 멸망하고 태백산맥에서 부흥을 꾀하던 중, 이곳에서 퉁소를 즐겨 불었다고 하여 생곡리라 불렸다고 한다. 생곡리는 동쪽으로 서석면 하군두리, 서쪽으로 내면 자운리, 북쪽으로 서석면 검산리와 접해 있고, 남쪽으로는 평창군 봉평면 흥정리와 군계를 이룬다.

생곡1리는 178가구로 구성되어 있다. 마을에는 남자 192명, 여자 192명으로 총 384명이 거주하고 있다. 마을의 대성은 경주 김씨, 전주 이씨이다. 마을에는 경주 김씨가 약 70명, 전주 이씨가 약 50명 거주하고 전주 이씨의 문중이 있다.

생곡1리의 주요 생업은 농업이다. 마을 주민 대부분이 벼농사와 밭농사를 함께 한다. 특산물로는 예전에는 감자, 옥수수를 많이 생산하였지만, 근래에는 오이, 호박 등을 주로 생산한다.

생곡1리에서 홍천읍까지 거리는 약 40km이다. 하루 10회 운행하는 버스를 타고 생곡1리에서 홍천읍까지 나가려면 약 30분이 걸린다.

생곡1리에는 홍천9경 중의 제3경인 미약골이라는 계곡이 있다. 예전에 어떤 풍수가가 삼정승 육판서가 나올 명당이라고 했다는 미약골은 암석 폭포와 바위들이 아름다운 형상을 이룬다. 이곳은 홍천강의 발원지이기도 하다.

강원도 홍천군 서석면 생곡2리

조사일시 : 2010.2.19
조 사 자 : 황루시, 유명희, 박현숙, 윤준섭

2개의 행정리로 된 생곡리는 1916년 행정구역 통폐합에 따라 너래물, 고분대월, 생비, 새창이, 용터, 지장동, 이목동, 판관터를 병합한 마을이다. 생곡리는 지형이 피리와 같다고 하여 피릿골이라 불렸으며, 일설에는 진한(辰韓)의 태기왕(泰岐王)이 신라의 침략으로 멸망하고 태백산맥에서 부흥을 꾀하던 중, 이곳에서 퉁소를 즐겨 불었다고 하여 생곡리라 불렸다고 한다. 생곡리는 동쪽으로 서석면 하군두리, 서쪽으로 내면 자운리, 북쪽으로 서석면 검산리와 접해 있고, 남쪽으로는 평창군 봉평면 흥정리와 군계를 이룬다.

생곡2리는 74가구로 구성되어 있다. 마을에는 190여 명이 살고 있으며 여자가 남자보다 5-6명 많다고 한다. 현재 여러 성씨가 함께 사는 다성촌(多姓村)이지만 예전에는 경주 석씨(慶州昔氏)가 많이 살았으며 지금도 석씨 문중이 마을에 있으며 음력 10월마다 문중에서 제사를 지낸다.

생곡2리의 주요 생업은 농업이다. 마을 주민 90%가 벼농사와 밭농사를 하며 오이, 고추, 감자, 옥수수 등이 마을의 특산품이다. 그 외 마을주민들은 축산업에 종사한다.

생곡2리에서 홍천읍까지 거리는 약 40km이다. 홍천읍에서 생곡2리까지 직접 들어오는 버스는 없으며 홍천읍에 가는 버스를 타려면 서석면까지 가야 한다. 다만 원주행 버스가 하루 세 번 생곡2리에 정차한다.

강원도 홍천군 서석면 생곡2리

생곡2리에서 설날 다음으로 크게 생각하는 명절은 추석이다. 그러나 생곡2리 주민들은 정월 대보름도 추석만큼 중요하게 생각한다. 생곡2리에는 1반과 2반에 두 곳의 서낭당이 있는데 현재에도 정월 대보름이 되면 주민들은 생곡2리 1반에 있는 서낭당에 가서 서낭제를 지낸다. 마을 가구마다 윤번으로 서낭제를 주관하며 주민 대부분이 참여한다고 한다. 서낭제를 주관하는 집에서 마을 잔치를 벌이며 그곳에서 윷놀이 등의 민속놀이를 하며 마을의 단합을 도모한다.

강원도 홍천군 서석면 어론2리

조사일시 : 2010.1.22
조 사 자 : 황루시, 유명희, 박현숙, 윤준섭

2개의 행정리로 된 어론리는 1916년 행정구역 통폐합에 따라 과우, 이금이, 방강터, 왯둔지, 미울, 용두안을 병합한 것이다. 어론리는 서석면 서쪽 동막산에 위치한 산간마을이다. 어론리는 동쪽으로는 동면 군업리, 서쪽으로는 서석면 풍암리, 북쪽으로는 화촌면 장평리와 경계하고 남쪽으로는 횡성군 청일면 속실리와 군계를 이룬다.

어론2리는 86가구로 구성되어 있다. 마을에는 남자 105명, 여자 108명으로 총 213명이 거주한다. 어론2리는 여러 다른 성씨가 있는 각성촌이다. 이 마을에 화전민이 많았던 것이 각성촌이 된 이유이다. 그렇지만 어론2리는 화전민만 있는 것이 아니라 양반도 함께 거주했던 것으로 보인다. 이 점은 해방 이후에도 반상의 구분이 있었다는 김태연 이장의 말을 통해 확인이 가능하다. 반상의 구분은 6·25사변 이후에 없어졌다.

어론2리의 주요 생업은 농업이다. 마을 주민 대부분 벼농사와 밭농사를 함께 한다. 특산물로는 고추, 콩 옥수수가 있다. 가구마다 한우를 기르고 있고 1개의 가구가 낙농업을 한다.

강원도 홍천군 서석면 어론2리

　어론2리의 마을 주민은 음력 초사흘에 서낭당에서 서낭제를 지낸다. 서낭제는 마을의 가장 큰 행사로서 서낭당에 가서 마련한 떡과 술 등을 올리고 소지를 태우며 마을의 안녕과 풍년농사를 기원한다. 예전에는 3개의 서낭당이 있었지만 지금의 1개의 서낭당만 남아있다.

　농악대는 30여 년 전에 새마을 운동이 시작되면서 명맥이 끊어졌다. 농악이 있었을 당시, 잡색이 있고 무동은 3층까지 태웠다고 한다. 널뛰기는 했었지만 전해지지 않고, 줄다리기는 애초에 없었다.

강원도 홍천군 서석면 풍암1리

조사일시 : 2010.1.21
조 사 자 : 황루시, 유명희, 박현숙, 윤준섭

　풍암리는 서석면의 면소재지이다. 2개의 행정리로 된 풍암리는 1916년 행정구역 통폐합에 따라 덕바치, 감두리, 새말, 조조울, 동막골을 병합한 마을이다. 풍암리는 동쪽으로 서석면 어론리, 서쪽으로 서석면 검산리, 북쪽으로 서석면 수하리, 남쪽으로 서석면 하군두리와 접해 있다.

풍암1리는 388가구로 구성되어 있다. 마을에는 남자 480명, 여자 489명으로 총 969명이 거주하고 있다. 이 중 50대가 약 180명으로 가장 많고, 그 다음으로 60대가 많다. 마을에서 가장 많은 성씨는 경주 이씨와 전주 이씨이다. 각각 약 100명씩 살고 있고 그 외에 다양한 성씨가 살고 있다.

풍암1리의 주요 생업은 농업과 서비스업이다. 마을 주민 절반 이상인 220여 가구가 농업에 종사하여 벼농사와 밭농사를 함께 한다. 특산물로는 고추, 호박 등을 생산하며 근래에는 인삼을 재배하는 농가가 늘고 있다. 그 외에 100여 가구는 음식업, 판매업 등의 서비스업을 하고 있다.

강원도 홍천군 서석면 풍암1리

풍암1리에서 홍천읍까지 거리는 약 35km이다. 하루 20회 운행하는 버스를 타고 풍암1리에서 홍천읍까지 나가려면 버스로 약 40분이 걸린다. 또한 풍암1리에서 원주시까지 운행하는 버스도 있다. 하루 7회 운행하고, 풍암1리에서 원주시까지 약 1시간 걸린다.

풍암1리에는 강원도기념물 제25호 동학군전적기념비가 있다. 이곳에서 동학군은 패퇴한 전열을 수습하여 최후의 항전을 펼쳤지만 끝내 패하였다. 풍암1리의 자작고개라는 지명의 유래는 당시 동학군의 피가 땅에 너무 많이 흘러 자작거리며 걸었다고 하여 붙여진 이름이다. 현재에도 마을 주민들은 음력 10월 20일부터 수일 간 이곳에서 죽은 동학군의 제사를 지내고 있다.

농악은 현재까지 전해지고 있지만 예전의 전통적인 면모는 갖추고 있지 않다. 예전에는 탈과 잡색이 있었으며 무동을 태웠지만, 현재는 풍물만 치고 있다.

▌제보자

김봉국, 여, 1929년생

주 소 지 : 강원도 홍천군 서석면 어론2리 2반
제보일시 : 2010.1.22
조 사 자 : 황루시, 유명희, 박현숙, 윤준섭

　김봉국은 평안도 영월에서 2남 5녀 가운데 셋째로 태어났다. 7세에 부모님이 강원도 홍천군 서석면 어론2리로 이주했다. 20세에 당시 27세 김경학과 결혼하여 남매를 낳았다. 그러나 홍역으로 두 자녀 모두를 잃고, 25년 전에는 남편마저 지병으로 사망했다. 현재는 강원도 홍천군 서석면 어론2리 2반에서 10년 째 혼자 살고 있다. 학교에 다닌 적은 없고, 열댓살에 야학에서 한글을 배웠다.

　보통 체격에 허리가 약간 굽었고, 둥근 얼굴형에 피부는 하얗고 양볼이 붉다. 구연한 설화는 민담 1편으로 평안도에서 부모님께 들은 것이다. 구연할 때 목소리가 매우 작고 주변은 시끄러워서 서사 전달력이 많이 떨어졌다. 구연 중간 중간 평안도 억양이 드러난다. 민요는 계속 적극적으로 구연한 편으로 아라리를 불렀다.

제공 자료 목록

03_15_FOT_20100122_HRS_KBG_0001 둔갑한 여우 잡은 사람
03_15_FOS_20100122_HRS_KBG_0001 아라리 (2)

김영택, 남, 1942년생

주 소 지 : 강원도 홍천군 서석면 생곡2리 990번
제보일시 : 2010.2.19
조 사 자 : 황루시, 유명희, 박현숙, 윤준섭

김영택은 부친 김동수와 모친 김옥녀 사
이에서 3남 2녀 가운데 둘째로 태어나 강원
도 홍천군 서석면 생곡2리에서 태어났다.
19세에 동갑내기 박순영과 결혼하여 슬하에
3남 1녀를 두었다. 강원도 홍천군 서석면
생곡2리 990번지에는 12년째 거주하면서
논 3000평, 밭 3000평에 콩, 팥, 고추, 감자
등을 경작하고 있다. 삼대 째 생곡2리 성황
당 제사를 주관하고 있다. 서당을 2년 정도 다니다가 삼생초등학교에서
졸업을 했다. 그 후 서당에서 1년 정도 공부를 더했다.

통통하고 큰 체격에 얼굴은 네모형이며 눈이 작고 피부는 붉은 빛을
띤다. 그리고 머리카락은 백발이다. 구연한 설화는 마을 자연물과 관련된
전설 1편으로 동네 어른들과 조부에게 들은 것이다. 구연할 때 목소리는
크고, 발음이 정확한 편이다. 구연한 이야기가 거짓이 없는 진실 된 이야
기라는 점을 강조했다.

제공 자료 목록
03_15_FOT_20100219_HRS_KYT_0001 만경소

김진복, 여, 1933년생

주 소 지 : 강원도 홍천군 서석면 생곡2리 798번지
제보일시 : 2010.2.19
조 사 자 : 황루시, 유명희, 박현숙, 윤준섭

김진복은 무남독녀로 충청북도 제천 모란 마을에서 태어났다. 한국전쟁 때 경상북도 함창으로 피난을 가던 중 가족과 헤어져 홀로 지내다가 22살에 강원도 평창군 진부면 간평리에서 헤어졌던 가족과 상봉했다. 그 후 동네 사람의 중매로 결혼하여 강원도 홍천군 서석면 생곡2리에서 살게 되었다. 강원도 홍천군 서석면 생곡2리 798번지에는

50년째 거주하고 있으며 슬하에 8남을 두었다. 시댁이 부자라 고생은 많이 하지 않았으며 일꾼을 두고 논 3600평, 밭 7000평에 옥수수, 콩, 조, 수수 등을 경작했지만 현재는 농사를 짓지 않고 있다. 아들 4형제가 홍천군 서석면 생곡리에 살고 있고, 넷째 아들은 주말에 찾아와 생곡리에서 나무농사를 짓고 있다. 제천에서 초등학교를 다니다가 한국전쟁으로 학업을 중단했다.

왜소한 체격에 이마는 주름이 깊게 패었고, 양 볼이 붉다. 구연한 설화는 민담 1편으로 대여섯 살 때 조모에게 들은 것이다. 구연 당시 분홍색 스웨터에 파란색 조끼를 입었고, 구연할 때 목소리는 가는 편이다.

제공 자료 목록
03_15_FOT_20100219_HRS_KJB_0001 인색하게 굴어 구렁이가 된 할머니

김학준, 남, 1929년생

주 소 지 : 강원도 홍천군 생곡2리 41번지
제보일시 : 2010.2.19
조 사 자 : 황루시, 유명희, 박현숙, 윤준섭

김학준은 횡성군 청일면 속실리에서 2남 가운데 둘째로 태어났다. 어린

나이에 부모님을 여의고 13살에 홍천 생곡2리에 있는 큰집에 와서 살았다. 30세에 당시 24세 장금녀와 결혼하여 슬하에 2남 2녀를 두었다. 강원도 홍천군 생곡2리 41번지에는 20년째 거주하고 있다.

어릴 때 큰집에서 농사일을 배워 평생 농사를 지으며 살고 있다. 현재는 논농사와 밭농사를 3000평에 고추, 오이, 감자, 콩 등을 주로 경작하고 있다.

보통체격에 머리가 벗어진 백발이다. 안경을 썼으며, 웃을 때 오른쪽 볼, 보조개가 깊게 패인다. 구연한 설화는 민담 1편과 광포전설 1편으로 주변 사람들한테 들은 것이다. 구연할 때 목소리는 중저음이고, 속도가 빠르면서 발음이 부정확하다.

제공 자료 목록

03_15_FOT_20100219_HRS_KHJ_0001 은혜 갚은 두꺼비
03_15_FOT_20100219_HRS_KHJ_0002 돌 깨고 손님 끊겨 망한 부잣집

박계화, 여, 1933년생

주 소 지 : 강원도 홍천군 서석면 어론2리 812번지
제보일시 : 2010.1.22
조 사 자 : 황루시, 유명희, 박현숙, 윤준섭

내면 덕두원 출신으로 23세에 32세의 남편을 만나 혼인하여 현재의 거주지로 이주하였다. 슬하에 4남매를 두었으며 남편과 2년 전에 사별하여 현재 막내아들 내외와 살

고 있다. 소리는 어릴 때 동무들과 나물 뜯으러 다니면서 듣고 배웠다고 한다. 원래 동네 사람들과 잘 놀고, 친구도 많았지만 나이가 든 이후로 예전만 못하다. 제보자는 약간 각이 진 얼굴에 작은 눈을 가졌다. 성격은 펄 펄하여 지고는 못배긴다고 하였으나 시집살이 노래를 구연할 때는 조용하고 침착하게 구연하였다.

제공 자료 목록
03_15_FOS_20100122_HRS_PGH_0001 시집살이 노래
03_15_FOS_20100122_HRS_PGH_0002 시집살이 노래 (2)

박복례, 여, 1936년생

주 소 지 : 강원도 홍천군 서석면 생곡2리 967번지
제보일시 : 2010.2.19
조 사 자 : 황루시, 유명희, 박현숙, 윤준섭

  토박이로 같은 마을 사람과 혼인하여 마을을 떠난 적이 없다. 15세에 동갑내기 남편과 혼인하여 6남매를 두었고 10년 전 남편과 사별하여 현재는 둘째 아들과 살고 있다. 제보자는 긴 서사민요를 주로 구연하였는데 제보자가 어릴 때 함께 사시던 할머니께서 삼삼거나 물레질을 하면서 불렀던 것을 기억해 낸 것이다. 그 때 제보자의 나이
열 살이었다. 제보자의 할머니가 등에 아기를 업고 긴 노래를 부르면 그 노래를 옆에서 따라 불렀고 나이가 들어서는 그 소리를 할 겨를도, 이유도, 자리도 점점 없어졌다. 그래서 신식노래는 전혀 알지 못한다고 한다. 동그란 얼굴의 제보자는 노래 하나를 한 후 다른 노래가 기억나면 "또 할

까요?" 하면서 적극적으로 구연하였다.

제공 자료 목록

03_15_FOS_20100219_HRS_PBR_0001 다북녀
03_15_FOS_20100219_HRS_PBR_0002 시집살이 노래
03_15_FOS_20100219_HRS_PBR_0003 베틀 노래

박현수, 남, 1944년생

주 소 지 : 강원도 홍천군 서석면 어론1리 376번지
제보일시 : 2010.1.21
조 사 자 : 황루시, 유명희, 박현숙, 윤준섭

　　서석면 어론1리 370번지에 거주하고 있
다. 평창 수하리 출생으로 20세에 19세의
부인과 혼인하여 3남매를 두었고 28세에는
춘천에서, 36세부터는 서울에서 생활하다
18년 전에 현재의 어론리로 이주하였다. 그
이후 농사를 짓지만 많이 하지는 않고 가족
이 먹을 만큼만 짓는다. 소리는 옛날부터 듣
고 배운 것으로 소리하면 마음이 쾌활하고
기분이 좋아진다고 한다. 산에 가는 경우 혼자든, 둘이든 꼭 소리를 한다
며 소리에 대한 애정을 보여준다. 제보자는 청이 걸걸하며 큰편이고 적극
적인 성격으로 열심히 구연하였다.

제공 자료 목록

03_15_FOS_20100121_HRS_PHS_0001 논 삶는 소리

심월례, 여, 1940년생

주 소 지 : 강원도 홍천군 서석면 어론2리 123번지
제보일시 : 2010.1.22
조 사 자 : 황루시, 유명희, 박현숙, 윤준섭

내면에서 출생하였다. 16-17세에 결혼
하여 25세에 어론2리로 이주하였다. 3남매
중 첫째로 소리는 자연스럽게 주위에서 배
웠다고 한다.

제공 자료 목록
03_15_FOS_20100122_HRS_LJS_0001 아라리

이병목, 남, 1944년생

주 소 지 : 강원도 홍천군 서석면 어론2리 509번지
제보일시 : 2010.1.22
조 사 자 : 황루시, 유명희, 박현숙, 윤준섭

토박이로서 젊을 때부터 소리를 잘하여
동네에서 인정받는 가수이다. 어릴 때부터
소리는 그냥 들으면 바로 따라하면서 잘한
다는 소리를 많이 들었다. 중학교를 졸업하
고 평생 농사를 지어 현재는 논과 밭 합쳐
5천평 정도를 경작하고 있다. 28세에 3살
아래의 부인을 만나 혼인하여 현재 4남매를
두었다. 성격은 원만한 편이고 호남은 아니
지만 남에게 싫은 소리는 안 듣고 살았다. 얼굴이 긴 편이며 점잖은 성격
의 제보자는 요새 신식노래보다는 옛날소리를 더 좋아하여 듣는 것, 하는

것 모두 좋아한다.

제공 자료 목록

03_15_FOS_20100122_HRS_LBM_0001 둥게 타령
03_15_FOS_20100122_HRS_CMG_0001 아라리

이수동, 남, 1919년생

주 소 지 : 강원도 홍천군 서석면 생곡1리 567번지
제보일시 : 2010.1.21
조 사 자 : 황루시, 유명희, 박현숙, 이원영

이수동은 인제군 기린면에서 태어나 9세
때 부모님을 따라 현 거주지로 이주하였다.
그렇지만 8대조부터 현재의 서석면 생곡리
에 정착하였고 제보자의 부모님 대에 집안
의 가세가 기울어 화전밭을 일구러 인제에
잠시 들어가 있었다고 한다. 이후 생곡1리
를 떠난 적은 1950년도 한국전쟁 당시 대구
로 피난 가서 겨울을 나고 온 것뿐이다. 22
세에 같은 마을에 사는 16세의 부인과 만나 혼인하여 5남매를 두었으나
부인은 14년 전 72세의 나이로 작고하였다. 제보자는 논 매는 소리를 비
롯하여 이야기도 여러 편 하였는데 소리의 경우 직접 일을 하면서 한 것
은 아니고 논맬 때 옆에서 북을 치면서 선소리를 매기곤 했다고 한다. 제
보자가 직접 일을 하는 집안이 아니었고 집안일은 머슴을 두어서 했기 때
문에 농사일을 직접 많이 하지는 않았다고 한다. 제보자가 어릴 때는 양
반 상놈의 구분이 있었고 제보자의 집안은 전주이씨로 양반에 속하였기
때문에 집안에 놀러오는 어른들이 한 얘기들을 들었다고 한다. 총기가 좋

아서 한번 들은 것을 지금까지 기억하고 있다. 연세에 비하여 목소리가 크고 우렁차다. 몸집이 큰 편이고 성격은 활달하며 시원시원한 편이다. 고령임에도 불구하고 구연할 때 발음이 정확한 편이다. 구연 과정에서 오른손을 쥐었다가 펴는 동작을 자주 했다. 구연한 설화는 전설 1편과 민담 2편으로 교훈적 내용을 많이 담고 있다. 민요를 구송할 때에도 청이 우렁찼다.

제공 자료 목록

03_15_FOT_20100121_HRS_LSD_0001 청량리 효자 정효시(정규시)

03_15_FOT_20100121_HRS_LSD_0002 무 갖다 주고 송아지 받은 농부

03_15_FOT_20100121_HRS_LSD_0003 '또' 백세 장수 하세요

03_15_FOS_20100121_HRS_LSD_0001 상사데야

03_15_FOS_20100121_HRS_LSD_0002 어랑타령

이재원, 남, 1938년생

주 소 지 : 강원도 홍천군 서석면 풍암1리 204-5번지

제보일시 : 2010.1.21

조 사 자 : 황루시, 유명희, 박현숙, 윤준섭

이재원은 강원도 홍천군 평창군 대화면에서 외아들로 태어났다. 4-5세 때 부모님이 강원도 홍천군 서석면 풍암1리로 이주했으며, 홍천군 서석면 풍암1리 204-5번지에는 60년 넘게 거주하고 있다. 20세에 동갑내기 조정구와 결혼해서 슬하에 2남 3녀를 두었다. 평생 농사를 짓고 살았으며, 10년 전부터는 채마밭정도만 경작하고 있다.

키가 크고 마른 체형으로, 얼굴이 길고 이마가 넓다. 구연할 때 목소리

는 고성이다. 구연한 설화는 전설 한 편으로, 어릴 때 아들바위에 가까이 살면서 어른들한테 들은 것이고, 구연 과정에서 직접 경험한 사연을 덧붙였다.

제공 자료 목록

03_15_FOT_20100121_HRS_LJW_0001 검산리 아들바위

이종순, 여, 1927년생

주 소 지 : 강원도 홍천군 서석면 어론2리 4반
제보일시 : 2010.1.22
조 사 자 : 황루시, 유명희, 박현숙, 윤준섭

이종순은 홍천군 내면 자운리에서 5남매 가운데 둘째로 태어났다. 18세에 당시 17세 이승근과 결혼하여 5남매를 낳았다. 큰 아들을 잃고 현재 슬하에 4남매가 있다. 남편이 23년 전에 지병으로 세상을 떠난 뒤 시집와서 60년 이상을 살고 있는 홍천군 서석면 어론2리 4반에서 홀로 지내고 있다. 어릴 때 공부를 하고 싶어했으나, 공부하면 시집가서 친정에 편지를 해서 안 된다면서 친정아버지가 공부를 시키지 않았다.

마른 체격에 허리가 굽었고, 이가 많이 빠졌다. 구연한 설화는 민담 7편으로, 어릴 때 할아버지 무릎에서 자주 들은 것이다. 구연할 때 속도가 굉장히 빠르고 음량은 고음이다. 구연 도중에 내용과 무관하게 습관적으로 크게 웃는 특징을 보인다. 민요를 부를 때도 그러한데 아라리 등 소리를 부르는 상황이 전개되면 적극적으로 구연하였다.

제공 자료 목록

이창영, 남, 1939년생

주 소 지 : 강원도 홍천군 서석면 풍암2리 978번지

제보일시 : 2010.1.21

조 사 자 : 황루시, 유명희, 박현숙, 윤준섭

　이창영은 청량리에서 태어나 집안 문제로 18세에 마을을 떠났다. 28세에 22세의 부인과 혼인하여 4남매를 두었다. 어릴 때 초등학교 5학년까지 다녔으나 졸업을 못하고 평생 농사를 지었다. 소리는 16세부터 마을에서 일하면서 어른들이 하는 소리를 듣고 따라 배운 것이라 한다. 소리를 하면서 일을 하면 힘이 덜드는데 아무래도 소리를 하면 신이 나기 때문이라고 한다. 제보자는 둥근 얼굴에 눈썹이 짙고, 얼굴빛은 붉은 편이다. 내성적이며 온화한 성격의 소유자인 제보자는 굉장히 느리고 차분한 말투로 항상 웃으면서 손동작을 자주 곁들여 구연했다. 구연한 설화는 풍수지리에 대한 믿음을 강하게 내비치면서 구연한 명당에 얽힌 설화를 포함해 민담 3편이다. 민요는 4편을 구연하였는데 대부분 농사

와 관계된 옛날 노래들이다.

제공 자료 목록

03_15_FOT_20100121_HRS_LCY_0001 병풍 그림에서 나온 여자

03_15_FOT_20100121_HRS_LCY_0002 용한 지관과 의원

03_15_FOT_20100121_HRS_LCY_0003 수숫대가 빨간 이유

03_15_FOS_20100121_HRS_LCY_0001 아라리

03_15_FOS_20100121_HRS_LCY_0002 밭 가는 소리

03_15_FOS_20100121_HRS_LCY_0003 방아 타령

03_15_FOS_20100121_HRS_LCY_0004 지경 다지기

최천규, 남, 1938년생

주 소 지 : 강원도 홍천군 서석면 생곡1리 468번지

제보일시 : 2010.1.21

조 사 자 : 황루시, 유명희, 박현숙, 윤준섭

강원도 홍천군 서석면 생곡1리 468번지
에서 5남매 가운데 둘째로 태어나서 현재까
지 살고 있는 토박이다. 19세에 동갑내기
이동숙과 결혼하여 슬하에 2남 4녀를 두었
다. 삼생초등학교를 거쳐 서석중학교를 졸
업했다. 농사를 지으면서 33세에 이장직을
10년간 맡아 오다가 43세에 그만 두었다.
52세에는 가족을 생곡1리에 두고 홀로 나무
벌채하는 일을 하기 위해 태백에 2년간 머물렀다.

체격이 꽤 좋은 편이고, 백발에 머리숱이 많다. 얼굴은 둥근형이고 이
마가 넓고, 양 볼에 홍조를 띤다. 최천규는 역사적인 사실에 관심이 많고
구연 과정에서도 정확한 연도를 추측하여 구연을 했다. 구연한 설화는 전
설 2편으로 지명 전설은 어릴 때 마을 어른들한테 들은 것이고, '황지동

장자못' 전설은 태백에 거주할 때 들은 것이다

제공 자료 목록
03_15_FOT_20100121_HRS_CCG_0001 생곡리 지명 유래
03_15_FOT_20100121_HRS_CCG_0002 태백 황지동 장자못

둔갑한 여우 잡은 사람

자료코드 : 03_15_FOT_20100122_HRS_KBG_0001

조사장소 : 강원도 홍천군 서석면 어론2리 516번지 노인회관

제보일시 : 2010.1.22

조 사 자 : 황루시, 유명희, 박현숙, 윤준섭

제 보 자 : 김봉국, 여, 82세

구연상황 : 앞서 제보자가 구연을 마치고 청중들과 대화를 나누는 사이 조사자가 제보
자에게 이야기를 해달라고 청하자 짧은 이야기라면서 구연을 시작했다.

줄 거 리 : 옛날에 한 사람이 길을 가는데 묘 속에서 박박거리는 소리가 났다. 그 사람
이 지켜보니 여우가 해골바가지를 쓰고 할머니로 둔갑을 했다. 둔갑한 여우가
잔치가 있는 큰집으로 들어가는 것을 보고 쫓아 들어갔다. 이 사람은 튼튼한
일꾼을 불러 홍두깨를 준비시켜 그 노인 머리를 치라고 했다. 맞고 쓰러진 할
머니는 여우가 되어 죽었다. 잔치집에서 고맙다고 사례를 해 잘 살았다.

옛날에 이제 한 사람이 이제 길을 가는데, 뭐이 박박- 박박- 자꾸 소
리가 나더래요. 그래서, '이거 어디서 이제 소리가 나나.' 하고 가만히 들
어보니까니,

[옆에 앉은 청중을 쳐다보면서] 저 뫼(묘)가 있더래. 뫼 속에서 그렇게
소리가 나더래.

(보조 조사자 : 어디? 할머니 어디?)

(청중 : 묘)

뫼. 묘.

(보조 조사자 : 묘. 아 예.)

거기서 박박- 소리를 자꾸 나더래. 그래서 이상해서 가-만히 이제 지
키고 서서 보노라니까네, 이제 다리 밑을 내다보노라니까니, 고기서 고렇
게 골궈 가지구는 인제 해골바가지를, 사람이 죽은 송장.

[손으로 긁어서 얼굴에 쓰는 시늉을 하면서] 해골바가지를 박박박박 긁어 가지구 이렇게 뒤잡아 쓰더래요. 뒤잡아 쒸보구는 맞지 않으면 또 이렇게 박박 이렇게 갉구 끌드래.

(보조 조사자 : 누가요? 할머니.)

그 여우가.

(보조 조사자 : 여우가.)

응

(청중 : 묘에서 인제 파내서 인제 그걸 인제 해골바가지를 이 대갈통 그걸 꼈지.)

박 소리가 나서 인제 서두르까니 그렇게 지나가다가 보니까는 그래더래. 그래서 써 보구, '아, 이제 딱 맞다.' 하구서 쓰더래요.

이룽하군, 아주 이룽하군, 아주 옷을 입구 이 가더라니까니 이 집이 잔치집이 있드래요. 그 잔치집이 있는데, 글루 가드래. 글루, 해골바가지를 뒤잡어쓰고 여우가, 구미호가. 옷을 입구 그 해골바가지를 뒤잡어쓰구 거 가드래요. 그래서 그 사람이 따라 갔대요.

(청중 : 그랬겠지 뭐.)

뒤루 쫓아가니까는 아주 큰 집이 있는데 글루 들어가드래.

거 들어가면서

"거 주인양반 있소?"

하니,

"아, 우리가 아주 지금 잔치를 하는데, 들어오시라구."

그래서 들어가선 앉아선 얘길 했대요. 그 사람이 들어가더니 아주 노인네들, 사람들 쭉- 앉은데 그 새에가 앉드래요.

(청중 : 새식시 곁에.)

어. 그 할머이가 여우, 여우 해골바가지, 구미호가 거기 앉드래요. 인제 그 사람이 사람을 갖다 튼튼한 사람 하나 불러내 가지고, 그랬대.

"나 시기는 대로만 해야지, 시기는 대로 안 해면 이 집이 아주 큰일 날 테니까 그른 줄 알라고."

그러니까,

"왜 그러는가?"

하니까,

"내가 아주 큰, 아주 이 저 홍두깨, 홍두깨를 하나 매련하라고."

그러더래.

"망치를. 큰 거 하나 매련해."

그래서 인제 큰 거 하나 이제 참 매련을 해서 인제 그 사람이 인제 그걸 가지구 있는데,

"내가 이제, 이제 아무개 거게 앉은 사람을 가 대가리를 치래믄 그 사람을 치라구."

(청중 : 그 여우를 인제 잡으라 이거지.)

예. 여울 잡을라고.

(청중 : 그럼.)

고걸 직접 눈으로 보고 쫓아갔으니.

(청중 : 그럼.)

그 이제 그 색시 잡아먹을라고 인제 그랬지.

(청중 : 그래게.)

그래서 그렇게 척- 앉아서 이걸 가지구, 가락지를 굴려 가락지를 거 매서 그걸 끼구 아주

(청중 : 아주 사람처럼 하구 갔구만 뭐.)

사람처럼 하구 갔드래. 그래서 쭉- 앉아서 사람 있는데, 얘기들 하고 있는데 인제 그랬대.

"저 아무데 앉은 저, 저 노인을 아주 대가리를 후려치라구."

그래선 방맹이를 그 튼튼한 사램이 방맹이를 쥐구는 대가리를 들어가

서 그 할머니를 하나 냅다 쳤대. 그러니까니 고저 잠깐 고저 꼬랑지 쭉 뻗쳐나오면서래,

"내가 아흔아홉 개를 잡아먹으라고 그랬더니 오늘은 내가 죽는구나."

하구선 꼬랑지를 뚝 붙이고 죽어 자빠지더래요. 여우가. 그래서 여우를 잡았지. 잡아 가지구 그 집에 잔치를 손님을 잘 치르고는,

"아주 반갑다구."

돈을 아주 한-주머니 줬대요, 그 사람을. 그래 줘서,

"이걸 가지구 가서 아주 참 고마우니까 가지고 가서 어 이걸 쓰구 살라구."

그래서 그걸 가지구 와서 옛날에 아주 집을 사구, 못 살던 게, 잘 살다가 죽었대.

만경소

자료코드 : 03_15_FOT_20100219_HRS_KYT_0001

조사장소 : 강원도 홍천군 서석면 생곡2리 산 54-2번지 마을회관

제보일시 : 2010.2.19

조 사 자 : 황루시, 유명희, 박현숙, 윤준섭

제 보 자 : 김영택, 남, 69세

구연상황 : 생곡2리 마을회관에 낮 열두 시 즈음 도착했다. 마을회관에는 점심 식사를 마친 어르신들이 스무 분 정도 모여 있었다. 조사자가 조사 목적을 설명하고 생곡2리에서 전해지는 이야기가 없냐고 물어보았다. 김영택 제보자가 스스로 앞으로 나오더니 이제부터 자신이 하는 이야기는 거짓이 없는 진실이라고 하며 구연을 시작했다.

줄 거 리 : 생곡2리에서 골짜기로 올라가면 이목동이라는 마을이 있다. 이목동 안에는 만경소라는 명주실 세 타래가 풀려 들어갈 만큼 깊은 소가 있다. 하루는 행인들이 주막에서 점심을 먹으려고 만경소 곁에 말을 매어 두었는데, 점심을 먹고 돌아오니 말이 없어졌다. 만경소에 있던 구렁이가 말을 잡아먹었다고 한다.

옛날에, 생곡(笙谷) 이리, 피리골(피리를 부는 골짜기라 하였다고 생곡이라 불림.), 이 피리골의 골짜기에 접어들어서 저기 올라가면, 아주 이, 이목동(梨木洞)이라는 배나무골, 배나무골이라는 거 동네가 있습니다.

배나무골 동네에 만경소라는 곳이 있어요. 만경소, 만경소의 그 전설이 아주 깊습니다. 그게, 그, 왜 그러냐하면. 옛날에 아마 우리 탄생하기 전에, 탄생하기 전에, 명주 꾸리가, 꾸리 아세요? 꾸리?

(보조 조사자 : 네. 실 꾸러미요?)

예, 실.

[양손으로 실 모양을 그리면서] 이렇게, 베 짜매는 명주 꾸리, 그게 세 개가 풀렸답니다. 그 깊이가, 그렇게, 그, 아주 깊은 소가 있었는데.

그 주변에다가 말을 하나, 이, 저. 평창서, 봉평서, 넘어 댕기는 행인들이 말을 끌고 오다가, 거기 주막이 있었대요. 그래서 그, 인제, 곁에다 매어 놓고, 들어가서 주막에다가 점심을 사 먹고, 이러고 나오니깐, 말고삐만 이렇게 매어 있지. 말은 없더라. 그래서 그, 그, 뭐, 저 이시미라 그러나, 구렁이라고 그러나, 그런, 뭐, 그 소에서, 그, 물 가운데서, 잡아먹었더라. 고삐는 물에 들어갔더라. (고삐가 물에 잠겼다는 말임)

그런 얘기, 그런 전설. 그래서 아주 기가 막힌, 그 전설에서, 그 후로부터는, 그 거를 만경소라고 불렀습니다. 만경소라고 했답니다. 그래서 그 만경소라는 게 시방까정(지금까지) 흘러지고 있습니다.

인색하게 굴어 구렁이가 된 할머니

자료코드 : 03_15_FOT_20100219_HRS_KJB_0001
조사장소 : 강원도 홍천군 서석면 생곡2리 산 54-2번지 마을회관
제보일시 : 2010.2.19
조 사 자 : 황루시, 유명희, 박현숙, 윤준섭

제 보 자 : 김진복, 여, 78세

구연상황 : 김학준 제보자 이야기가 끝나자, 앞선 김영택 제보자가 할머니들도 이야기를 한번 하라고 권유했다. 조사자도 할머니들을 보고 이야기를 청하자, 할머니들이 김진복 제보자를 추천하였다. 김진복 제보자는 처음에는 잘 모른다고 사양했지만, 조사자가 거듭 청하자 자신이 어렸을 적에 할머니에게 들었던 이야기가 있다며 구연을 시작했다.

줄 거 리 : 시골에서 시주를 소똥으로 할 만큼 인색하게 굴던 할머니가 있었다. 할머니는 벌을 받아 구렁이가 되었다. 구렁이가 된 할머니는 자손들의 도움으로 세상 구경을 하였지만 결국 사람으로 돌아오지 못하고 제천 으름지에 스스로 빠졌다.

옛날에 옛날에 (인색하게 구는 할머니가 살던 집이) 아주 잘 살았대요, 집안이. 그런데 인제, 쌀을 누가 사러 오면, 거기다가 돌을 섞어서 팔고, 또 장물을 얻으러 오면, 거기다 오지랖 물('소 오줌물'의 뜻)을 섞어서 주고, 그렇게 못되게 했대요, 그 할머니가. 그런데 그렇게 못된 짓만 그렇게 하고, 중이 오면, 또 줄 것 없다고.

[좌우 청중을 바라보면서] 그 뭐야, 소똥,

"소똥, 이거나 가지고 가라고."

한 삽 주고.

그런데, 그 할머이가 그만 구랭이가 됐대. 구랭이가, 그렇게 못된 짓을 해서 벌을 맞아서, 구랭가 돼서, 그 자손들이 하―도 기가 막혀서 할머이를, 인제,

"세상이나 보다가 돌아가시라고."

이렇게 가면, 휙키다가(구렁이가 휘어 감겨서 움직이는 모양) 댕겼는데, 실컷 돌아댕기다가는, 저 제천 으름지(의림지) 못이라는 곳이 있대요.

(보조 조사자 : 예, 으름지.) 응.

"으름지 못가에 가서 내가 들어갈 데에 가야 된다고."

거기 으름지 못 가에 가니깐, 이렇게 물로 쑥 들어가더래, 그 할머이가.

그 구랭이가, 구렁랭가 돼 가지고. 그래 가지고 그러구선, 우리 할머니가, 그래잖애.

"남 줄 적엔 좋은 것만 주고 뭐든지 후하게 줘야 된다고."

그렇게 옛날이야기를 그래하시더라고.

은혜 갚은 두꺼비

자료코드 : 03_15_FOT_20100219_HRS_KHJ_0001
조사장소 : 강원도 홍천군 서석면 생곡2리 산 54-2번지 마을회관
제보일시 : 2010.2.19
조 사 자 : 황루시, 유명희, 박현숙, 윤준섭
제 보 자 : 김학준, 남, 82세
구연상황 : 앞의 김영택 제보자의 이야기가 끝나고 김학준 제보자가 치악산의 유래와 관련하여 간단한 이야기를 했다. 조사자가 치악산 이야기에 있던 처녀를 바치는 내용에 대해 자세히 구연해 달라고 했다. 그러자 제보자는 자신이 어릴 적에 어른들에게서 들은 이야기라고 하며 구연을 시작했다.
줄 거 리 : 매년 서낭당에 처녀를 바쳐야 하는 마을이 있었다. 어렸을 때부터 두꺼비를 키웠던 처녀가 서낭당의 제물이 되자, 두꺼비도 처녀를 따라 서낭당으로 들어갔다. 그날 밤, 지네가 눈에서 독기를 뿜으며 처녀를 잡아먹으려고 하자 두꺼비도 지네에게 독기를 뿜어댔다. 결국 두꺼비가 처녀를 지네에게서 무사히 지켜냈다.

그, 어딘지 모르지, 어딘지 모르나. 그 동네에서 그 처녀 하나씩을 그 서낭('서낭당'의 뜻임)에다가 바쳐야 된대. 한 해에, 바치면 없어진대. 밤에, 어디로 갔는지.

(청중 : 그 귀신이 잡아가겠지.)

[일동 웃음]

없어지는데, 그, 인제, 그걸, 그것이 없어지는데, 어떻게 되는지는 그건 모른대요, 전혀. 모르는데 그걸 안 바치면 동네가 망해버린대요. 아주, 그

렇게 뭐. 아주, 그냥 뭐.

(청중 : 귀신은 사람 못 잡아먹어. 잡기만 하지.)

[일동 웃음]

그래서 그럼 인제, 그렇게 두었는데(지내왔는데), 한 집서 인제, 딸 하나를 낳았는데, 한, 뭐, 다섯 살, 여섯 살 정도 먹었는데, 엄마를 물동이를 갖다 보니깐, ('엄마와 물을 길러 돌아오던 길에'의 뜻임) 두꺼비가 한 마리가 있어 가지고 가져왔대요. 그래 갖고 오니깐 집안에 애완동물 키우듯이 그래, 계속 키웠대거든요. 그 다음에는, 뭐, 사는 건('살아 있는 것은'의 뜻임), 사는 건, 다 먹더래. 벌거지(벌레)도 먹고.

[양손으로 크게 둥근 원을 만들면서] 그래 키우니깐 그놈이 아주 이만해지더래요. 사람이 탈수록('탈 수 있을 만큼'의 뜻임) 크더래요. 그래서 아주, 그, 그 아가씨는 '그걸 아주 자기 친구다.'구 하고는 했는데. 야. 이제 그, 제비를 뽑으니깐 그 집에 딱 뽑히더래요.

그 딸 갖다 바치라 할 때 거 제비를 뽑아서 바쳤답니다. 돌아가면서 딸이 있는 집들은.

그래 인제 바쳐서, 그 아가씨는 딱하게 됐죠. 인제. 바쳐서 인제, 뭐 시방 시집가는 양으루, 목욕시키고, 옷 해 입히고 아주, 이쁘게 딱은, 굉장이, 가꿨는데. 하고선 가마를 타고 가는데. (옷을 깨끗하고 좋은 걸로 예쁘게 가꾸고 가마를 타고 갔다는 뜻임) 두꺼비가 치마를 딱 물고선 안 놓더라는 얘기죠. 그래, 아가씨가 두꺼비를 끄너선(들고선) 안고선 갔대요. 거기(서낭당을 말함)을 인제.

아, 그러다가 여러 명을 됐는데, 그 밤에 두고선 문을 닫고 왔겠죠, 인제, 무서우니깐은. (마을 사람들이 그녀를 서낭당에 두고 왔다는 것을 두서없이 말한 것임) 그래 왔는데, 인제 불안해 잠을 못 자겠지. 그래 가지고 한밤중이 됐는데.

(청중 : 두꺼비하고 처녀하고 같이 갔네?)

그래, 같이 갔지.

아주, 그저, 벼락 치는 소리가 아주 그 근처에 크게 확-, 나더래요. 나더니 간간하더래('조용하다'라는 말임).

'그 참 이상하다, 여딴거이(이번에는) 이상하다. (마을에 있던 처녀의 부모가 이전과는 달라 이상하게 생각한 것임)' 아침 일찌감치 거기를 올라 가봤대요. 올라가 보니간은, 두꺼비는 희떡 누워 쓰러져있고, 아가씨는 그 옆에서 자빠져 있는데. 그 옆에는 지네가 아주, 용구쇠(용마루 위에 덮는 짚을 말하는 것으로 여기서는 커다란 지네를 설명하기 위한 말임)만 하다 그래. 용구쇠 만하다고 하는 거는 집을 덮는 그걸 얘기하는 거야. 아주 기다란 거. 지네가 용구슬 만치 생겼거든 지네가 원래. 그놈의 지내가 뻘떡 나가 죽었더래요, 인제.

그래서 '하, 이상하다고.' 그러는데, 아가씨는 죽진 않았거든요. 그래서 인제 동네 사람들이 데려 오구, 두꺼비도 데려 오구. 데려와서 인제 편한 데서 얘기를 하니깐, 밤에 위에서 보더니 지네가 놀(눈에서 나오는 독을 뿜은 기운을 말함)을 뻗치더래. 아가씨한테루, 이렇게.

(처녀에게) 내려 뻗치니깐 두꺼비도 (지네에게) 놀을 뻗치더래요. 그러니깐, 두꺼비 놀은 쎄고(세고), 지네 놀은 자꾸자꾸 죽어 들어가더래. 들어가더니 마지막에 떨어졌답니다.

(청중 : 지네가, 지네가 죽었네.)

그래, 지네가 죽었대요. 그래, (지네가) 죽었다는 아가씨 얘기가 그렇게 나왔다. 그런 얘기가 있더라고요.

돌 깨고 손님 끊겨 망한 부잣집

자료코드 : 03_15_FOT_20100219_HRS_KHJ_0002

조사장소 : 강원도 홍천군 서석면 생곡2리 산 54-2번지 마을회관
제보일시 : 2010.2.19
조 사 자 : 황루시, 유명희, 박현숙, 윤준섭
제 보 자 : 김학준, 남, 82세
구연상황 : 앞의 이야기에 이어 조사자가 이야기를 청했다. 그러자 제보자는 조선 말기
에 부자가 망한 이야기가 생각난다며 구연을 시작했다. 이야기를 계속 하면서
긴장이 풀렸는지 좌우 청중의 반응을 의식하며 여유 있게 구연했다.
줄 거 리 : 강원도에 부자가 살았는데 손님이 많이 왔다. 부잣집의 며느리는 손님이 많
이 오는 것을 싫어했다. 며느리는 중에게 시주를 하면서 손님이 안 오게 할
수 없냐고 물었다. 중은 자신이 가리킨 돌을 깨면 손님이 줄어들 것이라고 했
다. 며느리가 돌을 깨자 집안이 망하고 손님도 끊어졌다.

　강원도 어디라고 그래, 그런데 아주 부자가 살았대. 부잔데, 부자가 살
으니깐은 손님이 많겠. 손님이 인제, 많으니깐은 그, 인제, 며느리가 귀찮
지. 그저, 자꾸만 제삿날도 오구, 귀찮으니깐은. 그 손님 세 끼가 하두 지
루하니깐은 속으로는 마실했지. (말의 속도가 너무 빨라 정확히 알아듣지
못했으나 손님이 대접하는 것이 많이 힘들다고 며느리가 생각하는 것을
말함) 손님이 쫓으면 또 오니, 자기는 부대껏(정성껏) 대접을 해야 하니.
그러니깐, 아주, 옛날에 맏며느리가 보통 며느리가 아니야. 종이나 두는
집의 맏며느리는 말도 고통, 고통도 아주, 참. 힘들거든.

　그래 해보니깐 그게 영 싫어 죽겠는데, '아유, 우리 집에 손님이 적어지
면 참 좋겠다.' 그러니깐은,

　중이 와서 목탁을 두드리고서는,

　"동냥을 달라구."

　하니깐. 나가서 얘기하자며 보니깐,

　"대사님."

　"왜 그러시오?"

　"내가 저, 시주를 후하게 드릴 테니깐은, 우리, 저, 딱 한 가지만 소원
을 들어 주시오."

이러니깐,

"뭔데요? 들어 주어야죠. 말씀하세요."

그러니깐,

"아휴, 난 아주 손님이 너무 많이 와서 아주 지겨워 죽겠네요, 못살겠어요. 대고(자꾸)."

(청중 : 대접을 밥을 해, 다 대접해줘야 하니깐은.)

그럼.

"그거, 뭐, 밤낮으로 아주, 도통 앉을 시간도 잘 시간도 없구, 난 아주 일이 고되 죽겠으니깐은 손님 좀 끊어지게 그것 좀 해주시오."

그러니깐은,

[고개를 좌우로 돌리고] 집터를 빙 돌다보니,

"아유 그거야 쉽죠. 뭘, 나 시키는 대로 할 수나 할 수 있습니다. (내가 시키는 대로 하면 할 수 있다고 하는 말임) 정말 하면 한다. ('정말 할 수 있냐?'의 뜻임)"

"아, 정한다면 한다구." (정말 할 수 있다는 말임) 하며. 아마, 그때 귀한 쌀마 퍼다 주었는가 봐. (시주로 많은 쌀을 주었다는 뜻임)

(청중 : 후하게 줬겠지.)

그러니깐은, 그러니깐, 그 중이 이렇게 보더니,

"이 돌을 깨내시오('깨라'는 뜻임)."

깨부신 거야.

[양손으로 가슴 너비 만큼의 원을 만들고] 요, 요만한 돌, 돌 하나가 있었대.

"요, 돌을 깨내시오. 그걸 깨내면 삼 년 된상(내에) 집의 손님은 끊어집니다."

근데 여자가 못 알아들었단 말이야. 끊어졌다는 것은 망한다는 얘긴데 망한다는 소리는 몰랐단 말이야. 그러니, 이건 뭐.

(청중 : 손님 끊어지면 망한다고 그랬지.)

그린깐 뭐, 쟁기로 요만한 돌을 픽 깨내버리깐은 그놈의 집안이 망하기 시작하는데, 나갔던 소는 제자리에서 죽고, 남쩍은 나가고, ('남종은 다 떠나가고'의 뜻임) 아들 죽구, 뭐, 또 이렇게 하다 망하구. 뭘 이렇게 망하다 보니깐,

(청중 : 올 사람이 없지.)

뭐. 손님이 없지. 그 다음엔, 그렇게 망했다구 그런 얘기가 있더라구, 근데 요거는 전설이 아니구 실제로 내려오는 얘기더라구요.

청량리 효자 정효시(정규시)

자료코드 : 03_15_FOT_20100121_HRS_LSD_0001

조사장소 : 강원도 홍천군 서석면 생곡1리 567번지 노인회관

제보일시 : 2010.1.21

조 사 자 : 황루시, 유명희, 박현숙, 윤준섭

제 보 자 : 이수동, 남, 92세

구연상황 : 조사자가 정규시에 대해 물었다. 제보자와 청중들이 그 이야기는 홍천군 서석면 청량리에서 전해지는 이야기라면서 구연을 하지 않으려고 했다. 조사자가 상관없으니 들려달라고 하자 제보자가 구연을 시작했다. 효자각에는 '정규시'라고 쓰여 있었지만 제보자는 '정효시'라고 불렀다.

줄 거 리 : 옛날에 서석면 청량리에 땜질을 하는 효자 정효시가 살았다. 정효시는 땜질을 해 돈을 벌어 구릉재를 넘어오다가 강도떼에 붙들려 돈을 모두 빼앗겼다. 강도 두목이 정효시에게 떡을 주라고 부하에게 시켰다. 정효시는 먹지 않고 아버님 드리겠다고 종이에 쌌다. 떡을 다시 줘도 정효시는 그 떡을 먹지 않고 아버님 드리겠다고 싸는 것을 보고 두목이 깊은 감동을 받았다. 두목은 부하들에게 모두 집으로 돌아가서 정효시처럼 부모에게 효도하라면서 강도떼를 해산시키고 자신도 집으로 돌아갔다.

그 정효시[33]라고 허는 양반은 효잔데, 옛날에 그 직업이 뭔가 하면은,

땜질을 했어, 땜질. 솥 때고, 가매 때고, 깨진 거 때는 거, 그 땜질했는데, 너무 너무 사램이 너무 순했어.

그래서 야양 (양양) 가서, 땜질을 해 가지고 돈을 스무냥을 벌어 가지구 서 짊어지고 오는데, 구릉재다 떡 올라서니까 길목을 지키던 강도떼가 쫓아나와 가지구서는 잡구 꿇어앉히는 거야. 그 가지고 있던 돈을 다 뺏어. 그 종일 뺏어. 넘어오는 사람이 열이믄 열, 스물이면 스물 다 뺏거던. 다 묶어 내려 굴려.

그랬다가 저네가 갈 적에 하날 풀어 놔. 그러면 그 사람이 죄- 풀어줘. 그럼 밤에 다 도망을 가.

그런데 이 양반이 돈 스무 냥을 은어 가지고 오는데, 가매가 하나 쓱- 올라오는데 보니까, 시집간 새닥이 친정으로 오는 거야. 친정으로. 친정으로다 인제 첨오는 실정을, 그 새닥은 그냥 오는 게 아니야. 떡두, 떡바리, 뭐 고기바리, 돈 많은 사람들은.

그리고 그 새닥은 가매를 타구 와. 아주 오붓단장을 잘 해 가지구서.

걔, 이렇게 있더라니까니루, 그 강도떼가 올러 와. 그다가,

"잡아라."

끌어다가서루 붙들어 놨어.

그런데 가매문을 여니까 새닥이 단장을 잘 하고, 이쁜 새닥이 들앉았어. 그래니까 그 때 도둑이 열여섯, 십육 명 도둑들이래. 그 대장눔이 그 새닥을 끌안고설랑은 그 바우너머로 넘어 가. 이 이눔이 가서 보지를 보구선 그 담엔,

"너, 갔다 와."

"너, 갔다 와."

이 이런 행동을 허는 거라. 그걸 다 봤잖아.

---

33) 실제 효자각에는 '정규시'라고 쓰여져 있으나 제보자는 '정효시'라고 부름.

그래구는 떡을 가주 오구, 고기 가주 왔는데, 옛날에 옛날 그 떡을 가주오는 걸, 가래가 이만큼씩 길어. 쭉쭉 해가지군. 그래 쭉- 노놔 갖다가는 그 땜쟁이를 저 바보같은 거를

"저것도 하나 줘."

주니까 안 먹고서, 거 빽 꺼머놓거 신문지 거 너절한 신문지다 싸.

"먹으라."

그러니까,

"아이, 안 먹습니다."

"왜 안 먹어 이눔아."

"우리 아버지가 기시는데요. 우리 아버지 이런 거 못 잡숴보세요. 우리가 못 살아서. 아버지 드래야지요."

"허, 그 놈. 그거 느 아범 주고, 자, 또 하나 줘."

"이거 너 먹어."

또 싸.

"너 먹으래니까."

"저는 굶어도 괜찮습니다. 우리 아버지 갖다드래야지요."

안 먹어. 다 싸.

그러니까 그 대장놈이 대장님이 저도 아버지가 있거든. 집에. 이렇게 생각하니까니루 저렇게 바보같은 사람도 부모를 생각을 하는데,

'나는 꽤 똑똑하고, 대장노릇도 허는 사람인데, 왜 아버지 어머니를 못 모셨나. 그래 못 된 짓만 하나.'

여기서 회개가 이렇게 회개가 돼가지고설랑은 눈물이 핑 돌더니마는 좌중을 돌래보면서,

"야, 너네 아버지 다 있지?"

"다, 있지요."

"나도 아버지, 지금 계신다. 어머니도 계시고. 이 사람은 이렇게 바보같

은 것도 어머니 드릴, 아버지 드릴라고 떡을, 그 배가 고플텐데 안 먹구서 싸는 걸 보니까 내가 못 베기겠어. 나, 아주 마음에 죄를 져서 나는 오늘 이 자리서 이 직업을 그만둬. 강도에다가 두목은 안 할 거야. 나는 오늘 집으로 가. 느네 어떡할래?"

"나두 가죠."

"나도 가죠."

거 십육 명 강도떼를 '정효시'라고 하는 효자 양반이 다 해산시킨 거야. 힘으로 해산시키는 것보다는 말에 감동을 받아야 해, 사람은. 말에 감동이 돼야 돼.

무 갖다 주고 송아지 받은 농부

자료코드 : 03_15_FOT_20100121_HRS_LSD_0002
조사장소 : 강원도 홍천군 서석면 생곡1리 567번지 노인회관
제보일시 : 2010.1.21
조 사 자 : 황루시, 유명희, 박현숙, 윤준섭
제 보 자 : 이수동, 남, 92세
구연상황 : 제보자가 조사자들이 어떤 사람이 되어야 하는지 들려줄 이야기가 있다면서 구연을 시작했다.
줄 거 리 : 옛날에 고을에 원님이 새로 부임해 왔다. 한 농부가 밭에서 좋은 무를 뽑아 정치 잘하는 원님에게 갖다 드렸다. 원님은 감사의 마음으로 며칠 전에 들어 온 송아지 한 마리를 줬다. 이 광경을 본 사람이 자신이 소를 갖다 드리면 소 열 마리를 줄 것이라 생각하고 소 한 마리를 갖다 드렸다. 그러자 원님이 고 맙다면서 조금 전에 받은 무를 줬다.

옛날에 원이 새로 하나 오셨는데, 그 마음씨가 고운 농사꾼이 무를 심 었는데, 무 한 개가 아주 변색이 생겼어. 아주 이뻐.

"야, 새로운 사또님이 정치를 잘 하시니까 난 드릴 게, 갖다 선물을 할

게 없어. 무 하나 갖다드려야지.”

그래 들구 갔어.

“사또님 저는 뭐슬 많이 줬으면 좋겠는데, 지가 가져올 건 이 무 한 개밖에 없습니다.”

갖다 주니까 사또가 허는 소리가,

“아이구, 이 고마운 농사꾼 좀 보게. 이거 맘이 얼매나 고운가. 야, 저 요전에 어느 누가 갖다 준 송아지 좋은 거 거, 있지?”

“예.”

“그거 이 사람 줘라. 난 줄 게 그거 밖에 없어.”

무 한 개 갖다 바치구서, 송아지 한 마리 은어 가지구 온 거라. 그르니까 그 옆에 있는 사람이, 한 사람이 있다가는

“야, 무 한 개 갖다주구서 송아지 한 마리 얻어 왔으니, 나는 암소 좋은 거 하나 갖다 바치며는 소 열 바리 줄 것이다.”

그래서 소를 아주 잘 빗기고서 손질 잘해 가지고서, 가서,

“아이고 사또 이 처음 오셔서, 너무 정치를 잘 해서 너무 감사해서 지가 송아지 좋은 한 바리다 바칠라고 가져왔습니다.”

“원, 이렇게 고마운 사램이 있나. 아고야, 참 너무 고맙네. 여봐라!”

“예.”

“이 사람 뭐 그냥 외상으로 그냥 받아먹니 내가? 엊그저께 그 저 어느 농부가 무 한 개 갖다 준 거 있지? 이 사람 갖다 줘라.”

[조사자들에게 손가락으로 가리키면서] 그래, 느들은 말이야, 어느 사람이 되고 싶어? 무 바친 사램이 돼야지. 소 갖다 준 놈은 되지 말어.

'또' 백세 장수 하세요

자료코드 : 03_15_FOT_20100121_HRS_LSD_0003
조사장소 : 강원도 홍천군 서석면 생곡1리 567번지 노인회관
제보일시 : 2010.1.21
조 사 자 : 황루시, 유명희, 박현숙, 윤준섭
제 보 자 : 이수동, 남, 92세
구연상황 : 제보자가 이어서 이야기를 구연했다.
줄 거 리 : 옛날에는 섣달 그믐날 묵은 세배를 했다. 마을에 아흔 아홉 살이 된 어른이
　　　　　계셨다. 한 젊은이가 어른에게 묵은 세배를 하고 '또' 백세 장수하시라고 덕
　　　　　담을 했다. 어른은 백세를 더 살라는 거냐면서 기뻐하며 술대접을 했다. 다른
　　　　　젊은이가 묵은 세배를 하고 백세 장수하시라면서 '또'자를 빠뜨렸다. 어른은
　　　　　내일이면 백세라면서 노기 띤 얼굴을 했다. '또'자 빠뜨린 젊은이가 앞서 절
　　　　　한 친구에게 어른이 노기를 띤 이유를 모르겠다고 했다. 친구는 상황을 설명
　　　　　해 준 다음 어른을 찾아가 친구가 '또'자를 넣었는데 들었냐고 물었다. 어른
　　　　　은 다른 젊은이도 '또'자를 넣었단 소리에 기분이 풀렸다.

옛날에는 세배(歲拜)를 하는데, 세배. 세배하는 얘길 해줄까?

십이월 삼십일을 뭐이라고 그러나? 마지막달 십이월달. 십이월달 마지
막달을 뭐이라 그래? 그믐. 섣달그믐이야. 자고 내일 아침에는, 내일 아침
이 정월 초하루지? 그럼 세배를 하는데, 옛날에는 섣달그믐날부터 세배를
가 먼저. 미리 가.

그건 왜 가느냐? 묵은 세배야. 묵은 세배 하러.

'일 년 동안 편안히 계셨습니까? 내년, 내년에도 건강하게 지내시기 바
랍니다.'

하구선 인제 묵은 세배를 가는 거야.

가서 한 사램이 먼저 가서 세배를 했는데, 그 양반이 얼맨가 하면은 아
흔 아홉 살이야. 그 할아버이가. 인사를 하구, 절을 하구설랑은,

"할아버지 '또' 백세 장수하세요."

"아이구. 뭘 또 백세를 더 살라 그래."

더 사는 건 다 좋아하는 거야. 여기 늙은네가 많지만서두 죽으라는 건 다 싫어해. 더 산다면 좋아하는 거야.

"아이, 뭘 또. 또 백세를 살라고?"

"아, 예. '또' 백세 장수하세요."

하니까,

"야, 거 이 사람 술 좀 갖다 줘라."

대접을 했어.

그래 또 한 사람이 왔어. 이 사람이 인사를 하구서는 나가 섰는데 친구가 또 왔어. 와서 또 큰절을 하구서는,

"아이, 할아버지 백세 장수하세요."

그르니까 대답도 안 하고서, 얼굴이 좋-잖아서 아무말도 안 하는, 아무말도, 얘기도 안 하는 거야. 저기 무참해. 무안해설랑은 한 델 나갔어. 아이 인제, 같이 갈라고 친구가 섰어.

"아이, 좋잖어."

"아이, 너 왜 얼굴에?"

"아이, 내가 세배를 해드렸더니, 아이 그 할아버지가 반가워하지도 않고 어째 얼굴에 노기를 띠어."

'노기'라는 것은 골이 난 얼굴이라 그거야.

"너, 인사가서 뭐라고 말씀을 드렸니?"

"아 백세 장수하라고 그랬지."

"야 이눔아, 그 할아버지가 하룻밤 지나면 백 살이여. 그럼 내일 죽으란 얘기야 임마. 자식이 뭔 말솜씨가 없어. 야 임마, '또'자를 넣어야지."

"아이고, 내가 몰랐구나. 내가 '또'자를 안 넣었구나."

"너 거기 섰어. 인마"

그 먼저 인제 '또'자 넣던 인제 친구 들어가서,

"아이, 할아버지."

"왜?"

"하이 아께 저, 지금 세배하고 나간 눔 있잖아요?"

"있어. 있더군. 왔드라."

"아이, '또' 자 넣는데, 할아버지가 못 들어서 그러죠?"

"뭐, '또' 잘 넣대?"

"하이, 그럼은요. 아이 세상에 할아버지가 백 살인데, '또' 자를 어떻게 안 넙니까?"

"원, 저런. 그 놈 갔니?"

"아이, 그냥 섰지요."

"들오라고 그래라."

그래,

"아이고, 내가 못 들었다. 니가, 내가 '또' 자를 못 들었다. 이눔아, 에그 이걸, 에휴 고맙다. '또' 잘 넣지? 너도."

이 세상 사람들은, 나도 그래 지금. 내가 구십 살이 벌써 넘어갔어. 오래 살았지? 옛날에 그런 눔이 없었어. 내가 오래 살았거던. 그 누가 와서 너 내일 죽으라면 내가 좋아하겠어? 나 싫어해. 내가 지금 고생을 하고 살지만서두 죽으라고 하면 싫어. 사람은 죽는 거 다 싫어해.

[왼손으로 오른손 맥을 짚으면서] 뭔 맥을 보구선,

"아이, 할아버지 한 오십은 더 어떻게."

"에이 무슨……."

좋아하는 기야. 사람은 죽는 거 다 싫어해. 걔, 누구보고 인사할 적에도 느그도 '또' 자 넣어.

(보조 조사자 : 네.)

검산리 아들바위

자료코드 : 03_15_FOT_20100121_HRS_LJW_0001
조사장소 : 강원도 홍천군 서석면 풍암1리 270-1번지 노인회관
제보일시 : 2010.1.21
조 사 자 : 황루시, 유명희, 박현숙, 윤준섭
제 보 자 : 이재원, 남, 73세
구연상황 : 앞서 이야기를 마치고 조사자가 쌀오는 바위 이야기나 아기 장수와 관련된
          이야기가 없느냐고 물었다. 그러자 청중 가운데 아들 낳는 바위에 대해 언급
          하면서 앞선 제보자가 아들바위의 형세와 위치에 관해 말하자 제보자가 불쑥
          나서며 자신이 전문가는 아니지만 아들바위에 얽힌 전설을 들려주겠다면서
          구연을 시작했다.
줄 거 리 : 검산리에 아들바위가 있다. 아들바위에 나무가 한 그루 있는데, 강 건너에서
          돌을 던져 아들바위 한 가운데에 올라앉았거나 맞추면 아들을 낳는다는 전설이
          있다. 예로부터 돌을 많이 던져 아들바위 한 가운데가 움푹 패였다.

고 옆에 인제 바우가 하나 있는데, 특별히 그 바우가 희한하게 생긴 게
있어. 근데, 왜 그 바우가 생겼는데 그 아들바우라고 했느냐?

옛날에 이제, 아낙네들이, 그 요즘도 마찬가지지요. 그 부부를 인연이
맺어 가지구 자식을 잘 낳면 좋은데, 자식을 못 낳은 경우에는 어떤 뭐
병원에 가서 뭘 치료했다 그러지. 옛날엔 그런 거 없이, 옛날엔 그런 거
아니라, 어떤 속설로다가 누가 뭘 해면은 '저 나물 뭐, 그 만져봐야 좋다.'
'더듬어 봐야 좋다.' '거그다 또 뭘 얻어봐야 좋다.' 그러는데, 거기는 하
나 뭔가 하면은 지나가는 사람들이,

[손으로 물 흐르는 시늉을 하면서] 물이 그 앞으루다가 지나가고 있는
데, 돌은 아니고, 그쪽 그 멀리 대있는데, 거기서 던져서 그 바우에다가
돌을 던지면은 어, 거 올라앉는거나,

[양손으로 둥글게 바위모양을 만들면서] 또 바우가 이렇게 멍청하게 이
룽게 있는데, 아주 그 암석으로 돼 있어요.

'고 복판에다 딱 때려서, 던져서 맞으면은 아들을 낳는다.'

이런 전설이 있었대요.

(청중 : 나도 몇 번 던져봤는데, 안 맞어. 안 맞었는데, 아들이 다섯이 낳어.)

그래서 인제 지금도 가보면은요, 그 위에 돌을 얼매나 많이 던졌는데, 던진 자리는 지금은 안돼. 던질래야 던질 수가 없어. 왜? 우리나라 거 옛날에 그 자연 그, 그 형태를 망가트린 게 우리 인간들이 너무 과감하게두 고속도로를 낸다, 뭘 낸다 해 가지구, 차가 너무 번창하게 많이 댕기다보내깐 던질 새가 없어. 거기 가민서. 옛날에는 걸어다니면서 그걸 했거든. 지금은 걸어다니는 게 아니라 그 앞으로다가 많은 사람들이 그냥 쉴새없이 오구 가는데

(청중 : 그 앞에서 던져)

거기서 사고 안 나면 다행이지.

(청중 : 돌, 돌이 있어야지. 돌이 없는 걸.)

(청중 : 돌은 많어요.)

(청중 : 아이, 없어요. 돌.)

(보조 조사자 : 돌을 들고 가면 안돼요? 돌을 들고 가서 던지면 안돼요?)

아, 던지면 되지.

지금도 거기 있으면, 거기 가면은 아주 벽같이 생겼어. 바우가. 하도 많이 던져서 옛날서부터 우리는 지금 나이가 어린 사람이지만, 우리 선조대 그 부모님들이 하두 많이 던진 그 자리가, 을매나 많이 던졌는지,

[양손을 모아 동그라미를 만들면서] 홈이 파여서 지금 오목하게 이렇게 돼 있어.

근데 그 문제는 뭐냐면 그거를 떠나서 그 우에다가 또 던져서 그 올라앉는 위치가 있어. 바우가. 나무두 자라 있구, 거기서 던지면 거고 아주 올라 앉어. 올라 앉어도 아들을 낳고, 거기다 아낙네가 돌을 던져서 맞춰도 아들을 낳는다.

(청중 : 아니, 근데 어느 누구던지 인제 던져 가지구 맞춘 사람두 있을 거구, 올라앉은 사람두 있을 거 아냐.)

예. 예.

(청중 : 그럼 인제 그 사람이 낳을 거 아니야.)

예 예 예 예.

(청중 : 그래 난 게 있어야 돼.)

아, 예 있는데요. 글쎄.

(청중 : 그래 난 게 있어야 돼.)

제가, 글쎄 제가 얘기할게요. 유일하게 내가 세상천지에, 우리 세상에서 사는게, 내가 가장 어렵게 이 세상을 살아온 사람인데. 내가 우리 아닐 만나 가지구 고기서 인제 그 이렇게 살다보니까, 거길 지나가게 됐어. 그런 얘길 한 번 했지.

(청중 : 음 음.)

그 때 강을 건네서 던진 게 아니라, 그땐 저 뭐야 자동차 타고 가는 게 아니라, 걸어가다가,

"여기 이런 바웁니다."

던져봤어. 힐쭉 던져봤어.

(청중 : 그래서 아들 낳어?)

그리고 내가 제일 첫 번에 장개가 가지구 난 게 뭐냐면 딸을 낳거든. 두 번째 또 딸 낳지? 세 번째 낳는데 그 우로 지내가다가 우연찮게 했는데 아들을 낳어.

(청중 : 아, 거 됐네.)

아, 진짜예요.

(청중 : 거, 거짓부렁이지.)

아니야, 아니야. 거짓부렁이 아니야. 그거는.

개와 고양이의 다툼

자료코드 : 03_15_FOT_20100122_HRS_LJS_0001
조사장소 : 강원도 홍천군 서석면 어론2리 516번지 노인회관
제보일시 : 2010.1.22
조 사 자 : 황루시, 유명희, 박현숙, 윤준섭
제 보 자 : 이종순, 여, 84세

구연상황 : 노인회관에 모여 계시던 어르신들께서 한 시간 반가량 돌아가면서 민요를
불렀다. 그런 뒤 조사자들이 이번에는 옛날이야기를 좀 들려달라고 요청하자
제보자가 이야기가 좀 길다면서 구연을 시작했다.

줄 거 리 : 옛날에 두 친구가 있었는데, 둘 중 한 친구가 잘 되면 다른 친구에게 돈을
주기로 약속했다. 한 친구가 다른 곳으로 공부를 하러 떠났다. 하루는 서당으
로 장가들라는 기별이 왔다. 훈장님이 떠나는 사람에게 어떤 세 가지 소리가
들려도 뒤돌아보지 말라고 당부했다. 이 사람은 마지막 세 번째 소리에 뒤를
돌아다보고 말았다. 나무 위에 여우가 있었다. 여우가 이 사람을 잡아먹으려
하자 이 사람은 내일 잔치 끝나고 열 시까지 올테니 그 때 잡아먹으라고 했
다. 이 사람이 혼례식을 하고 난 뒤 약속한 시간이 다 되어 나가자 아내도 따
라 나섰다. 여우가 이 사람을 잡아먹으려고 하자 아내가 달려들어 방해를 했
다. 여우가 '양' 일곱 도막을 토해 아내에게 주면서 남편을 잡아먹게 해달라
고 했다. 여우가 '양' 일곱 개 중 여섯 개의 용도를 알려주고 마지막 하나에
대해서는 알려주지 않았다. 아내는 마지막 '양'의 용도를 알려주지 않으면 절
대 남편을 잡아먹을 수 없다고 했다. 여우가 할 수 없이 상대방을 죽이는 용
도라는 것을 알려주자 아내가 그 말을 그대로 인용하여 여우를 죽였다. 부부
는 가져온 '양'으로 부자가 되었다. 부자가 된 친구집에 예전에 약속했던 친
구가 찾아와 '양'을 몰래 훔쳐갔다. 그 후 부부가 거지가 되자 기르던 개와
고양이가 '양'을 찾으러 나섰다. 고양이는 왕쥐의 손주쥐를 협박하여 잃어버
린 '양'을 찾는데 성공했다. 고양이는 입에 물고 있던 '양'을 개가 묻는 말에
대답하다가 강에 빠뜨렸다. 그 '양'을 먹은 물고기를 개와 고양이가 물고 가
져와 주인에게 주었다. 주인은 고기를 먹으려고 배를 갈랐다가 '양'을 발견했
다. '양'을 되찾은 부부는 다시 부자가 되었다.

그전 옛날에요. 인제 이렇게 친구가 이렇게 있구 있는데, 이렇게 인제
친구가 둘인데, 친구허구 인제 둘이 짜기를,

"인제 니가 잘 살믄 나를 돈을 주구, 내가 인제 못살구, 니가 잘 사믄 날 돈을 주구, 내가 잘 살믄 너를 돈을 준다."

이렇게 짰어.

(청중 : 서로가 인제 도와 주마 했겠지.)

그럼.

인제 친구끼리 인제 니가 잘 살믄 나를 인제 돈을 주구, 내가 잘 살으면 너를 돈을 주구 그런다 인제 이륵하구서는, 인제 짰는데, 공부를 같이 댕기는, 공부를 한문, 시방은 한문이 없지만, 그전 옛날에 한문들 배웠잖아요. 왜. 선상을 앉히고 인제 한문을 배우는데, 그렇게 짰는데. 이 이 친구가 하나 이제 외지루다 공부를 하러갔어.

공부를 하러갔는데, 가서 공부를 해는데, 인제 집이서 인저 어머이 아버이가 인자 아들이 한문배우면서 인제 다 컸으니까 장개보낼라고, 인제 선상한테다가 편지를 했어. 편지를 해니까, 선상이 가-만히 앉었더니만,

"내가 너를 아니 보낼 수는 없는데, 잔치를 한다니까 안 보낼 수는 없는데, 보내긴 보내야 되겠는데, 야. 나도 잠이 안 온다."

이러더래, 선상이.

그래서,

"아유, 선상님 무슨 말씀이요."

하니까는 인제 그래 인제 기 이튿날 인제 떠나서 가는데, 갈라구 선생 보구 인제 간다구 인사를 하니까는,

"잔치를 한다니까 내가 보내지, 아니 보낼 수는 없으니까,

[세 손가락을 펼쳐 보이면서] 가다가 시가지 소리가 나는데, 고걸 하나도 돌려다보지 말고 가야 니가 바루 집에루 잘 간다."

이래더래, 선상이.

그래서 인제,

"그럼 하나도 안 돌리다 보겠습니다."

이래구선 가는데, 아주 뻐꾸기가 을매나 처량하게 우는지, 인제 이 사람이 떠나가는데, 집으루. 그래서 인제 뻐꾸기가 하두 잘 울어서 그걸 좀 돌리다볼까 하다가서 그냥 갔대. 그냥 가구, 또 어디만치 가다가니까는 아주 사람 살리라구 그냥 밭을 막 갈구 맥 그럼서는 아주, 밭 가는 소리가 아주 처량하게 나드래잖아. 그래서 그거를 '아유, 선상님이 타이르는 대로 해야 하는데, 돌리다 보지 말고 가야지.'이래구 그것도 안 돌리다보구 그냥 갔는데,

또 한 구렁이를 돌아가니까, 아-주 사람을 살리라고 막 악을 쓰고 볶아치고 그러더래. 그래서 '아유, 이거 인제 요거 시번째 마지막인데 이걸 돌리다보지 말고 가랬는데, 어떡하나. 쬐끔 돌리다 보구서 가야지.' 한 게 아주, 확 돌리다보니까 그저

[양팔을 높이 펼쳐들면서] 낭그가 아주 큰 게 올라다 섰는데, 이렇게 구렁에 섰는데, 그 낭그 꼭대기에 사람이 올라앉았는데, 이 밑에가 불이 막 타드래잖아. 그래서, '아유, 이걸 불을 끄고서 사람을 살궈야지. 이거 보지 말고 가랬는데, 내가 돌리다 보다 이렇게 됐구나.' 그래구선, 저고리를 훌떡 벗어서는 물에다 적셔 가지구선 두드려 끄고 나니까는 여우가 올라앉았더래잖아 글쎄. 긴 여우가. 꼬리가 황강 같은 기. 여우가 올라앉았더래.

"아, 잡아먹는다."

그래더래잖아. 남자 그게 잔치할라구 인제 집에 가는 사람을 잡아먹는다구. 그래서,

"아주 그렇게 나는 이만저만해서 집으로 가는데, 나를 잡아먹으면 안된다고."

"아, 그래두 잡아먹는다고."

그래더래잖아.

"그래, 잡아먹어라."

그랬대.

"내일이 내 잔친데, 가서 잔치를 보구 내일 저녁에 열 시에 올거니 잡아먹어라."

그르니까,

"그래 그래라."

그래더래요.

그래서 인제 집에를 가면은 잔치꾼이 엄청나게 모였는데, 아, 아무데가 공부하던 우리 아들이 온다고 거 어머이 아버지가 막 맨발로 뛰 나오더래잖아. 그래는데, 이 몇 시간에 죽을 생각을 하니까 아주 기운이 하나도 없단 말이야. 그래서 인제, 들어가서 앉았으니까는, 아주 음식장만 한 걸 다 이렇게 상에다 차려다 주구

"먹어라. 먹어라."

하는데, 못 먹겠더래잖아. 그래, 못 먹구, 마루에 이-래 앉았다가서는,

(청중 : 근심이 되니 먹겠어? 못 먹지.)

자구서는 아침에 인제 옷을 바지저고리 해논 걸 입구서는 채비를 채려서 가는데, 색시가 아주 처갓집엘 가니까 아주 색시가 도화떼기 같은 기 아주 그룽기 잘 났드래잖아. 그래, '저렇게 잘난 여자를 데려다가서 살지 못하고 내가 오늘 저녁 열시면 내가 죽을 긴데 어떡하나?' 하구

인제 신랑이 대례를 지내구서 인제 가매를 타구서 돌아서 왔는데, 오니, 아유, 메느리를 보니 메느리가 아주 참 잘 들어왔거든. 이제 시어머니, 시아버지 좋아서 그래는데, 신랑은 기운이 하나도 없는 거야.

그래 인제, 사당 차례를 한다구 모두 돌아서서 사당 차례를 하구서 모두 열 시가 거진 다 돼 가는데, 큰일 났거든, 가야하는데. 그래 인제, 가서 가-만히 앉아서 생각을 해다가는 사당차례를 한다구 그래 사당 차례를 하구서는, 인제 방을 신방을 지내주더래요. 그래 신방을 지내줘서 인제 가서 앉았다가 새닥이 새닥 노릇을 하고 앉았으니까, 색시를 족두리두 안

벳게 주구, 옷도 안 벳게 주구, 신랑이 돌아앉아 신발을 하드래잖아. 아, 그래서 색시가 그냥 지가,

[족두리, 옷 벗는 시늉을 하면서] 족두리도 다 벗어놓구, 옷도 다 벗어놓구선 그냥 신랑을 붙들구선,

"어딜 갈라고 그러느냐고. 오늘 지냑은 죽어두 나하구 죽구, 살아도 나하구 살아야지, 어디루 갈라그러느냐고."

"내가 저기 쬐금만 나갔다 오께, 기다리라구."

그러더래.

[옆에 앉은 청중을 쳐다보면서] 가기만 하면 죽을 텐데 뭘 기다리긴 기다려.

"아니라구, 안 된다구. 가면 가면은 나하구 같이 가구, 여 있을라면 나하구 같이 있구 그러자구."

그래드래잖아 새닥. 그래서 인제 가-만히 앉았다가, 아 신발을 하구 나갔는데, 아 색시가 쫓아나와서,

"나부텀 앞세 가지고."

그래더래. 그래 가지구 색시가 앞에다 앞세우고선 거길 찾아선 인제 갔지.

가니까 열 시가 쬐금 넘었는데, 고기 항게 올라앉았더래, 낭그 꼭대기에. 그래서 그래서는 인제

"야 너 거기 항거 올라앉았어?"

이르니까,

"그래, 올라앉았다. 인제 쪼금 있으믄 안오면 내가 갈라 그랜다."

이르드래.

그래서 가서,

"잡아먹으라면 잡아먹어라. 왔으니까."

그러니까, 잡아먹는다고 확 대들더래잖아. 대들이니까 인제 새닥이 확 떼들은 거야.

"날 잡아 먹구 잡아먹으라구, 신랑을."

잡아먹을라 그래면 또 색시가 대들어서 못 잡아먹게 하곤, 자기가

"나부텀 잡아먹으라고."

대들고. 얼매만치 실갱이를 치다가 인제 뭘 깩깩해대 모가지서 뭘 개워 주더래, 요렇게,

[검지손가락을 세워 보이면서] 요마큼한 짤쭈매기가 진 거를, 요거를 도막도막 요렇게 있는 거를. 깩깩하더니 개워주더래, 그래, 그래서 인제

"그게 뭐냐?"

그러니까,

"양(두드리면 귀한 물건이 나오는 보물, 금과 유사하며 일곱 도막으로 된 것을 의미함)이라고."

그러더래, 이름이 양이라구.

"그래, 그게 뭐냐고?"

그래니까,

"그래 그게 양인데, 요거는 한 도막을 두디리면 돈 나와라하면 돈 나오는 거고, 요거 한 도막을 두디리면 인제 옷이 아주 좋은 옷만 나와라 하면 좋은 옷만 나오고, 이거는 인제 나오면, 이건 두디리면서는 요거는 인제 물 나와라 하면 물 나오고, 쌀 나와라 하면 쌀 나오고."

도막 도막 다 가르켜 주고 한 도막을 안 아르켜 주더래잖우.

그래서,

"아, 이까짓 게 뭐하는 거냐고"

홱 집어내던지고 그냥

"저 사람만 못 잡아먹는다고. 그거를 하나 아르켜 줘야 저 사람을 잡아 먹게 하지. 안 아르켜 주면 이까짓 게 뭐하는 거냐고."

홱 집어던졌어 그냥. 도로가 집어다가선

"아주, 지발 잡아먹게 해달라고."

그래서,

"저 사람 나 잡아먹게 해달라고."

"아니라구. 고거를 가르켜 줘야 잡아먹어두 잡아먹게 하구 그래지, 못 잡아먹는다고."

자꾸 대드니까, 헐 수 없이 그러더래. 헐 수 없이,

"거, 죄없는 사람을 잡어먹을라고 하니까 '그 놈 죽어라.' 하면 아주 그 여우가 죽는다고."

그래더래잖아. 아, 그 말 떨어지지 말자, 니미,

"죄없는 사람을 잡아먹을래는 거, 저놈은 죽어라."

하니, 아, 꼴딱 죽어 자빠지더래잖아.

(청중 : 아, 그래 여우가 죽었지 뭐.)

그래 가지구선, 아 그거를 가지구서는 신랑을 데리구 왔대잖아. 와 가지구서 사는데, 아, 이거 갖다놓고 두디리니까, 아주 그렇게 똥구멍 째지게 못 살던 게,

[검지손가락을 다른 손가락으로 두드리면서] 아, 두디리니 돈 나오고, 두디리는 쌀 나오고, 두디리니 옷 나오고, 물 나와라 물 나오고 그래 벨거 다 나와서 아주 부자가 돼 가지구, 소도 많이 해매고, 인제 개도 많이 묶고 인제 이래고 사는데, 아 친구 '니가 잘 살면은 돈을 날 달라고' 하던 놈이 찾아왔드래잖아. 돈 뺏아 가지고 갈라고.

찾아왔는데, 아, 그걸 짤라줄 수가 없잖우. 그거 한 가지 한 가지 나오는 거 어떻게 짤라줘. 그래서 돈 쏟아났던 거를 인제 주구서는

"가라구."

그랬더니, 아 돈을 다 쳐먹으니 또 왔드래잖아. 그래서 또 왔는데, 그날도 그걸 이렇게 돌귀(돌 가운데 조그마한 구멍을 뚫어 물건을 보관할 수 있게 만든 것)를 해서 요만하게 해 놓군, 이따다 그걸 조기다 내다났대.

시방은 말짱 시멘으로 그렇게 했지, 그 때 옛날에는 흙을 파다가 인제, 흙으루다 이렇게 물루다가 개 가지구 방짝에랑 다 발렀잖아요. 이 떨어진 거를. 아, 그걸 이렇게 바르는데, 그래 그걸 이렇게 바르는데, 아 돈 뺏으러 왔드래.

그래선,

"아, 양을 요런 접때 돈을 그렇게 많이 줘서 갖다 썼는데, 다 쓰고 없어서 이젠 굶어죽겠으니 어떡하느냐?"

"또 달라."

그르니까,

"안 된다."

그제서야,

"안 된다고."

잡아뗀 거야. 그래내까 아, 그걸 훔쳐 가지구 갔잖아. 그걸 귀체 훔쳐 가지고 가뻐렸잖아.

그래, 아, 그래 배를 타고 건네갔으니 그걸 어떻게 찾으러가? 못찾으러 가지. 그러니 못찾으러 가니, 이눔의 돈 쏟아논 거도 다 먹고 없구, 소두 다 팔아먹으니 없구, 그제서야 아주 그지가 된 거여. 그지가 돼서 사는데, 아, 개하고 고냉이하고 짜기를,

"너는, 너는 낭기를 잘 올라가구."

고냉이가. 고냉이를 인제 개가 시킨 거야.

"나는 물을 잘 타니까, 내가 너를 인제 내가 등허리다 업구선 물을 건네 갈거니, 저기 내 등허리에 올라앉아서 가구, 인제 뭐이가 인제, 우리 어서 고냉이하고 개가 왔다고 하면은 인제 내가 낭그로 올라가면은 너는 저기 가서 숨으라."

그래더래. 개를 보구. 그리고 인제 그놈의 집엘 갔더니 아주 그놈의 집이 그 양을 훔쳐다가 돌귀를 해 가지구 이렇게 짊어지구선 이-래고 앉었

더래.

그래니,

"아, 어서 고냉이가 저런 큰 기 왔다구. 방에다 갖다놓라."

그래더래. 들어가보니까 돌귀를 들어다가 갖다놓구는 거다 지대서 이-래구 앉았드래잖아. 아 근데, 어떻게 훔쳐 가지고 올 수가 없잖아.

(청중 : 그럼.)

그래 인제, 나와서 또 빙빙 이렇게 돌아댕기니,

"아, 어서 고냉이가 또 방에다 났더니 뛰나갔다구. 저, 광에다 갖다 놓라고. 광에 쥐가 많다구 아주."

그래고 인제 광에 들어가니까,

[양팔을 높이 벌려 치며들면서] 아주 돼지 다리를 이렇게 달아 매놨는데, 돼지 다리를 하나 제우 끌어서 저 창문으로 해서 끌어다 개를 바깥에 있는 걸 개 먹으라고 갖다 주구서는 도루 인제 들어가서 그 광에가 이-래구 개가, 저, 고냉이가 지키고 인제 그저 쥐가 이-만헌게 그냥 찍찍찍찍 막 뛰가더 내리오니까는 이눔의 고냉이가 들어가니까, 그 큰쥐를, 왕쥐를 꽉 물으니까는 인제,

"아, 우리 팔대조 할아버지 잡지 말라고. 우리 팔대조 할아버지 잡지 말라고."

아, 이놈의 좀팽이 쥐가 아 줄렁줄렁 따라가니까는 그저 쥐가 큰 게 이른 게, 쪽, 꽉 깨미니까 이렇게 꽉,

"아, 우리 팔대조 할아버지 잡지 말라고."

지랄지랄 하더래잖아. 그래서 그래고 인제 고냉이가 하는 말이 그랬대. 옛날엔 짐승도 그렇게 말을 다 했대요.

(청중 : 옛날에 죄 말을 했대잖아.)

고냉이가 인제. 고냉이가 골방쥐 요만큼 한 거를,

"너, 그게 팔대조 할아버지니?"

그러니까,

"그렇다."

그래더래. 그래,

"나는 이만저만해서 이렇게 왔으니까 이 집이, 양이 저 방에 돌귀에 있으니까 그 양을 찾어다 날 주면은 내가 느 팔대조 할아버지 안 잡아 먹는다구."

그러니까,

"아, 그래라."

그드래잖아 그래. 아, 쥐가 날마다 요론게 그저 그 돌귀를 뚫으러 가는라고 방고래[34]로, 보강지(아궁이)로 해서, 굴뚝으로 해서 들어가고,

쥐구녕이라 하는데는 다 끼들어가서 인제, 거 돌귀를 가서 빡빡빡빡 빡빡 긁어 가지구선 인제, 구녕을 요만게 뚫구고 그눔의 양을 빼내서 가져 온 거야. 빼내서 인제 그 인제 개 있는데, 마당으로 인제 숨어서 사는데, 돼지다리 갖다 쥐서 인제 먹고 숨어사는디를 가서,

"인제 훔쳐왔으니까 가자구."

아, 인제 고냉이가 인제 그 양을 물구, 개는 등떼기에 업혀서 인제 오는데, 아, 아직 저 괴기잡는 사람들이 바다 이릏해서 괴기잡느라고 엄청나게 모였는데, 아 그 바다를 개가 인제 고냉이를 업구서 가민,

"물구 오니?"

"물구 온다."

"물구 오니?"

"물구 온다."

아, 말하다가 물에다 빠쳤잖아. 이 녀석이 양을.

(청중 : 아, 그게 대답을 하니까는 그게 떨어졌지, 물에.)

---

34) 방의 구들장 밑으로 나 있는, 불길과 연기가 통하여 나가는 길.

[옆에 앉은 청중을 쳐다보면서] 개가 대답하다 그랬지, 고냉이가 대답하다 그랬나?

"물고 오니?"

"물구 온다."

대답하다가 물에 쑥 들어갔잖아. 그래 가지구서는 아구, 고냉이가

"아, 개가 고냉이를 보구 그렇게 단단히 물고 오지 물에다 빠췄다고."

고냉이를 죽인다고 지랄하더래잖아. 개가.

아, 낭개에 쪼르르 올라가서 앉아서 고냉이가 앉아서는,

"야, 저기 아주 괴기를 큰 걸, 팔뚝만 한 걸 잡았다구 인제 그 낚, 괴기 잡는 사람들이 저걸 잡았다고, 아주 좋다고 그래네."

바다 입구에 거 모래갯바닥 여기다 휘둘러 파구선 고기를 엄청나게 잡어다 놨는데 아주. 괴기가 참 금방 그 그 사람, 그 개하구 고냉이하고 건네온 데를, 거기서 잡었더래. 갖더가 거기다 놨는데, 폴딱 폴딱 폴딱 뛰더래 그게.

(청중 : 그래 괴기가 그걸 줘 먹었대잖아, 양을.)

고냉이가 인제 하는 말이,

"너 가서 저기 가서 빙빙 돌아댕기매."

고냉이가 고냉이를 그 개가 시킨 거라.

"가서 인제 그 괴기를 가서 물던지, 거 가서 빙빙 돌아댕기면 내가 쭈르르 내려가서 그 복판에가 큰 괴기 잡어 끌고 올 거니 우리 가자."

그래니,

"그렇게 하자."

하니, 고냉이가

"그래라."

그러더래잖아. 아, 그래서 인제 개가 가서 빙, 빙 돌아댕기니까 고냉이가 가서 그저 아, 어서 개가 왔다고 개 쫓으러 간 동안에 가서, 고기를 큰 거를 복판에 가서 콱 물구선 가,

"얘, 인제 가자."

개를 보구 그래. 그래 가지구선 쫓아가서 개하고 고냉이하고 인제 괴기 요만한 걸, 둘이 서로 끌구선 가니까, 아 주인이 먹을 게 없으니까 그냥 굶어서 앉았드래잖아. 그러다 주인이 인제 내다 보더래.

"아, 우리 고냉이하고 개하고 가더니, 굶어 죽은 줄 알었더니, 살아서 왔다구. 아주 고맙다구,"

그러게, 아 괴기 이만한 걸 가지고 오니,

"아, 어서 이렇게 큰 걸 가지구 왔다구."

좋다구 가 고냉이가, 고냉이, 개를 쓰다듬어 주고 내 이래구선 그 괴기를 가서 씻어다가 토막을 이렇게 치는데, 거기 들어앉았드래잖아, 양이.

(청중 : 괴기가 집어먹었대, 괴기가. 양을.)

그래 가지구 양을 도루 갔다가선 아주 도로 저 돌귀를 하나 맞춰서 파다가 놓구는 그걸 지구서 앉아 도로 부자가 돼서 인제 살면서 고냉이를 고냉이가 박대를 하는 거야. 그 개를 잡을라 그랬다구. 개가 와서 일러서. 아 고냉이를 잡을라고 그러니 아주 고냉이는 데려다가 방에다가 저기 났는데, 개는 한데다가 두니, 지가 쾌를 내서 그래도 그렇게 해서 가지고 갔는데, 고냉이는 우대를 잘 하구, 개는 한데다 놓구 밥을 주고 그래더래잖아. 아, 그래 가지구 개가 쫓아들어가 고냉이를 콱 물어 잡았어.

(청중 : 괄세를 하니까 그렇지.)

그럼.

그래 그래구서는 아주 그걸 그대루 아 쥐구녕을 뚫고 가져왔으니, 즈가 뭐 양을 찾을 수가 있어?

(청중 : 그럼)

그 사람은 뭐 도루 못 살구, 이집은 아주 도루, 그 고냉이하고 개하고 같이 찾아다 줘서 부자가 돼서 잘 살았잖아요.

전실 자식 간 빼려는 계모

자료코드 : 03_15_FOT_20100122_HRS_LJS_0002
조사장소 : 강원도 홍천군 서석면 어론2리 516번지 노인회관
제보일시 : 2010.1.22
조 사 자 : 황루시, 유명희, 박현숙, 윤준섭
제 보 자 : 이종순, 여, 84세

구연상황 : 점심 시간이 되어 노인회관에 모여 계시던 어르신들 점심 식사를 마치고 다
시 구연하기 위해 모여 앉았다. 조사자가 제보자에게 계모가 전실 자식 못 살
게 구는 이야기 좀 들려달라고 하자 구연을 시작했다.

줄 거 리 : 옛날에 한 의붓어미가 딸을 데리고 개가를 했다. 전실 아들은 한문공부를 하
러 다녔다. 하루는 딸에게 아버지 앞에서 지랄병이 든 것처럼 행동하라고 시
켰다. 그리고 백정을 찾아가 전실 아들 간을 먹여야 딸의 지랄병을 고칠 수
있다면서 전실 아들의 간을 빼달라고 부탁했다. 백정은 도저히 그럴 수가 없
어서 전실 아들을 도망시키고 개 간을 갖다줬다. 의붓어미는 전실 아들의 간
인 줄 알고 기뻐하면서 파묻어버렸다. 그 벌로 부부는 눈이 멀었다. 도망간
전실 아들은 큰 사람이 되어 집으로 돌아왔다. 죽은 줄 알았던 아들이 살아
돌아온 걸 알고 깜짝 놀라 아버지는 눈을 떴다. 백정은 이 아들이 온 줄 알고
잔치를 열어 친아버지보다 더 반겨주었다.

그전에는 옛날에는 왜 그렇게 의붓, 시방도 그러잖아 왜. '의붓에미를
에미랄까 뭐, 에비랄까 뭐 언덕밭이 밭이랄까' 뭐, 그래잖아. 그래는데 옛
날에는 뭐 의붓에미라면 그렇게 뭐 의붓자식을 영감의 아들이라든지 마
누래의 딸이라든지, 아들이라든지 천대를 줬잖아요. 많이 천대를 줘 가지
고. 그게.

인제 꼭대기는 백정이 살구, 밑에만 인제 의붓어머이, 인제 의붓어머니
아들 인제, 영감의 아들이 사는데, 공부를 해러갔어. 이 애가 한문을 인제
책을 가지고서 옆에다 찌구 인제 백정네 집을 지내서 인제 한문방에가 해
가 늦늦지믄 책을 옆에다 찌고 내래오고 이렇게 했는데. 그 애를, 이제 지
가 데리고 들어온 딸을 지랄병을 하느라고, 지 애비한테는 쇡이구서, 그
애비한테다가 에미가 지 딸이니까,

"너, 아버지 앞에서 지랄을 해라."

그래 흉허게 시겼어.

그랬는데, 이년의 지집애가 병두 없는 게 지랄병한다고 인제 지 에비 벌쩍 자빠지구 이러니까는 그 지에미가 인제 백정네 집엘 가가주고 우리, 그러니까 영감의 아들이지.

"우리 아무개가 인제 오거덩, 그 걸, 그 걸 잡아서 간을 달라고, 그 간을 인제 먹으면, 애를 인기귀를 멕이믄 낫는대다구. 잡아달라구."

시겠거든, 그 백정을 보구. 그래 인제,

"잡어준다."

그랬대. 아 잡어준다고 말을 해구서는 인제 기 이튿날 한문 서당에 또 가는 거를, 책을 찌구서 가는 거를, 지키고 있다 인제 해가 지면 오잖아. 해가 지면 오니까는 그 애를 나가서 보구서는,

"아무개야!"

이름을 부르니까,

"왜 그리십니까?"

그래더래.

그래서,

"느 어머이가 데리구 들어온 딸이 지랄을 핸대더구나."

그래서 지랄을 한다고 그러니까,

"지랄을 한다구."

그래드래. 그 애두 인제.

그래 그러니까는,

"그래서 너를 느 어머이가 오늘 와서 너을 잡아서 간을 달라 그러니까, 내가 어떻게 내 자식이나 남의 자식이나 남의 자식을 내가 어떻게 잡아서 주겠느냐? 그러니까, 니가 내가 시기는 대로 내말을 들어라."

그래더래.

그래서,

"그래겠습니다."

인제 이 애가 그래 그래구서는 백정이,

"그러면 우리집에서 자고 느집에 가지 말아라."

그래더래.

그러니까 그 백정네집에서 남자애가 잤어요. 자구서는 새벽 아주 밥을 해 멕여서 아주 멀리 보냈어. 멀리 보내구서는 개 간을 아주 이만한 뚜가리에다 그전 옛날에 옹기그릇이 있잖아. 뚜가리('작은 질그릇'의 강원도 사투리). 시방도 있지?

(청중 : 그래.)

그 뚜가리에다 개 간을 이렇게 인제 해서 가지구서 가니까,

"아, 어떻게 잡아줬냐고."

이 의붓에미가 아주 좋아서 그걸 받어 가지구 들어와서,

"왜 그걸 애를 안 믹이느냐?"

하니까,

"아, 인제 좀 있다가 믹인다고."

그래더래 그래. 믹이긴 뭘 믹여. 개 간을 사람 간이라고 쏟어서 내비리고 파묻었지 뭐. 그래, 애는 인제 꼭 잡은 줄만 안다구. 인제 그 즈, 즈 어머이, 의붓에미랑 지 애비랑은 애를 아주 잡은 줄만 알고 있는데, 아, 애가 아주 멀리멀리 얼매 맨큼 가 몇 해나 살었는지, 아주 가서 큰 사람이 돼 가지구선 잔치를 해서 색시를, 가매이를 둘이 쌍가매를 타고 들어오더니 그래도 지 에미, 지 에비라고 가서 절을 하니까, 눈까리가 멀어 앉았드래잖아. 에비가, 죄가 돼서.

(청중 : 그렇지 죄가 되지.)

에미랑. 의붓에미랑 눈까리가 멀어서 앉았더래. 그래서 그 애 이름이 순이야. 그래,

"순이올시다."

이르니까,

[두 눈을 감았다가 눈 뜨는 시늉을 하면서] 아 눈까리가 붙었던 게 뚝 떨어지면서,

"순이냐고."

탁 붙잡더래잖아. 에비가.

그래 가지구서는 인제 그래도 그 백정네 집에는 또 나중에 인제 점심을 그 집에서 지대리지. 내 집에서 인제 절을 하고 이래군, 점심을 인제 눈까리가 붙은 게 떨어졌으니 멀쩡해지 뭐. 그래니까, 밥을 해주더래. 그래서 먹구서는 백정네 집에 가매를 타구 올라가니깐, 자기가 해서 그렇게 보냈으니 뭐. 다 알고 앉았지 뭐. 잔치해는 거, 이런 거 다 알고 앉았지 뭐.

"아, 느들이 왔니?"

즈 아버이보다 더 반가워하더래잖아. 그 백정이. 그래 가지구서 가서 그래도 그 눈까리 멀어 앉은 기 그래도 지 에비라구 거그와서 살드래, 뭐.

계모 말 듣고 아들 버린 아버지

자료코드 : 03_15_FOT_20100122_HRS_LJS_0003

조사장소 : 강원도 홍천군 서석면 어론2리 516번지 노인회관

제보일시 : 2010.1.22

조 사 자 : 황루시, 유명희, 박현숙, 윤준섭

제 보 자 : 이종순, 여, 84세

구연상황 : 앞서 못된 의붓어미에 관한 이야기를 마치고 청중들과 의붓어미에 관해 이야기를 한참 주고받았다. 그러다 그와 비슷한 이야기를 해주겠다면서 구연을 시작했다.

줄 거 리 : 옛날에 어머니가 아들을 낳아 키워놓고 죽었다. 그래서 아버지가 재혼을 했다. 의붓어미가 남편에게 아들을 산비탈에 구덩이를 파서 버리라고 했다. 남편은 새아내의 말대로 아들을 구덩이에 버렸다. 아들은 그곳에서 도망나와 무

주구천동으로 갔다. 하루는 의붓어미가 동냥을 하러 무주구천동까지 왔다. 아들은 쌀과 고등어를 사서 의붓어미에게 주었다. 의붓어미가 남편에게 그 일을 전하자 도와준 사람을 만나고 싶어 했다. 의붓어미를 따라 가보니까 아버지는 벌을 받아 눈이 멀어 있었다. 자신이 아들이라고 아버지에게 말하자 아버지가 죽은 줄 알았는데 이렇게 컸냐고 말했다.

아, 그전에 한 사람이 뭐 아들을 낳서 키워놓고 어머이가 죽었는데, 아버이가 지게에다가 지 아들을, 아 예편네 말만 듣구서 그래는 거지.

지게를 지구서는 여그 올라앉으라 그래서 지 새낀데두 애비가 지구서 가서 애들을 구뎅이를 파라고 시겨서 구뎅이를 산비아래로가 구뎅이를 파놓니까,

"들어앉어 봐라."

그래니, 들어앉으니까, 아, 귀에 들으니까, 꼭대기를 감자구뎅이처럼 얼레집을 하구 파묻고 가드래잖아. 아들을, 제 아들을.

그랬는데 그 애가 그 흙을 이렇게 파 내리구서는 감자구뎅이처럼 얼레집을 해논 걸, 다 허물어 내리고 나와서는 도망을 가서 아, 어디로 갔는지 무주구천동 가가주고, 얼매나, 몇 해를 살아 돌아댕기다가니까는, 돌아댕기다니까는,

[옆에 앉은 청중을 쳐다보면서] 아, 의붓에미가 바가지를 들구 동냥을 해러 거길 왔더래잖아.

(청중 : 거랭이가 됐지 뭐.)

(청중 : 죄 받았지 뭐.)

가니깐 아범이 눈이 멀어서 또 앉었더래, 그것두. 그래서 인제, 즈어머이가, 보니까 벌써 즈 의붓어머이거든. 쌀을 한 말 사구, 고등애를 한 손 사서 인제 가져가서,

"할아버지가 계시느냐고."

그르니까, 즈 애빈 줄 알면서 그러니께, 그 의붓에민 줄 알고 그러니까,

인제 그렇게 해서 주구선 물어봤지.

"살았나? 죽었나?"

하고 물으니까,

"눈이 멀어서 앞을 못 보고 앉았다."

그래더래.

그래서 쌀을 한 말 사고, 고기를 한 손 사서 주면서,

"가져가서 할아버지를 끓여 들이라고."

이랬더니,

"아주 고맙다고."

인제 가져가더래잖아. 가져가더이, 아 그 담에 또 왔더래.

(청중 : 또 얻으러 왔지.)

"아, 쌀을 사주고, 괴기를 사줘서 갖다가 아주 할아버지를 잘 끓여 드
렸다고 그래구, 잘 먹었다고."

그래면서, 또 와서,

"가자."

그래더래잖아.

가서 얘기를 했더니,

"아, 그 담에 가서 그 양반을 만내거든 좀 데리고 오라고."

그래서 그래서 또 쌀을 좀 사 가지고, 인제 고개를 좀 해다가 지구선
그 의붓에미하고 같이 가보니까, 눈이 멀어 앉았더래.

(청중 : 아버지가?)

그럼.

그래서 가서,

"당신이 그렇게 젊은 청년인데, 그렇게 잘 해서 접대를 줘서 그렇게 오
늘도 또 그렇게 해다 주셨다구. 나는 눈이 이렇게 앞을 못 봐서 못 보니
까는 그래서 잘 먹겠습니다."

이래.

아, 이름을 물으면,

"아무개다."

"아, 그래?"

땅파 파묻은 게 살아왔으니,

(청중 : 그럼.)

그래구,

"죽은 줄 알았더니 살아서 그릏게 가서 돌아댕기다 그릏게 컸느냐고."

그래더래는데 그래도. 의붓애비도 아닌데, 지애빈데도 그 지랄하더래 뭐.

(청중 : 그릏게 예편네 말 듣고 그래는 거야.)

그럼.

(청중 : 그 예편네 때문에, 이그. 그래니 그게 그게 뭐야 글쎄, 되레 아들보기 챙피하지 않아?)

그러니까 시방두 전설적으루 내려오는 게 '의붓애비 애비랄까? 언덕밭을 밭일까? 의붓에미 에미랄까?' 뭐 그래잖아.

호랑이 목에 걸린 비녀 꺼내준 의원 할머니

자료코드 : 03_15_FOT_20100122_HRS_LJS_0004

조사장소 : 강원도 홍천군 서석면 어론2리 516번지 노인회관

제보일시 : 2010.1.22

조 사 자 : 황루시, 유명희, 박현숙, 윤준섭

제 보 자 : 이종순, 여, 84세

구연상황 : 앞서 이야기가 끝나고 잠시 대화가 이어졌다. 그러다가 조사자가 제보자에게 또 다른 이야기를 들려달라고 청하자 구연을 시작했다.

줄 거 리 : 옛날에 할머니 열 명이 놀러가다가 산골짜기에서 호랑이를 만났다. 호랑이는 열 명의 할머니 가운데 의원 할머니를 등에 업고 호랑이굴로 들어갔다. 호랑

이 굴에는 목에 비녀가 걸린 큰호랑이가 있었다. 의원할머니는 큰호랑이 목에 걸린 비녀를 빼줬다. 호랑이는 할머니를 업고 할머니가 계시던 자리로 다시 모셔다 드렸다. 그리고 얼마 뒤 그 호랑이가 할머니에게 금은보화를 물어다 주었다. 아침에 호랑이가 집으로 돌아가는 할머니 배웅을 나와서 고맙다는 시늉을 했다.

옛날에 할먼네가 열이서, 열이서 질을 가는데, 질을 자꾸 가서 자구 올 판인데, 열이 가 가지구, 놀다가 자구 올 판인데, 아, 어딜 가다가서는 이렇게 가는데, 골짜구니, 아주 큰 골짜구니가 있는데, 아, 호랭이가 나와 앉았더래, 질에(길에). 호랭이가 나와 앉았는데, 맨 앞에 서가는 이제 그래, 거 의원 할머니, 잘하는 할머니를 맨 복판에다 세우고서는, 인제 앞에 다섯이 가구, 뒤에 인제 느이가 가고, 의원 할머이는 복판에, 벌써 그 의원을 다 안단 말이야.

(보조 조사자 : 의원할머니요? 의원?)

아는 소리 하는 할머이.

(보조 조사자 : 그런 할머니를 뭐라 그런다구요?)

잡아먹을라구, 인제 호랭이가 나와 있으니까, 나와서 이렇게 질가에 앉었으니까, 이제 앞에 가는, 맨 앞에 가는 할머이들이 다섯이,

"잡어먹을테면 잡어먹어라."

인제 한 사람이 그러니까, 안 잡아먹는다고 휘두르드래, 이렇게.

[왼팔을 뻗어 가라는 시늉을 하면서] 그래고 가라고 그러드래, 앞발을 가지고 이렇게.

그래서 하나 가구 또 하나 인제,

"잡아먹을라면 잡아먹어라."

그르니까는 또 고 가라고 앞발을 휘젓드래.

그래서 또 그러니까, 서이째 또 그러니까, 그 할머이들 역시

"잡아먹으라."

그르니까 그 거 또 안 잡아먹는다고 휘두르더래.

그래서 기냥 인제 서이가 갔어. 서이가 가구 인제, 고기 둘이 다섯이 가다 인제 서이가 가구 둘이 있는데, 그것도 역시 또 그렇게 하더래. 그래, 그래서 다섯이 다 인제 걸어서 가면서 복판에 인제 의사 할머이가 있는 거야. 의사할머이.

(청중 : 그 걸 잡아먹을라고.)

의원 아는 소리도 잘 하는 할머이가,

"잡아먹으라면 잡아먹어라."

그르니까, 안 잡아먹는다고 휘둘대이 등허리를 뚝 둘러대더라잖아. 업구갈라구. 그래 가지구 덜렁 업혔대. 업히니까는,

[양팔을 높이 치켜들면서] 아주 호랭이가 이거 집채같은 게 그냥 덜렁 업구선 그 골짜구니 큰 골짜구니가 있는데, 들어가드래잖아. 들어갔는데, 바우가 아주 큰-게 있는데, 굴이 여만한 게, 여개 호랭이가 얼마나 댕겼는지 아주 마당을 다 까놨는데, 호랭이가 앉아서 을거덩, 을거덩 이르니까, 아주 호랭이 새끼가 온갖기 뛰나오는데,

(청중 : 먹을 거 가져왔는 줄 알고.)

그럼. 그랬는데 아주 큰- 호랭이가 또 나오더래. 그래 가지구 업고 간 호랭이를,

"나를 이다 갖다 놨으니까 인제 잡아먹으라면 잡아먹어라."

그래니까

"안 잡아먹는다고?"

그래더래. 그래고 호랭이 이렇게 큰 걸 나왔는데,

[입을 크게 버린 채 천장을 보면서] '아----' 이렇게 하드래. 아가리를. '아---' 이렇게.

그 큰 호랭이가 나와 가지구 '아----' 이래니까 주먹을 불쑥 들이미니까 여자를 잡아먹어 가지구 비녀가 걸려 가지고, 뭘 먹질 못하고 여가 부

어있으니까 그걸 고쳐달라고 데리고 왔지. 업고 왔지. 그래서 비녀를 꺼내놔주니까, 또 업히라 그래더래. 그 호랭이가, 업구 간 호랭이가. 그래가 업구서는 오니까는 업구가던 자리다 내려놓구선 가라고 그래더래니까,

[왼손으로 가라는 시늉을 하면서] 앞발루다 손짓을 해. 이릏게 해더래. 그래서 그 할미들 많이 인제, 아홉이 갔지. 그러니까 그 의사 할머이는 업혀서, 호랭이한테 업혜 가고 그리고, 아홉이 가가주고, 인제 어디가서 참,

"아구, 이거 업구가드니 잡어먹었나? 죽었나?"

하드래.

가서 지냑이 돼 지냑을 얻어먹구 대면을 하는데, 아 밤에 어느 맘 때나 됐는지 그 업구 간 호랭이가 아주 은, 금 보화 뎅이(덩어리)을 이-만큼 해서,

(청중 : 신세갚느라고.)

물구서는 그 할, 의원 할머이한테루 왔드래. 와서 한데 와서 거-가, 거-가, 거-가 이래더래. 글꺽, 글꺽 그래더래.

말하니까네, 그 은, 금, 보화 뎅이를 물구 와 앉어 가지구 그릏게 글꺽거리드래요.

그래 그래더이,

[양팔로 주는 시늉을 하면서] 앞발루다 그르더니 주드래. 그래가 가지구 들어

(청중 : 뱉어서 이릏게 줬겠지.)

그럼. 들어와서 그 할먼네하구 인제 얘기를 하구 자구선 아츰에, 아츰에 인제 오는데, 그 호랭이가 이래구서 또 배웅을 나왔더래. 고맙다고.

(청중 : 걸린 걸 꺼내줬으니까네 고맙다고.)

그럼. 그 비녀 빼서 고쳐줬다구 그릏게 나와서.

[손으로 목을 잡아당기면서] 그냥 아주 이렇게 ,

[팔뚝으로 비녀 모양을 만들면서] 이른 거 꺼내줘서 아주 다 낫다구 아주, 밥두 잘 먹는다구 이릏게 아주 시늉을 하매 그릏게 고맙다 그르더래.

어머니 위해 아들 삶은 부부(동자삼)

자료코드 : 03_15_FOT_20100122_HRS_LJS_0005
조사장소 : 강원도 홍천군 서석면 어론2리 516번지 노인회관
제보일시 : 2010.1.22
조 사 자 : 황루시, 유명희, 박현숙, 윤준섭
제 보 자 : 이종순, 여, 84세

구연상황 : 앞서 이야기에 이어서 구연을 했다. 구연 마지막에 조사자가 정말 솥에 들어
앉은 것이 아들이었냐고 질문을 던지자 청중 대부분이 산삼이라고 말했지만,
제보자는 귀가 어두워 질문에 대한 답을 하지 않았다.
줄 거 리 : 옛날에 어머니가 망녕이 들어 손주를 개라고 우기며 잡아달라고 했다. 고민
을 하던 부부는 어머님의 뜻대로 아들을 잡기로 마음먹었다. 하루는 아들이
서당에서 올 때가 안됐는데, 일찍 돌아왔다. 부부는 아들을 솥에 넣었다. 그런
데 저녁이 되니 아들이 왔다. 하늘이 부부의 효심에 감동해서 똑같은 아들을
보내준 것이었다.

옛날에 할머이가 시어머이가 또 나이가 많은 할머이가 있는데, 망녕을
자꾸 떠니까, 저 아들이,

"우리 어머이 저 기운이 없어서 망녕을 떠는 거라고. 우리 어머이를 좀
보신을 시기야 한다고."

그래는데, 아, 이눔의 할미가 망녕이 들어 자꾸 손주를 잡어달라더래.
손주가 학교 댕기는 기 있는데.

(청중 : 망녕이 들면 그래.)

저기, 국민핵교, 한문 서당에 댕기는데, 자꾸 그 손주를 잡어달라구 그
러더래. 우리 개라구. 개라구, 그 애 이름을 부르면서,

"그게 개지 사람이냐구? 잡아달라구."

그러더래잖아. 자꾸. 아이, 그래서, 그러니 그걸, 개가 아니고 사람이라
고 할 수도 없고, 노인네가 망녕을 떠니, '이걸 어떡하나?' 하고 있으니.
아, 하루 인제 날을 받었대. 잡아서 인제,

"할머이가 정이나 잡어달래니 잡어드려야 한다고."

날을 받어놨는데, 그 애는 인제 서당에 갔다가 올 때가 안됐는데, 아주
그냥 그 애처럼 생긴 게 책을 옆에다 찌구 들어오더래잖아. 아 그래서 그
애를 쇠물깡에다 물을 끓이다가서는 그걸, 그 애를 잡어서 인제 해 앉혔
는데, 지아들하고 똑같은 게 그 지냑 때 해가 지니까 오더래잖아.

아이, 그래,

"아이, 어머이!"

그래매 들어오더래. 그 애가.

"우리 애는 할머이가 하두 개라구 잡어달라구 그래서 잡어서 이 댁에
앉혔는데, 뭐어 어머이라 그래?"

그러니까,

"우리 어머이도 할머이처럼 망녕든다구."

"우리 어머이도 할머이처럼 망녕을 떨으니 어떡해야 하느냐고."

그래더래잖아. 글쎄, 그게. 그러니까 인제,

"내가 망녕이 아니야. 내가 진짜 우리 아무개를 잡어서 해 앉혔어."

그르니까,

"아, 우리 어머이도 할머이처럼 망녕든다고. 왜 이 멀쩡한 아들을 두고
잡어서 해 앉혔다고 그러느냐고."

막. 그래니 하늘이 내줬대잖아. 하늘이.

그러니까 하도 시어머이한테, 아버지가 어머이한테 잘 하고 그러니까,
그 거 인제 잡어 주나, 안 잡어 주나 볼라고 하늘이 그렇게 똑같은 아들
을 내보내서, 내줬대.

(보조 조사자 : 할머니 그게 진짜 애였어요?)

예?

(보조 조사자 : 진짜 애였어요?)

(청중 : 그게 산심이래는데 뭐.)

그래서 산에서 인제 하늘이 그 내줬대는 거야. 그 아들을.

(청중 : 산심이야.)

복진 며느리

자료코드 : 03_15_FOT_20100122_HRS_LJS_0006
조사장소 : 강원도 홍천군 서석면 어론2리 516번지 노인회관
제보일시 : 2010.1.22
조 사 자 : 황루시, 유명희, 박현숙, 윤준섭
제 보 자 : 이종순, 여, 84세
구연상황 : 앞서 이야기에 이어서 구연을 했다. 구연과정에서 인물의 신분과 직책의 혼
　　　　　선을 빚기도 했다.
줄 거 리 : 옛날에 임금이 며느리를 잘 얻으려고 며느릿감을 고르러 다녔다. 팔도강산을
　　　　　다 돌아다니다가 마지막 한 곳에서 맘에 드는 백정의 딸을 발견했다. 임금은
　　　　　백정을 설득해서 그의 딸을 며느리로 삼았다. 그러나 임금의 아들은 아내가
　　　　　백정의 딸인 것이 창피해 아내를 내쫓았다. 쫓겨난 아내는 깊은 산 속에 숯구
　　　　　이 총각을 만나 살게 되었다. 하루는 아내가 숯상판에 밥을 갖다 주러 갔다가
　　　　　숯가마 이맛돌이 금덩이인 것을 발견했다. 그 이맛돌을 집으로 가져와 팔아서
　　　　　부자가 되었다. 하루는 본남편이 거지가 되어 구걸을 왔다.아내는 본남편을
　　　　　깨끗이 씻기고 미리 준비해 둔 새 의복을 입혔다. 그리고 본남편에게 다시 같
　　　　　이 살겠냐고 물으니 본남편이 살겠다고 대답했다. 아내는 금덩이 반을 숯구이
　　　　　남편에게 주고 나머지 반을 들고 본남편과 떠났다.

　　그전에 옛날에 아주 저기 할머이가 아들 하나를 키우구서 사는데, 아주
대감, 그전 옛날 대감이 며느리를 잘 은어야만 부자노릇을 하고 살겠는데,
시상에 메느리감을 대감이라는 게 메느리감을 은으러 댕길라니까 치사하
잖아. 그래는 걸, 그래도 쌀을 해서 짊어지구서 아주 나섰어요. 메느리감
고르러.

　　나섰는데, 쌀을 서 말을 해서 지구서는 여, 팔도강산 다 돌아댕기다가
이제 한 데가 남았는데, 거기만 없으면 이제 갈 판인데. 해가 늦늦졌는데,
'어디가 쥐인을 허구 자야지.' 이래구 인제 가더라니까 아주 색시가 얼굴

이 왜 그리 도화데기 같은 게 빨래를 해다가 이렇게, 시방은 줄을 매고 뭐 이렇게, 저 옷걸이다 걸구 그래잖아.

그래는데, 그 때는 울타리지. 울타리, 울타리. 울타리다 빨래를 이렇게 빨어다 걸더래잖아 색시가. 아, 색시가 그렇게 맘에 들더래.

그래서 인제 임금(앞에서는 '대감'으로 지칭하고 있음)이 그 옆에 집에 가가주구서,

"아, 저집에 색시가 아주 탐나는 게 있드라고. 거 주인 좀 일러달라구."

그러더래.

"아, 임금님이 쌍놈의 딸을 얻을라고 그러느냐고. 안된다고."

그러더래잖아. 그래,

"아이, 쌍놈이고 뭐고 일러달라구."

걔, 저 아래, 인제 그 쥐인 한 나그네가 그 집에 가서, 그 색시네 집엘 갔어. 색시네 집엘 갔는데, 가서, 인제 주인을 찾어서 가가주구선,

"아, 딸을 저기 우리집에 임금님이 와서 자는데, 메느리 삼게 달라고 그러니 저게 가자구. 가서 주던지, 원 안 주던지, 얘길하자구."

그러니까, 아 가가주고,

"아, 임금님이 저를 사돈 삼자고, 아 딸을 달라고 그러셨느냐구. 쥑여 줄라믄 그냥 쥑여 주십시오."

무릎을 꿇고 엎드려 그러더래잖아. 그러니까,

"아니라구. 내가 사돈 삼을라고 그러지. 내가 쥑일라 그런 거 아니니까, 딸을 달라구. 그러니 내가 메느리 삼게 달라구."

그러니까, 아, 그래 헐 수 없이 허락을 해췄어. 허락을 해 줘서, 잔치를 해서 인제 가매를 태워서 인제 데려갔는데, 친구들이,

"느 아버이 임금인데 왜 쌍놈 딸을 가 은어왔느냐고."

날마다 낭그하러 같이 댕기면서 얘길하는 거야. 그러니까 임금의 아들이 그 걸 들으니 글쎄 챙피하잖아. 그래서, 그래서 인제 마누래를

"너는 가보고 나는 너 하나 버리면 고만이니까 가그라."

인제 그랬어. 그래니까 이 여자가 고만 남편네가 그러니까 헐 수 없이 인제 보따리를 싸 가지고 어디 마큼 또 갔어요. 이혼을 해구선. 갔는데, 아마 골짜구니를 한 군데를, 깊은 골짜구니를 들어가니깐, 할머니가 혼자 지냑을 하더래.

그래서 가서 낭그도 꺾어 넣어주고, 인제 앉어 얘기, 얘기하니까,

"할머니 혼자 사세요?"

이래니까,

"예. 나는 나 혼자 사는데, 인제 우리 아들이 숯상판에 저 꼴짜구니 저 연기나는데 거 가서 숯상판에 가서 숯을 굽구 있는데, 인제 어두우면 인제 숯을 짊어지구 올 거라구."

그래더래.

그래 불을 꺾어놓고는 밥을 해구 이래고 같이 그 할머이하고 그러고 있다니까, 뭐 마당에서 부시럭부시럭 하는 소리가 나.

"아, 우리 아들이 왔다구."

그래더래.

그랬는데, 아주 숯을, 숯을 과서 얼굴이 새까만 게 아주 옷도 새까만 게 들어오더래잖아. 그래니까,

"야, 오늘 저냑엔 우리집에 손님이 오셨다."

"그래요?"

이래맨 이제, 들어가 앉았으니까 그 여자가 밥을 채려서 퍼서 갖다놓고, 인제 먹구서는 기 이튿날 숯을 구으러 또 가는 거야, 그 남자가. 지게를 해지고, 숯을 인제 모두 짊어지고 가니까는, 그 여자가 그랜 거야.

"오늘은 주인아저씨 그냥 가시게요? 내가 밥을 해서 갖다 드릴게."

그러니까 아이 좋아서 아주, 밥을 해서 싸서 인제 가지구서 낮에,

"저기 연기나는 데만 가라고."

그래더래. 시어머니 자리가.

그래서 연기 나는데 인제 찾아서 올라가니까 숯을 굽더래. 거기서, 숯을.

[양팔을 높이 들어 원을 그리면서] 숯가매를 이렇게 걸어올려놓고 거기서 숯을 굽는데, 밥을 갖다,

"먹으라고."

주구서는, 가만히 앉아보니까는 숯가매 이맛돌(아궁이 위 앞에 가로로 걸쳐 놓은 긴 돌)이 글쎄 다 보화떼기거든. 숯가매 이맛돌 걸어논 게. 그래서 인제 그 남자를 보구 그랬대.

"지냑 때 올 적에 이 숯가매 이맛돌을 빼지구 오라구."

그러니까,

"아, 그것 땜에 우리가 밥을 먹구 사는데, 그걸 빼지구 가면 어떡하느냐고."

막 볶아치더래, 그 남자가.

그래는 걸,

"아니라구, 이것만 빼서 지고오면 낼부터 이 노릇 안해도 산다고."

그 여자가 그러더래. 아, 그 마누래, 그 장개 가지고 뚜디려 숨, 숨이도 멎도록 빼지고 와서 빼지고 와서 인제 마당에 와서 내려놓으니까 그 여자가 지냑을 해다가 쫓아나가서 덜렁 들어다 구석에다 세워 놓구 날마다 요만큼 짤라주는 거야. 그거를,

"이거를 가져가서 아매를 받구 팔아오우."

이래구 주며, 그거 가져가서 아매오라고 바꿔오라고 주는데 아주, 기약 꺼정 다 해주니까는 그거 가주가 그저 해오라는 대로만 받어가주 오구, 오구. 아, 날마다 부자가 돼서 잘 살잖아.

부자가 돼서 잘 사는데, 이제 그 여자가 가─만히 인제 앉아서 인제 궁리를 하는데, '본남편이 그지가 돼서 아무 때고 올거다.' 이렇게 생각을

해서, 시방은 뭐 광목도 썼고 여러 옷도 썼지마는 광목이 그 때는 귀했잖아요. 옛날이니까. 광목을 끊어다가서는 바지저고리를 해라고 종을 모두 됐는데, 종들을 줬단 말이야.

"바지저고리를 해 달라구. 솜을 놓고 하라고."

아, 하루 가-만히 앉았으니까, 그지가 돼가지구선 구걸을 왔는데, 즈그 본남편이더래. 그기, 임금의 아들이 왔드래잖아. 그래서 인제 종들을 시켜서

"저 쇠물깡을 가시구서 물을 한 가마이 퍼다놓구 데워라."

종들을 여간 잘 하우.

가매를 가시구, 불을 떼구, 물을 퍼다 데워 가지구,

"저기 저 양반, 가시지 말구 들이 모셔라."

하니까, 이제 금방 들이 모셔서 왔다.

"가서, 목욕시켜라."

아주 시시, 원체 임금의 아들이니 인물도 잘 났더래. 그랬는데 그릏게 아주 그지처럼 하구 왔으니까, 바지저고리 활딱 벗겨놓고 목욕을 싹- 시켜놓니, 은, 금, 보화데기가 됐지유 뭐. 그래 가지구, 바지저고리 그걸 해서 갖다가 그 마누래 주는 거를 그걸 됐다,

"이걸 갖다 입혀라."

입혀놓니 뭐, 아주 한다하는 씻은 배추 줄거리 같지 뭐.

그래 가지구서는 인제

"주인 상전 양반을 좀 만내 봐야 되겠다구."

인제 본 신랑이니까는, 지가 본 신랑인 줄은 모르고 인제 대우를 무지하게 잘 해줘서, 잘 받았으니까, 인제 인사하구 갈라구 그랬는데, 아, 이 여자가 옷을 싹 갈아 입구 나가서,

"인제, 사실이 이만 저만 하다구."

애기를 쭉-하민서,

"내가 당신 본처야. 백정의 딸이라고 날 내비렸으니까. 나는 와서 이륵하고 산다구."

인제 그랬어. 그 여자가. 그러니까 그래 인제 그렇게 했는데,

"나를 시방 같이 살을라느냐, 못 살을라느냐?"

항복을 받는 거야. 아, 금방 같이 산다잖아. 그래 같이 산다구 항복을 했으니 어떡해.

그래 가지고, 은, 금 보화를 이릏게 갖다 주는 거를, 구석에다가 세우고, 날마다 요만큼 자르면 도루 사가고, 도 짤러가면 또 그만치 또 사러가구. 이래는데, 아 그거를 반을 뚝 잘라서 숯쟁이를 주고는, 밑에 거를 가지구 그 사람 백정의 아들('임금의 아들'을 잘못 말함)을 따라가더래.

(보조 조사자 : 임금의 아들?)

임금의 아들을 따라갔지. 그러니까 또 잘 살다 죽었잖아.

구렁덩덩 신선비

자료코드 : 03_15_FOT_20100122_HRS_LJS_0007
조사장소 : 강원도 홍천군 서석면 어론2리 516번지 노인회관
제보일시 : 2010.1.22
조 사 자 : 황루시, 유명희, 박현숙, 윤준섭
제 보 자 : 이종순, 여, 84세
구연상황 : 앞선 제보자의 이야기가 자신이 아는 이야기와 다르다면서 구연을 시작했다. 구연과정에서 남자주인공의 상징어인 '신선비'를 여자주인공에게 붙이기도 하고, 자녀수를 서사 앞과 뒤에서 달리 말하는 등 혼동을 빚는 모습을 보였다.
줄 거 리 : 한 집에서 구렁이 아들을 낳았다. 구렁이 아들이 딸 셋인 이웃집에 장가를 들겠다고 했다. 아버지가 딸 셋을 불러다놓고 결혼의사를 물으니 두 언니는 구렁이이라서 싫다고 하고, 막내딸은 아버지 뜻에 따르겠다고 했다. 구렁이 신랑은 잔칫날 구렁이 허물을 벗었다. 구렁이 신랑은 아내에게 구렁이 허물을

입혀 친정에 보내면서 친정식구들에게 절대 보이지 말라고 당부했다. 아내가 머리를 감을 때 두 언니는 구렁이 허물을 보고 아궁이에 넣어버렸다. 신랑은 허물 타는 냄새를 맡고 집을 떠났다. 아내는 남편을 찾기 위해 개울가에서 빨래를 해주고 또가리를 얻었다. 몇 달을 물길에 흘러가는 또가리를 따라 갔더니 바닷물이 갈라졌다. 그곳에서 대궐같은 집에 살고 있는 신랑을 만나서 잘 살았다.

구랭이 아들을 낳는데, 아들을 낳는데, 구렝이를 척 낳구, 그 근네집에 딸이 다섯(셋을 다섯으로 잘못 말함)인데, 딸을, 그 집이, 그 집 딸이 신선비야. 딸이 잘나서 신선비(구렁이 아들에게 붙여야 하는데, 혼동을 일으킴)라 그래는데, 글루로 인제 장개를 갈라고 이놈이 구랭이가 그래더래. 아, 말을 하니 안 되잖아.

"아, 큰 딸아!"

불러 가지구,

"너, 저 건네 신선비한테루 시집가라."

그래니까,

"에이, 여북하면 구랭이한테루 시집을 가요."

이래구 또 안 가구, 안 가구. 그래 둘, 서이, 셋째 딸을 그랬더니, 셋째 딸이 인제,

"아구, 아부지가 주신다면 가야지요 뭐. 벨 수 있어요?"

이래더래.

그래서 그걸 인제 잔칫날 인제 받아 가지고 잔치했는데, 옷을, 구렁이 가 허물을 홀딱 벗었으니까, 아주 구렁이, 구렁이가 말만 구렁이지, 아주 사람이 그렇게 잘 났더래잖아, 신선비니까. 그래 그 인자, 구렁이가 옷을 홀랑 털 벗은 거를 마누래를 세밀 근친('覲親', 시집간 딸이 친정에 가서 부모를 뵘.) 보내는 데 그걸 입혀 보냈어. 지가죽을. 그랬는데,

"그걸 입구 가서 친정에 가서 뵈키지 말라고."

그랬어요.

"옷을 뵈키지 말라구."

그랬는데, 머리감고 그래느라고 옷을 뵈캤단 말이야.

"아, 구랭이 옷을 입구왔다구."

성님들이 지랄 지랄하는 거야.

"그까짓 거 부강지 쳐넣서 태우지, 아, 뭐하러 입고왔느냐구."

아, 그래서 구랭이 옷을 부강지가 쳐넣서 태워놓니까 냄새가 좀 잘 나? 그래서 그 옷이 탔잖아. 냄새가 나서. 그래.

가니 뭐,

"이년 내 옷을 입구 가서라므네 느 성님들 뵈캐 가지구 내 옷을 부강지 (아궁이) 다 쳐넣서 태웠으니까 냄새가 들어와서 내 다 맡구 앉었다구."

아, 예편네를 박대를 하구 들이세이지 않는 거야. 그랬는데 인제 이 구랭이가 신선비가 돼 가지구 갔어요.

사뭇,

"간다구."

인제 떠나서 갔어. 집을 떠나서, 갔는데, 신랑을 찾어갈라구 이 여자가 사뭇 이제, 개울물루다가, 개울물루다가 가는데, 인제 제 개울물루다가 사 뭇 떠나가는데 이제, 빨래하는 여자마둥 자꾸 묻는 거야.

"이 개울물루다 신선비 가는 거 받느냐구."

물으니까는 그래는 거야. 또가리 휙 던져주면서 빨래를 해다가 빨래 이 구 나와서 해다가 또가리 휙 던져주며,

"이 또가리 가는대로만 따라가라."

그래더래.

빨래를 다 이제 동을 하나 이구 나온 걸,

"하얀 빨래는 꺼멓게 꺼먼 물들인 것처럼 빨아주구, 하얀 빨래는 또, 검은 빨래는 아주 저 잿물에 삶은 것처럼 하얗게 빨아주구."

이 여자가 그리구 솜씨가 얼매나 좋아.

그래고 옷을 그렇게 다 빨아주구서는 또가리를 휙 던지니,

"이 또가리만 따라가라."

그러면서, 그래 물로 몇 달 며칠을 사뭇 다 따라서 가니까는 아주 바다가, 바다가 을매나 큰지 바다가, 이 바닷물이 쩍- 갈라지더래. 아주 시상에 대궐같은, 신선비가 거와 살더래잖아. 쩍- 갈라지더니만 아, 기와집이 아주 무지 무지하게 좋은 게 납시더래잖아. 찾어들어갔더니 거- 가 있더래잖아. 그래서, 그래서 신랑을 가 만내 가지구 와서 살었잖아.

(청중 : 그래 잘 살었구만.)

그럼.

병풍 그림에서 나온 여자

자료코드 : 03_15_FOT_20100121_HRS_LCY_0001
조사장소 : 강원도 홍천군 서석면 풍암1리 270-1번지 노인회관
제보일시 : 2010.1.21
조 사 자 : 황루시, 유명희, 박현숙, 윤준섭
제 보 자 : 이창영, 남, 72세
구연상황 : 마을 어른들이 모여 먼저 신나게 소리판을 벌였다. 그리고 어느 정도 마무리가 되었을 때, 조사자가 옛날이야기 좀 들려달라고 부탁을 하자 제보자가 자신이 알고 있는 이야기를 해 보겠다면서 구연을 시작했다.
줄 거 리 : 옛날에 어느 부자 한량이 있었다. 하루는 병풍 장사가 와서 '세월아! 네월아!' 부르면 아가씨가 나오는 병풍을 사라고 했다. 한량은 귀가 솔깃해져 그 병풍을 사서 병풍 장사가 시키는 대로 했다. 정말 꽃같은 아가씨가 나와 술도 따라주고, 권주가도 불러주었다. 아들이 몰래 지켜보다가 아버지가 출타하고 난 틈에 방에 들어가 병풍 속 아가씨를 불러냈다. 아버지가 돌아온 뒤 병풍을 펼쳐 세월아! 네월아! 부르자 아가씨가 나와 술 한 잔을 따라주고 그만 떠나겠다고 했다. 아버지가 그 이유를 묻자, 아들과 아버지랑 동시에 같이 놀 수는 없다면서 떠났다. 아버지는 그 소리에 천지를 잃을 뻔 했다면서 세월가를 불

렀다. 노래를 부르고 나니 아버지는 호호백발이 되어 있었다.

그전 옛날에요, 그전 옛날에요, 여 고양이산 밑에 큰- 아주 부잣집이 하나 있었는데, 그 집 그 저, 낭군님이 한량이야, 아주.

근데, 어느 하루 평풍 장사가 지내갔어요. 평풍 장사가 지내가다서네 이 집에 평풍을 팔러 들어왔어 그래.

"이 평풍사세요."

그래니까, 평풍을 펼쳐놓고 보디까는,

"안 산다."

그래니까는

"이 평풍이 참 이, 보통 평풍이 아니오. 참 좋으니까는 구경이나 한 번 해보시오."

그러면서 펼쳐놓고서네, 이거를 방안에 펼쳐놓고서네,

"세월아 네월아 하면은 참 이쁜 아가씨가 술상을 채려가져 나와서 술을 뤄주구, 권주가를 불러주고, 이래는 이게 물건이다. 그러니 이 좋은 물건이니까 대갓집에서 이거 하나 살만 하니까 사시오."

하니까는, 아 그래니 이 귀가 솔곳하다 말이야. 그래 솔곳해서,

"에이, 그러면 내가 사겠소."

그래 샀어요, 그걸.

얼매를 주고 사는 건지 갖다가 돈도 꽤 많이 줬겠지 뭐. 그래, 사 가지고서는 인제, 그래 해봤어.

[양팔을 쩍 벌리면서] 이걸 방안에다 탁 치고서네,

"세월아! 네월아!"

하니까는 이 병풍의 그림이 그냥 풀럭풀럭하면서 왔다갔다 하드니마는, 야 이거 참 이쁜 꽃같은 아가씨가 술상을 딱 들고 받쳐들고 나와서 한 잔을 따라 주민선 권주가까지 불러준단 말이야. 그래 한참 놀다가서는 인제

들여보내고, 들여보내고서네 접어놓구.

그런데 그 아들이 가-만히 보니까 인제, 아부자가 이상하단 말이야. 이, 아, 아버지하는 거동을 봤어요, 몰래. 아버지가 인제 거기 들어가는, 방에 들어가는 것을 보구서네, 가서 인제 문틈으로다,

[몸을 숙여 들여다보는 시늉을 하면서] 요롷게 들여다봤단 말이야. 아, 그, 그래서 병풍을 떡 펼쳐놓고서네,

"세월, 네월아!"

하니까, 참 이게 꽃다운 아가씨가 나와서, 술을 뷔서 이렇게 해는 걸 봤단 말이야.

그래고서네 인제, 그 다음에 며칠을 지나갔어. 그런데 그 아부지가 얼루 출타를 해셨어요. 거 어디로 출타를 해러 인제 나갔단 말이야. 이제 어딜 털래털래 나갔는데,

[양손으로 병풍 펼치는 시늉을 하면서] 그 짬새에 그 아들이 들어가 이걸 했단 말이야. 아들이 인제 지 아버지 핸대로 하니까는 고대로 나왔단 말이야.

[마시는 시늉을 하면서] 그래서 인제 한 숟갈 먹구 났는데, 즈그아부지가 돌아와서, 또 들어가 해니까 또 나왔어. 나와서, 한 잔 따르고 놓구서네, 이 아가씨가 들어가야 되는데 들어가질 않구

"난 이집에서 인제 떠나야 되겠습니다."

"아, 왜 그러냐?"

"세상에 내가 아버지하고 놀고, 아들하고 놀고, 이게 되겠습니까?"

걔, 이거여.

"그래, 난 가야되겠습니다."

이래니까, 걔 나갔어요. 나가니까 아 이 사람만 아주 기가 맥히지 뭐.

'야, 이거, 천지 내가 천지를 잃을 뻔 했네.' 그래민서 그 가옥을 내다보구, 문지방, 그전엔 문지방도 좀 높았어요. 지금은 이 편편하지. 문지방

을 턱 좀 내다보구서네

[곡조를 붙여 노래를 부르면서]
'세월아---- 네-월-아- 가지를- 마-라---.
아-까운 내 청춘-이- 다 늙어-- 진-다.'

[다시 말로 이야기하면서] 하구서네 노래를 한 마디 딱 부르고 나니까는 호호백발이 됐어요. 예, 이런 전설 얘기가 있습니다.

용한 지관과 의원

자료코드 : 03_15_FOT_20100121_HRS_LCY_0002
조사장소 : 강원도 홍천군 서석면 풍암1리 270-1번지 노인회관
제보일시 : 2010.1.21
조 사 자 : 황루시, 유명희, 박현숙, 윤준섭
제 보 자 : 이창영, 남, 72세
구연상황 : 제보자 자신은 풍수에 대해 믿고 있다고 말하였다. 그런 뒤 어른들에게서 들은 이야기인데 거짓말인지, 실담인지 들어보라며 구연을 시작했다. 구연 중간에 앞 얘기가 빠졌다면서 생략된 이야기를 추가해서 들려주었다. 구연을 마친 후 제보자가 어릴 때 할아버지 묫자리에 얽힌 사연을 들려주었다. 그 경험으로 풍수지리를 믿게 되었다고 한다.
줄 거 리 : 옛날에 동쪽과 서쪽에 각각 용한 지관과 의원이 살고 있었다. 지관과 의원이 서로에 대한 소문을 듣고 만나기를 바랐다. 하루는 둘이 길을 가다가 우연히 만났다. 그 때 마침 산에서 장사를 지내려고 하고 있었다. 의원이 그 산자리가 어떠냐고 물었더니 오시에 묻으면 금시발복자리라고 했다. 상주는 단둘이 살던 어머니가 돌아가셔서 혼자 장례를 치르고 있었다. 어머니가 돌아가시기 전에 자신이 묻힐 곳과 시간을 미리 총각에게 일러주었다. 총각은 그 장소에서 구덩이를 판 뒤 어머니 유언대로 해가 가득 찰 때를 기다렸다가 오시에 묻었다. 그 때 한 사람이 달려와 살려달라고 도움을 청했다. 총각은 상주옷을 벗어주고 상주노릇을 시켜 위기에서 구해주었다. 도움을 청한 사람은 알고 보니 여인이었다. 총각은 그 여인과 결혼하여 잘 살았다.

지관과 의원은 동행하다가 날이 저물어 한 집에 유숙을 청했다. 그러나 주인이 유복자를 가진 며느리 출산에 어려움을 겪고 있다고 거절했다. 의원이 진맥을 해보니 쌍생아가 서로 먼저 나오려고 손을 맞잡고 있어 어느 하나도 먼저 나오지 못하고 있었다. 의원이 침을 놓자 깜짝 놀란 쌍태아가 손을 놓아 한 명씩 나왔다.

참, 옛날에, 거 옛날 얘기를 하니까 자꾸 옛날에, 옛날에 하는데, 인제 그 그렇게 인제 알으시면 돼요.

그게, 참 용한 풍수. 풍수지리, 예. 풍수지리 하는 양반하고, 또 용한 의원, 의원은 지금 한의원 박사 이런 양반들이지 그러니까는. 이 한의원 박사 인제 정도 되는, 이 용해지 뭐. 다 인제 다 아는 양반들인데. 인제 이분은 서쪽에 살구, 한 분은 동쪽에 살구, 이러니까 이게 멀리 사니까 만내 보지 못해요. 서로 풍편에 인제 얘기를 들었거든, 서로 간에.

'아이, 아무데 용한 풍수지리 하는 양반이 있대더라.'

또 인제 풍수지리하는 그 양반은 '아무데 그 용한 의원이 계신다더라.'

얘길 인제 듣구서네 '아이, 이 양반을 한 번 만나봤으면 좋겠다.' 이렇게 인제 원을 하신 거예요. 두 양반들이 서로. 그래 옛날에 참 '원수는 외나무다리에서 만난다'는 속담이, 말이 있잖아요. 이 그 식이지. 그 말이 맞아들어 간 거야. 이젠 그 전에 차 없이, 도보로, 도보로 행진을 했잖아요. 도보로 인제 슥― 걸어가다 한 산모퉁이 돌어가다구네 거기서 인제 둘이 딱 만낸거여.

'아, 여기 또 앉을 자리도 괜찮고 그러니 여기 하나 쉬다가야 되겠다구.'

앉아 쉬는 참에 또 한쪽에서 오는 양반이, '아, 여기서 좀 쉬어갔으면 좋겠다구.' 또 앉아.

[양손을 서로 마주보게 바닥에 대고서] 두 양반이 여기 앉은 거야. 그래 가지구서는 두 양반들이 아, 인제 초면, 모르는 사람인데, 그 전에 통성명이라고 있어요. 지금 사람은 내, 그, 내가 그 아무데가, 어디 가구 그

러지만, 그 전에 만나면 통성명이래는 게,

"아이, 나는 아무개 사는 아무개입니다."

하구, 인제 서로 통성명을 하거든.

그래,

"아, 그러시냐구. 아고, 내가 만내 볼라구 해던 양반이네."

거 서로 똑같이 만내 보니, 원해던 사람을 만났단 얘기야.

[손가락으로 먼 곳을 가리키면서] 그런데 그, 고때 마침 산을 이렇게 치다보니까, 거그매 인제 상여를 해매서 혼자 장사를 지낼라고 해. 장사를 지낼라고 하는 판이야.

'아이, 잘 됐다, 이제.' 그래 인제, 그 인제 의원양반이 풍수양반한테 이 물어봤단 얘기야.

"저기 지금 장사를 지낼라고 하는데 거 산자리가 어떻겠습니까?"

하고 물어봤어.

그러니까는 이 양반이 하는 말씀이,

"아, 저 산자리는 좋은 자리다. 시가 발라야 되는데, 시가 발르지 않으면 참 좋지 않게 될 수도 있다."

"그래, 시가 몇 시냐?"

이거야.

"오시('午時' 낮 11시에서 1시 사이.) 래야지만 좋은, 아주 좋게 인제 된다."

이기야.

"저기는 하여간 금시발복이야, 금시발복. 제대로만 하면 금시발복이야."

"아, 그러냐고."

그럼 저게 더 재밌단 얘기야.

"아, 그러냐고."

"거 우리가 지금 한 사시('巳時' 오전 9시부터 11시까지)쯤 됐는데, 그럼 오시면 인제 한 시간 내지 두 시간만 기다리면 된다 말이야. 우리 저걸 좀 봅시다."

"예. 그럽시다. 그럼."

봤어. 보는데, 그 인제 장사지내는 사람이 어떤 사람이냐믄, 아주 홀홀단신 아무도 일가친척도 없는 사람이야. 그런데 어머니 한 분을 모시고 있다가 어머니가 돌아가신 거야. 그래 가지구, 인제 그걸 뭐 있는 사람 같으면 '어허영차'하구 가는데, 그것도 못 들어서 지게를 해 짊어지고 간 거야. 지게다 짊어지고 장사를 지내는데,

음, 거 먼처 얘기가 빠졌네.

[앞에 생략된 이야기를 다시 시작하면서]

거 인제 두 모자가 살 적에 그 어머니가 하는 말씀이,

[양손을 둥글게 말아보이면서]

"거 아무데 가믄 고 고, 봉두라지 요렇게 생긴 데가 있는데, 고기다갖다 날 내가 죽으면은 파묻어다고."

그기 병석에 누워서 얘길핸 거야, 인제. 기 유언이 된 거잖아.

그 인제,

"아이, 그러겠다고."

"긴데, 꼭 인제 거기서 인제 구뎅이를 파라. 구뎅이를 파고, 구뎅이에 해가 가―뜩 들어오면은 날 갖다 파묻어라."

그랬거든. 그게 오시(午時)라는 얘기야. 근데 이제 저 이 사람이 인제, 아, 그 어머님 말씀을 듣구서네, '아이, 그렇게 해야지.' 그런데 그 먼저 이 사람이 인제 산에 나무를 해러 댕기다가 그 자릴 봤어요. 그 자릴 봤는데, 그 전에 나무를 하러 댕기면 눈이 이렇게 빠져도 나무 가 해 와야 돼. 그래야 불 때고 살잖아.

(보조 조사자 : 밥을 해 먹죠.)

그럼. 그 인제 눈이 이렇게 쌓였는데, 나무허러 가면 거기 꼭 눈이 살

랑 녹구 없단 얘기야. 양지바른데. 그래 여기 요론데는 눈이 있는데두 고기가 제일 먼저 녹아. 은제든 늘 댕겨봐야.

'참 희한하다.' 그런데 그 사람두 역시 '아이, 내가 우리 어머니 돌아가시면 여기에다 써야 되겠다.' 이렇게 생각을 한 거야. 그러게 전부가 다 맞아 들어간 거란 얘기야.

아, 그래서 인제 거기다 인제 지게다 지고 인제 여 뻗쳐 이렇게 놓구서는 구뎅이를 다 완전히 파놓구, 그 디다보면 해가 가뜩 안들었단 말이야. 저 양지비탈에 가서 담배 한 대 피우구, 와서 또 이렇게 디다 보고, 기, 또 안 들면 또 가 담배 한 대 피고 와서 또 이렇게 디다 보구,

아, 그런데

"아, 시간이 됐는데."

이, 둘이 얘기를 했단 말이야.

그래서 인제 가 디다보니까 구뎅이에 해가 가뜩 들었단 얘기야.

"아, 이제 됐다."

하구, 거 인제 모셨어. 개 파놓구, 거 행상(行喪)을 놓구 인제 절을 해고 그러는 판에, 아, 어디서 난데없이 사람이 하나 나타났단 얘기야. 헐레벌떡 해구 와 가지구서네

"아구, 나 좀 살려달라구."

말이야.

"그래, 왜 그러냐니까"

"아구, 날 잡으러 저기 쫓아오는데 날 좀 살려 달라구."

"아이, 어떻게 살려주느냐?"

"아이고, 그 옷을 벗어달라구."

그래서 인제 그러니까 그게 인제 상주옷이란 얘기야.

"상주옷, 그 옷을 벗어달라구."

그니까, 아이 죽는 사람 살려달라는데 그거 못 할 일이 없잖아. 상주옷

을 벗어줬어. 그래, 상주옷을 벗어줬는데, 그전에는 남자고 여자고 머리, 머리꼬리를 다 땋어, 이렇게 머리를 길러 가지고 치렁치렁 했다구.

거 못 봤죠?

(보조 조사자 : 예.)

다 남자구, 여자구, 처녀, 총각은 머리, 머리태가 이거 궁뎅이까지 내려왔다구.

아이 그런데 달라고 그래서 인제 췄더니만 이걸 입구서네 엎드려 대성통곡을 하면서 이 상주노릇을 그렇게 잘 한단 얘기야. 이 조끔 있다가 그냥 아이 뭐 참, 뭐 도둑놈 같은 것들이 그냥 와 가지구서네, 쫓아와 가지구서네,

"여기, 여기 사람이 왔는데, 얼루 갔느냐?"

이기야.

"아이, 난 뭐 뭐 못 봤다구."

말이야.

"우리, 지금 이 장사지내느라고 그러니, 그럼 볼 새도 없는데, 뭐 절로 뭐이 씩 가는 거 같더라구."

그랬단 말이유,

그러니까는 아유, 글루 쫓아갔단 말이야. 그래니까,

"절루 갔다구"

그래니까는 글루 쫓아가는 거야.

기깐 인제 그 사람이 인제, 그 담에 옷을 벗어주면서

"아구, 이, 나 살려준 이 은혜를 우테('어떻게'의 뜻임) 갚느냐?"

이기야. 개 그러니까 인제 보니까 그, 그 상주두 총각이야. 그래니까,

"아이 당신은 나, 뭐, 나를 살려줬으니까는 나는 당신한테 살아주는 수밖에 없다."

이기야.

근데 그기 총각이 아니고 처녀야 또. 어. 그래서 그 부부를 맺어서 잘 살더란 얘기야. 그래서 그 금시발복 아니여. 그게.

(보조 조사자 : 장가를 간 게 금시발복인 거예요?)

그렇지 아, 잘 됐잖아. 그게. 아무것도 없는 총각이 장개 들어 살림나게 되니깐, 이게 뭐, 금시발복이지.

그런데 이제 궁금한 게 뭐냐면 인제, 의원 하나란 얘기야. 아, 인제 그럼 인제, 금시발복.

"참, 용합니다. 어떻게 그래 잘 아십니까?"

아이, 참, 탄복할 일이지 그게. 그러니까 인제,

"아이, 여 갑시다."

그래 갔어. 그 담에 이제 한 길을 가게 됐어, 둘이서. 한 길을 가게 됐는데, 인제 가다가서네 날이 일몰, 저물었단 얘기야. 그래 어디 가서 숙박을 정해야, 정해야 되겠는데, 그 산골, 산골에 가면 참 십리 가다 한 집, 뭐 오리 가다 한 집 이렇다구. 그래 한 집 떡 들어가서, 해는 넘어가 어둔놈의 판에 한 집 떡 들어가서,

"아, 가다가 질이 저물었으니 유숙을 좀 합시다."

그러니까는,

"아유, 우리집이는 탈이 생깄어요."

탈이 생깄대니 이 의원을 써 먹을 판이야.

"예. 그러세요? 무슨 탈이 생겼는데 그래요?"

"우리 메느리가 이, 참 우리 아들이 이 저 머이, 같이 살다가네. 우리 아들이 없어요."

이제 뭐 죽었던지 이렇지. 이제 읎지. 근데, 그 이 메느리가 잉태를 했단 얘기야. 그러니까 그게 유복자야. 아버지 없는 아들을 이제 낳게 생겼는데,

"이 아들이 나, 아들을 내가 받어야 되지만, 우리 대를 이어서 우리 살

림이 되는데, 이거 이 애기가 이제 산달인데, 애기를 못 낳(낳아) 가지구, 볶아치네."

이기야. 걔, 이 어떡해. 아, 이 뭐야. 애, 애 받는 거거든. 이 어른까지 죽게 생겼으니 큰일났단 얘기야. 이게. 그래 가지구서네,

"아, 그러시냐고. 내가 잘 모르지만은, 내가 좀 볼 수 있느냐?"

어, 그르니까,

"아구, 선생님 들어와서 좀 봐 달라구."

"아이, 그래요. 그럼, 내가 잘 모르지만은 좀 봐 드리겠어요."

그래고 들어갔어 인제. 그리고 인제 산모방에 인제 들어간 거지. 들어가서 맥을 뜩 짚어봤어. 맥을 뜩 짚어보니까는 쌍태란 얘기여.

둘, 쌍태를 했는데, 아, 이눔들이 손을 그릏게 붙잡고 서로 먼저 나올라고 그래. 그러니 어른이 죽을 지경이란 얘기야. 하나 나오고 그 다음에 나오고 그래야 되는데, 둘이 서로 나올라니까 이게 으른이 죽지 그래.

그래니까는 이, 그 의원이 호주머니서 부시럭 부시럭 침을 꺼내 가지구서네 침을 한 방 뜩 놓니까는, 이 애들이 서로 나올라구 손붙잡구 그래더가는 이게 침 놓느라 깜짝 놀래 가지구 손을 덜컥 놨네. 그래니까 한 놈이 푹 나왔단 소리여. 기깐, 아 조끔 있다가 한 눔 또 하네. 아, 그러니, 야, 이 집이는 하나만 해도 황송한데, 둘씩 나오네.

그러니 이런 얘기가 어디있냐 얘기야. 이게 참. 그래 인제 의원도 용하구, 풍수지리도 다 박사지. 전부 훌륭한 양반들이죠. 예.

수숫대가 빨간 이유

자료코드 : 03_15_FOT_20100121_HRS_LCY_0003
조사장소 : 강원도 홍천군 서석면 풍암1리 270-1번지 노인회관
제보일시 : 2010.1.21

조 사 자 : 황루시, 유명희, 박현숙, 윤준섭
제 보 자 : 이창영, 남, 72세
구연상황 : 조사자가 제보자에게 왜 수숫대가 붉어졌냐고 물으니, 제보자가 생각이 난
듯, 웃으며 구연을 시작했다. 갑작스런 구연으로 중간에 잘 떠오르지 않는다
고 말하기도 하면서 중간 중간에 내용을 생략하기도 했다. 또한 해와 달이 된
오누이의 마지막 서사가 생략되었다.
줄 거 리 : 옛날에 아이 둘과 엄마가 함께 살았다. 엄마는 살림이 어려워 떡장사를 다녔
다. 엄마가 날이 저물어 집으로 돌아오다가 호랑이를 만났다. 호랑이는 고개
를 넘을 때마다 엄마에게 나타나 떡을 달라고 했다. 떡이 떨어지자 호랑이는
엄마를 잡아먹고 아이들까지 잡아먹으러 갔다. 호랑이는 엄마 왔다면서 아이
들에게 문을 열라고 했다. 아이들은 엄마를 털이 난 호랑이의 손을 확인하고
뒤뜰 나무 위로 도망쳤다. 호랑이가 아이들을 찾으러 우물가에 왔다가 나무
위에 앉은 아이들이 우물에 빠진 줄 알고 건지려 했다. 아이들은 호랑이 행동
에 웃음을 터트려 호랑이에게 들통나고 말았다. 호랑이가 나무 위에 올라오려
고 하자 아이들이 하늘에 대고 동아줄을 내려달라고 빌자 동아줄이 내려와
하늘로 올라갔다. 호랑이에게는 썩은 동아줄이 내려와 올라가다가 떨어져 수
숫대에 엉덩이가 찔려 죽었다. 그때의 호랑이 피가 수숫대에 묻어 수숫대가
빨개졌다.

그래 인제 옛날에 뭐 저 그것도 인제 엄마가 인제 애들 둘 데리고 사는
데, 살림이 어려우니까는 떡장사를 했던 모양이라. 인제, 떡장사를 엄마가
인제 떡장사를 인제 떡을 해고 이고 떡장사를 나갔다가 날이 저물었단 얘
기야. 근데 그전에는 그 호랭이가 그 숱해 많았는지. 그 떡을 인제 팔다가
서는 날이 저무니까 집으로 오는데, 아, 호랭이가 나타나, 나타나 가지구
서네,

"떡 하나 주면 안 잡아먹지."

그래. 아, 이 호랭이가 나타나 떡 달래니 어떡해. 떡 던져주면 낼름 받
어먹고. 아이, 개 가면 되는데, 또 앞질러 저 가 저기 가,

"떡 하나 주면 안 잡아먹지."

그래, 떡 하나 던져주면, 또 또 앞에 가가 또 그래고. 그래 또,

"떡 하나 주면 안 잡아먹지."

또 떡 달래는 거야.

그래 그 배가 큰놈이 하나 먹고 성에 차? 자꾸 먹어야지. 그래 인제 그런 그랜 모양이야.

아이, 가다보니 그러니 뭐 떡 인제 다 주고 없으니까, 호랭이가 배가 고프니까 그 엄마를 잡아먹은 거지 뭐.

(보조 조사자 : 엄마를 잡아먹었어요?)

그럼 배가 고프니까 어떡해. 떡 달래니까 떡은 없고 그러니까는 잡어먹은 거지. 그러니까 이 호랭이가 인제 그, 그 집을 찾아 간 거야. 그 집을 찾아가서 그 엄마 노릇을 하는 거야. 또 엄마 노릇을. 호랭이가. 그 애들 둘 있는데 가서. 그러니까 그 애 둘까지 다 먹자주의지 그게.

그래 인제 가서,

"엄마 왔다. 엄마 왔다."

그랬어. 거, 인제 이 애 엄마가 누가 오면은 문열어 주지 말래고 그랬거던. 부탁을 했거던.

"엄마 왔다. 엄마 왔다."

이래니까,

"엄마가 왔어?"

그래.

"그럼, 손을 들이밀어 봐요."

손을 들이미니까 털이 송송 났는데, 호래이 발이지 뭐.

"아이, 엄마가 털이 숭숭해?"

이르니까, 아이, 이거 뭐 인제 뭐야 핑계를 댔어. 호랭이가.

"아이, 저 집에 어디 가서 풀, 문 발러다가, 풀칠해 문 발러주다 보니까 그 풀칠이 돼서 그래."

그러니 뭐. 다 잊어버려 다 안 되겠네.

그래다 있다 보니까 인제 열어줬어. 낸중에는. 열어주니까는, 열어준 게 아니다. 열어준 게 아니고 이게 인제 뒤에 저 큰 나무가 하나 있었대. 그 나무가 하나 있었는데, 뭐 저 무슨 나무라 그래? 저걸, 금도끼로 찍구 그래는 나무, 그거 뭔 나무라 그래?

(보조 조사자 : 계수나무요?)

어, 계수나무. 어 그기 하나 있는데, 아이 이제 애들이 이게 암만해두 저게 엄마가 아니고 이제 탈났거든 그래니까, 뒤전에 나무가 있는데 아이, 그 형이 그랬겠지.

"야, 야, 야 안 되겠다야. 저 뒤전으로 나가서 나무꼭대기로 올라가자."

이 둘이 나무꼭대기 올라가고, 올라갔는데, 그 밑에 또 이제 우물이 하나 있었던 모양이야.

우물이 하나 있는데, 걔, 올라가, 올라가 있는데, 이 호랭이가 인제 암만 해도 안 되고 그래니까네 인제 문을 어떻게 따고 들어왔는지 그 옰어.

그러니까 이 두리번 두리번 돌아댕기다 보니까, 뜰안에 물이 우물이 이렇게 있는 거야. 우물이 있는 데 갔거든. 거, 애들이 고 안에 있거던. 고 애들이 고 안에 있으니깐,

"야, 이 애들이 고기가 있다야. 요걸을 조랭이로 뜰까? 남바구로 뜰까?"

떠 잡아먹을라고.

"요걸을 조랭이로 뜰까? 남바구로 뜰까?"

요지랄 하구는 노랠 부르는 거야. 요 애들이 꼭대기서 내다보니까 우습거든. 아이, 깔깔 웃으니까, 이렇게 쳐다보니 고 있거든.

"아이, 느덜 거 있구나."

그러니까,

"일루 내려와."

그러니까,

"아이 내가 죽을라고 내려가? 왜 내려가. 내가 왜 내려가, 안 내려가지."

그러니까는 인제 이게 막 타고 올라오고 전 야단법석이 나는 거지 뭐. 그러니까, 이 암마해도 큰일났거던. 그러니까는 이 애들이 하느님한테 비는 거지. 하느님한테,

"하느님 아버지. 나를 살리실라믄 동아줄을 큰 아주, 든든한 동아줄을 내리고, 나를 죽일 실라믄 썩은 동아줄을 내려주십시오."

하구 이래 빌었어. 그래니까 동아줄이 이래 출래출래 내려온 거야. 그러니까 인제 애들이 인제 둘이 탔어. 둘이 타 가지구서네 인제 하늘로 올라갔지. 이 살았지.

호랭이가 가-만히 보니까는 아, 나도 고 올라갈 수 있는데, 고러면. 봤으니까. 이런 호랭이도 비는 거야.

"나를 살려줄라면 든든한 동아줄을 내려주시고, 나를 죽일라믄 썩은 줄을 내려주십시오."

하니까, 이거 썩은 줄을 내려줬단 얘기야. 그래니까 썩은 줄을 타고 올라가니까 핍석 끊어지니까, 뚝 떨어졌는데, 그 밑에 수수밭에, 수수밭에 똥구녕 콱 찔려 가지구 이 피가 나는 걸 개 피가 나, 수수깡에 피가, 호랭이 피가 묻어 가지구 시뻘겋다고 그래더라구.

생곡리 지명 유래

자료코드 : 03_15_FOT_20100121_HRS_CCG_0001
조사장소 : 강원도 홍천군 서석면 생곡1리 567번지 노인회관
제보일시 : 2010.1.21
조 사 자 : 황루시, 유명희, 박현숙, 윤준섭
제 보 자 : 최천규, 남, 73세
구연상황 : 앞선 제보자(이수동)가 구연하기 전에 제보자(최천규)가 생곡리 지명 유래에 대해서 이야기를 하려다가 하지 못했다. 그래서 앞선 제보자(이수동)의 구연이 끝나자마자 조사자가 제보자에게 생곡리 지명 유래를 들려달라고 요청했

다. 그러나 제보자 자신은 아는 게 별로 없다면서 선뜻 구연을 하지 않았다. 옛날에 살아야지 옛날이야기를 잘 하는데, 자신 옛날 사람이 아니라면서 말끝을 흐렸다. 조사자가 들으신 거라도 좀 들라달라고 재차 부탁을 하자 구연을 시작했다. 구연을 마치고 어릴 때 들은 동학군과 관련된 이야기를 5분 이상 들려주었다.

줄 거 리 : 생곡이라는 마을은 피리 생(笙), 불 곡(燄) 피리부는 골짜기라는 뜻이다. 생곡에는 대나무로 부는 피리라는 뜻의 곡죽동(曲竹洞)있다. 또 여인네들이 베를 짜면서 노래를 부른 골짜기라는 뜻의 다비울이 있다.

생곡이라는 그 유래는 한문자로다가 풀이하면은 피리 생(笙), 불 곡(燄) 이렇게 씁니다. 그러믄 왜 피리부는 골짜구냐? 이렇게 묻는대면은 이게 전설이기 때문에 어떤 확실한 연대는 몰르구요. 이렇게 내가 추정을 해 보면 한 이백년 정도의 때가 아닌가 이렇게 생각을 해요.

주로 인제 그 동학이 시작될 때, 그 때 이 생(笙)하면 피리를 불구, 생곡이 있고, 여기 한 이킬로 올가면 곡죽동이라는 마을이 있어요. 그거는 한문으로 어떻게 쓰느냐 하면 굽을 곡(曲)자하고 대 죽(竹)자를 쓰는데, 굽을 곡자를 옥편을 이 찾아보면은 노래 곡(曲)합니다. 굽을 곡(曲)하기도 하고, 노래 곡(曲)하기도 해요.

이건 대나무가 꼬부라졌다하면 누구든지 인정이 안돼죠. 풀이대로 하면. 곡(曲)이래는 건 노래니까, 대나무루다 부는 피리다. 그래서 곡중동이라는 유래가 생겼고.

고담에 지금 이 얘기한 고운내울 고기서 고갤 하나 넘어가면, 거기도 생곡땅인데, '법밭넘이'라는 골짜구니가 있어. '법밭' 그게 뭐냐면, 법 법(法)자 하구, 밭 전(田)자예요. 근데 이게 불교용어거든요. 그거는. 그건 여느 사람들은 잘 모르는 그런 불교용어로 '법밭넘이.'

그래고 거기서 또 여기 넘어오면은 '다비울'이라는 마을이 있어요. '다비울', '다비울'은 옛날에 직조할 적에 시골 아낙네들이 짜는 그 '다비울'. 그런 골짜구니에 있는데, 거 여자들이 옛날에. 참 옛날 여자는 글을 안 배웠으니까, 노래를 혼자 흥얼흥얼 하는 걸, 베를 짜면서 그래서 노래를 부르는 골짜구니다. 그래서 그 '곡죽동'이래는 이 유래가 있어요.

태백 황지동 장자못

자료코드 : 03_15_FOT_20100121_HRS_CCG_0002
조사장소 : 강원도 홍천군 서석면 생곡1리 567번지 노인회관
제보일시 : 2010.1.21
조 사 자 : 황루시, 유명희, 박현숙, 윤준섭
제 보 자 : 최천규, 남, 73세
구연상황 : 제보자가 마을 지명 유래에 대해 구연을 마치고 청중들과 동학과 관련된 대화를 나누었다. 조사자가 꼭 이 마을과 관련된 이야기가 아니어도 좋으니 어디서 들은 이야기가 있으면 들려달라고 했다. 그랬더니 제보자가 자신이 태백에 관광 갔을 때 들은 이야기라면서 구연을 시작했다.
줄 거 리 : 옛날에 인색한 황부자가 살았다. 하루는 중이 시주를 하러 왔는데 소똥을 한 삽 떠줬다. 중이 돌아서는데 며느리가 쌀 몇 되박을 시주했다. 중은 고맙다면서 곧 벼락을 칠테니 보따리 싸서 집을 나오라고 했다. 중은 무슨 소리가 나도 뒤를 돌아보지 말라고 일렀다. 그러나 며느리는 뇌성벽력 소리에 놀라 돌아보고 말았다. 며느리는 아기를 업은 채 돌이 되었다. 지금도 아기 업은 석상이 있다. 황지연못은 둘로 나눠져 있다. 하나는 황부자 집터고, 하나는 마구 터이다.

태백시 황지동이거든요. 황지동에 연못이 이렇게 있더라구. 연못이 있는데, 거긴 물고기도 살아요. 낙동강 칠백리의 발원지가 바로 거기거든요. 관광객들이 이래 모여 있는데. 거기 구경들을 하는데, 그 황부자가 아주 그 돈은 많은데 인색하대요.

그래 가지고 중이 시주를 하러 왔는데,

"쌀을 좀 달라고."

동냥을 하러 왔는데, 그 황부자가

"그 동냥자루를 벌리라."

그러더래요. 벌렸더니, 소똥을 한 삽 떠 가지구 거 붜줬대는 거야.

[옆에 앉은 청중을 쳐다보면서] 그래도 참 중이니까 화를 안 내고 돌아서가는데, 며느리가 보니까 굉장히 안됐거든요. 그래서 며느리가

"이리 오라고."

그래 가지고 쌀을 몇 되박을 퍼 줬던가봐요.

"고맙다고."

그러면서, 그랬더니 그 돌아가면서 그 중이 하는 얘기가,

"빨리 집에 가서 보따리를 싸 가지고, 도망을 가라. 조금 있으면 벼락이 칠거니 가라고 말이야."

그러니까 그대로 했대요. 그래 가지고 애기를 업고 보따리 머리다 이고, 그런 그 석문이 지금 있어요. 가다가 돌아보니, 가다가 그러니까 갑자시리 그냥 뭐 뇌성벽력을 해고 그래 가지고, '돌아보지 말라고' 했는데, 돌아다 봤단 말이야.

그래도 고향 생각이 나 가지고. 돌아다 봤더니 고만 돌로 돼 버렸더라는 거야. 그거 애기 업은 그 돌 석상이 거기 있어요.

그래고 거기 지금 황지연못이 요렇게 두 칸이야. 복판이 이렇게 있고. 하나는 황부자 집터고, 하나는 마구터라는 전설이 있더라구.

아라리 (2)

자료코드 : 03_15_FOS_20100122_HRS_KBG_0001
조사장소 : 강원도 홍천군 서석면 어론2리 516번지 노인회관
제보일시 : 2010.1.22
조 사 자 : 황루시, 유명희, 박현숙, 윤준섭
제 보 자 : 김봉국, 여, 82세
구연상황 : 계속해서 아라리, 노랫가락, 어랑타령, 한오백 년 등을 한 곡조씩 섞어서 부르
　　　　　 는 상황인데 제보자가 갑자기 혼자서 노랫가락부터 아라리를 구연하자 주변
　　　　　 이 조용해지면서 경청하였다.

　　　수천리 강산에 전봇줄을 늘이구
　　　뚱딴지나 조화로 정든 님 새숙(소식)만 가누나

　　　앞남산에 동박낭구는 꾀꼬리 단풍만 들었던가
　　　그동박 낭게다 청춘을 매 이동네 추령이 빼골이 살짝 녹누나

　　　삼수갑산 큰애기 엉글어성글어지는데
　　　정드신에나 태도는 나날이 나빠져 갑니다

시집살이 노래

자료코드 : 03_15_FOS_20100122_HRS_PGH_0001
조사장소 : 강원도 홍천군 서석면 어론2리 516번지 노인회관
제보일시 : 2010.1.22
조 사 자 : 황루시, 유명희, 박현숙, 윤준섭
제 보 자 : 박계화, 여, 78세

구연상황 : 마을회관에 많은 어른들이 모여 계셨는데 할머니들만 먼저 모셔서 소리를 들
　　　　　었다. 돌아가면서 아라리를 부르는 중 혼자서 조용히 구연하였는데 중간에 잊
　　　　　어서 다시 하였으나 완성도가 높은 편은 아니다.

형님 오네 형님 오네

형님 마중 누가 갈까

반달 같은 내가 가지

니가 어째 반달이냐

초승달이 반달이지

형님 진지 물러(뭘로) 짓나

외씨 같은 전이밥(쌀밥)에

앵두 같은 팥을 넣구

형님 반찬 뭘로 허우

똑똑 꺾어 고사리 나물

양지짝에 양고사리

응달짝에 응고사리

오글오글 고사리나물

형님 상에 다 올랐소

시집살이 노래 (2)

자료코드 : 03_15_FOS_20100122_HRS_PGH_0002
조사장소 : 강원도 홍천군 서석면 어론2리 516번지 노인회관
제보일시 : 2010.1.22
조 사 자 : 황루시, 유명희, 박현숙, 윤준섭
제 보 자 : 박계화, 여, 78세
구연상황 : 앞의 시집살이 노래에 이어서 다른 긴 서사민요를 아느냐는 질문에 다른 시
　　　　　집살이 노래밖에 모른다면서 스스로 구연하였다. 역시 길이가 짧아 완성도는

낮은 편이다. 제보자 자신도 시집살이를 많이 했다고 한다.

형님 형님 사촌 성님

시집살이 어떻듭까

여보 동상 시집살이 말 도말게

삼단 같은 이내 머리

비사리춤이(싸리나무로 만든 빗자루) 다 되었네

분질 같은 이내 손이

북두갈고리 다 되었네

행주초마 열두죽이

눈물 콧물 다 누졌소

다북녀

자료코드 : 03_15_FOS_20100219_HRS_PBR_0001

조사장소 : 강원도 홍천군 서석면 생곡2리 산 54-2번지 마을회관

제보일시 : 2010.2.19

조 사 자 : 황루시, 유명희, 박현숙, 윤준섭

제 보 자 : 박복례, 여, 75세

구연상황 : 이야기 잘 하시는 어른들의 이야기가 끝난 후에 제보자가 옛날 얘기는 못하고 내가 겪은 이야기라고 소개한 후 구연하였다. 할머니는 자신의 이름이 복례이기 때문에 자기 얘기로 노래를 만들었다고 한다. 암전히 앉아서 조용히 구연한 후 청중들로부터 박수를 받았다.

다북 다북 다북네야

너 어드루 울민 가니

우리 어머니 젖줄 찾어 울민 가요

다북 다북 다북네야

너 어머이가 삶은 팥이

싹이 나면 오마더냐 (아유 힘들어)

다북 다북 다북네야

실강 밑에 삶은 황계수탉

홰를 치면 오마드라

삶은 팥이 싹이 나나

삶은 닭이 홰를 치나

우리 어머니 젖줄이두

영원히도 썩어졌네

우리 어머니 품 안에는

따뜻하고 포근한데

우리 어머니 아주 갔네

다북 다북 다북네야

너 어드메 살어갈래

시집살이 노래

자료코드 : 03_15_FOS_20100219_HRS_PBR_0002

조사장소 : 강원도 홍천군 서석면 생곡2리 산 54-2번지 마을회관

제보일시 : 2010.2.19

조 사 자 : 황루시, 유명희, 박현숙, 윤준섭

제 보 자 : 박복례, 여, 75세

구연상황 : 다복네 외에 진(긴) 노래가 더 없느냐고 질문하자 또 있지 하면서 이어서 구
연하였다. 옛날에 할머니에게 베를 짤 때 배웠다고 한다.

성님 오네 성님 오네

분고개루 성님 오네

성님 마중 누가 갈까

반달 같은 내가 가지

니가 무슨 반달이냐

초승달이 반달이지

성님 진지 뭘루 짓나

앵두 같은 팥을 삶고

윕씨 같은 전이밥에

붉은 고기 토막치고

잰 괴기는 회를 내구

올려꺾어 올고사리

내려꺾어 늦고사리

말피 같은 고치장에

쇠뿔 같은 더덕장아찌(웃음)

앞집이 가서 목기 닷 죽

뒤집이 가서 사기 닷 죽

닷 죽 닷 죽 성님 상에 다 올랐네

성님 성님 시집살이 어떱디까

시집살이 좋대마는

말끝마다 눈물이네

행지초마 열닷 죽이

눈물 콧물 다 처졌네

베틀 노래

자료코드 : 03_15_FOS_20100219_HRS_PBR_0003

조사장소 : 강원도 홍천군 서석면 생곡2리 산 54-2번지 마을회관

제보일시 : 2010.2.19

조 사 자 : 황루시, 유명희, 박현숙, 윤준섭

제 보 자 : 박복례, 여, 75세

구연상황 : 신이 난 제보자는 앞노래에 바로 이어서 구연하였는데 짧게 불렀다 조사자
의 질문에 대충대충 안다면서 다시 길게 구연하였다. 이것은 뒤에 다시 구연
한 것이다.

베틀 노세 베틀 노세

베틀다린 네 다리요

큰 아기다린 단 두 다리

잉앳대[35]는 삼형제요

눌림대[36]는 독신이라

대추나무 연지북[37]에

횡경나무(황백나무) 바디집[38]에

한 합(90cm 정도 길이의 베) 짜고 두 합 짜니

앞집 개가 컹컹 짖어 내다보니

쥐두 새두 없구나

뒷집 개가 컹컹 짖어 내다보니

아무것두 오지 않아

우리 개가 짖어서 내다보니

우리 어머니 부고 왔네

두손으로, 우리 어머니 부고 왔네

외손으로 받아가주

두 손으루 풀어보니

---

35) 잉앗대, 잉앗대는 눈썹줄에 매달아 잉아를 걸어 놓은 막대기.
36) 잉아 뒤에 양끝을 끈으로 매어 베틀다리에 실이 잘 벌어지게 하는 도구.
37) 북. 날줄의 틈으로 왔다갔다 하며 씨줄을 풀어 주는 도구.
38) 베의 날을 고르며 북의 통로를 만들어 주고 씨줄을 쳐주는 도구.

우리 어머이 부고 왔네

호랑이 같은 시아버지

우리 어머이 부고 왔소

내가 아니 네 맘이지

[시어머니 잡음]

시어머니한테다가

우리 어머니 부고 왔다고 말씀 드리니

니가 아니 내가 아니

넉실넉실 맞동세님

우리 어머니 부고 왔소

자네 맘이지 내가 아나

실에담에(재미로 엮은 말) 시누님요

내가 알우 언니 맘이지

설에담에 서방님요

우리 어머이 부고 왔소

내가 아니 당신 맘이지

한모텡이를 돌아가니

열두 상제 우는 소리

한 모텡이를 돌아가니

오호넘차 소리로다

한 모텡이를 돌아가니

우리 어머니 행성(행상)이요

오라버니 오라버니

어머이 좀 보게 해달라고

에라 이년 줄잡년아

어딨다가 인제 와서

시두 늦고 때도 늦는데

누구 보자구 하니

어허넘차 하구 가네

우리 어머니 얼굴이는

영영 글러 못 보겠네

소 모는 소리 / 논 삶는 소리

자료코드 : 03_15_FOS_20100121_HRS_PHS_0001

조사장소 : 강원도 홍천군 서석면 풍암1리 270-1번지 노인회관

제보일시 : 2010.1.21

조 사 자 : 황루시, 유명희, 박현숙, 윤준섭

제 보 자 : 박현수, 남, 67세

구연상황 : 지경 다지기 이후 바로 노인회장의 제안으로 제보자가 논 삶는 소리를 구연
하였다. 제보자는 나이는 많지 않지만 논 삶는 소리를 잘한다고 한다.

이려~ 이려 어서 가자

마라소는 밑으루 구역을 세워라

어야~ 이려

안소는 마라 밑으로 밀어 주고

이러 에이아 어~후

안소는 물러서고

마라소는 돌려 주게

이러~어~ 잘도 한다~

아어~ 이랴 물탕 튀기지 말구서~

모잽이 꽁무니 바짝 따라온다

이려~ 어서 가자

요번은 마라소가 물러서고 안소가 돌아 밀어 주게

이랴~ 아 어디 잘한다

둥게 타령

자료코드 : 03_15_FOS_20100122_HRS_LBM_0001

조사장소 : 강원도 홍천군 서석면 어론2리 516번지 노인회관

제보일시 : 2010.1.22

조 사 자 : 황루시, 유명희, 박현숙, 윤준섭

제 보 자 : 이병목, 남, 66세

구연상황 : 노래 소리가 끊어진 후 조사자가 아이를 키울 때 하던 소리가 있느냐고 질
문하자 요새는 안한다며 다른 제보자들이 앞부분을 조금 시작하고 완성하지
못하자 제보자가 나서서 아이를 키울 때 직접 했었다면서 구연하였다.

둥게 둥게 둥게야

먹으나 굶으나 둥게야

둥게 둥게 둥게야

나라에는 충성동이

부모님께는 효자동이

둥게 둥게 잘도 논다

둥게 둥게 둥게야

복을 주면 너를 살까

금을 주면 너를 살까

둥게 둥게 둥게야

먹으나 굶으나 둥게야

상사데야

자료코드 : 03_15_FOS_20100121_HRS_LSD_0001
조사장소 : 강원도 홍천군 서석면 생곡1리 567번지 노인회관
제보일시 : 2010.1.21
조 사 자 : 황루시, 유명희, 박현숙, 윤준섭
제 보 자 : 이수동, 남, 92세 외

구연상황 : 논맬 때 하던 소리로 단허리와 상사소리를 하였는데 아이논을 맬 때 상사데
야를 하다가 나중에 단허리를 했다고 한다. 호미로 땅을 찍어 엎다가 힘이 들
면 소리를 바꾸어서 하였다. 너무 오랫동안 하지 않아서 처음에는 뒷소리가
잘 맞지 않았지만 점차 나아졌다. 선소리를 하는 제보자는 팔을 흔들며 흥겹
게 구연하였다.

얼럴러 상사데야	얼럴러 상사데야
먼 데 사람 듣기 좋게	얼럴러 상사데야
옆에 사람 보기 좋게	얼럴러 상사데야
우리 일꾼 한창 시절	얼럴러 상사데야
높은 데는 낮춰 주고	얼럴러 상사데야
낮인 데는 높여 주게	얼럴러 상사데야
우리 한참 시절인데	얼럴러 상사데야
증심참(점심참)이 가차웠네	얼럴러 상사데야
이 논 매고 끝이 나면	얼럴러 상사데야
막걸리가 한 대접이라	얼럴러 상사데야
저기 가는 저 아주머니	얼럴러 상사데야
걷는 걸음 걸음을 보소	얼럴러 상사데야
소리에 미쳐 길 못 가네	얼럴러 상사데야
밥솥에는 기다린다	얼럴러 상사데야
상사소리 멋지구나	얼럴러 상사데야
이 논배미가 다 없어지면	얼럴러 상사데야

호미 씻고 집으로 가세　　　　얼럴러 상사데야

그만하지

03_15_FOS_20100121_HRS_LSD_0001_s1 단허리

어화얼씬 단허리야　　　　어화얼씬 단허리야

단허리 논 잘 매네　　　　어화얼씬 단허리야

서 마지기 논배미가　　　　어화얼씬 단허리야

반달만큼 남았구나　　　　어화얼씬 단허리야

막걸리 한 사발 먹구 싶다　　　　어화얼씬 단허리야

이 논배미 끝이 나면　　　　어화얼씬 단허리야

호미를 씻구서 집으로 가자　　　　어화얼씬 단허리야

어랑타령

자료코드 : 03_15_FOS_20100121_HRS_LSD_0002
조사장소 : 강원도 홍천군 서석면 생곡1리 567번지 노인회관
제보일시 : 2010.1.21
조 사 자 : 황루시, 유명희, 박현숙, 윤준섭
제보자 1 : 이수동, 남, 92세
제보자 2 : 이만준, 남, 85세
제보자 3 : 김은수, 남, 85세
제보자 4 : 정규하, 남, 90세
구연상황 : 논 매는 소리 이후 소 모는 소리와 우러리 등을 하였는데 모두 완성하지 못
하였다. 이 어랑타령은 여러번 연습 끝에 네 명의 제보자가 순서를 맞춰서 흥
겹게 구연하였다.

제보자 4 이 재판의 분위기는 만국에 공판에 가구서

말 한마디 잘해라 널과 날과나 살지

어랑어랑 어허야 어야더야 모두가 내 사령아

제보자 3 오는 새 가는 새는 방앗간집이 정거요
        오는 님 가는 님은 와다시집이 정거라
        어랑어랑 어허야 에야더야 내 사령이로구나

제보자 1 석세베(굵고 거친 베) 치매는 입었구서 망정이
        당신 같은 인간은 눈밖으로 뵈인다
        어야도야 어야 어야도야 내 사랑이로구나

제보자 2 참나무 장작이 시동강니동강 나더래두
        말 한마디만 잘하면 너하구 나하구 살리라
        어랑어랑 어허야(아이)

제보자 3 질그니 짜르그니 댕기동 치마자리
        얽금에 송송 얽어도 정금에 멋이로다
        어랑어랑 어허야 에야둥둥 내 사령이로구나

제보자 1 이번 재판에 못 이기면은 만국 재판을 허더래두
        니 말 한마디 잘하면 너하구 나하구 살게다
        어야도야 어야 어야도야 내 사랑이로구나

제보자 2 지 계집을 두구서 남으 계집을 볼라다
        오동시계를 차구서 육개월 징역을 간단다
        어랑어랑 어허야 어허야 디야 내 사령이로구나

[잡음]

제보자 4 신구산이 우루룽 화물차 떠나는 소리

고무공장 큰아기 변또밥을 싸누나

어랑어랑 어허야 어야더야 모두가 내 사령일세

제보자 3 시집간 지나 삼일만에 부뚜막 장단을 쳤더니

수캐 같은 시아범 잡놈이 엉덩춤을 추는구나

어랑어랑 어허야 에야둥둥 내 사령이로구나

제보자 1 부뚜막 우에다 밀철로를 깔구서

시아버니 밥상은 발끝으로만 밀어라

어야도야 어야 어야도야 내 사랑이로구나

제보자 4 전봇대(오이밭의 잘못인 듯) 원수는 고스매도치(고슴도치)가 원수고

이세상에 원수는 삼팔선이 원술세

어랑어랑 어허야 어야더야 내 사랑아

아라리

자료코드 : 03_15_FOS_20100122_HRS_LJS_0001
조사장소 : 강원도 홍천군 서석면 어론2리 516번지 노인회관
제보일시 : 2010.1.22
조 사 자 : 황루시, 유명희, 박현숙, 윤준섭
제보자 1 : 이종순, 여, 84세
제보자 2 : 심월례, 여, 71세
구연상황 : 할아버지들 아라리가 끝나고 할머니들이 기다리고 있다 녹음기 앞으로 모였
다. 소리를 계속하였기 때문에 소리에 자신있는 제보자들만 모이게 되었다.
제보자 이종순이 초성이 큰 편이라 다른 사람들은 잘 나서지 못했다.

제보자 1 놀다가 가서요 잠자다가 가서요

보름달이 떴다지동안 놀다가 가서요

제보자 1 놀다가 갈 맘은 간절한데
　　　　시어머니 칭칭시하에 못 놀고 갑니다

　[잡음]

제보자 2 명사십리 아니라면은 해당화가 왜 피며
　　　　이삼월이 아니라면은 두견새는 왜 울어

제보자 2 아리랑 아리랑 아라리요
　　　　아리랑 고개 고개로 날 넘겨 주게

제보자 2 아우라지 뱃사공아 배 좀 건너 주게
　　　　싸리고개 올동박이가 다 떨어지네

제보자 2 떨어진 동백은 낙엽에나 쎄우지
　　　　이 내 몸은 어드메나 쎄우나

제보자 2 아리랑 아리랑 아라리요
　　　　아리랑 고개 고개로 나를 넘겨 주게

아라리

자료코드 : 03_15_FOS_20100121_HRS_LCY_0001
조사장소 : 강원도 홍천군 서석면 풍암1리 270-1번지 노인회관
제보일시 : 2010.1.21
조 사 자 : 황루시, 유명희, 박현숙, 윤준섭
제보자 1 : 이창영, 남, 72세
제보자 2 : 이화자, 여, 87세

제보자 3 : 황영훈, 남, 68세
제보자 4 : 박현수, 남, 67세
제보자 5 : 엄천웅, 남, 83세
구연상황 : 미리 연락을 드리고 찾아뵈었다. 풍암1리는 큰 마을이라 많은 사람들이 모여
있었다. 처음에는 구경하는 청중이 많았지만 조사가 진행되고 시간이 늦어지
자 제보자들만 남게 되었다. 조사팀 이후에 보건소에서 나오는 사람들이 온다
고 하여 진행을 빠르게 해야 하였다. 제보자들이 노랫가락과 아라리를 섞어서
연습한 뒤 돌아가면서 부르기로 하고 구연하였다. 아라리를 부르고 이어서 어
랑타령과 아라리, 강원도 아리랑을 섞어서 구연하였다.

제보자 1 산천에 초목은 나날이 젊어가련만
　　　　　우리네 청춘은 나날이 늙어가네

제보자 2 놀다 가세요 자다 가세요 잠자다가나 가세요
　　　　　보름달이나 뜨고나 지도록만 노시다가 가세요

제보자 3 저건너 물레방아는 물을 안고 도는데
　　　　　내 님은 나를 안구 돌 줄 모르나

제보자 4 우리가 살면은야 몇 백 년을 사느냐
　　　　　있는 대로 쓰구나 먹구서 놀아나 봅시다

제보자 5 산천초목에 물과요지(物各有主)도 임자 당신이 있건만
　　　　　당신[잡음]너하고 나하고는 뭘루 생겨서 임자 당신이 없느냐

제보자 1 오늘 갈런지 낼 날 갈런지 사사망정(世事罔定)인데
　　　　　맨드라미 줄봉숭은 왜 심어놨나

제보자 2 멀구 다래야 떨어진 것은 꼭지나 있지
　　　　　부모 동기간 정떨어진 것은 꼭지도 없네

제보자 3 세월이 가면은 북방산천 가는데

내 인생 이렇게 잡을 줄은 모르는구나

제보자 4 부령청진에 가신에 낭군은 돈이나 벌면 오건만

황천객에 가신에 닝군은 언제나 오나

제보자 5 울퉁에 불퉁에 저 앞 남산 보셔요

우리도 죽어지면은 저기 저모양 됩니다

제보자 1 뒷동산에 곤드레 딱주기가 나즈미³⁹⁾ 맛만 같다면

고것만 뜯어먹어두 봄 한철은 살아

제보자 2 저 건너 묵밭은 작년에도 묵더니

올해도 날과 같이나 또 묵는구나

제보자 4 왜 가실라나 왜 가실라나 왜 가실라하나

꽃 같은 날 버리고서 왜 가실라느냐

제보자 5 노랑에 대가리 뒤범벅 상투

원제나 저것을 길러서 내 낭군을 삼나

소 모는 소리 / 밭 가는 소리

자료코드 : 03_15_FOS_20100121_HRS_LCY_0002
조사장소 : 강원도 홍천군 서석면 풍암1리 270-1번지 노인회관
제보일시 : 2010.1.21
조 사 자 : 황루시, 유명희, 박현숙, 윤준섭
제 보 자 : 이창영, 남, 72세
구연상황 : 아라리를 돌아가면서 구연한 후 소 모는 소리에 대해 질문하자 구연하였다.

---

39) 일본어로 '애인'이라는 의미의 속어.

가만히 앉아서 거의 움직임이 없이 청이 늘어지게 구연하였다.

이러 이러~ 올러서면서~ 안소야 올라서라

까불지 말고~ 이러~ 이러~ 어디어디어디 으이~

어~후~ 안소가 밀구서 돌아를 가자

마라소는 물러를 서라 이러~ 어~치

에혀~ 어디 저 바우 밑으로 돌아서 올라서라

옳지 잘한다 이러 어디여라 어~후~

저 방뎅이(나무 등걸) 안으로 밀구 돌아가 마라소야~

어~치~ 이러 어~ 어디야

아구 숨차서 못 하겠네

방아 타령

자료코드 : 03_15_FOS_20100121_HRS_LCY_0003
조사장소 : 강원도 홍천군 서석면 풍암1리 270-1번지 노인회관
제보일시 : 2010.1.21
조 사 자 : 황루시, 유명희, 박현숙, 윤준섭
제 보 자 : 선소리-이창영, 남, 72세
　　　　　 뒷소리-황영훈(남, 68세), 박현수(남, 67세), 엄천웅(남, 83세)
구연상황 : 밭 가는 소리를 다른 분들도 하시는 분이 계신지 질문하자 노인회장님이 논
　　　　　 매는 소리에 대한 질문을 기억하시고 먼저 제안하였다. 선소리를 매길 분과
　　　　　 뒷소리 받을 분을 정한 후 맞추는 연습을 한 후에 본격적으로 구연하였다. 청
　　　　　 중 중 한 사람이 제보자의 소리가 너무 느리다고 하니까 제보자는 논을 찍으
　　　　　 면서 하면 힘이 들기 때문에 빨리 할 수가 없다고 하였다.

에헤이 에이여라 방아요　　　에이여라 방아요

여보세요 계원님네　　　　　에이여라 방아요

이 내 말씀을 들어 보소　　　에이여라 방아요

방아소리 논 잘 매네	에이여라 방아요
이방아가 웬 방아냐	에이여라 방아요
여주 예천(이천) 차체방아	에이여라 방아요
강태공에 조작방아	에이여라 방아요
거리 노중에 골방아요	에이여라 방아요
이 논 배밀 다 매놓고	에이여라 방아요
쉼은 없고 [소리 겹침] 목도 말라 에이여라 방아요	
한 잔 먹고 쉬어 매세	에이여라 방아요
휘어이~	

지경 다지기

자료코드 : 03_15_FOS_20100121_HRS_LCY_0004
조사장소 : 강원도 홍천군 서석면 풍암1리 270-1번지 노인회관
제보일시 : 2010.1.21
조 사 자 : 황루시, 유명희, 박현숙, 윤준섭
제 보 자 : 선소리-이창영, 남, 72세
　　　　　뒷소리-황영훈(남, 68세), 박현수(남, 67세), 엄천웅(남, 83세)
구연상황 : 논 매는 소리를 여러 명이 함께 구연한 후 노인회장의 제안으로 바로 지경
　　　　　다지기를 구연하였다. 뒷소리는 논 매는 소리보다 더 잘 맞았고 구연이 끝난
　　　　　후 모두 함께 박수를 쳤다.

에이여라 지경이요	에이여라 지경이요
여보시오 기원님네	에이여라 지경이요
일심 받아 잘덜 하오	에이여라 지경이요
이 집터를 자리잡고	에이여라 지경이요
윗산 올라 나무 빌제	에이여라 지경이요
굽은 나무는 굽 다듬고	에이여라 지경이요

곧은 나무는 곧 다듬어	에이여라 지경이요
뒷산 이름은 고양산이요	에이여라 지경이요
그 산 밑에다 자리를 잡아	에이여라 지경이요
좌는 청룡 우는 백호	에이여라 지경이요
청룡백호가 뚜렷하니	에이여라 지경이요
초간삼간을 세워보세	에이여라 지경이요
이집 짓고 삼년 만에	에이여라 지경이요
부자 되고 장자 될 터	에이여라 지경이요
에이여라 지경이요	에이여라 지경이요
아들을 나면 효자를 낳고	에이여라 지경이요
딸을 나면 열녀로다	에이여라 지경이요
에이여라 지경이요	에이여라 지경이요
앞남산은 봉곳 솟아	에이여라 지경이요
노적봉이 분명쿠나	에이여라 지경이요
에이여라 지경이요	에이여라 지경이요
숨도 차고 힘도 드니	에이여라 지경이요
한잔 먹고 쉬어하세	에이여라 지경이요

아라리

자료코드 : 03_15_FOS_20100122_HRS_CMG_0001
제보일시 : 2010.1.22
조사장소 : 강원도 홍천군 서석면 어론2리 마을회관
제보자 1 : 최명권, 남, 73세
제보자 2 : 심상오, 남, 66세
제보자 3 : 이병목, 남, 66세
청   중 : 10인

조 사 자 : 황루시, 유명희, 박현숙, 윤준섭
구연상황 : 소리가 시작되자 여러 제보자들이 뒤섞여서 아라리, 어랑타령, 뱃노래, 노랫
가락, 도라지타령 등을 섞어서 불렀다. 나중에는 세 명의 제보자만 돌아가면
서 구연하였다. 제보자 심상오는 다른 사람보다 신나게 구연하였는데 박수를
치기도 하고 몸을 흔들기도 하였다.

제보자 1 해와 달은야 오늘 가면은 내일이면 또 오지
　　　　　공동묘지에 가신 낭군은 언제나 오나

제보자 2 설악산 대청봉에는 눈비 나오나 마나
　　　　　어린 남편을 옆에야 껴안고 잠자나 마나

제보자 3 노랑두 대가리 더벅머리 상투
　　　　　언제나 기르고 길러서 내낭군 삼나

제보자 2 넌두나 남이요 나두나 남이요 남남끼리는 만나서
　　　　　호박같이두 둥글둥글에 잘 살아 봅시다

제보자 1 산이야 높아야 골이나 깊지
　　　　　조그만 여자의 속이야 맘 깊을쏘냐

제보자 2 세월이 갈라면 저 혼자나 가던지
　　　　　알뜰한 요내야 청춘은 왜 데려가나

제보자 3 놀다 가세요 자고 가세요 잠자다가 가요
　　　　　밝은 저 달이 떴다 지두록 잠자다 가요

제보자 2 놀다가 죽어져두나 원통타고들 하는데
　　　　　일하다 죽어진 인생은 더 할 말 있나

　　(제보자 2 : 끝이야?)

제보자 2 오늘 갈런지 넬일 갈런지 서사망정(世事罔定)인데
　　　　　있는 데로두 톡톡 팔아서 술 담배 먹잔다

제보자 3 이빠진 남박에 돌 넘어가고 (잊어버렸네)

제보자 2 산천초목이 푸르를 적에 가시던 내낭군
　　　　　백설이 휘날려도야 왜 아니 오시나

9. 화촌면

강원도 홍천군 화촌면 외삼포1리

조사일시 : 2010.1.15

조 사 자 : 황루시, 유명희, 박현숙, 윤준섭

강원도 홍천군 화촌면 외삼포1리

2개의 행정리로 된 외삼포리는 화촌면 중심부에 위치한 마을로서 홍천 강이 삼면을 감싸고 있다. 외삼포리는 1916년 행정구역 통폐합에 따라 건 금리, 대평리를 병합한 마을이다. 외삼포리는 동쪽으로는 화촌면 송정리, 서쪽으로는 화촌면 주음치리, 남쪽으로는 화촌면 내삼포리와 접해 있다. 북쪽으로는 면소재지인 성산리와 접해 있고, 그 사이에 화양강이 흐른다.

큰 들이 있어 대평동으로 불리는 외삼포1리는 108가구로 구성되어 있다. 마을에는 남자 137명, 여자 154명으로 총 291명이 거주하고 있다. 인구의 분포는 50, 60, 70, 80대가 비슷한 비율로 마을 인구의 절반 이상을 차지한다. 다른 마을과 비교해서 장년층의 비율이 높은 것은 홍천읍까지 거리가 멀지 않기 때문이다.

외삼포1에서 홍천읍까지 거리는 10km 이내이다. 하루 20회 이상 운행하는 버스를 타고 외삼포1리에서 홍천읍까지 나가려면 버스로 약 15분 걸린다.

외삼포1리에 삼포감리교회가 있다. 마을 주민 절반 이상이 삼포감리교회를 다니고 있다. 그 밖에는 전통 유교와 불교를 믿는다. 예전에는 서낭제를 지냈으나 새마을 운동이 시작되면서 명맥이 끊어졌다. 농악도 서낭제와 동일한 전철을 겪었다.

김기화, 여, 1938년생

주 소 지 : 강원도 홍천군 화촌면 외삼포1리 489번지
제보일시 : 2010.1.15
조 사 자 : 황루시, 유명희, 박현숙, 윤준섭

김기화는 두촌면 천현1리에서 태어나 23
세에 27세의 남편을 만나 현재의 거주지로
이주했다. 남편은 70세에 돌아가셨고 슬하
에 5남매를 두었다. 친정아버지가 선생, 한
의사 등을 하여서 어릴 때는 공부하였으나
시집온 후 남편이 생활력이 없어 재산이 늘
지 않았다. 친정 동네는 세시 풍속이 발달하
여 때마다 마을이 잔치를 열고 즐겁게 놀았
는데 외삼포1리는 양반 마을이라 그런 것이 전혀 없어서 답답하였다. 시
어머니가 시집살이를 시킨 것은 없으나 깐깐하고 세상 물정을 모르는 분
이어서 제보자와 마음이 맞지 않았다.

제보자는 광대뼈가 발달한 얼굴에 자주 웃는 표정을 지었다. 소극적으
로 보였지만 알고 있는 소리에 대해서는 나서서 구연하였다. 소리는 어릴
때 살던 마을에서 물박아지로 장단을 치면서 단오나, 정월 대보름에 놀면
서 부르던 것이다.

제공 자료 목록
03_15_FOT_20100115_HRS_KGH_0001 방귀쟁이 며느리
03_15_FOS_20100115_HRS_LSU_0002 아라리

원세문, 남, 1936년생

주 소 지 : 강원도 홍천군 화촌면 외삼포1리 1405-1번지
제보일시 : 2010.1.15
조 사 자 : 황루시, 유명희, 박현숙, 윤준섭

동면 속초2리에서 태어나 31세에 화촌면
으로 이주하였다. 20세에 18세의 부인과 혼
인하여 3남 3녀를 두었다. 평생 농사를 지
었으며 특히 소를 모는 일을 많이 하였다.
16,7세에 밭 가는 일을 시작하였는데 당시
는 소가 없으면 농사를 지을 수 없기 때문
에 대부분의 사람이 소를 부릴 줄 알았던
때였다고 한다. 대부분 한 마리의 소를 기르

기 때문에 소가 필요한 시기가 되면 이웃과 합동으로 소로 짝을 맞춰서
일하였다. 흰머리에 얼굴은 긴 편이며 침착한 태도와 조용한 음성으로 구
연하였다.

제공 자료 목록
03_15_FOS_20100115_HRS_WSM_0001 소 모는 소리 / 밭 가는 소리
03_15_FOS_20100115_HRS_LSU_0002 아라리

이서운, 여, 1935년생

주 소 지 : 강원도 홍천군 화촌면 외삼포1리 559번지
제보일시 : 2010.1.15
조 사 자 : 황루시, 유명희, 박현숙, 윤준섭

이서운은 화촌면 장평2리 출생으로 17세에 같은 마을에 사는 18세의
남편과 혼인하여 40년 전 현재의 외삼포1리로 이주하였다. 남편은 61세

에 돌아가시고 슬하에 6남매를 두었다. 어
릴 때부터 엄한 아버지 밑에서 집안일을 많
이 하였다. 맏딸이었기 때문에 집안일을 많
이 도왔고 그 덕분에 남자가 하는 일은 뭐
든지 할 수 있으며 성격도 남자답게 변하였
다고 한다. 이런 이유로 여성 제보자로서는
드물게 밭 가는 소리도 하였다. 또 제보자의
어머니는 소리를 잘 하여서 제보자는 아라
리도 잘 하였다. 제보자는 얼굴이 둥글고 눈이 가늘다. 설화를 구연하면
서 동작을 곁들일 때는 발음이 부정확해지고, 전달력이 많이 떨어졌다.
제보자는 설화 2편을 구연했다.

제공 자료 목록

03_15_FOT_20100115_HRS_LSU_0001 시어머니 버릇 고친 며느리

03_15_FOT_20100115_HRS_LSU_0002 혼쥐

03_15_FOS_20100115_HRS_LSU_0001 소 모는 소리 / 밭 가는 소리

03_15_FOS_20100115_HRS_LSU_0002 아라리

방귀쟁이 며느리

자료코드 : 03_15_FOT_20100115_HRS_KGH_0001
조사장소 : 강원도 홍천군 화촌면 외삼포1리 508번지 노인회관
제보일시 : 2010.1.15
조 사 자 : 황루시, 유명희, 박현숙, 윤준섭
제 보 자 : 김기화, 여, 73세
구연상황 : 다른 제보자가 구연한 방귀쟁이 며느리 이야기가 잘못 됐다면서 제보자가
　　　　　 자신이 알고 있는 이야기를 시작했다.
줄 거 리 : 한 여자가 시집을 가서 방귀를 못 꾸어 노란병이 들었다. 시아버지가 그 사
　　　　　 실을 알고 방귀를 꾸라고 했다. 며느리 방귀 위력이 너무 커 시부모님이 곤혹
　　　　　 을 치뤘다. 시아버지가 며느리를 친정으로 보내려고 데리고 갔다. 가는 도중
　　　　　 에 비단 싣고 가는 선비와 방귀로 감따기 내기를 했다. 며느리가 이겨 비단을
　　　　　 받았다. 시아버지가 며느리를 다시 데리고 집으로 돌아갔다. 며느리는 그 후
　　　　　 잘 살았다.

시집와서 살면서 영- 저기 수심 낀 사람 모양으로, 누렇게 돼 가지구,

"왜 그러냐?"

그러니깐.

"예. 저는 어려운 말씀이지만 방구를 못 깨서 그랩니다."

그래서,

"그럼 너 좀 껴봐라."

그래니, 그래서

"니 맘대로 껴봐라."

그래서,

"그럼 아버님은, 소궁40)을 붙잡고, 어머님은 저 지북솥41)을 붙잡고 계

---

40) '구유' 소나 말 따위의 가축들에게 먹이를 담아 주는 그릇. 흔히 큰 나무토막이나 큰

세요."

이래니, 아 근데 뀌니까 그냥 뭐 쿵 넘애 넘어갔다 넘어갔다 하구, 시어머니는 또 솥 안에 들어갔다 덜거덕덜거덕 하고. 그래서

"그르면 너 그만 뀌고 나랑 어디 좀 가자."

그래서 말에다 싣구서는 인제 친정에 보낼라구, 그 델구 가더라니까는 아주 비단을 싣고 선비들이 그냥 비단을 말에다 싣구 이래구 지나가는 사람이 있는데, 그 사람이 하구, 쉬면서,

"뭔 내기를 해자."

그랬대요. 그러니까는

"뭔 내기를 허니까는?"

"내가 방구를 껴서 저 감을 딸테니깐, 그 피('비단필'을 의미함.)를 날 주라구. 그르지 않으면 내가 지면은 당신한테 팔려간다구."

그랬더니 그 들어, 그냥 안자 뭐 방귀를 냅다 뀌니까 그냥 확- 떨어져서. 그래 가지고 그 여자가 이겨 가지고, 피를 몇 필재에 받어 가지구, 우선 말하고 받어 가지고, 인제,

"시아버님 저는 이래두 되잖아요."

그러니깐, 아, 그래 인제,

"친정 가지 말고 우리집에 가자."

욕심이 나서 그래도 델고 왔대요. 그리고 잘 살았대요.

시어머니 버릇 고친 며느리

자료코드 : 03_15_FOT_20100115_HRS_LSU_0001
조사장소 : 강원도 홍천군 화촌면 외삼포1리 508번지 노인회관

돌을 길쭉하게 파내어 만든다.
41) 부엌에 걸린 솥으로 솥뚜껑에 손잡이가 있다.

제보일시 : 2010.1.15

조 사 자 : 황루시, 유명희, 박현숙, 윤준섭

제 보 자 : 이서운, 여, 76세

구연상황 : 앞서 이야기를 마치고 조사자가 시집살이 호되게 시키는 시어머니 이야기를 아느냐고 묻고 제보자가 바로 구연을 시작했다. 구연 중간에 앞의 내용을 생략하고 구연을 하자 생략된 내용부터 다시 구연하기도 하였다.

줄 거 리 : 옛날 한 집에 고약하게 며느리 수십 명을 쫓아낸 시어머니가 있었다. 이웃집 처녀가 그 집에 시집을 가겠다고 자청했다. 시집간 며느리가 제사를 준비하는 시부모님이 정성이 부족하다고 지적하고, 당차게 행동하였다. 시어머니는 더 이상 며느리에게 고약하게 굴지 않았다.

옛날에 한 집이가 며느리를 시어머니가 하두 영악해서 몇 수십 명을 쫓았는지 모르는데, 이우지 색시가 하나 크면서 지가 다 크니까,

"그 집으로 시집을 달라."

그러더래.

아부지 보구서.

"너, 그 집에 그렇게 여럿 쫓겨난 집에 어떻게 살 거냐?"

그러니까,

"제가 가서 버릇을 좀 고쳐 가지고 살아보겠습니다."

이래서 그 집에 시집을 줬는데, 가서 좀 얼만큼 살더래니까, 일 년 이제 참 못 살게 살더라니까, 지사가 돌아오더래요. 그래 지사가 돌아오는데,

"어머니, 저 간장 어디 있습니까? 지사 지내는 간장 어디 있습니까?"

아, 그게 아니야. 내가 조끔만.

"장을 봐야지요."

하드래.

"아버님, 장을 봐와야지요."

그러니까,

"응, 내가 봐 오마."

그래 당나구를 끌구 가드래. 당나구 큰 걸. 인제 장을 봐 왔는데, 봐 온 걸 뻔히 알면서,

"아, 왜 장을 봐 오셨어요?"

"아, 여 봐 왔잖나."

"아유, 안됩니다. 이건 당나구 궁뎅이다 붙여 댕기는 건 이건 정성이 부족해 안 됩니다."

그러니까,

"돈하구 보따리 싸, 지(제) 머리에 올려주세요."

그래 인제 돈을 많이 싸서, 보따리 싸 얹어주니까, 따로 또 뒤쫓아서 따라오는 거야.

살금 따라오더니,

"아구 저 이 보따리 좀 내래주세요."

해 가지고, 이 보따리를 내려봐 가지고,

"여기다 이것저것 싸주세요."

한 것 싸 가지고 또 이고 왔어. 와 가지구서는,

"어머니, 이것 좀 받으세요." 해가주군 던지니, 그래

"받으세요."

해서 이제 받아났는데, 저녁에 인제 지사 때가 돌아왔어.

"어머니 간장을 얻다 두고 쓰십니까? 지사 지내는 거는."

"아이 여기 간장은 먹던 거."

"아구, 정성이 너무 부족하십니다. 이러니 이게 뭐이 되겠습니까?"

그래서 인제,

"헐 수 없지요. 이번엔 그렇게 쓰구요."

그래 인제 또,

"뫼 썰질 쌀은 어디 있습니까?"

이러니까,

"아이, 그것도 우리 먹던 데다 하나 먹다가 지사를 지내는데."

"아구, 절대 안됩니다. 정성이 너무 부족하십니다. 난 엄청나게 잘하시는 줄 알었더니, 아구 아주 개판이라구. 정성이."

인제 지사를 딱 지매끈, 사램이 집안이 잘 사니깐, 제관이 옛날엔 많거든. 칠촌, 팔촌 다 모여왔거든. 지금은 애들도 잘 못 오지만 방을 가득 찼는데,

"아, 어르신네 인제 제사를 모셔야지요."

그래니깐,

"아, 그래야지."

"다, 일어스세요."

"왜?"

"저를 따라 나오세요."

큰강, 동짓달인데, 큰강으로 끌구나갔어. 다. 강으로 다 끌구 나가 가지곤, 지가 가서 홀떡 벗군 목욕을 탁하구 싹 씻구 나와서,

"인제 목욕들 하십시오."

"아니, 이 추운데 어떻게."

"아유, 정성을 다 들여야 되니까, 지사는 정성입니다."

다 들어가서 벗구, 거 개 떨듯이 죄떨구서, 재우(겨우) 제사를 지내구. 그 담엔 하나도 안 그러더래. 그래서 인제 간단하게 재밌게 살다간 엊그저께 죽었대.

(청중 : 버릇을 가르켰구만 아주.)

버릇을 가르켰지. 그래니 글쎄 그렇게 무서운 시어머이도 그렇게 머리를 쓰면 되는 거야. 지금도 머리만 잘 쓰면.

혼쥐

자료코드 : 03_15_FOT_20100115_HRS_LSU_0002
조사장소 : 강원도 홍천군 화촌면 외삼포1리 508번지 노인회관
제보일시 : 2010.1.15
조 사 자 : 황루시, 유명희, 박현숙, 윤준섭
제 보 자 : 이서운, 여, 76세
구연상황 : 앞서 이야기를 마치고 모여 있는 어르신들께서 손님, 마마에 대한 경험담을
          나누었다. 그러다가 갑자기 제보자가 구연을 시작했다. 녹음에 문제가 생겨서
          앞부분 일부가 미녹취 되었다.
줄 거 리 : 옛날 한 부부가 살았다. 아내는 바느질을 하고, 남편은 낮잠을 자고 있었다.
          아내가 보니까 낮잠 자는 남편 코에서 조그마한 쥐가 나와 문지방을 올라가려
          고 애쓰고 있었다. 이 광경을 목격하고 집에 돌아온 아내는 다시 들어오면서
          문지방을 못 넘는 쥐를 도와주었다. 쥐는 아내의 도움으로 문지방을 넘어 큰
          성당으로 들어갔다. 쥐가 남편의 코로 다시 들어가자 남편이 잠에서 깨어나
          꿈 이야기를 하였다. 아내는 남편을 데리고 쥐가 들어갔던 성당에 찾아가서
          보물을 얻었다.

옛날에 한 여자, 두 내우가 살았는데, 마루에 착 놓고 바느질을 하는데,
신랑이 쿨쿨 자더래. (녹음을 시작하기 전에 제보자가 먼저 구연을 시작
해서 미녹취된 부분이다. 동영상을 보고 채록함.)

신랑 코에서 쥐가,

[손가락을 치겨 세워 두 번째 손마디를 짚으면서] 요만한게 아주, 골방
쥐가 요만한게 나와주군 이 문지방을 올라갈라고 애를 쓰는데 못 가더래
요. 못 올라가더래. 그래서 자를 요렇게 놨더니 올라서 또르르 가더래. 그
걸 쫓아갔대. 쫓아가니까는

[양팔을 높이 들어 원을 그리면서] 큰— 성당으로 들어갔다가, 들어가는
것을 보구서 집으로 왔대. 와 가주구는, 또 문 밖에서 또 오르지 못해 또
그렇게 애를 쓰더래. 그래서 잣대를 쪼르르 타넘더니 쏙 들어가더래. 들
어가더니, 기지개 푹 쉬면서 신랑이,

"아이 참, 잘 잤다."

이러더래.

"아이, 난 꿈을 희한하게 꿨는데, 잘 몰르겠어."

그래더래.

"무슨 꿈을 꿨냐니까."

"아, 어딜 갔는데, 큰 성당인데, 소당[42]을 세 개 다 나란히 놓캤는데, 거 안에 돈이 그냥 가뜩 한데, 어딘지 못 찾, 생각이 안 난다."

그래더래.

"아, 그럼 가보자."

하니까,

"아, 내가 꿈을 꿨는데 자네가 어떻게 아느냐고."

그래,

"나도 또 그것도 나도 알 것 같다구."

그러면서 갔드니, 가 헐으니까 그게 은화가 스스르, 초로로 흐르더래. 그 그르니까 그래, 그거를 나오는 거 봤으니까 그렇지.

[옆에 앉은 청중을 바라보면서] 안 봤으면 잡았을지도 몰라. 잡으면 신 랑은 죽은 거야.

(청중 : 그렇지.)

그러니깐 무슨 거든지 찬찬히 신중하게, 그런 게, 그게 그런 거도 있어요.

---

42) '소댕'의 방언, 솥을 덮는 쇠뚜껑. 가운데가 볼록하게 솟고 복판에 손잡이가 붙어 있다.

소 모는 소리 / 밭 가는 소리

자료코드 : 03_15_FOS_20100115_HRS_WSM_0001
조사장소 : 강원도 홍천군 화촌면 외삼포1리 508번지 노인회관
제보일시 : 2010.1.15
조 사 자 : 황루시, 유명희, 박현숙, 윤준섭
제 보 자 : 원세문, 남, 75세
구연상황 : 마을에 대한 일반 현황을 조사하면서 마지막으로 손모를 심은 시기 등에 대한 이야기를 나누다 밭 가는 이야기로 자연스럽게 넘어갔다. 몇 마리의 소를 이용하여 밭을 가느냐는 질문에 두 마리를 쓴다면서 구연하였다. 말을 하듯이 천천히 구연하였다. 길이는 짧지만 청이 자연스러웠다.

이려 이려 밭갈자 어디 이놈의 소야 내려서라

이려 안야 마라 이려 허히 이려 어디여

이저~ 저 돌 밑으루 돌아가자 이려~

곡석 포기를 밟지 말고 저 돌을 넘어가자~

어디여 워~ 이랴이랴 어디여~ 워어디여 이랴

소 모는 소리 / 밭 가는 소리

자료코드 : 03_15_FOS_20100115_HRS_LSU_0001
조사장소 : 강원도 홍천군 화촌면 외삼포1리 508번지 노인회관
제보일시 : 2010.1.15
조 사 자 : 황루시, 유명희, 박현숙, 윤준섭
제 보 자 : 이서운, 여, 76세
구연상황 : 앞선 제보자가 밭 가는 소리를 하는 것을 듣더니 제보자가 나서서 밭 가는 소리를 하겠다고 하였다. 여성이 밭 가는 소리를 하는 경우는 드물어서 언제

배웠냐고 질문하니 엄한 아버지 밑에서 소를 부리는 일을 하게 되면서 옆에서 많이 듣고 배웠다고 한다. 청이나 노랫말이 남자 제보자 못지않게 자연스러웠다.

이러 이러~ 어디 물러서라 이러~
안소야 너머 끌구 나가지 말아라 이러 어디여
어디 물러서라
마라소야 내려서 내려서
어디~ 물러서라 어후~ 어허
어디 물러서라
울타리 밑에 감싸구 돌아 나가자 이러~
잘못 가면 안 된다 오늘 이 밭을 다 갈아야 되는데 열심히 갈자
아이 소가 왜 이렇게 말썽을 부리나

아라리

자료코드 : 03_15_FOS_20100115_HRS_LSU_0002
조사장소 : 강원도 홍천군 화촌면 외삼포1리 508번지 노인회관
제보일시 : 2010.1.15
조 사 자 : 황루시, 유명희, 박현숙, 윤준섭
제보자 1 : 이서운, 여, 76세
제보자 2 : 원세문, 남, 75세
제보자 3 : 김종렬, 남, 80세
제보자 4 : 김기화, 여, 73세
구연상황 : 소 모는 소리 이후에 강원도 아리랑, 어랑타령 등을 한두 마디씩 하다가 조사자의 권유로 소리를 주거니 받거니 하면서 부르게 되었다. 비교적 중간 잡음 없이 자연스럽게 구연하였다.

제보자 1 눈이 올라나 비가 올라나 억수 장마 질라나

만수산 검정 구름이 막 모여드네

제보자 1 아리랑 아리랑 아라리요
　　　　아리랑 고개 고개로 나를 넘겨 주소

제보자 1 강원도 금강산 일만이천 봉 팔만구 암자
　　　　유점사 법당 뒤에 칠성당을 모셔놓고
　　　　아들딸 나 달라고 석달 열흘 노구메 백일정성을 말구
　　　　타관 객리에 외로이 오신 손님 구제 괄세를 마소

제보자 2 세월인지 봄철인지 몰랐더니
　　　　얼었다가 슬쩍 녹으니 봄철이로구나

[잡음]

제보자 3 지불명령에 강제 집행은 연연이 해마다 만나두
　　　　술상머리서 쓰는 금전은 아끼지를 말아라

[잡음 10초]

제보자 4 울타리를 뚝 꺾으면 나오신다고 하더니
　　　　행랑채를 둘러나지어도 왜 아니 오시나

제보자 1 물 본 기러기 꽃 본 나부야 탐화봉접이 아니야
　　　　꽃 본 나비가 꽃을 보구서야 그냥 지낼쏘냐

제보자 2 산천초목에 불과요지43)는 임자가 있는데
　　　　널과 나과는 뭘로 생겨서 임자가 없느냐

---

43) 物各有主(물각유주).

제보자 1 산지당 까막까치는 까옥까옥 짖는데
　　　　우리야 영감님 병환은 나날이 깊어가누나

제보자 4 머루 다래는 꼭지나 있건만
　　　　우리야 성제(형제)간에는 꼭지두나 없구나

제보자 1 술 아니 먹자고 맹세 절단을 했는데
　　　　안주 보고야 주모를 보니나 또 먹겠구나

제보자 2 옥수수 강낭콩밥을 이빠진 통로구 안에서 오글박작 맛있게 끓는데
　　　　간난 아버지 어디를 갈라구 신발매를 하느냐

제보자 3 영감 잡놈은 막거릴 먹구서 양산도만 해는데
　　　　어린 자식은 밥 달라고 아우성을 치누나

제보자 4 술 담배 아니 먹자고 맹세 맹세했더니
　　　　술 담배 아니 먹구 나는 못살아

제보자 1 돈 쓰든 남아가 돈 떨어지니
　　　　구시월 막서리에 서리맞은에 국화라

▌엮은이 소개

황루시 이화여자대학교 신문방송학과를 졸업하고 동 대학원 국어국문학과에서 문학박사학위를 받았다. 현재 관동대학교 인문대학 미디어문학과 교수로 재직 중이다. 한국구비문학회장, 문화재청 문화재위원을 역임하였다. 주요 저서로 『한국인의 굿과 무당』(문음사, 1988), 『황루시의 우리 무당이야기』(풀빛, 2000) 등이 있다.

유명희 한림대학교 국어국문학과를 졸업하고 동 대학원에서 문학박사학위를 받았다. 현재 한림대학교, 강원대학교 등에서 강의하며 강원도문화재전문위원, 한국민요학회 편집이사 등을 맡고 있다. 주요 저서로 『삶의 대서사시 정선아리랑』(정선군, 2012), 공저로 『한국역사민속학강의 2』(민속원, 2010) 등이 있다.

박현숙 관동대학교 국어국문학과를 졸업하고 건국대학교에서 문학박사학위를 받았다. 현재 건국대학교에서 강의하며 '한국전쟁 체험담' 조사와 '한국구비문학대계' 증보사업 서울·경기1팀 조사를 맡고 있다. 주요 저서로 『프로이트, 심청을 만나다』(공저, 웅진지식하우스, 2010), 『한국의 이야기판 문화』(공저, 소명출판, 2012), 『시집살이 이야기 집성 1-10』(공저, 박이정, 2013) 등이 있다.

윤준섭 인하대학교 한국어문학과를 졸업하고 서울대학교 국어국문학과에서 「함흥본 <바리데기> 연구」로 문학석사학위를 받았다. 서울대학교 국어국문학과 박사과정에 재학 중이며 함경남도에서 구연되는 무속신화에 관심을 가지고 박사학위논문을 계획하고 있다. 한국구비문학회(2012~2013년)의 총무간사를 맡았으며 현재 한국고전문학회의 총무간사를 맡고 있다.

증편 한국구비문학대계 2-12
강원도 홍천군

초판 인쇄 2014년 10월 20일
초판 발행 2014년 10월 28일

엮 은 이 황루시 유명희 박현숙 윤준섭
엮 은 곳 한국학중앙연구원 어문생활사연구소
출판기획 장노현

펴 낸 이 이대현
펴 낸 곳 도서출판 역락
편   집 권분옥
디 자 인 이홍주

주   소 서울시 서초구 동광로46길 6-6(반포4동 577-25) 문창빌딩 2층
등   록 1999년 4월 19일 제303-2002-000014호
전   화 02-3409-2058, 2060
팩   스 02-3409-2059
이 메 일 youkrack@hanmail.net

값 54,000원

ISBN 979-11-5686-123-2 94810
       978-89-5556-084-8(세트)